"十三五"国家重点出版物
出版规划项目

中国当代长篇小说发展史

张炯 著

江苏凤凰文艺出版社
JIANGSU PHOENIX LITERATURE AND
ART PUBLISHING

图书在版编目（ＣＩＰ）数据

中国当代长篇小说发展史 / 张炯著. -- 南京 ： 江
苏凤凰文艺出版社，2025.3
ISBN 978-7-5594-8478-9

Ⅰ．①中… Ⅱ．①张… Ⅲ．①长篇小说－小说史－中
国－当代 Ⅳ．①I207.409

中国国家版本馆CIP数据核字（2024）第008238号

中国当代长篇小说发展史

张 炯 著

出 版 人	张在健	
责任编辑	万馥蕾 张 婷	
装帧设计	张景春	
出版发行	江苏凤凰文艺出版社	
	南京市中央路 165 号，邮编：210009	
网 址	http://www.jswenyi.com	
印 刷	南京新洲印刷有限公司	
开 本	787 毫米 × 1092 毫米 1/16	
印 张	40.25	
字 数	600 千字	
版 次	2025 年 3 月第 1 版	
印 次	2025 年 3 月第 1 次印刷	
书 号	ISBN 978-7-5594-8478-9	
定 价	228.00 元	

江苏凤凰文艺版图书凡印刷、装订错误，可向出版社调换，联系电话 025-83280257

目录

绪论

上卷　新中国成立初三十年长篇小说的发展

中卷　改革开放以来的长篇发展

下卷　新中国成立七十年地域民族风情等其他门类的长篇发展

绪论

第一章｜长篇小说的文学史地位与意义

长篇小说的历史及其特点——我国新文学中长篇小说的发展——新中国长篇小说的历史地位与意义

【长篇小说的历史及其特点】 在世界文学史上，尽管史诗产生很早，长篇小说却一般产生较晚。欧洲文艺复兴运动后，才有《巨人传》《唐·吉诃德》等作品问世。我国的《五代史评话》有宋刊本，而《三国演义》《水浒传》《西游记》《红楼梦》诸名作和大批长篇，也诞生于元末和明、清。这自然与叙事文学，包括短篇小说、中篇小说的发展，积累了丰富的叙事经验后，长篇创作才可能产生有关，还与文学接受者因市民社会发展而拥有较多的阅读需求有关。

故事情节、人物性格和叙述语言构成一切小说的要素。而长篇小说之所以拥有近现代文学的王者地位，是因为它传承了文学表现的丰富传统，能够以多种表现手段去描写大容量的复杂生活。如俄罗斯著名文艺理论家别林斯基所说："一切别的诗歌体裁都汇合在这里面——抒情诗可以作为作者对于所描写的事件的感情的吐露，戏剧是使人物发言的最为鲜明而突出的手段。别的诗歌体裁所不能忍受的离题旁涉、发议论和教训，在长篇小说和中篇小说里面都获得合法的地位。长篇小说和中篇小说给予作家以发挥其才能、性格、口味、倾向等支配特色的充分广阔的天地。"[1]

1（俄）别林斯基：1847年俄国文学一瞥，《别林斯基选集》第2卷，时代出版社1953年版，第437页。

【我国新文学中长篇小说的发展】 自20世纪20年代以来，我国五四新文学登台，叶绍钧的《倪焕之》、茅盾的《蚀》、老舍的《骆驼祥子》、巴金的《家》《春》《秋》等名作相继问世。新小说存在的同时，传统的白话章回体小说的创作仍在继续，至20世纪40年代末，30年间出版的各种长篇小说新作2100余部，其中包括传统章回体小说发展而来的通俗长篇小说，如言情小说、武侠小说、历史演义等。被视为"鸳鸯蝴蝶派"的包天笑、周瘦鹃等著有多部长篇小说，单是张恨水就创作中、长篇小说110多部，其中长篇小说40多部，如《啼笑因缘》《春明外史》《金粉世家》等。其他还有蔡东藩的《历朝通俗演义》11部和平江不肖生等的众多武侠长篇小说以及新侦探小说。

1949年之前，上述通俗长篇小说沿袭我国传统小说中的脂粉言情、朴刀赶棒、公案侦破、历史演义诸题材，而艺术表现上也开始吸收西洋小说的心理描写。当时的侦探小说多受英国《福尔摩斯探案》的影响，注重悬疑推理。一些武侠小说，如还珠楼主的《蜀山剑侠传》则更多使用魔幻笔法。而新文学的长篇小说则主要遵循现实主义，创造社诸作家则受到浪漫主义和现代主义所提倡的"自我表现"的影响。如当时郁达夫、郭沫若的小说与日本的"私小说"有紧密的关系。新文学的小说用白话写作，自然风景的大段描写和人物内心世界的细腻刻画，以及对话体、书信体、日记体的采用，成为超越我国传统小说的突出特征。

【新中国长篇小说的历史地位与意义】 新中国成立，迎来了长篇小说大发展的年代。新中国成立初17年出版新的长篇小说320余部。在文学艺术大凋零的"文化大革命"的后期，也出版新长篇140余部。而改革开放的新时期，每年以数十部、上百部、几百部递增，1991—1995年，五年内便有新著2500部。新世纪更年达千部到数千部。据第十届茅盾文学奖评委、著名评论家李敬泽答记者问，2016—2019年四年内便有长篇新作4万部，这大概包括数量庞大的网络长篇小说。这种发展数量不仅在我国历史上前所未有，在世界各国的文学史上也是罕见的。

长篇小说之所以成为文学创作的热门，与其文学地位的不断提高及其历史意义的不断彰显密切相关。简言之，长篇小说已经成为最受欢迎的文学读本。这是因为它已然成为文学书写的集中体现和高峰，比其他文学体裁和样式更具成为一个国家文学水平的重要标志的可能。改革开放以来，国家为鼓励文学创作，设立了多种文学奖项，其中茅盾文学奖作为最高的文学奖项，特别设立给长篇小说，亦可说明长篇小说的当代文学地位和历史意义。

文学历来对铸造民族的灵魂起着重大的作用。而长篇小说所拥有的巨大篇幅，使它不仅能够精微地表现人物的精神世界，而且能够通过所描绘的艺术境界，展现作家的政治追求、道德认同和审美理想，有的长篇小说还展现深邃的人生哲理。因而，其丰富的精神能量，总能深刻地影响读者的心灵，促进人类心灵的不断超越和进步。它往往深刻地反映一个时代的民族灵魂，能够刻画出悠长年代的民族精神特点和个性，影响极其深远。

作为叙事艺术，长篇小说已将叙事手段和语言艺术极大丰富，乃至发展到文学叙述和描绘的极致之境。因其丰厚的内涵，如今更成为电影、电视连续剧改编的最好母本。另一方面，长篇小说在满足人们对世界的艺术认知上具有其他艺术形式所难以达到的优势，已经成为满足人们审美需求的最重要的文体。是故，长篇小说在当今世界文学中具有重要的地位与意义。

第二章 | 新中国长篇小说创作的生态背景和高潮

新中国长篇小说创作的生态背景——新中国成立初十七年的创作高潮——改革开放初期的创作高潮——新世纪的创作高潮

【新中国长篇小说创作的生态背景】新中国文学诞生于中华人民共和国成立之后。当时，人们经历长期的人民民主革命战争，推翻了旧中国半封建半殖民地社会，使国家进入前所未有的社会主义时代。即使新中国成立之初，作为向社会主义过渡的历史时期，国家还未曾完全统一，还发生了在国民经济恢复期间的抗美援朝战争，但走向社会主义的改造和建设，已成为我国历史的大趋势。社会经济基础和上层建筑意识形态，人们的社会关系、思想情感，都相继发生深刻的改变。因而，文学艺术也很自然地发生新的变化。正如我国古代文论家刘勰所说："时运迁移，质文代变。"[1]文学艺术的内容与形式、风格都不能不随历史变动而产生新的景观。

具体地说，从新中国成立迄今七十多年的漫长岁月里，历史风云波澜起伏，产生过农业、工商业的社会主义改造和"大跃进"、人民公社运动以及"文化大革命"，20世纪70年代末又进入改革开放的新时期和新时代中国特色社会主义建设时期。客观的社会生活从经济基础到上层建筑意识形态在前后期产生的变动，必然要求文学，包括长篇小说做出反应。具体到新中国长篇小说产生的生态背景，我们必须认识到，首先是它处于我国历史从半封建半殖民地社会向社会主义社会初级阶段转变的历史年代，社会的结构从经济基础到

---

1 刘勰：《文心雕龙·时序》，《文心雕龙》。

上层建筑意识形态的变革，以及新中国成立前期与后期不完全相同的走向，包括前期公有制和计划经济的建立、多次政治思想和文艺的批判运动与改革开放以来的拓展多种所有制和确立市场经济、思想解放和中西文化再一次大规模撞击，都给长篇小说的写作把握现实带来一定困难，也要求长篇小说家拥有先进的世界观、人生观、价值观、审美观，以应对正确反映现实生活变化的挑战；其次，这一时期我国文学不仅有着历史上，包括五四新文学运动以来的长篇小说创作的诸多成果和经验，也有不断被翻译到我国的外国长篇小说名著，世界各国长篇小说创作的经验和潮流，都可以为新中国作家借鉴和吸收。而五四时代的长篇小说作家，在新中国成立后多还健在，他们不但继续有长篇创作，还带动许多新的年轻作家的长篇创作；再次，由于新中国总体上从连绵的战争动荡转向和平建设的较为安定的年代，广大作家乃至业余的创作者都有基本安定的生活保障和写作条件，中国作家协会的各级机构也以各种方式鼓励作家，包括物质的资助和创作时间的保证，这都比较有利于长篇小说的创作。最后，电影、电视和网络文学等新媒体的成长与迅速发展，刺激和推进长篇小说创作走向繁荣。在改革开放后的社会主义市场经济条件下，长篇小说作为电影和电视连续剧的母本，往往容易获得较高的经济价值，网络长篇小说尤其受到广大读者的欢迎，具有很高的点击率。

当然，新中国七十年发展的道路曲折，长篇小说创作在各个时段的产量和质量并非一样，有低潮，也有高潮。但总体上是不断走向繁荣的，大致产生过如下三次高潮：

【新中国成立初十七年的长篇小说创作高潮】新中国成立之初，尽管朝鲜战争发生，全国也没有完全解放，但从全局看，已经从战争年代逐渐转向了和平年代。广大作家，特别是来自解放区的作家，他们既具有革命战争年代的记忆，又对新时代的建设充满激情和热望，愿意深入当时的各条战线，去体验新的火热的斗争生活。而国民经济的恢复和发展，又使作家有条件潜心从事长篇小说的创作。于是，表现革命战争，歌颂社会主义改造和建设的创作热潮便在小说界兴起，出现了新中国长篇小说创作的第一次高潮。

事实上，这个高潮在新中国成立前夕便见端倪。周立波的《暴风骤雨》、丁玲的《太阳照在桑干河上》在1948年至1949年便已出版，1950年间柳青的《铜墙铁壁》也问世。其后，草明的《火车头》、雷加的《春天来到鸭绿江》、高云览的《小城春秋》、杨朔的《三千里江山》、孙犁的《风云初记》、杜鹏程的《保卫延安》、赵树理的《三里湾》、梁斌的《红旗谱》、吴强的《红日》、曲波的《林海雪原》、杨沫的《青春之歌》、周立波的《山乡巨变》、柳青的《创业史》第一部、艾芜的《百炼成钢》、罗广斌和杨益言的《红岩》、姚雪垠的《李自成》第一卷以及蒙古族作家玛拉沁夫的《茫茫的草原》、彝族作家李乔的《欢笑的金沙江》等名作在十多年间相继问世，并受到读者的广泛欢迎。这就标志新中国成立后首次长篇小说创作高潮的形成。其中大多作品均因其真实的历史内容、正面的思想导向和较高的艺术水准，被后人和评论家视为"红色经典"。这次创作高潮涌起的特点是，作家一般都有扎实丰厚的生活体验的根基，创作态度相当严肃认真，而且充满时代昂扬的战斗激情，其作品有力地体现了新中国成立初期蓬勃向上的时代精神。而在艺术创作方法上，则受到苏联文学的社会主义现实主义理论的影响，把革命浪漫主义作为社会主义现实主义不可分割的一部分，接近于后来1958年毛泽东主席所提倡的"革命现实主义和革命浪漫主义相结合"，也即既讲究描写的历史真实性，也不排除将革命理想的表现纳入艺术形象的创造中，因而与中国现代文学中的传统现实主义形成了区别。它继承了现实主义细节的真实，也追求典型环境中的典型人物创造的传统，对正面人物往往有一定的理想化。如《红旗谱》中刻画的朱老忠的形象，《林海雪原》中描写的杨子荣的形象，以及后来的例如历史长篇《李自成》中李自成、高夫人、红娘子等的形象，都具有这方面源于现实又高于现实的特色。遗憾的是，这次高潮由于"文化大革命"而被打断。虽然"文革"后期陆续有新的长篇出版，绝大部分都受当时流行的"左"倾思潮的影响而难于传世，其时长篇小说创作实际上已进入低潮。

【改革开放初期长篇小说创作高潮】新中国长篇小说第二次创作高潮产生于20世纪70年代末至八九十年代的20多年间。"文化大革命"之后，在提倡改革开放，以经济建设为中心，解放思想，实事求是的时代大背景下，姚雪垠的《李自成》第二卷，魏巍的《东方》，周克芹的《许茂和他的女儿们》，李准的《黄河东流去》，莫应丰的《将军吟》，古华的《芙蓉镇》，李国文的《冬天里的春天》，张洁的《沉重的翅膀》，刘心武的《钟鼓楼》，路遥的《平凡的世界》，凌力的《少年天子》，刘白羽的《第二个太阳》，霍达的《穆斯林的葬礼》，孙力、余小惠的《都市风流》，萧克的《浴血罗霄》，徐兴业的《金瓯缺》，王火的《战争与人》，陈忠实的《白鹿原》，刘斯奋的《白门柳》，刘玉民的《骚动之秋》，张平的《抉择》，王安忆的《长恨歌》，阿来的《尘埃落定》，王旭峰的《茶人》等先后获得茅盾文学奖，标志新的长篇创作高潮的涌起。这些作品，题材多样，风格各异，或反思"文革"，或歌颂改革，或描写过去的革命战争，或追溯遥远史实，或反映都市新变，或再现民族风情，为读者展现了丰富多彩的画卷。其特点除对于生活的深入外，还富于历史的反思和对于改革开放的迫切追求。尽管现代主义、后现代主义文艺思潮已冲击和影响先锋文学，长篇小说的主流仍然坚持现实主义的传统。而被认为属于现代主义和后现代主义的艺术思潮，曾在中短篇小说中影响广泛，在20世纪80年代中期后也影响到长篇创作，莫言的《红高粱家族》、阿来的《尘埃落定》和其他作家的某些先锋性作品堪称代表。20世纪90年代长篇小说的产量以每年500部以上的数目递增，20世纪90年代末达到年产800部至1000部。由此，亦可见这次创作高潮的规模之宏大。

【新世纪的长篇小说创作高潮】第三次长篇小说创作高潮则出现在新世纪。经过20世纪八九十年代之交历史的波动，国家继续扩大开放，深化改革，中国特色社会主义现代化建设不断取得新的成就，文坛既经历20世纪80年代的众声喧哗和现代主义、后现代主义的冲击，人道主义、女性主义的洗礼以及文化保守主义的反思，新潮小说、新写实小说、新历史主义小说、女性主义小说等也先后蜂起，到了新世纪，长篇小说创作形成了新的高潮。熊召政的《张居正》、张洁的《无字》、徐贵祥的《历史的天空》、柳建伟的《英雄时代》、宗璞的《东藏记》、贾平凹的《秦腔》、迟子建的《额尔古纳河右岸》、周大新的《湖光山色》、麦家的《暗算》、张炜的《你在高原》、刘醒龙的《天行者》、莫言的《蛙》、毕飞宇的《推拿》、刘震云的《一句顶一万句》、李佩甫的《生命册》、金宇澄的《繁花》、王蒙的《这边风景》、苏童的《黄雀记》、格非的《江南三部曲》、梁晓声的《人世间》、徐怀中的《牵风记》、徐则臣的《北上》、陈彦的《主角》、李洱的《应物兄》、杨志军《雪山大地》、乔叶《宝水》、刘亮程《本巴》、孙甘露《千里江山图》、东西《回响》等相继脱颖而出，而各种各样的长篇小说更如蜂拥。网络文学中的长篇尤其琳琅满目，其中受到读者欢迎的作品数量也不少。出于幻想的科幻小说和未来题材、动物题材的长篇小说，乃至所谓"历史穿越小说""玄幻剑侠小说"等也大批涌现。2015年问世的长篇小说达5000部。2016至2019年竟新增4万部。可以说，长篇小说的题材、主题、形式、风格的众多和创作数量的这种繁荣还在继续，有待人们进一步的观察。

第三章 │ 新中国长篇小说的历史性成就

走向了人民文学的新时代——刻画了我国历史的真实长卷——塑造了系列
具有时代典型意义的人物形象——拓展了长篇的题材、主题、形式、风格
和表现手段——提升了长篇创作的思想高度和深度

应该看到，自新中国成立以来，我国长篇小说不同时期的生态环境存在差异，其中也产生不少平庸，乃至失败之作。但总体上仍然获得前所未有的巨大发展，取得显著的成就，产生了大量超越性的优秀作品。

人们不应忽视，七十年来长篇创作的成就不仅在数量上，而且在质量方面也不断提高，产生了新的历史特质、新的描写对象，具有了新的思想内涵和新的艺术探索。总体来看，新中国长篇小说的成就主要表现于如下方面：

【走向了人民文学的新时代】新中国长篇小说创作的历史性成就，首先在于它与新中国文学一起走向了人民文学的新时代。

自五四新文化运动提倡"平民文学"和后来"革命文学""左翼文学"的兴起，特别是毛泽东的《在延安文艺座谈会上的讲话》号召文艺应表现工农兵、为广大的人民群众服务，人民群众包括工农兵与知识分子，以及其他人民阶层，都被许多文学作品所描写。而到新中国成立之后，不但文学描写的对象产生巨变，人民群众代替了传统文学的帝王将相、才子佳人，文学的写作者也发生巨变，除了五四以来的作家仍在写作，新作家更不断涌现和成长，包括从工农兵中涌现和成长的作家，如陈登科、胡万春、高玉宝。大批女作家涌现和成长，到了世纪之交，女作家已占文坛的"半边天"。大量业余作者和网络文学作者，更多来自广大的人民群众，如"打工文学"的作者多是"农民工"，如写出八卷长篇《新战争与和平》的作者李尔重便长期在革命工作岗位坚持业余写作。如今网络文学写手，据《文艺报》报道，竟达千万人以上。新中国

成立时，全国人口5.5亿人，文盲占80%，而到了2000年，全国人口增到14亿人，文盲仅占6.72%。今日全国各族人民中网民便超8亿。文学的接受者随着全民族教育的普及和文化水平的提高，自然从旧的知识阶层变为广大的人民大众。长篇小说领域的情况也大体如此。这一切都标志着人民写、写人民和为人民而写的文学新时代的到来。

【刻画了我国历史的真实长卷】刻画了我国历史发展的真实长卷，比较深刻地反映时代本质，应是新中国长篇小说的又一重要成就。

　　一切文学作品都体现创作主体与客体的统一，虽然不能要求文学作品像银版照相一样再现现实，但文学史上的优秀作家总能深刻地反映现实的本质，描绘出现实生动真实的画卷，而杰出的作家所创作的长篇小说更能够成为社会生活生动丰富的百科全书。正因篇幅长，故事情节逶迤曲折，描写人物众多，丰富复杂的社会生活才能够得到从容真实的描绘。《水浒传》《红楼梦》之类的作品，在一定意义上，堪称"时代的镜子"，举凡三教九流、贵宦平民、城乡风情和民俗，乃至建筑样式、上贡礼单、治病药方等等，特定时代社会生活中的一切，莫不入作家的笔下。新中国成立以后，作家多具有历史唯物史观，能够更正确认识历史中复杂的人物关系，再现人际关系形成的一定社会结构，而在对生活的亲身或间接体验中又能把握很多具有时代特征的生动细节，从而也就能够描绘广阔的社会历史图画，在相当真实的基础上再现新中国的社会变动或我国古代的历史浮沉。这些都使其作品描绘的真实画卷超越于前人，多能再现历史长河奔腾的主流和脉动。如梁斌的《红旗谱》、欧阳山的《一代风流》、陆地的《瀑布》等反映我国民主革命的艰难历程；赵树理的《三里湾》、周立波的《山乡巨变》、柳青的《创业史》、路遥的《平凡的世界》描写新中国成立后农村的变革；草明的《原动力》、雷加的《春天来到鸭绿江》、艾芜的《百炼成钢》、程树榛的《钢铁巨人》等再现我国工业化的崎岖路途；"文化大革命"的伤痕与悖谬，在陈国凯的《代价》和柯云路等人的多部长篇中都得到生动的刻画；玛拉沁夫的《茫茫的草原》等各少数民族作家创作的长篇小说，更展开了我国文学史上罕见的各兄弟民族地区的高原、沙漠、大山、草原的风光和绚丽多彩的民俗风情；而姚雪垠的《李自成》以及凌力、二月河、刘思奋等的历史长篇书写不同朝代的风云变幻，举凡庙堂中的廷争面折、战场上的金戈铁马、深闺里的儿女情长，莫不见于作家笔下，从杨书案的《炎黄二帝》到任光椿的《辛亥风云录》，举凡秦皇、汉武、唐宗、宋祖，直到孙中山，在新中国都有长篇小说家写过。他们的创作，堪称展现了中国历史波澜壮阔的璀璨长卷，具有很高的认识价值。

【塑造了系列具有时代典型意义的人物形象】塑造了系列具有时代典型意义的人物形象，也是新中国长篇小说的重要成就之一。

文学是人学。人物形象的刻画是文学最吸引读者的所在，也是作家描写的中心。而典型人物形象的塑造，历来是优秀文学作品的追求。一部长篇小说往往能够描写几十、上百个甚至数百个人物，表现他们的性格、行为和命运，刻画人物丰满、生动的形象，乃至塑造深刻的艺术典型，呈现特定时代丰富的人物画廊，因而，自然比其他艺术形式更能满足人们广阔的审美和认知需求。

马克思指出，人的本质是"一切社会关系的总和"[1]。新中国长篇小说作家多能够从复杂的人物关系中去把握人的命运和性格，因而所描写的人物形象极为丰富多样。既有普通的工农兵和知识分子等人民群众的形象，也有其他阶层代表性的人物形象，还有历史上的帝王将相、才子佳人、贩夫走卒等三教九流的形象，其中许多人物形象都具有一定的典型性。尤其是对具有新时代特征的人民英雄的典型形象的塑造，更为我国文学画廊添加了前所未有的意义深远的色彩丰富的群像。如梁斌《红旗谱》中的朱老忠，杨沫《青春之歌》中的林道静，曲波《林海雪原》中的杨子荣，艾芜《百炼成钢》中的秦德贵，柳青《创业史》中的梁生宝，罗广斌和杨益言《红岩》中的江姐、许云峰，还有玛拉沁夫《茫茫的草原》中的铁木尔，李乔《欢笑的金沙江》中的挖七、阿火黑日等，都深刻影响了广大的读者，促进了社会主义精神文明的建设。

塑造英雄典型，这是世界文学和我国文学的重要传统。马克思主义指出人

---

1 马克思：《关于费尔巴哈的提纲》，《马克思恩格斯选集》第一卷，人民出版社1972年版，第18页。

民群众在创造历史中的决定性作用，但也承认英雄人物的重要历史作用。英雄人物总体现一定的进步性，其超人的品质和坚强性格，往往为人们所景仰，并鼓舞人们为更美好的未来而奋斗。在中国的革命历程中，革命英雄人物辈出，新中国长篇小说为这样的人物塑造光辉的典型，乃属必然，也是作家的光荣责任。

在人物形象刻画中，如何理解人性，必然成为历代作家难以回避的认识课题。

马克思在《资本论》中指出，人性是历史地形成的。正是辩证唯物主义和历史唯物主义世界观，为阐释人性的发展和进步、揭示人性从野蛮走向文明提供了科学的基础。我们曾有抽象人性论泛滥的误区，也有将阶级性与人性相对立而将共同人性描写视为歧途和畏途的偏向。其实，共性总存在于个性中，阶级社会里人性总有阶级性的一定烙印，也总存在其他普遍的共同的人性，如家族性、民族性、人类性等，这完全符合辩证法的思想。新中国长篇小说家，特别是近四十年来的长篇小说作家，大多是维护这种见解的。因此，对于人性复杂结构的探求，对于美好人性的赞颂和对于人性丑恶的鞭挞，一直为多数作家所努力。这也使他们的作品具有对人性激浊扬清的作用，往往成为铸造美好人性，促进人类文明进步的教科书。上述《红旗谱》等优秀的长篇小说塑造的众多人物形象正激发了我国广大读者对于美好人性的向往和对丑恶人性的鄙弃；而从王蒙的长篇小说《活动变人形》对倪吾诚形象的刻画以及姚雪垠的历史小说《李自成》对李自成、崇祯皇帝等形象的描写中，读者也见识了不同人物的复杂人性。七十多年来，特别是近四十年，对于人的解放、人性的挖掘和崇高人性的赞颂，日益成为长篇小说的自觉追求，从而使长篇小说深刻地影响一代又一代人的精神世界。

【拓展了长篇的题材、主题、形式、风格和表现手段】新中国长篇创作的另一重要成就，是拓展了长篇的题材、主题、形式、风格和表现手段。

新中国成立之初，歌颂人民革命和反映社会主义建设，成为长篇小说创作最主要的题材和主题。当年的长篇小说只有《李自成》第一部属于历史题材。

其他如《风云初记》《保卫延安》《红日》《林海雪原》等描写的都是人民革命斗争，而《三里湾》《山乡巨变》《创业史》《百炼成钢》《乘风破浪》《上海的早晨》等反映的都是社会主义改造与建设。而新中国成立初继承五四新文学的传统，特别是解放区文学的传统，还受到苏联文学的有力影响，长篇小说的形式已初见多样，小说风格在明朗、清新、淳朴的时代风气下也显现具体作家作品的不同。写革命风云，孙犁的《风云初记》诗意洋溢，梁斌的《红旗谱》笔锋雄健；写战争，吴强的《红日》与曲波的《林海雪原》也风格各异。自改革开放以来，长篇小说的题材、主题、形式、风格更趋多样化。天上、地下、历史、未来、鸟兽、鬼怪无不进入长篇小说的创作，可谓五花八门，令读者眼花缭乱。仅莫言的长篇小说，从《红高粱家族》的反传统描写，到《檀香刑》的奇想与民间唱词体，到《生死疲劳》中的地主下世能变成各种动物经历时代的变革，等等，就见出作家探索的多种向度。长篇小说风格或清新、俊朗，或细腻、柔美，或刚健、雄浑，不一而足。除了现实主义的白描、浪漫主义的幻想，还有现代主义、后现代主义的意识流、象征、荒诞、魔幻、碎片化和客观真实主义等手法，也莫不被这时期长篇小说作家所吸收和借鉴。而从新中国长篇小说发展的宏观角度来看，叙事方式、描写语言大步走向民族化、大众化，则是明显的艺术主流。我国传统长篇虽也多用白话，但往往固化于章回体的模式。五四以来新文学的长篇创作，固然有许多新创，包括叙事形式和语言运用的新创，但一度出现欧化的现象，往往脱离广大的读者群众。新中国长篇小说如上所述既继承"五四"新文学的优良传统，又发扬了解放区文学民族化、大众化的成就，在七十年的创作过程中，还汲取现代西方小说的优点和长处，包括现代主义、后现代主义的可取视角和表现手段，因而，叙事形式不仅有全知全能的第三人称，也有第一人称或并用多人称以及故事体、日记体、书信体、词典体等多种体式。在群众性口语的基础上，既吸纳传统文言有生命力的成分，又借鉴西方严密的语言逻辑，还大量从民间汲取生动活泼的口语，从而创造出新的现代化、民族化、群众化的小说语言。这些都是新中国文学，包括长篇小说的新贡献。

【提升了长篇创作的思想深度和高度】提升了长篇创作的思想深度和高度，同样是新中国长篇创作的重要成就。

长篇小说创作的思想深度和高度，既取决于作者对社会生活体验和把握的深度，也取决于作者世界观、人生观、价值观、审美观达到的时代高度。新中国长篇小说家多传承和发扬传统的爱国主义思想，多受到马克思主义——当代科学世界观和人生观、价值观、审美观的影响和熏陶，因而他们的优秀作品大多达到新的思想深度与高度，为社会主义精神文明建设，为陶冶人性、铸造民族灵魂提供了正向的能量。

在新中国长篇小说的创作中，如何对待人道主义思想，曾是颇具争议的难题，经历了很长一段时间，才获得比较合理的认识。这一议题的讨论对于提高文学创作的思想深度和高度，有着重要的影响。

元明清以来，我国长篇小说传播的思想基本上仍是封建的思想体系。毛泽东曾指出，对于封建时代的文化，我们应当"剔除其封建性的糟粕，吸收其民主性的精华"[2]。封建时代儒家的"泛爱众而亲仁"的仁爱观念和"民为贵，君为轻，社稷次之"的民本思想，就属于民主性精华，体现了那时朴素的人道主义。西方启蒙主义思想家伏尔泰、狄德罗都受过西方传教士从中国带回欧洲的上述儒家思想的影响。

五四前后，西方以人道主义为核心的启蒙思想传到我国，个性解放、自由、平等、博爱等民主观念曾成为一时的思想潮流，新文学的开端莫不传布这种潮流。但俄国十月革命后，马克思主义传播到我国，唯物史观包括阶级及阶级斗争的学说很快产生强大的影响，革命文学的兴起便是在传播这种影响。新文学中上述两种思想倾向的冲撞和斗争，一直延续到新中国成立的前后。这在新中国成立初的我国文学，包括长篇小说创作中都有明显的体现。由于认识存在一定偏颇，当时文学创作中对于人道主义往往一概否定，展开过不止一次的批判。改革开放以来，我国学术界和文学界都重新审视人道主义问题，承认传统人道主义在世界资产阶级革命中起过伟大的历史作用，而在反封建方

---

2 毛泽东：《新民主主义论》，《毛泽东选集》第 2 卷，人民出版社 1952 年版，第 679 页。

面，仍是马克思主义的"同盟军"；还指出社会主义学说从空想到科学的发展过程中，实际上将人道主义的理想纳入唯物史观的轨道，指出自由、平等、博爱的真正实现和人的个性的彻底解放，只有到阶级消灭后的共产主义社会才能完全做到。如马克思所说，共产主义导致人性"保存了以往发展的全部丰富成果的"复归，"等于人道主义"[3]。马克思、恩格斯都不曾笼统地否定人道主义的理想，只是反对和揭露资产阶级张扬人道主义的虚伪。马克思指出，一旦工人阶级起来反抗，资产阶级就把"自由、平等、博爱"代之以"步兵、骑兵、炮兵"[4]。恩格斯在《社会主义从空想到科学的发展》一书中曾阐明社会主义学说"就其理论形式来说，它起初表现为十八世纪法国伟大启蒙学者所提出的各种原则的进一步的、似乎更为彻底的发展"。上述观点逐渐成为人们的共识。因而这时期的文学创作，包括长篇小说创作中，作家传播的思想就具有更大的包容性。在承认唯物史观的前提下，也承认人道主义仍存在历史的进步性，提倡马克思主义的人道主义，提倡对弱势群体的悲悯精神，便成为许多作品的突出主题。如刘心武的短篇小说《班主任》、戴厚英的长篇小说《人啊，人》和《诗人之死》等"伤痕文学"的主题便较早张扬人道主义。之后，如铁凝的《玫瑰门》《大浴女》，张洁的《方舟》《无字》等，在对人性的深入刻画中，其女性主义倾向就隐含人道主义的立场。莫言的《红高粱家族》《天堂蒜薹之歌》中也凸显对弱势群体的悲悯精神。而习近平新时代中国特色社会主义思想以及社会主义核心价值观的提出既充分体现马克思主义世界观又充分继承了人类历史上具有进步价值的思想，其中也包含人道主义的积极主张，从而把我国作家的思想水平提到新的深度和高度。其中，长篇小说所起的传播作用尤为重大。

辛亥革命以来，"五族共和"的倡导和中华民族观念形成，而新中国的爱国主义思想不仅更加昂扬，而且与国际主义和建设人类命运共同体的理想相联

---

3 马克思：《1844 年经济学—哲学手稿》，《马克思恩格斯全集》第 42 卷，人民出版社 1979 年版，第 120 页。

4 马克思：《路易·巴拿马的雾月十八日》，《马克思恩格斯选集》第 1 卷，人民出版社 1972 年版，第 670 页。

系，新时代的爱国主义精神上升到前所未有的高度。习近平总书记更一再强调弘扬爱国主义精神，对于提高我国文学艺术思想性的重要。

爱国主义、马克思主义和人道主义的发展，成为新中国文学和长篇小说的重要思想支柱，使中国长篇小说焕发出前所未有的精神光彩！

第四章 | 本书评价的标准与论述的局限

时间与读者是作品的最好评价者——当代长篇小说评价的标准——对历史主义的理解和坚持——本书论述的选择与评价的局限

【时间与读者是作品的最好评价者】美国著名文艺理论批评家M. H. 艾布拉姆斯在他的名作《镜与灯》中曾归纳西方古今文艺理论批评的见解，提出文艺批评的并列四种对象：世界——作品——艺术家——读者。他认为适当的文艺理论也必须顾及这四种对象及其相互的关系的研究。实际上，今天的文学史著作，也不能无视上述四种对象及其关系。文学作品就其终极源泉不能不追溯到它所反映的客观世界；而作品又是作家的创造，它必然不能等同于所反映的客观世界，作品总是创作主体与所反映客体的统一，必定带有作家创造性的印记。所以，作品既是反映世界的某种镜子，又是被作家光耀的灯所照亮的。读者和观众正是从作品的主客体相统一中获得自己的审美感受和判断。本书论述新中国长篇小说的发展历史，自然也必须顾及上述四个方面及其相互关系的情况。

时间与读者向来是优秀文学作品的最好评价者。一部作品如果经过三代以上的时间淘选和读者的肯定，就有希望流传下去。无可讳言，在新中国产生的大量长篇小说中，已有许多作品淹没于历史的沙砾中，将如过去产生的许多窳陋的作品那样，被读者无情地淘汰。也许有的珍珠玛瑙会混埋于沙砾中，一时未被人们发现，但它们终究会因自己闪耀的光泽和美丽的质地，而重见于天日。

文学史论著所论及的作品毕竟有限，具体作品总因其思想和艺术的独特贡献，因其在读者中传播的广度和历史的影响，而进入史家的眼光。自然，这里就牵涉评价标准的问题。一般来说，小说评价的标准，与文学评价的标准是一致的。不过，长篇小说会有某些独具的特征和要求。

【当代长篇小说评价的标准】关于文艺批评的标准，恩格斯曾在《致拉萨尔的信》中提出"美学的和历史的"标准。他认为这应该是"最高的标准"。毛泽东的《在延安文艺座谈会上的讲话》中则提出政治标准和艺术标准，要求文学作品达到"革命的政治内容与完美的艺术形式的统一"。改革开放以来，有主张以真善美为标准的论调，胡乔木则主张思想标准与艺术标准的兼顾。

实际上不同时代、不同阶级或阶层都会有自己的标准。在我国当代文学研究中，便有以新时期的眼光来否定前三十年文学的，也有以新中国成立十七年的眼光而认为新时期文学"糟得很"的。而比较恒定的评价，往往需要许多代才能形成。至今，我国读者对唐代李白、杜甫的评价，仍有或扬李抑杜，或抑李扬杜的，可见定评之不易。

其实，历史的标准不仅包含历史真实性的标准，也包含一定时代的政治标准、思想标准和道德标准，不管什么时代，政治、思想、道德都有进步与落后、正确与错误以及善与恶之分；而美学的标准中，真善美是统一的。虽然存在美的形式，但脱离了真与善，单纯的美的形式尽管可以研究，却难以产生完整的审美感。人类对于美的感知，虽然存在"食之于味"的共同美[1]，但不同的时代、不同的民族和阶层确实又存在不同的审美标准。如对于女人的美便有"唐肥宋瘦"的时代之别；车尔尼雪夫斯基在《生活与美学》中曾指出，俄罗斯的农村妇女以脸色红润、身体健壮为美，而贵族妇女却以脸色白皙、身材苗条为美。可见，审美标准也存在具体的历史性与阶级性。因而我们今天对于文学艺术的评价标准自然应立足于当代我国广大人民群众的立场和他们更多认同的科学世界观和进步的价值观、健康的审美观。也就是应该坚持辩证唯物史观和社会主义核心价值观，坚持真善美相统一、思想内容与艺术形式相统一的指

---

1 何其芳：《毛泽东之歌》，《人民文学》，1977 年第 9 期。

向。当然，就长篇小说而言，联系其特点还有更具体的评价标准，如故事情节的引人入胜，人物形象的深刻和丰满，描述语言的流畅、生动，风格独特等。

【对历史主义的理解和坚持】 在总体的历史评价上，我们必须坚持历史主义的原则。列宁曾说："在分析任何一个社会问题时，马克思主义理论的绝对要求，就是要把问题提到一定的历史范围之内。"[2]他还指出："马克思主义的最本质的东西，马克思主义的活的灵魂：具体地分析具体的情况。"[3]意识总是存在的反映。文学艺术作为社会上层建筑的意识形态，它必定反映具体的社会历史存在和不同阶级、阶层的功利追求与审美选择。任何文学艺术作品的出现，都有一定的历史根源，有一定的历史必然性，因而也会具有一定的历史特色和历史认识的价值。所以，我们既不能以改革开放以来的眼光去轻易否定新中国成立初期的文学作品，也不能简单地以新中国成立初期的眼光来否定改革开放后的新时期的创作，而应该深入分析这些作品产生的时代土壤和历史真实性，它所表现的思想内涵的进步性和艺术形式的根源与创新，并在美学的历史的高度去认识和评价作品在承前启后的历史链接中客观的文学史地位与价值。也许这样更能避免认识的片面性和偏颇，更能客观地实事求是地评价新中国长篇小说创作的历史价值和地位。

【本书论述的选择与评价的局限】 文学史的史实性是以作品文本为基础的。一般而言，有作家才有作品，但反过来，也可以说有作品文本才有作家，才有流派和文学现象、文学运动。因之，建立在文本基础之上的文学史，其史实的可靠性就比较高。虽然有些文本在历史过程中已经佚亡而不可再得。本书作为文学史，自然首先应基于史实，基于对文本的尊重，力求从作品文本来认识和判断作家，努力做到论从史出，史中见论。因此，本书的叙述以介绍对作品文本的认识为主，包括作家的生平和作品被传播被接受的概况。要认识作品，就要"知人论世"，认识某个作家何以有条件创作某个作品；同时，文学

2（俄）列宁：《论民族自决权》，《列宁选集》第 2 卷，人民出版社 2013 年版，第 512 页。

3（俄）列宁：《共产主义》，《列宁选集》第 4 卷，人民出版社 2013 年版，第 290 页。

史也应包含读者的接受史，介绍相关作品的出版传播、接受的情况。囿于读者反馈资料的缺乏，本书尽量引证评论家对作家、作品的有关评论，介绍作品出版传播和被改编影视的情况以及在国内外获奖的情况。评论家的评论和出版与影视的传播以及作品的获奖情况，能够代表公众的某种反馈的意见。这样做，目的在于尽可能让读者了解七十年来产生过多少具有历史影响的长篇小说文本和小说家及其相关的资料。同时笔者也力图反映文学史实的丰富性，论述包含不同流派、风格、倾向的作家及其主要作品，同时加以必要的评价，包括对某些方面和问题做出概括性论述。但受个人阅读视野所限，论述必然难以全面，疏漏无可避免，评价也未必都得当。鉴于20世纪70年代后诞生的作家，目前仍处于他们创作的旺盛期，作品也有待时间的沉淀，所以，暂时未入论。网络文学中涌现的长篇小说数量巨大，个人缺乏研究，且已有专门史著问世，故也未做论述。还有港澳台文学的长篇创作，因其产生的社会历史背景不同，本书没有立论。这些都是本书的局限。

为方便论述，本书将作品做分类的介绍，同时兼顾各种长篇涌现的时序和作家、作品地理学的分布，这种论述方法不可避免地会将作家的全部作品及其成就分割。为尽量避免分割，在许多章节中除突出其符合分类的作品外，也将作家的其他作品一并介绍。尽管如此，有些作家的不同作品仍然不得不在不同章节中分别论述，这实属不得已的做法。现将全书除绪论、结束语外，分为三卷：上卷论述新中国成立初三十年的长篇发展；中卷论述改革开放以来的长篇发展；下卷论述新中国成立七十年地域民族风情等其他门类的长篇发展。这样处理，虽非最理想，但目的在于加强读者对新中国长篇小说历史发展的时序感和空间感的了解。这些也要向读者先做说明。

上卷

新中国成立初三十年长篇小说的发展

第一编｜革命历史风云录

现代中国的革命，自推翻清王朝封建统治的辛亥革命，经历五四运动和中国共产党成立后的新民主主义革命，夺取全国革命的胜利，走过漫长的岁月和无比艰难而崎岖的道路。其间，无数仁人志士、革命先烈前仆后继，流血牺牲。他们的浩然正气，为国家富强、人民幸福而英勇奋斗的精神，真正惊天地、泣鬼神！新中国的成立虽然标志新民主主义革命的胜利和社会主义改造与建设年代的到来，但人们对刚刚逝去的岁月中革命风云和血雨腥风仍然记忆犹新。它激励作家们提笔去写这段历史，使革命历史的回响继续激荡于人们的心头，并激励他们去夺取社会主义革命与建设的新的胜利。这不仅十分必要，也符合文学艺术与历史生活互动的规律。

这方面的书写，在新中国长篇小说领域已产生几种题材类型：第一，反映农民群众积极参与革命斗争的，如柳青的《铜墙铁壁》、孙犁的《风云初记》、梁斌的《红旗谱》；第二，表现革命武装斗争的英雄传奇的，如马烽、西戎的《吕梁英雄传》，孔厥、袁静的《新儿女英雄传》等；第三，描写共产党地下革命斗争的，如高云览的《小城春秋》、杨沫的《青春之歌》等；第四，再现解放战争战役的，如杜鹏程的《保卫延安》、吴强的《红日》等；第五，以广阔的视野写作，具有史诗性追求的，如欧阳山的《一代风流》、玛拉沁夫的《茫茫的草原》、李乔的《欢笑的金沙江》。其中，叙事模式也出现不同的选择：或通过小说主人公的命运变化来反映革命斗争，如《青春之歌》；或通过家族沉浮来反映革命斗争，如《红旗谱》；或通过集体胜负来反映革命斗争，如《吕梁英雄传》《保卫延安》《红日》等；或以宏大规模反映各阶层大范围的历史变动，如欧阳山的《一代风流》等。这些模式，标志作家们取材的不同视角和表现方式，后来又被许多小说家重复和发展。

第一章 | 人民革命斗争浪涛的回响

人民革命历史书写的热潮——柳青、孙犁笔下的革命斗争长篇——梁斌的生平与《红旗谱》——王林、雪克等的长篇——冯德英的"三花"——艾煊的《大江风雷》——艾明之的工人革命斗争小说——李六如及其《六十年的变迁》

【人民革命历史书写的热潮】新中国成立之初，我国人民刚从长期的革命斗争中走出，许多作家对那个时期的战斗生涯记忆犹新。后来的作者虽然缺乏那个时期的直接生活经验，却也被那种史诗性传奇性的生活内涵所吸引。那毕竟是一场震惊世界并改变中国，也改变世界的伟大斗争。因而大批作家从新中国成立初到新世纪，都陆续把自己的笔墨投向那种雄奇激荡的题材，便属历史的必然。

我国是一个农民长期占绝大多数的国家，现代中国人民的革命斗争，自然与广大农民的奋起分不开。自义和团运动以来，农民革命斗争几经曲折，从自发的斗争走向自觉的斗争，从缺乏正确的领导，走向共产党的正确领导。以往已有许多作品涉及这方面的题材。从鲁迅笔下的《阿Q正传》，蒋光慈笔下的《少年漂泊者》和《咆哮的土地》，丁玲笔下的《水》和《田家冲》，王统照笔下的《山雨》，赵树理笔下的《李有才板话》和《李家庄的变迁》，都不同程度地反映了这种农民走向革命的历程。阿Q想革命却被"不准"而致被砍头，到后来赵树理所写的农民在共产党领导下堂堂正正地走向革命，画出了不同时代中国农民革命前赴后继的曲线。而共产党领导的农民革命正是中国20世纪革命的主流和实质，也是中国革命的特殊点和着力点。因而20世纪中国文学，包括长篇小说把农民走向革命作为自己描写人民革命斗争的重点便有其历史必然性。而新中国长篇小说表现革命斗争题材超越现代长篇小说之处，一是多突出农民成为革命主力的曲折历程，二是突出中国共产党对于农民的领导，三是以马克思主义的辩证唯物史观指导下的革命现实主义作为基本的创作原则和方法，四是更加重视小说的民族化、大众化。其中，柳青、孙犁、梁斌等作家走在了创作的前列。

【柳青、孙犁笔下的人民革命斗争长篇】新中国成立初，柳青、孙犁描写人民革命斗争题材的作品比较引人注目。柳青的《铜墙铁壁》和孙犁的《风云初记》堪称是那时的名作。

柳青（1916—1978），是新中国重要的小说家，他原名刘蕴华，陕西省吴堡县人，出身于农民家庭。早年在家乡中小学读书时即开始参加革命活动并练习文学创作。1928年加入共青团。1935年投身一二·九运动，翌年用柳青笔名发表散文。1936年参加中国共产党。1938年赴延安。1942年参加整风运动，从此一生学习、贯彻毛泽东倡导的文艺为工农兵服务的方针。1943年去陕北米脂县从事实际工作，任三年乡文书。彼时曾有反映抗日民主根据地农民在共产党领导下战胜封建顽固势力的破坏，摆脱小生产者的自私狭隘思想，变工互助、集体种谷、支援前线的《种谷记》出版（大连光华书店1947年初版）。之后，他写出第二部长篇《铜墙铁壁》（人民文学出版社1951年9月初版）。

《铜墙铁壁》以中国人民解放军在西北战场上粉碎国民党军队的猖狂进攻为背景，反映沙家店粮站护粮、支前的斗争，表现"千百万真心实意拥护革命的群众力量是打不破的铜墙铁壁"这一重大主题。小说主人公石得富是个英勇机智、忠心耿耿的民兵队长，作者着力刻画他的形象的同时，还绘声绘色地描写了疤虎、银凤、兰英、二木匠、石清良老汉等普通农村群众以及葛专员、曹安本、金树旺等革命干部，展现一幅农民群众积极参加解放战争、顽强进击的英雄群像。在描写群众见到毛泽东、周恩来等领袖人物的动人情景时，作者用了"和家里的人一样样的"来传达小说里人物的心情，同时也表达了作家本人对战争年代形成的亲密无间的党群关系的深刻记忆。在新中国文学中，《铜墙铁壁》是最早表现战争伟力源于人民的主题的长篇小说。尽管在反映战争的广度和深度、在读者中产生的影响等方面，它不及稍后出现的《保卫延安》等，却也因为突出地表现了人民群众在战争中的伟力而具有不可忽视的价值和地位。在柳青的创作经历中，这无疑是一部重要的作品，也是新中国长篇小说创作中描写人民革命斗争的翘楚之作。作者以充满革命激情的现实主义笔触，开创后来这方面长篇创作浩流奔涌的先河。

在抗日战争期间从冀中崛起的小说家中，孙犁无疑是成就丰硕，影响最大，创作期最长的一个。他既是我国现当代著名的小说家、散文家，也是具有影响的理论家、批评家。

孙犁（1913—2002），原名孙树勋，生于河北省安平县东辽城村。6岁入本村小学读书。11岁随父亲到安国县（今安国市）上高级小学，开始接触五四以来的新思潮。13岁考入保定育德中学。少年时期，他喜爱河北梆子以及各种地方戏、大鼓书；上中学期间较多阅读中国古典小说和五四以来的新文学作品。他还涉猎过中国文化、伦理学史和中国哲学史等书籍以及普希金、契诃夫、梅里美、高尔基等外国作家的作品。中学时代，他在《育德月刊》发表了他的首篇小说。

1933年高中毕业后，孙犁到北平，在市政府工务局当专事抄写的书记。不久被免职回乡。第二次去北平当小学事务员，旋又失业回家。1936年秋，孙犁到安国县同口镇小学教书，同口镇濒临白洋淀，他从此熟悉白洋淀一带风土和农民的劳动生活。参加抗日工作后，他于1939年开始发表作品。此后近十年，他先是在冀中区办的抗战学院教授文艺课，后调晋察冀通讯社和晋察冀边区文联、《晋察冀日报》社、华北联合大学做编辑和教学工作，参与编辑《晋察冀文艺》。1944年，孙犁前往延安鲁迅艺术文学院文学系当研究生，后在该系任教，其间撰写若干理论批评文章，并创作散文和短篇小说。1945年接连发表了《杀楼》《荷花淀》《芦花荡》《麦收》等作品，受到读者欢迎。日本投降后，孙犁又回到冀中参加土改，创作了《钟》《碑》《嘱咐》等短篇小说和一些散文。1949年天津解放后，调《天津日报》工作，次年七月，长篇小说《风云初记》开始在《天津日报》连载。

《风云初记》以充满诗意的笔墨，描写冀中平原农民参加抗日战争的故事。它既具有众多同类作品揭露侵略者罪恶，弘扬抗敌御侮的民族气节，讴歌共产党领导的题旨，更有作者对这场战争的独特感受，从而使作品的内容个性化、诗意化。小说的男女主人公芒种和春儿，他们对未来的美好理想本是婚后凭借自己勤劳的双手，做一对恩爱的庄稼夫妻。但是七七事变后，在共产党领导下，冀中建立抗日武装和抗日政权，芒种成了抗日武装的骨干，春儿成为抗日积极分子。他们通过做军鞋、护伤员、破路、斗争汉奸地主等系列活动，使自己成为伟大民族解放战争的自觉战士。孙犁说过，《风云初记》是"关于那一时期我的家乡的人民的生活和情绪的真实记录"，"再没有比战争时期我更爱我的家乡，更爱家乡的人民，以及他们进行的工作，和他们所表现的高尚品质。"[1]在创作《风云初记》过程中孙犁巧妙地把小说家的叙事和诗人的抒情结合起来，从而使小说处处透出盎然的诗意。比如描写芒种带着战士在大洼里伏击敌人的场面："他们紧紧趴在地上，心跳得很厉害，身子下面的大地也在颤动。家乡的土地，是你在万分危险，生死存亡的时候，默默地鼓动着你的儿女！当你受到侵辱的时候，你有权召唤你那最勇敢的儿子前进！"又如写春儿做军鞋，把自己的名字绣在鞋底上，作者深情地写道："这个女孩儿的名字，随着战争的脚步，在祖国这一片光荣的土地上，留下了鲜明的痕迹和使人兴奋的影响。"像这样把客观描写和主观抒情有机结合起来的笔法已成为孙犁小说独特的审美传达方式。如作者所言，这部作品的不足是"小说的结构力量，有些地方是薄弱的，所表现的生活是不够广阔的"。[2]尽管《风云初记》存在一些美中不足，但它的朴素的面貌和动人的诗意风格，受到广大读者的欢迎。

孙犁后来还有中篇小说《铁木前传》和晚年创作的系列短篇小说《芸斋笔记》问世。

【梁斌的生平与《红旗谱》】在反映农民参加革命斗争的长篇小说中，梁斌的《红旗谱》具有里程碑的意义。它以广阔的历史画卷，展开中国农民从自

---

1 孙犁：《为外文版〈风云初记〉写的序言》，《天津日报》，1979 年 10 月 11 日。
2 同上。

发斗争走向自觉斗争，走向在共产党领导下夺取斗争胜利的史诗性历程，以厚重的笔墨塑造了朱老忠、严志和等不同农民的典型形象，从而在反映革命斗争题材作品中攀上一个高峰，赋有苏联作家肖洛霍夫的名作《静静的顿河》那样的品格。

梁斌（1914—1996），原名梁维周，河北省蠡县人。青少年时代在保定读书时就受到新文化潮流和革命思想影响，参加过以争取民主和抗日为目标的"保二师七·六"³学潮。震惊全国的1932年"高蠡暴动"就发生在他的家乡，对他影响极大，促使他走上了革命的道路。1937年他参加共产党，长期在冀中地区从事党的基层工作、游击战争和文学创作。1948年他随军南下至湖北，后担任过襄阳地委书记、《武汉日报》社社长等职。1954年调北京中央文学研究所任党支部书记，不久转河北文联，后长期定居天津，从事专业创作。

《红旗谱》是作者根据自己亲历的革命斗争生活而写成的一部具有史诗性的长篇小说。早在1935年，梁斌在北平过着文学青年的流浪生活时，就曾以"七·六学潮"和"高蠡暴动"为背景写过一篇名为《夜之交流》的短篇小说。1942年，他又以同一题材写出短篇小说《三个布尔什维克的爸爸》，接着又扩充成中篇《父亲》。此后还相继写出一些反映抗日战争年代冀中农民生活的小说和话剧剧本如《抗日人家》《千堤》《五谷丰登》《血洒卢沟桥》《爸爸做错了》等，从而为《红旗谱》的创作奠定初步的基础。新中国成立后，作者才决心以这些题材写一部长篇小说。

《红旗谱》第一部于1957年出版，1963年出版了第二部，名为《播火记》（曾以《北方的风暴》之名在刊物上连载过）。因《红旗谱》所写斗争曾受到当年共产党内的"左"倾路线的影响，"文革"中梁斌被污蔑为"专写错误路线的反动作家"，遭到迫害。《红旗谱》第三部《烽烟图》（其部分章节曾以《战寇图》为书名在刊物上发表过）的原稿被红卫兵查抄而丢失。直至1979年经新华社记者、《光明日报》编辑帮助，多方查找，原稿才失而复

---

3 "保二师"：河北保定第二师范学校。

得，经作者精心修改，于1983年面世，从而形成了一部以《红旗谱》为总书名的系列长篇。小说三部曲的成就首先在它的历史真实性。作品以朱、严两家族为代表的贫苦农民与恶霸地主冯老兰家族之间世代斗争以及与之相关的系列情节，反映的不是一般的善与恶的冲突，而是深刻的历史内容。全书的"楔子"——"朱老巩大闹柳树林"，既表现了农民与地主根深蒂固的阶级冲突，更表现了朱老巩作为老一代农民自发反抗方式的局限：个人拼命，以家破人亡告终。小说所展开描写的一系列事件，如反割头税、保二师学潮、运涛入狱、高蠡暴动、卢沟桥事变后江涛、运涛、大贵等回乡组织抗日武装等等，表明朱老巩的后代们已自觉地把自己的思想行动置于中国共产党领导下。读者可以强烈地感受到作者对他们走上新的斗争道路的由衷赞美。小说里朱老巩、朱老忠、大贵、贵他娘、严志和、朱老明、伍老拔、老驴头、春兰等都以其鲜明的个性给人留下难忘的印象。

小说主人公朱老忠形象的成功塑造，是《红旗谱》的另一重要成就。朱老忠作为跨越新旧两个时代的农民英雄，在对恶霸地主冯老兰的斗争中，他从父亲那里继承了疾恶如仇、敢作敢当的刚毅品格，同时又在闯荡关东的几十年中养成了见多识广、深谋远虑的气量。他下定决心回家乡向冯老兰报杀父之仇，并且不是莽撞行事，而是"拉长线儿"，酝酿一个"一文一武"的复仇计划，坚信"出水才看两腿泥"。"扑摸"到共产党后，接受了党的教育，他的个人复仇的决心便上升为革命的觉悟和阶级的意志。他在"反割头税"运动中一马当先，在"保二师学潮"中出生入死，过去那种"为朋友两肋插刀"的江湖义气如今变成为革命"两肋插刀"的革命英雄主义。在"高蠡暴动"中他担任红军大队长，率众攻打冯家大院，觉得自己是"带着千军万马，向黑暗的旧社会进攻"。暴动失败后他奉命回乡潜伏，心情沉重，但毫不气馁，说"我朱老忠死不了就灭不了心"。卢沟桥事变后他对党的统一战线政策不理解，认为是"放弃革命"，听了江涛的解释，才意味深长地说："好不容易的革命呀！"朱老忠的言谈笑貌、一举一动，都给人以燕赵豪侠的慷慨悲歌之感，又洋溢着冀中农村浓郁的生活气息。虽然作者有意将人物在现实基础上理想化，但并不概念化。他的个性既十分鲜明独特又具有巨大的历史概括性。他的生活命运和思想的变化，集中地反映了中国共产党出现后中国农民阶级命运的历史性变化。可以说，朱老忠这一典型形象的塑造，是《红旗谱》的最大成就。冯牧、黄昭彦在《文艺报》发表的《新时代生活的画卷》一文中曾把《红旗谱》放到整个新文学的发展过程中来加以评价，认为新中国成立十年来的文学，其鲜明特色和突出的成就，就在于劳动人民作为时代主人的地位、作用和他们的高尚品质在作品中得到了越来越充分的体现。他们认为在新中国成立十年来的长篇小说中已经出现一些"典型的新英雄人物的光辉形象"，"而其中最突出的是《红旗谱》中的朱老忠"。他们称赞朱老忠是"我们十年来文学创作中第一颗光芒最明亮的新星，第一只羽毛最丰满的燕子"。这种评价，是符合当时的文学实际的。迄今，仍然没有其他作品创造出能够超越朱老忠的农民英雄的成功典型。

《红旗谱》的再一突出成就是小说在民族气派、民族风格方面所取得的进展。作者在《一个小说家的自述》中曾反复强调说，为了追求群众喜闻乐见的民族气派和民族风格，他"不拘泥于外国文学"，"也不拘泥于中国古典小说的一些多余的东西"，"要写得比外国文学粗一点，比中国古典小说细一点"。这样，《红旗谱》在结构上就以两家农民和一家地主的世代斗争为全书主线，既保持情节的连贯性又做到笔墨跌宕多姿；人物性格多通过人物自身的语言和行动表现出来，一言一语均以北方口语为基础，适当地融进了古典文学语言和新文学中某些表现力很强的句式，既新鲜活泼，又散发着浓郁的冀中地区的乡土风韵。文学的民族风格除有时代性，还有个人性。《红旗谱》的民族风格正是通过具有时代特点的个人风格来体现的。

梁斌和孙犁都出身于冀中平原，革命经历和文学活动亦大体相似，堪称冀中文坛的双杰，然而两人风格截然不同。茅盾评论说，孙犁"是用谈笑从容的态度描摹风云变幻的"，而"梁斌有浑厚之气而笔势健举"。[4]

《红旗谱》的不足之处在于第二部和第三部没有能够保持第一部那种雄浑

---

4 茅盾：《在中国文学艺术工作者第三次代表大会上的报告》，人民文学出版社 1960 年版。

苍劲的笔力，朱老忠入党以后，性格发展变化不大，作为党的领导人的贾湘农形象也比较单薄。但这并不影响《红旗谱》作为一部优秀作品在新中国小说史上的重要地位。作为反映中国农民在新民主主义革命斗争中的突出作用的长篇小说，它无疑取得了历史性的成就，在某种意义上，它不愧为反映人民革命斗争作品的一座里程碑。

梁斌的著作，除《红旗谱》三部曲外，还有"文革"中秘密创作、1978年出版的反映冀中土改斗争的《翻身记事》以及散文、随笔、文论集《笔耕余录》（百花文艺出版社1986年出版），回忆录《一个小说家的自述》（中国青年出版社1991年出版）等。

【王林、雪克、张雷等的长篇】 其他描写革命历史题材的作家还有在天津工作的王林、柳溪、雪克等。他们原先也来自冀中地区。而另一位作家张雷，则一直在冀省工作。

王林（1905—1984），原名王弢，1931年入党，曾任国立青岛大学党支部书记，并介绍黄敬入党，和黄敬一起参加了全国著名的一二·九运动，后亲身经历西安事变。抗战期间曾任冀中文建会副主任，火线剧社第一任社长，冀中文协主任等职。在战火纷飞中王林以笔为枪，写出了多部优秀抗战作品，编辑了真实可信的抗战史资料《冀中一日》。1949年王林随部队进入天津，历任天津市总工会文教部部长，天津市文联党组副书记、副主席，中国作家协会天津分会副主席，河北省文联副主席等职。"文革"中受到冲击、批斗和（监狱）教育改造。1984年因病去世。主要著作有长篇小说《幽僻的陈庄》《腹地》《站起来的人民》《一二·九进行曲》《叱咤风云》和话剧剧本《火山口上》，中篇小说《女村长》，短篇小说集《十八匹战马》，并主编《花开第一枝》等。反映西安事变的长篇小说《叱咤风云》曾荣获首届鲁迅文学奖。

王林的多部长篇，可以说广泛地反映了不同时期我国革命斗争的历史风云，特别是描写了冀中人民在共产党领导下奋起抗日的艰苦卓绝的历程。他的《腹地》写于战争期间，这部30万字的长篇小说，主人公叫辛大刚，是因伤致残回到村中的八路军战士。他跟剧团主演、一位美丽的姑娘白玉萼相爱。村支书范世荣是破落地主后代，丧妻后想将白玉莘续弦，于是在村中召开反淫乱斗争会批判辛大刚。此时，日军开始了残酷的五一大扫荡，村支书躲到了亲戚家，村政权陷入瘫痪。危急之时，辛大刚毅然担负起军人的职责，带领村民开始了艰苦卓绝的反扫荡斗争。作者一方面歌颂了冀中人民如火如荼的抗日斗争、昂扬的革命英雄主义精神，另一方面也抨击了当时根据地内部的一种新的黑暗势力——混入党内的投机、蜕化分子，并通过对先进分子与这种黑暗势力展开斗争的描写，从而构成一幅反"扫荡"的立体画面，显示了根据地人民民主政权的团结和巩固。作品以细腻的笔触，描写了许多共产党员、普通的农民，昭示冀中人民的喜怒哀乐。但这部作品到1949年方获出版，不料却被时任《文艺报》副主编的评论家陈企霞撰文严加批评。此后王林长期受到批判、压制。《腹地》直到1985年王林已逝后才出版了修改本。后来其子出资重新出版了1949年的原版。实际上，这部长篇当年出版后，孙犁即认为它是描绘了"一幅伟大的民族苦难图和民族苦战图"[5]的优秀作品。

雪克（1919—1988），原名孙振，河北献县人，1937年参加抗日活动，1939年加入中国共产党。新中国成立后曾任天津文联党组副书记。著有长篇小说《战斗的青春》，描写冀中儿女抗日战争的战斗故事，产生过较大影响。但因被姚文元点名批判，长期受到残酷迫害。他还著有《无往地带》等。他的作品多取材于冀中、冀东的斗争历史，富于传奇色彩，人物形象比较生动鲜明，语言也质朴、流畅、明朗。

张雷（1926—2000），河北博野人，1940年加入中国共产党，长期从事行政工作，1955年出版长篇小说《变天记》，1958年出版《变天记》续篇《山河志》，叙写抗日战争时期一个普通雇农成长为无产阶级先锋战士的故事，表现农民群众在反侵略战争中的革命英雄主义精神，情节紧张生动，但艺术上略欠精致。

柳溪也是从冀中进入天津工作的作家，关于她的作品在后文中再做介绍。冀省抗战时期小说家群因其受过战火锻炼，人数众多，佳作频见，包括后面将

---

5 孙犁：《腹地》，《孙犁全集》第3卷，人民文学出版社2004年版，第328页。

论述的徐光耀、刘流等，都在全国产生了广泛的影响，为我国小说的民族化、现代化做出了有力的贡献。

【冯德英的"三花"】 以《苦菜花》《迎春花》《山菊花》三部反映农村革命斗争的长篇小说而闻名的冯德英，在20世纪五六十年代还是个青年作家。冯德英（1935—2022），山东乳山人，幼年读过抗日小学，当过儿童团长、少年先锋队长。1949年1月参军，1953年开始业余创作。他曾任山东作家协会主席、党组书记，《时代文学》主编，青岛市政协副主席、中国作协第四届理事，第五、六届主席团委员，第七届全委会名誉委员，中国文联委员。先后创作长篇小说《苦菜花》（解放军文艺出版社1958年初版）、《迎春花》（解放军文艺出版社1959年10月初版）、《山菊花》（上集1979年，下集1982年，均由山东人民出版社和解放军文艺出版社同时出版），20世纪80年代新创长篇小说《血染的土地》。"三花"系列曾被译成日、俄、英、越、朝等多种文字，在国内外产生广泛的影响。《苦菜花》是冯德英的代表作。它是作者以自己家庭的生活经历为素材，借助艺术构思而写成的反映胶东农村人民在抗日战争中与日本侵略者和汉奸地主等进行英勇抗争的作品。故事情节曲折惊险，人物刻画生动丰满，成功地塑造了母亲——娟子她妈的形象。这部小说通过许多激动人心的场面和情景的描写，细致地揭示了抗日根据地八路军和人民群众高尚的精神境界，充分反映了斗争的残酷性和复杂性，展现了人们不仅要同鬼子、汉奸、间谍特务进行较量，还要与头脑中的封建思想、习惯势力展开搏击的情况。母亲抚育子女含辛茹苦，后落入日寇手中受尽严刑拷打而英勇不屈，在整个斗争中识大体、顾大义，都写得十分感人。小说语言清新流畅，情节跌宕起伏，人物性格刻画细腻真实。不足的是某些人物的出场与消失过于匆忙，显得形象不够完整。

《迎春花》和《山菊花》作为《苦菜花》的姐妹篇，也以胶东人民的革命斗争为背景，前者描写村支书曹振德率领贫下中农与地主和反革命分子展开激烈复杂的斗争；后者突出刻画桃子由农村妇女成长为坚强革命母亲的过程。这些作品都延续了《苦菜花》的艺术风格。作者情感真挚浓烈，悲壮而慷慨，笔墨寓有地方的色彩。《染血的土地》则是作者在改革开放新时期出版的新长篇。它也以胶东乡土为背景，描写新中国成立后三个农民家庭的生活变迁。作品写八路胡同三户军烈属及其子女的生活经历，从农村写到城市，从历史写到现实，在广阔的时空展现农民命运深刻的变化，讴歌了社会主义的新时代，塑造了一系列社会主义新人的形象。像村党支书杨日昌、卫生院长玉冬、支前模范大俊，以及"无脚老将军"孙明光等，都颇具典型性。作品对历史的深沉反思还超越了政治与文化的层面，进入人们潜意识的前文化状态的剖析，而且抱着激浊扬清、贬丑褒美的正确态度。小说竭力挖掘人们心灵中来自文化传统的闪光的东西和美好的新芽，杨日昌公而忘私的坚韧，玉冬的善良与温柔，大俊、孙明光的崇高品格都写得很具个性。小说不但引导读者重新认识生活真实，还起着光大民族优秀传统的作用。

【艾煊的《大江风雷》】 艾煊（1922—2001），原名艾光道。安徽舒城人。毕业于抗日中学。1939年春，在国统区救亡团体中工作，1940年参加新四军。同年加入中国共产党。曾任文工团指导员，抗日军政大学八分校队长、教员、指导员，新四军《抗敌报》及《先锋报》记者、编辑，华东野战军前线新华社分社、支社编辑主任、采访主任、特派记者，曾在涟水、鲁南、莱芜、孟良崮、莱阳、淮海、渡江、上海等战役中进行火线采访报道，并先后任《新华日报》编委、特派记者、副刊主编，中共江苏省委宣传部文艺处处长，江苏省文联副主席、秘书长，江苏省作家协会主席、党组书记。

他于1943年开始发表作品。著有中长篇小说《战斗在长江三角洲》《秋收以后》《大江风雷》《山雨欲来》《乡关何处》《散发弄扁舟》《清浊界》《郊鄂外史》《太极之野》《苍颉之过》，散文集《碧螺春汛》《太湖漫游》《雨花棋》《艾煊散文选》《金陵·秣陵》（后改名《金陵梦华录》），散文套书《烟水江南绿》（包括《人之初》《茶之余》《海之潮》《绿醉天涯》《醒时的梦》《海内存知己》6部），共达500多万字。还有电影文学剧本《风雨下钟山》（已拍摄发行）等。艾煊是新中国成立前就战斗在长江南北的老一代作家。1950年，发表第一部长篇小说《战斗在长江三角洲》。1953

年，参加中国人民赴朝慰问团，完成报告文学《朝鲜五十天》，又深入苏北农村，创作中篇小说《秋收以后》。1954年，开始创作长篇小说《大江风雷》（原名《红缨枪》），但延至1965年始获人民文学出版社出版。

《大江风雷》讲述了抗战初期，一支新四军部队东进途中发生的故事。作家描写了频繁的"扫荡"、暴动、叛变、和平谈判、家庭冲突、社会变革等艰险、曲折、复杂的斗争，塑造了各种不同类型的人物形象。小说一经面世，便深受好评，从而奠定了艾煊在新中国文坛的地位。"文革"结束后，《大江风雷》由人民文学出版社多次再版。艾煊因为长篇小说《大江风雷》和电影剧本《风雨下钟山》而为世人所知。不过，他一生中最爱的文学样式却是散文。艾煊一生中的大部分时间都生活在南京，这座十朝故都历史悠久的街巷，古老的传说，风土人情，六朝兴废，古镇桃溪，秦淮街巷，烟雨江南的秀丽，都被他一一纳入笔下。

评论家王臻中说："艾煊的小说和散文创作，主要抒写他对伟大祖国、对锦绣江南的文化思考，具有丰厚的哲学内涵和很高的美学品位。"[6]

【艾明之的工人革命斗争小说】上海是我国的老牌工业城市，也是工人最集中的城市。描写我国工人革命斗争生活的最重要的当代作家，应是艾明之（1925—2017）。他原名黄志坤，广东英德人，幼年随父母居上海，日寇侵略上海后，家庭破产，他沦为难童，后获帮助，1940年肄业于上海协济高中。曾任重庆巴蜀中学教师，上海、香港生活书店编辑。1950年加入中国共产党。历任上海第三钢铁厂副厂长、上海电影制片厂编剧、中国作协上海分会副主席、中国作协第四届理事。1940年开始发表作品。1953年加入中国作家协会。

1944年夏，艾明之抵重庆，在叶以群帮助下出版了第一部中篇小说《上海二十四小时》，对沦陷区人民的苦难寄予深深的同情。此后又在《新华日报》《文哨》等报刊上陆续发表作品。抗战胜利后返沪，任职于生活书店，出

---

6 王臻中：《在艾煊追悼会上的悼词》，2001年。

版了长篇小说《雾城秋》，上海解放后，又先后著有长篇小说《不疲倦的斗争》《浮沉》《火种》《燃烧吧，上海》，中篇小说《不仅仅是爱情》《不沉的湖》《"气管炎"外传》，短篇小说集《饥饿的时候》《阳光集》，多幕喜剧《幸福》《侧影》，电影文学剧本《护士日记》《黄浦江的故事》《海上生明月》《她和她的歌》《千里寻梦》《青山恋》《小金鱼》，等等。

1947年3月出版的《雾城秋》是一部以抗战胜利后的重庆为背景的长篇小说，在《后记》中作者写道：抗战胜利了，大家原以为可以"重新建筑自己应有的一份和平、安乐的生活，所有没有被胜利冲走的腐败、贪污、颟顸、阴谋、黑暗，都将从此埋葬"，不幸的是，"种种阴谋、毒辣，不仅没有变成历史，而且已普遍落在每一个人的头上"。小说描写为了抗战，张根祥献出了手足，成了残疾人，陆老金献出了自己的儿子。然而，他们依然在死亡线上挣扎。作品无情地揭露了抗日战争结束后，统治者的丑恶嘴脸。上海解放后，他经茅盾和周而复的帮助，到第三钢厂工作，这对他后来的创作思想与创作题材的选择都有很大的影响。不久，他就创作了反映工人斗争生活的长篇小说《不疲倦的斗争》和话剧《钢铁的力量》等作品。1952年调上海电影剧本创作所任专业编剧，先后创作了《伟大的起点》《护士日记》等近20部电影剧本。长篇小说《浮沉》，深受读者喜爱，先后再版十余次，发行逾百万册。由《浮沉》改编拍成的电影《护士日记》曾获时任上海市长陈毅的称赞，并产生广泛影响。

20世纪60年代初，艾明之酝酿并开始他的宏伟创作计划：以百万字的长篇小说《火焰三部曲》来描绘1918年至1949年的中国工人运动。1963年三部曲的第一部《火种》出版，立即得到了文艺界和广大读者的好评。茅盾曾在《收获》双月刊发表长文给予肯定。正当他准备继续创作时，"文化大革命"开始，写作被迫中断。《火种》作为描写旧社会中国工人阶级遭受苦难和成长为革命者的小说，是我国小说史上十分难得的一部作品。它通过第一次世界大战后的上海大沪造船厂工人柳金松与英华烟厂年轻女工殷玉花、他师傅的女儿玲弟三人的情感纠葛和人生命运，反映了自1918年至1927年我国的历史风云。作品写柳金松从乐呵呵的爱吹唢呐的小伙子，在阶级压迫中历尽艰辛和磨难，逐渐觉醒，加入共产党，参加工人起义，最后英勇牺牲。小说为中国工人阶级塑造了一个刚强不息的光辉艺术形象，同时也广泛描写了那个时代的各种人物。旧社会的残酷、统治阶级的压榨、生活的重负，曾几何时，让乐天派的柳金松失语失魂，无比沮丧，但在共产党引导下，他终于觉悟，在上海工人三次武装起义的枪林弹雨中，柳金松跃马横刀冲锋陷阵，在四一二反革命政变中献出了自己宝贵的生命。令人永久难忘的是他在生命最后一刻又吹响的嘹亮的唢呐，石破天惊，壮怀激烈，让读者荡气回肠。《火种》无疑是作者创作生涯的一个高峰，作品气势恢宏，人物性格鲜明生动，全书具有史诗品格。

三部曲的创作因"文革"而中断，且在红卫兵抄家中丢失了准备多年的第二、三部的所有资料。但"文革"结束后，艾明之又开始了创作。他重写的《火焰三部曲》的第二部《燃烧吧，上海》也于1988年由上海文艺出版社出版。小说反映的是西安事变前后上海工人阶级为争取自由解放而进行的艰苦卓绝的斗争，作家以凝重的历史感、朴实自然的笔触为我们塑造了一个又一个为国家民族的解放、独立、自由而矢志不渝、坚贞不屈的光辉形象，展示了一代共产党人在激烈的阶级斗争和民族斗争中的钢铁意志和崇高品格。遗憾的是，由于作家后来年迈体衰，第三部的创作没有能够完成。

艾明之的作品不但为不同时期的中国工人阶级谱写了成长的历史图画，也广泛描写了当时的社会风情和生活场景。他的作品有十多部被拍成电影，部分作品被译成多国文字出版，2006年上海文艺出版社出版了六卷本《艾明之文集》。

【李六如及其《六十年的变迁》】其他表现人民革命斗争的长篇小说还有李六如的《六十年的变迁》。全书共3册，带有自传性质。小说以主人公季交恕的人生经历为主线，描述了清末戊戌变法至中华人民共和国成立期间历史演变的轮廓。小说通过主人公季交恕的活动，把历史事件串联起来，把不同的时间、地点集中起来，让读者看到了历史发展的脉络、不同地方的风情和五光十色的社会画面，以及不同人物的性格特点。小说同时叙述了季交恕在风起云涌的革命运动中，由一个普通的知识青年成长为革命战士的历程，代表了那个年代知识分子较为普遍的思想与成长状况，具有一定的典型性。人民文学出版社2005年再版。李六如（1887—1973），湖南平江人，中华人民共和国成立后，任中央人民政府政务院政法委员会委员，最高人民检察署副检察长、党组书记，第二、三届全国政协常委。他是新中国检察工作主要奠基人之一，为开创社会主义司法、检察工作和法制建设，培养司法、检察干部做出了重要贡献。晚年虽体弱多病，仍坚持整理、撰写革命史料，所著《六十年的变迁》，已译成多种外文版本。"文化大革命"中，遭到反革命集团迫害，1973年4月10日含冤去世，终年86岁。粉碎"四人帮"后，中共中央为他平反昭雪。

对于革命历史题材的长篇书写，自然后继有人，因为这段历史毕竟惊心动魄又光彩照人。它既能充分体现中华民族不甘于衰落而奋起图强的宝贵精神，也充分体现中国共产党人如何动员和依靠广大人民群众，如何不屈不挠地去夺取胜利的顽强意志。为使这类题材能更好地走向和深入群众，从传统的章回体传奇作品中汲取其通俗的形式而加以创新，自然也成为小说家们的一种选择。

第二章 | 革命英雄传奇的崛起

革命英雄传奇的崛起——《吕梁英雄传》和《新儿女英雄传》——《平原烈火》
与《烈火金钢》——《铁道游击队》和《大刀记》——其他新英雄传奇

【革命英雄传奇的崛起】传奇小说在我国有着古老的传统。《史记》中荆
轲刺秦王的故事，唐人传奇中的《游仙窟》《霍小玉传》《虬髯客传》等都
深具传奇性。实际上，文学史上的小说多具传奇性，人物命运曲折，故事情
节离奇，杂以奇特的想象和幻想，成为传奇小说的要素。《三国演义》《水
浒传》《西游记》也不乏传奇性。明清以来的脂粉、侠义、公案等类的小说
也都有传奇性。这里所介绍的新英雄传奇则专指人民游击战争中涌现的、歌颂
具有传奇性的英雄事迹的长篇小说。它们艺术上更多继承传统通俗小说章回体
的形式而又有所创新。其特点是语言通俗易懂，情节惊险，人物英勇，富于传
奇色彩。这批小说多创作于新中国成立前后。如柯蓝的《洋铁桶的故事》，马
烽、西戎的《吕梁英雄传》，孔厥、袁静的《新儿女英雄传》，徐光耀的《平
原烈火》，刘流的《烈火金钢》，刘知侠的《铁道游击队》，郭澄清的《大刀
记》，黄谷柳的《虾球传》等。这些小说虽然也源自现实的革命斗争，但都不
乏浓郁的浪漫主义色彩。因而曾深受广大人民群众的欢迎，尤其是受青少年读
者的青睐。

最早出现的章回体抗日英雄传奇是柯蓝（1920—2006）的小长篇《洋
铁桶的故事》（原名《抗日英雄洋铁桶》）。作品发表于1944年延安出版的
《边区群众报》，描写了一个外号叫"洋铁桶"的游击战士吴贵。他性格刚
烈，直爽粗犷，一身正气，疾恶如仇。在凶恶残暴的日寇包围中，"洋铁桶"

依靠群众，来无影，去无踪，把敌人置于反包围之中。他带领民兵运用灵活机动的战术，时声东击西，调虎离山，打得敌人措手不及；时又虚与敌周旋，伺机制胜；时又发动政治攻势，瓦解伪军。在他领导的民兵接二连三的打击下，日本侵略军丢魂丧魄，惶惶不可终日。吴贵的身上，体现了敌后军民高昂的革命英雄主义和乐观主义精神。作品着力颂扬在强敌面前中国人民不可征服的坚强意志和胜利信心。小说没有把吴贵写成超群或天生的英雄，而是真实地描写了他在实践中不断成长的过程。他为人刚直，浑身是胆，练就一手好枪法，乐于助人，解危救难。参加八路军后，在实际的斗争中他不但觉悟提高，还练出一套高超的武装斗争艺术。作品情节引人入胜，富于传奇色彩，写得有声有色。缺点是某些描写略显夸张过分而失去真实性。但它在当时受到读者的欢迎，说明章回体形式仍有相当的艺术生命力。新中国成立后，柯蓝以散文诗的创作闻名。

【《吕梁英雄传》和《新儿女英雄传》】1945年6月，马烽（1922—2004）、西戎（1922—2001）的章回体小说《吕梁英雄传》在报纸连载。小说描写晋绥地区吕梁山的支脉桦林山下一个山村的抗日军民英雄事迹，反映解放区建立民兵武装、实行劳武结合，同日本侵略军和汉奸所进行的可歌可泣的斗争，展示抗日斗争的艰苦历程。全书情节显现当时矛盾的错综复杂，有日寇与伪军的摩擦，有人民与恶霸地主的对峙，也有人民内部先进分子与落后分子的思想交锋，各种斗争相互影响。作品思想容量比《洋铁桶的故事》大，在更为广阔的空间和时间内，再现了民族解放战争的壮丽图景。作者努力为普通的农民英雄立传，在其笔下，许多曾经受小农意识支配的农民，在斗争实践中都成了顶天立地的抗日英雄。雷石柱领导农民大摆地雷阵；康明理在敌人的酷刑下面不改色；孟二愣在昏迷中还呼喊着"杀就杀，剐就剐，不投降！"。这些人物形象皆给读者留下清晰的面影。被派到康家寨来领导农民抗日斗争的武得民，也是被塑造得较有思想深度的艺术形象。《吕梁英雄传》的语言，既有地域色彩，又朴实清新，率直简洁，真切生动。

谈到《吕梁英雄传》的写作过程时，作者说：这本书，开始写于1945年春天。那时晋绥边区召开第四届群英大会,《晋绥大众报》上要介绍民兵英雄们对敌斗争的事迹,因报纸篇幅有限,编委会决定由两位作家挑选一些比较典型的材料,编成连载故事。开头没计划要写成一本书,也无通盘提纲,只是想把这许多生动的斗争故事,用几个人物连起来,登一段写一段,不是一气呵成,因而在人物性格刻画、全书结构和故事发展上,都未下深功夫,以致产生了许多漏洞和缺陷[1]。确实,作者只着眼故事曲折生动,却未能倾力于人物性格塑造,因而作品中的有些人物性格单薄,缺乏丰满血肉。但这部作品在报端连载,便受到解放区读者的欢迎,新中国成立后也一版再版,成为反映那个年代游击战争的标志性长篇作品。

以冀中白洋淀地区为背景,孔厥(1914—1966)、袁静(1914—1999)创作的《新儿女英雄传》则在更大的规模上,展现中国人民同日本侵略者进行的惊心动魄的斗争,塑造了一批个性鲜明的农民游击队员形象。牛大水就是其中的出色代表。抗战开始时,牛大水像农村许多青年人一样,穷得娶不上媳妇。表哥黑老蔡来动员他参加抗日游击队时,他虽赞成,心里却认为:"咱们赤手空拳,打得过人家?"黑老蔡叫他帮助运武器,他还牵挂地里的活儿。参加游击队当了中心村的民兵中队长,仍不会使枪,遇上战斗,跟马蜂乱营似的,竟打伤自己的人。是战争锻炼了牛大水,通过到县上受训,经历无数次战斗,他终于被锤炼成了铁打的英雄。作品中塑造的杨小梅、刘双喜、高屯儿、二愣,他们思想发展的脉络也合情合理。他们出生入死,闯虎穴,过难关,经受磨难,也逐渐成长为攻城夺地的钢铁战士。牛大水独闯申家庄重新开展工作,牛小水巧扮新娘,杨小梅只身进城,刘双喜临危不惧、自我牺牲,都显示出他们的英勇和果敢。

《新儿女英雄传》采用双线结构。以黑老蔡、牛大水为一方,以日本侵略军、何世雄为另一方的斗争,是全书发展的主线。与这条主线平行的,是牛大水与杨小梅的爱情纠葛。作品开始,牛大水与杨小梅已相恋,因杨小梅的母亲嫌牛大水家穷,杨小梅才被迫嫁给兵痞张金龙。张金龙对杨小梅的虐待,以

---

1 马烽、西戎:《吕梁英雄传》,人民文学出版社 1957 年版。

及他不听劝告而叛变投敌，使杨小梅与他一刀两断。而牛大水与杨小梅，则在共同斗争中走到一起，圆了情缘。全书两线交错发展，互为制约。作品充分发挥章回小说故事性强的特点，情节曲折多变，跌宕多姿。如写牛大水在日寇大扫荡中刚逃出虎口，又与张金龙狭路相逢。张金龙把牛大水打得死去活来，刚要举刀砍杀，何世雄又下令要用牛大水来换被游击队捉去的何狗皮的性命。这些描写，险象环生，扣人心弦。但作品又张弛有节，如在严酷的战争中插入了牛小水扮作新娘、智斗敌寇的短曲；在描写斗争残酷、群众满含悲愤的压抑气氛之后，又表现了游击队员在睡冰时洋溢乐观精神的抒情画面。《新儿女英雄传》在艺术形式上比章回体小说也有新的突破。如作品虽仍保留回目，却取消了陈旧刻板的对子。每回前面的引诗，已用与生活内容联系较为紧密的成语、民歌、民谣、格言、新诗来取代，显得活泼自然，并起到画龙点睛的作用。郭沫若评论说，《新儿女英雄传》中"人物的刻画，事件的叙述，都很踏实自然，而运用人民大众的语言也非常纯熟"[2]。

【《平原烈火》与《烈火金钢》】徐光耀的《平原烈火》和刘流的《烈火金钢》也是新英雄传奇的重要作品。徐光耀（1925—　），河北省雄县人。出身农民家庭，只读过四年半小学，13岁参加八路军，成为一名抗日战士。日本投降后作为"报道参谋"，奔走在解放战争火线上，写过战斗通信特写。1947年入华北联合大学文学系学习，同时开始文学创作。1950年出版长篇小说《平原烈火》，此书作为新中国文学的最初收获被列入"文艺建设丛书"，受到广泛欢迎。1958年他被错划为右派，1961年创作中篇小说《小兵张嘎》（1963年被改编为同名电影），获1954—1979年全国少儿文艺创作一等奖。"文革"后创作的短篇小说《望日莲》（1979年）、中篇小说《四百生灵》（1986年）、电影文学剧本《新兵马强》等，均有较大影响。徐光耀的作品大多取材于他亲历的冀中地区抗日战争和解放战争的生活。长篇小说《平原烈火》描写的是中国共产党领导的一支抗日游击队在日寇发动的1942

---

2 郭沫若：《新儿女英雄传》，作家出版社1963年版。

年"五一"大扫荡中所经历的顽强突围，分散隐蔽，发展壮大，更有力地打击敌人的战斗历程。小说主人公、中队长周铁汉在回答他的弟弟提出当共产党员有什么"好处"时说："共产党员没有什么好处，吃苦吃在头里，享福享在后头，拿不着工钱薪水，犯了杀头的罪，一样给在脑袋上炀个眼。可有一样，他就是光荣！"他自己就在血肉横飞的战场上，在敌人软硬兼施的监狱里，在与战士的日常相处中，体现了这种先进品质。因此，尽管敌人在物质力量上占着绝对优势，但在精神上，八路军却占有优势。小说给人的印象似乎更近于战地特写，但人物刻画和场景描写却真实、自然、生动。无论人物对话还是作者叙事，都铿锵利索，乡土气息浓郁，焕发着一种质朴的美。

《平原烈火》既是徐光耀的处女作，也是他最重要的代表作。在新中国新英雄传奇小说中占有重要而独特的位置。

《烈火金钢》由中国青年出版社于1957年初版。小说也以侵华日军在冀中发动的大扫荡为背景，描写当地抗日军民在共产党领导下抗击日寇的英勇斗争，故事富于传奇性，情节惊险，突出地刻画了史更新、肖飞等抗日英雄的生动形象。作者采用传统评书的形式，以较多民间说书词汇和生动活泼的口语，构成通俗易懂的叙事。虽结构稍欠完整，艺术形式也稍显呆板，但作品仍然受到读者的广泛欢迎，曾两次被拍摄为同名电影。作者刘流（1914—1977），河北河间人，1937年参加革命，曾任侦察科长、参谋、军事教官，后调到抗敌剧社工作，参与《史可法》等京剧的改编，并写有叙事诗、短篇小说、诗、词、独幕剧等。1964年还著有长篇小说《红芽》，但影响不及《烈火金钢》。

【《铁道游击队》和《大刀记》】《铁道游击队》是刘知侠的代表作。这是一部在真人真事基础上写成的富有传奇色彩的长篇。作品叙述的是抗日战争时期山东临沂、枣庄地区的煤矿和铁路工人的故事，他们不堪日本侵略者的蹂躏，在中国共产党领导下，组织一支以刘洪、王强为正副队长的游击队，在临枣、京浦线上劫洋行、打票车、扒铁路、拆炮楼、撞兵车、护送党的领导人秘密过路，建立革命根据地，斗争汉奸地主，分化瓦解敌伪势力，神出鬼没，出奇制胜，像一把尖刀插在敌人的心脏和血管上。全书由若干个相对独立而又浑然一体的小故事构成。作者借鉴古代英雄传奇的笔法，次第展开惊险紧张而又波澜起伏的情节，几个主要人物刘洪、王强、彭亮、芳林嫂的形象，都比较鲜明生动。也有评论指出："作者在写作过程中，对于整个故事发展的安排，比对人物性格的刻画更注意。"[3]因而，人物形象未能达到艺术典型的高度。但小说出版后获得广大读者的好评，多次再版，发行量逾百万册，并被改编成电影和电视剧上演。其原因是小说的传奇性真正来自生活，自然、真实，富有感染力。且作为反映抗日战争的通俗化、大众化的作品，作者的视点比较高也比较新。他不是孤立地写这支游击队神出鬼没式的活动，而是把它当作中国共产党领导的抗日战争的一个有机组成部分来写。作品中写到游击队的根据地，写到游击队和主力部队老六团配合作战，写到游击队指战员对国际反法西斯战争形势的关注，写到它与国民党军队的矛盾关系，还写到游击队内部的矛盾斗争，等等。这就赋予了传奇艺术以崭新的思想内容和历史意义，成为革命英雄传奇的新文本。

刘知侠的小说多取材于抗日战争和解放战争时期的生活。他讲述感人至深的英雄传奇，讴歌劳动人民的崇高品德，感情真挚，语言平实，笔墨粗放，饶有地方色彩。他描写战争年代军民之间骨肉深情的短篇小说《红嫂》也曾经产生广泛影响。刘知侠（1918—1991），原名刘兆麟，笔名知侠，河南省汲县（今卫辉市）人。出身于铁路工人家庭。青少年时代在家乡读书。1938年，进入延安抗日军政大学学习。1940年调抗大文工团工作。1943年文工团划归山东省文协，刘知侠任《山东文化》副主编，后又任文工团团长。1944年、1945年他曾两次去微山湖、枣庄等地，与当地铁道游击队一起活动。此间，他写了一些通信报道和小说。第三次国内革命战争时期，他担任过前线记者，参加过淮海战役。新中国成立后，他转到山东省文联工作，相继担任过山东省文联主席、中国作协山东分会主席、《山东文学》主编，除长篇小说《铁道游击队》（1954年）外，他还出版过短篇小说集《铺草集》（1959年）、《沂

---

3 招明：《评〈铁道游击队〉》，《文艺月报》（上海），1954年5月号。

蒙故事集》（1963年）、中短篇小说集《沂蒙山的故事》（1961年）等。

《大刀记》的作者是郭澄清（1931—1986）。山东德州市宁津县人。他于20世纪50年代中期登上文坛，至1986年去世。中间还经历了十年"文化大革命"的文坛荒芜岁月。后来又病卧在床。实际能够创作的时间不过二十多年。他除了写出短篇小说四集，还创作了长篇小说《大刀记》《龙潭记》《决斗》《历史悲壮的回声》以及长诗《黑妻》等作品，以及未完成的历史小说《纪晓岚演义》，足见他创作的勤奋。后面几部作品就是他卧病期间写作的，其坚韧的敬业精神令人感佩！他既写新中国成立后的农村新生活，又写新中国成立前的人民革命战争，是我国能够在这两个领域都写出成功作品的少数作家之一，也是在那个时代创作相当丰硕的作家之一。

《大刀记》无疑是郭澄清最重要的作品，也是我国文坛上反映抗日战争的具有传奇性的长篇小说。它通过梁永生从草莽英雄到投身革命，率领大刀队在共产党领导下英勇抗日的传奇性故事，生动地反映了我国人民从被迫奋起抗日，到夺取战争最后胜利的过程。作品除细节的真实外，还真实地表现了当时的典型环境和许多典型的人物性格，把读者带进了特定时代人际关系和生活氛围中，感受到那段历史的悲愤和昂扬奋发的时代精神。这部小说构思宏阔，情节引人入胜，人物形象鲜明生动，语言质朴、明爽、清新，不仅再现了当时我国社会面临的矛盾和冲突，而且广泛地描写了富于民族和地方特色的民情风俗。作为政治小说、军事小说来读，固然惊心动魄，而从文化的角度去读，也令人赏心悦目。更为可贵的是，《大刀记》创作于"文化大革命"的困难岁月里，是作家避开现实，以革命历史题材的写作来与当时控制文坛的"四人帮"相对抗的作品。因而，作品几经删改，方在1975年邓小平复出主持国务院工作期间才得以问世。《大刀记》在思想内涵和艺术表现上都有自己的独到之处，其传奇性也不亚于《铁道游击队》。后来，人民文学出版社重新出版了《大刀记》共三卷，把过去删去的章节都恢复了，使读者能够从这个新的文本去认识郭澄清。

【其他新英雄传奇】 可归类新英雄传奇的长篇作品还有邵子南的《地雷

阵》，写抗日英雄李勇大摆地雷阵克敌的故事；谷斯范的章回小说《新水浒》描写太湖游击队的曲折成长过程；黄谷柳的《虾球传》描写流浪少年虾球在内地游击队战斗成长的历程等。这几部作品在新中国成立前后也曾产生较大影响，彰显了人民战争中我军民兵和游击队员的英雄气概，情节生动，扣人心弦。

邵子南（1916—1954），四川资阳市人。1937年加入中国共产党。曾历任西北战地服务团干事、专职团委文艺队长等职。创作了《告诗人》《英雄谣》等诗和《地雷阵》《阎荣堂九死一生》等作品。参与写作《白毛女》。1947年参加解放战争，转战南北，抱病担任西南局宣传部文艺处处长。逝世前还创作有《木工做机器的故事》《哥哥回来了》和《赵巧儿送台灯》等作品。

谷斯范（1916—1999），浙江省上虞市人。1928年进春晖中学，抗战期间任新闻记者，中学教师。受文学前辈夏丏尊、王任叔等影响，爱好文学，在上海报刊连载小说。1953年起，进"华东文联"任专业作家，后调任浙江省作协副主席。还著有长篇小说《新桃花扇》，短篇小说集《大时代的插曲》《山寨夜话》《晚间来客》《噩梦》《不宁静的城》等。他的《新水浒》描写的是抗日战争期间，成为沦陷区的太湖周边的游击队的故事。作品反映了那时复杂的人际关系和政治状况，既有真正爱国抗日的游击队，也有当地地痞、流氓、恶霸组成的"游吃队"。小说情节复杂，波澜起伏，又因采取通俗章回体，并寄以鲜明的褒贬，曾受读者欢迎。茅盾在《关于〈新水浒〉》一文中曾评论它的得失，也指出这是"一部值得纪念的作品"。

黄谷柳（1908—1977），华侨。1927年加入中国共产主义青年团，后与组织失去联系，抗日战争时参加淞沪会战及南京保卫战，后在重庆参加文协，从事小说、戏剧创作，任《南方日报》记者，1949年参加解放军，加入中国共产党，曾任广东省文艺创作室专业作家、中国作协第二届理事。

《虾球传》是黄谷柳的一部长篇小说。1947年11月起，它的第一部《春风秋雨》开始在《华商报》连载，第二部《白云珠海》、第三部《山长水远》也相继在该刊连载。小说故事曲折起伏，情节引人入胜，语言朴素且具有浓郁的南国风采。全书以流浪少年虾球的苦难遭遇为线索，反映了城市下层人民的生活。艺术上打破了五四传统形式的限制而力求向民族形式与大众化方向发展。在国民党反动统治总崩溃前，《虾球传》在当时国统区特别是华南地区曾广泛流传，产生过很大的影响。后来，此书在香港和北京曾多次出版发行。除了英译本外，日本作家把它译成日文《虾球物语》，先后印了9版并改编为话剧在东京演出。茅盾先生曾说过："一九四八年，在华南最受读者欢迎的小说，恐怕要数《虾球传》的第一、二部了。"（《关于〈虾球传〉》），事实确乎如此，一部小说一年内重版五次，这在中外文坛史上是少见的。在作者去世后的1979年至1985年，《虾球传》一书曾在广州4次印刷，印数达40多万册，可见此书受读者欢迎的程度。1981年，广东电视台还将小说改编为8集电视连续剧，播出后大受观众的欢迎，央视和香港的电视台也转播了。可见其影响的深远。

总之，新中国产生的上述英雄传奇都从现实生活出发，反映不同地区人民的武装斗争，不但情节曲折瑰奇，而且多具地域色彩，从而为我国英雄传奇开拓新的版图，表现出新的富于民族性和时代性的特色，成为革命历史题材长篇小说中引人入胜的一道亮丽的风景。它们多在运用传统章回体小说形式的基础上又有所创新，使章回体小说的形式获得新的生命，这也应是它的一种可贵的贡献。

第三章 | 地下革命斗争的书写

地下革命斗争题材成为长篇小说热点——《小城春秋》和《风雨桐江》——
《青春之歌》和杨沫的长篇创作——《野火春风斗古城》和李英儒的创作——
《清江壮歌》与马识途的创作——罗广斌、杨益言的《红岩》

【地下革命斗争题材成为长篇小说热点】地下革命斗争是中国共产党领导
的中国革命的一条重要战线。它与战场上的武装斗争互相支援，互相配合，互
为表里，为人民解放和革命胜利做出突出的贡献，也产生过许多可歌可泣的传
奇故事和英雄人物。地下革命斗争由于处于秘密状态，处于敌人的白色高压环
境下，它本身的惊险就富于神秘性、传奇性。因而对这方面题材的描写、对地
下革命英雄人物形象的塑造，成为新中国作家耕耘的一个重要领域和恒久的创
作源泉。

新中国成立后反映这方面题材的最初长篇小说名作是高云览的《小城春
秋》，其后出现了杨沫的《青春之歌》，李英儒的《野火春风斗古城》和罗广
斌、杨益言的《红岩》，还有马识途的《清江壮歌》等作品。它们往往以惊心
动魄的情节描写，展开特定历史环境下的社会生活图画，在错综复杂的矛盾冲
突中，刻画和颂扬革命英雄人物的崇高思想品质和英勇牺牲精神，从而成为革
命斗争题材中极为吸引读者的作品。

【《小城春秋》和《风雨桐江》】《小城春秋》的作者高云览（1910—
1956）是福建厦门人。1927年加入中国共产主义青年团。曾以1930年共产党
领导的厦门大劫狱的素材写成中篇小说《前夜》，1933年他加入左联和中国
诗歌会，1937年年底开始侨居东南亚，以经商为掩护，进行抗日活动，并写

成长篇小说《春秋劫》。1950年归国，1952年开始写《小城春秋》，六易其稿，不幸的是，书成后一个月高云览就离世了。《小城春秋》由人民文学出版社于1957年出版，出版后受到读者的欢迎，并被译成多国文字出版。可以说，它是新中国第一部描写这方面斗争的小说。小说描写的是真实的历史事件，反映当年在陶铸等领导下的劫狱事件。作品着重描写那些死在国民党刀下的革命烈士，并反映1927—1936年当地的社会面貌。作者以深沉的情感和朴实无华的笔墨，突出地刻画何剑平、吴坚、四敏、丁秀苇等不同类型的革命知识分子各具个性的形象，歌颂共产党所领导的英勇壮烈的斗争。小说出版后立即在文坛引起良好的反应，受到读者的欢迎。

跟高云览同是福建老革命的司马文森（1916—1968），也创作有反映地下革命斗争的长篇小说《风雨桐江》（作家出版社于1964年出版）。作者原籍福建泉州，幼年侨居东南亚，十二岁回归故乡，十六岁加入共青团，十七岁加入共产党，曾担任中共泉州特区党委委员，1934年到上海加入左联，以林娜的笔名发表小说。抗战期间他辗转桂林从事文化工作并开展敌后武装斗争。抗战胜利后受国民党迫害，到香港担任《文汇报》主编，1949年年初到达北平，参加第一届全国政治协商会议和开国大典，后回香港被港英当局于1952年递解出境，回到内地后曾任中共华南分局文委委员、中南军政委员会委员、中央对外文委司长和驻外使馆参赞。"文革"中罹难致死。他著有长篇小说《雨季》《人的希望》《南洋淘金记》和《风雨桐江》，还有中短篇小说、电影剧本和儿童文学作品《菲律宾梦游记》等。

《风雨桐江》是他在新中国成立后创作的代表作。小说以红军长征后福建侨乡人民与当地反动政府和恶势力斗争的历史为题材，其内容多取自作者青年时代的亲身经历和感受，情节与语言都具闽南的风情特色。其女司马小萌曾将小说改编成电影剧本《快乐英雄》《阴阳界》，由西安电影制片厂拍摄，上演后更扩大了小说的影响，获得好评。

【《青春之歌》和杨沫的长篇创作】 被誉为"红色经典"之一的《青春之歌》，作者杨沫（1914—1995），原名杨成业，出生于北平。她因憎恶家庭腐朽的生活方式，反抗封建包办婚姻，中学毕业后即离家出走，先后在河北省香河县、定县及北平城里当小学教员、家庭教师、书店店员等。1933年接近中共地下组织。抗日战争爆发后到冀中抗日民主根据地从事妇女工作及报纸编辑工作。新中国成立后相继在《人民日报》、北京市妇联、北京电影制片厂工作。1963年成为北京作协专业作家。她自幼热爱文学，20岁即以"小慧"的笔名在北平出版的《黑白》月刊上发表揭露农民遭受地主压迫和剥削的小品文《热南山地居民生活素描》，这是她的处女作。此后半个多世纪她出版了中篇小说《苇塘纪事》（1950年），中短篇小说集《红红的山丹花》（1978年），散文、文论集《大河与浪花》（1982年），报告文学《不是日记的日记》（1980年）以及《自白——我的日记》（1985年）等。而从1950年开始创作，历时40年，几经波折，于1989年最后完成的以林道静为小说主人公的"青春三部曲"，则是杨沫对中国当代文学最重要的贡献。

"青春三部曲"由《青春之歌》《芳菲之歌》《英华之歌》三个情节连贯的长篇组成，共130余万字。小说主要根据作者自身的经历，以中国人民英勇反抗日本帝国主义侵略为背景，描写一代青年知识分子的种种人生选择，讴歌在民族解放和阶级解放的伟大斗争中奋进的革命青年，揭示他们多彩的情感世界，同时也展现生活的复杂性、丰富性。

《青春之歌》出版于1958年。作品女主人公林道静——一个弱女子从家庭出走，却避免了易卜生笔下的娜拉的命运，走上了坎坷曲折的革命道路。林道静多情、倔强、发展变化中的性格，被一步步表现出来，活灵活现。围绕她出现的其他人物，如林道静的初恋者、个人自由主义者余永泽，抱着罗曼蒂克幻想、经不起考验而堕落为资本家玩物的白莉苹，共产党的叛徒戴瑜，起初软弱动摇、在斗争中成为坚强战士的许宁，林道静政治上的引路人、感情上与她结下不解之缘的中共地下组织人员卢嘉川、江华以及在监狱斗争中给她以巨大影响的女共产党员林红等，莫不栩栩如生。《青春之歌》描写共产党的地下工作者如何影响和教育林道静走上革命的道路。作品继承和发展了五四新文学中有关知识分子的主题，成功地塑造了林道静这一小资产阶级知识女性成长为无产阶级战士的典型。小说出版后受到了读者热烈欢迎，多次再版，发行量逾

500万册；被译成15种文字在国外发行；1959年又被改编成电影，产生了更广泛的影响。

《芳菲之歌》出版于1986年。其前身是作者写于"文革"后期、出版于1980年的长篇小说《东方欲晓》。从《东方欲晓》到《芳菲之歌》，重要的变化是作者把先前自己缺乏深刻感受的"宏伟的战争场面"加入这部作品中。林道静的形象依然存在，但主要人物已是北平医学院的高材生柳明。在《芳菲之歌》中，作者主要通过描写柳明的内心冲突，礼赞了这位女性纯洁高尚的灵魂。她出生于虽然清贫却开明、温馨的家庭，有恋人白士吾给予她缠绵的爱和出国深造的许诺，然而卢沟桥事变强烈地震撼了她，使她重新选择人生道路。她被党的地下工作者曹鸿远在祖国和人民陷于危难时刻的忠勇之举所感动，决定跟随他奔赴抗日根据地。在艰苦卓绝的对敌斗争和根据地的建设中，她英勇无畏、任劳任怨，表现出可贵的献身精神。特别是与曹鸿远在敌占区扮假夫妻开展地下斗争的一段生活，明里恩爱相随，暗中严格自守，为了革命的利益，她以理智和革命纪律制驭自己的情感欲望，于柔弱中见刚强不拔，令人感佩。她的形象有别于林道静，有着自己独特的鲜明个性和深邃精神世界。小说反映了当时全国人民奋起抗战的时代风貌和爱国知识分子可歌可泣的人生道路和心灵世界。

《英华之歌》出版于1990年。它描写抗战艰苦年代冀中平原严酷的斗争生活。小说前两卷中的主要人物在这里会合。经过血与火的洗礼，林道静已担任安定县的领导工作。她在组织群众支前、反扫荡、贯彻党的统一战线方针等工作中竭尽全力，奋不顾身；同时个人感情生活又陷入极端苦涩和矛盾中。她的丈夫江华因极左思想而日益倨傲不逊，坚持搞"肃托"[1]扩大化，导致与她从政治到感情都产生裂痕；而曾与她热恋过、她原以为已死于狱中的卢嘉川却来到冀中，成为她的上级领导，从而燃起两人旧情。小说比较充分地描写了林、卢那种"抽刀断水水更流"的感情波澜，也表现作为共产党人的林、卢、江在陷入感情纠葛时所具有的自我克制的道德意识，最后以江华主动退出

---

1 指肃清托洛茨基分子。

成全林道静与卢嘉川作为结局。值得注意的是，此卷写了根据地"肃反""肃托"扩大的悲剧。由于江华的错误思想受到混入革命队伍的野心家、叛徒常理平的利用，于是，一二·九运动的领导人、忠诚的革命者罗大方受到诬陷，竟被活埋；柳明从白区回到根据地即被怀疑为"托派"，直到最后悲壮地自戕于敌人的监狱也未得辩诬；曹鸿远、林道静也都遭到关押审查、刑讯逼供，倍受肉体和精神的折磨。生机勃勃的革命根据地，一时间，竟陷于以革命名义摧残革命力量的恐怖之中。作者怀着悲愤难平的心绪写下的这一切，既本于实在发生过的历史，又融入了她对"文化大革命"的深切体验和深沉反思，时代意义强烈。

　　新中国成立以后的小说创作，以青年知识分子作为主角，在描写他们走向革命的曲折历程的同时，浓墨重彩、绘声绘色地描写他们一波三折的爱情生活，大胆地揭示他们隐秘的心灵世界，杨沫的"青春三部曲"不仅开风气之先，而且是不可多得的现实主义力作。当年曾有人批评"书里充满了小资产阶级情调，作者是站在小资产阶级立场上把自己的作品当作小资产阶级的自我表现来进行创作的""……林道静自始至终没有认真实行与工农大众相结合……严重地歪曲了共产党的形象"。[2]这种脱离历史生活和作品实际的简单粗暴的批评，当时受到了茅盾、何其芳、马铁丁以及参加过一二·九运动的共青团中央书记刘导生等众多读者的反批评，但为了消弭批评意见，杨沫在《青春之歌》1960年再版时，还是从"与工农大众结合"和思想改造的角度增补了林道静在农村和一二·九运动等11章近10万字的篇幅。此举非但未能收到预期的效果，反而在艺术上造成了许多破绽[3]。在回顾自己走过的创作道路时，杨沫说："《英华之歌》是在《青春之歌》之后20多年写的，比起《青春之歌》来，思想更成熟，思考也更深入了一些。"[4]这种"成熟"显然是她总结了正反两方面经验之后才得来的。1992年至1994年，北京十月出版社出版了7卷本《杨沫文集》，杨沫的主要作品都收入其中。

---

2 郭开：《略谈林道静描写中的缺点》，《中国青年》，1959年第2期。

3 张化隆：《评增补后的〈青春之歌〉》，《东北师大学报》，1981年第3期。

4 窦时超：《她完成了"青春三部曲"——访著名作者杨沫》，《文学报》（上海），1990年7月12日。

杨沫的"青春三部曲"只有《青春之歌》和《芳菲之歌》是反映地下革命斗争的。但主题却在表现青年知识分子走向共产党领导的革命之路的精神成长，而且以更广阔的视域再现特定时代的社会图画，具有广泛的历史认识意义。林道静作为小资产阶级知识女性走向革命的典型创造，其意义也是深广的。在20世纪国际共产主义运动史上与高尔基的长篇小说《母亲》的工人阶级母亲尼洛芙娜的典型形象可以相互辉映，显示人类不同阶层走向光明未来的曲折与艰难。

　　【《野火春风斗古城》和李英儒的创作】描写冀中地下革命斗争的还有李英儒的《野火春风斗古城》等。李英儒（1914—1989），曾用笔名黎莺、许家侨、白华义。河北省清苑县（今清苑区）人。在新中国，李英儒是重要的作家，创作成果丰硕，但以往文学史对他的评价不足。他于1938年参加八路军，当过军中记者、编辑、步兵团团长，身经大小战斗数十次。1942年，在日寇举行所谓"'五一'大扫荡"时，他被调到保定从事城市地下秘密工作，从内线展开对敌斗争。1946年至新中国成立前，他先后在华北军区和中共中央华北局做敌工工作和联络工作。新中国成立后相继在解放军原总后勤部、原总政治部做文化宣传兼文学创作。"文革"开始不久被"四人帮"以"莫须有"罪名投入监狱达8年之久。在狱中，他以惊人的毅力，在《资本论》的文字夹缝里写出了《女游击队长》和《上一代人》两部长篇小说的草稿，于"文革"后改定出版。他从20世纪30年代起即开始发表作品，一生笔耕不辍，成果丰赡，仅长篇小说就出版了7部，计有《战斗在滹沱河上》（1954年）、《野火春风斗古城》（1958年）、《女游击队长》（1978年）、《还我河山》（1979年）、《上一代人》（1982年）、《燕赵群雄》（1986年）、《女儿家》（1987年）。此外，尚有《李英儒短篇小说选》（1981年），长篇文学传记《虎穴伉俪》（1988年），电影文学剧本《野火春风斗古城》（与人合作，1959年）、《凌雪晴》（与人合作，1979年）等。李英儒的作品，几乎全都是根据抗日战争和第三次国内革命战争时期，他在家乡冀中平原和晋察冀边区的战斗经历和所搜集的生活素材写成的。故事曲折生动，情节惊险紧张，富于浓厚的传奇色彩，是李英儒的小说和电影的重要特点之一。这当然也跟作家本人有着传奇式的战斗经历相关。他的作品的传奇性来自生活的真实。像《战斗在滹沱河上》那样惊心动魄，那样富有传奇色彩，正因为作家经历的日本侵略军在冀中平原上发动的"'五一'大扫荡"是那样野蛮、残酷、惨绝人寰，而冀中军民在出生入死的反"扫荡"斗争中的表现又是那样英勇、机智、可歌可泣。描写地下革命工作的长篇小说《野火春风斗古城》，其实也是他反映冀中军民英勇抗击日寇"'五一'大扫荡"的一部作品。小说取材于地下内线斗争，表现中国共产党领导的地下工作者如何在华北日伪军的指挥中心保定，发起艰苦卓绝的"挖心战"，写得别开生面。这种虎口拔牙式的战斗，其本身就决定描写它的小说情节的惊险性和传奇性。可贵的是，作者没有满足于惊险性和传奇性的渲染，而是着力从中揭示这场特殊战斗的普遍意义。作品歌颂了团政委、县委书记杨晓冬，杨晓冬的母亲杨老太太，地下交通员金环、银环姐妹等这样一些为了民族和阶级而顽强战斗，甚至慷慨赴义的英雄形象。小说在讴歌他们的高尚情操的同时也通过对敌酋多田，伪军头目吴赞东、高大成，特务蓝毛形象的刻画，揭露了他们的罪恶，鞭挞了他们丑恶的灵魂。此外，小说还描写了像关敬陶失身事敌、经过我方教育而反正的人物，表现了地下斗争的特殊性和复杂性，不仅有政治斗争，而且有思想、道德、智慧的斗争。作品中既有对敌我之间不共戴天的阶级仇、民族恨的描写，也有对母子、姐妹、恋人、同志之间在保卫祖国的殊死斗争中所激发出来的至情至爱的颂歌。它使人在极端的紧张、惊险、沉重的氛围中仍能感受到革命者人情人性的美好、温馨。小说有的情节虽然显得过分巧合，但对抗日战争中城市地下斗争的整体描写却真实可信。李英儒是一位在思想和艺术上都有较强探索意识的作家。他的第三部长篇《还我河山》是《野火春风斗古城》的姐妹篇。此书不仅比较成功地塑造从游击队被调做城市地下工作，并在极端险恶、复杂的环境里出色完成任务的女主人公乔兰弟的形象，还以洞幽入微的笔触刻画一个被日本顾问欺骗、占有后内心极端矛盾但又不能自拔，经我方做工作而终于弃暗投明的中学生瑞琪的形象。沦陷区这样的人物并不少见，但文学作品中却很少描写。因是，小说虽于"文革"前一年即已交出版社，却未获通过，直到1979

年才面世。出版于1986年的《女儿家》，以抗日战争为题材，表现了男女主人公献身于民族解放和阶级解放事业的宝贵品质，同时小说也揭示了中国传统文化中的负面因素在他们身上留下的阴影。男主人公周太夫在男女关系上的杯水主义和大男子主义，女主人公佟过江在受到损害时的委曲求全，即是这种负面因素的表现。尽管这种文化反思的广度和深度都很有限，却反映了作者对抗日战争题材的处理，特别是在英雄形象塑造上所做的新的思考与追求。当然，他的探索也有失误，比如写于1981年的中篇小说《妙青》，就因描写名叫妙青的抗日女英雄与汉奸韩诚之间超越敌我关系的爱情，流于虚妄而受到批评。

整体而论，李英儒在执着描写革命斗争，特别是描写地下革命斗争方面，成就是突出的。这自然与他曾长期投身这方面的战斗密切相关。

【《清江壮歌》与马识途的创作】《清江壮歌》的作者马识途本人也长期做过地下革命工作。马识途（1915—2024），原名马千木，1915年生于重庆忠县，祖籍湖北麻城。他于1938年加入中国共产党，1941年到昆明西南联大中文系学习，1945年毕业。历任鄂西特委书记、川康特委副书记、四川省建设厅厅长、四川省建委主任、中国科学院西南分院党委书记、四川省委宣传部副部长、四川省人大常委会副主任、四川文联主席、四川省作协主席、中国作协理事等职。他自幼喜爱文学。1935年即在《中学生》杂志发表了处女作。曾有《找红军》短篇集，由四川人民出版社出版。他还创作有针对现实生活的讽刺小说《最有办法的人》《学习会记事》等。由于他的小说主要以四川盆地为背景，从描写的风俗人情到语言风格都常有浓郁的"川味"，可以说是继李劼人、沙汀、艾芜之后又一位重要的四川乡土小说的作家。

1960年，马识途开始创作长篇小说《清江壮歌》，1961—1962年在《四川文艺》上连载，1966年由人民文学出版社出版，引起广泛的社会反响，成为其代表作。以后又创作了中篇小说《红梅》。长篇小说尚有《石家湾的春秋》《巴山风云》《夜谭十记》《翠湖春晓》《岷山风云》《雷神传奇》多种。2020年，他106岁，还出版了新作《夜谭续记》。

《清江壮歌》以20世纪40年代国民党统治区人民日益高涨的革命斗争为

时代背景，描写了清江地区中共地下组织所进行的惊心动魄、错综复杂的斗争。由于叛徒陈醒民的出卖，中共地下组织特委机关遭受严重破坏，贺国咸、柳一清等主要领导人相继被捕入狱。为进一步破坏清江地区的中共地下组织，敌人派特务潜入狱中，诬我交通员为叛徒以掩护真正的叛徒等，使斗争倍显波谲云诡。面对这一严峻的形势，中共地下组织领导人任远、王东明领导党员和革命群众与敌人斗智斗勇，既组织狱中同志坚持战斗，又在狱外清除叛徒，准备武装劫狱，营救战友。最后，劫狱斗争取得胜利，但贺国咸、柳一清、章霞壮烈牺牲。

《清江壮歌》的主人公贺国咸、柳一清是以湖北省恩施地区两个著名革命烈士何彬、刘惠馨为原型而创造出来的典型形象。小说无疑是根据作者在鄂西地下工作的经历为素材而写的。刘惠馨便是作者的妻子。作品里特委书记贺国咸的形象也塑造得相当成功。他对党的事业忠心耿耿，又有丰富的对敌斗争经验，处变不惊，明敏善断。巧辨叛徒，显出他的智慧；说服并教育父亲，把他争取到革命方面来，显示出他的大义凛然，既重亲情更具阶级公义的思想境界。特委妇女部长柳一清的形象也刻画得光彩照人。她是党的忠诚女儿，又是柔情的妻子、慈爱的母亲。面对严刑拷打和诱降，她坚贞不屈、视死如归。这部优秀的长篇小说在表现手法上继承我国古典小说以情节的生动性、丰富性和悬念的设置造成引人入胜的效果，结构上颇具"草蛇灰线、伏脉千里"之妙。作者擅长现实主义的白描手法，语言清丽委婉，富于蕴蓄。

马识途一生堪称著作等身，而且在不同的繁忙岗位上一直坚持利用工作之余写作，其成就和毅力都令人赞叹。2018年出版的《马识途全集》有18卷之多，马识途堪称是新中国长篇小说领域耕耘最力，成果丰硕的作家之一。

【罗广斌、杨益言的《红岩》】《红岩》是描写解放前夕，中国共产党地下工作者在重庆白公馆、渣滓洞监狱与敌人斗争的故事。这个素材曾由罗广斌、杨益言、刘德彬等写成报告文学《圣洁的血花》和纪实文学《烈火中永生》，后经沙汀辅导，由前两人完成长篇小说。作品突出地塑造了江竹筠、齐晓轩、许云峰、成岗、华子良等不同共产党员的英勇形象，可歌可泣，同时也刻画了叛徒甫志高、敌特处长徐鹏举的复杂性格和卑鄙、阴狠的灵魂。小说结构严谨，把狱中与狱外斗争穿插描写，头绪纷繁而又线索清晰，情节紧张曲折，引人入胜。江竹筠等共产党员虽然最后都被敌人残酷杀害，未能迎来山城解放的黎明，但他们无私无畏、对共产主义理想的忠诚和不屈不挠的斗争意志，给读者留下深刻的印象，产生了广泛强烈的反响和教育作用。该书出版后曾一版再版，发行量达数百万册，成为新中国畅销长篇小说之一，也曾被译为多国文字，介绍到国外。根据小说改编的歌剧《江姐》，也受到读者和观众的广泛欢迎。无论内涵还是艺术魅力，《红岩》都是这类作品中最成功的一部，也是影响最大的一部。作者罗广斌（1924—1967），四川成都人，杨益言（1925—2016），四川武胜人。他们在新中国成立前都曾被国民党特务逮捕，囚禁于渣滓洞，幸免于难。因对革命烈士的深切怀念，他们以富于战斗的激情，写成《红岩》。罗广斌早年参加共产党，新中国成立后曾任重庆共青团市委委员、统战部部长和全国青联委员，"文革"中被迫害致死。杨益言于1979年当选全国文联委员，1984年当选中国作协理事。后又与刘德彬合作长篇小说《大后方》，《大后方》描写的是抗日战争时期大后方我党开展的地下斗争，但影响已不及《红岩》。

描写新中国成立前的地下革命斗争，是新中国长篇小说创作中十分引人入胜的部分。但它又不同于一般的"谍战"小说，后者总以悬疑和扑朔迷离的情节推进取胜。而上述列举的作品，由于作者多有地下工作的亲身经历，能以现实主义的笔触，细致地描写人物的思想情感，刻画出典型历史环境中的典型人物的丰满形象，展现广阔的社会历史图画，从而感人至深，并不徒以惊险情节取胜。它孕育于实际的生活土壤，写来虽惊心动魄，却具有生活的原汁原味，朴实得分外感人。这批作品无疑是中国人民伟大革命的产物，其中闪耀的为革命理想而奋斗的崇高光辉，永远是我国人民宝贵的精神财富。应当说，这是新中国长篇创作对世界的一份独具特色的贡献。

第四章 | 军旅战争长篇小说的发展

军旅战争长篇的崛起——《保卫延安》与杜鹏程的创作成就——《红日》及其作者吴强——《林海雪原》及其作者曲波——柯岗的军旅小说和李建彤的《刘志丹》

【军旅战争长篇小说的崛起】中国革命的特点，是以武装的革命对付武装的反革命。武装的军事斗争是20世纪中国革命的主要形式。因而军旅斗争的题材为广大作家所重视、所广泛描写，便非奇怪。实际上，上述革命斗争题材便有不少作品也写到战场和战争。在这一意义上，军旅战争题材也是革命斗争题材的一个部分，而且是十分重要的部分。而进入和平年代，军队乃国之干城，我国人民的军队往往同时是工作队、救援队。先后参加了抗美援朝战争和保卫国家边界的战争，平时不但戍守边防，还参与救援灾害，建设和发展国防力量。因而这方面题材的丰富多彩，也为新中国军旅长篇小说的创作提供不绝的源泉。人类自有历史以来，可谓战争不绝。既有正义的反侵略、反压迫的战争，也有非正义的侵略他者、压迫他者的战争。我国保家卫国，反抗侵略和压迫的战争，包括革命的战争总是正义的。战争中的军旅英勇牺牲精神总与爱国主义和崇高革命理想相联系。它是民族自强不息、自我保卫的生存精神的集中体现。纵观整个人类文明史，世界各国都不乏军旅文学的创作。古希腊的史诗从某种意义上看就是反映战争的军旅史诗。我国代有军旅文学作家崛起，新中国作家创作许多关于这一题材的长篇小说，也属必然。

广而言之，军旅战争长篇小说在新中国成立初便崛起于文坛。上述柳青的《铜墙铁壁》和孙犁的《风云初记》便写了战争，那些英雄传奇所写的游击战争同样是战争，不过都是从人民群众参与战争的角度来写的。其后，以表现重大战役的军旅战争题材作品便络绎不绝。20世纪50年代以来，这方面最耀眼的作品是杜鹏程的《保卫延安》、吴强的《红日》、曲波的《林海雪原》，20世纪六七十年代还产生了黎汝清描写井冈山时代红军战争的《万山红遍》等。改革开放后这方面的长篇新作更多。这里，我们先论述新中国成立初这方面创作的重要作家及其长篇作品。

　　【《保卫延安》与杜鹏程的创作成就】《保卫延安》是作家杜鹏程的力作。杜鹏程（1921—1991），本名杜红喜，曾用名司马君、宏溪、朴诚等。出生于陕西省韩城市一个贫农家庭。童年生活困苦，当过学徒，也在教会学校和半工半读学校读过。1938年到延安，先后在八路军随营学校、鲁迅师范学校、延安大学学习，参加过整风运动和大生产运动。1945年加入中国共产党。解放战争开始后，杜鹏程于1947年作为随军记者转战大西北，曾任兵团政治部某部副部长、新华社第一野战分社主编。在部队，他阅读了许多军事著作和中外描写战争的文学作品，几年间，他以日记的方式积累素材达百万字之多，发表过几十万字以战争生活为内容的消息、通信、散文、报告和剧本。1949年年底，他在新疆南部随军追剿残敌的同时，即着手撰写长篇小说《保卫延安》（人民文学出版社1954年6月初版），历时五年，九易其稿。1954年，他由新疆调至中国作协西安分会从事专业创作，曾相继深入宝成、陇海、成昆铁路工地，以及西北地区的农村。10余年间，他写了著名的中篇小说《在和平的日子里》[1]以及收在《青年的朋友》（中国青年出版社1962年4月初版）里的一批短篇小说和收在《速写集》（作家出版社1960年9月初版）里的一批散文、特写。酝酿中的长篇小说《太平年月》，由于种种干扰和"文革"冲击，一直未能问世。"文革"后他重返文坛，除进行旧作的修订编选工作外，还有短篇新作《历史的脚步声》以及许多谈文艺问题的文章发表。

　　杜鹏程作品的风格沉雄粗犷。他笔下的人物形象多彩多姿。长篇小说《保

1《在和平的日子里》原系作者未完成的长篇《太平年月》的片段，应编辑之约，改为中篇在《延河》（西安）1957年8月号发表，后经修改由东风文艺出版社（西安）1958年9月出版单行本；此后又多次修改再版，篇幅由4万字增至9万字，陕西人民出版社1978年12月出版的本子为最后完成本。

卫延安》描写的是1947年国民党军队向我陕北革命圣地延安猖狂进攻，在我军民奋起反击下而狼狈溃败的经过。这部小说是杜鹏程创作上最重要的成就，也是新中国成立初反映重大战役的成功之作。冯雪峰几乎在小说出版的同时即撰文指出，由于作者"确实掌握了这次战争的精神""掌握了这次战争得以胜利的关键和依靠来达到胜利的全部力量""描写出了一幅真正动人的人民革命战争的图画"，所以，这部小说至少可以说是"英雄史诗的一部初稿""它的显著的创造性，显然有推动现实主义创作运动的作用"[2]。小说以周大勇及其连队活动为全书结构中心，刻画了从炊事员、战士、连队各级干部，一直到彭德怀副总司令的英雄群像，再现了我军在十倍于己的敌军猖狂进犯面前顽强不屈、血战到底的英雄气概，展现了在毛泽东思想指引下、在人民群众全力支援下，我军迅速由战略防御转入战略反攻的历史进程。小说笔墨朴实、雄劲，昂扬革命英雄主义的主调。作者在描写酷烈战争的同时，也以哲理与诗情相交融的笔触，写军民、战友之间被革命理想所照耀的真诚、无私的情谊，揭示我军所以能够赢得伟大战争的原因。因而，读者从小说里看到的就不仅是我军从撤离延安到准备收复延安的惊心动魄的战争历程，而且是一种新的人生：个人解放与阶级解放在战争年代相统一的历史真实。小说出版后轰动一时，几年间发行了近百万册。但因在1959年发生了所谓"彭德怀反党集团"的冤案，《保卫延安》即成禁书。"文革"中作者被诬为"利用小说进行反党"，受尽残酷迫害。直到"四人帮"垮台，他和他的作品才得到解放。人民文学出版社于1979年重新出版了《保卫延安》。此书原稿几经修改，曾装有一板车，足见作家的精益求精之精神。因对于全书思想性和艺术性的不断追求，这部作品在新中国军旅长篇小说创作上大放异彩，绝非偶然。

【《红日》及其作者吴强】《红日》（人民文学出版社1957年初版）是《保卫延安》之后描写人民解放战争的长篇军旅小说的又一重要收获。作者吴强（1910—1990），曾用笔名吴蔷、叶如相，曾任华东军区文化部部长、中

---

2 冯雪峰：《论〈保卫延安〉的成就及其重要性》，《文艺报》（北京），1954年第14、15期。此文后以《论〈保卫延安〉》为题收入人民文学出版社1979年再版的《保卫延安》卷首。

国作协上海分会副主席。江苏涟水县人。1933年开始文学创作并加入左联。1938年参加新四军,长期在华东野战军,即第三野战军做政治、文化宣传工作。参加过莱芜、孟良崮、淮海等著名战役,这些经历为日后创作积累了丰富素材。后转业到上海从事创作,出版作品有中篇小说《他高高举起雪亮的小马枪》,长篇小说《红日》《堡垒》,短篇小说《灵魂的搏斗》,报告文学集《英雄的业绩》等。

《红日》取材于解放战争初期陈毅、粟裕统率的华东野战军在山东战场粉碎敌人重点进攻的历史事实。作品以沈振新军长为中心,从1946年秋第二次涟水战役我军失利写起,经莱芜大捷到孟良崮战役,战胜了处于优势的敌人,全歼敌七十四师,击毙敌师长张灵甫为止。全书再现了我军由弱到强,由战略防御到战略反攻的历史转折,歌颂了毛泽东军事路线和人民战争的胜利,塑造系列血肉丰满的艺术形象,取得了思想性和艺术性统一的突出成就。小说发表后广受欢迎,先后被改编成电影并译成多种文字介绍到国外。《红日》全面、立体地展开从连到军、从战场到后方、从战争到爱情的广泛生活抒写,背景广阔,而对局部战斗的描写以及花前月下爱情插曲的笔墨,又见精微、细腻。作品始终坚持把人物尤其是军一级高级指挥员放在战争舞台中心,以浓墨重彩成功地塑造了军长沈振新、副军长梁波鲜明丰满而又气质个性迥然不同的形象,所写团长刘胜、连长石东根等人物也性格独特,给人留下难忘印象。小说坚持现实主义创作原则,对敌军将领等不做丑化或简单涂抹。作者认为,不能把敌人"描绘成无能的草包,不堪一击的软豆腐",同样要写成"有血有肉的活的具体的人"[3]。因而凶悍、顽固的张灵甫、张小甫等人物形象也刻画得比较深刻和生动。《红日》的局限在于对我军政治干部的描写缺乏光彩,语言加工也稍显粗糙。而吴强后来创作的《堡垒》,其影响已远不及《红日》。

【《林海雪原》及其作者曲波】富于浪漫主义色彩和传奇性的《林海雪原》,作者曲波(1923—2002),山东费县人。1938年参加八路军,1943年

---

3 吴强:《谈〈红日〉的创作体会》,《文学评论》,1978 年第 2 期。

进入胶东抗大学习，毕业后任胶东军区报社记者。解放战争初期任牡丹江军区二团副政委，曾亲率一支小分队深入林海雪原，经过半年多艰苦周旋，歼灭了几股国民党残匪。这段经历成了《林海雪原》的基本素材。新中国成立后他因负伤转业到地方工作并开始业余创作。1957年发表《林海雪原》，此后又相继完成了《山呼海啸》《戎萼碑》《桥隆飙》等多部长篇小说。

《林海雪原》（人民文学出版社1957年初版）以奇袭虎狼窝、智取威虎山、绥芬草甸大周旋和大战四方台为轴线，采取中国古典小说的结构手法，故事情节环环相扣，引人入胜，高潮迭起，惊险动人。几个大故事既有相互连续性，又有各自独立性。大故事中又包含若干小故事，错综复杂又和谐统一。它的主要人物少剑波、杨子荣等足智多谋，战斗方式奇诡莫测，自然环境原始神秘，小说呈现浪漫主义风格，更强化了整部作品的传奇性。再加上小说通篇采用具有评书韵味的畅达、刚健的叙述语言，实现了作家"力求在结构、语言、人物的表现手法以及情与景的结合上都比较接近于民族风格的初衷[4]，以及"让杨子荣等同志的事迹永垂不朽"[5]的创作动机。小说发表后立即受到广泛欢迎，曾印行150万册，并被译成多国文字在国外出版，又被改编成电影、戏剧，搬上银幕和舞台，创造了当代文学史上出版传播的奇迹，智取威虎山的杨子荣的英雄业绩更交口传诵。小说的缺陷是部分人物性格失于平面单一、缺少丰满的血肉，因而难以让读者产生更深刻的印象。作者后来创作的多部长篇，也多写革命战争中的人物和故事，但影响也远不及《林海雪原》。

【柯岗的军旅小说和李建彤的《刘志丹》】从战役上表现人民解放战争的小说还有其他作家的创作，其中柯岗也是位比较重要的作家。柯岗（1915—2002），原名张柯岗，河南省巩义市人。学生时代即爱好文学，1938年入延安抗日军政大学学习，曾多年在部队做文化宣传工作。新中国成立后曾任西南军政委员会文教部文化处副处长、国务院文化和旅游部剧本委员会办公室主任等职。著有小说集《风雪高原红花开》《这事发生在北京》，此外还有诗

---

4 曲波：《关于〈林海雪原〉》，《林海雪原》，人民文学出版社1978年版。
5 同上。

集《战地短歌》《短刀集》等。长篇小说《逐鹿中原》和《三战陇海》是他的代表作，主要描写解放战争期间我军挺进中原，与蒋军展开激烈争夺，在刘伯承、邓小平首长的决策和指挥下，出奇制胜，浴血苦战，连下名城，赢得战争主动权的历史过程。两部小说均情节曲折，波澜起伏，比较成功地刻画了我军指战员的系列形象。但比之前述几部作品，笔力尚有未逮之处，影响也不及。

这里还应该提到李建彤的长篇《刘志丹》，它以陕北红军领导人刘志丹为核心，描写当地红军英勇斗争的历程，为书写中国革命史的题材补上一个重要的空缺。遗憾的是受到康生的诬告，作者受到迫害，还株连了许多人。"文化大革命"之后才得以昭雪。毫无疑问，这部作品应当受到历史的充分肯定。

在国家改革开放前，书写军旅战争题材的作家还有徐怀中、黎汝清等，但他们在长篇小说创作方面的主要成就，多在改革开放之后，故留待后一时期论述。

第五章｜革命史诗性长篇小说的追求

史诗性长篇小说的创作追求——欧阳山生平和《一代风流》——玛拉沁夫及其《茫茫的草原》——李乔生平及其《欢笑的金沙江》

【史诗性长篇小说的创作追求】史诗性追求是长篇小说创作的重要传统，也往往是长篇小说家追求的艺术概括的高层境界。我国的古典名篇《三国演义》和《水浒传》具有史诗性；俄罗斯作家列夫·托尔斯泰的名作《战争与和平》同样具有史诗性。长篇小说由于拥有巨大的篇幅，它可能描写几十，乃至数百个人物，反映广阔的历史场景和时代精神，刻画复杂而微妙的人们的精神世界，像古代史诗一样展现百科全书那样的社会生活的画卷，它必然会被既有才华又有足够生活储备和思想见地的作家所追求。五四以来的我国现代文学中，便产生过像李劼人的《死水微澜》《暴风雨前》《大波》三部曲那样反映现实的史诗性长篇小说。而茅盾的《子夜》、老舍的《四世同堂》在一定程度上也具有史诗的性质。经历了伟大时代变动的新中国的作家，他们中的许多小说家自觉追求史诗性长篇的创作，应是合乎规律的文学现象。

新中国成立后，史诗性小说创作的浪潮不断掀起。实际创作中也硕果累累，为文坛增添了耀目的光彩。那个年代，具有广泛影响的作品如前述梁斌的《红旗谱》、杨沫的《青春之歌》等三部曲也带史诗性质，此外，欧阳山的《一代风流》、少数民族作家玛拉沁夫（蒙古族）的《茫茫的草原》、李乔（彝族）的《欢笑的金沙江》、益希单增（藏族）的《幸存的人》、降边嘉错（藏族）的《格桑梅朵》和改革开放后陆地（壮族）的《瀑布》、克尤木·图尔迪（维吾尔族）的《战斗的年代》，还有改革开放之后问世的陈忠实的《白鹿原》、张炜的《你在高原》、王火的《战争与人》、周而复的《长城万里图》、李尔重的《新战争与和平》等，也皆有史诗性的规模。其中许多作品还以超长篇的宏大篇幅为这方面的创作做出新的贡献。

从解放区跨入新中国的小说家中，欧阳山首先以反映现代中国历史巨变的史诗性小说《一代风流》而闻名。

【欧阳山生平和《一代风流》】 欧阳山（1908—2000），原名杨凤岐，湖北荆州人。1924年发表处女作短篇小说《那一夜》。1927年在鲁迅支持下组织广州普罗作家同盟。1940年加入中国共产党。1941年赴延安。1946年写出反映陕甘宁边区新生活的长篇小说《高干大》。新中国成立后他在担任繁重的社会工作时，还创作了讴歌海南人民革命斗争的《英雄三生》、讴歌农业合作化运动的《前途似锦》（皆为中篇小说）以及记述广州起义的特写《红花岗》等。他于1942年开始酝酿，1957年开始动笔，到1984年才完成的5卷本长篇小说《一代风流》，是他对中国当代文学的一个卓越的贡献。他的作品绝大部分都已收入10卷本《欧阳山文集》。

《一代风流》由以下5卷构成：《三家巷》（1959年）、《苦斗》（1962年）、《柳暗花明》（1981年）、《圣地》（1983年）、《万年春》（1985年）。全书约150万字，把个人命运、情感纠葛和时代风云的变幻交织在一起，讴歌中国共产党领导的艰苦卓绝的新民主主义革命，表现革命者在漫长斗争中的人格升华，既有着波澜壮阔的史诗气派，又有俊逸委婉的南国情调。它的主人公周炳是一个性格复杂、丰富的艺术典型。作者说："周炳就是这样一种人，他一方面有手工业工人的思想意识和感情，因此生活上和各行各业的工人接近，但是他又有知识分子的气味，例如要求个性解放，想通过读书向上爬等。周炳就是那样有两种内在因素在矛盾斗争中发展着的人物。"[1]作品不是根据曾一度流行的"一个阶级一个典型"的公式，而是从实际生活出发来塑造人物形象。小说的前两卷着重写周炳在20世纪30年代的生活。居住在"三家

---

1 欧阳山：《谈〈三家巷〉》，《羊城晚报》，1959年12月5日。

巷"里的三家：陈家属于买办资产阶级，何家属于地主阶级，周家属于工人阶级。在阶级关系上他们是对立的，在人际关系上，他们又是邻里、亲戚。青少年时代的周炳生活在这样一个复杂的环境里，养成一种复杂的性格，就很自然了。这种复杂性，在省港大罢工、沙基惨案、广州起义、北伐战争、四一二反革命政变、苏区反"围剿"斗争等时代大风暴中被表现得淋漓尽致。小说写了周炳的革命激情，写了他作为劳动人民子弟的鲜明、强烈的爱憎，同时也写他受到非无产阶级的思想影响，甚至写了他在与陈文婷的恋爱中无意间泄露革命秘密而造成共产党员周金被反动派杀害的严重错误。这种描写并未造成周炳人格和性格的分裂，却更加真实、有力地表现了他赤诚、憨直的个性和他所走过的崎岖的人生道路。所以，小说的第三、四、五卷，描写周炳经历抗日战争、延安的整风运动、晋冀鲁豫土改斗争和解放战争的锻炼，入了党，成了一名无产阶级先锋战士时，读者也就看到他以独特个性表现出一种精神境界——在积极投身改造客观世界的同时也自觉改造自身的主观世界。全书各卷都贯穿周炳爱情生活的描写，他先后与区桃、陈文婷、陈文英、胡柳和何守礼、胡杏等多个女性恋爱。这些描写，揭示了周炳复杂曲折的人生道路和思想情感的变化过程，赞美了体现在周炳与区桃、胡柳、胡杏之间的真挚、高尚的爱情，而且也因此把周炳写成了一个真正具有七情六欲的血肉丰满的人。

塑造20世纪三四十年代中国社会各阶级、阶层的性格各异、多彩多姿的人物形象，是《一代风流》的重要成就。这些人物，包括在省港大罢工中牺牲的区桃，在广州起义中牺牲的杨承辉，在震南村斗争中牺牲的胡柳，在抗日战争中牺牲的冯敬义，以及在历次斗争中贡献了自己力量的区苏、黄群、陶华、郑得志、王福嫂、蒋忠良等；也包括在漫长的革命斗争中逐步成长起来的胡杏、何守礼、李为淑、杨承荣、江炳、张纪文、区卓、张纪贞等；还有逆历史潮流而动和被历史淘汰的陈万利、何应元、何不周、贺英、陈文英、张子豪、李民魁、陈文娣、王大元、陈文婕等。小说通过这些人物形象，既表现了革命斗争的复杂性，又"体现了人民是历史发展的真正动力"[2]的唯物史观。遗憾

---

2 黄秋耘：《一部诗的小说》，《新港》（天津），1963 年第 2 期。

的是，由于全书各卷分别在"文革"前后出版，中间受到"文革"的严重干扰，所以在笔力、文采上，后三卷与前两卷显得不够均衡。但全书毕竟通过周炳参加革命的复杂经历，以广阔的历史视野反映一个时代波澜壮阔的革命风云和各个阶级阶层的矛盾与斗争，从而为新中国文学史界贡献了首部史诗性长篇小说，其意义自应获得人们的充分肯定。

【玛拉沁夫及其《茫茫的草原》】玛拉沁夫（1930—　），蒙古族，辽宁省吐默特旗人，早年参加革命，在人民军队中生活多年，这决定了他的创作特点。他的主要作品都以蒙古族人民的革命斗争生活为题材，热情歌颂蒙古族人民的英雄行为和斗争精神。1952年，他发表短篇小说《科尔沁草原的人们》，由于较早生动地表现少数民族人民的新生活和一代新人的成长，引起广泛反响。此后陆续创作出版小说集《春的喜歌》（1955年）、《花的草原》（1962年）、《第一道曙光》（1979年）和长篇小说《茫茫的草原》，此外还创作电影剧本《草原上的人们》（1952年）、《沙漠的春天》（1976年）、《祖国啊，母亲》（1977年）等。玛拉沁夫的长篇小说《茫茫的草原》是新中国文学史上较早反映少数民族人民革命斗争生活的有影响的史诗性作品。它的上部出版于1957年4月，初名《在茫茫的草原上》，1963年修订再版，改名《茫茫的草原》，下部出版于1988年。全书通过对察哈尔草原一个地区斗争的描写，反映了中国人民特别是蒙古族人民争取独立、解放的斗争。这样的重大主题，必然要涉及生活的各个领域和各阶级、阶层的人物，从而展开错综复杂的社会矛盾。小说紧紧抓住各阶级、阶层的人物的不同地位，来展现他们不同的行为和性格。以小说主人公铁木尔为代表的蒙古族贫苦青年牧民，看到草原的苦难，并亲身经历了被压迫的生活灾难，强烈地要求把蒙古民族从水深火热中解放出来。但是，这种朦胧的"为自己的民族"的决心，只有在接受了共产党的教育和领导，并投身革命斗争之后，才有了正确的目标和方向，才能用积极的行动去争取民族的解放和胜利。而以明安旗出身的贡郭尔为代表的是一条反动的反民族的道路。他在旧主子日本侵略者垮台之后，很快就投靠了国民党反动派，并在特务的指使下，组织反动武装，配合国民党的反革命内战，妄图继续欺压和蹂躏草原人民。当然，他们也必然随着其主子国民党的失败而失败。小说的思想意义在于通过斗争和革命力量的发展壮大，中间道路的破产，反动势力的失败和灭亡，启示人们只有在中国共产党的领导下，将蒙古族人民的革命斗争汇入各族人民为解放全国而战的革命洪流中，和各族人民紧密团结，才是获得解放的唯一正确的道路。

《茫茫的草原》成功地塑造了一批具有民族独特心理素质和性格的人物。青年牧民铁木尔是小说着意刻画的中心人物，作者细致地描写了铁木尔性格发展的全过程：从一个具有鲜明的阶级反抗意识，却又夹杂狭隘的民族情绪的牧民，经过激烈的血与火的斗争考验，最终成为自觉为人民革命事业奋斗的共产主义战士。小说在塑造人物时，无论是正面人物铁木尔、斯琴、苏荣、沙克蒂尔等，还是反面人物贡郭尔、旺丹、刘峰等，都注意从他们特定的阶级地位出发，同时又紧紧结合不同人物的不同经历，来表现他们性格的异同。它往往从政治军事的斗争和家庭爱情等多侧面来刻画人物，因而使人物具有性格的多样性和复杂性。

《茫茫的草原》鲜明的民族特色首先在于它对察哈尔草原和蒙古族人民特定生活和矛盾的真实生动的表现，而草原风俗画和风景画的勾勒，则使小说的民族色彩更加鲜明突出。作品中处处都有察哈尔草原迷人风光和风俗的生动描绘。在描绘这些自然风光时，作者又往往赋予它象征的寓意，既勾画出人物行动的自然环境特征，展现人物之间彼此斗争的政治气候，同时还借景抒情，借渲染草原风光以抒发作者或主人公的内心感受。这就把自然风光的描绘与人物的塑造、主题的揭示巧妙地交织在一起，从而形成很强的艺术感染力。玛拉沁夫后来还曾担任中国作家协会党组副书记。

20世纪50至60年代，另一部反映少数民族翻身的史诗性长篇小说则出自云南著名彝族作家李乔之手。

【李乔生平及其《欢笑的金沙江》】李乔（1909—2002），彝族，云南省石屏县人。20世纪30年代开始创作，有《我的老厂》《锡是怎样炼成的》等作品发表。其主要创作成就在新中国成立后。这一时期，李乔先后发表和出版小说集《挣断锁链的奴隶》（1956年）、《寄自小凉山》（1958年），还有长篇小说《欢笑的金沙江》（三部曲）、《破晓的山野》（1982年）、《未完的梦》（1989年）、《彝家将军张冲传奇》（1989年）等。从他创作的第一天起，李乔就把全部的感情倾注于自己的民族和彝族生活的土地——大小凉山，他的作品除极少数外，几乎都是以凉山彝族人民的历史和现实斗争为题材的，可以说是凉山彝族历史变迁、人民独特生活和命运的艺术再现。他的长篇小说《欢笑的金沙江》（三部曲）被称为反映彝族人民历史命运的长幅画卷。它通过对凉山彝族人民从争取解放到民主改革、平息叛乱整个艰难曲折的斗争历程的描写，反映了新中国成立前后彝族人民生活所发生的翻天覆地的历史变革以及彝族人民在革命斗争中觉悟的提高、性格的成长。

《欢笑的金沙江》第一部《醒了的土地》出版于1956年，描写的是凉山彝族解放初期的生活：中国人民解放军进军金沙江畔，由于反动派长期制造的民族隔阂以及窜入凉山彝族地区残匪的欺骗、阻挠，解放军无法进驻凉山，中共凉山工委无法开展工作；后经曲折复杂的斗争，终于取得初步胜利，工作队胜利地渡过金沙江，打开了凉山民主改革的新局面。小说真实地展示了这场斗争的复杂性和艰苦性，显示了党的民族政策的巨大威力。第二部《早来的春天》，出版于1962年，作者把笔触转向决定彝族人民命运前途的广大奴隶和他们对奴隶主的斗争，塑造了挖七、阿火黑日等鲜明生动的奴隶英雄形象。对奴隶制的无限痛恨，对自由解放的新生活的强烈渴望，为了推翻吃人的奴隶制度，不怕任何困难，敢于斗争，勇于牺牲，具有一往无前的英雄气概，是这些奴隶英雄的共同性格特征。他们以自己的流血斗争，迎来凉山社会主义的"春天"。小说也刻画了性格不同的彝族奴隶主形象，如疑虑而动摇的沙马木扎、磨石拉萨，愚蠢而凶残的瓦扎拉诺等。第三部《呼啸的山风》出版于1965年，描写的是反动奴隶主对民主改革的反抗——叛乱，以及广大奴隶在中国共产党领导下平定叛乱的一场新的斗争风暴。这场斗争，较之前两部反映的矛盾涉及面更广，也更加尖锐——公开的武装对抗，表现更加激烈、残酷。工作队员、广大奴隶特别是奴隶英雄人物，在新的斗争中成长起来。他们通过自己团结奋进的斗争，最终消灭了敌人，取得了胜利。

《欢笑的金沙江》艺术上的成就，首先在于作者善于把纷纭复杂的历史和现实斗争，巧妙地编织为波澜起伏、迂回曲折的故事结构。他把时间跨度大、地域社会范围广、人物众多的广阔生活斗争画面，加以巧妙的结构安排，使小说的情节发展一环扣一环，一波未平，一波又起，不断掀起高潮。其次，小说比较成功地塑造了一系列鲜明生动、朴实可信的彝族人物形象，如从青年奴隶而成长为党的领导干部的丁政委，富于反抗性格并成为凉山第一代觉醒奴隶的挖七，经过党的教育成长为工作队员的坚强不屈的阿火黑日。作者在塑造这些人物时，总是把他们置于尖锐激烈的矛盾冲突中，充分展示人物的性格和内心世界，并通过人物的思想发展来刻画人物，因而人物性格各具特点，鲜明突出。《欢笑的金沙江》的欠缺在平顺有余，波俏不足，缺乏生动细腻的典型细节的精雕细刻。

　　以上的介绍虽然难以包括这时期革命斗争长篇小说创作的全部，但从上述影响较大的作品中，我们已不难看到新中国前期长篇小说在反映我国革命斗争方面所做出的丰富多彩的贡献。从人民参加民兵、游击队所展现的英雄事迹，到地下革命斗争和军旅战役的描写，再到构思宏伟、地域辽阔、人物众多的史诗性再现，都产生了一大批广受读者欢迎的优秀作品，并为后来的作家提供了这类题材书写的宝贵的经验。其历史意义和影响均十分深远。到了改革开放的新时期，由于此类题材的重要性以及现代作家仍拥有这方面的生活体验，相关题材还吸引许多年轻的作家，因而涌现更多革命斗争题材的新的长篇作品就属历史的必然。

第二编｜新中国成立初城乡新变的画图

　　新中国成立初年，解放全国的战争尚在进行，1950年10月又迎来三年之久的抗美援朝战争。但国家毕竟转向恢复国民经济并开始向社会主义过渡，着手农村的土地改革和合作化，在城市则努力恢复工商业，准备实施第一个五年建设计划，并对工商业进行社会主义改造。数年中，城乡面貌迅速产生新的变化，欣欣向荣。这一切自然也很快反映到文学创作中，小说家先以短、中篇小说，不久即以长篇做出自己的探索。虽然，中国共产党七届二中全会已决定把工作重心从农村向城市转移，但毕竟农村的变革先于城市，我国又是农业人口占绝大多数的国家，解放区的作家早就参加农村的土地改革，而新解放的城市还处于接管的过程中，他们对城市尚需熟悉的过程。而原在国统区城市的作家，对新社会将会发生什么变革，又多怀观望的心理，他们对将成为文学主要表现对象的工农兵，又缺乏更多了解，下笔每存疑虑。由于上述种种原因，新中国成立初，长篇小说家对于农村的描写往往多于对城市的描写。

第一章 | 新中国成立初农村变革图谱（上）

中国农村变革与长篇创作——丁玲《太阳照在桑干河上》与其他——周立波的《暴风骤雨》和《山乡巨变》——赵树理的创作与《三里湾》——柳青的《创业史》及其他

【**中国农村变革与长篇创作**】我国是个传统的农业大国，存在广大的农村和农业人口。中国革命的基本问题之一就是必须通过变革，解放农民的生产力，把农村从数千年的封建地主阶级统治的落后状态建设成为社会主义现代化的新农村。这自然是人类历史上最引人注目，也是意义十分伟大深远的变革。它历时数十年之久，道路异常曲折而艰辛，虽然付出许多代价，但在中国共产党的领导下，中国大地终于焕然改貌。这一切都反映在新中国文学，包括长篇小说创作的进程中。

农村社会及风土人情，自五四新文学运动以来便为众多作家所描写。乡土文学成为新文学非常引人注目也成就卓著的一个领域。新中国农村社会和风物产生深刻变化，必然构成新中国长篇小说的重要题材，并为广大的读者所普遍关注。

新中国成立后，我国农村经历了多次变革：先是实现土地改革，把地主的土地分给农民；继之实行合作化和人民公社化，将土地集中，实行集体生产和分配；20世纪80年代后又推广以家庭为单位的土地生产承包制，之后，部分地区开始推行土地集中的现代农场承包，个别村社则一直没有改变集体所有制。上述变革标志千年封建地主所有制的消亡和社会主义集体所有制的诞生。生产关系的不断变化，自然促使农村人际关系和他们思想情感各方面发生深刻嬗变。新中国的长篇小说以自己生动的描写反映了上述的历史巨变，为读者展现了不断变化的农村生活的画卷。

【丁玲《太阳照在桑干河上》与其他】描写土地改革的长篇小说应以丁玲的《太阳照在桑干河上》和周立波的《暴风骤雨》最为著名。这两部作品都在新中国成立前夕出版，并获得那时苏联具有国内外影响的斯大林文学奖。其后，陆地的《美丽的南方》和王西彦的《春回地暖》等也写过这方面题材的作品，但作品的影响已不如丁玲和周立波的前述长篇。

丁玲是跨越我国现当代的著名女作家。新中国成立前已有很多创作问世。《太阳照在桑干河上》是她于1948年出版的作品，很快在海内外引起了热烈的反响。新中国成立初经作者修改，重新出版，被译为俄文版、保加利亚文版、丹麦文版、日文版、德文版、英文版、巴西文版等20余种外文版相继推出。1954年9月，重新出版的修订本印数累计近30万册。

丁玲（1904—1986），原名蒋伟，字冰之，湖南临澧人。早年就读于桃源第二女子师范预科学校、上海平民女子学校和上海大学等。1930年参加左联，丈夫胡也频牺牲后，她加入中国共产党，并主编左联机关刊物《北斗》，一度担任左联党团书记。后被国民党特务绑架，软禁于南京，逃出后，1936年到达陕北革命根据地，受到毛泽东等中共中央领导人的欢迎，曾任中央警卫团政治部副主任、中国文艺协会主任、西北战地服务团主任等职，并主编《解放日报》文艺副刊。新中国成立后，历任中共中央宣传部文艺处处长，中国作家协会党组书记、副主席，全国文联常委等职。1957年被错划为右派，后长期在北大荒农场劳动，1978年得以改正，回到北京。

她的长篇小说《太阳照在桑干河上》之所以获得高度评价与读者喜爱，自然与当年刚刚从解放战争与土地改革中步入新中国的政治形势有着相当大的关系。但这部小说能在同类作品中受到推崇，也的确源自其独特的精神意蕴和艺术魅力。作品揭示了农村阶级关系与土地改革的复杂性，对土改中宁"左"毋右的思想倾向与偏激做法给予了婉转的批评。在作品里，地主不是铁板一块的阶级，而是个性迥异、地位作用均有不同的活生生的个体。尤其是钱文贵的典型意义已经超越了地主阶级，见出政治生活中的一种随风转舵的"风派"的特征。从20世纪20年代开始，左翼作家便着意发掘农民身上的革命性，延安文艺座谈会后，这更成了革命作家的自觉追求。丁玲在这部作品里，充分揭示了农民的革命潜力与翻身解放的巨大热情，但没有把农民写成完美无缺的英雄豪杰，而是在赞赏他们身上的革命性的同时，真实地表现了他们身上的由于几千年小农经济积淀下来的软弱、偏激、狭隘、自私等弱点。心理描写是丁玲的长项，《太阳照在桑干河上》同样展示了较大的心理描写空间。她笔下有贫苦农民最初的顾虑与后来的翻身喜悦，也有富裕一点的农民最初的担忧与后来的宽慰，还有地主的仇恨、恐惧及报复欲望。作品在结构艺术与语言艺术等方面，比她以前的创作有明显的超越。情节紧张，富有张力，语言趋于大众化、生活化，不仅人物对话与心理话语符合人物性格，而且描叙语言所选用的语汇质朴、自然，语句大多简短，语调淳朴沉实。

在新中国年代，丁玲描写农村风云的长篇小说还有《在严寒的日子里》。其原稿在20世纪50年代因她被错划为右派而丢失，1978年后又重写。但只写了未完稿的二十四章。它反映三年人民解放战争中冀中农村的激烈斗争，作品文字更为苍劲、流畅，人物刻画也更浑厚，可惜全书没有写完作者即因病逝世。

丁玲一生的创作题材广泛，而描写女性和农村则是她的作品的两大主要题材。20世纪30年代所写的《水》《田家冲》，新中国成立初写的《粮秣主任》《在严寒的日子里》都以农村为描写对象。而《太阳照在桑干河上》无疑是她描写农村变革的最成功的作品，也是她最厚重的一部长篇小说。

【周立波的《暴风骤雨》和《山乡巨变》】不但描写土地改革，还描写农业合作化运动的小说作家是周立波（1908—1979）。他原名周绍仪，湖南益阳人。1934年在上海参加左联，同年加入中国共产党。此间，他除从事文艺评论、散文、诗歌写作外，还以翻译肖洛霍夫的《被开垦的处女地》而蜚声文坛。抗日战争爆发后，他从上海赴延安，经西安时由八路军办事处安排他任战地记者并兼任美国著名记者史沫特莱的翻译。他曾赴晋察冀抗日根据地，创作了《晋察冀边区印象记》和《战地日记》。1939年到延安，在鲁迅艺术文学院任教，还编辑过《解放日报·副刊》。1946年10月去东北，在北满尚志县（今尚志市）元宝镇参加土地改革。1948年写出反映这场斗争的长篇小说《暴风骤雨》，获斯大林文学奖三等奖。1951年，到北京石景山钢铁厂生活和工作，创作了反映新中国成立初期工业战线生产斗争和工人阶级崭新风貌的长篇小说《铁水奔流》（1954年），成为当时反映城市工厂新变的少数新作之一。1955年他回湖南家乡落户，参加农业合作化运动，于1957年到1959年先后完成了长篇小说《山乡巨变》（正、续）的创作。还发表了一批讴歌农村新生活的短篇小说，后结集为《禾场上》（1960年）、《山那面人家》（1979年）等。1966年初，发表描写毛泽东于1959年回乡为双亲扫墓情景的散文《韶山的节日》。1978年发表《湘江一夜》，荣获全国优秀短篇小说奖。这是他计划要写的一部反映抗战胜利前夕我军三五九旅南征历程的长篇小说的一次试笔。可惜，正当他向新的艺术高峰攀登时，病魔夺去了他的生命。他有多种作品选集，其中湖南人民出版社1982—1984年出版的7卷本《周立波选集》和上海文艺出版社1982—1985年出版的5卷本《周立波文集》是较完备的本子。

从内容看，《暴风骤雨》与丁玲的《太阳照在桑干河上》不同的是，作品用相当多的篇幅描写了武装斗争。当时东北地区的土改运动不仅要克服农民思想的疑虑，还要战胜恶霸地主的顽固抵抗，打退土匪的骚扰，这就极大地增加了土改的艰巨性。作品着力描写的人物，多为在武装斗争中出生入死的英雄。因而小说情节曲折、波澜起伏，很能抓住读者。作品主人公赵玉林是一个被旧社会压榨得"光着腚"生活、被人称为"赵光腚"的人物。他一年到头拼命劳动，一家三口人却穷得连裤子也穿不上。冬天，除了拾柴、挑水、做饭外，一家人只能蜷缩在炕上。夏天地里庄稼遮住人的时候，赵玉林媳妇每日天不亮，就光着身子跑到地里去干活，一直到暗黑才回来。苦难培育了赵玉林勇敢的性格，在与武装土匪的战斗中，赵玉林冲锋在前，负重伤快牺牲时，还嘱咐郭全海："快去撵鬼子，不用管我，拿我的枪去。"作品的缺点是未能对赵玉林思想发展脉络有细致描绘，人物的艺术感染力未免有所减弱。

作者塑造赵玉林形象主要突出的是他的献身精神。而对另一个主人公郭全海，则着重描绘了他的英勇与机智。他巧取枪支，智捉韩老五，眼观全局，果断处理本村群众与民信屯贫雇农群众的财产纠纷等情节，皆写得有声有色。此外，团结在他们周围的还有赵玉林的女人、刘桂兰、白玉山、小猪倌、李大个子等也给读者留下较深的印象。老孙头则是作品刻画最成功的典型。作为贯穿全书的人物，作品以老孙头赶车接工作队进村始，以他赶车送参军农民到县里去做终结。这个多嘴、充能、诙谐的赶车老头，给全书增加了轻松的艺术格调。赶了一辈子车仍摆脱不了贫困的老孙头，在内心里希望土地改革能获得成功，斗倒韩老六；但走南闯北的赶车生涯，又使他很世故，因而在斗争中又胆小怕事。在接工作队进屯时，萧祥打听韩老六的情况，老孙头一句真情也不敢露。别人告诉他车上都是工作队，不用害怕。他还嘴硬地说："不怕，不怕，我老孙头怕啥？是有啥说啥，要说韩老六这人吧，也不大离。"接着就把话题岔开。最能表现老孙头性格特点的，莫过于"分马"一章。他暗中选定玉石眼马，又唯恐别人挑走，因而产生一系列的心理活动和反常行动。作者通过选马、夸马、贬马、牵马的全过程，细致地描写了这个赶车人复杂的内心世界。

在《暴风骤雨》中，作者着墨不多而个性鲜明的另一个人物，是花永喜。在与土匪的战斗中，他百发百中，冲锋在前，是一位大显身手的农民英雄。然而，分了胜利果实，和私心重的张寡妇结了婚以后，他渐渐变成了另一个人：民兵队长不干了，也不去农会了，甚至为了不出官车，把家里的马也换成了牛，借口"牛走得慢"来躲避出官车的义务。这个形象充分反映了尽管人入了党，思想上却仍停留于小农自私自利的泥淖中的典型。

小说的缺憾是艺术描写有些粗糙，结构略嫌松散，一些人物也有概念化痕迹。主要人物之一的萧祥形象略显单薄。

在新中国描写农村合作化的长篇小说中，《山乡巨变》是一部具有鲜明风格和重要历史地位的优秀作品。它以20世纪50年代中期发生在全国农村的合作化运动的高潮作为大背景，以共青团的县委副书记邓秀梅带着党委的指示下乡开展工作为线索，描写偏僻山村清溪乡从建立初级社到组建高级社的过程，刻画了一系列栩栩如生的农民和农村干部形象。

农业合作化是中国共产党领导的农村社会主义革命改造运动的重要阶段。它为土地改革后农村如何摆脱小农经济的局限，走向农业大生产做了大规模的实验。从建立农民的互助组到后来组建农业合作社，当时的实践证明，确实促进了农村生产力的发展。但后来发展过快，特别是1958年的"大跃进"，建立"一大二公"的人民公社，生产关系超越了那时生产力的水平，不仅农民的思想跟不上，干部和管理都跟不上，反而产生了对生产力的破坏。《山乡巨变》所要讴歌的是合作化运动给中国农村和农民生活带来的"巨变"，在方向上是正确的。只是，1956年合作化高潮中已出现"左"倾的急躁浪潮。因而作品把代表这种浪潮的邓秀梅作为歌颂对象，而把主张稳步前进的李月辉作为批评对象，无疑是不适当的。但是周立波作为现实主义作家，基于自己的生活体验，他所描写的生活和人物真实生动，他所描绘的现实图画不仅具有艺术价值，也有着相当的历史认识价值。

《山乡巨变》的突出成就是作者真实生动地描绘了一系列多彩多姿的农民形象。特别是运动中的落后人物，如出身贫农又怕人看不起贫农的亭面糊（盛佑亭），田里功夫极精但思想保守、到了实在"没得办法"时才入社的陈先晋，游民习气极重、跟着单干户跑了一阵子才入社的符贱庚，土改后翻了身、当了干部但私心极重、屡犯错误的谢庆元，装病、假离婚、最后悍然发动全家与农业社展开"和平竞赛"的菊咬金（王菊生），1949年前卖过三回壮丁、土改后成为上中农、后来不愿入社以致被暗藏的反革命分子龚子元利用的秋丝瓜（张桂秋），好逸恶劳、因为反对丈夫热心于合作化而离婚、终又后悔莫及的张桂贞，等等。这些农民形象都极真实，说明要引导农民走上合作化道路是多么不易。此外，作品中的农村干部李月辉、刘雨生、邓秀梅等，和青年积极分子陈大春、盛淑君、雪君等，也都被描绘得栩栩如生，这反映了农村积极的社会主义力量的实际存在和活跃。对于犯过右倾错误的李月辉，作者在描写他那"婆婆子"式的性格时，笔锋常带讥讽却又绝无恶意。李月辉被写成一个"全乡的人"、男女老少"都喜欢"的干部。在当代同类题材作品中，如此描写犯过右倾错误的干部的，实属罕见。作者对刘雨生的描写也引人注意。作为社长，刘雨生确实表现了农村基层干部、共产党员所具有的，顾全大局、以身作则、任劳任怨、公而忘私的品格，然而这种品格并非通过什么惊心动魄的矛盾斗争反映，而是于日常工作和生活中表现出来。他被迫答应与张桂贞离婚，心情孤寂却仍想着工作，与盛佳秀的爱情是在共同走合作化道路的基础上发展起来的，处处显露他的"本真的至性"。作品里的人物大多普通、平常，然而在作者笔下都表现出一种意味隽永的艺术境界。有些论者指出，从《暴风骤雨》到《山乡巨变》，作者的写作风格有明显的发展，前者接近"阳刚之美"，后者接近"阴柔之美"。不过其间也有一贯的朴素、自然和明朗。《山乡巨变》可以说是作者用细致、优美的笔触描绘出来的20世纪50年代湖南农村的风俗画和风景画，作品中的人物和故事都充满潇湘山水气息，令人心驰神往。这种风格对新时期崛起的湖南作家群有着深切的影响，以至有的论者把他们称作"茶子花"派。周立波笔下所刻画的我国农民的群像和他们从土地改革到实现合作化的复杂心路历程，表现了那个年代的历史脉动和时代精神。应该说，这是他对当代文学具有重要意义的贡献。

【赵树理的创作与《三里湾》】 在描写农业合作化运动的长篇小说中，赵树理的《三里湾》和柳青的《创业史》占有重要的地位。

赵树理（1906—1970）是解放区深受读者喜爱的优秀小说家。1943年9月，他的短篇小说《小二黑结婚》出版，即受到读者的喜爱，作品一再翻印仍然供不应求。还被改编成戏剧，搬上舞台。同年12月，华北新华书店又出版了他的中篇小说《李有才板话》，同样受到读者的欢迎。

赵树理生于山西省沁源县。原名树礼，1930年改名赵树理。少年时期他在村塾和小学读书时，曾帮助父亲种地、放牛、拾柴，特别喜爱民间曲艺、戏剧和乐器。1925年，考入山西长治第四师范初级班，开始受到五四新思潮的影响，阅读过不少外国小说和鲁迅、郭沫若等的作品。1927年，因反对腐败的教育制度，被迫逃离学校。先后担任过小学教师以及录事、店员、差役，接触广泛社会生活。1931年，他开始发表作品。1934年致力于文学通俗化工作，并一直坚持。1935年，发表小说《盘龙峪》，作为大众化实践的尝试。1937年，赵树理参加抗日工作，后担任《黄河日报》《抗战生活》《中国人》等报刊的编辑，写了许多通俗的诗歌、小戏、曲艺、杂感和一批通俗小说。1943年4月，赵树理在辽县从事农村调查，遇到一桩村干部将自由恋爱的青年男女迫害致死的案件，催生他创作《小二黑结婚》的念头。继《小二黑结婚》和《李有才板话》后，1945年9月，他开始创作长篇小说《李家庄的变迁》，该书次年3月由华北新华书店出版。新中国成立前夕，他发表的短篇小说还有《地板》《孟祥英翻身》《福贵》《催粮差》《邪不压正》《传家宝》《田寡妇看瓜》等。新中国成立后，他更有长篇小说《三里湾》等问世。

赵树理前期创作的《李有才板话》《李家庄的变迁》等被文坛重视，主要因为这些作品在解放区和我国小说发展史上具有开创性意义。小说较为成功地反映了解放区农村的历史性变革，并在小说民族化、大众化方面做出成功的探索。

新中国初期赵树理最有影响的作品是长篇小说《三里湾》。他还有评书体长篇新作《灵泉洞》（上部，1958年），短篇小说《登记》（1950年）、《锻炼锻炼》（1958年）、《套不住的手》（1960年）等。

赵树理于1955年创作的《三里湾》是新中国最早出现的一部反映农业合作化运动的长篇小说。1951年赵树理从北京回到他曾长期生活过的山西太行山区参加试办和扩建农业生产合作社，由此获得创作素材。小说通过描写三里湾秋收扩社、整社、开渠以及几对青年的恋爱婚姻所引起的错综复杂的矛盾，揭示了合作化运动的必要和合理。类似主题在李準、马烽等早些年的短篇小说里虽已有表现，但《三里湾》所刻画的人物和农村生活的画面，要丰富、复杂得多。小说以大团圆的方式来表现当时农村生活中实际上并没有真正解决的社会矛盾，反映了作者思想和艺术上的时代印记。但就作品中的人物形象而言，无论是支部书记王金生和他的弟弟玉生，还是土改后因为"翻得高"而热衷于个人发家的村主任范登高和新中农袁天成，憧憬社会主义明天的青年农民王玉梅、陈菊英、范灵芝、马有翼，都个性鲜明，刻画得有血有肉。作品对马家院的描写尤为真切生动。这个由老中农马多寿做主的庭院，其中四个主要人物各自都有外号，把它们连起来念，就成了"糊涂涂、常有理、铁算盘、惹不起"。这正是长期被封建宗法制度所扭曲了的人格的生动写实，有着更长远的典型意义。对这些具有典型性的人物性格的揭露和针砭，是这部长篇小说对新中国文学的重要贡献之一。《三里湾》的艺术风格继续发扬赵树理以往创作的传统，语言朴实、生动，充满机智的幽默和诙谐，叙事方式既吸收传统小说故事脉络清晰、情节起伏曲折、悬念强烈的特点，在人物心理刻画上更细腻与深致，因而它也就成为新中国小说更好地实现学习众长、促进民族化大众化的形式新创的一个可贵成果。

在赵树理后期的长篇小说中，《灵泉洞》是评书体，仅完成上部。它以抗日战争时期的历史故事为题材。情节颇为起伏跌宕，人物形象的刻画也还鲜明。该作原计划分为上下两部，作者只完成了上部。他后期的其他短篇大多仍沿着"问题小说"的视角，但也有超越这一视角的作品。如《锻炼锻炼》《套不住的手》《实干家潘永福》等。

赵树理小说的思想艺术特色突出表现在人民性、现实主义深度和小说语言形式的民族化大众化的成就上。它代表中国现代小说发展的新方向新阶段，对后来我国小说的创作产生了深远的影响。

坚定地遵循《在延安文艺座谈会上的讲话》的精神，描写以工农兵为主体的人民群众，努力表达人民的愿望和心声，争取为人民群众所喜闻乐见，是赵树理小说的基本特色。无论是前期还是后期的作品，他都坚持这样的写作立场。由于赵树理对生活有深入观察、理解、体验和独特感受，他的小说具有现实主义的深度，即使配合政治宣传也总是通过鲜活的艺术形象，深刻地反映现实社会关系中的矛盾和问题，往往发人深思。赵树理的现实主义还表现在细节描写的细致和深具时代性的特点。他的小说深刻反映作者思想感情、审美趣味与农民群众的一致。他从不把民族化大众化看作仅仅是写作技巧问题，而是看作创作的根本原则和理念。他认识到"五四以来的新小说和新诗一样，在农村中根本没有培活"[1]故此他长期坚持不懈地朝着文学民族化大众化的方向努力实践。以《小二黑结婚》等作品为标志，赵树理创造了我国小说新的民族形式，"突破了此前一直很难解决的，文学大众化的难关"[2]。这些作品无疑是

---

1 赵树理：《艺术与农村》，《赵树理文集》，工人出版社1980年版，第1362页。

2 孙犁：《谈赵树理》，《天津日报》，1979年1月4日。

我国文学民族化大众化长期追求的积极成果，体现了文艺工作者与人民群众的进一步结合，照顾到群众，特别是农民群众的欣赏习惯，融汇了民间说唱艺术的优点，在小说结构、人物塑造、语言运用等方面，都有独特的创造。赵树理善于采用中国传统小说塑造人物的方式，以传神写意的白描展现人物的心态。他在写作上的努力促进了我国现代小说走向广大的人民大众，纠正了新文学曾出现的过于欧化而脱离群众的偏颇，对后来的作家产生很大的影响。赵树理作为解放区的文学新星，在相当长的一段时间内，引领着解放区小说叙事的发展方向，也影响了后来新中国的文学走向。一个被后人称为"山药蛋派"的小说流派开始孕育。晋绥地区的青年小说作者马烽、西戎、束为、孙谦、胡正等人，后来都成了这个流派的中坚力量。乃至张平、成一、李锐、韩石山等更年青一代的作者，都受到它不同程度上的影响。

概而言之，赵树理矢志不移的美学追求，是中国现代文学发展进程中的一个重要选择，即大众化民族化的风格选择。一位外国学者在评论赵树理的作品时说，他的"小说的写作风格类似那种精心推敲出来的简单性。文字的省约和精炼让人想到鲁迅"[3]。这句话值得我们长久玩味。赵树理在我国现当代小说史上，无疑是颇具影响的一位小说家。

【柳青的《创业史》及其他】着力描写现代中国农村变革的重要小说家还有柳青。前述反映人民革命斗争题材的长篇小说一章中介绍过他创作的《铜墙铁壁》。但新中国初期为他赢得更大声誉的则是他描写农业合作化运动的长篇小说《创业史》。按原计划，《创业史》要写成四部，反映从互助组到高级社这一过程中农村所经历的复杂而深刻的变化，讴歌社会主义的胜利。可惜，"文化大革命"的风暴不仅摧毁了他攀登艺术高峰的宏愿，也严重损坏了他的健康。"文革"后期，他抱病重新修改《创业史》第一部，续写、修订第二部。他希望自己在有生之年至少能把《创业史》第二部修改完毕。不幸的是，1978年6月13日，在第二部下卷未及完稿的情况下，病魔便夺走了他的生命。

3《共产党中国的小说家——赵树理》（节选），原载《新墨西哥季刊》，1955年第2、3期合刊，转引自黄修己编《赵树理研究资料》，北岳文艺出版社1985年版。

《创业史》无论是在柳青本人的创作道路上还是在新中国文学发展史上，都是一部具有里程碑意义的作品。已出版的两部，第一部写梁生宝互助组的诞生和巩固，先后四易其稿，1960年6月由中国青年出版社出版单行本。它具有相对独立的完整结构。第二部分为上下卷，写梁生宝互助组转为塔灯生产合作社以后为自身的巩固和发展所进行的努力，由中国青年出版社相继于1978年6月和1979年6月出版。下卷为未完稿，故事情节自第十八章以后不甚连贯。但这并不影响《创业史》作为一部深刻地反映20世纪50年代初期农村社会主义改造的优秀长篇的地位。著名评论家冯牧在《创业史》第一部刚面世时即指出，以往反映农业合作化运动的小说中刻画得比较成功的人物，往往都是一些落后分子，因而，"如何创造农村中的社会主义新人和描绘新事物的萌芽成长，仍然是一个亟待解决的重要课题"。他认为《创业史》里的落后人物如梁三老汉、王二直杠、郭振山等塑造得都很出色，但更值得重视的是成功地塑造了"梁生宝为首的几个体现了时代的光辉思想和品质的先进人物的形象"。他认为，正是通过这些生动的艺术形象，小说"真实地记录了我国广大农村在土地改革和消灭封建所有制以后所发生的一场无比深刻、无比尖锐的社会主义革命运动"[4]。

在我国作家描写农业合作化的小说中，《创业史》确实视野开阔，构思宏伟，人物形象生动，情节曲折，语言清新而饶有关中地方韵味与特色。从思想的深刻和艺术的精纯而言，这部作品都达到了新的高度。

《创业史》虽然直接讴歌了农业合作化运动，却力图回答20世纪50年代初期中国农民为什么只能选择以及如何选择农业合作化道路这样的时代问题，但作者在作品里所做的并不是简单地图解政策以配合运动，而是真实、深刻、艺术地再现了他所熟悉的现实生活。小说里的梁生宝、高增福、冯有万、欢喜、梁三老汉、郭振山、郭世富、姚士杰、王二直杠、素芳、改霞等，作为艺术形象，确实各代表着一定的阶级、阶层和历史政治倾向，即使包含作者对他们的主观评价，也无不来自生活的深处，个个血肉丰满、个性鲜明，饶有生活

---

4 冯牧：《初读〈创业史〉》，《文艺报》（北京），1960 年第 1 期。

实感，不愧为文学上的典型形象。这些人物的矛盾关系，构成了作品的故事情节，也构成了真正属于20世纪50年代初期关中农村的真实而又富有诗意的生活画卷。其次，从表面上看，对待合作化运动的态度是作者用来区分人们之间是非、善恶、美丑的一个基本价值尺度，但究其实质，作者真正要讴歌的，还是梁生宝和他的同志们所追求的共同富裕的社会主义理想。对于中国人来说，直到今天，这依然是一个既具有现实意义又具有历史深度的时代课题。文学作品表现这样的时代课题是不会因为所描写的具体事件成为过去而失掉其思想和艺术价值的。当然，由于特定的历史文化背景，《创业史》在思想上存在无可讳言的局限和缺失。这主要表现在作者将作品中的人物及其矛盾关系都纳入"两个阶级、两条道路的斗争"的轨道，从而影响到作者对复杂的现实生活进行更广泛、更全面描写的可能。这种情况在1977年经过作者做"重要修改"的新版里，尤为突出。

在艺术描写上，《创业史》不仅极具特色，而且达到很高的成就。它以富有关中地方色彩与韵味的语言，清新而又精练地刻画人物，叙述故事，描绘景物。人物对话尤为精练传神，几句对话便使人物性格跃然纸上。作者的叙述往往把宏观与微观结合起来，将客观描述与主观抒情交互融合，因而在具体描写中富于宏阔的视野与历史的深度，为读者提供了油画般的富有立体感和强烈色彩的图卷。

值得一提的是，《创业史》的成功与作者深入生活密切相关。柳青于新中国成立初曾在《中国青年报》担任文艺部主任。1952年，他申请离开北京来到陕西长安县（今陕西省长安区）的皇甫村长期生活，还兼过长安县的县委副书记。《创业史》的创作素材大多来自皇甫村。

第二章 | 新中国成立初农村变革图谱（下）

秦兆阳的《在田野上，前进》和《大地》——胡正、李满天、康濯的长篇创作——浩然的《艳阳天》等京郊农村长篇——陈登科、向本贵、陈残云、于逢等反映合作化的长篇——关于农村合作化小说的评价问题

【秦兆阳的《在田野上，前进》和《大地》】秦兆阳（1916—1994）是我国著名的作家、文艺理论家和优秀的编辑家。湖北黄冈人。1938年到延安，1941年加入中国共产党。曾入陕北公学、延安鲁迅艺术学院学习。后任华北联合大学文艺学院教师、冀中区第十分区黎明报社社长、冀中军区前线报社副社长、《华北文艺》编辑。新中国成立后，历任《文艺报》常务编委，《人民文学》副主编，人民文学出版社副总编辑，《当代》主编，中国作协书记处书记和第三、四届理事，著有短篇小说集《农村散记》，长篇小说《在田野上，前进！》《大地》，论文集《文学探路集》。从发表长诗《长城》开始，他一生创作了400多篇（部）形式多样的作品，近500万字。其中，有些作品被译成英、法、德、俄、匈牙利、朝鲜等国文字，在国外也有一定的影响。

1954年10月，秦兆阳出版了《农村散记》，反映了农村的新人新事新气象，新的生活图景；1956年3月，又出版了长篇小说《在田野上，前进》，以清新、抒情的文笔，讴歌了农业合作化的发展。作品在一定程度上生动地体现了毛泽东《关于农业合作化问题》的报告的基本精神，反映第一个五年计划的第一年华北农村的一个农业生产合作社在秋收后挽回垮台的恶劣情势，重新振作起来直至扩大数倍规模的这段过程。故事产生的时间虽不长，小说展开的生活面却很广阔。它着重地显示大多数个体农民，其经济条件决定了他们对社会

主义运动具有极大积极性。尽管作品中也存在着缺点，但内容基本健康，笔调也明朗。可是，在反右派扩大化的时代背景下，小说却连同作者的著名论文《现实主义——在广阔的道路上》都遭到不应有的批评。直到1982年人民文学出版社重新出版发行了《在田野上，前进！》，才为它恢复了名誉。秦兆阳的另一部长篇小说《大地》，是作者于20世纪60年代动笔，直到1978年后才完稿的作品，曾在《广西文艺》连载过一部分，后被"文化大革命"打断。小说描写从义和团失败到卢沟桥事变三十年间冀中平原农村生活的变迁和参加过义和团的以赵老恭为首的农民群众反抗地主、官吏、土匪和日本侵略者的斗争，以及他们走向共产党领导的革命队伍的历程。在这一背景下，小说生动地描述了当时冀中平原乡村和小镇的社会世相、生活流变、时代情绪，以及各阶级、阶层的政治倾向、经济状况和历史命运，从生活的各个层面和社会的各种关系中，深刻地揭示出历史发展的总趋向，也塑造和刻画了赵老恭等英雄形象。作家在这部作品中表达了时代的呐喊、人民的心声、民族的希望，也写出了恢宏博大的民族之魂。它既是革命斗争的史诗性作品，也是反映现代中国农村历史变革的生动画卷。

【胡正、李满天、康濯的长篇创作】曾经扎根农村并创作合作化过程中的各种农村人物形象的小说家，在北方比较多，但留下长篇小说的却不多。山西除赵树理的《三里湾》，还有胡正的《汾水长流》；河北则有李满天的《水向东流》和康濯的《东方红》；北京还有浩然的《艳阳天》《金光大道》等。有的作家虽然长期耕耘农村题材领域，如马烽，他的中篇小说《三年早知道》、电影剧本《我们村里的年轻人》等都非常有名，深受读者和观众欢迎，可惜他并没有留下反映合作化的长篇小说。

《汾水长流》的作者胡正（1924—2011），原名胡振邦，出生于山西省灵石县城。1953年毕业于中央文学研究所。他于1938年参加革命工作，历任晋西南吕梁剧社社员，延安鲁艺干部，部队艺术学校学员，八路军一二〇师政治部战斗剧社编辑干事，晋西北静乐县二区抗联文化部长，《晋绥日报》副刊编辑，重庆《新华日报》副刊组长，山西省文联秘书长，山西省作家协会理事、党组书记、副主席、顾问、名誉主席，山西省文联第四届委员、副主席，山西省第四、五届政协委员。1992年山西省委、省政府曾授予他"人民作家"的荣誉称号。他自1943年开始发表作品，著有长篇小说《汾水长流》，中短篇小说集《几度元宵》，短篇小说集《摘南瓜》《七月古庙会》，散文报告文学集《七月的彩虹》，中篇小说《鸡鸣山》《重阳风雨》等。《几度元宵》获山西省第一届文学艺术创作奖、山西省第一届赵树理文学奖。

《汾水长流》是胡正根据自己参加农村合作化运动的生活体验而写成的长篇小说。作品比较成功地反映合作化运动中农村不同利益集团的斗争，塑造了青年农民郭春海作为社会主义带头人的形象。小说描写农业社遇到灾害，在年轻的党支部书记郭春海带领下，群众齐心协力克服困难、渡过难关的故事。副社长刘元禄一心想发财，对抗灾多次阻挠。富农兼商人赵玉昌乘机伙同已被拉下水的刘元禄一起倒卖粮食，鼓动社员闹退社。郭春海依靠贫下中农克服干扰，及时提出了抗旱办法，以互助互借解决了群众的缺粮困难。后来，农业社战胜了天灾人祸，生产获得了大丰收。在党支部多次帮助下，刘元禄仍然执迷不悟，他竟与赵玉昌合谋，栽赃贫农积极分子王连生，破坏生产，企图借此打击郭春海，搞垮农业社。但他们的阴谋最终被揭穿，副社长刘元禄被撤职，赵玉昌被逮捕法办，王连生受到群众拥戴，并被选为副社长。作家在作品中还广泛描写了晋中平原地区的民俗风情和自然景色。总体来看，小说结构严谨，情节跌宕，人物描写生动，语言清新流畅，富于晋中的韵味。

李满天（1914—1990），原名涓丙，甘肃临洮人。曾办刊物《新临洮》。北京大学肄业。1938年参加革命，同年入延安鲁艺文艺系。1939年加入中国共产党。后入华北联合大学文艺学院。初以林漫为笔名，1956年后改用李满天。长期献身革命文艺事业，曾任《晋察冀日报》《冀晋日报》编辑，中共应县、浑源县委宣传部副部长，新华通讯社湖北分社总编辑。新中国成立后，历任湖北省文化局副局长、河北省文联副主席、中国作协河北分会主席。中共十二大代表。1983年率中国作协代表团出访叙利亚、突尼斯等国。他早年曾以报告文学《白毛仙姑》和短篇小说《白毛女人》闻名。这两部作品后来被改成经典歌剧《白毛女》。他的长篇小说代表作为《水向东流》三部曲：第一部

《水向东流》（1956年）、第二部《水流千转》（1958年）、第三部《水归大海》（1959年）。小说以华北平原潴龙河边的大杨庄为生活背景，表现了开展农业合作化的艰难历程，描绘了当年波澜壮阔的农村社会生活画卷。小说成功地塑造了一批真实可信、活跃欲出的人物形象，如村里的带头人宋连山，骨干社员秦趁心，"假小子"妇女张玉池等。它通过河北平原上一个农业社发展壮大的过程，较全面而深刻地描写了在党的领导下，广大人民群众在社会主义和资本主义两条道路的斗争中，觉悟迅速提高，浩浩荡荡走上合作化道路的历史面貌，热情地歌颂了社会主义农业合作化的胜利。

其他作家还有曾长期在冀中工作的康濯（1920—1991），原名毛季常，曾用笔名水生、敏丁等。湖南湘阴人。20世纪60年代他虽调回湖南，但创作大多也以反映冀中农村生活为主。1946年的《我的两家房东》是他的短篇小说名篇。新中国成立后的《春种秋收》则描写两个具有不同价值观念的恋人，是如何统一到建设社会主义新农村的目标上来的。他的短篇小说文笔朴素清新，具有从农村日常生活揭示时代新风的特色。写于1957年的《水滴石穿》是康濯遭到批评的小长篇。作品写合作化运动中的中年妇女申玉枝在恋爱、婚姻、入党问题上所遇到的重重阻力，揭露生活中的封建思想意识和干部队伍中的蜕化变质现象，以细腻的心理刻画塑造了新人申玉枝形象。小说富于风俗韵味，笔墨触及当时被视为禁区的人物的性心理，显示了作家在创作上进行探索和突破的尝试。

康濯创作的长篇小说《东方红》，以歌颂人民公社为主题，极力从"千万不要忘记阶级斗争"的观念出发，把1958年"大跃进"中的浮夸风也当成了英雄人物的英雄行为来讴歌，尽管反映了那时的历史现实、时代精神和农村习俗，却因历史局限性而被忽视和否定。实际上，作为唯一反映人民公社的长篇，尽管作者存在生活认识的历史局限，其作品仍然具有一定的历史认识意义。应该说，在新中国小说史上，它构成农村变革图卷不可缺少的一个部分。在艺术描绘方面，这部小说也是作者比较成熟的一部作品。"文革"后，他还有《康濯近作》《康濯小说选》问世。

【浩然的《艳阳天》等京郊农村长篇】在描写农村合作化的长篇小说中，浩然的《艳阳天》曾受到肯定，而《金光大道》却引起争议，甚至出现完全否定性的批评。但从创作《艳阳天》起，到后期写改革开放后的农村，在长期描写新中国农村和农民生活的作家中，浩然无疑是不能忽视的重要作家之一。

浩然（1932—2008），河北宝坻县（今天津市宝坻区）人，原名梁金广，幼年家境贫寒，只上过三年半小学，父母双亡后投奔舅父家，在蓟县（今天津市蓟州区）农村长大。1948年参加工作，当过多年的村、区、县基层干部。1949年在区委会做青年工作，经常编写小戏、歌谣和故事。1950年开始在报纸发表通信。1954年6月调《河北日报》任记者，1956年发表首个短篇小说《喜鹊登枝》，1958年出版同名短篇小说集（作家出版社）。1964年从事专业创作。他是一个勤奋高产的作家，从1956年到"文革"前的10年间，先后发表180多篇短篇小说，分别收入《苹果要熟了》（作家出版社1959年）、《新春曲》（中国青年出版社1960年）、《蜜月》（北京出版社1962年）、《珍珠》（天津百花出版社1962年）、《杏花雨》（上海文艺出版社1963年）等小说集，还著有儿童文学作品集《夏青苗求师》（上海少年儿童出版社1961年）、《"小管家"任少正》（上海少年儿童出版社1964年）等。三卷本长篇小说《艳阳天》（第一卷，作家出版社1964年；第二卷、第三卷，人民文学出版社1966年）的问世，奠定了他在新中国农村小说创作领域中的重要地位。

在"文革"期间，浩然因出身贫农，被选为北京作家协会革委会副主任，仍有机会发表作品，从20世纪70年代初期起，他先后出版多卷本长篇小说《金光大道》（第一卷，1972年；第二卷，1974年。均由人民文学出版社出版。1994年该书全四卷由京华出版社一次出齐），短篇小说集《杨柳风》（北京人民出版社1973年）、《西沙儿女》（分为《正气篇》《奇志篇》上下两册，北京人民出版社1974年），儿童文学作品《七月槐花香》（天津人民出版社1973年）。进入改革开放的新时期，经过一段时间的反省和思考，浩然继续他的乡土小说创作，先后出版《山水情》（天津百花出版社1980年）、《弯弯的月亮河》（天津百花出版社1982年）、《乐土》（人民文学出版社1989年）、《苍生》（北京文艺出版社1988年）等中长篇小说，还有儿童文学《战士小胡》（河南少年儿童出版社1983年）、《勇敢的草原》（人民文学出版社1984年）等。

浩然早期作品皆表现农村新人新事新风尚，清新欢快，充盈喜气，其作品主人公大都为新时代朝气蓬勃的青年人。同时，他还关心农村孩子的成长，因此儿童小说在他的短篇创作中占较大比重。进入20世纪60年代，由于当时倡导阶级斗争和路线斗争的理论，浩然也以此作为自己创作长篇小说《艳阳天》的主线。但因浩然对农村和农民有深切理解，他笔下的农民形象皆生动饱满。如朝气蓬勃的合作化带头人萧长春，急公好义的饲养员马老四，直爽泼辣、疾恶如仇的大脚焦二菊，谨小慎微、极度保守的马子怀，胆小而又财迷的韩百安，聪明反为聪明误的"弯弯绕"，憨厚诚实的哑巴，见风就是火的"马大炮"等，都写得十分真实、有血有肉。他所写麦收时节的乡村，因丰富多彩的乡言土语和纵横开阔的场面调度，也显得真切和气势宏伟。小说第一卷出版即获好评。

长篇小说《金光大道》虽创作于"文革"期间，仍然显示出一定的艺术性。

作者在谈到创作过程时，说他写《金光大道》的时候，因为受到王国福这位无产阶级优秀战士的感动，第一稿曾经是按照真人真事写的。后来觉得受局限而写不下去，才重新构思，"把我过去在农业合作化斗争中的生活积累都启用了，概括成'高大泉'，再写下去才觉得顺手了，比起第一稿有了显著的提高。这使我更进一步体会到：文艺创作绝不能局限于真人真事，必须对原始的生活素材进行艺术概括，才能真正反映我们这个英雄的时代，才能真正塑造出我们英雄时代的无产阶级英雄人物"。[1]

事实上，《金光大道》第一卷是十七年文学中农村题材的现实主义小说的传统的延续，其整体构思、结构布局和人物配置方面，明显借鉴了柳青的《创

---

1 浩然：《漫谈塑造无产阶级英雄人物的几个问题》，《出版通讯》，1973 年第 3 期。

业史》，而在人物形象塑造方面，又有赵树理等作家的痕迹。在整体的叙事艺术方面，《金光大道》并没有超过《创业史》等作品。

"文革"后评论界对《金光大道》曾有争议。既有完全否定它的，也有基本肯定它的。作为一种创作现象，《金光大道》既有它反映生活的历史真实性的方面，也有作家对历史真实性的认识局限的方面。浩然对农村生活确实十分熟悉，他笔下的人物总写得活灵活现，在他看来，合作化作为影响几十年中国农村的历史变革，具有史诗的意义，值得写。但他对农业合作化的理解，一直在强化两个阶级、两条路线斗争的模式，并带有"文革"中特有的反"走资派"的理念，在人物塑造上还带有"三突出"的痕迹，因而引起争议是必然的。但作为作家的一部力作，又显然不应完全加以否定。在新中国成立以来反映农业合作化的众多作品中，它具有一定的成就和特色，应获得恰当的评价。

【陈登科、向本贵、陈残云、于逢等反映农业合作化的长篇】新中国成立初其他地区还有不少作家也有描写农业合作化的长篇小说，如工作于江淮的陈登科，湖南的向本贵，广东的陈残云、于逢等。

陈登科（1919—1998），江苏省涟水县人。幼时家贫，只读过几年村塾。1940年参加革命，做过侦察员、警卫员、通信员。1948年年底调任新华社支前分社记者，赴淮海战役前线采访，后随军南下合肥、安庆，从事新闻报道工作。1950年进入中央文学研究所学习，受教于丁玲、赵树理等著名作家。毕业后长期在安徽工作，历任安徽省文联主席、中国作协安徽分会主席、《清明》主编等职。"文革"中因被诬陷为"特务"，锒铛入狱，长达五年。1977年恢复名誉。他是一位从半文盲的青年农民、新四军战士、只能写百十字文稿的通信员起步，在革命斗争中自学成才、锻炼成长，直至写出具有鲜明的个人风格并产生广泛影响的长篇巨制的作家。从1944年在《盐阜大众》报上首次发表小故事《鬼子抓壮丁》算起，他在近半个世纪创作了共600余万字的作品。其中，中篇小说《杜大嫂》（1948年）、《活人塘》（1951年）和长篇小说《淮河边上的儿女》（1953年），是他小说创作的最初收获。这些小说在艺术上虽然还不够圆熟，但所描写的人物和所讲述的故事都极富生活质感。所写淮河边上的儿女们在埋葬旧时代、缔造新中国的伟大斗争中所表现出来的英雄气概和所付出的巨大代价，被表现得相当充分，读来令人难忘。

20世纪50年代中、后期，陈登科先后到大别山区、佛子岭水库工地和淮北农村深入生活，创作了一批反映现实生活的作品，其中描写水利建设的《移山记》（1958年）和反映农业合作化运动的《风雷》（1964年）这两部长篇，内容更见厚重。

《风雷》出版后即有不同评价，"文革"中又遭受大规模批判，直到1978年，《风雪》由中国青年出版社再版，才得以重见天日。它描写复员军人、区委第二书记祝永康，在淮北平原黄泥乡的贫困村子带领群众抗灾自救、坚持合作化道路的故事；还刻画了妄图变天的反动富农黄龙飞，党内蜕化变质分子熊彬，推行错误路线的乡干部朱锡坤，投机分子黄三以及杜三春、羊秀英等落后分子。他们妄图把革命干部任为群赶下台，把祝永康赶出黄泥乡。可祝永康在县委书记方旭东，任为群、陆素云、万寿年、万春芳、何老九等基层干部和贫下中农的拥护支持下，与反对势力展开方向明确、坚忍不拔的斗争，终于取得胜利。作品由于反映了历史的真实，对笔下人物的褒贬也符合历史进步的审美评价，描写具有鲜明的乡土特色，因而一版再版，受到读者的欢迎。

陈登科一直保持旺盛的创作热情。"文革"期间，即使身陷囹圄，仍然构思了长篇小说《赤龙与丹凤》，出狱后创作完成，1979年获得出版。作品通过20世纪20年代中叶苏北黄河故道的纪家村农民在共产党人韦克领导下的一次失败了的武装暴动，反映了农民在恶霸地主、土豪劣绅、军阀残余、流氓地痞、官商刁吏、国民党军队沆瀣一气的社会环境里，不堪重压，奋起反抗的必然性。作为一个出身农民而且一直在讴歌家乡的农民斗争、表现农民愿望的作家，陈登科在罹难期间将艺术思维伸向往昔的历史，思考旧时代农民的命运，这应是很自然的选择。小说计划写四部，但只完成第一部。之后，他与肖马合著《破壁记》第一部，于1980年出版，则通过对"文革"受冲击，复职后参与改正冤假错案的老干部安东的行踪和思绪的描写，广泛地揭露了各种人物在"文革"中的惨痛遭遇，同时也借助安东对以往的反思，揭露了"大跃进""反右倾"的"左"倾危害，文笔十分犀利。这是较早出现的反映那个特殊年代的长篇作品。

陈登科的小说，长、中、短篇俱备，题材广泛多样，意蕴深浅不一，艺术精粗互见，而语言有声有色，结构上得益于民间说书的曲折生动，显得富于感染力。在揭示具有时代意义的矛盾斗争、刻画各种性格鲜明的人物形象时尽可能地显示出生活本身的复杂性和丰富性，则是他一贯的特点和优点。

向本贵（1947—　），苗族，生于湖南沅陵县，1967年高中毕业后回乡务农，做过生产队长、生产大队长。1980年在乡文化站做文化辅导员，1985年在县文化馆工作，1992年调《雪峰》文学杂志社，曾任编辑、编辑部主任、副主编、社长等职务。后成为专业作家。曾任湖南省文联副主席、湖南省政协委员、怀化市作协主席、中国作家协会全国委员会委员。他先后创作有长篇小说十部之多。其长篇小说《苍山如海》获中宣部第七届精神文明建设"五个一工程"奖，全国少数民族文学创作骏马奖，并被评为向新中国成立五十周年献礼十部长篇小说之一。根据《苍山如海》改编拍摄的同名电视连续剧获中宣部第八届精神文明建设"五个一工程"奖。

《苍山如海》围绕某山区兴建水电站进行大规模库区移民搬迁展开故事，表现库区人民离乡背井去建设新的家园的心灵历程，反映古老的农业文明在巨大的变革之中向现代文明迈进的艰难阵痛和必然新生。小说将时代精神与乡土风情融于一体，成功塑造了一批当代农民和农村基层干部的新形象。之后，他又先后推出以工业为题材的长篇小说《遍地黄金》，以湘西民俗风情和古老文化为背景的长篇小说《盘龙埠》，对中国农民命运史真诚书写的《凤凰台》，均广受关注和好评。

《凤凰台》写长工出身的复员军人刘宝山回到家乡凤凰台当基层干部，一心带领乡亲们"吃饱肚子""住上瓦房"，历经初级社、高级社、人民公社、"大跃进"、三年困难时期等，直到改革开放后，农民的上述两大愿望才终于实现。《凤凰台》既是反映新中国从农村合作化到公社化全过程的唯一一部长篇小说，也是全程揭露农村变革中极左路线的祸害，并为改革开放高唱颂歌的作品。小说比较成功地刻画了主人公刘宝山的形象。作为农村变革的带头人，刘宝山受到人们对真正共产党人和"老班长"的崇敬。作品还写出他对生命中几个女性的柔情和他为了战胜贫困屡败屡战的韧劲，使得这个农村优秀基层干部的形象呼之欲出。

向本贵视野广阔，是一位严肃的现实主义作家。他的目光始终关注国家兴衰、民族命运和人民的生存状态，具有强烈的忧患意识。由于曾工作于城乡基层，他凭着自身的执着与勤奋，在众多作品中广泛描写湘西城乡的历史风云和独具魅力的湘西儿女。尤其是对农村基层干部形象的刻画，入木三分，形神兼备。他的作品还展现了湘西苗族浓郁的人文风情和古老文化。

描写岭南土改和农业合作化运动的长篇小说还有陈残云的《香飘四季》和于逢的《金沙洲》以及王杏元的《绿竹村风云》。

陈残云（1914—2002），出生于广州市。20世纪30年代开始文学创作。他于抗日战争期间，曾经担任桂林文化界抗敌工作队队长，还当过《中国诗坛》等报刊的编辑。1954年从事专业创作，先后出版有长篇小说《香飘四季》（作家出版社1964年版）、《山谷烽烟》（上海文艺出版社1979年版），散文集《珠江岸边》（作家出版社1962年版）、《滨海情》（花城出版社1991年版）、《陈残云自选集》（花城出版社1983年版）、《陈残云作品选粹》（花城出版社1993年版）等。此外还撰写过电影文学剧本《羊城暗哨》，拍摄后广受欢迎。

《香飘四季》写的是广州郊区的一个农业合作社在"大跃进"年代里克服困难，发展生产的故事。作品受到时代的影响，在对社会生活氛围的描述和农村阶级斗争关系把握上，都有彼时历史认识的印记。不过，作家对生活的熟悉，对乡村青年的关心和赞扬以及对珠江两岸风光的热爱，成为作品的主要内容。青年男女在劳动和生活中产生的爱情，田野上的风雨晴晦、朝云夕照，端午节的赛龙舟，地方色彩浓郁的戏曲，均描绘得舒展细腻、绚丽多彩，充满南国特色。

《山谷烽烟》则以西江边上的山区农村在新中国成立初期的土地改革为内容，在历史风云中兼顾了风土人情的描写，厚重质朴，本色天然。但因出版于20世纪70年代末，题材不新，影响也不及前述丁玲、周立波等描写土改的作品。1987年由花城出版社出版的《热带惊涛录》则是作家描写海外题材的长篇小说。它以20世纪40年代太平洋战争为背景，生动地再现了东南亚人民群众在侵略者铁蹄下的战斗与爱情、苦难与眼泪。作品刻画人物众多，场景广阔。陈残云作为岭南的一位重要的作家，他对新中国成立后当地农村变革的描写饶有地方特色，异于此前同类题材的许多长篇小说，这无疑是他可贵的贡献。

于逢（1915—2008），原名李光麟。祖籍广东台山。他出生于越南海防埠的一个华侨职员家庭，青少年时期受过新文学书籍影响，追求进步。1935年回国，以梦采、李四等笔名在广州《国华报》等报纸副刊上发表散文、杂感，开始了文学生活。1936年在上海《谈书杂志》用现名于逢，发表书评《读〈在人间〉》，投身左翼文学运动。抗日战争爆发后回广州从事救亡活动，参与创办《光荣》文学半月刊。1942年到桂林，从此开始埋头写作，先后出版了长篇小说《伙伴们》（与易巩合作，1942年）、中篇小说《乡下姑娘》（1943年）、《何纯斋的悲哀》（1944年）、《深秋》（1945年）和短篇小说集《富良江的黑夜》（1943年）等。抗战胜利后他回广州参加党领导的地下斗争。新中国成立初期曾任华南文联常委兼编辑出版部长，后来长期深入工厂、农村体验生活，从事专业创作。40多年间，他出版了反映工业战线生活的中篇小说《螺丝钉》（1956年），长篇小说《无产者》（1978年）、《金水长流》（1993年），反映农业合作化运动的长篇小说《金沙洲》（1959年初版，1963年修改本），《于逢自选集》（1992年）则收入了他除长篇小说以外的各个时期的作品。

在于逢的创作中，《金沙洲》是一部产生过较大影响的作品。就题旨而言，它和其他一些同类题材作品一样，都着力表现农业合作化运动中的"两个阶级、两条道路的斗争"。但是，作者除描写地处珠江三角洲的富裕中农对成立高级农业生产合作社的强烈抵触情绪和破坏活动，以及郭细九、郭有辉这类热衷于"走资本主义道路"的人物以外，还突出地刻画了思想僵化、刚愎自用、作风简单粗暴的总支书记黎子安的形象。由于他脱离群众、主观武断，对生产瞎指挥，造成不少损失，挫伤了群众的积极性，才给郭细九等"自发倾向"严重的人闹退社风潮提供了借口。因而，作者对黎子安身上那种颇能发人深思的主观主义、官僚主义的挖掘，就为小说增添了一份独特的思想价值。加之作品风格淳朴沉郁，洋溢一派南国风情韵味，故在20世纪五六十年代出现的同类题材作品中，它以所独具的特色引起了人们的注意。《金沙洲》出版后，读者臧否不一，其中涉及对典型、创作方法、批评方法等一系列重要问题的不同理解。为此，中国作家协会广东分会理论研究所结合这部小说的创作实践，发起并组织了长达七八个月的讨论。由于这场讨论，《金沙洲》获得更广泛的影响，实际上，肯定的意见和否定的意见都存在一定偏颇。经过讨论，许多读者对这部小说获得更为全面的认识。今天看来，对这部小说还应基本肯定。

号称农民作家的王杏元（1937—2019），原名王实力，广东饶平人，读小学四年后务农。新中国成立后在农村基层担任过农业合作社社长、合作大队长等。业余创作民歌。1958年完成反映农村社会主义时代生活变迁的长篇小说《绿竹村风云》，还写有短篇小说《铁笔御史》和家史《土地》等。他于1964年加入中国共产党，1976年到珠江电影厂从事专业创作，曾任广东作家协会副主席，还著有中篇小说《在板蓝蓝》、长篇小说《无皇帝的子民》。

《绿竹村风云》是他的代表作，写的是潮汕地区从组织互助组到成立初级社这一阶段的阶级动态和生活风貌。作品首先引起人们注意的，是它对农村互助合作运动中两条道路斗争的真实的描绘；是它对贫下中农坚决走社会主义道路的改天换地的革命雄心和革命骨气的热忱颂赞。作品充满革命朝气和泥土气息，语言通俗生动，显出岭南的乡土风韵，朴实中见清新。

【关于农村合作化小说的评价问题】上述许多描写新中国农村从土地改革到人民公社化过程的不同阶段的长篇小说，画出了中国当代农村几十年的深刻变革及其引起的人物思想、情感和人际关系的变动，再现农村社会主义革命的曲折历史过程。可以说，这些作品多从政治和生产关系的变革切入乡土生活，对它们如何评价曾引起当代文学学术界的争论。有一种意见认为，改革开放后，中国农村已改为土地承包到家庭的新制，说明此前的农业合作化是错误的。而且"阶级斗争、路线斗争"成为这类作品描写生活的模式，表现的就是当时的"左"倾思想，也不值得肯定。因此，对描写和肯定合作化的作品应加以否定。

其实，这种观点本身也存在偏颇，值得商榷。因为，它很容易导引人们走向历史虚无主义的陷阱，也无视文学艺术反映历史现实的特点。

黑格尔曾指出，存在的就是合理的。意在说明一切存在的东西都有历史因由的必然性。新中国成立初期，国内局势尚未稳定，很快发生朝鲜战争，我国被帝国主义国家所封锁，当时阶级斗争不仅存在，而且十分尖锐。我国广大农民曾长期受剥削受压迫，自然迫切希望通过土地改革，实现"耕者有其田"。但土改之后，大多数贫苦农民与富农、富裕中农的矛盾仍然存在，贫富的分化迅速凸显，因而他们希望通过合作化的途径走向共同富裕，就成为一种历史的必然选择。这种选择被当时掌握更多生产资料的农村富裕阶层所不接受，乃至反对。而中国共产党内对农村向何处去，当时也存在过不同的主张，有认为应先扶植和发展富农经济的，也有认为应通过农业合作化的，两种路线由此而生。根据土地改革后进一步发展生产力的要求，合作化为当时大多的农民群众所拥护。这也是客观的历史事实。

高级农业合作社普遍成立的1957年，当时全国农业生产力发展到新的高度，粮食和各种经济作物普遍增产，证明合作化确实推进生产力的发展，它为大多农民群众所拥护并非偶然。后来只是因为"一大二公"的人民公社的建立和"大跃进"的推行，生产关系过于超越生产力发展的可能，才导致生产力的破坏。其后，党和国家又对人民公社做出三级所有制的调整，目的正为缓解生产关系与生产力的一定矛盾。这并不能证明集体所有制本身就错误。至今，像北京的窦店大队、河南的南街村等仍然坚持合作化的体制，使农民达到普遍的富裕，也证明合作化本身并非错误或不合理。相反，它体现着中国亿万农民为摆脱贫困而做出的波澜壮阔的历史性努力，具有极大的合理性。文学艺术描写和歌颂这样的运动，同样有其合理性。

退一步说，即使历史上的某种运动失败了，没有能够坚持下去，如近代的太平天国运动、戊戌维新运动、义和团运动等，但它们既然属于历史的存在，就不妨碍后来的作家艺术家去描写它、歌颂它，因为这些运动在历史上确有它不同的进步性，表现了人们为摆脱现状、摆脱清朝腐败统治的历史主动性和革新创造精神。对于农业合作化运动我们自然更应做如是观。

阶级斗争史观是历史唯物主义的基本观点之一。人类不同集团因利益的冲突和对立而存在阶级斗争，它在一定历史条件下或比较缓和，或走向尖锐。当然，到20世纪60年代初，社会主义改造基本完成，重又提出"阶级斗争为纲"，这固然已不符合现实生活的实际，因为那时在农村，地主富农作为阶级已不复存在。但在蒋介石集团在国际反社会主义势力支持下叫嚣并部署"反攻大陆"的情势下，某些地主富农分子复辟的幻想复燃，却也是客观存在的。所以，不能说凡描写"阶级斗争、路线斗争"都属错误，更不能说凡描写农村合作化的作品都应否定。至于所有描写农村变革的作品都按"两个阶级、两条路线"的模式去描写，也确实限制了作家从多种视角更为丰富地表现异常复杂的现实生活。这也是我们今天必须清醒看到的，当时许多作家的一种局限。

作家艺术家并非历史学家，艺术真实虽然源于历史真实，却又与历史真实有所区别。更难以要求作家艺术家都洞察历史未来的发展。文学艺术毕竟是主客观的统一。作家必然只能根据自己所感受到的现实，乃至所想象到的理想趋向来创作自己的艺术作品，以自己所建构的生动鲜明的艺术世界为人们提供审美的需求，为读者对历史生活的思考提供启示。文学作品虽有一定的历史认识价值，却不能代替历史著作。恩格斯对巴尔扎克的评价、列宁对列夫·托尔斯泰的评价，既指出作家的思想局限，又充分肯定这两位作家都基于他们在自己的艺术作品中所描写的艺术图画为人们提供无比生动的审美享受与启发。这说明，对于艺术作品来说，最重要的乃是艺术描写的生动性。这也是从古代神话到《西游记》《聊斋志异》等浪漫主义作品得以流传并受欢迎的缘故之一。即使描写农业合作化的作品存在认识的局限，存在某些理想化，我们也不能因此就全盘否定作家所描绘的基于当时历史感受而创造的生动的艺术世界。

在评价文学作品时，我们固然应重视艺术真实与历史真实的联系，又不能无视两者的区别；其次应认识历史运动的二重性与文艺反映的审美性；在评价反映合作化的作品时还应区分合作化运动的不同历史阶段的具体情况。不应无分析地一概而论。

艺术真实固然源于历史真实，却不等同于历史真实。文学艺术固然反映现实生活，但文学艺术所创作的作品境界却可以有作家主体能动的创造性，既可以采用现实主义的笔法，也可以表现浪漫主义的幻想，还可以用现代主义或后现代主义的荒诞手法。因而艺术的真实并不等同于客体存在的历史真实，也不应该要求所有的作家都去摹写客观的现实。作家有权也往往按照自己的审美立场和审美观点去描写他所想表现的现实，乃至理想的境界。历史真实是复杂的，历史发生的事件往往带有二重性，作家并不一定都能准确认识历史的二重性和复杂性，往往只是通过自己创造的生动的审美形象，为读者再现自己所经历、所企望的历史图像。历史上的运动自然有成功的，也有失败的。有的开头成功，后来失败了；有的失败了，却成为后来的成功之母。历史事件和历史人物的二重性，表现在既有成功的可能，也有失败的可能；成功中往往掩藏失误，失败中往往隐伏成功的契机；有的开头起着进步的作用，后来却变得反动了；有的当时似是坏事，从长远的效果看，却是好事；等等。这就需要我们对历史过程做仔细的划分和考察。我国农村的合作化运动，在20世纪80年代初曾遭到一些人的否定，因为那时人民公社被解散，农村改行土地承包制。故此，他们在文学研究领域也掀起否定描写合作化的小说的潮流。殊不知这是认识论上一股历史虚无主义的潮流。如上所述，农业合作化在新中国成立初期不仅有其必然性、合理性，实际上1957年之前，正是合作化运动促进了我国农村生产力的发展。农村连年丰收，不但保证全国的粮食供应，还为我国奠定工业化基础提供了资金。真正造成生产力破坏的是急躁冒进。而在今天，土地承包制的局限已昭示合作化的大农业仍然是未来农村生产力进一步提高的一种选择。合作化当时不但体现了时代的历史脉动，也体现了数亿中国农民当时的理想追求和选择，它不仅是客观存在的现实，还显然具有历史的进步性。作家对它做出描写和赞颂，具有无可厚非的充分的合理性。这应该是我们评价众多描写合作化运动的作品的历史唯物主义的观点。

把"阶级斗争、路线斗争"作为描写合作化运动的唯一叙述模式，因而妨碍对合作化运动做更丰富多彩的表现，这当然反映那时作家的一种认识局限。

但在合作化运动的某个具体历史阶段存在阶级和路线的斗争，作家写了它，就不能一概认为错误。所以，对于具体作品还需要做具体的分析。要分清它描写的是哪个阶段的农业合作化，当时的社会具体历史背景如何，作家的整体理想追求是否具有一定进步性，从而做出不同的评价。还要考虑到有的作品表现得更深刻，更能反映历史的真实；有的作品可能比较肤浅，乃至歪曲了历史的真实；有的作品虽然没有深刻反映历史的真实，但作品的理想追求仍有一定进步倾向；等等。总之，切忌无分析的笼统肯定或笼统否定。

以上所介绍的新中国成立初期描写我国农村变革的长篇创作，每部作品描写的历史阶段多不一样，其具体地理环境、故事、人物和艺术风格也异彩纷呈。尽管每个作品也都有它的局限和不足之处，但它们为新中国一个重要历史阶段的农村变革风貌，留下了一幅幅生动的艺术长卷，这不能不是有关作家对新中国文学的可贵的贡献。

第三章 | 城矿新貌的热情赞歌（上）

描写工矿城市的长篇小说——萧军及其《五月的矿山》——草明的《火车头》
与《乘风破浪》——雷加的《潜力》三部曲——白朗的《为了幸福的明天》——
艾芜的后期创作与《百炼成钢》

【描写工矿城市的长篇小说】我国革命的胜利，使中国共产党把自己的工作重心从农村转移到城市。而随着多次五年经济建设计划的实施，国家工业化的加速，老城市得到改造，许多新的工矿城市涌现和成长。近四十年对于城镇化的重视和大批农村人口向城镇的转移，在广阔的国土上，众多新城镇如雨后春笋般成长，成为跨世纪中国现实的滚滚浪涛，成为东方大地前所未见的伟大奇观。在文学领域，长篇小说自然会从各个方面反映和描绘这样的浪涛和奇观。

从20世纪50年代起，一批描写这方面内容的长篇小说家和他们的新作先后涌现，如萧军的《五月的矿山》，周立波的《铁水奔流》，草明的《火车头》《乘风破浪》，雷加的《潜力》三部曲，艾芜的《百炼成钢》，周而复的《上海的早晨》，还有20世纪60年代出版的程树榛的《钢铁巨人》、李云德的《沸腾的群山》等。

【萧军及其《五月的矿山》】《五月的矿山》是新中国成立当年，左翼作家萧军出版的新作，也是较早描写工矿城市的新长篇。

萧军（1907—1988），中国文联委员、中国作家协会理事。原名刘鸿霖，笔名三郎、田军等。他出生在辽宁省义县，由于家境贫困只上过小学。1925年他开始军旅生涯，担任过见习官、军事及武术助教等职务。他的写作生涯是在军队中开始的。1932年，萧军在哈尔滨化名"三郎"正式开始文学创作，并和中共地下组织人员、进步青年一起共同开展文学艺术活动。经过将近一年的努力，萧军完成了表现东北人民革命军抗日斗争的长篇小说《八月的乡村》。他协同萧红到过青岛和上海，加入左翼作家联盟，后到延安，抗战胜利回到东北。1949年新中国成立以后，萧军继续从事文学艺术的研究和创作，著有京剧《武王伐纣》，长篇小说《五月的矿山》《过去的年代》《吴越春秋》等作品。在"文化大革命"中，萧军受到迫害曾被关押8年，重返文坛后他整理了诗词旧作800余首。

萧军曾有新英雄主义的思想。《五月的矿山》这部长篇小说最能体现他的新英雄主义精神。作品中塑造了三类英雄形象，有新中国第一代矿山领导、老一代的煤矿工人和新一代模范矿工。它所描写的矿山的领导：严和、骆刚夫以及裴玉峰都经过革命烽火的洗礼，有着丰富的斗争经验和革命热情，却不熟悉新中国的工业建设，只好边工作边探索。这些人都是党的好干部，在他们身上体现出旺盛的革命意志力和强烈的革命英雄主义精神。杨春则是老一代矿工代表，新社会的矿山仿佛为他残疾的身体注入了新的生命。他提高了觉悟，见利而不忘义，儿子工伤后断然拒绝矿上的慰问金。他情系矿工，六十岁仍申请下矿坑，坚信"人对于自己愿意的工作和战斗是唯一美丽的、愉快的"。小说中，萧军着墨最多的是新一代的矿工鲁东山、张洪乐、扬平山、林风德、艾秀春等。他们具有先进工人的崇高思想品质，个个公而忘私，能将自身的利益和矿山的利益结合在一起，同矿山同呼吸、共命运，其自我价值的实现即是获得最高的革命利益。他们的无私境界几乎是一种极端：如扬平山固执地坚持先入团，后结婚；张洪乐连妻子生产都不在身边。最能代表萧军新英雄主义精神的鲁东山，为实现自我价值，不顾特务的谣言、落后群众的嘲讽、领导的官僚而拼命工作，甚至连送病中的女儿上医院的时间都没有，致使女儿夭亡。最后在其不懈的努力和党的培养下，鲁东山终于成为一名光荣的共产党员。这些优秀的矿山儿女，被作者注入了英雄主义灵魂，成了社会主义新中国工业建设的排头兵。

萧军作品中的新英雄主义人物形象并非高、大、全，作者也刻画了他们与自身的无私境界不协调的一些缺点和不足，但这恰恰是英雄人物在发展成熟过程中难以回避的，正是这样的描写才使得这些人物形象有血有肉，更加丰满而真实。

新中国成立初，周立波的《铁水奔流》也是描写工矿企业的，是作者在北京石景山钢铁厂体验生活的成果，只是篇幅不长，影响也较小。

【草明的《火车头》与《乘风破浪》】草明（1913—　　），原名吴绚文，广东省顺德区人。早年在广州读书并参加爱国学生运动。1933年在上海加入左联。1940年到延安，参加过延安文艺座谈会，收在短篇小说集《今天》里的作品，是她实践文艺工农兵方向的早期成果。1946年到东北的工业战线工作和生活。1948年创作了中篇小说《原动力》，这是解放区文学中最早出现的描写城市工厂和工人生活的一部力作，受到了郭沫若、茅盾、许广平的热烈称赞[1]。1950年至1984年间，她除出版了一批短篇小说集和散文集之外，最引人注目的成就，是创作了《火车头》（1950年）、《乘风破浪》（1959年）和《神州儿女》（1984年）等三部工业题材的长篇小说。由于她率先把主要精力投入这方面的创作，在半个多世纪的岁月里取得了卓著的成就，故而有"中国工业文学的拓荒者"之誉。她在自己的长篇小说中将工厂里的生活和斗争放到中国革命和建设的大背景下加以观照，以党在各个时期的方针和路线作为衡量生活中是非曲直的基本尺度，努力表现工人阶级的先进思想和优秀品质，追求恢宏壮美的艺术境界——这是新中国成立后草明工业题材长篇小说创作的主要特色。在《火车头》里，新上任的马家湾铁路工厂副厂长刘国梁开头之所以在工作上打不开局面，就是因为不理解随着革命在全国范围的胜利，党的工作重心已经由农村转向城市，党的干部必须全心全意地依靠工人阶级，努力完成管理好城市这样一种新形势下的新任务，而只是固守以往的农村经验，热衷于副业生产，看不到工人群众的创造热情和先进性。作者在揭露和批评刘国梁的经验主义的同时，描写了脾气倔强、思想敏锐、富有创造性的

---

1 草明：《我珍藏的四封信》，《新文学史料》，1989 年第 4 期。

铆工李学文及其一家的生活，从而完成了小说表现"在飞速前进"的主题。尽管作品的人物形象还不够丰富饱满，但是作为新中国成立后工矿题材长篇创作的第一只春燕，仍足以令人称道。

《乘风破浪》则是作者在中国钢铁基地鞍山市生活了十年之后写出的一部长篇。小说围绕着兴隆钢铁公司实现生产"大跃进"的问题，着重描写了工业战线上的两条路线斗争。作品里那种热火朝天的"跃进"气氛，以青年炉长李少祥代表的工人群众的忘我的劳动热情和敢想敢干的精神风貌，都是作者对实际生活的艺术再现。小说里的宋紫峰，是草明笔下的人物系列里刻画得最扎实、最丰满的一个。然而由于作者把这个重科学、懂业务、有魄力但不赞成冒进的厂长放在要求大干赶超的工人群众的对立面，被当作一个背离党的方针路线的右倾人物来批判，这就成为小说最大的局限性。当实践证明党在当时的方针路线发生了"左"的偏差，宋紫峰形象塑造的偏差便更明显了。草明的另一部长篇《神州儿女》描写北京郊区燕门机械厂的干部、工人和知识分子同林彪、"四人帮"及其爪牙所进行的可歌可泣的斗争。小说主人公劳动模范、中层干部赵建中和他的妻子张世芳以及老干部宋祥林、工程师刘彦、青工宋小顺等人物形象中，作者都倾注了自己几十年来在深入工人生活过程中所积累起来的对工人阶级的炽烈而深沉的感情，同时对"四人帮"爪牙祝尚礼、陆文瀚、姚巧凤等被野心、淫乐所充斥着的肮脏的内心世界和罪恶行径进行了犀利的剖析。作者追求作品气派宏大、意境高远的努力一如既往。大概因作者在构思、创作这部小说时，对"文革"的历史评价尚未明朗，作品对林彪、"四人帮"及其爪牙的批判相当严厉，但对"文化大革命"运动本身却避免触及，加之作者的描写和剖析基本停留在政治斗争的层面，也就限制了作品的思想和艺术深度。

总的来看，草明对新中国工矿城市建设方面的描写，孜孜不倦，几十年一以贯之，其创作精神实堪嘉许。1992年光明日报出版社出版的6卷本《草明文集》是草明作品最完整的集子。

【雷加的《潜力》三部曲】雷加（1915—2009），辽宁丹东人。早年受五四新文学影响，九一八事变后流亡关内，投身抗日救亡运动，同时开始文学创作。1938年赴延安，实践毛泽东倡导的工农兵文艺方向，在深入斗争生活过程中写出《一支三八式》《男英雄和女英雄》等50余篇特写和短篇小说。1945年日本投降，他随军开赴东北，奉命接收位于他家乡的安东造纸厂，负责恢复城市工厂生产，支援随即到来的全国解放战争。他在这里工作了5年，荣获东北人民政府授予的"模范厂长"称号。长篇小说《潜力》三部曲就是根据这一段经历写成的。1950年奉命调到北京，做了一个时期行政工作后即转入专业创作。几十年间，除长篇小说外，他还写了大量的散文、特写、中短篇小说及传记文学等。主要作品集有：《雷加短篇小说集》（1983年）、《雷加散文特写集》（1982年）、《火烧林》（1984年）、《南来雁》（1987年）、《这里没有春天》（1987年）等。《潜力》三部曲是雷加的代表作，也是新中国成立初期出现的为数不多的描写城市工业战线生活的优秀长篇之一。全书由《春天来到鸭绿江》（1954年）、《站在最前列》（1956年）和《蓝色青枫林》（1957年）三部情节连贯的长篇组成，作家出版社出版。小说以抗日战争胜利后国共两党在东北战场上的殊死斗争为大背景，以安东造纸厂回到人民手中又因战争需要转移至长白山区，随着战争的胜利再迁回安东这一曲折过程作为叙事线索，生动地展现了那个特定历史时期处在动荡之中的东北地区的社会风貌和工人阶级的革命品质。厂长何士捷是作者着重刻画的一个主要人物，全部故事情节都围绕着他展开。战争年代共产党的干部那种忠诚于革命事业、扎根于人民群众之中、不畏艰难险阻、千方百计地去完成革命任务的优良传统，在何士捷的坚定、果断、幽默风趣的性格中得到了真实而又生动的表现。这是《潜力》三部曲比较成功地塑造的党的领导干部的形象。此外，小说描写的老、中、青三代工人的形象，特别是在斗争中发挥作用、表现了工人阶级优秀品质的岳全善、梁满富、衣廷秀、徐家光、王长留等，也都给读者留下了难忘的印象。小说的不足，如作者本人所云，是"头两部有冗长之处，第三部的结束又嫌仓促，失去匀称、和谐"[2]。这在一定程度上反映新中国成

---

2 雷加：《蓝色的青枫林》，作家出版社1958年版。

立初期不少长篇小说创作在艺术上具有一定普遍性的弱点。

【白朗的《为了幸福的明天》】东北比关内许多地方解放得早，又是重要的工业区。所以描写工矿企业的作家也多来自这一地区。左翼时期的东北女作家白朗在新中国成立初也曾写过一部反映工矿企业的作品《为了幸福的明天》。

白朗（1912—1990），原名刘东兰，又名刘莉、戈白、杜微等。1935年与丈夫罗烽一起加入左联，1941年到延安，1945年加入中国共产党，曾任《解放日报》编辑，抗战胜利后任《东北日报》副刊部部长、《东北文艺》主编，著有中篇小说《老夫妻》、短篇小说集《伊瓦鲁河畔》等。

白朗的长篇小说《为了幸福的明天》，一直被作为英雄的传奇进行解读。作品主人公邵玉梅出身贫困家庭，新中国成立后进入解放军的工厂做工。作品不仅塑造了邵玉梅、章林、王英等一系列女性形象，而且生动地再现了她们在新中国成立后的生活：获得了劳动权、生存权、受教育权、婚姻自主权。在工厂发展生产的过程中，邵玉梅不止一次因抢险和救火而负伤，甚至失去一只手臂。但她却成长为共产党员。小说写的似乎是个人命运，实际却反映了新旧社会的本质不同，歌颂了新社会工厂与工人的新的关系和工厂的新变化。

【艾芜的创作与《百炼成钢》】以长篇小说《南行记》闻名的左翼作家艾芜在抗战期间及整个20世纪40年代，仍然勤奋笔耕，除出版散文集《杂草集》《缅甸小景》等，还出版了《荒地》《冬夜》《秋收》等近十个短篇小说集和《江上行》《一个女人的悲剧》《丰饶的原野》《故乡》《乡愁》《山野》等多部中、长篇小说。

艾芜在新中国初期还创作了长篇小说《百炼成钢》，为我国文学反映新中国成立初的城市工厂的变化做出自己的贡献。小说以当时国民经济恢复为背景，表现工厂炼钢又炼人的深刻主题。作品以平炉车间九号炉三位炉长在快速炼钢竞赛中先进与落后的矛盾冲突为中心，同时穿插厂领导干部之间思想作风的冲突、青年工人之间的爱情纠葛，以及与暗藏的反革命分子之间的敌我矛盾。小说于错综复杂的矛盾冲突中，描绘丰富多彩的生活画卷，展现新中国工人在革命熔炉的冶炼中成长为社会主义新人的历程。作品的突出成就在于塑造了秦德贵的新型工人形象。他怀着到"工业建设的前线"为祖国建设打冲锋的抱负当了一名炼钢工人，以国家主人翁的姿态战斗在生产第一线。他勤学苦练，很快就掌握了复杂的炼钢技术，被提拔为炉长，并成为快速炼钢能手。他干起活来"简直不晓得累"，而且开动脑筋，积极提合理化建议，哪里有困难、有险情，就不顾个人安危去抢救，在为使工厂免受毁灭性灾祸等重大事件中，都有他奋不顾身地冲锋陷阵的身影，充分体现工人阶级大公无私的精神。作品不仅在奇峰迭起的波澜中显示人物的思想性格，而且更注意通过日常生产和生活过程中人与人之间的关系，表现秦德贵思想发展的轨迹，揭示出他高贵的精神世界。在与张福全、孙玉芬的爱情纠葛中，作品既表现他不为恋爱而影响工作，又具体生动地描绘了他内心的痛苦和不安，写出了他的真诚、憨厚，从而使这一形象成为血肉比较丰满的新工人的典型。小说所写的甲班炉长袁廷发作为一个在伪满时代吃了不少苦头才偷学一点技术的老工人，其性格具有复杂性。他热爱新社会、工作认真、技术娴熟，然而私心杂念较多，不愿把自己的"绝招"传授给青年工人，摆老资格，不尊重别人的意见。他用暗中化炉顶的办法超过秦德贵的新纪录，但内心却惴惴不安。后来，在党的教育和秦德贵模范行动的启迪下，他终于转变。乙班炉长张福全是个后进工人。他虽然年轻，却沾染了不少旧习气，个人主义思想相当严重。他当工人是为了赚钱，想出风头，捞奖金，但又怕艰苦；他妒忌秦德贵，处处刁难他；为了骗取孙玉芬的感情，甚至不惜搞垮炉顶，损害国家利益。个人主义的恶性发展，导致他被反革命分子李吉明所利用，酿成大灾祸。作品通过这个形象说明工人阶级在改造客观世界的同时，也必须不断地改造自己的主观世界，从反面强化"炼钢又炼人"的主题。

《百炼成钢》突破了艾芜原有的沉郁悲愤的笔调，而保持和发展了清新、朴实、平易、严谨的艺术风格。注意从日常生活中提炼情节和细节，善于发现平凡生活的诗意，用朴素而深情的笔触描绘劳动和生活场景，情趣活泼健康，生活气息浓郁，语言清新流畅。生产过程、操作技术的描写，都能与描绘生活斗争、刻画人物性格有机地结合起来，克服了当时同类题材作品孤立地写生产流程，与人物描写相脱节的弊端，为繁荣工业题材创作提供了宝贵的经验。作品触及的生活面相当广阔，枝蔓虽多，脉络却甚分明，始终围绕着九号炉快速炼钢竞赛中三位炉长之间的矛盾冲突而展开，充分显示了老作家的艺术结构的概括力。这部作品的不足之处是，反面人物形象模糊，领导干部，尤其是党委书记梁景春的形象流于一般化。但在20世纪50年代，《百炼成钢》不失为一部描写城市工矿企业和新中国工人阶级崭新面貌的比较成功的作品。

论小说创作领域的成就，艾芜是左翼作家中贡献突出的一个。20世纪30年代他以《南行记》而闻名。一生的小说创作多描写四川的农村，富于蜀地的特色。他生于1904年，逝世于1994年。后文还将论述到他。

第四章 | 城矿新貌的热情赞歌（下）

周而复的《上海的早晨》——李云德的《沸腾的群山》三部曲——程树榛的《钢铁巨人》及其他

【周而复的《上海的早晨》】从新中国成立初到改革开放后才创作完成的四卷长篇小说《上海的早晨》，是反映新中国成立后城市革故鼎新的一部独具特色的作品。上海是我国的大都市，也是国际化的大都市。在新中国成立初，上海还是我国工商业最集中的城市。周而复的长篇小说《上海的早晨》反映上海实现社会主义改造，使城市改变半殖民地面貌，并将资产阶级改造成社会主义建设者的历史过程，体现了中国共产党人将马克思主义与中国实践相结合的具有深远历史意义的创造成果。

周而复（1914—2004），原名周祖式，祖籍安徽省旌德县，生于南京。1933年入上海光华大学学习，并开始文学创作。1936年出版第一部诗集《夜行集》。1938年奔赴延安，先后创作了报告文学《诺尔曼·白求恩断片》和一些歌剧、话剧、短篇小说。1944年冬被派往重庆工作，编辑中共机关刊物《群众》杂志，曾以《新华日报》和新华社特派员身份赴各地采访，写了不少关于当时国共两党关系问题的通信报道。1946年赴香港，主编《北方文丛》，与茅盾等合编《小说》月刊。此间，他创作了反映抗日战争时期解放区军民战斗生活的长篇小说《白求恩大夫》《燕宿崖》，中篇小说《西流水的孩子们》。《白求恩大夫》产生过广泛影响。新中国成立初期，他曾在中共中央华东局统战部和中共上海市委统战部工作，参加了国家对上海资本主义工商业实行社会主义改造的全过程，积累了丰富的生活素材，创作了著名的长篇小说

《上海的早晨》。这部小说以1949年至1956年间全国暨上海的社会主义革命和建设为大背景，描写民族资产阶级同工人阶级之间的矛盾，以及当时中国共产党对资产阶级实行改造政策所取得的胜利。全书第一卷写上海解放到"三反、五反"运动前夕资产阶级分子的种种违法活动及其唯利是图、贪婪狡诈的本性；第二卷写工人阶级在党的领导下反击资产阶级猖狂进攻的"五反"运动；第三卷写"五反"后工厂的民主改革和党对资本家的团结、教育工作；第四卷写公私合营运动和各种类型资本家在运动中的复杂微妙的心理。小说的第一、二卷由作家出版社分别于1958年和1962年出版，后经作者较大修改、补充，由人民文学出版社于1979年再版；第三、四卷由人民文学出版社于1980年出版。

如果说，问世于20世纪30年代茅盾的长篇小说《子夜》，揭示了民族资产阶级在半封建半殖民的旧中国发展民族工业的梦想迅速归于破灭的必然性的话，那么，周而复在《上海的早晨》里所要揭示的，则是新中国成立后，在社会主义条件下，民族资产阶级作为一个剥削阶级将要被和平改造，其中大多数人都获得光明前途的历史际遇。因而，其题材和主题都具有其他作品不可替代的重要意义。作者着力表现以党支部书记余静和女工汤阿英为代表的工人群众在上级党组织的领导、支持下，与沪江纱厂总经理、资本家徐义德等的违法行为展开斗争的同时，还描写了她们各具特点的身世和曾经有过的弱点，把她们在斗争中的成长和性格发展统一起来。尽管描写不很充分、有力，却真实可信，余静和汤阿英都给人留下了难忘的印象。小说最重要的成就是刻画了一系列资本家的不同形象。如聚集于"星期二聚餐会"的总经理、经理、副经理、大老板、董事长就不下十人，各有其处世哲学和个性特征。作者不但写了他们的经济活动和政治活动，而且写了他们的家庭生活、社会交往、服饰容颜、内心世界，笔墨从容生动，丝丝入扣。其中像年少气盛，有轻度违法行为，在"五反"运动中主动坦白交代问题并向其他资本家现身说法的"红色小开"马慕韩；像因从事粮食投机倒把，受到打击，因而变得"老成持重"、城府更深的潘信诚；像特别喜欢接近高级干部，"到处吃得开，兜得转"，常常要"同政府和工人进行合法的斗争"的冯永祥；像疯狂行贿腐蚀干部，声称要把其福佑药房当作"干部思想改造所"，因向志愿军销售过期失效药品而被逮捕法办的反动资本家朱延年；等等；都颇具典型意义。而贯穿全书的中心人物徐义德，则可以说是一个刻画得比较深刻、丰满的民族资产阶级的艺术典型。早在上海解放前夕，徐义德就在资金配置上为自己设下了上海、香港、纽约三防线，随时准备转移；新中国成立后，他幻想变天，妄图在抗美援朝战争胜负未定之际"放手捞一票"，因而大肆行贿，拉拢工人、干部，盗窃国家经济情报、偷工减料、偷税漏税，牟取暴利；"五反"运动中，他以攻为守，消极对抗，企图蒙混过关，直到身陷重围，走投无路，才在党的政策感召下坦白交代，表示愿意重新做人；在公私合营高潮中，他在进行了一番讨价还价、明争暗斗之后，看大势已去，才决定顺应这个时代潮流。民族资产阶级在社会主义条件下既有从事阶级剥削活动的现实性又有接受社会主义改造的可能性的"两面"，在徐义德形象中得到相当充分的体现。在这部长篇小说中，读者不仅可以看到新中国成立初城市人际关系的大幅度的调整，也能够看到城市各方面风貌的显著变化。在革命改造中，一个欣欣向荣的新的社会主义城市正在涌现。

周而复在改革开放后还著有超长篇《长城万里图》六卷，将另行介绍。

【李云德的《沸腾的群山》三部曲】继老作家草明之后，为我国巨型工矿城市鞍山留下长卷赞歌的是李云德（1929—2022），满族，读过五年半书，后参军，1948年加入中国共产党，1955年发表第一篇小说《鸡蛋》。曾做过矿山测绘员、技术员等工作，1978年后任鞍山市文联副主席，并成为中国作家协会会员。著有短篇小说集《生活第一课》《林中火光》，长篇小说《鹰之歌》、《沸腾的群山》（一、二、三部）、《特殊案件》、《地质春秋》、《银锁链传奇》，中篇小说《探宝记》《追踪》等。其作品除取材于早年地质勘探的经历外，多以钢城鞍山为背景，《沸腾的群山》是他的代表作，并被改编为电影。

《沸腾的群山》第一部描写东北解放初期矿工出身的我军军营指挥员焦昆率领部队解放了辽南孤鹰岭矿区，面对被敌人破坏过的矿区，领导工人克服种种困难，终于恢复了矿山生产，支援了人民解放战争。第二部描写朝鲜战争开始，敌人对矿区的破坏更猖狂，但在矿山党委的领导下，依靠工人阶级，与保守思想和敌对势力进行斗争，又取得矿山生产的胜利。第三部则写到20世纪50年代"三反""五反"运动。作品故事曲折，人物生动，语言朴实，充盈浓郁的生活气息。但受到当时思想的限制，存在"两个阶级、两条路线的斗争"的观念。

《沸腾的群山》是作者以自己从事和熟悉的地质勘探和矿山为素材创作的，当时，这类作品全国尚属罕见，因而在国内外产生一定影响。曾被译为日文在国外出版。

东北地区以写新兴工矿城市成名的小说家还有程树榛。

【程树榛的《钢铁巨人》及其他】程树榛（1934—2022），江苏省邳州市人。17岁开始发表作品。1953年入天津大学机械系，毕业实习期间创作长篇小说《大学时代》（人民文学出版社1980年），1954年在齐齐哈尔富拉尔基重型机器厂任技术员期间出版第二部长篇小说《钢铁巨人》（人民文学出版社上海分社1966年）。程树榛1979年加入中国作家协会，曾任黑龙江作家协会副主席、主席，中国作协第四届理事，第五届全国委员会委员，《人民文学》主编。还著有长篇小说《春天的呼唤》（百花文艺出版社1983年）、《生活变奏曲》（上海文艺出版社1984年）、《人约黄昏后》（中国文联出版社1983年），以及报告文学《励精图治》（获第一届全国优秀报告文学奖）和散文集《光灿灿的年华》等。

富拉尔基重型机器厂是20世纪50年代我国在苏联援助下实施第一个五年经济建设计划中对我国工业化具有重大作用的160多个基干工厂企业之一。程树榛的《钢铁巨人》写作的背景正是他所工作的工厂。小说通过描写某机器厂制造大型轧钢机的过程，塑造了先进工人戴继宏、张自力、杨坚等自力更生、艰苦奋斗的形象，并批评了李守才、梁君等有思想缺陷的技术人员。小说大体反映了20世纪50—60年代的现实生活的真实，但由于过多铺展生产过程而对人物的精神世界开掘不深，以致人物形象不够骨肉丰满。他的小说创作的明显超越，发生在改革开放后的新时期，长篇小说《春天的呼唤》仿佛熔"伤痕""反思""改革"文学于一炉，在凄婉、呜咽的曲调伴奏下，又响彻召唤新时代的战鼓和向着美好未来进军的号角，人物的命运与精神世界均得到相当充分的表现。像爱国知识分子张博翰、他的儿子张念祖、老厂长陈仲凯、造反派董人杰以及小说所描写的几个女性，都比较生动真实，具有典型的意义。作家摆脱了描写生产过程的笔法，把主要笔力集中来刻画人物的性格形象，展示人物复杂的关系，从而达到新的起点。此后，他的《生活变奏曲》《人约黄昏后》等长篇作品都着力于人物形象的刻画，注意通过人物性格与命运的发展，表现时代的矛盾冲突，突出时代的精神。在当代中国的众多作家中，程树榛的特点是长期扎根于工业城市生活之中，贴近生活与厂矿职工群众，基本遵循现实主义的创作原则，富于社会责任心和时代的使命感。在当代中国，他也是长期以系列作品描写我国工业化过程的都市生活的重要作家。在他的系列小说中，人们可以看到新中国不同年代新城市巨型企业发展的画卷，以及随着时代前进的从领导干部到普通工人、技术人员等都市人的精神风貌。

应该说，新中国小说家对于新兴工矿城市的描写在题材开拓上，为我国小说史开辟了新的篇章。但比较起反映农村变革的长篇小说，作品无疑显得不够多。其原因是从解放区来的作家对城市不太熟悉，而过去生活在国统区的城市作家对下层工农兵的生活又了解不多。本来蓬勃丛生的新的厂矿城市，以及它们在新中国成立初期所产生的日新月异的变化，理应有更多的长篇去反映。由于上述原因，虽然在中短篇小说中产生过更多的作品，包括像工人作家胡万春、唐克新、费礼文、万国儒等所写的作品，但这方面的长篇小说就不如描写农村新变的长篇那么多。不过有些作品因重在描写城市的民俗风情，本书放在后面都市风情长篇中来介绍。

第三编 | 20 世纪六七十年代的长篇创作

20世纪六七十年代出版的小说中，还有一些具有一定的历史意义。这些作品有的是早期开始创作的作家写的革命历史题材，如部队作家黎汝清创作的《万山红遍》、李心田创作的《闪闪的红星》，也有克非写的《春潮急》、郭澄清写的《大刀记》、李云德完成的《沸腾的群山》等；此外，比较著名的还有知青作者郭先红写的《征途》、张抗抗写的《分界线》，以及集体创作的《桐柏英雄》等。

第一章 | 20世纪六七十年代创作的长篇

20世纪六七十年代的文学与长篇小说———《虹南作战史》等集体创作———浩然的创作与《金光大道》

【20世纪六七十年代的文学与长篇小说】1966年5月到1976年10月是"文化大革命"的十年。前五年文艺刊物和出版社基本被责令停业整顿，以往的文艺作品皆遭到批判，除了大字报、红色歌谣外，正常的文艺创作基本停止。文坛十分冷清。只有八个"样板戏"及其电影存在于大小舞台和银幕。到了20世纪70年代初，中央领导顾及此种状况，才指示文艺出版社和文艺刊物陆续恢复工作，这样，文学创作包括小说创作才逐渐有若干新的作品发表和出版。

1971年5月，《广西文艺》改名为《革命文艺》试复刊，不定期出版。这是"文革"期间第一份复刊的文学刊物。随后，各地的文学刊物也陆续复刊，如《北京新文艺》《广东文艺》《天津文艺》等。到1973年夏季为止，全国多数省市文联（或作协）的机关刊物都已复（创）刊。上海主办的《朝霞》月刊创刊较晚，于1974年问世，但影响最大。而《人民文学》《诗刊》等中国作协主办的机关刊物，则迟至1976年1月方得以复刊。文艺出版方面，在1970年前后，文艺出版物主要是样板戏剧本以及一些大批判文集和报告文学作品集。1970年9月，上海市出版革命组编辑的诗集《颂歌献给毛主席》和《我们是毛主席的"红小兵"》，是文艺出版恢复的前奏。1971年，浩然的长篇小说《艳阳天》（第三部）由人民文学出版社再版（初版为1966年），这是"文革"期间第一次出版长篇小说。1972年2月，上海人民出版社出版了两部原创的长篇小说，它们分别是上海写作组集体创作的《虹南作战史》和原广州军区写作组的《牛田洋》（署名南哨）。这两部小说的出版，是自1966年5月以来长篇小说新作出版的真正开端，同时也是长篇小说创作恢复的开端。据统计，1971年至1976年五年间出版的长篇小说新作共146部。此外，还出版有较多中、短篇小说集。

【《虹南作战史》等集体创作】 《虹南作战史》的出版，在当时举足轻重。1970年5月6日，上海市革命委员会主要负责人对出版工作指示，要求迅速改变出版物空白状况。经讨论，他们决定编写出版一部反映上海农村社会主义运动辉煌成就的作品。上海县（今上海市闵行区）七一公社号上大队曾被宣传为坚持"农村两条路线斗争"的一面旗帜。上海市革命委员会遂组织三结合写作组，编写一部反映号上大队路线斗争的报告文学作品。四易其稿之后，30万字的长篇报告文学《号上作战史》完成。后又决定把这个报告文学改写为描写整个上海郊区贫下中农坚持路线斗争的长篇小说，书名也改为《虹南作战史》，并要求把它写成反映农业合作化中两条路线斗争的"文学教科书"。经过一段时间的反复修改，该书第一部由上海人民出版社出版，全书近40万字。1976年5月，第二部初稿完成，约50万字，送市委写作组审查，被要求重新改写。未及修改完成，"文革"结束，此书第二部遂胎死腹中。[1]

《虹南作战史》是一部由三结合的创作队伍根据三突出的创作原则制作出来的长篇小说。它以"农村两条路线斗争"为主题，人物形象则按照路线斗争的要求，根据样板戏人物塑造模式来设计。正面人物有合作社带头人洪雷生以及一批贫下中农；反面人物有右倾机会主义路线代表的乡党委书记浦青华、混进党内的潜伏特务金坤余以及几位富农分子；还有若干中间人物，包括富裕中农、贫下中农中落后群众等。小说的情节结构分纵、横两线，纵线为贫下中农与各种对立势力之间的斗争，横线则是党内"两条路线"的斗争。

这部小说试图以史诗化的方式再现社会主义农村的变化，这与新中国成立

---

1 王孝俭（主编）：《上海县志》，上海人民出版社1993年版。

初许多反映农村合作化的小说似乎一致。但《虹南作战史》所写人物形象几乎都是概念化代码，并按阶级斗争和路线斗争的格局来展开。它提供了一种图解当时政治理念的文本范例，艺术上无足称道，但作为其时的历史现象，仍值得关注。与它同时期出现的《牛田洋》也属类似的作品。

【**浩然的创作与《金光大道》**】浩然是此时期少有的被允许创作的作家之一。他于20世纪50年代即开始发表作品，此前便以长篇小说《艳阳天》而获广泛影响。关于他的长篇小说创作，前面已做介绍，此处不赘。此时期他还创作有中篇小说《西沙儿女》等。

第二章 | 20世纪六七十年代出版的其他长篇

20世纪六七十年代出版的其他长篇小说——"文革"期间小说叙事的评价

【20世纪六七十年代出版的其他长篇小说】20世纪六七十年出版的小说中，还有一些具有一定的历史意义。这些作品有的是早期开始创作的作家写的革命历史题材，如部队作家黎汝清创作的《万山红遍》、李心田创作的《闪闪的红星》，也有克非写的《春潮急》、郭澄清写的《大刀记》、李云德完成的《沸腾的群山》等；此外，比较著名的还有知青作者郭先红写的《征途》、张抗抗写的《分界线》，以及集体创作的《桐柏英雄》等。谌容在那时也创作有长篇《万年青》，描写1962年万年青大队在支书江春旺的带领下，同县委副书记黄光推行的"包产到户"试点工作进行斗争的故事（人民文学出版社1975年出版）。

郭先红的长篇小说《征途》，是第一部表现知青生活题材的作品，1973年6月由上海人民出版社出版。小说讲的是上海知青钟卫华等人在黑龙江的"插队落户""屯垦戍边""反修防修"的故事。主人公原型是1969年在黑龙江插队的上海知青金训华。他为抢捞被洪水冲走的电线杆而遇难，当时被誉为"知青英雄"。作品把他写成在老革命干部领导、贫下中农帮助和支持下成长的英雄形象。作品洋溢知青上山下乡的激情，自然也体现那时的某些认识局限。

李心田的长篇小说《闪闪的红星》于1972年5月由人民文学出版社出版。故事描写红军年代江西苏区的一位名叫潘冬子的男孩的经历。冬子的父亲随红军长征后，母亲被国民党部队杀害。10岁的冬子带着父亲临别时留给他的一枚军帽上的红星到处流浪，躲避地主胡汉三的报复，历经诸多艰险，后来游过长江寻找父亲和红军。小说塑造的潘冬子的形象，较为真切可爱，受到当时少儿读者的欢迎。小说后被改编成电影，影响更广泛。张抗抗的《分界线》也是肯定知青上山下乡的长篇小说，下文在专论她的创作时将会论到。

其他值得一提的长篇小说还有写革命战争题材的《桐柏英雄》（集体创作，前涉执笔）、《万山红遍》（黎汝清）、《大刀记》（郭澄清）、《激战无名川》（郑直）、《渔岛怒潮》（姜树茂）、《连心锁》（克扬、戈基）；写工业题材的《沸腾的群山》（李云德）、《飞雪迎春》（周良思）；写农村题材的《春潮急》（克非）、《江畔朝阳》（郑加真）；写知青题材的《剑河浪》（汪雷）、《铁旋风》（王士美）；还有其他题材的《雁鸣湖畔》（张笑天）、《建设者》（冉淮舟）、《千重浪》（毕方）、《海岛女民兵》（黎汝清）等。其中一些作品前已论及，如《大刀记》《沸腾的群山》；一些作品后文论及有关作家时再做介绍。这里先就几部作品做简介：

《桐柏英雄》由天津人民出版社在1972年出版。它的执笔者前涉（1930—　），原名钱富民，辽宁省昌图县人。1948年参加解放军。1950年开始写作。主要作品还有由《桐柏英雄》改编的电影文学剧本《小花》等。故事发生在1947年冬天，唐河城的人民热烈欢迎人民解放军挺进桐柏山区。作品通过人民解放军一个连队开辟桐柏新区的战斗生活，围绕真假小花姑娘找哥哥的线索，着意塑造了赵永生、董政委、小花、翠姑等英雄形象。情节曲折生动，扣人心弦，语言朴实自然，有较浓郁的时代气息和地域特色。

《万山红遍》形象地展现了第二次国内革命战争初期风云变幻的政治形势和错综复杂的斗争，歌颂了红军战士在革命低潮时期的英雄主义和乐观主义精神，谱写了一曲井冈山道路的壮丽颂歌。作品结构宏大，故事曲折，富有戏剧性。同一作者的创作还有《海岛女民兵》，并被拍成电影。

《擒龙图》由河北人民出版社于1974年出版。作者张峻（1933—　），原名张俊，河北省隆化县人。1953年发表处女作《宋万义老头》。1958年出版短篇小说集《夜过黄土岭》。1964年以来的作品有：短篇小说集《搭桥集》《大山歌》《金鸡宴》，中篇小说《睡屋》等。长篇小说《擒龙图》在广阔的生活场面和深远的历史背景下，描写根治海河的多彩画卷，不仅塑造了方芦生这样的治河英雄形象，还塑造了像民工团政委周群、技术员王欢，以及民工朱大豹、常二楞等众多平凡而高尚的人物形象。小说故事情节曲折，语言朴实。但由于时代的局限，作者在创作方法上难以摆脱某些模式化的影响。

克非的《春潮急》，在后文论述四川作家的地域风情小说时将会论到。

【20世纪六七十年代小说叙事的评价】20世纪70年代产生的小说叙事中，比起长篇小说，新创的中、短篇小说数量庞大。部队和工厂、农村，当时都有不少业余作者在成长，改革开放后他们多成为文坛创作的主力。如部队作者李存葆、刘兆林，工厂作者胡万春、蒋子龙，农村作者路遥、陆天明、莫应丰、贾平凹、郑万隆、张抗抗、周克芹、曹征路、韩少功、梁晓声等，都发表过若干小说作品。少数作者还得以出版个人小说集，如浩然的短篇小说集《杨柳风》《七月槐花香》等。多数短篇小说是以集体作品集的方式出版。较有代表性的作品集有上海人民出版社出版的《序曲》《上海短篇小说选》，知青短篇小说集《农场的春天》，黑龙江生产建设部队政治部编短篇小说集《边疆的主人》等，广东人民出版社出版的《峥嵘岁月——上山下乡知识青年短篇小说选》，江苏人民出版社出版的知识青年小说选《山里红梅》，北京人民出版社出版的短篇小说集《迎着朝阳》《新的战斗》等，天津人民出版社出版的天津动机厂工人写作组的短篇小说集《朝霞万里》，陕西人民出版社出版的解放军工程兵政治部宣传部编辑的短篇小说集《青松岭》等。还有以文艺丛刊的方式结集出版的文艺作品集，如上海人民出版社出版的"上海文艺丛刊""朝霞丛刊"（共六辑，分别为《朝霞》《金钟长鸣》《珍泉》《钢铁洪流》《青春颂》《碧空万里》）。

中、短篇影响较大的作品有萧木（署名"清明""立夏""谷雨"）的《初春的早晨》《金钟长鸣》《第一课》，有《三进校门》（卢朝晖）、《特别观众》（段瑞夏）、《朝霞》（史汉富）、《战地春秋》（胡万春）、《一篇揭矛盾的报告》（崔洪瑞）、《典型发言——续〈一篇揭矛盾的报告〉》（段瑞夏）、《广场附近的供应点》（朱敏慎）、《女采购员》（刘绪源）、《初试锋芒》（夏兴）、《红卫兵战旗》（姚真）、《严峻的日子》（伍兵）、《踏着晨光》（姚克明）等。

　　总体而言，20世纪六七十年代产生的小说叙事，除书写以往革命历史的非现实题材作品或与大自然作斗争的作品尚有一定价值外，描写当时社会事件的作品，虽然也反映一定的历史生活和时代精神，但大多演绎当时错误的政治理念，显得概念化、公式化，艺术也比较粗糙，像蒋子龙的《机电局长的一天》那样在广大读者中引起强烈共鸣的作品几如凤毛麟角。

第三章 | 20世纪六七十年代"潜在创作"的长篇

20世纪六七十年代"潜在创作"的长篇——民间传抄的长篇

【20世纪六七十年代"潜在创作"的长篇】这一时期还存在一种未出版的"潜在创作"的文学作品。说明即使在那时的氛围下，仍然有不少人还顽强地以写作来表现自己的文学追求。这在诗歌领域表现得尤为突出。如孕育朦胧诗的"白洋淀诗派"就是当时众多潜在写作的诗歌创作群体之一。著名诗人郭小川的名作之一《团泊洼的秋天》也创作于此时。臧克家、绿原、牛汉、穆旦等也有零星的诗作。

长篇小说创作领域，这种现象同样存在。有的是作家默默写作，等待将来出版的，如魏巍反映朝鲜战争的《东方》便创作于"文革"期间，孟伟哉的《昨天的战争》也是。据不完全统计，这一时期，潜在写作和传抄的小说300余部。值得一提的还有毕汝协描写腐化堕落现象的《九级浪》，赵振开（北岛）以现代主义的手法表现人性异化的《波动》。丰子恺续写童年记忆的《缘缘堂续笔》也创作于这一时期。他们的作品直到粉碎"四人帮"后才获得发表和出版。

【民间传抄的长篇】还有一种是作者写作后当时不能出版而在民间传抄的，如《少女的心》《第二次握手》。它们在传抄过程中都经过传抄者不断修改和补充，在这种意义上，也可以被视作一种集体创作。但这两本书的内容和命运却很不相同。前者的作者始终未详，书写的是少女的性觉醒的过程，这在那时属禁忌，却又是吸引青少年读者的读物。后者不但有作者，而且属于严肃的题材。它写一对留学美国的恋人先后回国，却陷入不幸的境遇。小说塑造了丁洁琼、苏冠兰、叶玉菡三位科学家的形象，这些人物的共同品格是热爱祖国、献身事业、忠于爱情，但又性格各异，生动感人，富有艺术魅力。可是这部小说后被点名批判，直到1979年才得以公开出版。

毫无疑问，20世纪60年代中期至70年代后期的十年是当代中国文学荒芜的年代，产生了悲剧式的断层，但其间也不是完全没有文学创作，包括小说的创作，具有一定潜在的生产力。

中卷

改革开放以来的长篇发展

第四编 | 改革开放初期的小说新潮

　　中国共产党第十一届三中全会召开，揭开了我国改革开放的序幕，开始以经济建设为中心，实现了思想路线、政治路线和组织路线的拨乱反正，会议确定了"解放思想，开动脑筋，实事求是，团结一致向前看"的方针。从20世纪70年代末到20世纪80年代，文学艺术也从"文化大革命"的萧条中，迅速复苏。当时，作家队伍产生很大的变化，一是过去历次运动中蒙冤受屈的作家重返文坛；二是大批上山下乡知识青年中成长的作家，返城后逐渐成为创作的主力；三是女性作家日益增多，甚至占有文坛的半边天。文坛先后涌现"伤痕文学""反思文学""改革文学""文化寻根文学""先锋文学""新写实小说""女性主义小说"以及"底层文学"等题材、主题、形式、风格多样化的流派。长篇小说创作领域，同样泛起相似的波澜。

第一章 | "伤痕文学"中的长篇

"伤痕文学创作潮"及其长篇——从维熙的"大墙文学"——莫应丰的创作与《将军吟》——陈国恺的《代价》等小说——竹林《生活的路》等长篇

【"伤痕文学创作潮"及其长篇】1978年前后，我国文坛出现以卢新华的《伤痕》、刘心武的《班主任》等短篇小说为代表的"伤痕文学"潮。不久，长篇小说领域也产生类似的作品。如从维熙的"大墙文学"、莫应丰的《将军吟》、陈国凯的《代价》、竹林的《生活的路》等。

【从维熙的"大墙文学"】改革开放后，从维熙以中篇小说《大墙下的红玉兰》等中、长篇小说在"伤痕文学"潮中崭露头角，并以描写"大墙内"的苦难生涯成为"大墙文学"的代表性作家，把对伤痕的揭露延伸到反思更长远的"左"倾危害。

从维熙（1933—2019），河北玉田县人。1950年开始发表作品，1957年发表了第一部长篇小说《南河春晓》及针砭时弊的短篇小说《并不愉快的故事》，其后被错划为右派，进入监狱，在矿山、工厂、农场度过了二十个春秋。改正错划右派后，他担任过中国作家协会党组成员、作家出版社社长，先后出版了《从维熙小说选》《从维熙中篇小说集》《遗落在海滩上的记忆》《洁白的睡莲花》《远去的白帆》《燃烧的记忆》《驿路折花》《雪落黄河静无声》《从维熙集》等中、短篇小说选集，还有《北国草》《断桥》《裸雪》《酒魂西行》《逃犯》等长篇小说。此外，还发表了相当数量的短篇小说、散文和文学评论，足见他是一位刻苦耕耘的作家。部分作品已被译成英、法、德、日以及塞尔维亚文出版。其中，《大墙下的红玉兰》《远去的白帆》《风泪眼》分别获全国第一届、二届、四届优秀中篇小说奖。华艺出版社1996年出版《从维熙文集》（八卷）。

青年时期，从维熙的创作曾师法孙犁。他当时的系列短篇小说讴歌新中国的春天，抒写农村新人新事，清新灵动，委婉抒情，被有的评论家视为"荷花淀派"的后继者。经过20余年人生颠簸后复出的从维熙，创作已发生质的变化，其中尤以揭露伤痕的"大墙文学"冲破题材禁区、开辟新的艺术领域而驰名文坛。"大墙文学"是作者的系列中篇。他率先在监狱和（监狱）教育改造生活的描写中，通过这个特殊天地和特殊身份的大墙内人物的善恶、美丑斗争，折射出"左"倾路线的危害。作者描写那些曾身披战火硝烟、在革命年代建功立勋的战士，那些曾为新中国的建设而献身的、富于才识的知识分子身陷囹圄，与邪恶势力进行一场场"不见硝烟的特殊战争"。从《大墙下的红玉兰》开始，作者先后创作了《第十个弹孔》《燃烧的记忆》《泥泞》《遗落在海滩上的脚印》《远去的白帆》《雪落黄河静无声》《断桥》《风泪眼》等作品，塑造了葛翎、路威、高欣、鲁泓、骆枫、高水、凤妮、陆步青、叶涛、张铁矛、范汉儒、朱雨顺、索泓一、李翠翠等人物形象。正如作者在谈到《泥泞》时所说，其作品"是力图通过小说中的男女主人公的命运来揭示我们国家所走过的一条泥泞道路的"。从维熙塑造的"受难者家族"及其命运，自然是特定时代的悲剧。作品中，正面突出的、肯定性的人物写得皆有理想和道德光彩。作家犀利的笔触和毫无讳饰的描写，增强了这些形象的感染力。而作品中否定性的艺术形象则塑造得比较弱。

他早期在新中国成立初期创作的长篇小说《南河春晓》，描写荣誉军人井满祥复员后在村里担任支部书记，领导全村的党员、团员和积极分子，向嫌贫爱富的合作社主任和反革命分子进行一系列尖锐而又复杂的斗争，后来在农村社会主义高潮中，全村的贫苦农民终于扫除了障碍，加入合作社的故事。这部小说属于当时反映和赞颂农村合作化运动的作品。而改革开放后作者的首部长篇小说《北国草》，却写的是新中国成立初期人们开拓北大荒的历程。作者在《卷头语》中详述成书的过程，他说："20世纪50年代中期，在新中国历史的晨钟声中，我曾两次奔赴北大荒，和全国第一支拓荒者的队伍——北京青年志愿垦荒队，在冰天雪地的荒原上同吃一口锅里的苞米粒饭，同在一间茅屋里的大炕上滚。我爱上了这茫茫草原，并和那些充满献身精神的年轻人成为知心的朋友。"他决心回京后就写一部反映他们战天斗地的生活的作品。可是，在作者长期受磨难的过程中，原稿丢失了，但他的创作激情不减，20世纪80年代又重新把它写出来。至于《亡命天涯》则堪称"伤痕文学"的典型之作，也是从维熙潜心创作的一部长篇。小说描写知识分子"右派"逃犯索泓一浪迹天涯的生活。从（监狱）教育改造农场、喧嚣城市、煤窑洞，写到荒村野庙……索泓一一次次被缉拿又一次次逃亡、流浪。小说以其深沉雄健的笔触，描绘出当时社会广阔的生活画卷，展现了各种灵魂与肉体扭曲的图景，悲情中蕴藏着多彩的人生。

可见，从维熙的长篇小说写的不全是"伤痕"，即使在"伤痕文学"作品中，从维熙的主要思想旋律仍是向往社会主义、爱国主义和人文主义。他20年的（监狱）教育改造生涯，为他的创作提供了丰富的写作素材，从一定意义上说，他复出后的创作，谱写的图景多与他的人生经历分不开，但在揭露伤痕的作品中，读者不难感受到作家内心燃烧的对祖国的爱、对社会主义的信仰和人道主义的道德情怀。

【莫应丰的创作与《将军吟》】长篇小说《将军吟》荣获首届茅盾文学奖，可见它当时产生的影响和获得的重视。莫应丰（1938—1989），湖南桃江人，1959年入湖北艺术学院音乐系学习，1961年到原广州军区文工团工作，开始写作剧本。1970年复员到长沙市群众文化室担任文学组长，1972年在《湘江文艺》上发表小说处女作《中伙铺》，1978年调湖南电影制片厂任编剧，1980年被选为湖南省作协副主席。主要作品有长篇小说《风》（湖南人民出版社1979年），《将军吟》（人民文学出版社1980年），《美神》（上海文艺出版社1984年），《桃源梦》（人民文学出版社1987年），《莫应丰中篇小说集》（人民文学出版社1983年）等。

《将军吟》是莫应丰有较大影响的代表作。作品描写军队的高层指挥机关——空军某兵团司令部在"文革"初期受到险风恶浪的冲击，塑造了司令员彭其等人物形象。彭其刚直不阿，智圆行方，在自己受到种种迫害的极端困难、复杂万变的条件下，处理各种突发事件，保护部队，稳定局面，有胆有识，机敏过人。他反击那些"造反派"，表现出成熟的政治经验和谋略；他几个小时不休息、不吃饭，耐心地劝导被蛊惑的群众，敞开一颗老人的慈祥的心，其大将风度和赤子情怀，得到充分刻画。小说虽触及"文化大革命"的"伤痕"，其主题却积极、昂扬。没有当时中、短篇"伤痕"小说中流行的悲惨凄切的格调。

此后，莫应丰把创作重心转移到乡土风情的书写上。《竹叶子》《美神》《驼背的竹乡》《桃源梦》等，都以偏僻山区的农村为背景，以承受生活中最大痛苦的年轻妇女为主要描写对象，将对"文革"所造成的"伤痕"的反思延伸到对历史文化风习的反思。后两部小说还借鉴了荒诞、变形的艺术手法，追求一种象征意味。遗憾的是，莫应丰英年早逝，未能取得更大的成绩。

【陈国凯的《代价》等小说】 广东作家陈国凯的长篇小说《代价》则堪称典型的"伤痕文学"。作品描写曾是大学同学的徐克文、余丽娜、邱建中三人在"文化大革命"中的遭遇。作者以哀婉、凄楚的笔调刻画余丽娜的形象，以犀利笔锋写出邱建中的无耻，更加映衬出余丽娜遭受的屈辱。《代价》具有浓重的悲剧色彩，控诉那个时代给人们精神上、肉体上造成的伤害，揭露那些跳梁小丑的虚伪、丑恶嘴脸。这在当时，无疑具有深切的社会现实意义，也产生广泛的影响。

陈国凯（1938—2014），中学毕业进广州氮肥厂当过工人、宣传干事等。这期间从事业余创作。高中一年级曾发表过第一个短篇小说《五叔和五婶》。1962年发表短篇小说《部长下棋》，获《羊城晚报》创作一等奖。他于1979年加入中国作家协会。1980年后曾长期担任广东省作家协会主席，从事专业文学创作。主要作品有《代价》《龙伯》《我应该怎么办？》《工厂姑娘》《透亮的水晶》《离情》《特区的早晨》《成名之后》《有这么一个人》等中、短篇小说。其中《我应该怎么办？》获1979年全国优秀短篇小说奖。

他还写有电影小说《阿雷》，长篇小说《好人阿通》。结集出版的有短篇小说集《羊城一夜》，中短篇小说集《家庭喜剧》《陈国凯中篇小说集》《陈国凯小说选》。

【竹林《生活的路》等长篇】当时在长篇小说领域表现这方面题材较早的是女作家竹林的《生活的路》。竹林（1949—　），原名王祖铃，浙江吴兴人。1968年高中毕业去农村插队，后为少年儿童出版社编辑。现为上海市作协专业作家。她的长篇小说《生活的路》（人民文学出版社出版1978年）问世立即引起注意。此后她致力于长篇小说创作，主要作品有《苦楝树》（湖南人民出版社1985年）、《夜明珠》（湖南人民出版社）、《呜咽的澜沧江》（台北智燕出版社1990年）、《女巫》（人民文学出版社）等，也都多少带有"文革"所引发的"伤痕"的印迹。她的自传体长篇小说《挚爱在人间》（华夏出版社出版）获"八五"期间全国优秀长篇小说奖。她的《留血的太阳》《竹林村的孩子们》等儿童文学受到好评。21世纪以来，她致力于青春文学、校园文学的探索，2005年初向读者奉献新作《今日出门昨夜归》等。此外她还有短篇小说集《蛇枕头儿》《心花》，散文集《老水牛的眼镜》等。

竹林的作品广泛地反映了知青在农村的生活，特别是表现女知青所受到的屈辱及其心灵伤痕。前期作品未脱传统现实主义的叙述方式，到《女巫》则明显受到后现代主义的影响，如拼贴结构，现实描写与神秘传说的杂糅，故事显得扑朔迷离、虚幻空灵。

实际上，知青文学创作中还有其他作品也涉及揭露"文化大革命"所造成的"伤痕"，其中也有长篇小说。在下文论述知青文学时还将加以介绍。

对于"伤痕文学"曾经有过争论。有认为"伤痕文学"过于哀伤，近于专门揭露我国社会的"黑暗面"，无助于鼓励人们向前看，去争取美好的未来，因而应该适可而止，不宜继续提倡作家去写"伤痕"。另一种意见则认为，"文化大革命"所造成的社会"伤痕"非常严重，历史教训是深刻的，文学对这种"伤痕"的揭露还不够。争论自然没有结果。后来虽然继续有描写"伤痕"的作品问世，但创作界很快又涌起反思更久远的"左"倾错误的"反思文学"的潮流。

"伤痕文学"固然主要揭露"文化大革命"所造成的"伤痕"，但其历史意义却超出这样的揭露，而打开了新中国文学很少揭露社会生活中的阴暗面的"禁区"。可以说，从1957年反右运动扩大化后，广大作家便很少敢于去闯这样的"禁区"。歌颂光明，暴露黑暗，本来应是文学非常重要的社会作用，是文学推动社会前进的不可缺少的功能。任何时代，社会都会有进步面和相对的落后面，弘扬进步的光明面，克服落后的阴暗面，都应该是文学推动社会前进的不可推卸的时代责任和历史使命。

第二章 ｜ "反思文学"中的长篇

"反思潮"中的长篇创作——李国文的《冬天里的春天》——王蒙的《活动变人形》和季节系列——戴厚英的《人啊，人！》

【"反思潮"中的长篇创作】所谓"反思"，指的首先是对新中国成立后的"左"倾思潮危害的反思；其次是对中国革命过程中曾经发生的"左"倾错误的反思；再次，则进入我国传统文化的反思。其实，"伤痕文学"也是一种反思——对"文化大革命"的反思。中国共产党第十一届三中全会后，大力纠正历史上所犯的"左"倾错误。反思的浪潮即在文坛掀起。先见于短、中篇小说和剧本创作中，如鲁彦周的小说《天云山传奇》、茹志鹃的《剪辑错了的故事》、白桦的剧作《曙光》等。而后逐渐见于长篇小说领域，产生了李国文的《冬天里的春天》、王蒙的《活动变人形》、戴厚英的《人啊，人！》等不同题材的作品。

【李国文的《冬天里的春天》】李国文（1930—2022），江苏盐城人。1949年毕业于南京戏剧专科学校理论编剧专业。曾担任中国人民志愿军某部文工团创作组长、中国铁路总工会宣传部主任干事、中国铁路文协副主席、《小说选刊》主编、中国作家协会理事和主席团委员。1957年开始发表作品，著有长篇小说《冬天里的春天》《花园街五号》，中、短篇小说集《第一杯苦酒》《危楼记事》《没意思的故事》《涅槃》等。其中，《冬天里的春天》获首届茅盾文学奖，《月食》《危楼记事之一》分获全国第三、四届优秀短篇小说奖。李国文的创作，从1957年使他被错划为右派的处女作《改选》

起，便显示将社会人生视角与深沉思想情感相交融的艺术追求。他的作品常有强烈的社会性主题，又注重对艺术形式的不断探索。20世纪80年代后期至90年代，他的创作由绚烂归于平淡，着力于社会生态和心态的揭示，立意含蓄而又广大，如短篇小说《月食》。

《冬天里的春天》因其厚重的历史内容和新颖独到的结构形式，而成为首批反思小说中的优秀长篇。作品写主人公于而龙回石湖的两天时间内，为解开亡妻芦花的死因而同老对手王纬宇进行的斗争。他既步入历史迷宫，又续接现实矛盾。对亡妻的思念，对战友的缅怀，对人民的挚爱，滋润读者，加深历史反思的艺术魅力。作者把表现人物的意识流动、内心独白、梦境幻化和电影蒙太奇剪辑等手法组合，使小说姿彩纷呈，在长篇小说艺术领域具有明显的创新特征。其中，对以往"左"倾错误的揭露和反省，意味尤为深长！

之后，他反映当代改革的长篇《花园街五号》，则以一座俄罗斯式的别墅为结构中心，沟通历史和现实，使情节既放射又收敛，现出结构的新颖。李国文的长篇小说，现实背后都附有历史反思的影子。他笔下的主人公于而龙、芦花、韩潮、刘钊等都有奇崛而跌宕的人生经历，情节也悬念迭出，颇富传奇性。李国文善于在对立的矛盾冲突中去凸显人物的品格光彩，不断追求新的艺术表现成为他重要的创作特点。他后来的《危楼记事》一组中、短篇小说，通过"危楼"这一总体象征，描写林林总总的人物、光怪陆离的事件，将"危楼"居民的生存方式与文化心理，以多种方式搬入"文革"十年动荡的岁月，做"小中见大"的文化反思，其结构也独出机杼。

【王蒙的《活动变人形》和季节系列】在1957年"反右扩大化"中历劫归来的小说家里，王蒙是改革开放以来成就突出的一个。他少年时代便参加地下组织工作，新中国成立初即有作品发表，但他的创作高潮是在"文革"后的新时期。他既是"伤痕文学""反思文学"的代表作家之一，也是较早介入"先锋文学"的作家之一。改革开放以来，他仍以理想主义的激情，勤奋地创作了大量作品，涉及小说、散文、评论、学术研究和自传多个领域，但以小说数量最多，短篇、中篇和长篇小说都硕果累累，81岁高龄时以70万字的长篇

《这边风景》获茅盾文学奖。

王蒙（1934—　），河北南皮人。1945年入私立平民中学，1948年10月至1950年5月，在北京河北中学学习时入党，成为共青团北京市工委干事，中央团校二期学员，同时开始文学创作。后在北京西城团区委工作。1957年被错划为右派。1958年至1962年在北京郊区劳动。1961年得以改正错划右派。1962年到北京师范学校任教一年。1963年至1978年在新疆伊犁伊宁市和伊宁县下属巴彦岱镇巴彦岱公社二大队生活工作，学会维吾尔语之后任汉语翻译，后任二大队副大队长。1978年王蒙调回北京。1979年6月，担任北京市文联专业作家，中国作协北京分会副主席、分党组成员、副秘书长。后调中国作家协会任党组副书记、副主席。1986至1989年期间任文化部部长。2005年任全国政协文化文史和学习委员会主任。2006年任中国作家协会名誉副主席。

1955年王蒙开始发表作品，20世纪50年代的创作有短篇《组织部新来的年轻人》和长篇《青春万岁》（1979年出版）。20世纪70年代复出后又有中篇小说集《冬雨》（1980年），中短篇小说集《深的湖》（1982年）、《木箱深处的紫绸花服》（上海文艺出版社1984年）、《在伊犁——淡灰色的眼珠》（作家出版社1984年），散文《德美两国纪行》（1982年），评论集《漫话小说创作》（1983年），报告文学《王蒙小说报告文学选》（1981年），短篇小说《王蒙选集》（一至四卷，1986年），长篇小说《活动变人形》（1986年）及《恋爱的季节》（1992年）、《狂欢的季节》、《失态的季节》、《踌躇的季节》四卷。1993年华艺出版社出版了《王蒙文集》十卷，计500万字。其中，《最宝贵的》《悠悠寸草心》《春之声》分别获得1978年、1979年、1980年全国优秀短篇小说奖。《蝴蝶》《相见时难》分别获得全国第一届、第二届优秀中篇小说奖。

王蒙的长篇新作往往带有反思的性质，既反思"左"倾的错误所带来的灾难，也反思文化的缺陷所带来的性格的扭曲。王蒙的第二部长篇《活动变人形》表明他对于中国传统知识分子的弱点和心理结构的开掘达到了新的深度，创造了倪吾诚这样独特的典型形象。作品在文化交汇撞击的背景下揭示主人公精神的矛盾、分裂，以及悲剧性的人生历程。数千年文化的积淀所造成的人格孱弱，使倪吾诚无力打破"自我封锁、自我蹂躏、自我摧残的统一战线"，他所接受的西方文化和知识又从来没有在生活中发挥主导作用。所以，他的举动都是夸张而可笑的。小说对静珍、静宜等人物也做了深入骨髓的揭露：她们生活在可怕的封建文化构筑的精神地狱之中，一方面"被吃"，一方面"吃人"，另外还"自食"。"活动变人形"的"组合"方式还表明，在东西方文化撞击的动荡中，人们往往走一条阻力最小的路，而对外来文化吸收的往往只是皮毛和浮面。倪吾诚的悲剧正由此形成。这是作家的独特眼光和深刻发现。

从《夜的眼》到《活动变人形》以及《失态的季节》《恋爱的季节》《蹉跎的季节》《狂欢的季节》等系列，王蒙的创作集中反映了特定时代知识分子的命运史和心态史。其中既体现作者对历史的反思，也体现他的艺术探索。评论家雷达说："我向读者推荐长篇小说《狂欢的季节》，自然还包括"恋爱""失态""蹉跎"共四个季节，并不是因为王蒙的名气之大，也不是因为作品的篇幅长，而是出于它在文体上——归根结底是在思想容量和文学语言上的独创性、兼容性、丰富性的原因。就小说的精神内涵来说，我认为它表现了从20世纪50年代到70年代这漫长而坎坷的近30年间，中国知识分子的精神痛史，心灵流变，及种种曲折离奇幽微的常态与变态，虽充满了调侃与反讽，却内蕴着惨痛的血泪。在剖析中国知识者的灵魂方面，季节系列达到了一个相当的高度和广度。就小说的文体意义来看，《狂欢的季节》更像是一种巨型的思想随笔，一种反小说的小说，一种作家主体精神大爆炸后的产物。"[1]

王蒙作品中的幽默、嘲讽、自嘲，实质是心灵的醒悟。他的创新探索固然令人耳目一新，却也有得有失，有时性格的削弱使人物形象不够鲜明，语言的湍流时或缺乏节制，句式臃肿而冗长。进入耄耋之年，他的长篇小说《这边风景》获茅盾文学奖。这原是他早期写的反映边疆民族生活的作品，却长期未获出版。在尘封将近四十载之后，这部小说手稿被发现，只能够被看作是一个奇迹。虽然在王蒙自己看来，这部明显残留既往时代痕迹的旧稿已经失去存在的价值，但身为文学编辑的王山与刘颋在通读了全稿之后，却认为这部书稿仍

---

[1]《小说评论》，2000年第5期。

有价值。于是，王蒙便投入了对此稿重新校订的工作中。校订所坚持的原则是"基本维持原貌，在阶级斗争、反修斗争与崇拜个人的气氛方面，做了些简易的弱化"。不仅如此，王蒙也在每一章正文后面添加了反思性的所谓"小说人语"。小说以新疆农村为背景，从公社粮食盗窃案入笔，用层层剥开的悬念和西域独特风土人情，为读者展示了一幅现代西域生活的全景图。同时也反映了特殊历史背景下的真实生活，以及人民之间的相互理解与关爱。2019年9月17日，王蒙被授予"人民艺术家"国家荣誉称号。

【戴厚英的《人啊，人！》】 自20世纪50年代以来，人性、人道主义一直受到批判。《人啊，人！》体现的则是对于人性、人道主义问题的反思，实际也是对文化的反思。戴厚英（1938—1996），幼年在家乡安徽颍上读小学、中学，1956年考入华东师范大学中文系，成为"家族中第一个读书的女孩子，第一个受完高等教育的人"[2]。1960年大学毕业后，分配到上海作家协会文学研究所，从事文艺理论研究。1978年开始小说创作，1980年花城出版社出版了她的第一部长篇小说《人啊，人！》，作品出版后，《羊城晚报》《文汇报》《人民日报》《作品》《读书》等报刊相继发表文章，展开争鸣，一时引起社会的广泛关注。此后，她陆续出版的作品有长篇小说《诗人之死》（1982年）、《空中足音》（1985年），以及中短篇小说集《锁链，是柔软的》，散文集《戴厚英随笔集》等。

《人啊，人！》比《诗人之死》晚写成两年，但出版在《诗人之死》之前。对于这两部长篇，作者说，它们"共同的主题是'人'。我写人的血迹和泪痕，写被扭曲了的灵魂的痛苦的呻吟，写在黑暗中爆发出的心灵的火花。我大声疾呼'魂兮归来'，无限欣喜地记录人性的复苏"[3]。《诗人之死》描写"文革"中一个名叫向南的姑娘被派去看管所谓的"修正主义诗人"余子期。诗人的遭遇唤起她的同情心和正义感，也唤起了正常的人性与人情。她爱上了余子期，虽不能挽救他的厄运，但她的灵魂在对人性的忏悔中得到升华。小

---

2 戴厚英：《人啊，人！》，花城出版社1980年版，第352页。
3 同上，第353页。

说揭示的实际就是对人性、人道主义的呼唤。《人啊，人！》则以更为鲜明的意向提出人道主义的命题。所写大学女教师孙悦和前夫赵振环原本是青梅竹马的恋人，在"文革"中离异，"文革"结束后，她又遇到昔日恋人何荆夫，于是陷入事业、家庭和爱情的感情旋涡难以自拔。作品围绕他们之间的三角关系，揭示了那一代知识分子的生活厄运，他们的精神被肢解，性格被扭曲，爱情阴差阳错，家庭结构极不和谐，从而展现政治运动对正常的人性与人情的扭曲和荼毒，同时也揭示"文革"后人们之所以呼唤人道主义的现实依据。

在20世纪80年代"反思文学"的浪潮中，"改革文学"的潮涌已经隐伏，或者说，两种文学的潮头差不多交叉地涌现了。因为，改革针对的就是长期"左"倾主张下形成的一套涉及方方面面的阻碍历史进步的传统。像李国文那样一些写反思文学的作家，差不多同时也把笔触投向改革文学。而且当时的改革几乎同时在城市和农村展开，波澜壮阔，很快席卷全国。长篇小说领域，很多作家也迅速投入创作表现这方面题材的作品。

第三章 | "改革文学"中的长篇

反映改革浪潮的长篇小说——张洁的《沉重的翅膀》和《无字》——张锲
的《改革者》——张贤亮的《男人的风格》——鲁彦周的《彩虹坪》及其他——
柯云路的创作与《新星》

【反映改革浪潮的长篇小说】"改革文学"既是对20世纪70年代末掀起
的改革浪潮的反映，也是对改革的呼唤。其肇始者是天津作家蒋子龙。他以短
篇小说《乔厂长上任记》开始，陆续推出系列被称为"开拓者家族"的中、短
篇小说，在我国文坛掀起"改革文学"的旋风。其后，这方面著名的长篇小说
也相应涌现。除前面提到的李国文的《花园街三号》，还有张洁的《沉重的翅
膀》、张锲的《改革者》、张贤亮的《男人的风格》、鲁彦周的《彩虹坪》、
柯云路的《新星》等。

【张洁的《沉重的翅膀》和《无字》】张洁（1937—2022），祖籍辽
宁，生于北京，1960年毕业于中国人民大学，曾在第一机械工业部工作。
"文革"结束后发表处女作《从森林里来的孩子》（1978年），其后陆续发
表《有一个青年》（1982年）、《七巧板》（1983年）、《祖母绿》（1984
年），以及《红蘑菇》等中、短篇小说，并先后出版长篇小说《沉重的翅膀》
（人民文学出版社1981年）、《只有一个太阳》（作家出版社1989年）和
《无字》等。《沉重的翅膀》和《无字》先后获茅盾文学奖。自此奖设立以
来，她是唯一两次获此殊荣的作家。

与当时倾诉"伤痕"、反思"文革"、歌颂改革、追求理想人性的文坛时
尚相一致，张洁的《沉重的翅膀》是文坛上较早问世的反映改革题材的长篇

小说。

它以20世纪七八十年代之交，我国重工业部和所属工厂的整顿改革为背景，描写了从正部长、副部长、司局长到记者、工人和普通群众对经济改革的不同态度以及他们不同的内心世界和生活状态。小说以强烈的爱憎写出了改革初期新与旧、文明与愚昧、解放与僵化、改革与守旧的冲突。作品通过郑子云和田守诚新旧势力的悲壮斗争，成功地塑造了郑子云、陈咏明、叶知秋、田守诚等不同身份地位的人物形象。小说固然也有对叶知秋、夏竹筠等女性形象的生动描写，流露出小说家对女性人生的关注，但作品突出的主题还是当时推进工业战线改革的艰辛，是带着沉重翅膀起飞的。无疑，它属于呼唤改革的一部力作。

张洁的成名小说《从森林里来的孩子》《爱，是不能忘记的》等作品均具有情感丰富而细腻的特点，注重发掘理想中美好的人情与人性。而后来她的写作题材和风格都发生明显变化，从《沉重的翅膀》开始，她的文字开始锐利，到了《方舟》和《无字》变得更锐利，并转向女性主义的立场和主题。这些作品既描写知识女性在现代社会中的情感焦虑，对男权发出愤世嫉俗的挑战，也抒写现实生活对女人形成的精神压力。早在《沉重的翅膀》中，张洁就曾以讥讽的笔调刻画了夏竹筠灵魂的卑俗，表明她的作品并不局限于同情女性，或只为女人做历史性的翻案文章。她对有些女性的虚荣、自私、褊狭、软弱等性格缺陷不乏敏锐的针砭。可见，她对妇女解放问题有比较深刻的全面的认识，没有陷入单纯维护女性的简单化立场，恰恰从另一个方面注意到女性自身完美和自强的必要。

长篇小说《无字》是张洁基于女性主义立场的一部代表作品。它通过三代女性所遇非人的不幸境遇，以辛辣无比的笔墨，淋漓尽致地揭露和控诉男权社会给女性带来的痛苦，也对女性自身逆来顺受的软弱表达不满。张洁的创作，前后期风格判若两人，但对于女性命运的关注则一以贯之。如果说《沉重的翅膀》是一部呼唤经济战线改革的长篇小说，那么她的《无字》等描写女性命运和性格的作品，则呼唤女性人生的变革，其意义更为深沉！从几千年男权控制和统治下获得解放，既是当代女性的要求，也是社会改革必须应对的重大课题。

【张锲的《改革者》】张锲（1933—2014），安徽寿县人。原名张奇、张书宝，曾用笔名利刃、肖青等。幼时随父母读书，11岁考上寿县中学。因家境不好，只读到初中二年级。1948年参加革命，先在县独立团当文工队员，后到蚌埠市当过粮站调运员、工会干部、市委办公室干事、报社文艺组长、文化局编剧、市文联副主席兼《淮河》主编。20世纪50年代初开始文学创作。1957年被错划为右派，押送凤阳县山区劳动。1962年调蚌埠文化局任编剧，"文革"中进"五七干校"劳动。1978年其被错划右派的问题彻底改正后，文学创作进入新阶段。1980年加入中国共产党，后任中国作家协会书记处常务书记、中国作家协会副主席、中华文学基金会总干事。已出版的作品有长篇小说《改革者》（人民文学出版社1983年），报告文学、散文集《新潮集》，剧本《金水桥畔》（与苏叔阳合作）、《祖国之恋》，电影剧本《最后的选择》等。他是一位在生活底层久经磨炼，虽历尽坎坷但对党、对社会主义事业信念弥坚的作家。他的作品，以对时代的高度责任感和对祖国、人民的挚爱，热情地为新时期的改革开放呐喊，思想敏锐，善于独立思考，富有哲理色彩。20世纪80年代中期后，他把大部分精力献给文学事业的领导、组织工作，创作较少，但写了一些文艺评论，热情扶植新人新作。

张锲最有代表性的作品是长篇小说《改革者》。这部小说使他成为我国新时期改革题材文学的先驱之一。作品发表于《当代》1982年第5期，1983年出版单行本。这是一部继张洁的《沉重的翅膀》之后出现的反映城市经济改革的现实主义作品。小说以某省委关于C城市委领导班子第一把手人选的选择为主要线索，展开了改革过程中尖锐、复杂的矛盾。作品着力塑造改革者徐枫与陆春柱的形象。徐枫是C城市委副书记。他思想解放，敢于改革，行动果断，较早注意到优化产业结构的问题，经过调查研究，对C城工业布局进行合理调整，撤换思想僵化、阻碍改革的干部，公开对外招聘人才，引进新生力量，使C城工业面貌发生转变。但很快，徐枫陷入一张羁绊手脚的无形之网中。这张网由市委书记魏振国暗中当牵线人，用同乡、同事、同学、老上级、老下级、师徒、亲戚关系编织起来。和魏振国有亲戚关系的省委书记陆春柱也被编入这张网中。他在接到一封反映C城工作情况的匿名信后，亲临C城，明察暗访，弄清是非。深入实际的调查使他发现，由他批准推行的"七二五"工程是一项没有经过充分论证和准备的盲目上马的工程，已成为C城改革的包袱。作为坚持原则的共产党人，他毅然站在真理一边，撤换了魏振国，把徐枫推到第一把手的位置，为C城改革带来新的转机。徐枫、魏振国的形象富有鲜明的思想特征，构成对立的两极，但带理念化色彩。高级干部陆春柱的形象则写得比较丰满、真实可信。评论家冯牧认为，《改革者》是一部"反映当前我们进行的经济改革中的重大矛盾，具有一定思想深度和较为准确的分寸感的作品"[1]。

【张贤亮的《男人的风格》】张贤亮的文学成就更多表现在他的中、短篇小说中。如《灵与肉》《绿化树》《河的子孙》《男人的一半是女人》《肖尔布拉克》等。张贤亮这些作品对于"苦难"与"伤痕"的描写少有人能企及，他更善于对笔下的知识分子做深入、细致的心理刻画和内心灵魂的解剖，不断地审视主人公的内心，包括他的忏悔与自省。作家坦诚的解剖为充沛的激情所推动，具有强烈的艺术感染力。而他的长篇小说《男人的风格》却以描写当时改革的雄健笔锋而引人注目。

张贤亮（1936—2014），江苏盱眙人。20世纪50年代开始发表作品，1957年因抒情长诗《大风歌》而被错划为右派。在此后十八年中，他经历两次入狱（教育改造），一次管制，一次群众专政，一次关监。1979年重返文坛以来，担任过宁夏文联主席、中国作家协会理事和主席团委员。著有短篇小说集《灵与肉》，其同名短篇获全国第三届优秀短篇小说奖；中短篇小说集《肖尔布拉克》，其同名作品获全国第六届优秀短篇小说奖；中篇小说集《感情的历程》，其中《绿化树》获全国优秀中篇小说奖；此外还有长篇小说《习惯死亡》《我的菩提树》等。

张贤亮具有独特的精神气质，力求把诗意和哲理、浪漫激情与理性思索结

---

1 张锲：《改革者》，人民文学出版社 1983 年版。

中国当代长篇小说发展史

合。因而他的主要作品都曾激起读者热烈反响，受到广泛好评，而又往往引起争议。长篇《男人的风格》直接描写经济改革浪潮。小说通过描写新任市委书记陈抱帖对于T市的改革，以细腻的笔触和浓重的感情色彩刻画了陈抱帖和他的妻子罗海南、作家石一士及各阶层形形色色的典型人物，反映了他们的思想、爱情、追求和忧乐，以及人物之间的微妙关系，再现了各种不同的生活态度和道德风貌，是描绘20世纪80年代现实生活的一幅色彩缤纷的画卷。作品歌颂陈抱帖等人的改革者形象，寄寓了作者几十年下层生活的思索成果，并由经济体制扩展到社会结构，带有某种理想设计的成分。

【鲁彦周的《彩虹坪》及其他】鲁彦周曾以"反思文学"的代表作——中篇小说《天云山传奇》而蜚声文坛。他也是着意于改革题材的小说家，有长篇小说《彩虹坪》和《古塔上的风铃》问世。《彩虹坪》取材安徽凤阳小岗村的历史，是首部反映我国新时期农村实行生产责任制过程的长篇小说。它从广阔的社会背景上描写以耿秋英为代表的彩虹坪群众为实现生产责任制所进行的斗争，揭示了从高层领导到基层干部面对改革而产生的尖锐矛盾，比较成功地塑造了耿秋英、吴仲曦和省委第一书记钟波以及邓云姑、吕芹等不同人物的真实生动的形象。小说由于穿插两条爱情线索，情节显得更加扣人心弦。《古塔上的风铃》描写的也是关于改革的题材，还是鲁彦周从农村题材转向描写城市的一部代表作。小说讲述中年知识分子干部李琢如来到A市接市委书记的班，遇到了官场错综复杂、钩心斗角的矛盾冲突和离奇缠绵的爱情纠葛。作品把李琢如、李永珍加以对比刻画，揭示了做官绝不应为权，而应为人民谋利益、为国家和民族开辟光明未来的主题。省委书记从戎对李琢如的支持和器重，以及冯娟、青苹对李琢如的爱，无疑都加强了对这一主题的细腻刻画，构成这部小说不同于《彩虹坪》的特色。对于一代知识分子出身的、有作为的高级干部的成功刻画，应该说是这部小说不容忽视的一个贡献。鲁彦周的小说尽管处理的题材各不相同，但可以看出，他遵循的是现实主义创作原则。2005年，鲁彦周带病完成了第五部、也是其生前最后一部长篇小说《梨花似雪》，同样获得广泛好评。

【柯云路的《新星》及其他】柯云路（1946—　　），原名鲍国路。生于上海。他人生的最大爱好有三个，分别是哲学、科学、文学。在文学领域，著有长篇小说《新星》《芙蓉国》等20余部，并多次引起轰动。在文学之外，著有文化人类学专著《人类时间》，历史研究专著《极端十年》，心理学专著《焦虑症患者》《破译疾病密码》《走出心灵的地狱》，教育学著作《中国孩子成功法》、婚恋研究专著《婚恋潜规则》等，皆受到读者欢迎。2014年出版政治军事历史小说《曹操与献帝》，虽涉足历史领域，仍然表现的是政治人物，并寄托着作家强烈的政治理想。柯云路的政治改革小说经历了由政治主题转向思考社会广泛生活的过程。他于1968年在北京高中毕业后前往山西农村插队，后来又在山西榆次市（今山西省榆次区）锦纶厂工作。他的这段经历为他积累了丰富的创作素材。柯云路的小说创作一开始便显露出对政治生活的关注。他的处女作《三千万》讲述了一位改革进攻型的主人公丁猛与特权阶层进行斗争，受到排挤的故事，显露出作者对社会现实的深刻的洞察力，获1980年全国优秀短篇小说奖。他早期的其他小说，如《历史将证明》《耿耿难眠》也体现出了作者善于从政治关系和权力结构上处理生活素材的特点。而长篇小说《新星》则为柯云路赢得更大声誉。小说以古陵县城为背景，塑造一位县委书记、年轻改革家李向南的形象，他敢于直面现实，具有精明过人的政治才干和远大的政治理想，反对封建专制和官僚作风，建立公民参政议政、民主监督、司法独立、高效廉洁的民主政治。小说对古陵县错综复杂的政治势力和权力网络进行了条理清晰的表现，描写了以李向南为首的改革派同以顾荣、冯耀祖等为代表的深受"左"倾思潮影响、封建家长制作风严重的官僚们进行的不屈不挠的斗争，展示了时代的风貌。小说拍摄成电视剧之后，轰动一时，反响强烈。

其后，柯云路在《一个系统工程学家的遭遇》里指出，"对于真正领导一场规模浩大的社会改革来讲，唯一能依靠的是科学"。他的长篇小说《夜与昼》延续了这一创作思想，提出"科学救国"的主张。其中的李向南走出古陵，来到首都北京，他的视野一下子变得豁然开朗，他的思想，也在短短的一昼一夜间，受到猛烈冲击。这颗一度自信、能干、春风得意的"新星"，在群星荟萃的京城竟然一时找不到方向。作者着力描写李向南意识里的传统小农价值观与现代都市化价值观的格格不入。他那充满了理想主义又趋于保守的改革家气魄在重实利与官本位根深蒂固的京都面前，显得幼稚和脆弱。《夜与昼》则是多卷长篇小说《京都》的首部，艺术上比《新星》有较大飞跃。《新星》的叙事模式是"众星捧月"式结构，一个中心，一个主角，一条线索。《夜与昼》则是"辐射式"结构，以李向南为中心，辐射出顾小莉、林虹、顾小鹰、黄平平等性格不同、各具特色的人物形象。小说反映20世纪80年代改革开放中都市人的困惑与浮躁，也写出北京人在价值观念变换中的崭新演变，将改革年代的都市风情描绘得淋漓尽致。《衰与荣》是"京都三部曲"的第二部长篇。它运用"俯瞰"与"内窥"相交叉，场景从古陵的外省生活写到北京的首都生活，从政治生活写到家庭和个人的生活，广泛刻画了政治圈和文化圈的众生相，形形色色的人物不一而足。包括以贩卖别人思想为荣的商易，高谈阔论、纸上谈兵的石涛亮，"经济学智囊团"的范丹林，"人生咨询派"的陈晓时，"彻底反传统派"的饶小男，等等。作品从政治视角扩展到京都生活的各个层面，也深入人性的各个层面，如小说中写到李向南与顾小莉的情欲冲动、电影厂浴室的荤言陋语等，都意在揭示人性的弱点。小说主题深入都市空间生存状态的多方位文化思考，如以李海山为代表的京都老一辈人的伤逝怀旧，以林虹为代表的新一代人寻找新我的彷徨。读者可以感受到北京改革"阵痛"的节奏，领略到新的文化习俗、生活方式的氛围气息。"京都"系列小说标志柯云路从政治改革小说向人生意识、都市文化思考的转移。小说中的李向南，在京城受到"因馋去职"及身患骨癌的打击之后，生命意志替代了政治追求，转向谋求世俗生活的情趣，甚至产生研究哲学的想法。李向南的悲剧，既表现出他自身思想性格的弱点——残存封建意识的中庸、隐忍、克己、慎独等，导致他退却，同时也表明改革乃属任重道远，改革的阻力不仅来自反改革势力，也来自人们内心的旧意识。

柯云路后来的长篇《大气功师》则转向了对神秘文化的探求以及各种学术研究。自2000年，他又连续推出5部描写"文化大革命"的长篇，即《芙蓉国》《黑山堡纲鉴》《蒙昧》《牺牲》《那个夏天你干了什么》。

《芙蓉国》写作期间，作者处境敏感，故该书出版时作者署名"辛克"。2000年7月，《花城》杂志第4期发表柯云路的长篇《蒙昧》。作家用一种与过去迥然不同的语言讲述奇绝的一个男孩与一个女人的故事。作品写动乱年代中，小男孩与这个大女人之间历经了各种生离死别，以罕见的真实与细腻的文笔揭示了男孩蒙昧时期的爱情与性心理，具有心理学研究的意义。小说对历史的无情批判，对人性的深刻揭示，对爱与性的滴滴见血、触动心灵的描述，把读者引向高尚的情思。9月，《大家》杂志第5期又发表柯云路另一部长篇小说《牺牲》。它描写一个正直的男青年为思想自由而倒在枪口下，一个女孩从社会底层挣扎出来，向往和追求着她天堂般的爱情，走的却是通往地狱的道路。小说以延绵不断的长镜头细腻地加以描述。11月，《花城》第6期发表柯云路又一部长篇《黑山堡纲鉴》，是他首次以"纲鉴"的样式来写的小说。全书结构由"纲""目""批注"组成。作品写主人公刘广龙夺取大权，将黑山堡建成独立王国。他将全堡的权力与女人都当作战利品，玩弄权术和女人都登峰造极，最后孤家寡人连同黑山堡都毁灭在泥石流中。柯云路第5部描写"文革"的长篇是《那个夏天你干了什么》。2001年在《收获》杂志初发表时标题为《青春狂》，作品通过对一个事件的调查，表述对人性、对历史的一些思索。2014年柯云路新推出的长篇《曹操与献帝》，明显在曹操形象中倾注自己的政治理想和人世情怀。他以巧妙的谋篇布局和生动细节为读者展现一个多面的曹操。曹操的家国观、历史担当，对友人和下属的信任，在动乱年代不拘一格用人的胆略和胸怀，均跃然纸上。书中充满政治与军事斗争权谋的描写，用人之道，施政之理，宫廷中和战场上的博弈，波澜起伏，高潮迭起。作者还大胆地为曹操编织一条爱情主线，虚构出一位红颜知己。小说深入历史、文化、心理、宗教等领域，整体布局大气磅礴，情节一环紧扣一环，险象丛生，惊心动魄，十分吸引读者。书中引用《易经》《诗经》、中医医典等章节，彰显作者的传统文化功底。

柯云路的作品全篇充满正气，爱情的描写单纯而凄美。柯云路无疑是一位特立独行的作家，也是一位对人类多种学术有所探索的学者。他的众多著作往往引起争议和责难，应属正常。因为像他这样不但从政治视角，而且从文化视角来描写改革和社会变动，涉及时空如此广阔的作家，其见解自然不可能得到所有读者的认同。但他的创作之勤奋和丰富，他对政治改革的深切向往和对人类美好情操和理想未来的执着追求，他对社会现实的多方面、多层次的描写，包括属于反思性质的对"文革"题材的书写，都具有个人思考的价值和一定的历史意义。

改革是"摸着石头过河"，随着国家不断深化改革，并深入各个领域，"改革文学"也获得了不竭的素材和题材。后来还有作家进行"改革文学"的创作，但不像20世纪80年代那么集中了。而20世纪80年代的小说新潮很快又转向了"文化寻根"。同时，"知青文学"的崛起，也成为20世纪80年代初突出的现象。

第四章 | "知青文学"中的长篇（上）

"知青文学"的由来与内涵——叶辛的《蹉跎岁月》与其他创作——张抗抗的《隐形伴侣》等小说——张承志的创作与《金牧场》——梁晓声的创作与《人世间》

【"知青文学"的由来与内涵】所谓"知青文学"，指的是从上山下乡知识青年中成长的作家所写的主要以知青生活遭遇、理想追求、情感纠葛和心理伤痕为题材的作品。当然，本书论述为避免分割，也论及他们所写的其他题材的作品。

知识青年与工农群众相结合，这是中国革命过程中早就提出的号召。"文化大革命"后期，在红卫兵运动风起云涌中，1968年12月22日，《人民日报》文章引述了毛泽东的指示："知识青年到农村去，接受贫下中农的再教育，很有必要。"于是，一场牵动千家万户的知识青年上山下乡运动就此推向高潮。到20世纪70年代中期这些知识青年才开始陆续考大学或回城工作。在青春焕发的年华，他们失去继续求学的机会，但在农村与贫下中农相结合的劳动过程中，受到艰苦的锻炼，其中许多人成为优秀的人才，后来成为社会各行各业的中坚力量和国家的栋梁。许多人由于拥有丰富的人生经验，爱好写作，在改革开放的新时期成长为文坛上的新生作家，不少人更成为著名的小说家，如叶辛、张抗抗、梁晓声、张承志、史铁生、郭小东等。上文论述的竹林、柯云路便是知青作家，后面将要论述的铁凝、王安忆、韩少功等也是。

【叶辛的《蹉跎岁月》与其他创作】以系列长篇小说反映知青的遭遇、理想、爱情和伤痕的作家是叶辛。他原名叶承熹（1949—　　），出生于上海，

1969年3月到贵州修文县山寨插队落户。1979年10月调入贵州省作家协会成为专业作家。后历任贵州省作家协会副主席、中国作家协会理事、全国人大代表、中华全国青联常委等。1985年被评为全国优秀文艺工作者，并荣获全国首届五一劳动奖章。1996年12月选为中国作家协会副主席。1977年他即发表反映少数民族少年成长的小说《高高的苗岭》。后来他撰写并出版多部以知青生活为题材的长篇小说，如《我们这一代年轻人》（中国青年出版社1980年）、《蹉跎岁月》（中国青年出版社1982年）、《风凛冽》（中国青年出版社1981年），被称为叶辛"知青小说三部曲"。此外还有长篇小说《孽债》、《家教》、《恐怖的飓风》、《在醒来的土地上》、《三年五载》（三部曲）、《省城里的风流韵事》、《圆圆魂》，以及中篇小说集《叶辛中篇小说选》《发生在霍家的事》《闲青河谷的桃色新闻》，中短篇小说集《带露的玫瑰》，电影文学剧本《火娃》《收获的季节》等。可见他创作的勤勉和成果的丰硕。

叶辛的《我们这一代年轻人》既不是按照知识青年下乡生活的顺序，也非单纯地写他们艰难、困苦乃至悲惨的遭遇，而是以爱情为主线，着意描绘几种类型知识青年的性格、理想和命运，刻画他们丰富复杂的内心世界，塑造不同的典型形象，读来引人思索，激人上进。小说文笔清丽，描写细腻，通篇洋溢着上海知识青年在贵州山区锻炼的浓郁生活气息，充满对那代人命运的同情与思考，揭示了那个时代知青的错综复杂的关系。

而《蹉跎岁月》更是叶辛的代表作，在20世纪80年代初被改编为电视连续剧播出之后，在全国引起强烈反响。小说通过描写主人公柯碧舟和杜建春从相识、相恋到分手的感情纠葛，表现"文革"中知识青年上山下乡的生活经历。柯碧舟背着"出身不好"的包袱，对人生却依然充满信念，他勤奋、多思又善于理解别人。而另一个主人公杜建春身上，却展现因受"血统论"影响而想伤害他人的内心，其形象也相当具有典型性。从她的自我忏悔中不难窥见这样的青年同样受到"文革"的伤害。叶辛前期的知青小说，虽也表现"文革"带来的伤痕，但多持肯定知青下乡的立场；后期的作品则更多地展现伤痕，如《孽债》通过5个知青子女从云南来上海寻找父母，追求幸福生活的故事，肯定他们的合理追求，也表现知青运动的伤痕延续到下一代。叶辛的众多小说都坚持现实主义，从现实生活出发，善于描写波澜起伏的情节，语言朴实流畅，重视人物形象的生动塑造。

【张抗抗的《隐形伴侣》等小说】张抗抗（1950—　　），女，出生于浙江省杭州市，1969年先下乡插队，后报名支边到黑龙江国营农场，1977年进入黑龙江省艺术学校编剧班学习，1979年毕业，加入中国作家协会黑龙江分会从事专业创作，曾任黑龙江省作家协会副主席、主席，中国作家协会理事和副主席等职。张抗抗在1972年即发表短篇小说《灯》，后又写出肯定上山下乡知青运动的长篇小说《分界线》（上海人民出版社1975年）。"文革"后，她的创作步入新的历史阶段，20世纪80年代以来出版的主要作品有短篇小说集《夏》（黑龙江人民出版社1981年），中篇小说集《张抗抗中篇小说集》（中国青年出版社1982年）、长篇小说《隐形伴侣》（作家出版社1987年）、《赤彤丹朱》（人民文学出版社1995年）、《情爱画廊》（春风文艺出版社1996年）等。其中一些作品曾被译成英、法、德、日、俄文。她的《夏》获全国优秀短篇小说奖，《淡淡的晨雾》获全国优秀中篇小说奖。1979年她以短篇小说《爱的权利》知名。作品以舒贝和舒莫姐弟在"文革"中的家庭遭遇为线索，描写"文革"给舒贝内心留下创伤，后又成为姐姐舒莫想成为艺术家的阻力。作品通过描写"爱的权利"，以"人性解放"为旗帜，批判"文革"带来的危害。《夏》和《淡淡的晨雾》等作品虽不是描写知青生活，却是在张扬人道主义思潮的背景下，与"伤痕文学"的趋向相吻合，从一定角度加深"知青小说"的沉重感。

长篇小说《隐形伴侣》是张抗抗新时期以来比较重要的一部作品，表现了以主人公陈旭和肖潇为代表的一代知青在东北农场遭遇的悲剧性命运，实际上仍接续了20世纪80年代初"伤痕文学"的主题。至于《赤彤丹朱》则已脱离知青题材的领域，而描述20世纪30年代一对革命知识分子半个世纪的生活命运。张抗抗于20世纪90年代走向女性叙事的写作，当时女性主义小说正在兴起，女性叙事的显现应该是一种必然。早在《夏》《淡淡的晨雾》《隐形伴侣》和《赤彤丹朱》等作品中，张抗抗就塑造了岑朗、梅玫、肖潇、朱小玲等女性形象，这些形象已初步具有了女性意识的萌芽，为读者提供了女性主体性重建的朦胧想象。20世纪90年代中期，张抗抗的女性叙事更进入自觉，在中篇小说《银河》《寄居人》《钟点人》和长篇小说《情爱画廊》中，作家更多关注女性地位，聚焦"妇女命运"。

张抗抗具有良好的艺术感觉和艺术素质，她以女性的温柔和细腻描写青年一代的追求与痛苦，以敏锐、潇洒的笔触揭示人的心灵底蕴。她的作品洋溢青春的朝气和纯净的诗意。比之其他女作家，她的作品包含更多理性的思考，很多作品以深邃而独到的思索见长。张抗抗还有大量散文，出版过多种散文集。

【张承志的创作与《金牧场》】"知青小说"倾诉"伤痕"成为流行倾向不久，另一种倾向的"知青小说"又崛起于文坛。那就是对这一代人青春的思索，对他们忠实而勇敢地实践自己理想的肯定，对他们所汲取的坚实的人生力量的发现，表现一种形而上的难以估量的人生收获。这一倾向的代表性作家是张承志和梁晓声。1978年张承志发表的《骑手为什么歌唱母亲》，是"知青小说"不同于当时文坛流行的"伤痕"小说的一个明显标帜。

张承志（1948—　），回族，生于北京，1967年毕业于清华附中，同年到内蒙古乌珠穆沁旗道特尔公社插队，放牧四年，1972年进入北京大学历史系学习，毕业后到中国历史博物馆工作，1978年考入中国社会科学院研究生院，1981年获历史学硕士学位。现为中国作家协会理事，专业作家。他的主要作品集有《老桥》（北京十月出版社1984年）、《张承志集》（海峡文艺出版社1986年）、《北方的河》（北京十月出版社1987年）、《黄泥小屋》（宁夏人民出版社1987年）、《奔驰的美神》（四川文艺出版社1988年）、《北望长城外》（中原农民出版社1988年）、《张承志代表作》（黄河文艺出版社1988年）、《黑骏马》（长江文艺出版社1992年），长篇小说《金牧场》（作家出版社1987年）、《心灵史》（花城出版社1991年），散文集《绿风土》（作家出版社1989年）、《张承志随笔·荒芜英雄路》（上海知识出版社1994年）等。

在知青作家中张承志以他焕发的才华和深沉的思考引人注目。《骑手为什么歌唱母亲》讲述了一个北京知青到内蒙古草原插队的故事。作品以十分深厚而真挚的感情歌颂了"额吉"象征的草原人民的情怀，歌颂了"母亲——人民，这是我们生命中的永恒的主题"，并以此为起点，在其他作品中批评后来的年轻人把知青一代作为嘲讽和奚落对象的流行趋向。张承志的作品在"知青小说"中具有雄浑激越、议叙交错的写作风格。他认为："我不以为下述内容是一种粉饰的歌颂，无论我们曾有过怎样触目惊心的创伤，怎样被打乱了生活的步伐和秩序，怎样不得不至今日还感叹青春，我仍然认为，我们是得天独厚的一代，我们是幸福的人。在逆境里，在劳动中，在穷乡僻壤和社会底层，在痛苦、思索、比较和扬弃的过程中，在历史推移的启示里，我们也找到过真知灼见，找到至今感动着，甚至温暖着自己的东西。"[1]他以那首蕴含青草地的苦涩、温润之情的蒙古族古歌《黑骏马》作为创作生命的底韵，以恣意、浩瀚与雄浑的《北方的河》作为激扬的创作旋律，以张扬理想境界的《金牧场》作为面对世俗决不妥协的宣言和创作个性淋漓尽致的宣泄。他那种带有强烈主观意识、雄劲而浪漫的作品形式即使在同类的"知青小说"中也独树一帜，其中尤以《金牧场》（《昆仑》1987年第2期）为突出代表。

这部长篇小说采取复线叙事结构，穿插交错地叙述主人公由昔日知青成为国际学者，在日本东京与内蒙古草原及西北一带的生活经历，在现代都市与穷乡僻壤相互对应的背景下，他在作品中高扬这代人理想的旗帜："人心中并不仅仅是丑恶庸俗肉欲杀机。人心中确实存在过也应该存在一种幼稚简单片面而不深刻的理想。理想就是美。残缺懵懂的青春夙愿是最激动人心的，是永生难忘的美好的东西。"（《金牧场》）作者对那代人理想的反思与总结，不仅在20世纪80年代令文坛刮目相看，而且在20世纪90年代市场经济带来的商业化大潮中，其充满浪漫气质的理想描绘与诉说，更使知青一代的人生体验对现实和历史发出久远的回响。

张承志的倾向不是孤独的，他实际上表达了许多知青的共同感受。韩少功

1《我的桥》，《十月》，1983 年第 3 期。

发表于1980年的《西望茅草地》也表现了同样的意向。作品虽然描写的是20世纪50年代的"支农支边"，距"文革"的知识青年上山下乡运动尚有十几年时间，但所写"共青团之城"农场从组建到解散，却很像是后来知识青年上山下乡运动从轰轰烈烈到20世纪70年代末风流云散。但作家依然称农场枪林弹雨出身的老场长是"我的家长、教师和保姆"，那片"广阔的茅草地"是"我的家乡、母校和摇篮"。作品对主人公"我"离开"茅草地"的描述："……寂静伴随我向前，一步步远离身后金子般的土地。再见了，茅草地的一切！留在这里的汗水！留在昨天的一部分生命！我在寂静中回首眺望你们，再见了！多少年来，这块古老的土地埋葬收纳了那么多的枝叶、花瓣、阳光、尸骨和歌声，层层叠叠，它们也许会变成黑色的煤，在明天燃烧。"也就是说，历史往往具有二重性。上山下乡并非只是岁月蹉跎，青春虚度，也有"金子般的土地"带给知青一代人金子般的收获——对脚下土地的认知，经受现实人生的锤炼。持有类似倾向的知青作家中，梁晓声也许是最值得注意的。

【梁晓声的创作与《人世间》】凭借小说《人世间》荣获第十届茅盾文学奖的梁晓声，也是知青出身、创作十分丰富的一位勤奋的作家。他原名梁绍生（1949—　　　），生于哈尔滨市，1966年初中毕业于哈尔滨第二十九中，1968年下乡到黑龙江生产建设兵团当农工党、小学教师、报道员，1971年开始在《兵团战士报》和地区报纸发表小说、散文，其中知青生活是其主要素材，1974年入复旦大学中文系学习，1977年毕业，分配到北京电影制片厂当编辑。后任儿童电影制片厂艺委会副主任。现任北京语言大学教授。

1982年，梁晓声以短篇小说《这是一片神奇的土地》（《北方文学》1982年第8期）成名，后陆续发表《今夜有暴风雪》（《青春增刊》1983年第1期）、《父亲》（《人民文学》1984年第11期），还有短篇小说集《天若有情》（北京十月文艺出版社1984年）、《白桦树皮灯罩》（北方文艺出版社1986年），又出版长篇小说《一个红卫兵的自白》（四川文艺出版社1988年）、《雪城》（北京十月文艺出版社1988年）以及《年轮》《浮城》《生非》等。梁晓声20世纪80年代的作品都属"知青小说"，基本都写开垦北大荒的知青题材，故也被称为"北大荒小说"。从《这是一片神奇的土地》《今夜有暴风雪》直到《雪城》，梁晓声都以张扬知青当年的理想，肯定他们的革命豪情和战斗精神见称。他曾说："被卷入这场运动前后达十一年之久的千百万知识青年……是极其热忱的一代，真诚的一代，富有牺牲精神、开创精神和责任感的一代。"[2]尽管20世纪70年代末和20世纪80年代初他也曾卷入流行一时的"伤痕文学"，写下像《北大荒纪实》那样的作品，但是这种"伤痕"命题很快就被他的其他作品富于理想的高昂格调所遮蔽。他把自己的写作基点定在"歌颂一场'荒谬'运动中一批值得歌颂和讴歌的知青"[3]。由于他对这一代人的倾心维护，他的成名作《这是一片神奇的土地》与呻吟伤痕、感叹蹉跎岁月的"知青小说"有别，以豪壮雄浑的笔调，转而歌颂这代人的青春价值。这一主题由作品主人公李晓燕率领的知青小分队对"鬼沼"的开发而获得证实。《今夜有暴风雪》是作家的又一部力作。它既不回避20世纪70年代的生产建设兵团在"左"倾思潮的干扰下产生"小镰刀战胜机械化"的荒谬做法，同时也生动地描写了以曹铁强、裴晓芸为代表的知识青年依然立志为建设边疆献身的崇高理想和精神境界。兵团女战士裴晓芸虽然在生活中受到"血统论"的打击，受到极左环境的慢待，但她无怨无悔，最后在一个暴风雪之夜，英勇地牺牲在哨位上。她的形象意味着，虽然上山下乡运动结束了，绝大多数知青返城了，但人们没有抱怨、诋毁这代人的理由："我们付出和丧失了许多许多，可我们得到的，还是要比失去的多。比失去的有分量。"在当时社会上对理想和信念有所怀疑、有所忽视的背景下，梁晓声对于理想和信念的执着和讴歌，正是对鄙薄理想的时流的反驳，弥补了人们对历史运动常带有二重性的认识。

梁晓声的长篇小说《雪城》以上下两卷的巨型篇幅描写知青大返城以后的命运，着重讲述他（她）们返城之后各自的人生故事。虽然人物众多，情节纷繁，但作家的写作视角一如既往：为这代人立传叙史，为他们的人生价值遇到的不公正对待而鸣不平。虽然作品在生活广度上有所开拓，思想力度上并未超

2《我加了一块砖》，《中篇小说选刊》，1984年第2期。

3同上。

过上述两篇成名作。但这些作品由于拍成影视，引起读者和观众的广泛共鸣，从而使梁晓声获得很高的声誉。关于这一段"知青小说"的写作动机，梁晓声曾说："……于是，在'文化大革命'中我们这一代的热爱、敬仰、崇拜、服从便达到了'无限'的'光辉顶点'。这是整整一代人的狂热，整整一代人的迷乱。而整整一代青年的迷乱与狂热，对于社会来说，是飓风，是火，是大潮，是一泻千里的狂澜，是冲决一切的力量！当这一切都过去之后我们累了。当我们感到累了的时候，我们才开始严峻地思考。"[4]他深情地礼赞知青在当年逆境中表现出来的美好心灵与情操。为一代知识青年树立起英勇悲壮的纪念碑，是梁晓声这些小说的杰出贡献。

他后期作品开始探讨现实与人性，转向关注社会现实问题和平民处境。长篇小说《浮城》以社会幻想的形式展现了作者对人性和社会的分析，有相当的深刻性。他的许多创作都以平民代言人自居，揭露社会的不平。其获茅盾文学奖的长篇《人世间》被评论家孟繁华认为是"一部近半个世纪中国城市平民的生活史，是半个世纪中国社会的变迁史，是底层青年不懈奋斗的成长史，也是一部书写'好人文化'的向善史。"[5]小说从1972年写起，以周家两代人的生活及其变迁作为核心内容。其中先后写到了知青插队、三线建设、工农兵大学生、知青返城、恢复高考、国企改革、"下海"、职工下岗、棚户区改造……小说真实细腻地讲述中国社会近五十年来由站起来到富起来、强起来的巨变，展现各个历史时期人们的生活和希望。作者以他素来的现实主义笔触，塑造了系列生动的人物典型，表达了精神正能量。孟繁华认为："从20世纪80年代初至今，梁晓声一直是当代中国文学的核心作家之一，也是知青文学最重要、最具代表性的作家。"这应是恰切之论。

4《我加了一块砖》，《中篇小说选刊》，1984 年第 2 期。
5《文艺报》，2019 年 8 月 23 日。

第五章 | "知青文学"中的长篇（下）

王安忆的知青小说与《长恨歌》——史铁生的《务虚笔记》及其他——朱晓平和郭小东等的小说

【王安忆的知青小说与《长恨歌》】 以长篇小说《长恨歌》荣获第五届茅盾文学奖而闻名的王安忆，早年也是知青作家。从历史大潮中摄取人生一粟，平实而感人地展现个体在这时代大潮中的人生际遇，是她的创作特点。她虽并未作为知青一代人的代言人而大声疾呼，但作为生命个体对这段生活的回忆，却更表现出一种淳朴、质实的人生态度，其总的态度是肯定这段生活给予他们的人生收获。王安忆（1954— ）生于南京，原籍福建同安。1955年随母茹志鹃迁沪，在上海长大，1970年去安徽淮北五河县插队，1972年考入江苏徐州地区文工团，1978年调回上海，任《儿童时代》杂志编辑，1980年到中国作家协会文学讲习所学习，结业后回原单位工作，后任中国作家协会理事，中国作家协会上海分会专业作家和上海作家协会主席。1906年任中国作家协会副主席。她曾获国内多个奖项，1985年中篇小说《小鲍庄》获第四届全国中篇小说奖。2004年《发廊情话》获第三届鲁迅文学优秀短篇小说奖。2013年获法兰西文学艺术骑士勋章。现任上海复旦大学教授。

王安忆于1975年开始文学创作，1980年发表成名作《雨，沙沙沙》，之后陆续出版的小说集有《雨，沙沙沙》（百花文艺出版社1981年）、《王安忆短篇小说集》（中国青年出版社1983年）、《流逝》（四川人民出版社1983年）、《小鲍庄》（上海文艺出版社1986年）等20余种，长篇小说则有《69届初中生》《黄河故道人》《流水十三章》《长恨歌》《米尼》《纪实与虚构》《富萍》《上种红菱下种藕》《桃之夭夭》《遍地枭雄》《启蒙时代》《天香》等，此外还有散文集《蒲公英》《母女漫游美利坚》（与茹志鹃合作），儿童文学作品集《黑黑白白》等。

王安忆的作品大体有两类：一类写知青生活，一类写上海的传统风情。后者将在本书城市风情小说类中论述，此处先论知青生活类。王安忆的《雨，沙沙沙》《本次列车终点》《69届初中生》《小鲍庄》等被称为"雯雯系列"，大体描写的都是知青生活的体验。其中长篇小说《69届初中生》的主人公雯雯身上具有作者本人的早期经历，并反映她的部分性格特征、理想以及喜好。小说后附有画家陈丹青《关于〈69届初中生〉的来信》："从文学、小说的角度说，这不是一篇长篇小说，而是一篇写得很长的，介于回忆、自传、小说之间的东西……长篇只在长，多在陈述和描绘，缺乏内在的严密的逻辑力量，所以感情发挥得不够深沉，主题也烘托得不够。由于材料、语言实在好，所以竟也成篇，但以这样好的材料成长篇远可以铺得开来，再长，再细，明暗曲折，浩浩荡荡，致精微，通广大，才有了类似油画、交响乐的效果，有了长篇小说应有的气象。"这部小说显然是作者写长篇的尝试，既展现她的才华，也暴露艺术上的不够成熟。后来，她的创作一度转向对于性爱题材的探索，陆续推出《锦绣谷之恋》《荒山之恋》《小城之恋》《岗上的世纪》等，笔墨细腻，淋漓尽致。这些作品实际上也是知青生活的继续，是这一代人性爱经历的表达，曾引起评论界的争议，但与当时社会上和文坛崛起的女性主义潮流相呼应。之后的《小鲍庄》（中篇）、《纪实与虚构》（长篇）则显现出文化寻根的走向。王安忆的《长恨歌》则描写当年的"上海小姐"王琦瑶几十年的生活经历和情感波折，以细腻的笔墨写出一个悲剧性的女性在旧社会和新时代的命运与心曲。此作以及她书写上海历史风情的其他长篇，容后面"沪上风情小说"一章再论。

【史铁生的《务虚笔记》及其他】史铁生（1951—2010），北京人，1967年初中毕业于清华附中，1969年去延安地区（今延安市）插队落户。1972年因病致瘫，在与病魔的斗争中，他坐在轮椅上写作，深受文坛敬佩。

1979年发表短篇小说《法学教授和他的夫人》（《当代》1979年第1期），1980年发表《我的遥远的清平湾》（《青年文学》1980年第1期）而驰名文坛，以后又有《奶奶的星星》《插队的故事》，以及《白色的纸帆》《关于詹牧师报告文学》《命若琴弦》《我与地坛》等作品问世，出版小说集《我的遥远的清平湾》和长篇小说《务虚笔记》《我的丁一之旅》等。自1983年起为中国作家协会会员。曾任北京市作家协会副主席、中国作家协会全国委员会委员。

史铁生的作品"可分为两种截然不同的艺术风格"。一种是"显得异乎寻常平淡而拙朴但意蕴深沉的'散文化'作品"；另一种"则是兼容了'意识流''象征主义''黑色幽默'等现代派艺术技巧的'异调'作品"[1]。前一类作品显现他的知青小说的特色。史铁生在知青作家中与众不同的是他的受伤给他带来巨大不幸。但他的小说却没有对历史和命运的责难与感伤，而是以陕北农民生活自勉，歌颂人们在艰苦环境下的奋斗和对人生的企盼。

《我的遥远的清平湾》不仅在史铁生的个人创作中，而且在整个"知青小说"都称得上经典作品。其中，他把主人公"我"即他本人的命运与清平湾的"破老汉"，与陕北高原的牛，与"春天播种，夏天收麦"的乡土人生联系在一起，把他对青春无怨无悔的情怀和乡土人生水乳交融，从而锻造出一种具有传统美学意境"哀而不伤，怨而不怒"的叙事格调，余音不绝，绵绵悠长。

《务虚笔记》是史铁生坐在轮椅上创作的首部长篇小说，带有半自传性质，有如隔着咫尺空间与浩瀚时间凝望生命的哀艳与无望，体验历史的丰饶与短暂，情感真挚、厚重，文字优美凝练。其表现手法异于前期作品，挥洒自如。而《我的丁一之旅》更是一部耐人寻味的爱情小说，语言洁净而富于诗意和理性，描写性爱，追溯爱情的本源与真谛，把灵与肉的纠缠、孤独的感动与温情的抚慰、柔软的故事与坚硬的哲理，都熔铸在一起，给读者以情理中的体验和意料外的启迪。

2018年北京出版社出版了《史铁生全集》12卷。对于一个疾病缠身的作

---

1 马良春、李福田：《史铁生小说的艺术变奏》，《中国文学大辞典》第3卷，天津人民出版社1992年版。

家，能创作出如此多的作品实在是十分骄人的成绩。

【朱晓平和郭小东等的小说】以《桑树坪纪事》闻名的朱晓平（1952—　），祖籍河北威县，生于四川，不满周岁"随军中父母走南闯北"[2]，1969年3月到陕西农村插队，同年11月参军，1975年复员当钳工，1978年考入中央戏剧学院文学系，1982年留校任教并开始写小说。1985年调入中国作家协会。同年他在《钟山》第4期发表的《桑树坪纪事》获全国第四届中篇小说优秀奖，该作曾经长春电影制片厂拍成电影，并被译成英、德、日等文字。根据这部小说改编的话剧（与人合作）获文化和旅游部优秀剧目奖。他创作的主要作品还有《桑塬》（1986年）、《福林和他的婆姨》（1986年）、《私刑》（1986年）、《闲粮》（1988年），小说集《私刑》（1987年）、《说梦》（1992年），长篇小说《好男好女》（1987年）。朱晓平的作品大都以第一人称"我"讲述知青眼里的陕北农民生活。他所塑造的桑树坪村的李金斗、彩芳、榆娃、李言老汉、外姓人王志科、说嘴"媒婆"六婶子等一系列人物形象，无不真实生动。他的小说还以"我"为故事中心，着重表现"我"作为一名知青逐渐了解认识农民的心理发展过程，因而增加了作品作为"知青小说"特有的意蕴。他的长篇小说《好男好女》是一本描写中国农民在"文革"中的悲剧命运的作品。作家在人物的日常劳动、婚丧嫁娶以及情爱压抑的传神描写中，寄寓深厚的感情和认真的思索，往往令人揪心断肠，仰天长啸；同时又让人义愤填膺，投入改革现实的历史运动。它同样是作家作为知青深入农村生活后的产物。

郭小东（1952—　），广东潮州人，现任中国当代少数民族文学研究会副会长，广东文艺批评家协会副主席，广东作协主席团成员，广东技术师范学院文学院教授、硕士生导师。主要从事中国现当代文学史研究。其主要作品有长篇小说《中国知青部落》三部曲，中篇小说集《雨天的曼陀罗》等。1966年，年仅15岁的郭小东以广东省第一批知青的身份来到海南，在原始森林的

---

2 朱晓平：《私刑》，中国文联出版公司1987年版。

黎母山农场插队伐木。在海南的十多年间，他目睹了知青们太多的生离死别及政治运动下人性的疯狂与扭曲，这一切，也成为他日后步入文坛的创作源泉。1976年毕业于海南师院中文系。后历任广东民族学院（今广东技术师范学院）中文系教师、系副主任及学报主编、教授，广东作家协会第三、四、五届理事及主席团成员。1976年开始发表作品。1989年秋，《海南风》的终刊号上，发表了郭小东3万多字的纪实文学《1979·知青大逃亡》。这期终刊号卖了100多万份，使郭小东声名大噪。1990年后，郭小东的长篇纪实小说《中国知青部落》三部曲陆续问世。第一部在花城出版社出版。广州的《南风窗》杂志发表了《文坛刮起"部落"风》的文章，加以热情推介，上海的《文汇读书周报》整版节选了其中章节，《人民日报海外版》《新闻出版报》《作家报》《文学自由谈》《文摘报》，美国的《世界日报》和香港《大公报》等国内外报刊也纷纷载文评价。小说一改张承志、梁晓声式的豪情壮想，以纪实的笔调书写出时代为知青设置的苦难史、心灵史，但也写出知青们的坚强、勇敢和自我牺牲精神。评论家吴秉杰认为《中国知青部落》三部曲的贡献："第一，它以115万字的篇幅，写中国知青30多年的人生命运，其规模之宏大、背景之深远、时空之广阔，在以往的同类创作中是罕见的。第二，作者在历时12年的写作过程中，不断思索，不断地从事艺术探索，以至于三部曲的每一部都有所发展，越往后越经得起历史精神的检验。"[3]评论家雷达认为："毫无疑问，《部落》三部曲连同作者的一本研究专著《中国当代知青文学》，共同构成了知青文学的一个重要文本。"[4]

知青作家实际上从20世纪70年代即介入长篇小说创作，前述张抗抗的《分界线》便出版于1975年。大多知青作家都介入过"伤痕文学""反思文学""改革文学"的创作。有些知青作家后来还发动了"文化寻根"潮的创作。

而以反映知青运动为主要题材的"知青文学"实际充满不同的反思。上述作家的"知青长篇小说"既揭露知青上山下乡运动给一代知青造成命运与心灵

---

3 郭小东：《中国知青部落》，天津人民出版社1993年版。
4 同上。

的伤痕，也肯定和歌赞这场运动中一代青年的真诚的革命理想和在磨炼中成长的可贵经历。通过这些作品，我们再一次看到历史运动、历史事件的二重性，看到它的主流与支流。今日中国各条战线上堪称民族脊梁的诸多骨干，从国家领导人到知识界、工商界的支撑性人物，可以说绝大部分都是从当年知青中脱颖而出的。正是这场知青运动使广大知青了解人民、热爱人民，树立了为人民贡献的坚强意志、革命豪情和不懈努力精神。改革开放初期活跃的文学潮中，过去蒙冤归来的作家和知青作家是两大主要的群体，他们的创作一直绵延到今天，因而，对"知青文学"，包括其长篇小说做独立的考察，对了解新中国长篇小说发展的历史，应该是必要的。

第五编 | 20 世纪 80 年代中期的创作新潮

　　由于国家的改革开放，中西文化迎来又一次大规模的交流和撞击，西方的现代文艺理论思潮，包括现代主义、后现代主义的思潮及其代表性作品，通过大批译作涌入我国。这必然开阔了我国作家的思想和艺术视域，对他们的创作产生不同程度的影响。小说界先后出现了类似的作品，从"文化寻根"到"先锋小说""新写实小说""女性主义小说"，在取材视角和艺术表现上，对西方现代主义、后现代主义的经验都有所汲取和借鉴，为人们展现了小说创作新的视点、内容和形式。

第一章 | "寻根文学"中的长篇

"文化寻根文学"的由来——韩少功的《马桥词典》及其他——郑万隆的小说及其"寻根"的主张——李杭育表现"吴越文化"的长篇——贾平凹的"寻根"之作与《商州》

【"文化寻根文学"的由来】继"改革文学"之后，20世纪80年代我国文坛又掀起"寻根文学"的浪潮。它受到美国黑人作家亚历克斯·哈利的著名作品《根》的启发，意在找寻民族文化之根。我国小说界当时涌现了韩少功、阿成、李杭育、郑万隆以及贾平凹等代表性的作家，他们纷纷提出呼吁和理论主张。但当时他们多以中、短篇小说而知名。后来才有相关的长篇小说问世。1984年12月，一批青年作家、评论家的杭州聚会和对话，激发了"寻根文学"潮流的涌动。1985年4月，韩少功发表的《文学的"根"》，成为这一潮流的"宣言"。紧接着，阿城、郑万隆、李杭育等纷纷发表文章，表达对寻根的热情，阐释寻根的意义。这些作家的理论主张加上他们此前此后的一大批作品，形成了一个强劲的"寻根文学"潮流。韩少功在他的文章中指出："文学有'根'，文学之'根'应深植于民族传说文化的土壤里，根不深，则叶难茂。"[1]他主张发掘民族的乃至民间的传统文化，同时又强调这种发掘必须是在现代思想的支配下去进行。"……中国还是中国，尤其是在文学艺术方面，在民族的深层精神和文化特质方面，我们有民族的自我。我们的责任是释放现代观念的热能，来重铸和镀亮这种自我。"[2]寻根文学实现了文学从政治向文化的转型，并把作家推向同世界文化对话的前沿。被视为"寻根文学"的代表

1《文学的"根"》，《作家》，1985年第5期。
2 同上。

性作家如韩少功、钟阿成、李杭育、郑万隆和贾平凹等，当时主要以中、短篇小说闻名。如韩少功的《爸爸爸》，钟阿成的《棋王》、郑万隆的"异乡异闻"系列以及贾平凹的"商州系列"。长篇创作则后于中、短篇。当时"寻根文学"有的作品也产生偏激、矛盾、"夹生"的倾向。有的"优根"的作家，把地域文化中愚昧落后的东西也当作精华去渲染；而寻"劣根"的作家，又将传统文化中仍具生命的东西也当作糟粕去批判。由于自身文化视野的局限，"寻根文学"的创作便难以持久。到"先锋小说"兴起、"新写实小说"滥觞的20世纪80年代下半期，"寻根文学"的潮流便不再奔涌。到了20世纪90年代，韩少功才推出"寻根性"长篇小说《马桥词典》。

【韩少功的《马桥词典》及其他】韩少功以主张"文学寻根"并以《西望茅草地》《爸爸爸》等诸多中、短篇小说而见知文坛。1997年他的第一部长篇小说《马桥词典》面世，堪称是继续"寻根文学"之作。虽有学者指责这部作品涉嫌抄袭，认为"无论形式还是内容，《马桥词典》都完全照搬了《哈扎尔辞典》"，但实际上《马桥词典》在内容和意图上都与《哈扎尔辞典》不同，形式上有所借鉴，也有创新。

《马桥词典》集录了湖南省汨罗市马桥人日常用词，计115个词条。它以这些词条为引子，讲述了一个个丰富生动的故事。作品名为长篇，却属异类。它没有采取传统的创作手法，而是糅合文化人类学、语言社会学、思想随笔、经典小说等诸种写作方式，用词典构造了马桥的文化和历史，使读者在享受小说的魅力时，也领略词语和词条后面的历史：贫困、奋斗和文明。小说从历史走到当代，从精神走到物质，向人们揭示丰富的思想内涵。这当然是一种探索性的实验，体现了作者对"文化寻根"的执着追求。

韩少功的三部长篇小说《马桥词典》《暗示》《山南水北》，其实都是一种松散的构架，由多篇散文、随笔和短篇小说组合而成。他的小说追求，着重于文体和手法。他曾经走过曲折的创作道路。1974年到1976年发表的《红炉上山》《一条胖鲤鱼》《稻草问题》《对台戏》等，竭力表现"文革"时期的学大寨运动和所谓的阶级斗争、路线斗争。1977年到1984年，是他创作的

"喷发"时期，此时正值"伤痕文学"和"反思文学"火热，他所依循的是流行的现实主义创作模式。《西望茅草地》便以沉痛的叙述，塑造了一位集崇高理想、慈父情怀与封建专制为一体的革命老干部——张种田的悲剧形象，令人爱恨交加。作品获得1980年全国优秀短篇小说奖。那时他的作品已见出善于理性思辨的个性特色。他对"文革"中的极左路线和知青运动的认识，显得敏锐与深沉。其后，他突然转身，率先提出了"寻根文学"的口号。舍弃追随政治、时代的写作模式，欲用作品去发掘社会深层的文化乃至人性。

韩少功作为"寻根文学"的倡导者和"主将"，始终保持清醒和观察的态度。他的寻根理念比任何一位作家都坚定，并不断体现在自己的创作实践中。1985年至1992年，他创作有17部中、短篇小说，几乎是清一色的寻根之作，并显得更具理性、开阔的艺术视野，反映传统文化和地方风情。对以儒道释为主体的中国传统文化，20世纪80年代中期的作家们多取揭露、批判的态度。韩少功在批判中则多了一种理解、深思乃至困惑。譬如《爸爸爸》中那个象征主义形象丙崽，他一方面具有了民族及其文化中的愚昧、保守、陈腐等特征，另一方面则体现了民族及其文化中的顽强、坚韧、生生不息的性格。作品在沉痛的批判中寄寓了一种同情和希望。

长篇小说《暗示》，也是韩少功的一部苦心经营之作。它旨在揭示生活具象在人生社会中的真相，以及具象与语言之间的潜在联系，堪称是西方现代哲学、语言学催生的硕果。创作思路晦涩，但构成的每一局部并不难解读。其中的许多篇章依然是可以独立出来的短篇小说精品。

韩少功在这时期的小说实验和变革，受到现代主义和后现代主义的影响。但探索者往往是孤独的，也会有失误。他这一时期的小说，并没有得到文坛、读者的足够关注和评论。同时，他的部分作品理性大于形象，有些作品的形式实验痕迹太重，而思想内容又显得薄弱。

大约从2004年开始，韩少功的小说创作又发生明显变化，即现实性的加强和向传统古典小说艺术的回归。他的笔触再一次深入眼前的城市生活和乡村生活。他调整了创作思路，从现代到传统，再到融合创新，这大约是中国当代优秀作家共同的文学轨迹。这与其后期多蛰居于湖南汨罗乡间有关。作家的生存环境和状态，必然会影响到他的思想和创作。2000年韩少功逃离城市，开始了悠闲自在的"耕读"生活。舍弃城市文明与生活，自觉自愿地沉潜在底层社会，体察民情、感受自然，并从乡村层面反观现代文明，使他的后期创作呈现返归现实主义的转型。

2006年，韩少功还出版了描述他乡居生活的长篇小说新著《山南水北》，实似一卷长篇散文，共99章节，采用明清笔记的手法，是韩少功对他乡居的经历与感受的记录。这部小说，可以说是他后期创作的代表。

【郑万隆的小说及其"寻根"主张】对于"寻根文学"的主张，郑万隆认为"每一个作家都应该开掘自己脚下的'文化岩层'"[3]。他的这一主张为韩少功提出文化心理结构的再造和重建提供了启示，促进了"文化寻根"运动的开展。郑万隆关于"寻根文学"的另一篇重要文章是《中国文学要走向世界——从植根于"文化岩层"谈起》[4]。

郑万隆（1944— ），河北安次人。生于黑龙江省瑷珲县。中共党员。1963年毕业于北京化工学校有机化学系。历任北京市农药一厂技术员、车间主任、技术科长，北京出版社文艺编辑室副主任，《十月》杂志副主编、副编审，北京市作家协会理事。1963年开始发表作品。1980年加入中国作家协会，曾任中国作家协会全国委员会委员。著有长篇小说《响水湾》《纸鸟》《渴望》《同龄人》，中短篇小说集《红叶在山那边》《当代青年三部曲》等。

他曾有描写北国山野窳风陋俗的系列中、短篇被列为"寻根文学"。如《老棒子酒馆》《异乡异闻三题：〈黄烟〉〈空山〉〈野店〉》《走出城市》以及《峡谷》等。实际上他的多部长篇，包括代表作《响水湾》等，皆描写当代青年在工作、爱情等方面的思考和选择，时代气息浓烈。《当代青年三部曲》由彼此联系的三个中篇组成，描写了一群20世纪80年代的青年人不同的生活态度。《渴望》（与陈昌本、王朔合作）曾被拍成电视连续剧，广泛播

---

3 郑万隆：《我的根》，《上海文学》，1985 年第 5 期。
4《作家》，1986 年第 1 期。

放。此后，作者多从事电视连续剧的改编。

【李杭育表现"吴越文化"的长篇】另一"寻根文学"的代表作家李杭育，以描写"葛川江"的系列短篇闻名。李杭育（1957— ），原籍山东乳山。1974年初中毕业后由杭州去黑龙江，又去浙江萧山农村插队务农，当过工人，1978年入杭州大学中文系并开始写作，毕业后当过中学教师、记者、编辑。1984年调杭州市任专业作家。著有中短篇小说集《最后一个渔佬儿》（人民文学出版社1985年出版）、《白棕树沙沙响》（合著）、《红嘴相思鸟》，中篇小说集《老鱼吹浪》，长篇小说《流浪的土地》等。

李杭育认为，"我以为我们民族文化之精华，更多地保留在中原规范之外，规范的传统的根，大都枯死了……规范之外的，才是我们需要的"。他还认定"规范以外的少数民族文化是奇异的瑰宝"[5]。因此，他力图在自己的小说创作中表现吴越文化，即他所熟悉的吴越地区的人文环境、风俗语言。在20世纪80年代"文化寻根"潮中，他推出一系列描写"葛川江"，实即富春江流域人们的乡土生存状态的小说，透过渔佬儿、乡间画匠、江上弄潮儿等形形色色的人物形象，反映当代生活的发展所造成的新旧更迭，刻画出一幅幅富于吴越文化底蕴的风俗民情的画卷。其中《沙灶遗风》获1983年全国优秀短篇小说奖，小说通过乡间画匠面对农村新房建筑不再需要传统画术而产生行将被淘汰的失落感，既为新时期农村改革开放的新景象唱出赞美曲，也为古老文化不可挽回发出哀婉的挽歌。《最后一个渔佬儿》中作者也敏锐地捕捉现实生活中"最后一个"的现象，深刻地揭示了这个时代新旧更替的特点，让读者有"无可奈何花落去"之痛感！不难看出其中寄寓着作者对古远文化的怀思。长篇小说《流浪的土地》则描写富春江中沙洲形成的历史和其中人们的生存状态和文化习俗。

【贾平凹的"寻根"之作和《商州》】贾平凹前期以短篇和中篇小说《小

---

5 李杭育：《理一理我们的"根"》，《作家》1985年第6期。

月前本》《鸡窝洼人家》《腊月·正月》《远山野情》等，十分注意描写生活的文化层面，举凡商州的历史传说、民间礼义、奇风异俗，无不纳入作品。以故，他也被评论者视为"文化寻根"派之一员。而他的长篇小说《商州》也向读者讲述了20世纪80年代初期的乡村生活，民风淳朴，人们自得其乐，是作者剖析中国社会的历史发展和生活变革的一面镜子。小说的主人公刘成和珍子是两个平凡的年轻人，他们单纯善良，因互相吸引而相爱。但因为珍子的美丽及她的复杂的家庭背景，她总是生活在一些不怀好意的后生的骚扰中。秃子长相丑陋，但他却深深爱着珍子，一直反对刘成对珍子的爱情，甚至以拐带妇女的罪名报警去抓刘成。但当他带着警察"抓捕"刘成那一刻，刘成和珍子二人却以生命的消逝来证明了他们生生死死的爱情。最后，悔悟的"秃子"为了求得心理安慰，采用冥婚的方式成全了他们的爱情。小说让读者了解了商州不少的历史现状和风土人情。

概而言之，"寻根文学"的成就主要体现于中、短篇小说。在长篇小说创作领域还没有留下卓有影响、足以与《根》相媲美的作品。

第二章 | "先锋潮"中的长篇

"先锋潮"涌起的历史因由——莫言小说创作的先锋性——残雪的小说与《五香街》——马原、洪峰的小说及其先锋性——苏童的小说与《黄雀记》——余华的小说与《兄弟》——格非的小说与《江南三部曲》——王小波的小说与"时代三部曲"——潘军、吕新的小说

【**"先锋潮"涌起的历史因由**】如果说"文化寻根"潮中，已出现汲取西方现代主义表现手法的倾向，那么20世纪80年代中期登坛的所谓"先锋文学"，此种倾向就更加明显。其实，在1979年至1980年，"朦胧诗"涌现，女作家冯宗璞发表《我是谁？》和《泥沼中的头颅》，王蒙发表《蝴蝶》《夜的眼》《春之声》《海的梦》等中短篇小说，便见出这种先锋的端倪。其后，刘索拉的《你别无选择》、徐星的《无主题变奏》等小说，曾被有的评论者视为"真正的现代主义"作品。20世纪80年代中期，继莫言的《透明的红萝卜》《红高粱》问世，洪峰和马原的系列小说发表之后，差不多同时，残雪的作品和年轻的作家苏童、余华、格非、孙甘露等的系列创作络绎见于刊物，"先锋文学"潮的形成和壮大才更令文坛注目。其后，王小波、潘军的小说创作也吸引许多读者的关注。然而，进入20世纪90年代，这股潮流虽未完全退去，但其中的代表性作家却多回归了现实主义。

先锋潮催生的长篇小说不是很多，其中莫言的《红高粱家族》，残雪的《黄泥街》，余华的《兄弟》，苏童的《黄雀记》，王小波的《黄金时代》《黑铁时代》等堪为代表。

在西方，现代主义始自19世纪末20世纪初，有别于传统的现实主义，提倡作家的自我表现。实际上由当时的象征主义、抽象主义、超现实主义、荒诞派等多种流派构成，思想上既涵盖当时支持帝国主义的反动的作家，也有当时

进步的无产阶级作家。我国五四新文学即受到过这种思潮的影响，如鲁迅的小说《狂人日记》和《故事新编》、散文诗《野草》以及后来李金发的象征派诗歌等。20世纪40年代有进步倾向的"《中国诗人》派"中的王辛笛、袁可嘉、穆旦等也提倡过现代主义。而新中国成立后，受苏联影响，现代主义一概被视为西方颓废派的思潮，加以排斥。故其影响便在我国文坛长期消失。改革开放之后，随着西方思潮大规模涌入，这种思潮的影响也就再次浮现于文坛，最早见于"朦胧诗"，而后才波及小说界。

后现代主义在西方则产生于第二次世界大战前后，又有别于现代主义，乃至被视为现代主义的反叛。后现代主义文学是后现代主义文化的投影，是一个异常复杂的整体，包括西方国家众多的文学流派。法国的存在主义文学开始了现代主义向后现代主义的过渡。研究者认为，20世纪50年代后现代主义文学主要体现为法国的"荒诞派"戏剧、美国"垮掉的一代"、英国的"愤怒青年"，还有德国战后的"废墟文学"和奥地利的"维也纳"派，以及法国的"新小说派"等。后现代主义者认为世间一切都是过眼烟云，本来就毫无意义，何必硬要给它找个意义呢？人生本来就没有希望，又何必苦苦地等待着希望呢？他们主张凭感觉和本能的驱动，抓住眼前的现实享乐。因而这种本质上的绝望，却以精神分裂式的异常欢快和放浪形骸来表现。后现代主义作家的许多人不再思想，满足于阅读过程中的快感和陶醉，拒绝对作品意义的解释；割裂传统，在非历史的时间里体验瞬间的感受；怀疑真理和永恒，打破一切规范和界限；拒绝权威和天才。在他们看来，人的创造性、能动性、主体性都已经丧失，事物没有中心，都不过是凌乱的个体或片段，人们只有冷漠、客观地对待事物。因此，后现代主义者放弃意义和价值，他们的创作不再探寻意义，既不像现实主义那样批判现实，或浪漫主义那样表现理想，也不像现代主义那样揭示内心世界的困惑。对他们来说，文学创作是一种游戏，一种现实享乐的方式。他们主张消费性、享受性地"玩"文学。因为，在他们看来，生活和艺术没什么界限。生活是一种体验，体验的过程就是艺术创作的过程，体验结束，作品也就完成了，而快乐就在体验的过程中获得。

20世纪80年代，现代主义和后现代主义的影响进入我国，既与当时中西文化的大规模交流与撞击相关，也与文学创作追求创新的特性相关。而当时的思想解放运动更促成作家们向西方现代主义、后现代主义文学吸取和借鉴创新的资源。但我国作家对西方现代主义、后现代主义的借鉴和吸取，又经过创作主体的过滤，并非全盘接受。如王蒙虽然受到西方"意识流"小说的影响，但他的一些作品被称为"东方意识流"，就说明他与尤利西斯的区别，并非那种令人难以读解的"意识流"了。当然，有些作家也不同程度地接受了那些西方思潮的观念和理念，大多作家则只吸收和借鉴某些创作技法。

"先锋派"小说家群，不是有组织的团体，而是指共同受到西方现代主义、后现代主义影响的一些作家的创作。在诺贝尔文学奖的获得者莫言的小说中，人们很容易发现西方文学的这种影响。

【莫言小说创作的先锋性】诺贝尔文学奖得主莫言（1955—　），本名管谟业，生于山东高密。20世纪80年代中期以乡土作品崛起，充满着"怀乡"以及"怨乡"的复杂情感。莫言读小学时便经常偷看《封神演义》《三国演义》《水浒传》《儒林外史》《青春之歌》《三家巷》《钢铁是怎样炼成的》等文学作品。小学五年级时因"文化大革命"辍学，在农村劳动长达10年，主要从事农业生产，种高粱、种棉花、放牛、割草。在"文革"期间无书可读，他甚至看《新华字典》，尤其喜欢字典里的生字。后来，莫言靠着《中国通史简编》这套书度过了"文革"年代，接着又背着这套书走出家乡。1976年，莫言加入军队，历任班长、保密员、图书管理员、教员、干事等职。在部队担任图书管理员的4年时间里，莫言阅读了大量的文学书籍，将图书馆里1000多册文学书籍全部读完。他也看过不少哲学和历史书籍，包括黑格尔的《逻辑学》、马克思的《资本论》等。1981年5月，莫言的首篇小说《春夜雨霏霏》发表在河北保定的文学双月刊《莲池》上。1984年秋，著名作家徐怀中在解放军艺术学院创建文学系，他看到莫言的《民间音乐》后十分欣赏，破格给予莫言参加入学考试的资格。莫言遂考入解放军艺术学院文学系。

1985年年初，莫言在《中国作家》杂志发表《透明的红萝卜》而一举成名。1986年，莫言从解放军艺术学院文学系毕业。同年在《人民文学》杂志发表中篇小说《红高粱》，引起文坛广泛好评。1988年2月，由《红高粱》改编的同名电影在柏林电影节获得"金熊奖"，成为首部获得国际A类电影节最高荣誉的中国电影。

1988年4月，莫言发表长篇小说《天堂蒜薹之歌》，后来这部社会批判作品受到当时的政治风波影响，一度只能在港台出版。2000年，莫言的《红高粱》入选《亚洲周刊》评选的"20世纪中文小说100强"。2011年莫言的长篇小说《蛙》获得茅盾文学奖。

1992年，莫言作品的第一部英译本中短篇小说集《爆炸》（*Explosionsandotherstories*）在美国出版，由Janice Wickeri和Duncan Hewitt翻译。美国文学评论杂志 *WorldLiteratureToday* 评价说："有如福克纳，莫言带领读者进入一个想象力鲜活丰富、圆满自足的世界。"

1993年，由葛浩文翻译的《红高粱》英译本在欧美出版，引起热烈反响，被 *WorldLiteratureToday* 评选为"1993年全球最佳小说"。《纽约时报》评论说："通过《红高粱》这部小说，莫言把高密东北乡安放在世界文学的版图上。"2001年，莫言的《红高粱》成为唯一入选 *WorldLiteratureToday* 评选的75年（1927—2001）40部世界顶尖文学名著的中文小说。2006年，莫言获得意大利诺尼诺国际文学奖，评委会赞扬他的作品"语言激情澎湃，具有无限丰富的想象空间"。同年，莫言获得日本福冈亚洲文化奖，成为继巴金之后，第二个获得该奖的中国作家。2008年，莫言的《生死疲劳》获得红楼梦奖以及美国纽曼华语文学奖。2011年，莫言获得韩国万海文学奖，成为首个获得该奖的中国作家。2012年10月11日，瑞典文学院宣布中国作家莫言获得2012年诺贝尔文学奖，获奖理由是：通过幻觉现实主义将民间故事、历史与当代社会融合在一起。

2016年12月，莫言当选中国作家协会第九届全国委员会副主席。2017年11月，莫言获香港浸会大学荣誉文学博士学位。莫言先后出版长篇小说11部，有《红高粱家族》（1987年）、《天堂蒜薹之歌》（1988年）、《十三步》（1988年）、《酒国》（1993年）、《食草家族》（1993年）、《丰乳肥臀》（1995年）、《红树林》（1999年）、《檀香刑》（2001年）、《四十一炮》（2003年）、《生死疲劳》（2006年）、《蛙》（2009年）。中篇小说《透明的红萝卜》《金发婴儿》等27篇，短篇小说集《白狗秋千架》《与大师约会》等多部。足见他创作的勤奋和成果的丰硕。

莫言前期的成名作《透明的红萝卜》和《红高粱》等基本上是现实主义的作品，当时他以系列乡土作品崛起，曾被归类为"寻根文学"作家。但他的作品已开始带有先锋小说的色彩，在现实主义叙事中尝试增添现代主义和后现代主义的因素。《透明的红萝卜》写的是农村修水利的故事，奔走工地的小男孩手上出现的透明的红萝卜，有如神来之笔，给作品带来魔幻现实主义的意蕴，让读者感到艺术表现的新鲜感。《红高粱》所述的"我爷爷、我奶奶"的故事，一开头便给读者带来不可思议的时空倒错。他所叙述的按常理不是他作为非在场人所能知道的故事，而他描写的许多细节都仿佛是亲历目睹一样。这既说明莫言具有强大丰富的想象力和幻想力，也说明他已经从外国现代主义、后现代主义作品中获得艺术创造的新的启示。2000年3月，莫言在美国加州大学伯克利分校发表演讲《福克纳大叔，你好吗？》时说："他的约克纳帕塔法县尤其让我明白了，一个作家，不但可以虚构人物、虚构故事，而且可以虚构地理。"莫言表示："我也下决心要写我的故乡那块像邮票那样大的地方。"于是从1985年《白狗秋千架》开始，莫言在小说中多特意标明"高密东北乡"以创建自己的文学王国。福克纳等国外作家的作品，启发了莫言的创作智慧，使他以更新鲜的方式、更自由的想象来描写自己故乡的生活，传达某种带普遍性的人类状况，将一般的乡情描写转化为对人性的领悟，从而使得莫言的作品超越了一般"乡土文学"和"寻根文学"。莫言小说中现代西方文学的影响是多方面的，如意识流小说的内心独白、心理分析、感觉印象、幻觉梦境、时空颠倒等；还有魔幻现实主义的隐喻、象征、预言、神秘、魔幻；也有荒诞派戏剧的夸张、变形、荒诞；更有结构主义、感觉主义、象征主义；等等。莫言小说的最大特点就是不断发生的场景切换和时空颠倒，具有明显的空间形式小说的特征，与福克纳的风格遥相呼应。而他引用神话传说以及动物角度叙事则明显带有加西亚·马尔克斯的魔幻现实主义色彩。

"红高粱"系列作品，被命名为《红高粱家族》的长篇。它描写山东高密东北乡富有野性的生活。这批小说既具有家族史意味，又富有我国小说少有的审父意识。故事由杀人越货、抢亲野合开始，一股原始野性的生命强力流荡其中。被称为"我爷爷"的余占鳌出身贫寒，16岁就杀死与母亲通奸的和尚，随即开始了流浪和土匪生涯。他后来向着抗日英雄的转化，可见出莫言赞赏野性的正面意义。作品改变了寻根的历史意向，莫言把寻根拉回到本土的历史和生活状态中，表明野性的原始生命力才是中华民族最为强悍的力量和它的生命之根。这契合了20世纪80年代中后期中国民众渴望强悍的时代心理，因而引起读者强烈共鸣。

　　莫言对寻根的超越，出自他对生活状态的认同和个人生活经验的发掘，这根植于他童年记忆的深处。作品叙事显得极为真实，以第一人称并非叙述者目击历史往事的叙述方式，表现了现实与历史对话的审美张力。"我爷爷""我奶奶"强化了小说的传奇性。《红高粱家族》可以看出莫言叙事大起大落的笔法，挥洒自如，无拘无束，而反讽性穿插其中，使他的小说洋溢某种宣泄式的快乐。它的创作使当代中国小说从思想意识到文体都获得一次解放。这无疑是莫言对中国小说发展的一个贡献。莫言的上述探索和他作品中对传统道德观念的反叛，对底层人民群众的深切同情和对人的野性的强力表现，都影响了随后的先锋派作家。

　　从《丰乳肥臀》到《蛙》等系列长篇小说中，我们看到莫言执着地耕耘他那"邮票大的高密东北乡"，其中有很多现实生活的描写，也有许多基于丰富想象的虚构。有些长篇已很难再把它完全当作现实主义作品来阅读和评价，因为莫言的创作信念已产生了异于现实主义的变化。他认为作家完全可以自由地凭想象来虚构一切、表现一切。《生死疲劳》甚至借助佛教的轮回观念，描写一个地主死后重新投胎而变驴、变牛、变狗，以这种荒诞不经的方式来反映中国农村几十年的生活变化。莫言后期许多作品引起激烈的争议，跟评论者有用现实主义的尺度、有用后现代主义的尺度去衡量评价相关。当然，莫言有些作品赞赏野性、人的本能而无视传统道德的思想倾向也是容易引起争议的原因。

《天堂蒜薹之歌》描写中国20世纪的天堂县农村，一直被命令只允许种植一种作物——蒜薹，后来由于当地官员的失误和官僚主义、不作为，以致产品滞销、腐烂，农民遭到巨大损失，乃至家破人亡。据说作者是根据一个真实的历史事件来写的，当然其中虚构的高马与金菊的悲剧性的爱情故事，更增添了整个事件的罪恶性。但那种换亲而致的悲剧，在其时贫穷的中国农村也非罕见。不过，按传统现实主义理论，个别现象便被认为不典型。而《丰乳肥臀》则有更多虚构，采用了横跨20世纪的宏大叙事。故事讲述了母亲上官鲁氏的命运。她在1900年义和团"拳乱"中出生，其父被德国士兵杀害，其母自杀之前，把上官鲁氏藏在面缸里，使她侥幸活下来。后来她被姑姑养大，嫁给一个"连鼻涕都不如"的丈夫。在婚后一系列出轨中，上官鲁氏生下了8个儿女，其中便包括了故事的叙述者、她视若珍宝的儿子——上官金童。此书问世后曾得到《大家》杂志的大奖，但也受到最激烈的攻击。这里便反映评奖委员与批评者具有不同的价值尺度，也反映了许多读者不能理解作家的创作意图和态度。赞赏者认为小说歌颂了一个伟大的母亲，即大地；而批评者则认为小说是肆意歪曲历史真实，侮辱了母亲。莫言小说有很多恣意的性描写，而这在中国传统读者眼里也难于接受。《檀香刑》以出奇的想象，虚构了中国历史上并不存在的"檀香刑"，也成为批评者对小说难以信服的理由，以致它虽然曾入围茅盾文学奖，却最终落选。而描写一个乡村接生员一生的《蛙》，却以其现实主义的笔墨和令人共鸣的生活内容，获得茅盾文学奖。

关于莫言小说的争议，自然还会继续下去，但作为一个具有世界声誉的多产作家，莫言的富于想象力和幻想力的卓越才华和他的富于地域色彩的艺术感受、语言表达，是无人能够否认的。他在20世纪80年代对于小说创作的带有先锋性的探索，对于后来者的影响，也是客观存在的。而他的小说中怀有对劳动人民的同情与悲悯，也正是许多作家共有的可贵精神。

【残雪的小说与《五香街》】谈论"先锋派"，不能不谈到残雪（1953—　）。她原名邓小华，生于长沙，高中毕业，先后做过赤脚医生、工厂工人、代课老师等。1980年开始做缝纫工，以此谋生。1985年开始发表小说。1988年加入中国作家协会。后移居北京，从事专业写作，出版有《残雪文集》四卷。

残雪的小说是真正的现代派作品，与以往的作家不同，她不是停留在意识的层次上，更多的是写人的潜意识。她不打算在现实的经验世界里构造自己的小说视界，所展示的不是客观现实，而是幻觉中的现实折射，是被改造过的主观现实。《苍老的浮云》是作者对人情世相内心体验的一种变形的外化。所写各类人物均以荒唐的举动和呓语，把人际关系的种种伪装撕得粉碎。作者撕去文明人的面纱，把人类非理性的丑恶、卑陋、缺陷描写得淋漓尽致。

《黄泥街》是残雪的代表作。小说讲述一件件诡异、琐碎的小事，黄泥街到处肮脏不堪，每个人都无所事事，做着白日梦，大热天也裹着棉袄，到处都是死猪、死猫、烂肉、蛆、苍蝇、蚊子、粪便、尿水，天上还会掉死鱼，大家都在说梦话，造谣，吓着别人也吓着自己。全书充斥肮脏、混乱和潜意识的意象。残雪的作品运用西方后现代的表现手法和表达方式，书写着人类内心的恐惧、绝望、灰暗和无奈。

残雪以冷僻的女性气质与怪异尖锐的感觉方式写作，不仅与此前的中国女性写作风格迥异，而且与同代的男性作家群分庭抗礼。她具有那种绝望的反抗男性统治的意识。《黄泥街》《苍老的浮云》《山上的小屋》等作品，都以她特有的方式描绘日常中那些精神乖戾的女性。她们在潜意识里企图用怪异的反应来对付制度化的男权统治，体现了女性主义的立场。作品中那种超现实主义的对妇女怪异心理淋漓尽致的刻画，对暴力的幻觉式的处理方式，以及有意混淆幻想和现实界限的叙事方法，显然影响了后来的先锋作家。

残雪还出版有长篇小说《突围表现》（香港青文书屋1990年）、《五香街》（海峡文艺出版社2002年）、《最后的情人》（花城出版社2005年）等。《五香街》描写街上一个特立独行的女人引起的轩然大波。作品充满大量精彩的议论和推理，大言不惭的演讲和揣测，貌似严肃缜密的归纳和演绎。作家以戏仿、反讽的语调将有关"性"的一切说了个痛快淋漓，使读者忽略小说的总体象征，而沉迷于作者滔滔不绝的语言狂欢。其实，小说不但将人们的"性心理"做淋漓地揭露，还嘲弄"所有心理"，展示各种"灵魂丑恶"。

残雪的超现实主义作品远离普通的读者，多难以解读，但在国外却很受注目，被译成多国文字出版。她后期从事西方文学评论，出版过评论集多本。

【马原、洪峰的小说及其先锋性】"先锋派"中，马原、洪峰也不容忽视。在梳理新时期小说的历史轨迹时，不能不承认马原也属艺术创新的先驱之一。马原（1955— ），1978年进入辽宁大学中文系。曾当过知青、记者、工人和编辑，后又从事文化事业活动。实际上，马原在1984年发表的《拉萨河的女神》首次把叙述置于故事之上，把几起没有因果联系的事件拼贴到一起，开始他的创新探索，后来又陆续发表《冈底斯的诱惑》（1985年）、《虚构》（1986年）、《大师》（1987年）等。他把传统小说重点在于"写什么"改变为"怎么写"，出现了他所创的"叙述圈套"，把作家本人变为小说里的人物，自称"我就是那个汉人马原"。马原的"叙述圈套"曾名噪一时。他用叙述人视点变换，使小说故事达到虚构与真实的转换，叙述成为推动故事发展的一种力量。然而，随着"我就是那个叫马原的汉人"这句语式在不断重复中逐渐丧失新鲜感，马原的挑战性也淡出了。

马原的第一部长篇小说《上下都平坦》是一部带自传性的作品。它描写"我"、姚亮、陆高、"瓶子"等十六七岁的"知青"下乡后在"食物"与"性"的饥饿感中产生"动物性的凶猛"，偷鸡摸狗什么"坏事"都敢干出来，而且都感到"爽"。小说既没有前述叶辛式的伤痕描写，也没有梁晓声式的理想主义，而表现了后现代主义的"生活即快乐"。其艺术表现也深受结构主义的影响，作品时空不断倒错，叙述者既有"我"，也有姚亮。小说的结局是悲剧式的死亡，而小说的展开却充满喜剧。可以说，这是一部比较具有代表性的"先锋小说"。

马原后来因病休养，20年后重返文坛，出版长篇小说新作《牛鬼蛇神》和《纠缠》，并担任上海同济大学教授。但他后来的长篇小说，产生的影响就比不上早期的作品。《牛鬼蛇神》涉及人、鬼、兽，起源、常识、真实、假象，以及人与人、人与自然、人与宗教……作者将他近60年体会到的神奇和诡异尽展本书。小说主人公李德胜和大元，一个是山民、药学奇才、理发师傅、冥纸工艺师傅，表面看起来他过的是悲惨生活，却以天生的悟性和敏感，从乱象迷雾中直抵生命的真意；另一个是记者、作家、制片人、大学老师，却混迹于大千世界，始终在混沌迷蒙之中，经过苦苦思索追寻，最终才回归生命本身。

马原在他即将迎来60大寿之际所完成的最新长篇小说《纠缠》，由北京十月文艺出版社于2013年6月出版。小说讲述了一个遗产分配的故事，在故事中逼真地描写了中国现实社会三代人的生活与内心状况。

洪峰是马原的第一个也是最成功的追随者，但事实上人们忽略了洪峰作品的特殊意义。洪峰比较出色的作品有《瀚海》（1987年）和《极地之侧》（1987年），前者带有"寻根"的流风余韵，后者显示了对马原的某些超越。洪峰创作丰富，先后出版有长篇小说《苦界》（春风文艺出版社1993年）、《东八时区》（浙江文艺出版社1994年）、《喜剧之年》（江苏文艺出版社1995年）、《和平年代》（中国社会出版社1995年）、《爱情岁月》（九州出版社1995年）、《女人塔》（华夏出版社1997年）、《海边河水也结冰》（大家杂志社1998年）、《生死约会》（云南人民出版社2001年）、《模糊年代》（时代文艺出版社2001年）、《中年底线》（春风文艺出版社2002年）、《去明天的路上》（春风文艺出版社2003年）、《革命革命啦》（春风文艺出版社2004年）、《恍若情人》（江苏文艺出版社2007年）等。他原是吉林作家，后受聘沈阳市，不久即去云南会泽县乡村隐居，并从事商业活动，此后他在文坛的影响逐渐不如前期的先锋作品。

从整体上来说，莫言、残雪、马原、洪峰既是一个转折，也为后起的"先锋派"铺平了最初的道路。他们把20世纪30年代感觉派小说的传统推进到新的境域。在他们之后，中国小说内容和写作方法的某些禁忌被加速冲决，但是，留给后来者的不是广阔的可以任意驰骋的处女地，而是一条更加艰难的艺术探索道路。过去"写什么"可以从现实生活中找到与时代热点直接对话的题材，"怎么写"往往遵循现实主义或浪漫主义两大创作方法进行，并以典型化为艺术技巧的中心追求。而莫言、马原、残雪等人在小说形式上新、奇、险、怪的试验，则更多地发掘非常独特的个人化探索，而且要寻找视角、句法、语感、风格等纯文学性要素，以构成独特的叙述，以求在纯文学的艺术水准上得到认可。

【苏童和他的《黄雀记》】苏童（1963—　），江苏苏州人。1980年考入北京师范大学中文系，1984年到南京工作，曾任《钟山》编辑，后为中国作家协会江苏分会驻会专业作家。苏童的主要作品有中篇小说：《一九三四年的逃亡》（上海社科出版社1987年）、《妻妾成群》（台湾远流出版公司1990年）、《妇女乐园》（江苏文艺出版社1991年）、《红粉》（长江文艺出版社1992年）；长篇小说《米》（台湾远流出版公司1992年）、《我的帝王生涯》（花城出版社1992年）、《城北地带》（作家出版社1995年）、《武则天》（江苏文艺出版社1993年）、《蛇为什么会飞》（云南人民出版社2002年）、《黄雀记》（作家出版社2013年）等，其中《黄雀记》获第九届茅盾文学奖。他的作品多部被译为英、法、日等多国文字在国外出版，获得众多读者青睐。

作为20世纪80年代中期的先锋小说家之一，苏童的作品也是从传统现实主义获得突破的，他的许多小说都有现实主义的底子，但也吸纳了现代小说的许多观念和技法。他的中篇小说《妻妾成群》因被导演张艺谋拍成电影《大红灯笼高高挂》而获盛名。小说描写一个男人娶了四个女人做妻妾的故事。反映当年中国封建家庭男权统治对女人的残酷以及女人的钩心斗角。苏童当然没有那种生活的体验，小说由他依靠想象和幻觉写成。

苏童的首部长篇小说《米》讲述主人翁五龙如何摆脱饥饿贫困的人生历程。五龙为"米"而来，也终了死于回乡火车的米堆上。整部长篇充满阅读的快感，细节描写逼真，但作品又含寓言式的隐喻。五龙的仇恨一半来自个人的现实遭遇，另一半来自乡村对城市的天然仇视。他对小店主及城市恶霸的敌视，便源自乡村的忧伤记忆，这使他的复仇行为更加凶猛。这大概与作者想尝试粗野的风格有关。其实，绮云和织云两位女性形象虽然粗野却写得很细腻。那种感伤忧郁，任性而多情，红颜薄命，无可挽回的失败感写得如泣如诉。《米》的故事很像帮会传奇，欺诈、诱惑、阴谋、暗算、凶杀和复仇，等等，构成小说的主要内容。个人化经验被刻画得很充分。

《我的帝王生涯》是苏童糅合写实手法和现代主义技巧创作的"新历史小说"。其中年代、人物全属虚构。它采用第一人称讲述一个名叫端白的王子，懵懂无知地在老太后操纵下成了燮国的傀儡国王。作品充满感伤和凄美，写宫廷内斗，血雨腥风：杨夫人被活活钉死在棺材里，先王的宠妃仅仅因为善弹琵琶，就被妒火中烧的孟夫人打断十个手指，囚入冷宫等，但作者的语言永远那么平静、华丽、柔和。

评论家林建法认为，苏童以自己20余年的持续性的、纯粹性的小说创作，凭借与生俱来的艺术敏感、艺术创新的勇气，从先锋小说始，在长、中、短篇小说创作中，追求精妙而质朴、深邃而瑰丽、梦幻而细腻的小说品质，以出色的想象力、语言方式、风格气质，对历史的诗性描摹，对生命、死亡、颓废的表现，构筑了与众不同的独具风貌的文学文本世界，极大地丰富了现代汉语写作的诗学品格，创造了独特的小说美学。王干认为，从文学史价值上说，苏童不是先锋文学的领军人物，但他是先锋文学的集大成者，尤其是他的小说《河岸》。如果说马原、莫言等是先锋文学的前锋，格非等是后卫，那么苏童是先锋文学的守门员，他很少冲在前面，也没有发表什么先锋文学的宣言，但在20世纪90年代先锋文学风吹人散后，苏童的文学立场、文学精神却没有太大的改变，他的《河岸》把先锋文学的各种要素集合起来，有马原的悬疑、格非的历史谜案、余华的困境等，成为先锋文学最后画句号的作品。[1]

其实，苏童的小说到20世纪90年代已基本上回归现实主义。从《妻妾成群》《米》到荣获茅盾文学奖的《黄雀记》，都可以看到这种轨迹。《黄雀记》讲述了一桩青少年强奸案引发的命运纠结史。作品叙说香椿树街鼎鼎有名的纨绔子弟柳生强奸了一名少女，却诬告、嫁祸于普通少年保润，使其堕入牢狱。20年后，保润出狱，终于杀了一直有负罪感的柳生。小说延续了苏童惯常的小人物、小地方的叙事风格和节奏。主题涉及罪与罚，自我救赎，绝望和希望。小说通过三个不同的当事人的视角，组成三段体的结构，写他们后来的

---

1 陈思和、王宇忆、栾梅健：《童年·60年代人·历史记忆——苏童学术研讨会纪要》，渤海大学学报（哲学社会科学版），2010年。

成长和碰撞，展现时代的变迁，并以照片、绳子、魂魄等多种意象让人看到其中仍在运用的现代主义手法。

【**余华的小说与《兄弟》**】余华（1960—　　），浙江杭州人。曾一度在浙江某县文化馆供职。1988年入鲁迅文学院深造，现为自由撰稿作家，中国作家协会全国委员会委员。余华的主要作品集有：《十八岁出门远行》（作家出版社1989年）、《偶然事件》（花城出版社1991年）、《河边的错误》（长江文艺出版社1992年）、《颤栗》（香港博益出版社1995年）、长篇小说《在细雨中呼喊》（花城出版社1993年）、《活着》（长江文艺出版社1993年）、《许三观卖血记》（江苏文艺出版社1996年）、《兄弟》上下卷等。1994年，中国社科出版社出版《余华文集》三卷。

　　余华作品以纯净细密的叙述，打破日常的语言秩序，组织着一个自足的话语系统，建构起奇异、怪诞、隐秘和残忍的异于外部世界的文本真实。他最初以其冷酷的叙述著称，并醉心探究非常态的行为心理。罪恶、丑陋、暴力、情欲、阴谋和死亡，等等，常成为余华写作的原材料。他最初引人注目的作品是1987年发表的《四月三日事件》。小说对少年心理意识做出怪异的描写。作者有意混淆"幻想"与"现实"。一个无名无姓的"他"，在18岁生日的时刻，神经质地意识到"被抛弃"的恐惧。"他"的精神漂流呈示对生存环境扭曲的细微感觉，迷醉般地用"幻觉"来审视他的实际存在。进入20世纪90年代，先锋作家回归现实主义。余华也体现类似倾向。长篇小说《呼喊与细雨》（1991年）表达了余华回到真实的生活中去的愿望。作品用追忆童年生活的第一人称视角，以"内心独白"打开过去与现在的双重时空。主人公游离于家庭生活，向人们展示出他敏感而孤独的内心世界。渴望同情的心理与被无情驱逐的现实处境构成冲突，使这个弱小的儿童陷入一系列徒劳无益的绝望挣扎之中。作品以独特的方式展示非常复杂的心理经验，却充分表现了余华精细而洗练的语言风格。写于1995年的《活着》，更鲜明地标志余华由"先锋"向"写实"的转型。余华的早期小说主要写血腥、暴力、死亡，写人性恶，他展示的是人和世界的黑暗。而《活着》以一种淡漠的话语基调，朴实平和地叙述着社会底层人群的生存，在悲剧性氛围中发掘人性的善良和光辉，凸显人格尊严的力量，寻找内心温暖的亮光。《活着》所塑造的人物福贵竟然在一次次灭顶之灾的打击下，默默地承受苦难，无怨无悔地活着，越活越通达。余华在《活着》的中文版自序中说："人是为活着本身而活着的，而不是为了活着之外的任何事物而活着。"这部小说所描写的生存方式，曾引起评论界的争议。《活着》和《许三观卖血记》曾入选百位批评家和文学编辑评选的"20世纪90年代最具有影响的十部作品"。作者曾获意大利格林扎纳·卡佛文学奖（1998年）。其后，《兄弟》上下卷讲述了一对异父异母的兄弟——李光头和宋钢的故事。他俩在"文革"初期沦落为孤儿，饱受欺凌，到改革开放后的年代，李光头成为"大款"，大肆腐化；宋钢则穷困依然，却保持人格的尊严。李光头和宋钢所居住的刘镇，象征着中国过去20年发展变化的缩影。读者有时为之落泪，有时又大笑不止，可以感到作家想象力的丰富。作品涌现滑稽、荒唐、粗鄙、玩笑以及尖锐的悲剧色彩。余华的作品曾被译为多国文字出版，在国外享有很高的知名度。

【格非的小说与《江南三部曲》】格非（1964—　　），原名刘勇，江苏丹徒县（今镇江市丹徒区）人。1981年考入上海华东师范大学中文系，毕业后留校，现任教清华大学。1986年发表处女作《追忆乌攸先生》。当时格非是个纯文学追求者。他的主要作品集有：《迷舟》（作家出版社1989年）、《唿哨》（长江文艺出版社1993年）、《敌人》（花城出版社1992年）、《边缘》（浙江文艺出版社1994年）、《雨季的感觉》（北京新世界出版公司1994年）。此外，还出版有《格非文集》（三卷）（江苏文艺出版社1996年），长篇小说《欲望的旗帜》（江苏文艺出版社1996年）和《人面桃花》《山河入梦》《春尽江南》三部曲等。他的《江南三部曲》获第九届茅盾文学奖。

格非多年专注于形式技巧、语言风格和深刻的思想性的探索。其成名作当推1987年发表的《迷舟》。它描写一个战争毁坏爱情的故事，古典味十足而又具抒情性。然而，整个故事的关键性部位却出现一个"空缺"：萧自己一人去往榆关，到底是去递送情报还是去会情人否？按传统小说这应是精彩的高潮。但这个"空缺"不仅断送了萧的性命，而且使整个故事的解释突然变得矛盾重重，陷进解释的怪圈。这个从博尔赫斯那里借来的"空缺"在1987年底出现理所当然使格非那古典味的写作被打上"先锋派"的烙印。他的另一作品《褐色鸟群》则写得非常玄奥。评论家陈晓明认为，这篇小说里"格非把关于形而上的时间、实在、幻想、现实、永恒、重现等哲学思考，与重复性的叙述结构结合在一起。'存在还是不存在？'这个本原性的问题随着叙事的进展无边无际蔓延开来：所有的存在都立即为另一种存在所代替，在回忆与历史之间，在幻想与现实之间，没有一个绝对权威的存在，存在仅仅意味着不存在。这篇小说使人想起埃舍尔的绘画、哥德尔的数学以及解构主义哲学那类极其抽象又极其具体的玄妙的东西。它表明当代小说在'现代派'这条轴线上已经摆脱了浅薄狭隘的功利主义。虽然这篇小说明显受到博尔赫斯的影响（例如关于"棋"与"镜子"的隐喻），但是汉语的表现力及其关于生存论的思考，也可以置放在现实中来理解，因而这篇小说读起来就有些晦涩费解，但绝无做作之感。"[2]格非在20世纪90年代还发表了多部长篇小说，包括《敌人》（1990年）、《边缘》（1992年）和《欲望的旗帜》（1995年）。这些小说都以格非特殊的对历史和现实的思考方式展开叙事。它们因为隐含了比较深厚的人文内容，在读者中虽然没有引起足够的重视，但是这些作品无疑表明中国当代小说在艺术手法和思考的层次所达到的高度。在这一意义上，格非的作品不乏艺术生命力。2004年6月，《江南三部曲》的第一部《人面桃花》先刊载在《作家》长篇小说夏季号，同年9月由春风文艺出版社出版；三年后，第二部《山河入梦》于2007年年初由《作家》长篇小说的春季号和作家出版社同时推出；2011年秋，《江南三部曲》的最后一部《春尽江南》在《作家》杂志长篇小说秋季号首发，并由上海文艺出版社在同年8月的上海书展上推出。2012年4月，在格非重新修订后，《江南三部曲》完整版由上海文艺出版社重新出版。

---

2 张健：《新中国文学史·上卷》，海峡文艺出版社1999年版，第404页。

《人面桃花》是《江南三部曲》的开卷之作。小说讲述晚清末年、民国初年江南官宦小姐陆秀米与时代梦想、社会剧变相互纠缠的传奇人生。因《桃源图》而发疯的父亲突然离家出走；所谓的"表哥"、抱着"大同世界"梦想的革命党人张季元到家中寄居。随着张季元莫名惨死，他与秀米两人从未在现实中展开的情缘，却通过他留下的一本日记让这位小姐荡气回肠，也让她隐约领悟革命党人创立大同世界的动机。在辗转流离之后，秀米以革命党人的面目重新出现在江南普济。她的革命蓝图中，混杂了父亲陆侃对桃花源的迷恋、张季元对大同世界的梦想。作品悬念迭生，余韵悠长。

格非以他一贯的优雅和从容，将一个女子的命运与近代中国的厚重历史交织在一起，通过写实达到寓言的高度。《山河入梦》的故事发生在1952年至1962年间的江南农村。女主人公姚佩佩遭遇家庭变故从上海来到梅城，在浴室卖澡票，偶遇梅城县县长谭功达，并成为他的秘书。谭功达虽然喜欢她，却担心年龄等差距，只是发乎情，止乎礼。后来姚佩佩遭高官强奸后一怒杀死对方，并出逃。而谭功达的规划理想也屡遭挫折，且被免职下放到花家舍。他惊奇地发现，自己梦寐以求的"桃花源"已在这里实现。此时，他终于看清自己内心深处对佩佩的渴求。可就在他决心去找佩佩的同一天，佩佩遭逮捕并终被枪决，而他也因为包庇罪和反革命罪在梅城监狱死去。其悲惨结局出人意料，却揭示特定时代的某种必然。

《春尽江南》则描写诗人谭端午和律师庞家玉一对夫妻及其周边一群人近20年的人生际遇和精神求索，透视时代巨变面临的各种问题。小说深度解读时代精神疼痛的症结，它通过跨度只有一年的主体故事，叙述内容幅度则长达20年，足见其结构的艺术匠心。此作曾被誉为他最好的作品。

上述《江南三部曲》，格非花了十七八年时间构思和写作。可以说这也是他从"先锋派"返归现实主义的力作。虽然其中并非完全摆脱前期创作的某些痕迹。

【王小波的小说与"时代三部曲"】王小波（1952—1997），当代学者、作家。出生于北京，先后当过知青、民办教师、工人，1978年考入中国人民大学，1984年赴美匹兹堡大学东亚研究中心求学，获硕士学位。留学期间，游历了美国各地和西欧诸国。1988年先后在北京大学、中国人民大学任教。1992年9月辞去教职，成为自由撰稿人。

王小波被称为"异类"作家。他与大多知青作家同辈，而他的小说却可列入"先锋"之列，且到20世纪90年代前后才成名。1980年王小波与后来成为性学家的李银河结婚，同年发表处女作《地久天长》。他的代表作品有结集的长篇小说《黄金时代》《白银时代》《青铜时代》《黑铁时代》等。有评论把他誉为中国的乔伊斯、卡夫卡。《黄金时代》获台湾《联合报》大奖。他的唯一一部电影剧本《东宫西宫》获阿根廷国际电影节最佳编剧奖，并且入围1997年的戛纳国际电影节。

王小波无疑是一个具有卓异才华的小说家，其创作富于想象，也不乏理性精神。他深受当今西方的新历史主义和人文精神的影响。他的小说题材基本来自两个方面：一是对古代历史故事的重写，二是对当代"文化大革命"时期异常故事的叙述。他的代表作"时代"四部曲：《黄金时代》《白银时代》《青铜时代》《黑铁时代》，便突出表现上述两方面的题材。可以说，他以玩世不恭的喜剧笔墨和幽默风格述说人类生存的荒谬，描写权力对创造欲望和人性需求的扭曲及压制。其故事背景跨越各种年代，展示中国知识分子的命运，随心所欲地穿梭古往今来，并变换多种视角，在艺术表现上具有现代主义和后现代主义的强烈倾向。因而他的小说往往兼有怪异和荒诞，又有让读者产生快感的幽默。

王小波多篇小说中都有"王二"作为叙述者。他有王小波本人的某些特征，以至于往往造成读者对于王二和王小波的混同。如《万寿寺》中，王小波写到王二不愿做领导交代的事而写小说，强调小说叙述的虚假性。王二的玩世不恭让读者想到作者王小波的虚假叙事姿态，从而不期待小说的真实性及其意义，产生结局强烈的虚无感。在《黑铁时代》中，王二本身就参与了"黑铁公寓"的管理，让人联想到王小波自己与世俗的合谋。这样，叙述者便变得荒诞而不可信。

历史本来应清晰、确定、严肃，王小波的历史观却属于认为一切历史都是当代史，历史叙述与历史本体可以分离的新历史主义。他的历史小说将历史事实置于滑稽有趣的情景中，使之降格为满足人们心理戏谑需要的故事。《黄金时代》中有篇唐人故事所写的历史人物李靖，在王小波笔下就从著名的英雄人物变得如凡人一样庸俗，历史失去深度，退化为承载作者创造的形形色色人物的狂欢空间，从而产生一种强烈的荒诞感。

王小波笔下的文字往往没有逻辑性，话语和话语之间也没有必然的联系。比如"你在这个世界上待得越久，就越发现这世界有些人总是在梦游"，他的话语让读者产生心理的疏离感，甚至放弃追寻阅读意义，只在话语把玩中体会某种快感和荒诞感。王小波还有一种机械式的生活描述，如《白银时代》中人们的工作成果总是不停地被"枪毙"，然后循环往复。《未来世界》中人会因为犯错而被取消旧身份，贴上新身份。这样人就如没有灵魂的机器一般被操纵。《黑铁时代》中，人们生活的黑铁公寓里，上班下班都有人看管，人就成为没有自由的木偶，从而让读者对生存价值和意义产生怀疑与思考，陷入苍凉与荒诞的情绪之中。

王小波往往用"性爱"挑战现实。他的小说中，性爱被赋予超越一切的价值，成为人性启蒙的支撑点，以对抗现实对人性的戕害以及集体道德对个体人性的遮蔽。他笔下的"性"，多为大胆直白的描写，探索"革命+爱情"的复杂表现形式和组合关系。在他笔下，道德颠覆，代之以"爱情"与"性爱"的狂欢。如《革命时期的爱情》，"红卫兵"的武斗场，成了少年王二放纵想象力的"古战场"，并成就了他与女大学生颜色的姐弟恋。王小波的小说试验了两性交往遵循由"性"及"情"，由肉欲到爱情的升华，达到性情交融、灵肉一致的美好境界。其实，作品揭示仅仅止于本能的两性关系。在《黄金时代》中，对于性爱的恣肆描写，使主人公王二和女主人公清扬超越了他们身处的时代。

王小波的作品洋溢"以人为本"，倡导以个人主义为基点的人道主义。这当然会引起评价的争议。虽然个人的权利在集体社会中也应受到一定保护，但"集体第一，个人第二"作为道德基准曾被视为社会主义时代的准则。所以在反对极端个人主义的同时，也要反对集体虚无主义。王小波的《白银时代》

《黑铁时代》等小说都凸显对国人生存状态的关怀，张扬个人的价值和尊严以及人的自然本性，揭示"文化大革命"的特殊年代个人存在的危机。作者对这段荒唐历史进行反思与批判，自然有相当的积极意义。但如果都普遍将个人凌驾于集体之上，那同样会导致社会存在的危机。

王小波的笔下触目皆是知识及知识分子被贬谪、被伤辱的历史和现实记录。《红拂夜奔》中的李靖证出了"毕达哥拉斯"定理，却无法获得"数学博士"的头衔，并因这数学才能被官府打板子。《黑铁公寓》中，作为"社会精英"的知识分子住户，只有一条出路，那就是作为"房客市场"的"货物"，被买进或抢进漆黑一团、围着栅栏的"黑铁公寓"，成为被脚镣手铐和各种羞辱性教条束缚的"囚徒"，而开"公寓"的则是精明诡诈的"文盲"。这种描写自然显示作者对中国文化观念和"文革"现实政治中"反智"倾向的不满和针砭。

王小波在文学创作上是个多面手。不仅小说，他的散文和诗歌也有不错的发挥。而小说无疑是他的旗帜。王小波始终关注社会普通民众的生态。这与他的生活和价值观有关。在他的小说中，读者经常可以看到普通人琐碎的故事和作者对生活、生命的独特理解。他的语言朴实无华，自然随意，没有刻意追求优美、简洁，但过分随意却时显拖沓、啰唆。

【孙甘露、潘军、吕新的小说】孙甘露（1959—　　），生于上海。据说他的父母均来自北方，自称"从小所受的比较完备的教育是孤寂和冥想"。1977年开始进入当地邮电局工作，他是个称职的邮递员。他熟悉城市的街道和陌生的面孔。1986年创作的《访问梦境》使他引人注目，随后的《我是少年酒坛子》和《信使之函》则使他成为一个典型的"先锋派"。《信使之函》堪称迄今为止当代文学最激进的小说文体实验。它既没有明确的人物，也没有时间、地点和故事。作品把毫无节制的夸夸其谈与东方智者的沉思默想相结合；把人类拙劣的日常行为与超越性的形而上阐发相混融。它表明当代中国小说在形式方面已经没有任何规范不可逾越。《请女人猜谜》（1988年），更是一篇非常奇怪的小说，它表现梦境或精神病妄想者，时空错位、角色身份多重、瑰丽的场景和梦呓一般的语言，都使作品变得扑朔迷离。小说同时在写另一篇题名为《眺望时间消逝》的作品。这种二重文本的写作，就像音乐作品中的双重奏，结果后者侵吞了前者。在这篇没有主题，甚至连题目都值得怀疑的小说中，叙事像梦境一样，却又给人以明丽舒畅的感觉，怪诞中却显生动优雅。从中可见孙甘露的叙述能力和语言功夫。

《呼吸》（1993年）是孙甘露第一部长篇小说，还可见他惯用的长句式和典雅风格，夸张的叙述、隐喻、转喻和象征意象的大量运用，多少有些堆砌之感，但作者始终没有放弃对当代生活本质的追踪，那些日常性经验也被描述得楚楚动人。爱情、欲望、平庸、诗情、背叛与追忆，等等，组合成他笔下的当代生活。尽管孙甘露依然过分强调个人化的经验和叙事风格。他那种形而上的诗情，给中国当代小说提供了一种难得的经验。作为当代语言最偏激的挑战者，孙甘露的写作变成一次"反小说"的修辞游戏。他的故事既没有起源和发展，也没结果，叙事不过是语词放任自流的优美拼贴。他的作品尽管有争议，但作者毕竟创造了这个时期最极端的小说经验，拆除了当代小说最后的形式禁忌，因而是不能忽略的存在。

《千里江山图》最初刊发于《收获》杂志长篇小说2022年夏卷，2022年4月由上海文艺出版社出版单行本。小说曾先后入选中宣部全国重点主题出版物、"十四五"国家重点出版物出版专项规划、上海市重大文艺原创项目等多类重要选题计划，荣获第十六届中宣部精神文明建设"五个一工程"奖、第十一届茅盾文学奖等重要奖项。

小说以1933年设于上海的党中央机关的战略大转移为背景，描写了上海特别行动小组在实施"千里江山图计划"时克服各种困难危险，勇敢完成任务的故事。[3]评论家白烨认为，该小说原汁原味地还原历史氛围，原原本本描述事件经过，故事情节铺陈奇崛，并夹杂了复杂的世态人情，使得这部革命历史题材的作品既真实传奇又对人物刻画精细，也做到了叙事的文学性与内含的思

---

3 好书・书评，《何婕读孙甘露〈千里江山图〉：作家带着读者一起完成迷宫寻踪》，上观新闻［引用日期 2023-07-23 ］。

想性的有机融合。[4]

作品被誉为"一场革命与信仰的史诗"，茅盾文学奖颁奖词指出："《千里江山图》是理想和英雄的风雅颂。革命者以信仰、纯真和勇气高举起冲破黑暗的火炬。对城市空间的凝视和摹写，寄寓着对江山与人民的挚爱和忠诚。叙事明暗交错、光影流转，节奏急管繁弦，在静与动的辩证中保持着沉思与抒情的舒朗开阔，为革命历史题材写作传统展开了新的艺术向度。"[5]

潘军（1957— ），生于安徽怀宁。1982年毕业于安徽大学中文系。现为安徽省文联文学院专业作家。他曾到农村插过队，还下过海南经商。作为当代先锋小说的代表作家之一，其作品《流动的沙滩》入选"中国当代文学教学研究参考资料"，《重瞳》名列"中国当代文学最新作品排行榜"榜首。其主要文学作品有长篇小说《日晕》《风》《独白与手势》（三部曲）、《死刑报告》以及《潘军小说文本》（六卷）、《潘军作品》（三卷）、《潘军文集》（十卷）等。他还创作有话剧作品《地下》《合同婚姻》《霸王歌行》，自编自导的长篇电视剧有《五号特工组》《海狼行动》《惊天阴谋》《粉墨》等。潘军的小说《流动的沙滩》，无论在语言意味、结构模式还是在睿智的哲理上都打通了现实与梦境之路，打破了线性的时间流程，描写不可能同时存在的不同时段的同一个人奇迹般地汇合。这种写作手法在很大程度上受到阿根廷作家博尔赫斯的影响，在作品内容表述方面不注重稳定的言辞、结构以及深层次内涵，使读者在阅读中失去了关于故事的连贯性思考，徜徉于感受的流动之海。从这个意义上讲，潘军的《流动的沙滩》给我们提供了一种别样的先锋小说范式。潘军最脍炙人口的五个中篇：《海口日记》《对门对面》《重瞳——霸王自叙》《合同婚姻》《秋声赋》。其中《秋声赋》为乡村题材，《重瞳》为历史题材。

评论家认为潘军小说的意识超前，十分关注普通人群的命运，充满着人文关怀。各类作品结构紧凑，而常常显示奇特。叙事手法新颖，往往将先锋性叙事与戏剧性情节相结合。语言运用机智精美，人物形象生动，人物内心描述细

---

4 白烨：《独辟蹊径的红色书写》，《解放日报》，2022 年 9 月 22 日。

5《第十一届茅盾文学奖授奖辞》，《文艺报》，2023 年 11 月 20 日。

腻，因而使作品的先锋性克服让读者阅读艰难的缺点。他后来从先锋手法转型之后的一些作品，如《秋声赋》《重瞳》《纸翼》《合同婚姻》等，可读性更强，受到文学界和广大读者的好评。

被视为"先锋派"的小说家还有山西的吕新（1963—　）。20年来，吕新写出了几百万字的长、中、短篇小说。他的小说很大部分都写童年记忆、童年印象，包括晋北山区的风景、农具、季节、色彩以及农民的衣食住行，等等。从小生活在那里的吕新，对山区的一草一木和农民的生存状态，都十分熟悉，写起来得心应手，顺畅、自然。20世纪80年代中后期他写的是中短篇小说，20世纪90年代则转向长篇小说创作。他的主要作品有长篇小说《黑手高悬》《抚摸》《梅雨》《草青》《成为往事》《阮郎归》，中篇小说《中国屏风》《米黄色的朱红》《绸缎似的村庄》《瓦蓝》《黄花》《哑嗓子》等。

从作品类型看，吕新的小说一种是写实性较重的，他努力揭示现实社会生活中的矛盾，以自己独特的感悟去表现人物的心态；另一种是带有浓重虚幻色彩的，他以奇诡的想象以及层出不穷的比喻，让读者置身于一种幽深、奇丽、神秘的虚幻世界中。吕新曾被一些评论家置入"先锋派"作家之列，尤其认为他的《抚摸》《光线》等作品就具有强烈的"先锋"味道。但是，吕新跟别的"先锋派"作家相比，仍具明显个性。作为黄土高原的作家，生活在现实主义文学传统深厚的三晋文坛中，他的作品里自我的成分比别的先锋作家要少许多。他讷于言行而内心却充满丰富的想象力。其独特的艺术感觉、叙述方式、语言风格、想象意象，也有别于山西传统的文学创作套路。他曾获鲁迅文学奖等奖项。

近年来，他的写作速度有所减慢，显得更加成熟。

第三章 | "新写实"潮中的长篇

"新写实"潮小说的由来——《烦恼人生》与池莉的小说——刘恒《黑的雪》——刘震云的《故乡天下黄花》——刘庆邦、曹征路的"底层小说"

【"新写实"潮小说的由来】20世纪80年代中后期，我国小说界涌现一批小说家，如池莉、刘恒、刘震云等，他们的写作以城乡底层人物为描写重点，被评论家认为以"0度"感情反映了生活的"原生态"，并被冠以"新写实"小说的称号。其创作特征类似西方后现代主义者所倡导的"客观真实主义"。有别于先前的20世纪80年代现实主义作家的创作原则，因其风格类似意大利的"新现实主义"电影，或可称之为"新现实主义"。但20世纪90年代"新写实"小说家和大多"先锋派"小说家很快都回归到现实主义。在描写"底层"这一意义上，"新写实"小说开启了后来包括"打工文学"在内的"底层小说"的先河。但与其接近的新崛起的"底层小说"潮，也认同现实主义的传统。

【《烦恼人生》与池莉的小说】池莉以中篇《烦恼人生》而知名。池莉（1957—　），生于湖北，1987年毕业于武汉大学中文系。她下乡插过队，当过教师、医生、编辑、武汉文学院院长。1981年开始发表作品，现为武汉市文联专业作家、武汉市文联主席、中国作家协会主席团委员。她是活跃于当今文坛的成绩斐然的女作家之一。早期以短篇小说《月儿好》闻名。中篇小说《烦恼人生》奠定了她在"新写实"创作潮流中的重要地位，曾获1989年度全国优秀中篇小说奖。她著有长篇小说《来来往往》《小姐，你早》《所以》

以及散文随笔集多部。

池莉作为"新写实"小说的代表作家之一，也是当代中国文坛致力于描写市井平民凡俗生活的作家之一。在武汉钢铁公司当医生期间，池莉对产业工人的现状有了深入的了解，一股强烈的创作冲动使她在几天之内一气呵成，完成中篇小说《烦恼人生》的创作。作品描写一个工人一天的平凡、琐碎、乏味的生活，被全国各主要刊物争相转载，并先后荣获《小说月报》百花奖、《小说选刊》优秀中篇小说奖等10项奖，成为"新写实"流派的代表作。短篇小说《心比身先老》获首届鲁迅文学奖。她的主要作品还有《不谈爱情》（1989年）、《太阳出世》（1990年）、《金手》（1991年）、《冷也好热也好活着就好》（1991年）、《你是一条河》（1991年）、《白云苍狗谣》（1992年）、《预谋杀人》（1992年）等。另有《池莉文集》（七卷）出版。

她的长篇小说《来来往往》描写进入商品年代，特权消失，社会慢慢走向转型期。男主人公康伟业在改革开放年代下海经商成了大款，原本就磕磕绊绊不幸福但也相安无事的婚姻受到冲击，妻子段莉娜变得越发狭隘庸俗，康伟业身不由己地移情别恋，与一位聪明能干又风情万种的外企白领丽人林珠走进一场摧肝断肠的爱情纠葛。但这场婚外恋经受不住现实生活的打击，林珠飘然离去，康伟业为填补精神空虚，与一位更年轻更新潮的女孩子结为游戏伙伴。不和谐不如意的婚姻仍在继续，康伟业自己也不清楚将来会怎样，便与寻常人一样在滚滚红尘中来来往往……

而《小姐，你早》则描写三个不同的女性，一个事业有成，一个温柔雅致，一个青春亮丽，却都不幸遭遇了被男人欺骗、抛弃、玩弄的相同命运。对男人的失望和愤恨使她们走到一起，结下温馨的姐妹情谊，她们互相安慰，互相扶助，互相支持，终于走出男人的伤害，重建崭新的生活。池莉的另一长篇《所以》，在三年里三易其稿，最后封闭写作三个多月完成。在这部首印20万册的作品中，池莉通过一个女性的三次婚姻展现其成长史，演绎了中国近40年的政治与社会的历史变迁。上述长篇都从恋爱、婚姻的视角描写当代女性所遇到的困境、不幸，以及在其中的挣扎、突围，表现了"女性主义"的意识。池莉的小说广泛地反映了都市的各种市民生活和心态，描绘了武汉地区的风俗和人情，饶富地方特色，因而受到众多读者，特别是市民的欢迎。之后，她创作的艺术倾向越来越回归传统的现实主义。

【《伏羲伏羲》与刘恒的小说】 "新写实"小说在北方的代表作家是刘恒和刘震云。

刘恒（1954—　），原名刘冠军。北京人。1987年毕业于北京师范大学分校中文系干部专修班。1969年入伍。1975年复员，任北京汽车制造厂装配钳工，1979年任《北京文学》编辑，2004年任该刊主编。曾任北京市作协主席，中国作协第六届、第十届全委会委员，中国作协第七届副主席，现任中国文联副主席。1977年开始发表作品。1991年加入中国作家协会。著有长篇小说《黑的雪》《逍遥颂》《苍河白日梦》，中篇小说《白涡》《伏羲伏羲》《贫嘴张大民的幸福生活》，短篇小说《狗日的粮食》《拳圣》，电影剧本《本命年》《秋菊打官司》《菊豆》《张思德》，电视剧剧本《贫嘴张大民的幸福生活》《少年天子》等。部分小说获全国或地方文学奖，部分参与合作的影片获国际或国家电影奖项，其中包括多种最佳编剧奖。刘恒是一位卓有才华的作家，生活积累丰实，写农民写工人写市民也写知识分子，有多样的风格追求。《狗日的粮食》与《伏羲伏羲》，可以说是描写人的生存状态、关注食与性两大主题的代表作品，也是他所以被认为是"新写实"作家的代表作品。前者叙述一个为200斤粮食而来，又为丢失购粮证而死的"瘿袋"女人的故事。"狗日的粮食"，似骂非骂，却将农民对于粮食又爱又恨的复杂心情，将人之生死完全依赖粮食的生存状态，一句话全概括出来了。这个作品曾获1985年—1986年全国优秀短篇小说奖。它以粗俗的农村语言叙述了一个业已逝去的时代的令人痛心的故事，通过描写女人的母性与悲惨命运来揭示"民以食为天"的深刻真理。作品构思巧妙，以朴实的笔触生动地传达出生活的原色。《伏羲伏羲》的故事也发生在《狗日的粮食》里所描写的洪水峪，主人公杨天青跟那个"瘿袋"女人的丈夫杨天宽，同属于一个家族一代人。如此刻意安排，也许体现了刘恒将这两篇小说作为一个粮食、一个性两大主题的姊妹篇的意图。小说的男女主人公天青与菊豆从伦理形式上，是不太搭界的侄儿与婶婶关系，但两人暗中却走向性的结合。有的论者认为这篇小说"始于乱伦，终于乱伦"，其实意在写菊豆与天青相爱但又不得婚配的苦痛，以及终于成为传统观念的牺牲品的悲剧。然而在性欲与伦理观念相冲突的时候，小说由于特别突现菊豆丈夫杨金山的性萎缩、张扬天青的性伟力，突出自然生存层次的性躁动状态，反冲淡了对世俗观念的批判力与人生社会主题的意义。小说曾拍成电影《菊豆》而更具影响。

刘恒的长篇小说《黑的雪》由工人出版社1988年出版，曾被改编为电影《本命年》。它描写待业青年李慧泉为求生存与爱情的故事，反映当今商品大潮冲击下价值失落、道德无所皈依的一些处于社会边缘的年轻人的迷乱和冒险的心态。主人公欲好不能、欲坏不愿，最后悲剧性地因救人被斗殴的流氓杀害，令人心灵为之战栗。刘恒的另一长篇《贫嘴张大民的幸福生活》也被拍成电视连续剧，引起广泛的反响与共鸣。它是一部反映北京普通市民生存状态的小说，描写张大民一家人琐碎的生活细节和渺小的人生困境，以浓厚的生活气息和淡淡的喜剧效果、切实的人生内涵，凸显了心地善良的城市平民张大民一家追求幸福生活的过程。小说所刻画的知足常乐，爱耍贫嘴的张大民的形象，他那脚踏实地的生活状态，锲而不舍的乐观精神，都引起普通市民读者的强烈共鸣和喜爱。银幕荧屏更以自然主义表现方式，把生活中的无奈还原得非常充分。生老病死、偶然意外、亲人之间的相互伤害，等等，使观众从中找到自己，感到真切。可以说，这部作品和《黑的雪》也都是刘恒"新写实"小说的代表作。除了小说，刘恒还是多产的剧作家，写过多部电视连续剧、电影、话剧和歌剧。

【《一句顶一万句》与刘震云的小说】刘震云（1958—　），河南延津人，当过兵，1982年于北京大学中文系毕业，任《农民日报》记者、文艺部主任。1982年开始发表作品，著有长篇小说《故乡天下黄花》（中国青年出版社1991年）、《一句顶一万句》，中短篇小说集《塔铺》（作家出版社1989年），中篇小说集《一地鸡毛》（中国青年出版社1992年）、《官场》（华艺出版社1992年）等。他的《塔铺》获1987年至1988年全国优秀短篇小说奖。刘震云的中篇小说擅长以朴实的笔墨描写普通人的平常生活，从而透视出时代的深刻变动和人物内心的波澜。他还长于用细节营造与渲染环境，其小说所写人物往往被动地依从环境的摆布，表现生存环境对人的不可抗拒的挤压力。在生存环境挤压下，他笔下人物往往成为被磨损的被动体与变形体。

自1991年发表长篇小说《故乡天下黄花》始，刘震云开始追求新的创作境界。这部长篇描写农村新旧社会几代人争权夺利、玩女人、吃夜宵等状况，虽有混淆新旧社会本质区别的缺陷，但所写现象颇发人深思。1993年发表"故乡"系列第二部长篇《故乡到处流传》，后经过五六年的时间完成长篇巨著《故乡面和花朵》（华艺出版社1999年初版）。后者体现作家对文体和内容的双重探索。作品结构庞杂、技巧多变、语言繁复、意义含混，令人叹为观止，也引起争议。2007年推出小说《我叫刘跃进》，曾被改编成电影。

他荣获茅盾文学奖的《一句顶一万句》分为两部：《出延津记》与《回延津记》。上部讲述20世纪前期河南农村一个本名杨百顺，后入赘改名叫吴摩西的孤独无助的农民，他为了寻找与人私奔的老婆，在路上失去唯一能够"说得上话"的养女，从而不得不走出延津去寻找她；下部则记述吴摩西养女巧玲的儿子牛爱国，同样为了寻找与人私奔的老婆，走向延津的故事。一去一来，延宕百年。故事看似简单，但回味悠长，表面上讲着杨百顺和牛爱国两个人的历史，但细细咀嚼，便明白是在讲人的"孤独"的历史。"孤独"世代相传，祖辈的故事在后辈的身上重演，祖辈的"孤独"也在后辈身上延续。故这部作品被评者称为中国版《百年孤独》，视为作家的一部成熟、大气之作。

《一句顶一万句》成功地塑造了中国农村的许多生动的人物形象。除两位主要人物杨百顺和牛爱国外，若干次要人物，刘震云以不多的笔墨就能写得活灵活现，使读者难忘。如章楚红，作家虽然用笔很少，通过描写她与牛爱国相爱，以及转述她跟丈夫李昆果断分手的过程，便让一个热情似火、敢爱敢恨、处事干脆利落的女青年形象跃然纸上。再如那位卖豆腐的老杨，虽然很早就退出读者的阅读视野，但刘震云却通过他与几个儿子的关系以及他与老马关系的描写，寥寥数笔，就把这个遇事总是优柔寡断、缺少主见而又患得患失、目光短浅的农民形象鲜明地刻画出来。小说中其他的一些人物形象，比如老詹、吴香香、老高、庞丽娜、曹青娥等，也都给读者留下很深的印象。这表明刘震云对于乡村复杂微妙人性世界的精到把握，也体现出他深厚的艺术功力。

刘震云无疑是一位对现实生活相当敏锐并持有批判态度的作家，但他似乎过重地描写今天的生存环境对于人的扭伤、异变，而对于人作为创造主体的能动性，对人不仅改造自身也能改造客观环境，却注意不够。这不能不说是其作品的弱点。

"新写实"小说作为创作现象，存在的时间并不长。其本身与现实主义就具有继承的关系。艺术创作要真正保持"0度感情"，无选择地描写"生活原生态"是很难的。因为文艺创作的本质，总体现为主体与客体的统一。被视为"新写实主义"的小说家，他们很快也都回归了现实主义。而20世纪90年代现实主义回归潮中除河北以关仁山、何申、谈歌为代表的现实主义"三驾马车"外，还有世纪之交崛起的"底层叙事"小说潮。其代表作家有刘庆邦、曹征路等。

【刘庆邦、曹征路的"底层小说"】20世纪90年代到新世纪初，随着改革开放和城市化的浪潮，大量农民工涌入城市和工矿，他们的生活处境很快便引起文坛的关注，许多书写农民打工题材的作品便应运而生，包括诗歌和小说。后来这种作品因反映的实际是社会底层的生活，便被评论界称为"底层叙事""底层小说"。最早大量刊载这方面作品的是由广东《佛山文艺》改刊的《打工文学》。它标榜农民工、打工仔自己写自己，使这份濒于停刊的刊物发行量猛增到50万份。而后不少作家也加入这方面的写作。于是"底层小说"也很快被全国读者所重视。其中，代表性的作家有刘庆邦、曹征路等。事实上，前述池莉的《烦恼人生》以及后来毕飞宇获得茅盾文学奖的《推拿》，反映的也是底层劳动者的生活。

刘庆邦（1951—   ），生于河南省沈丘县。当过农民、矿工和记者。曾任北京作家协会副主席，北京市政协委员，中国作协第九届全委会委员。著有长篇小说《红煤》《断层》《远方诗意》《平原上的歌谣》等5部，中短篇小说集、散文集《走窑汉》《梅妞放羊》《遍地白花》《响器》等20余种。短篇小说《鞋》获1997年至2000年度第二届鲁迅文学奖。中篇小说《神木》获第二届老舍文学奖。根据其小说《神木》改编的电影《盲井》获第53届柏林电影艺术节银熊奖。

他的创作题材可以说半是煤矿，半是乡土，不但写人与人的关系，也写人与自然的关系。评者所以把他的创作列为"底层文学"，因其特色是写底层人物的艰难生活，坚持现实主义，重视细节的真实描写。刘庆邦对自己的写作有这样的定位，那就是关注工业化、城镇化、市场化这一转型期农民工的生存状态。在《红煤》后记中他说："煤矿的现实就是中国的现实。"他的许多作品写的都是煤矿的矿工及其家属的生活。刘庆邦曾有过9年矿区生活的经历，因为常常要在地下工作，最初的一段时间，他常常感到耳膜像被加厚了好几层。对于矿工特有的性格，刘庆邦喜欢用"置之死地而后生的幽默"来浓缩。在生死攸关的沉重生活里，矿工们必须也只能以幽默来释放压力。在他描写矿工的作品中，黑暗里男人们喜欢拿女人说笑，他们会在黑色铁柱上用白粉笔画女人裸体，把又冰又硬的地下柱子称为"铁姑娘"，把不见太阳的白毛老鼠称为"白毛女"。他写矿工上井喜欢喝酒，上街喜欢看女人。

刘庆邦曾被人称为"短篇王"。他确实有许多短篇小说刊载于《人民文学》等名刊上，获得广大读者的青睐。虽然他也发表好几部长篇小说，但他的短篇小说数量达200多篇，数字惊人。评论家李敬泽称他为"中国的契诃夫"，并非偶然。

刘庆邦说："我写小说基本是两个路子，简单归纳起来，就是柔美小说和酷烈小说。柔美小说是理想的、出世的、抒情的；酷烈小说是现实的、入世的、批判的。酷烈小说如同狠狠抽了人一鞭子，柔美小说马上过来抚慰一下。"事实也果真如此。他的小说大多属这两种类型。前者有《响器》《幸福票》《给你说个老婆》《心事》《不定嫁个谁》等；后者有《光明行》《征婚》《朋友》《大活人》《别让我再哭了》《在牲口屋》《平地风雷》《走窑汉》等。

他的长篇小说《红煤》则描写农民出身的宋长玉从一个煤矿的轮换工成为煤矿主的经历，他为达到目的不择手段，形成扭曲的灵魂；他的经历体现出农民对城市的向往和城市对农民的不接纳。作者在小说《后记二》中说："我更愿意把它说成是一部在深处的小说，不仅是在地层深处，更是在人的心灵深处。我用掘进巷道的办法，在向人情、人性和人的心灵深处掘进。"

刘庆邦2014年出版的长篇《黄泥地》，从20世纪80年代中后期的乡村写起，从表面上看是一部反映基层腐败的作品，然而其深层主题却是当下乡村社会的精神生态问题。在农村诸多是非黑白的背后，潜藏的是民众缺乏原则的模糊混杂的"泥性"。小说竭力写出生活的复杂性、丰富性，直面农民不尽为人知的一面，从中表现出作者对国民文化劣根性的反思。作者擅长富有地方特色的叙述方式，描写人的微妙心态和人与人之间的关系。他的文字充满生命力。其作品巧妙地铺设了层层隐喻，情节往往靠细节来推动，体现出作家所擅长的控制力。

曹征路（1949— ），江苏人，生于上海，插过队，当过兵，做过工人和机关干部，中国作协会员，曾执教于深圳大学。他是个具有精英意识和人民情怀的作家。著有小说集《开端》《山鬼》《只要你还在走》，长篇小说《贪污指南》《非典型黑马》，长篇报告文学《伏魔记》，理论专著《新时期小说艺术流变》，电视剧《坠落的树叶》《组织部又来了年轻人》，电影《风儿轻轻吹》《我心也浪漫》及10余部电视片，凡300万言。2004年，他的中篇小说《那儿》，在文学界和读者中引起广泛的讨论，被认为是2004至2005年"最具震撼力的小说"。作品以第一人称"我"描写"小舅"——本是劳动模范，当了工会主席，为基层工人请命，却总难以达到追求，在国企改革潮中感到事与愿违，成为悲剧式人物，最后，躺在空气锤下，脚踏开关，自己砸死了自己。曹征路的小说对于现实的批判总是如匕首般锐利。作为一个具有理想的现实主义作家，曹征路勇于反映严肃的社会现实问题，语言风格平实，富有强烈的人文精神和悲悯情怀。他的作品题材不限于写底层，却有不少作品写底层，他因此成为南方"底层文学"的代表。其长篇小说《贪污指南》以深刻的社会洞察、细腻的文字将一个令人震惊也同时具有冷幽默的故事，展现在读者眼前，被评为"中国十大反腐经典作品"。很多人把"底层叙事"看作对左翼文学和现实主义文学传统的复归，显示文学史的延续。曹征路的作品关注现实生活、思考民间疾苦、关注国家命运，同时，改革开放前沿的生活为他提供了广阔的创作视野，使其作品具有创新意识和淳朴的个性。其不足在于讲述的许多故事都有相似的结局套路，如《那儿》《大学诗》《红云》《好官生涯》《贪污指南》《测谎记》等都将主要人物最终安排为"死亡"，有些明显虚构的痕迹；故事高潮和结果往往有突兀之感，因而多少损害了作品的艺术魅力。

第六编｜革命斗争风云新录

　　改革开放后，以往革命斗争的题材仍然吸引许多作家进行长篇小说创作。因为具有当年革命斗争经历的老同志、老作家仍然健在，那个年代的革命风云仍然如在眼前，他们深感有责任把这些经历写成作品。而那些岁月的英勇壮丽的斗争，也让许多年轻作家神往，他们通过阅读历史资料或采访老同志，也不同程度地深入这些题材，并激情满怀地把它写出来。

　　这时期革命斗争历史题材的长篇，既有主要根据个人回忆书写的作品，如陈学昭的《工作着是美丽的》、朱仲丽的《爱与仇》、韦君宜的《母与子》、李纳的《刺绣者的花》；也有在生活经验和资料的基础上进行虚构的，如柳溪、管桦等的作品；其中还包括视域广阔、规模宏大的史诗性作品，如陈忠实的《白鹿原》、陆地的《瀑布》、马加的《北国风云录》、柯尤慕·图尔迪的《战斗的年代》、李尔重的《新战争与和平》、周而复的《长城万里图》、张炜的《你在高原》等。上述作品大多采用现实主义的笔法，而《你在高原》有些篇章则夹杂着浪漫主义乃至魔幻现实主义的想象。

第一章 | 反映革命斗争的新长篇（上）

陈学昭的创作与《工作着是美丽的》——朱仲丽的《爱与仇》与李纳的《刺绣者的花》——韦君宜的《母与子》等长篇——柳溪的创作与《战争启示录》——管桦的《将军河》三部曲——李锐的《旧址》及其他——峻青、曲波、吴强的新作

【陈学昭的创作与《工作着是美丽的》】有一批在解放区经受锻炼和成长的女性，包括其中的女性作家，在改革开放的新时期多步入老年。但她们既有长期革命的经历，也有丰盈的生活积累，因而，在这时期创作条件良好宽松的环境下，她们在小说创作领域做出引人注目的成绩，毫不奇怪。除了前面已论述过的丁玲、草明等，朱仲丽、陈学昭、李纳、韦君宜等皆有较大影响的小说作品问世。

陈学昭（1906—1991），浙江宁海人，原名陈淑章、陈淑英，曾就读于上海爱国女学，1923年参加浅草社，并任教于安徽第四女子师范高等学校，1927年赴巴黎留学，曾任《大公报》驻欧特派记者和《生活周刊》特约撰稿人。1938年从重庆到延安采访。1940年再到延安工作，1945年加入中国共产党。新中国成立后回浙江大学做党的工作并兼中文系教授。1957年被错划为右派，长期下放农村劳动，1979年当选为中国作协理事、中国文联委员。新中国成立前她著有散文集《倦旅》《寸草心》《烟霞伴侣》《忆巴黎》《延安访问记》《漫游解放区》。新中国成立后著有中篇小说《土地》，长篇小说《南方的梦》、《工作着是美丽的》（上、下卷及其续集）、《春茶》和散文集《浮沉杂忆》。

《工作着是美丽的》是她的代表作，上卷出版于20世纪50年代，下卷及续集是她晚年奋力完成的（1979年浙江人民出版社出版了上下卷合集）。小

说带有自传性质，以清新委婉的笔墨，描写一个青年知识分子成长为共产党员的艰难精神历程，反映出几十年漫长时间的跨度中我国历史风云的变幻和社会生活的变革与前进，比较感人地塑造了主人公李珊棠经历曲折道路的血肉丰满的生动形象。

【朱仲丽的《爱与仇》与李纳的《刺绣者的花》】 朱仲丽（1915—2014），原名朱慧，中国共产党的卓越领导人王稼祥的夫人，湖南宁乡人。1936年毕业于上海东南医学院，1949年留学于莫斯科医科大学，获硕士学位。她于1930年即加入中国共产党，从事地下组织工作，1937年到延安，历任延安边区医院医生，中共中央机关医务所所长，哈尔滨市第一医院院长，中央卫生部妇幼保健所所长，北京苏联红十字医院第一任院长，中华医学会常务理事兼秘书长，全国政协委员，北京市第一、二届人民代表。

朱仲丽从1979年起，以62岁高龄开始写作，先后写出300多万字各类作品。有长篇小说《爱与仇》《皎洁的月亮》《江青野史》《女皇梦》，回忆录《我知道的毛主席》《灿烂红叶》《黎明与晚霞》，自传体小说《春露润我》《彩霞伴我》《艳阳照我》等。此外还写有电视连续剧剧本《毛泽东》（48集）、《皎洁的月亮》（20集）、《王稼祥》（6集），均已录制播出。1996年开始，朱仲丽历时九年，以极大的魄力将长篇小说《皎洁的月亮》编成电视剧剧本，并在耄耋之年亲自担任制片人，把作品搬上屏幕，获得好评。

她的长篇小说《爱与仇》描写20世纪30年代女性大学生周珠和她的好友王慈影走向革命的曲折历程，以宽阔的视野，从侧面反映了马日事变、上海地下斗争、江西苏区、红军长征和延安革命根据地的生活情境，写到许多人物包括重要的历史人物。虽然有些场景由于作者还不太熟悉，未免显得简单，但小说整体上相当真实，充满激情，人物生动，情节波澜起伏，引人入胜。

李纳（1920—2019），彝族女作家，云南路南县人。青年时代即投身革命，曾入延安鲁迅艺术学院学习，20世纪40年代发表小说《媒》《出路》等获得好评，后结为短篇小说集出版。新中国成立后创作出版有小说集《明净的水》（1963年）、《李纳小说选》（1992年），长篇小说《刺绣者的花》（1981年）等。

李纳的小说，以女性作者所特有的精致的描绘和委婉的笔致，从不同的角度表现普通的工人、农民、知识分子的平凡生活和美好的心灵。她说："描写普通人的生活，揭示他们的精神美是我努力的方向。"[1]

她描写云南少数民族生活、风情和妇女命运的作品，当然最具民族和地方的特色。《撒尼大爹》描写了撒尼大爹美好的心灵和他不幸的被迫害的遭遇，以严肃深沉的感情申诉撒尼人在旧社会的苦难，鞭挞了统治者的残暴和贪婪。长篇小说《刺绣者的花》故事的背景是20世纪20年代至40年代云南省一个偏僻的小县城，云南边陲特殊的社会风貌和撒尼人独特的生活习俗，构成小说鲜明的地方氛围和民族情趣。这一特殊环境下，小说成功地塑造了五巧——从普通的刺绣女工成长为坚强的革命者的艺术形象。她曾善良而热忱地爱着作为乡绅少爷的丈夫，在被遗弃后，又把全部的爱给了独生的女儿，而当女儿要离开她去投身革命时，她又能够忍受几乎可以说是永远别离的痛苦，同意女儿去北方。此后，五巧自己也参加了革命，不幸牺牲在敌人的屠刀之下。五巧的形象塑造，突破了很容易被因袭的、现成的概念的束缚，在平凡中表现不平凡，使读者在一个普通的母亲身上看到了人民精神的火花。李纳的小说除描绘细腻、笔致委婉外，在语言的运用和选择上，能够运用活的语言，特别善于让人物用自己的语言表达出特有的个性。

【韦君宜的《母与子》等长篇】韦君宜（1917—2002），原名魏蓁一，北京市人，祖籍湖北建始，天津南开中学毕业。1935年她考入清华大学哲学系，参加过一二·九学生爱国救亡运动。1936年加入中国共产党，抗日战争爆发后辍学，辗转于武汉、重庆、成都等地，从事地下组织工作。1939年到延安，先后做过《中国青年》《抗战报》编辑，中学教师，中央党校干事等工作。解放战争时期她参加过土改工作团，1949年以后历任《中国青年》总编辑，《文艺学习》主编，作家出版社、人民文学出版社总编、社长。新时期

---

1 李纳：《李纳小说选》，四川人民出版社1982年版，第2页。

还担任中国当代文学研究会副会长。韦君宜于1935年开始发表作品。1941年在延安《解放日报》副刊上发表讴歌贺龙将军的短篇小说《龙》，后收入《解放区短篇小说选》，这是她的成名作。"文革"前，她的主要精力都用在青年工作和编辑工作上，写有随笔《前进的足迹》（1954年）、《故乡与亲人》（1958年）两本作品集。短篇小说集《女人集》未及付梓即因"文革"爆发而搁浅，直至1979年才面世。"文革"后，她身负人民文学出版社总编、社长的重任，于繁忙的工作之余，创作上进入了一个强劲的勃发期，相继出版了中短篇小说集《老干部别传》（1984年）、《旧梦难温》（1991年），长篇小说《母与子》（初载《小说界》1984年第2期，1986年出版单行本）、《露沙的路》（1994年），散文集《似水流年》（1981年）、《故国情》（1985年）、《海上繁华梦》（1991年），还有编辑札记《老编辑手记》（1986年）等。韦君宜在编辑出版和文学创作这两个方面，对新中国的文学事业都做出了难能可贵的贡献。她的作品，大多写于新时期。其描写对象，皆为她熟悉的老干部和知识分子。在艺术处理上，她敢于直面严峻的生活，常常以散文笔法直抒胸臆，爱憎鲜明、强烈，同时又有把自己所遵奉的革命信念、党的政策和崇高的人生境界有机地融合于自己所描绘的生活画面，于朴实无华中见意蕴的沉郁深邃。

她根据婆母杨肖禹的感人事迹，创作了长篇小说《母与子》。为一位伟大的母亲立传，是韦君宜酝酿了多年的夙愿。诚如她在这部作品《后记》里所说，在"左"倾思潮泛滥的岁月，写这样一位出身于地主家庭的革命母亲，"必得招致'歌颂地主阶级'的谤议"，因而从酝酿到脱稿，延宕了二十多年之久。小说主人公沈明贞原乃一老塾师之女，迫于生计，嫁给崔姓地主做"小"。这样一个人，在抗日战争年代，"毕其私蓄，为党兴办事业；殚其精力，为党工作。爱子成仁而不顾，镣铐在前而不屈，险危不惧，忠贞若一"，成了一个令人肃然起敬的革命母亲和坚韧不拔的共产党员。作者描写她走上革命道路的动因时，既突出地描写了20世纪三四十年代澎湃于中国大地的抗日救亡大潮对她的激发，也写到她早在学生时代就受到优秀的传统思想的熏陶和新文化思想的启迪，孕育了美好人生理想的种子，写到她在丈夫死后因受到封建族权的压迫而激起的不满和反抗，特别是写到她由于爱儿女而发展到爱儿女所献身的革命事业这种真正的母爱的升华。在当代文学的人物画廊中，具有如此丰富人生内涵的真实动人的革命母亲形象还是少有的。

在《母与子》里，除了女主人公沈明贞的动人形象外，其他人物，如长子立华、次子树华、女儿琼华，革命青年俞嘉和、王贤棣等，也都给人留下了难忘的印象。尤其值得注意的，是作者对在革命道路上患得患失、犹豫动摇的方和音，一度失足自首的于清的描写。对这些人物，作者把他们放到一定的历史条件下来剖析，毫不含糊地针砭了他们灵魂中卑微的一面，表现了革命者对这种卑微思想和行为的轻蔑。同时，又避免模式化处理，自首过的于清第二次被捕，英勇不屈地就义于敌人的屠刀下，这样写非但符合人物的性格逻辑，真实可信，而且感人至深。小说具有鲜明的时代特色和纵深的历史感。它以母与子的革命活动为主线，空间由苏北一座小城到武汉、成都郊区，时间从抗战前夕上溯清末民初，下抵抗战结束日本投降，生活背景相当繁复开阔。在小说里，作者既直接写了国统区的抗日救亡运动与共产党人英勇无畏的地下斗争，又间接描写了以延安为中心的抗日民主根据地对整个抗日局势的重大影响。各种斗争场面和风物人情都写得精细入微、真实自然，凝结着作者大半生的生活积累和人生感悟，流露着一种朴素、隽永的风格美。出版于1994年的《露沙的路》是《母与子》的姐妹篇，在刻画主人公坎坷曲折的人生道路方面，也反映着作者对人生、对历史的独特思考。

【柳溪的创作与《战争启示录》】柳溪（1924—2014），原名纪清俤，女，河北献县人。中共党员。1943年毕业于北京师范大学文学院历史系。1944年参加革命工作，历任《冀中导报》编辑，军区司令部秘书、教员、《河北文艺》编辑、小说组组长，河北省文联编辑部副部长，中央电影局剧本创作所编剧，天津市作家协会副主席。1939年开始发表作品。1953年加入中国作家协会。著有长篇小说《功与罪》（上、下卷）、《大盗燕子李三传奇》，短篇小说集《挑对象》《爬在旗杆上的人》《柳溪短篇小说集》，中篇小说集《生涯》《男人的弱点》《柳溪中篇小说选集》，散文集《若梦集》，电影文学剧本《五支歌》（合作）、《风流女谍》（均已拍摄发行）等。《四姊妹》获天津第一届鲁迅文艺奖优秀作品奖，《功与罪》获天津第二届鲁迅文艺奖优秀长篇奖，中长篇小说《大盗燕子李三传奇》获天津通俗文学头奖，长篇小说《超级女谍——金璧辉外传》获吉林省二等奖、《淑妃文绣的一生》获全国第二届报纸长篇连载小说第一名。上述小说的主人公燕子李三、金璧辉（川岛芳子）和文绣都曾在天津生活过、活动过，因而小说也反映了津门风情的许多生动画图。

柳溪最有影响的作品是长篇小说《战争启示录》。作品以清新流畅的笔触，通过坚定的共产党人李大波、成长中的女学生方红薇、日蒋两面特务曹刚等独特的生活经历，全方位、多角度、多侧面地反映了抗日战争的全貌。既有描写红格尔图、百灵庙浴血奋战的场面，又有敌伪营垒里血淋淋的"通州兵变"；既有描写北京、天津、保定、上海地下工作者出生入死、深入虎穴的巧妙斗争，又有日本人上层高级将领——"南进派"和"北进派"，"海军派"和"陆军派"之间错综复杂的冲突。作品以宏大的结构，再现了错综复杂的阶级矛盾和民族矛盾，揭示了日、蒋、伪三方在战争期间的鲜为人知的交易和内幕。这部小说可以说是晚近反映革命斗争题材作品中的佼佼者之一，获1995年中宣部精神文明建设"五个一工程"奖。

《大盗燕子李三传奇》则以评书形式传述民国年间劫富济贫的侠盗燕子李三的一生，是柳溪对津门武侠小说和通俗文学的传承和贡献。

【管桦的《将军河》三部曲】管桦（1922—2002），原名鲍化普，著名诗人、作家。生于河北省丰润县（今丰润区）。1940年入华北联合大学文学系学习，曾做过随军记者。1943年调到冀东军区尖兵剧社从事文艺创作。新中国成立后，在中央音乐学院和中央乐团从事歌词创作。1963年调入北京市作家协会任驻会作家。代表作中篇小说《小英雄雨来》曾入选小学语文教材。著有长篇小说《将军河》等。由他作词的儿童歌曲《听妈妈讲过去的事情》《我们的田野》《快乐的节日》等，传唱至今。小英雄雨来是抗日战争年代冀东少年儿童的一个缩影。管桦从小就和村里的儿童一起站岗放哨，给八路军送鸡毛信，上树瞭望，捕捉敌情。1940年，他离家奔赴抗日战场，长年转战南北。他参军以后，童年时代的情景常常浮现眼前。于是，他创作了以雨来为主人公的小说《小英雄雨来》，发表在当年《晋察冀日报》上。这是作者的成名作，影响比较广泛。他的另一中篇小说《辛俊地》也比较有名，曾引起过争论。

管桦的《将军河》计三部，由中国青年出版社1994年出版。作者从1970年起动手写作，经过20多年的时间，数易其稿。作品视野开阔、规模宏大。它以第二次世界大战为背景，生动地描绘了我国华北将军河地区军民团结抗日的真实历史画卷。小说以一系列紧张、曲折、惊险的情节，展示了人类社会善与恶的厮杀、文明与野蛮的搏斗，以及对人生的深刻思索，对爱情的热烈追求，对命运的奋力抗争。文笔清新俊迈，时含诗意。全书富有华北地区浓郁的自然风光和生活气息。此外，管桦还出版有文集六卷。

【李锐的《旧址》及其他】李锐（1950—   ），生于北京，祖籍四川自贡。1974年发表第一篇小说。迄今已发表各类作品百余万字。曾任山西作家协会副主席，后辞去。他的系列短篇小说《厚土》是影响较大的作品，曾获第八届全国优秀短篇小说奖，第十二届台湾《中国时报》文学奖。他出版有小说集《丢失的长命锁》《红房子》《厚土》《传说之死》，长篇小说《旧址》《无风之树》《万里无云》《银城故事》，散文随笔集《拒绝合唱》《不是因为自信》，另有《东岳文库·李锐卷》（八卷）。李锐的作品曾先后被翻译成瑞典文、英文、法文、日文、德文、荷兰文等多种文字出版。

李锐的第一部长篇小说《旧址》和另一部长篇《银城的故事》，其素材无疑来自作者的家乡——四川著名的产盐地——自贡。自然，这部20万字的作品虚构了一座以产井盐而著称的内陆城市银城，小说中李氏一家是当地的望族，拥有很大的井盐产业——九思堂。故事涵盖20世纪20年代银城发生的农民暴动，抗日战争期间中共地下组织在银城的活动，国、共两党内战中银城将军的溃败，新中国成立初镇压反革命运动中李氏一族灭门的惨状，一直写到20世纪70年代"文化大革命"中李家活在银城的最后一个女人和一个男孩的命运。作者行文间饱含着沉痛的感情，写50年的历史变故和革命风雨，结尾留下的是一块"古槐双坊"的旧址，成为银城旅游的一景。正如鲁迅所说，革命不仅有鲜花，也有血污。《旧址》与前述许多反映中国革命的长篇不同，不仅写革命中的鲜花，也写出其中的血污。《银城的故事》写的则是辛亥革命年代的银城，这部小说写到了革命党人的冒险、国民的麻木、官吏的凶残、绅商的交结，以及民间的狂暴和爱情的浪漫，充满阴谋与杀戮。作品主题没有超越《旧址》，篇幅也较短。

【**峻青、曲波、吴强的新作**】还有一些齐鲁老作家在改革开放后也出版了反映革命斗争年代的长篇，如新中国成立初期以短篇小说《黎明的河边》而闻名的峻青，这时期创作了长篇《海啸》，反映20世纪40年代胶东解放区遭遇海啸的袭击，党派出以宫明山领导的运粮小分队，前往救灾，战胜了海匪、国民党特务、日本侵略者的封锁，最后圆满完成任务的过程。作品具有浓厚的乡野传奇色彩，自然风光和人物形象的刻画也比较鲜明。曾以《林海雪原》销行全国的曲波，他的新作《山呼海啸》和《桥隆飙》分别描写抗日战争期间我八路军某连队在春华山地区抗击日寇围攻的故事和抗日战争初期的山东沿海地区的一个叱咤风云、顶天立地、义薄云天的草莽英雄——农民起义首领桥隆飙的形象。还有著名战争长篇小说《红日》的作者吴强推出的新作《堡垒》，描写苏北沿海地区我军民团结抗击日军的英勇事迹等。但这些作品的影响均不及他们前期的作品。

第二章 | 反映革命斗争的新长篇（下）

任光椿的《辛亥风云录》等长篇——杨佩瑾的湘赣边革命斗争题材长篇——鄢国培的《漩流》及其他——刘醒龙的《圣天门口》和邓一光的《我是太阳》——黄亚洲的《日出东方》——陈玙的《夜幕下的哈尔滨》

【任光椿的《辛亥风云录》等长篇】湘楚作家任光椿（1931—2005），湖北当阳人。1948年高中毕业后，入武昌中华大学中文系学习。1949年参加工作，后又入中南文艺学院美术系学习，曾任《长江日报》编辑。1959年因发表长诗《兰香与小虎》等受到批判，下放劳动三年。1962年后又当了三年农民。1972年任《工农兵文艺》编辑部副主任，主编过《小溪流》《文学月报》《湖南文学》等。后任湖南文联主席。新时期他创作有长篇历史小说《戊戌喋血记》《辛亥风云录》等。《戊戌喋血记》由湖南人民出版社于1980年出版，原分三卷。小说以19世纪90年代中日战争失败后的康梁变法维新的历史事件为主要的故事情节，描写了当时清廷帝后之间、维新派与守旧派之间错综复杂的尖锐矛盾，突出刻画了谭嗣同、康有为、梁启超等维新派和慈禧太后、光绪皇帝、袁世凯、荣禄以及民间的大刀王五等形形色色的人物，背景宏大深阔，情节波澜起伏，动人心魄。最后写谭嗣同等六君子的悲壮就义，血洒菜市口，笔力豪雄慷慨，十分感人。作者在尊重史实文献的基础上，通过必要的艺术概括和想象虚构，为力图富国强民的维新志士谱写了一曲壮美的颂歌。

《辛亥风云录》分上下册，由湖南人民出版社1983年出版，是《戊戌喋血记》的姊妹篇。它描写戊戌维新失败后，以孙中山、黄兴等为代表的资产阶级民主主义革命家接着奋起，为民族民主革命奔走呼号，组织力量，前仆后继，终于实现武昌起义，建立了民国的历史过程。小说以宏伟的气魄、筋道的笔力、翔实的史料，再现了辛亥革命的历史风云，突出地刻画了孙中山、黄兴、宋教仁、蔡锷等一批革命志士和领袖的形象。小说对袁世凯的塑造也入木三分，把这个窃国大盗的复杂性格和嚣张气焰，也都刻画得颇有深度。由于作者兼擅美术绘画，因而他的笔墨既富于色彩，又生动流畅。

【杨佩瑾的湘赣边革命斗争长篇】杨佩瑾（1935—　），浙江诸暨人，1949年初中毕业后参军，参加过抗美援朝，1958年转业到地方，长期在江西从事文学工作，曾任江西省文联、省作家协会主席。他是主要致力于革命历史题材创作的作家，20世纪80年代先后出版了《霹雳》《旋风》和《红尘》三部长篇小说，描写了湘赣边区工农武装在土地革命时期的斗争生活，受到了大家的重视。小说《霹雳》是写大革命失败后，义勇军总指挥朱子炎领导人们从血泊中站起来，重新聚集力量与国民党、地主和叛徒斗争，后来汇入了秋收暴动的洪流。《旋风》则另辟蹊径，发掘少有人写的土客籍矛盾的题材，反映了当年复杂的社会矛盾。小说的男女主人公又处于宗族矛盾、革命任务和个人爱情等矛盾的焦点，强化了人物性格的内在冲突，使作品成为一部新颖独特的革命传奇。小说《红尘》以沉郁悲怆的历史思绪，叙述了苏区清查"AB团"的悲剧。出身豪门的姑娘丁月英投身革命遭迫害，游击队长田大力因同情她也受牵连，揭示了"左"倾路线的危害。以上作品展现杨佩瑾创作主题的不断深化和人物性格的多彩，也反映革命历史小说在艺术观念和表现手法上，从单一到多样创新的发展。

【鄢国培的《漩流》及其他】鄢国培（1934—1995），祖籍四川铜梁（今重庆铜梁）。当过航运工人，曾有丰富的船员生活经历，接触过各种各样的人物，为他后来的文学创作奠定生活基础。他曾任湖北省作家协会主席，代表作是《长江三部曲》，其中第一部《漩流》尤有影响。小说表现20世纪30年代川江沿岸各个阶级阶层的矛盾冲突与历史命运，突出塑造了朱佳富、高伦、陆祖福三个性格、经历、抱负不同的民族资本家的形象。以他们办实业为主线，以工人生活和中国共产党领导的地下革命斗争为副线，错综展开。作者还善于调动自己的丰厚生活积累，在对各阶层人物的刻画中，为读者展现了特定时代的色彩和引人入胜的川江区域的风俗画卷。虽然对中共地下组织领导人李明的形象刻画得不够成功，但作品构思宏大，不失为一部有功力之作。

　　杨佩瑾、鄢国培的作品构成大革命失败后共产党所领导的武装起义，以及20世纪30年代到40年代的民族解放斗争的我国近世历史画卷，展现了湘赣和长江中游先进分子和各阶层人民为国家民族的复兴英勇搏斗的形象，为表现南方的革命历史题材方面做出了重要贡献。

　　【刘醒龙的《圣天门口》和邓一光的《我是太阳》】《圣天门口》上下卷是刘醒龙以六年呕心沥血，两次推倒重来、三易其稿才推出的力作。小说写大别山区一座小镇，涵盖的却是20世纪我国革命与反革命搏斗的风云。题旨深邃广阔，文笔纵横捭阖，指正历史，拷问人性，堪称史诗性作品。所写雪家几代女性，以其坚韧的人格，温婉的个性，在风云际会的各种年代里应对各种特定身份的族类与人群，其悲善美真，感人肺腑。作品气象磅礴，各个人物间的生死命运、爱恨情仇皆震撼人心。

　　刘醒龙的小说因其弘阔的视野，逼近现实的笔触和楚地的语言与细致的描写，人物形象生动，乡情民风溢于笔下，一向受到评论界的青睐和好评。他的其他作品，包括荣获茅盾文学奖的《天行者》，下文将再介绍。

　　邓一光（1956—　），生于重庆市，蒙古族。祖籍湖北麻城。当过知青，工人，新闻记者，自由写作者，文学刊物编辑，武汉文联专业作家，曾任湖北省作家协会副主席、武汉市文联副主席、武汉市文学院院长。20世纪80年代开始文学创作。著有短篇小说集《红色贝雷帽》（海南出版社1994年）；中篇小说集《孽犬阿格龙》（中国文学出版社1994年）、《怀念一个没有去过的地方》（北岳出版社2000年）、《远离稼穑》（解放军文艺出版社2001年）；长篇小说《家在三峡》（武汉出版社1996年）、《走出西草地》（中国青年出版社1996年）、《我是太阳》（人民文学出版社1997年）、《红雾》（长江文艺出版社1997年）、《组织》（中国青年出版社1999年）、《想起草原》（长江文艺出版社2000年）、《一朵花能不能不开放》（上海文艺出版社2002年）等，还出版有《邓一光文集》四卷（长江文艺出版社2000年）。曾获得过冯牧文学奖、郭沫若文学奖、人民文学奖等诸多奖项。其中《父亲是个兵》《战将》《远离稼穑》《我是太阳》被称为邓一光的战争文学谱系，也是他的成名之作。

邓一光是个信念专一、执着而具备超凡的爆发力和韧性的作家。他父亲是军人，母亲是蒙古族。他的《父亲是个兵》和《我是太阳》均以自己父母为素材，特别是塑造父亲的性格鲜明突出，获评论界的好评。前者获鲁迅文学奖，后者曾冲击茅盾文学奖。他这两部作品所塑造的父亲是个生在湖北麻城的老红军，16岁参军，一生经历无数战斗，身上伤痕累累，战场上他是骁勇、剽悍的战士和指挥员，一旦脱下军装，无战可打，便常发脾气。但他始终对故土乡亲怀有深情，坚持以自己的工资、残疾金接济贫困的乡亲。这是一个刻画得极具个性的农民出身的老红军的成功典型，具有艺术概括的深刻历史意义，应该说是邓一光对我国当代人物画廊的出色贡献。长篇小说《想起草原》则是作者另一风格的作品。它一改男性主义的写作手法，小说主角由男人转为一个从大草原深处走出来的女人。她经历中国现代史上的战争动乱与和平年代，同时也经历了自己生命历程的兴衰与伤痛。她曾经有过五个男人、四任丈夫，但由于不能融入社会和日常人际关系，不停地遭受唾弃和抛弃，每每以失败或灾难收场。这本书包含了作者对于男权世代相延的国度里女性命运的思考。

【黄亚洲的《日出东方》】黄亚洲（1949—　　），生于浙江省杭州市。1970年开始文学创作，已出版诗集《无病呻吟》《磕磕绊绊经纬线》《父亲，父亲》，小说集《交叉口》，剧本集《老房子新房子》等文学专著9部，其中2001年由人民文学出版社出版的长篇小说《日出东方》获国家图书奖。现为中国作家协会影视委员会副主任，曾任中国作家协会副主席、浙江省作家协会主席。

《日出东方》谱写了一幅20世纪早期中国革命和中国共产党色彩斑斓的雄浑历史长卷。作者以科学的态度、磅礴的气势和翔实的史料，展现了从1919年五四运动到1928年井冈山会师这十年期间所发生的一系列重大历史事件，以及涌现的一大批杰出的风云人物，形象地再现了中国共产党从诞生到发展壮大的曲折历程。小说的突出贡献是生动地刻画了陈独秀、李大钊、毛泽东等党的创始人和民族精英各具个性的光辉形象，着力描写他们追求真理、寻找救国之道的曲折心路历程和伟大人格力量。同时，作品对中国民主革命的先驱孙中山以及廖仲恺、蒋介石、汪精卫等各色人物及其活动，也做了精妙细致的描写。作品结构严谨，情节跌宕，笔力雄健中有委婉，人物心理刻画细腻入微，乃至运用梦境和潜意识的描写。全书是一部既具文献价值，又富于思想内涵的长篇。

【陈玙的《夜幕下的哈尔滨》】还有一部描写地下斗争并且影响广泛的长篇小说是陈玙的《夜幕下的哈尔滨》。小说以曾任鞍山市委书记李维民长期从事地下工作的经历为素材。它描写1934年哈尔滨的春天，以中学教员王一民为首的中共地下组织与日寇、伪满的激烈斗争。这部70余万字的长篇小说，情节曲折惊险、悬念连生，于激烈紧张的拼死搏杀中潜伏惊心莫测的意外变故。作家为读者展现了错综复杂而又纤微毕露的人情世态，映衬出缠绵悱恻的儿女衷肠和慷慨壮烈的浩然悲歌，以及群魔乱舞的宵小丑态。作品浓墨重彩地泼洒出哈尔滨市绚丽多姿的社会生活世相，在读者眼前展开一幅视野宽阔、色调丰富，充满传奇异趣的社会图卷，塑造了王一民、玉旨一郎、塞上萧、卢运启、李汉超、卢秋影、葛明礼等一批血肉丰满的人物形象。小说被改编、拍成电影和电视连续剧放映后，更轰动大江南北，一版再版。作者陈玙（1924—2005），男，黑龙江省巴彦县人。高中毕业于哈尔滨市第一中学。1948年毕业于哈尔滨大学戏剧音乐系。历任东北文化教育工作队创作组长、科长、演出委员会主任，东北人民艺术剧院及东北作家协会编剧、专业作家，鞍山市文联秘书长、副主席，辽宁人民艺术剧院编剧，辽宁作家协会书记处书记、副主席，辽宁省文联委员，辽宁省第五、六届政协委员。著有《陈玙剧作选》，中短篇小说集《奇异的爱》，报告文学集《真人谱》，长篇回忆录《地下烽火》等。

第三章 | 史诗性长篇新作（上）

改革开放后史诗性新作的蜂起——陈忠实的小说和《白鹿原》——陆地的《瀑布》——马加及其《北国风云录》——柯尤慕·图尔迪的《战斗的年代》

【改革开放后史诗性新作的蜂起】改革开放后，由于思想解放和以往史诗性创作经验的启迪，不仅生活积累丰厚的老作家继续投入革命斗争题材的史诗性长篇创作，许多新起的作家也纷纷进入这一领域。他们以描写各地区各民族的革命斗争，进一步在广阔的历史视野中反映民主革命时期风起云涌、错综复杂的革命斗争波涛，还以超长篇的篇幅再现特定历史时期我国社会纵横交错的阶级矛盾的激化和各种政治势力的角逐。在这个领域，现实主义自然占据作家笔墨的上风，但西方现代主义、后现代主义的艺术表现手法，也在有些长篇作品中被接纳和汲取，因而显示了与该领域传统长篇创作的不同风格。如莫言的《红高粱家族》便是明显的代表。张炜的《你在高原》十卷中的部分作品，也显示了相异的风格。莫言的作品在本书论述先锋小说的部分已做介绍。本部分将论及的是陈忠实、陆地、马加、柯尤慕·图尔迪和超长篇的作者王火、叶君健、李尔重、周而复、范稳等。

【陈忠实的小说和《白鹿原》】改革开放新时期问世的《白鹿原》，无疑是具有史诗性特点的一部反映革命斗争的影响广泛的作品。它不但获得茅盾文学奖，而且被广大读者所赞赏。陈忠实（1942—2015），出生于陕西省西安市东郊西蒋村。1965年初开始发表文学作品。他先后出版中篇小说集《初夏》（上海文艺出版社1986年）、《四妹子》（中原农民出版社1988年）、

《夭折》（陕西人民出版社1992年）等，1993年出版的长篇小说《白鹿原》（人民文学出版社）是他的代表作。近40年，陕西作家中，路遥关爱陕北，陈忠实则眷恋渭河平原。《白鹿原》以渭河平原上的白鹿村白、鹿两家人的恩怨情仇为线索，力求表现20世纪上半叶我国农村的历史变迁，并由此引发对于中国传统文化的思考，折射当代思想文化的一种重要走向。作品浓墨重彩地刻画了"仁义白鹿村"的兴衰，展现了周、秦、汉、唐历代故都所在的关中大地上民情风俗的嬗变，深刻地表现了传统中国农村中日常生活的氛围和灾难岁月里的家庭、亲族关系，青年人的爱情、婚姻和性关系，等等。作品塑造了白嘉轩作为遵从传统的农业文化和伦理道德的族长形象。世代务农的他和祖上曾经为手艺人的鹿子霖的矛盾斗争，是中国传统的"以农为本"和"无商不奸"的价值评判的对比，正直和邪恶，仁义和奸诈，追求道德完善和贪婪纵欲，褒贬鲜明深刻。作家还创造了一个理想化的大仁大义的现代大儒朱先生的形象——他能卜吉凶，预知未来；他办白鹿书院，传播教化；他只身劝退围攻西安的20万大军，弥祸患于无形；他主持全县赈灾，个人分文不取；他亲自毁去罂粟田，根除毒品……作家对以儒家为代表的传统文化在现代的衰落，深感遗憾！在中国20世纪90年代关于文化走向的讨论中，《白鹿原》做出了自己的文化保守主义的回答。但是，为鲁迅所揭示的传统"吃人"的一面，仍然无法掩盖地冲破作家的主观评价而凸显出来。作品中那个苦命女子小娥的被摧残被虐杀便受害于儒家的传统道德理念；作家所全力歌颂的朱先生也因为过多地负载了作家的理念而几乎成了超凡入圣、不食人间烟火的神，脱离了作品浓重的写实的艺术气氛。这不能不是作品的重大缺陷。

尽管如此，陈忠实作为一个一生描写乡土的作家，他的《白鹿原》不失为卓具才华之作，也是新时期乡土文学重要的收获之一。

【陆地的《瀑布》】陆地（1918—2010），壮族，原名陈克惠，曾用名陈寒梅，笔名陆地。广西绥渌（现扶绥）人。青年时代就读于广州私立培桂中学和省立第一师范学校，由于爱好文学，受鲁迅、高尔基著作的影响，开始写诗和散文。抗日战争爆发后，奔赴延安，进抗日军政大学，1938年加入中国共产党。后又考入鲁迅艺术文学院文学系，毕业后留校任文学研究员。后任部队艺术学院文学教员，《部队生活报》特约记者、编辑，《东北日报》副刊主编。中共广西地、省级党委宣传部副部长，自治区文学艺术界联合会主席，中国作家协会广西分会主席，中国文学艺术界联合会委员，中国作家协会民族文学创作委员会副主任等职。

新中国成立前结集出版的短篇小说有《北方》（又名《好样的人》）。这些作品或写爱国知识分子在革命战争和群众斗争中的锻炼成长、觉悟的提高和情感的转变，如短篇小说《叫红》；或写革命军队中英雄人物的战斗表现和英雄气概，如中篇小说《钢铁的心》。后者因为真实地描写了一支八路军连队的浴血抗战历程和塑造了普通战士的英雄群像，在当时引起强烈的反响。陆地新中国成立后出版的作品有《故人》（1979年）、《陆地作品选》，长篇小说《美丽的南方》（1960年）、《瀑布》等。他的一部分作品承续20世纪40年代创作的主题和风格，表现一些人特别是知识分子在革命的大潮中的曲折经历，他们的挣扎和沉浮，其中一部分人终于流为革命队伍的"落伍者"。短篇小说《故人》以抗日战争中两个热血青年不能挣脱社会、家庭和传统思想的束缚而成为"落伍者"的描写，为陆地所创造的独特的文学系列——"落伍者"画了一个完满的句号。可以说这是陆地对当代文学的独特贡献。

长篇小说《美丽的南方》标志着陆地小说创作转向宏大政治叙事。它是20世纪60年代初出现的有影响的写土地改革运动的作品，不仅在新中国文学史上第一次用长篇的画卷再现了广西壮族地区特殊的生活和斗争，特别是壮族人民生活命运的巨变，而且在构思和表现上，有独特的立意和角度。和同类题材作品相比较，它没有采取直接地表现土地改革运动全过程的方法，而是通过两个家庭和普通农民的个人际遇、知识分子命运的变化，着重表现各种人物的政治的进步、认识的提高和思想的觉醒，以揭示这场决定中国农民命运的土改运动的伟大社会历史意义。

小说塑造了韦建忠这一壮族贫苦农民形象，刻画他的本分厚道，逆来顺受，相信命运，渴望改变命运又怯于行动，犹豫不决，经过生活锻炼和阶级觉醒，转为坚韧果敢，决不退缩。这个形象既有中国农民的普遍特点，同时又打上了壮族人独特性格的鲜明烙印。《美丽的南方》描绘了老、中、青三个年龄层次和进步、落后、中间几个思想层次的知识分子群像以及他们在斗争中的不同表现，透过他们的优点和弱点，进步与反复，揭示了知识分子性格特点和改造的必然历史趋势。《美丽的南方》的另一突出特点，是对壮乡的自然风光、历史变迁、风情民俗、民族习惯等的逼真而生动的描写，使小说富有鲜明的地方和民族色彩。

长篇小说《瀑布》是陆地的新时期力作，分《长夜》（上卷，1980年）和《黎明》（下卷，1984年）两部，近百万字，以宏大的规模反映了我国西南地区人民革命斗争的历史。时间跨度从1915年写到1931年第二次国内革命战争，人物的活动地域包括广西、云南、四川、广东等数省，涉及中国现代革命史上一个历史时期的几乎所有的重大事件，包罗了这一历史时期的经济、政治、军事、文化教育、民俗风习等多方面的内容。小说以韦步平的寻求革命真理的人生经历为经线，把所要反映的社会生活事件和各色的不同人物有机地贯穿起来，随着韦步平活动的扩大和变换，组织起具有传奇色彩的故事情节，形成一个波澜起伏、层层推进而又紧紧与人物际遇和命运结合的成功的艺术结构。以人物的曲折经历和复杂的关系，表达重大的具有典型意义的主题：歌颂灾难深重的中华民族及其优秀人物，奋斗牺牲，前仆后继，摸索救国救民的真理，进行可歌可泣的斗争。

小说刻画了众多的性格丰富的人物，有时代的先驱者、民主主义革命的第一代革命家孙中山领导的左派人物，有正直进步、关心国家命运的革命知识分子，有普通的善良的农民和群众，此外，也有形形色色的军阀、政客、污吏、劣绅及三教九流。在这长幅的人物画廊中，小说集中表现了"风雨社"的一群革命热血青年和他们的成长。

号称"风雨三杰"的韦步平、王光宗、凌云青，是小说着力刻画的主要人物。他们的不同道路和分化，是那个时代的必然。韦步平从一个忧国忧民的爱国青年，终于参与农民为推翻黑暗的旧制度的斗争，经过群众斗争的锻炼和考验，成长为革命队伍的优秀指挥员和共产主义战士。凌云青是个小资产阶级知识分子的代表，正直善良，关心人民疾苦和国家命运，但缺乏坚毅的进取精神和大胆勇敢的行动，因此，长期徘徊在中间道路上，经过更多的矛盾和挣扎，最后被裹到农民起义的浪潮中。王光宗是与韦步平相对立的反动知识分子的代表，他与反动势力有着千丝万缕的联系，私欲和权力是他一切行动的出发点和归宿，靠着自己的投机钻营，爬上高位，最终成为镇压农民运动的刽子手。这种不同道路的分化，是人物各自的思想基础和性格逻辑的必然结果，形象地说明了知识分子必须走与工农相结合道路的真理。《瀑布》的艺术成功和鲜明的民族特色，除真实地表现了广西各族人民半个世纪以来的斗争历史、成功地塑造了壮族及其他民族的杰出人物和劳动人民形象外，还在于它对壮乡山水风光、民俗风情以及奇闻逸事的引人入胜的描写。大量的生动的壮族民歌、俚语等的运用，也增加了小说的地方和民族特色。

【马加及其《北国风云录》】战后到东北工作的作家中，描写革命斗争题材有突出贡献的是马加（1910—2004），满族，辽宁新民县人。1931年他肄业于东北大学。九一八事变后流亡到北平，从事文学创作并参加左联和抗日救亡工作。1938年到延安，入陕北公学，毕业后到边区文协工作，后到华北随八路军战斗和采访。1942年参加过延安文艺座谈会。1946年到东北。新中国成立后历任东北作家协会主席、辽宁省文联和中国作家协会辽宁分会主席、中国作家协会理事、中国文联名誉委员、辽宁省政协常委、中共辽宁省委委员等职。他长期坚持深入火热的斗争生活，土改后，创作了中篇小说《江山村十日》。1959年发表中篇小说《开不败的花朵》。这两部中篇小说在全国第一、二、四次文代会上得到充分肯定。《开不败的花朵》被译成英、德、日、蒙四国文字。抗美援朝战争爆发后，随中国人民志愿军到朝鲜，1954年出版长篇小说《在祖国的东方》。农业合作化期间，创作了长篇小说《红色的果实》。"文化大革命"期间，到宁城县偏僻山沟落户。粉碎"四人帮"以后，1983年出版的长篇小说《北国风云录》受到评论界和读者好评，获得了辽宁省政府文艺作品一等奖。1985年出版长篇小说《血映关山》。1996年发表了长篇回忆录《漂泊生涯》。此外，他还有短篇小说、散文、文艺评论多篇。

中篇小说《开不败的花朵》是马加的代表作之一。小说首先在《东北文艺》1950年一卷四、五期刊出，人民文学出版社1952年出版后，至1978年，共印行14次，并被译为日、蒙、英、法等多种文字。它讲述的是这样一个故事：1946年春天，一支由30多人组成的干部队伍，从张家口出发，到东北去工作，途经科尔沁大草原时与一支叛变了革命的"蒙古队"遭遇，全队在曹团长、王耀东副团长率领下，顽强战斗，终于取得了胜利。故事壮烈，且具浓郁抒情诗般的意韵。从在战斗中英勇牺牲的副团长王耀东形象中，读者可以看到，这一支队伍，在任何地区、任何情况下都具有紧紧地依靠人民群众、顽强地去完成任务的可贵品质。他们对故乡，对草原，对人民满怀美好感情。九一八事变后，不愿当亡国奴的王耀东参加了义勇军，后来又入关参加八路军，一直战斗到抗战胜利。之后，他来到东北，对故乡的土地、人民、天空、一草、一木，都充满了亲切感和新鲜感。正是因为他对故乡如此酷爱，所以，在开辟东北根据地的斗争中，他才那样英勇，直到流尽了最后一滴血。小说中的蒙古族老人乌申吉的形象很动人。他真诚地拥护共产党的很重要的原因，就是共产党能够满足他的土地要求。为了土地，他曾将大儿子送到嘎达梅林起义军里去，现在又将小儿子送进了解放军。听说将会分得一份土地，他"不住嘴地发笑"。把王耀东的形象和乌申吉的形象联系起来，可以清楚而又深刻地看到他们在土地问题上的共同心理，看到革命干部队伍和人民群众之间的血肉关系。小说的情节由此辐射开来，将迷人的草原风光，激烈的战斗场面，迷失方向的行军，嘎达梅林起义的故事，伪满十四年的残酷统治，人们对美好未来的憧憬，等等，写得情景交融、如诗如画。作家柳青读后写了一篇评论，说："我认为这是我去年以来读到的好作品里的一篇。又因为我从小说看到了马加创作上的大进步，就更加高兴。"[1]《开不败的花朵》作为新中国成立初期最优秀的作品之一，它的发表，使作者蜚声文坛。

在小说创作上，能够全面代表马加思想、艺术功力和风格特色的是《北国风云录》（1983年）及其姊妹篇《血映关山——神州风火录》（1990年）。在这两部作品问世以前，作者虽然已经出版过反映冀中人民抗日斗争的《滹沱

---

1 柳青：《读〈开不败的花朵〉》，《文艺报》第2卷第9期，1950年7月25日。

河流域》（1946年）、反映抗美援朝战争的《在祖国的东方》（1955年）和反映农业合作化运动的《红色的果实》（1960年）这样几部长篇，它们也都表现了一定的思想艺术特色，但在反映生活的广度和深度上都很有限。而《北国风云录》和《血映关山》则通过一群东北流亡青年的风云际会，把1931年九一八事变到1945年日本投降这一段作者所亲历的抗日战争时期的生活，做了十分动人的描绘。在众多的反映抗日战争的小说中，这两部作品，无论在题材、人物还是在语言、叙事方式上，都有其不同凡响之处。《北国风云录》和《血映关山》的叙事中作者始终把九一八事变后一群流亡青年知识分子的行踪、命运和心灵历程作为视点来展现中国人民反抗日本侵略的这一段可歌可泣的历史。主人公周云出身于辽河套一个贫苦的乡村医生之家，他由故乡去沈阳东北大学读书，九一八事变后流亡北平，又到延安和晋察冀边区，在抗战胜利后又回到解放了的故乡。作品的故事大体上沿着周云的这一行踪和心路历程展开。与此同时，作者还写到在思想和行动上与周云相互策应的沈风在辽河套一带组织第九路义勇军，以及沈风与李卓、叶雨芳等在云蒙山区组织抗日游击队进行武装斗争等。周云是带着阶级仇和民族恨走向斗争的。流亡，使他怀着国破家亡的悲愤，备尝世态炎凉，同时也激发了他反抗黑暗、追求光明的意志。正是在流亡的过程中，他接受了生活本身所给予的启示，沿着自己的性格逻辑，从一个反抗地主阶级压迫、追求婚姻自由和个人出路的文学青年，一步一步地走向了革命，走进了中国共产党领导的以民族解放和阶级解放为崇高目标的革命队伍，变成了一个用马克思主义理论武装起来、朝气蓬勃的革命干部。作为一种历史趋势，这一切被写得十分真实、自然。其次，作者十分自觉地运用了现实主义典型化原则。对于九一八事变、一二·九运动、卢沟桥事变乃至于延安的"抢救运动"，小说都有正面的、绘声绘色的描写。历史感很强烈，却又不可以混同于某些以再现重大历史事件为目的的纪实文学。尽管作者的经历和作品中周云的出身、行状大体相似，但是又不可以把这部作品当成作者的传记来看。用他本人的话来说："虽有真人真事，我努力进行典型的概括。"[2]正因此作品中我们就看到了重大历史事件、时代主要矛盾对人物的命运、性格、情感以及相互关系的深刻影响，还看到了20世纪三四十年代中国的社会风俗画，特别是关东特有的民风民俗和历史沧桑。这两部小说，从酝酿到最后完成，历时20余年，三易其稿。如作者在小说的自序中所说，他是带着"向人民交了一份答卷"的任务来完成自己的创作的。所以，从小说所写周云、沈风、柳亚雄、叶雨芳这些热血青年身上，我们既可以看到他们把自己的命运和祖国命运紧紧联系在一起的爱国情怀，看到他们在斗争的旋涡中英勇搏击，不怕流血牺牲的青春活力和革命精神，也看到他们追求中的焦灼、苦闷，乃至在延安"抢救运动"中受到的伤害。作者在描写这一切时，既有强烈的爱憎和鲜明的褒贬，同时又表现了一个过来人，一个思想和艺术上都已成熟了的老作家对历史所采取的客观、公正的态度。再次，小说语言诗意盎然，乡土气味十足，优美、洗练、含蓄，充满散文抒情的韵味，这成为马加艺术风格的重要因素，而且比他以往作品的语言更加圆熟、老到。1986年，沈阳春风文艺出版社出版了五卷本《马加文集》，文集收入了作者除《血映关山》以外的主要著作。

【柯尤慕·图尔迪的《战斗的年代》】柯尤慕·图尔迪（1937—1999），维吾尔族，新疆喀什市人。1955年开始创作，先后发表和出版中篇小说《泽热甫香河之光》（1982年）、《路》（1983年），长篇小说《克孜勒山下》（1975年）、《战斗的年代》（三部曲，1979年，1984年）等。他的长篇小说《克孜勒山下》是新中国维吾尔族长篇小说发展史上较早出现的作品，具有开拓性意义。同时，这部作品最早显示了柯尤慕·图尔迪小说创作的特点，即以较大的篇幅和规模，描写维吾尔族人民近半个世纪的历史斗争生活，塑造在斗争中成长的民族英雄人物。

他的长篇三部曲《战斗的年代》，第一部取名《黎明之前》（1979年），第二部取名《泽热甫河之光》（1981年），第三部取名《春之歌》

---

2 马加：《北国风云录》，中国青年出版社1983年版。

（1983年），共100多万字。作品规模宏大，在广阔的社会背景和历史进程中，忠实地反映20世纪40年代末至50年代初这一新旧交替的历史时期维吾尔族的社会生活。他曾说："在我进行长篇创作以前，我们维吾尔族历史上还没有长篇小说发表。至于长篇小说为何物，我正在认识、学习、理解，也在等待别人走出一条路。"[3]他的作品表现了在那个特定的年代里，维吾尔族人民所经受的民族和阶级苦难，他们对光明与解放、对共产主义真理的憧憬与追求，以及革命英雄主义精神，取得胜利的豪情和欢乐。作品还热情讴歌了各民族人民在斗争中结成的深厚战斗情谊和民族大团结精神。阿勒玛马斯、托合塔洪、阿斯姆、伊利刃等人物形象，大都具有鲜明的民族性格特征。作者塑造这些人物时，注意把他们放在历史的发展和现实的激烈冲突中加以刻画，形象饱满，个性生动，又有一定的典型意义，因而呈现了史诗性的特点。作品问世即获得全国少数民族文学创作骏马奖，也说明了小说的成功。

柯尤慕·图尔迪曾任新疆作家协会副主席、主席，新疆文学艺术界联合会名誉主席，中国作家协会第四届理事会理事、第五届全国委员会主席团委员，中国少数民族作家学会副会长等。

---

3 刘有华：《他从西天山走来》，《民族文学》，1989年第6期。

第四章 | 史诗性长篇新作（下）

王火的《战争与人》——叶君健的《土地》——李尔重的《新战争与和平》——
张炜的小说与《你在高原》——范稳的"藏地三部曲"及其他

【**王火的《战争与人》**】王火（1924—　　），江苏如东人，生于上海，
原名王洪博。他的父亲是法律教授、南京政府的高级官吏。王火少年时随父在
南京、上海等地读书，1948年复旦大学新闻系毕业后，长期从事编辑出版工
作。曾任四川文艺出版社总编辑、四川省作家协会名誉主席。从20世纪40年
代开始发表作品。他的《战争和人》三部曲由《月落乌啼霜满天》《山在虚
无缥缈间》和《枫叶荻花秋瑟瑟》组成。全书从1936年西安事变写到1946年
抗战胜利以后，在时间跨度上展示了抗日战争的全过程。小说将中国广阔的
社会景观扇形地呈现在我们面前：那六朝金陵的秦淮旧梦，十里洋场的魑魅魍
魉，中原大地的战乱流离，湘桂黔的溃退和雾都重庆光明与黑暗的搏斗等，构
成了一幅气势恢宏的历史画卷。作品以国民党中间派高级官吏童霜威为正面主
人公，这在以前的创作中是少见的。作品成功地刻画了他复杂的性格。他无派
系，没有后台，既受当权者排挤，又为别的势力所笼络，常处于矛盾纠葛的中
心。因而他不满国民党，又不赞成共产党；他主张抗日，又害怕战争；他自命
清高，又不忘利禄；在激烈的斗争中徘徊游移，最后终于走上了民主进步之
路，反映了时代的潮流和社会的走向，是一个具有丰富社会内涵的艺术典型。
《战争与人》是一部通过个人命运反映大时代的、具有史诗品格的鸿篇巨制，
结构完整，笔力雄健而细腻，语言畅达而流丽，人物形象饱满而生动。曾获
20世纪90年代第二届国家图书奖和第四届茅盾文学奖。这是我国当代描写抗

日战争的从内容到风格都十分独特的一部作品。王火著述良多，还写有长篇小说《血染春秋——节振国传奇》《浓雾中的火光》《香祭》《王冠之谜》《流萤传奇》《禅悟》《外国八路》，中篇小说《边陲军魂》《隐私权》，中篇小说集《心上的浪潮》，中短篇小说集《梦中人生》和电影文学剧本《平鹰坟》《明月天涯》《外国八路》《绿云寨》及回忆录《失去了的黄金时代——金陵童话》等。他是一位极勤奋的作家和资深的编辑，曾被评为全国先进工作者。

【叶君健的《土地》】叶君健（1914—1999），湖北红安人。1937年毕业于武汉大学外文系，任过编辑，翻译和重庆大学、中央大学教授，20世纪40年代初去英国，用英文出版过自己的小说《山村》和《他们飞向南方》。他用中文翻译过大量外国文学作品。新中国成立后长期在对外文委工作，任《中国文学》副主编、主编。新时期专心从事小说创作，出版过中篇小说《在草原上》，还有散文集多种。他的小说代表作是《土地》三部曲，包括《火花》《自由》《曙光》，以宏阔的视野、复杂的线索，描写了自辛亥革命至五四运动的长江流域农村与城市尖锐错综的阶级矛盾和斗争，展现了人物众多、情节曲折的故事，反映了当时中国风云变幻的历史画卷。作者有很高的文学素养，在他笔下的生活场景多富于地域的文化色彩。

【李尔重的《新战争与和平》】在表现革命斗争的超长篇小说中，还应提到李尔重的八卷《新战争与和平》。李尔重（1914—2009），河北丰润人，1932年加入中国共产党，曾到日本仙台帝国大学留学，抗日战争期间在八路军工作，担任过多种领导职务，在河北省委书记任内离休。他于1950年加入中国作家协会。出版有小说集《落后的脑袋》《杜厂长》《三个战士》《李尔重小说选》等，还写有话剧《扬子江边》、京剧《王昭君》，长篇小说《领导》和《战洪水》。出版有《李尔重文集》20卷。这是一位一生从事业余创作的作家，除小说、戏剧外，还写散文、杂文。他离休后创作的反映抗日战争全过程的长篇小说《新战争与和平》，以重大历史事件为线索，写长城抗战、淞沪战役、塘沽协定、七七事变、南京屠城等一系列事件，以事叙史，依事写人，是一部历史文献式的巨著。计500多万字，堪称超长篇。由于作者既有抗日战争的亲身经历，又经过长期的构思和经营，且有文学创作的经验，人生阅历也十分丰富，因而能够驾驭这样的大题材和刻画众多的人物形象，在宏大的结构中展开各种各样的生活场面的生动描绘。《新战争与和平》无疑是我国当代反映抗日战争的内容厚重并有一定艺术感染力的作品，也是字数最多的作品。作者年近90岁时完成这部巨著，令人钦佩！

【张炜的小说与《你在高原》】以《你在高原》10卷长篇小说荣获茅盾文学奖的张炜，是继冯德英之后在齐鲁大地崛起的重要长篇小说作家。

张炜（1956—　），出生于山东黄县，1980年毕业于烟台师专，曾任龙口市副市长、山东省作家协会主席、中国作家协会全委会委员和第九届以来副主席。他早年发表过诗歌，就业后开始小说创作，著有小说集《芦青河告诉我》（山东人民出版社1983年）、《浪漫的秋夜》（中国青年出版社1986年）、《秋天的愤怒》（人民文学出版社1986年）和长篇小说《古船》（人民文学出版社1987年）、《九月寓言》（上海文艺出版社1992年）《柏慧》（十月文艺出版社1994年）《你在高原》等。

张炜的早期创作，如曾获年度全国优秀短篇小说奖的《声音》（1982年）和《一潭清水》（1984年），都有着清新优美的田园韵味，大自然的景色和农村少男少女的真诚美好的情感相交融，表现出一个初涉人世的青年对变化着的农村生活的感受和遐思。从中篇小说《秋天的思索》《秋天的愤怒》开始，他强化了对现实生活的切入深度，对改革开放中乡村社会旧势力仍然盘踞和作威作福的现象予以强烈抨击，并且刻画了与之艰难抗争的中年农民的艺术形象。他的首部长篇小说《古船》，将在下文"农村改革的新图"章节里介绍。

张炜以20年岁月经营的超长篇小说《你在高原》则视野广阔，企图概括半个多世纪来胶东半岛所展现的乡村和城市的历史变革和不同身份的各种人物的命运浮沉。现实主义的笔触中又不乏浪漫主义的幻想和想象，并以散文诗般的笔法抒发哲理的思考。长达450万字的《你在高原》，全书分39卷，归为10

个单元：《家族》《橡树路》《海客谈瀛洲》《鹿眼》《忆阿雅》《我的田园》《人的杂志》《曙光与暮色》《荒原纪事》《无边的游荡》。2011年获第八届茅盾文学奖。

《你在高原》从语言到故事，从形式到内容，从韵致到意境，各卷皆不相同，创作风格也各异。作品几乎囊括了自19世纪以来的种种文学试验。它让读者感到包罗万象、精彩纷呈，既足踏大地，又在行走中记录一个中国变革的伟大时代的崎岖和苦难。作者笔下的人物，既有底层的劳动者、受压迫和被蹂躏的无辜女性，也有社会的上层官员和富豪，更有"父亲"那样的精神崇高却长期蒙冤而陷于无尽苦难中的革命者。作者把辽阔旷远与缜密精致完美结合，给人以巨大的冲击力。

《你在高原》获《亚洲周刊》评出的2010年"世界华文十大小说"榜首，获《人民日报》、人民网"年度（2010年）最有影响力10本书"，获《当代》长篇年度小说奖（2010年）"年度五佳"，《你在高原》之《荒原纪事》获"中国作家鄂尔多斯文学大奖"。作者张炜凭借本书获得中国教育报十大文化人物之首，并荣登"齐鲁精英十大风云人物"榜。作者凭借本书还获得第九届华语文学传媒大奖"2010年度杰出作家奖"。

中国作协主席铁凝在评价这部小说时指出："作品对于人类发展历程的沉思，对于道德良心的追问，对于底层民众命运和精神深处的探询，对于自然生态平衡揪心的关注等方面，都给我们留下了深刻的印象。"[1]

在表达乡土色彩的齐鲁作家中，张炜的小说创作成就是突出的。毫无疑问，张炜是中国当代富于艺术创造力和深厚忧思的作家之一。在长达40余年的创作生涯中，作家沉湎于历史、现实、自然、人性、风俗、传说、哲学、宗教诸般求索之中，展开了一场马拉松式的文学跋涉，其超越的视角、犀利的思想，在消费至上、娱乐至上的物质主义时代，彰显出难得的独特价值。

【范稳的"藏地三部曲"及其他】范稳（1962—　　），生于四川，1985

1《读者参考丛书》编辑部编：《我们为什么渴望浪漫》，学林出版社2011年版，第167页。

年毕业于重庆西南师范大学（现西南大学）中文系，同年到云南工作，后居昆明，供职于云南省作家协会。1986年开始发表作品，现已发表各类题材、体裁的文学作品500余万字。代表作为反映西藏百年历史的"藏地三部曲"——《水乳大地》《悲悯大地》《大地雅歌》。其中《水乳大地》已翻译成法文出版，《悲悯大地》翻译成英文出版，另有作品翻译成德文、意大利文等。此为作者继《吾血吾土》之后反映抗战历史的第二部长篇小说。曾获第八、第十一届"十月文学奖"，《当代》杂志长篇小说年度奖，第四届《人民文学》长篇小说双年奖等多项国内文学奖。

范稳以书写"藏地三部曲"而知名。百年来我国藏地发生了前所未有的深刻而广泛的变革，包括洋教的渗入和革命力量的崛起与冲击。这为范稳的小说提供了厚重多彩的题材选择。《水乳大地》乃范稳的力作之一，小说以西藏东部边缘地区一个世纪以来的风云变幻为背景，塑造了一群非常有特点的人物形象：有藏传佛教的活佛，纳西东巴教的代表，基督教的传教士；有红汉人的干部，还有不惧天地鬼神的康巴汉子，以及西藏土著宗教——苯教鼻祖的魂灵。小说就在宗教和现实交错、多种民族混居、多种文化相互冲撞与融合的漩流里，打造一系列惨烈而有光彩的故事和性格突出、生动的人物形象。小说选择宗教的视角，给作品带来相当的新异性。小说以20世纪初两个法国传教士进入澜沧江峡谷，掀开故事的帷幕，产生一场神父与喇嘛斗法的"教案"。作为贯穿性情节主干，小说主要在讲野贡土司家族与大土匪泽仁达娃家族以及纳西族长和万祥等人延续了三代的恩仇爱恨。然而全书的容量要大得多，众多面目各异的宗教人物和不同民族的青年男女的出场，不啻推开了一扇锢闭既久的门窗，让我们从中看到人与宗教的复杂关系。尽管故事铺展很开，伸出枝叉甚多，小说的章节忽而世纪初，忽而世纪末，忽而20世纪30年代，忽而20世纪70年代，让人眼花缭乱，但小说主脉却是从冲突、动荡走向和谐、交融。尽管争斗、灾害、人祸不断，但不同民族之间的互助精神和寻求融合的爱的力量，最终形成了百川归海的壮阔场景。作者想象力丰腾，不断出现魔幻与神奇、现实与超现实切换，从而酿造出一种特殊的神秘氛围，这些都是《水乳大地》在艺术上突出的特色。

《悲悯大地》则通过澜沧江两岸两个家族的恩怨情仇为我们展现了藏族人的生存状态。江东岸都吉家世代以走马帮为生，积累了财富；江西岸朗萨家族，热衷于强取豪夺。两个家族的争斗成为小说的主线。在老一辈的恩仇结束后，两边的少爷走向了不同的道路。洛桑丹增致力于成为藏教的上师。他杀死仇人后用了7年的时间从家乡一直磕等身长头来到圣城拉萨学习佛法，其间他先后失去兄弟、妻子、女儿、母亲。最后他终于明白了佛法的悲悯。而达波多杰则用了十多年寻找西藏最好的宝刀、烈马、快枪，来报杀父之仇。最后两人在新中国即将成立时又一次碰头。达波多杰带领着一群贵族头人们和共产党对抗，而洛桑丹增则用他的悲悯和自己的生命化解了这一场冲突。也让达波多杰明白了英雄应做奉献和牺牲，只有拯救人的心灵、救渡苦难的众生，才是真正的英雄，从而使悲悯的主题呈现出震撼人心的力量。其中精彩的细节、奇异的物事，真实地再现了当地人神共处的生活场景，也为我们展现了一幅20世纪前半叶的藏族聚居区生活风情画，使读者对藏族文化有更进一步的了解。

直至2010年出版《大地雅歌》（北京十月文艺出版社2010年6月出版），范稳的"藏地三部曲"才宣告完成。这是他十年辛劳的成果。他说："我为自己感到庆幸，十年来我做了一桩有意义的工作，把三本书奉献给我的读者，供奉给那片神奇的土地。不是我书写了这片大地，而是这片大地召唤了我。我服从了召唤，就像服从黎明的第一缕阳光，把我从黑暗中唤醒。"[2]

《大地雅歌》可以看到范稳更为沉稳轻松的叙述，优雅飘逸，挥洒自如。这部作品显示出范稳对藏地文化，对生存于这片土地上的人的命运有了新的认识。小说的故事主线为央金玛和流浪歌手扎西嘉措相爱而私奔，逃到偏远的教堂小镇，而强盗格桑多吉也对央金玛一见钟情，甚至放弃土司继承人的权利而住到这个小镇；及至革命来临，改名奥古斯丁的格桑多吉转向了革命，而改名史蒂文的扎西嘉措成了革命的对立面，奥古斯丁在关键时刻给史蒂文一条生路，为此丢了公安局长的官职，但他在教堂小镇住下，与玛丽亚生活在一起。

爱情又超越了革命。多少年后，史蒂文在台湾，已经步入老年，大陆开

2 范稳：《大地雅歌》，北京十月文艺出版社2010年版。

放，他从台湾来到教堂小镇，但物是人非，而奥古斯丁有意掉进湍急的河流，以死来成全史蒂文和改名玛丽亚的央金玛。所有这一切，表明爱已经替代宗教成为生命存在的最高信仰。小说还着力刻画顿珠活佛虚怀容纳基督教的宽宏形象，从而进一步表达范稳对20世纪东西方宗教的冲突与融合的深刻思考。为小说弘扬男女之爱，最后向着"大爱"超越，提示深厚的思想背景。

《吾血吾土》则是范稳在长达四年的时间里查阅史籍，深入滇西地区，采访抗战老兵，并远赴台湾等地采风，最终完成的一部反映西南联大时期一代知识分子投笔从戎，御敌救亡，并在不同的历史时期起落沉浮的英雄史诗性长篇。该书在2015年获得第九届茅盾文学奖提名、《人民文学》双年奖、《十月》文学奖。

作者2017年推出新作《重庆之眼》，全景式反映"重庆大轰炸"这一重大历史题材，被评论界誉为长篇小说领域反映抗战题材具有里程碑意义的力作。在作品中一座英雄的城市，乃至一个民族不屈不挠的精神得以充分展现。它是一部向生命和爱情致敬、向重庆致敬的作品，大气磅礴，交叉式结构精雕细琢，既有引人入胜的情节，又有出神入化的细节描写，还体现了作者自觉的文体追求，如"旧闻录"的布局，包括很多精彩议论，都恰到好处。重庆方言的运用，对于本土文化和地方风情做了有力的表现。无疑，创作勤奋的范稳，在描写西南民族历史风情方面，是正在冉冉上升的一颗明亮的新星。

我国百年巨变，可歌可泣的史诗性题材很多，以上长篇小说就表现了史诗性作品的多姿多态，也展现了改革开放以来这方面作品的新成绩。人们有理由期待更多的这类长篇问世。

第七编│农村新变的画卷

　　"文化大革命"后，我国进入改革开放的新时期。这时期描写农村的小说大约可分两类：一类是描写乡土风情的，另一类则是偏重反映农村改革的。本编论述限于描写农村改革新貌的长篇。前者将另外论述。

　　近四十年，新中国农村产生了新的深刻变化。由于土地承包到户，农民生产积极性大大提高，部分农民，特别是年轻男女不再被束缚于土地，在城镇化、工业化的高潮中，他们很多涌入城市打工或自谋职业，有成为小店主、企业家乃至新富豪的，也有沦为社会底层艰难挣扎的。有一些人成为农民工，为中国城市的现代化建设做出自己的贡献。与这一过程相伴，农村也出现了不同的状况：发达地区的农村进入现代化，新建房屋和农田，欣欣向荣；落后地区的农村，在政府扶贫政策扶植下也逐渐富裕起来；少数因坚持集体所有制而走向共同富裕的农村，如北京的窦店大队、河南的南街村、江苏的华西大队等，其生产和生活已完全现代化，富裕程度更胜于城市的一般市民；但也有为数不少的农村因自然条件恶劣，青壮年都被吸引到城市，村庄里只剩下老人、妇女和小孩，如贾平凹的《秦腔》所写的那样。在这一历史变动中，不但农民的命运有许多变化，他们的精神世界也产生许多变化。这一切都反映在作家们所写的农村新变的小说中。长篇小说尤为此做出显著的贡献。自然，因各人取材视角的差异，每部长篇小说描写的状况也有所不同。既有描写实行分田到户的家庭承包制后农村涌现的新气象的，也有从不同视角切入农村生活，描写人们不同的遭遇和命运的。从内地到边疆，各地作家先后都创作有这方面的长篇小说。如陕西路遥的《平凡的世界》、贾平凹的《浮躁》，还有河北关仁山的《天高地厚》、何申的《梨花湾的女人》，山东刘玉民的《骚动之秋》、毕四海的《黑白命运》，江苏高晓声的《陈奂生出国》，湖南孙建忠的《醉乡》等。这些长篇小说从不同的视角切入这时期的农村生活，多姿多彩地反映了改革开放以来农村新的变革所带来的种种新的历史脉动。

第一章 | 大北方农村改革的新图

大北方农村改革的新图——路遥的小说及其《平凡的世界》——贾平凹的《浮躁》与《秦腔》——邵振国的《月牙泉》和张武的《罗马饭店》——韩乃寅的"北大荒"小说与孙惠芬的《上塘书》

【**大北方农村改革的新图**】我国大北方地域辽阔，泛指大西北和大东北，包括陕西、甘肃、新疆、宁夏、内蒙古和黑龙江、吉林、辽宁诸省区，风光民情各异，乡土自然环境也多种多样。改革开放以来描写农村新变的长篇小说，其题材和风格都丰富多彩。先后涌现的路遥、贾平凹、邵振国、张武、韩乃寅、孙惠芬等诸多小说家的作品都涉及这方面的题材。

【**路遥的小说及其《平凡的世界》**】路遥（1949—1992），陕西清涧县人，在贫困的山区农村度过童年，1969年在延川县立中学高中毕业后返乡劳动，教过小学，做过临时工，1973年在《陕西文艺》上发表第一篇小说《优胜红旗》，同年入延安大学中文系读书，1976年毕业后到《延河》当编辑。1980年发表《惊心动魄的一幕》，获1977—1980年全国优秀中篇小说奖。1982年发表《人生》，获1981—1982年全国优秀中篇小说奖，并被拍成同名电影，获得广泛反响。从1986年至1989年，出版三卷长篇巨著《平凡的世界》（均由中国文联出版公司出版），陕西人民出版社于1993年出版《路遥文集》共五卷，收集了他的主要作品。

路遥的文学道路，受老一代陕西作家柳青的影响很深。他出生于陕北的乡村，从事文学创作以后，一直以陕北为自己的创作基地，坚持深入生活，把握时代脉搏，为创造史诗性作品呕心沥血，耗竭生命，以致英年早逝。

反映路遥在思想和艺术上都走向成熟，并成为他的代表作和当代文学重要收获的是《平凡的世界》。它以陕北黄土高原双水村孙、田、金三姓人家的父辈和儿女两代人物为描写对象，探索一代乡村青年的人生道路，展现了1975—1985年历史转折后的改革开放初期的农村时代风貌。作品描写从公社生产队的集体管理到实行生产承包责任制，从把农业人口捆在黄土地上到大量的剩余劳动力涌向城市，从别无选择地当农民到有可能依靠个人奋斗、利用各种机会改变人生。作品中所描写的孙少平、孙少安、孙兰香、田润叶、田晓霞、田润生、金波等一群农村青年，他们各自的追求，都属日常随处可见。作家所看重的是："每个人的生活同样也是一个世界。即使最平凡的人，也得要为他那个世界的存在而战斗。从这个意义上说，在这些年里，也没有一天是平静的。"[1]路遥着力刻画他们为了实现自己那平凡目标所做出的不平凡努力。孙少平在高中毕业以后回到乡村，经历过劳动的艰辛、物质的匮乏和精神的痛苦，但因改革开放，他和他的家庭终于开始摆脱贫困。哥哥孙少安要他一起经营新开的砖窑来致富，少平却不甘于被土地所束缚，决心进城去当矿工，在前途未卜的新的道路上追求另一种更积极、更富有价值的生活。作品继承现实主义创作方法，基于现实生活本色表现生活的同时，成功地采用了一种开放的结构方式：以多重脉络，随同人物的生活道路，把故事情节引向不同的时空，从新任省委、地委主要领导人，到乡村里的一家家农户和他们的后代，从省城、专区、县城到矿山和山村，皆纳入小说画幅，从而使作品具有开阔的视野，多方位的表现力，也使人物性格和命运，在人与环境的互动中得到充分的描写。孙少安不只从穷困的生活境地走出，成为双水村里新的能人，而且还在现实熏陶下学会了做生意、拉关系，请吃请喝、送礼送回扣；田润叶在对爱情的绝望中结婚却在新婚蜜月拒绝她的丈夫李向前，又在李向前突然身罹车祸后回到他的身边，对生活有了新的体验。作品厚重、沉实，具有引人向上的思想启迪作用和强烈感人的艺术魅力，故作为首部描写农村改革的饶有力度的作品而荣获茅盾文学奖。

---

1 路遥：《平凡的世界》第2部第23章，《路遥文集·第4卷》，陕西人民出版社1993年版，第275页。

【贾平凹的《浮躁》与《秦腔》】贾平凹（1952—　　），陕西丹凤县人。中国当代著名的小说家、散文家。初中未毕业即回乡务农，1972年就读西北大学中文系，热衷作诗，后转而创作散文和小说，毕业后任陕西人民出版社和《长安》杂志编辑，1982年至今从事专业创作，曾任中国作协理事，陕西作协副主席、主席，中国作家协会副主席。他的主要著作有中短篇小说集《兵娃》（中国少年儿童出版社1977年）、《姐妹本纪》（安徽人民出版社1978年）、《早晨的哥》（陕西人民出版社1979年）、《山地笔记》（上海文艺出版社1980年）、《贾平凹小说新作集》（中国青年出版社1982年）、《野火乐》（陕西人民出版社1983年）、《小月前本》（花城出版社1985年）、《腊月·正月》（北京人民出版社1985年）、《天狗集》（作家出版社1986年），还有长篇小说《商州》（北京人民出版社1986年）、《浮躁》（作家出版社1987年）、《废都》（北京出版社1993年）、《白夜》（华夏出版社1996年）、《土门》（春风文艺出版社1996年）、《高老庄》（太白文艺出版社1998年）以及《极花》（人民文学出版社2016年）等10余部。他的《满月儿》获1978年全国优秀短篇小说奖。《腊月·正月》获第三届全国优秀中篇小说奖。长篇小说《秦腔》获茅盾文学奖。

贾平凹在文化寻根潮中曾扮演重要的角色，前文曾经论述。他取故乡商州作为小说生活题材的系列作品，以古朴的语言描写山乡野俗，被认为富于"秦汉韵味"。但他的丰富创作已超出文化寻根的意义，而成为具有鲜明地域乡土色彩的代表性作家。为他赢得声誉的还有他描写乡村改革引起新变的"商州系列"小说。他自叙："欲以商州这块地方，来体验、研究、分析、解剖中国农村的历史发展、社会变革、生活变化，以一个角度来反映这个大千世界和人对这个大千世界的心声。"[2]为此，他写出10余个中、短篇和多部长篇小说。他描写的改革开放给原本封闭的山野和山民带来的冲击，杂以旷夫怨女动人心弦的爱情故事，褒扬真善美，揭露假恶丑。像《小月前本》《鸡窝洼人家》《腊月·正月》《远山野情》《天狗》《黑氏》《古堡》等系列中篇，都极富时代

---

2 贾平凹：《小月前本·在商州山地（代序）》，《小月前本》，花城出版社1984年版。

的精神与激情，因而获得读者的广泛共鸣与赞赏。他的这些小说之所以被评者视为"文化寻根"，主要因为贾平凹十分注重开拓和表现生活的文化层面。举凡商州的历史、传说，民间的占卜、禳祀、礼仪以及屋宇建筑、器皿陈设、歌谣俚语等典章文物与风俗民情及民性，无不被淋漓尽致地描写，其中既有对美好人性人情的歌颂，也有对保守、狭隘、愚昧与野蛮等落后的国民性的鞭笞。而小说的语言更兼擅楚骚的神奇诡异和汉魏的古拙质朴，更有笔记小品的空灵与逸趣。文言与方言相糅，简练、生动而传神，使小说语言本身也富于文化的风韵与地方的特色。

　　长篇小说《浮躁》是贾平凹的一部力作，它通过主人公金狗、雷大空等农村青年在改革开放大潮中的闯荡与经历的坎坷曲折，从宏阔的时空上把城乡的种种世相和社会痈疽展现给读者，被认为是"商州系列"的集大成之作，1988年获"美孚飞马文学奖"。此后，贾平凹从农村进入西安，并长期在西安生活与工作，他的思想情绪和创作题材也产生明显的变化。《废都》和《白夜》写的都是城市生活的一角，已失却早年的清新与淳朴，虽技巧更见圆熟，也展现了一定的世相，但《废都》尽管反映了改革后都市生活的某一角，其弥布的颓废情绪与大量的性描写却引起人们的批评与争议。《白夜》在描写方面虽有节制，但思想上未有明显突破。当然，他前期的作品对于"文化寻根"潮的推动功不可没。贾平凹后期致力于长篇小说创作，先后推出多部新的长篇，如《土门》《高老庄》《怀念狼》《病相报告》《秦腔》《高兴》《情劫》《古炉》《带灯》《极花》《泉》《太阳路》等。新时期城乡二元对立所产生的种种现状与问题，始终使他萦怀。城市现代化、商业化产生的精神颓败、困恼，乡村青年男女进城打工，乡村日益败落、凋零，这些问题一直困惑贾平凹，他的许多长篇基本都在反映和探索这方面的问题。如《土门》讲述一个村庄城市化的过程，对城市当中腐朽的生存方式和乡村的保守心态进行了双重批判。《高老庄》则叙述教授高子路携妻西夏回故里高老庄给父亲吊丧，于是与离婚未离家的前妻菊娃、地板厂厂长王文龙、葡萄园主蔡老黑以及女强人苏红等发生的错综复杂的感情纠葛。以最底层、最日常，甚至有些琐屑的生活流，描写遭遇困扰的子路虽留恋家乡却不得不回城的过程，揭示城乡矛盾在众多人物心灵的投影。《高兴》所创作的农民卖肾给城里人，自己进城以捡破烂为生，却仍难在城里立足的故事，表现作者对农民命运的一贯关注。《秦腔》却写出农村在新时期的颓败，通过琐屑零碎的日常生活描写，把当时农村的种种人物以及婚丧嫁娶、喜乐哀痛等人们的情感和文化习俗，以充满商州方言俚语的描述方式表现出来。小说有史诗般庞大的规模和厚重的质地，作者企图为故乡竖起一块碑，以文字还原和营造了一个活生生的世界，是对将要成为绝唱的农村生活作的"挽歌"，展示对传统乡土的一种"回归与告别的双重姿态"。作品写一个陕南村镇，集中表现了改革开放中乡村的价值观念、人际关系和传统格局的巨大而深刻的变迁。作家2016年的长篇《极花》则描述城里的女人被绑架卖到贫困山区农村，后来虽逃回城市，却备受人们的歧视和冷眼，因而怀念山村的丈夫和儿子，最后思量再三又回到山村去的故事。

贾平凹的中长篇小说无疑构成陕南地区改革开放以来的色彩斑斓的农村图卷。它们反映了改革开放后农村的新变及其产生的新问题。作者所刻画的种种人物的命运和生动形象，给读者留下深刻的印象。应该说他是描写当地历史文化风情成就突出，并且一直关注农民命运和农村浮沉的最为勤奋的作家之一。其作品曾被译为多国文字，并在国内外获过多种奖项。

作为当代重要的散文家之一，贾平凹还有大量的散文作品，出版过多种散文集。

【邵振国的《月牙泉》和张武的《罗马饭店》】邵振国（1948— ）生于北京，1987年毕业于武汉大学中文系。历任甘肃省秦剧团编剧，省文学院专业作家，省作协副主席、名誉主席。1981年开始发表作品。1991年加入中国作家协会。文学创作一级。著有长篇小说《月牙泉》《祁连人》，中短篇小说集《日落复日出》《中国作家经典文库·邵振国卷》等5部，另有论文20余篇。他的短篇小说《麦客》获1984年全国优秀短篇小说奖、《当代》文学奖、《小说月报》首届百花奖。他被称为陇东高原的抒情歌者、西部田园小说的代表性作家。他广泛地描写西部高原、大漠农村的贫瘠生活，以及各种人物的生存状态及其人性变幻。1995年人民文学出版社出版的长篇小说《月牙泉》则写月泉乡和南湖乡的几户农家在几十年中的人物变迁和命运浮沉，突出塑造了索元亨、陆虹等的形象，反映农村改革开放前后的情景。小说刻画索元亨作为农村知识青年从向往艺术到向往金钱的精神历程，以及他与几个女性的情感演变，其中融入作家自己对人生意义的哲理思考。邵振国的许多中短篇小说都为读者再现了甘肃农村各种人物的生动肖像及其人性纠葛。在邵振国诸多的作品中，人们可以看到西部高原那艰难的人生和一幅幅风景画、风俗画和人情画。

宁夏的汉族老作家尚有曾任宁夏作家协会名誉主席的张武（1938—2019），笔名金川，原籍甘肃渭源。1957年至1964年在宁夏中卫县（今宁夏回族自治区中卫市沙坡头区）从事畜牧兽医工作；1964年至1980年在宁夏回族自治区党委组织部、宣传部、办公厅工作；1980年起在宁夏文联工作，曾任文联党组副书记、副主席，宁夏作协副主席，宁夏作协名誉主席。著有长篇小说《涡漩》《罗马饭店》，中篇小说集《新闻天地》《净土》，短篇小说集《炕头作家外传》《潇潇春雨》《黄昏梦》《风流小镇》，散文集《张武散文集》《行路集》。短篇小说《看点日记》《瓜王轶事》获宁夏回族自治区文学评奖一等奖，中篇小说《渡口人家》《红豆草》获自治区优秀作品奖，《罗马饭店》获宁夏党委宣传部"五个一工程"奖。张武的小说富于地方特色和民族韵味，是他在长期刻苦的艺术实践中，不断追求的结果。他的作品除少量带有讽刺性的戏剧，多描写好人好事，新人新事，张扬社会正气，鼓舞人们精神向上。改革开放后他的长篇小说《罗马饭店》便写远离城镇而又地处交通要冲的小山村——桦林沟，在20世纪的后期，农民们在从事传统农业生产的同时，也参与商业经营。罗金花和她丈夫办的罗马饭店，率先崛起，不但使他们成了村里的首富，而且饭店也成为本地乡镇企业的支柱，罗金花本人更成了优秀农民企业家。在她的带动下，桦林沟人奋发图强，多种经营，乡、村干部并力策划，小山村蓬勃发展，同时出现了不少具有时代代表性的人物。在他们之中，既有新旧观念的冲突，也有自身利益的矛盾和情感纠葛，以及与自然界的搏斗。小说对诸多情事的描写，发人深省，激动人心。同时作品也是一幅多彩的乡村风情画，一曲当代农民在改革大潮中的奋进歌。从最初发表作品起，张武就努力探求用群众喜闻乐见的形式和手法，用群众乐于接受的语言，用群众喜欢看和听的故事来反映生活。他的小说多写乡村题材。他曾将自己的作品比为群众喜欢的宁夏特有的小揪面。小说多农家语，淳朴、轻松、明快、通俗易懂、亲切自然、风趣幽默，从而形成了他质朴无华、清新淡雅，具有浓郁的乡土气息的艺术风格。

【韩乃寅的"北大荒"小说与孙惠芬的《上塘书》】在东北三省，描写改革开放后农村新变的作品也较多。而以长篇小说来反映这方面内容的则数韩乃寅、孙惠芬成就突出。前者以描写北大荒的新变称著，后者则以描写辽南农村的新变见誉。

韩乃寅（1947—2018）山东省章丘市人，中共党员。1982年毕业于牡丹江师范学院中文系。1968年赴黑龙江山河农场插队务农，后历任中共鸡西市委办公室主任、秘书长，中共鸡冠区委书记，中共虎林县委书记，中共虎林市市委书记，黑龙江省农垦总局党委副书记、副局长，黑龙江省作家协会副主席。1981年开始发表作品，1983年加入中国作家协会。著有长篇小说《密林虎啸》《血溅蟒猊峰》《燃烧》，中篇小说《断线的风筝》《箭娃》《丢了名字的孩子》《海峡飞来的信鸽》《和老虎开玩笑的孩子》《苦雪》《泪祭》等。《箭娃》获黑龙江省1979—1981年优秀作品奖，中篇小说《远离太阳的地方》三部曲中《天荒》获东北三省首届文学奖一等奖。此外，还著有电视连续剧剧本《龙抬头》《民以食为天》等。

韩乃寅从小就对写作有浓厚兴趣，中学时代便在报刊发表《我的志愿》《红色接力棒》等作品。在山河农场当知青时，他把写新闻作为追求作家梦想的基石，九年多的时间，发表了800多篇新闻稿件，有的还上了《人民日报》的头版头条。1977年，他考上牡丹江师范学院中文系，一面读书，一面进行创作，大学二年级时就出版了《断了线的风筝》《箭娃》两部小说，被省作协吸收为会员。北大荒人艰苦创业的精神激励他决心成为北大荒的代言人，让北大荒神奇的土地和拼搏的精神走进全国人民的心中。此后在不同的岗位上，他都利用一切业余时间从事创作。他的反映知青生活的三部曲《远离太阳的地方》，计100多万字，被中国文联副主席、原文化和旅游部副部长高占祥在《人民日报》撰文誉为"第一部全景式反映知青生活的巨著"。

他的长篇小说《燃烧》三卷，计40万字，激情洋溢地描写三代北大荒人当年开荒拓地的战斗历程。小说刻画贾述生、高大喜、姜苗苗、王继善、席皮、冯二妮等不同年龄、不同性格的垦荒者的形象，歌颂的正是北大荒不怕困难的开拓精神。像贾述生、高大喜等第一代垦荒者虽然受到陷害、打击，承受了委屈，却始终为了北大荒而燃烧自己的生命；像席皮、袁喜娣等甚至献出了自己的生命。他们的命运折射出时代的风云；他们的斗志深扎于历史的土壤。作者的笔墨主要放在人物刻画上，而把征服自然界的生产过程放到人物性格的刻画中去展现。小说不但写人与自然的冲突，还写人与人之间的矛盾。正是把人放到冲突的风口浪尖上去写其作为、思想和情感，作品将不同时代的历史风云及其特征都写了出来，具有深厚的社会内容和必要的文化内涵。贯穿全书的主人公农场党委书记贾述生和场长高大喜这对志愿军英雄、老战友的形象分外感人。二妮、王俊俊等女性的形象也都十分鲜明，给读者留下很深的印象。小说用墨通达流畅、色彩多样，无论状人叙事均有条不紊。大至重要历史事件，小至人物内心的波澜，通过起伏跌宕的故事情节，次第写来，既给人以生活的整体感，又有头有绪，脉络清晰；四时景色描写既亲切又不乏诗情画意，都显现出作者对鸿篇巨制的结构功力和多副笔墨的游刃有余。他的多部剧本被拍摄成电影和电视剧，尤其是表现农业题材的十八集电视连续剧《龙抬头》在央视一套黄金时间播出后，更是好评如潮。

孙惠芬（1961—　），大连庄河人。当过农民、工人、杂志社编辑，现为辽宁文学院专业作家、中国作家协会全委会委员、辽宁省作家协会副主席。1986年毕业于辽宁大学中文系。历任庄河县（今庄河市）文化馆创作员、文化局副局长、《海燕》杂志编辑、辽宁作家协会第七届全委委员、大连市作家协会副主席。1982年开始发表作品，1991年加入中国作家协会。著有中篇小说集《孙惠芬的世界》，中短篇小说集《伤痛城市》，中篇小说《还乡》《歇马山庄的两个女人》，短篇小说《台阶》《天高地远》《舞者》《春天的叙述》《女人林芬与女人小米》《民工》等多篇。尚有长篇小说《歇马山庄》《生死十日谈》《吉宽的马车》《上塘书》等。长篇小说《歇马山庄》获辽宁省第四届"曹雪芹长篇小说奖""中国第二届女性文学奖"。中篇小说《歇马山庄的两个女人》获中国作协第三届鲁迅文学奖。孙惠芬个人曾获辽省第三届优秀青年作家奖、中华文学基金会第三届冯牧文学奖"文学新人奖"。

孙惠芬的作品广泛描写自己家乡农村的各种人物和他们在改革开放新时期城市化过程中的向往、追求、挫折和迷惘,特别是从女性的视角探寻和揭示青年女性在这一过程中的各种隐秘心理和情感经历,塑造了具有时代普遍意义的新一代农村妇女形象,如中篇《歇马山庄的两个女人》中的潘桃和李平,长篇《歇马山庄》中的月月、小青等。孙惠芬的作品总是通过琐细的日常生活去展现人物的性格和心理,描写了许多辽南农村的风俗习惯、民间文化,尤其像长篇小说《上塘书》中纷纷涌现的各种人物,如扭秧歌踩高跷的张五忱、扎纸活的张五贵、处事公平的乡间判官鞠文采等,从而为反映时代新变的乡村小说增添了北方农村的新时代的绚烂画卷。

第二章 | 冀鲁豫农村改革的新图

冀鲁豫农村改革的新图——关仁山的《天高地厚》和何申的《梨树湾的女人》——张炜的《古船》和矫健的《河魂》——刘玉民的《骚动之秋》与毕四海的小说——张一弓的农村改革小说

【冀鲁豫农村改革的新图】 对改革开放后反映农村变革的长篇小说创作，冀鲁豫作家也做出自己的贡献。20世纪90年代河北省曾涌现三位小说家关仁山、谈歌、何申，以用现实主义的笔触书写改革开放后的城乡生活的变化而著名，被评论界誉为"现实主义的三驾马车"。其中，关仁山和何申尤以描写乡村地区的新变而称著。山东省则除了前面已提到张炜曾有长篇《古船》外，还有矫健、刘玉民、毕四海等作家的长篇创作。而河南的张一弓更以描写农村改革新变而闻名。

【关仁山的《天高地厚》和何申的《梨树湾的女人》】 关仁山（1963——　），满族，中国作家协会全委委员，河北省作家协会主席。1984年开始文学创作并发表作品，著有长篇小说《福镇》《魔幻处女海》《胭脂稻传奇》《天高地厚》《白纸门》《风暴潮》《权力交锋》《麦河》等，中短篇小说集《大雪无乡》《关仁山小说选》《野秧子》等8个集子。还有报告文学和散文。他先后创作达600万字。

　　1985年，关仁山与人合作出版了他的第一部长篇《胭脂稻传奇》，素材就来自整理县志的发现。作品近于猎奇性通俗小说。后来经老作家管桦的指点，关仁山才走上深入生活的正路，到海边渔村体验渔民的生涯。1992年他连续创作《蓝脉》等中篇小说10篇，多在国家名刊《人民文学》刊发。1995

年经谈歌建议，启用自己熟悉的平原生活的库藏，转向撰写农村改革的题材。1995年写出了《大雪无乡》，反映乡镇企业改革，发表后反响很大，随后又发表了《九月还乡》，写农村女性进城打工迷失了自己，后来又回归到土地寻找人生的价值。随后与谈歌、何申的新作一起被评论家雷达称为"现实主义冲击波"，被誉为河北文坛的"现实主义三驾马车"。关仁山声名大增，更坚定地沿着这条创作之路走下去，迎来了他最为重要的一部作品《天高地厚》。作品描写改革开放后市场经济对古老农业的冲击，使中国乡村经历着一场从未有过的震荡，传统意义上的农民逐渐消失，新的产业农民正在艰难蜕变中萌芽、破土。小说正是在这一广阔背景下，描述了冀东平原蝙蝠村荣家、梁家和鲍家，三大家族、三代农民跨越30年的爱恨情仇与悲欢离合，不仅塑造了鲍真、梁双牙、梁炜、梁恩华等富有理想色彩的人物，同时也刻画了荣汉俊、鲍三爷、宋书记等性格迥异的复杂人物形象，既展现他们求生存、求温饱、求发展的奋斗精神，又流露出其所承受的曲折、挫败与辛酸，是一部全景式反映当代农村变革和农民命运浮沉的长篇力作。小说问世即被电台播出，产生广泛的影响。

2007年年初，关仁山出版了自己的第七部长篇小说《白纸门》。作品围绕有上百年剪纸传统的麦氏家族和远近闻名的造船世家黄氏家族，进行了全方位的描写，引入民俗文化和民间立场，自觉地以文学作品记录农民的文化心态和命运起伏，引发人们对当代农民问题的关注与思考。

《关仁山小说选》获全国第五届少数民族文学奖、第三届《人民文学》优秀小说奖，并两次获《人民文学》优秀小说奖。关仁山则两次获河北省文艺振兴奖，两次获河北省精神文明建设"五个一工程"奖，两次获河北省十佳青年作家称号。《船祭》获香港第二届《亚洲周刊》华文小说冠军奖，《苦雪》获1992年《人民文学》优秀小说奖等。长篇小说《天高地厚》获第十四届中国图书奖、第八届全国少数民族文学创作骏马奖和2003年度文艺类十大畅销书奖、中国作协第九届庄重文文学奖；中篇小说《九月还乡》获第六届《十月》文学奖。作品被译为英、法、日文出版。有些作品被多次改编拍摄成影视作品或话剧等。关仁山创作勤奋，一直保持旺盛的创作激情。他的作品广泛地描写了冀东城乡的历史风云和社会变革、生活风貌，表现时代精神的激荡和民族风韵的绵长。

何申（1951—　　），生于天津，现居承德。他毕业于河北大学中文系，曾任承德市文化局长、全国人大代表、中国作家协会全国委员会委员、河北省作协副主席。先后出版长篇小说《梨花湾的女人》《多彩的乡村》等5部，发表中篇小说《年前年后》《穷县》《乡镇干部》等百篇，创作电视剧、电影《一乡之长》《能人于四》等多部剧作。

他的中篇小说《年前年后》获《人民文学》优秀作品特别奖、《小说选刊》优秀作品奖和首届鲁迅文学奖与庄重文学奖。由于工作关系，他走过承德市所属几个县区，接触过许多基层人物，积累了丰富的创作素材。他曾说："古城三百年，塞外三千里，山川三万条，创作三十年，才可能有我的中篇小说一百篇……"[1]何申的长篇小说《多彩的乡村》描写20世纪90年代改革开放后的中国北方农村多彩的生活画卷。主人公赵国强不愧为当今的乡村英雄。他不畏权势，不谋私利，勇于冲破重重阻力，冲破各种传统观念的束缚，带领三将村的广大村民摆脱困境，终于走上共同富裕的康庄大道。小说现实感极强，具有浓郁的生活气息。他的另一长篇《梨花湾的女人》以某乡镇的代镇长郑金香为主人公，塑造了一位在改革开放后的新环境中成长的乡镇干部的形象。她兼具传统美德与现代意识，在矛盾、重压面前坚忍不拔，廉洁奉公，开拓进取，却又不能不随流俗请客送礼，以利于工作开展。作品也描写了改革开放后农村的贫富分化和道德滑坡。何申的小说多用简朴的语言、短促的句子，满含幽默风趣，写乡土的人情风物，刻画生活中的真人真事，着力突出勇于捍卫自己尊严的小人物以及处于各种复杂社会关系中的基层干部，对他们既有赞赏也有温情的批判。他的小说从新的视角拓展了现实主义农村题材的创作。

【张炜的《古船》与矫健的《河魂》】张炜曾以中、短篇小说见知于文坛。还以长达十卷的超长篇《你在高原》荣获茅盾文学奖。而他曾经冲击茅盾

---

1 何申：《一座三百年古城的三十年》，"纪念中国改革开放30周年大型征文"活动，2009年。

文学奖的长篇小说初作《古船》，以描写农村改革开放后的新变也获评论界的好评。张炜描写有着悠久而沉重历史的洼狸镇，在迈进新的时代仍然步履艰难。从20世纪40年代到80年代，洼狸镇充满了各种力量相互间的残酷争斗，人与人之间的关系变成仇杀和憎恨。直到农村实行改革，掌握全镇大权几十年、老谋深算的赵炳，因其爪牙赵多多捷足先登，把持洼狸镇的粉丝厂，继续对乡亲们压榨。隋家兄弟抱朴和见素，都立意要从他们那里夺取粉丝厂，并做长期谋划和思考。弟弟见素出于家族和个人的仇恨，要向他们复仇。哥哥抱朴，则因目睹过于沉重的血腥杀戮和承受多年无情摧残，而寻找"摆脱苦难"的新途。他埋头苦读《共产党宣言》，并反复思索心得甚深的重要段落，贯注了作家对马克思主义与当代现实之间关系的理解，具有某种思想力度。同时，《古船》借鉴世界文学的经验，在作品中构造了广阔的空间，通过李知常关心的"星球大战""太空行走"，隋大虎参军到边境参战，地质勘探队丢失带有放射源的铅筒等线索，把作品的视线开拓到小镇之外的各个场域。作家还采用了古船、城墙、算账等多种象征，给作品中的主要人物染上不同趋向的道家文化色彩，丰富了作品的文化内涵和艺术表现力。作品的不足在于节奏的过于迟缓和在处理历史、道德与审美关系上的失当，使得丰富的历史和现实生活被拘囿在单一的评价尺度上。但总体上不失为一部比较优秀的作品。《古船》获得庄重文文学奖、人民文学奖等重要奖项。

长篇小说《河魂》是当年还是青年作者的矫健的名作。矫健（1949—　），出生于上海，1969年到胶东故乡插队。1973年开始小说创作，出版小说集《第七棵柳树》（上海文艺出版社1986年），长篇小说《河魂》（北京十月文艺出版社1987年）、《天良》（四川文艺出版社1987年）等。短篇小说《老霜的苦闷》、中篇小说《老人仓》曾分获全国优秀中、短篇小说奖。他和张炜一样关注农村的现实生活，关心在农村变革中举足轻重的干部素质问题。《河魂》以第一人称的独特视角，充满诗情画意地书写乡村中多年来权力的更迭，三代忠诚于人民事业的村支书老根爷、牛旺、小磕巴的不同性格与命运，展示农村改革开放的历史必然性，通过牛旺与彩彩、小磕巴与彩彩妹妹两代人爱情的悲剧和一条拦河坝的建和毁，以及在小磕巴坚持下对石墨矿的开采，展现了较大的历史时空中的乡村生活图景。代表改革先锋的小磕巴，是一个有文化、有思想，积极追求理想的新一代村支书，他的形象显然表达了作家的心愿。小说既是对于以往"左"倾思潮的反思和批判，也是农村改革开放的由衷颂歌。作为当时最有艺术特色的长篇之一，问世后，立即好评如潮，产生了强烈的影响。

矫健的另一长篇《天良》，则以20世纪70年代的乡村生活为背景，写了农民"哲学家"莫大叔和受过他刻意教育的年轻人天良面对沉重的苦难和爱情悲剧的不同态度，探讨人生与宿命、反抗与屈服的生活哲理，写得非常犀利，情感渲染浓烈，但影响已不及《河魂》。

【刘玉民的《骚动之秋》与毕四海的小说】刘玉民（1951—　），山东荣成人，少年时代在原籍山东荣成市读书。青年时代在原济南军区当过战士、理论教员、文化干事等。转业地方工作后，历任济南市文联编辑、创作员、创作室主任、副主席，济南市作协主席，山东省文联副主席，山东省政协文化组副组长，山东文人书画院院长等职。系中国作家协会会员、中国书法家协会会员。1971年开始发表作品，1983年从事专业创作，其长篇小说《骚动之秋》（1990年）、《羊角号》（1996年）、《过龙兵》（2006年）均为人民文学出版社出版，《八仙东游记》则由山东文艺出版社于1985年出版。此外还有报告文学《东方奇人传》等。

获得第四届茅盾文学奖的《骚动之秋》是他的代表作，主要描写改革开放后胶东地区农民致富后产生的新的问题，描写社会生产进步与道德滑坡的矛盾。比较成功地刻画了新农民企业家岳鹏程由贫到富后思想变质的形象。作者的笔触是现实主义的，色调鲜明，泼墨雄健，快捷中又不乏细腻与秀美。《过龙兵》是刘玉民继《骚动之秋》后的又一部长篇力作。展示新中国成立前后50余年波澜壮阔的海域画卷，真实地再现了20世纪下半叶中国阶级关系、家族关系的社会形态与演变，反映半个世纪中国地覆天翻、惊人魂魄的历史巨变。小说描写营长年打雷击毙大地主大资本家卓立群，抢走五姨太筱月月做自己的老婆，营政委展工夫欲以军法从事，年打雷即挟筱月月迅速逃离……从此，年、卓、展三个家族结下了怨恨。小说时间跨度从解放战争直至改革开放，讲述三个家族撕扯不断的恩怨情仇和命运纠葛，上演了一部离合悲欢的人间传奇。

毕四海（1949—　　），山东章丘人。毕业于枣庄师专中文系。历任枣庄市文联副主席，专业作家，全国第九届人大代表，山东省第六、七届政协委员，山东省作家协会副主席。曾被评为山东省文艺十佳工作者。1979年开始发表作品。1986年加入中国作家协会。著有长篇小说《东方商人》（上、下集）、《皮狐子路》、《财富与人性》、《黑白命运》等5部，《毕四海中短篇小说选》（上、下卷），散文集《一天云锦》，中篇小说《苦楝树》《都市里的家族》《泥砚》等。《东方商人》获山东省首届精品工程奖，《W不是故事》获山东省第二届精品工程奖，短篇小说《白云上的红樱桃》获《山东文学》优秀奖，电视剧剧本《东方商人》拍摄后获第十三届飞天奖、第十五届金鹰奖、中宣部"五个一工程"奖。

他的长篇小说《东方商人》描写章丘孟子后人章洛川创办瑞蚨祥绸缎庄几起几落的兴衰史，反映了民族工商业在半封建半殖民地时代处境的艰难。故事透逶曲折，人物形象生动。因拍成电视连续剧，获得社会广泛的关注。另一长篇《黑白命运》则是毕四海描写改革开放后农村新变的代表作。它通过对主人公王南风在农村改革前后命运变化的描写，展现新时期社会生活方方面面的变化，反映了农村改革进展的艰难，揭露了阻碍改革的各种习惯势力和观念。王南风是个命途坎坷的农民企业家，从偷偷做小生意而被认为"走资本主义道路"罹祸入狱，改革开放后却成为公司大老板和政治明星。他的命运的变化反映了时代的变化。小说以他为中心，涉及社会上的各种人物，为读者描绘出这时期社会变革的各种矛盾和人物关系的变动的具体生动的图画。作品在艺术表现上有所新创，用语颇多夸张、比喻和象征，甚至采用诗歌的排比、对仗和跳跃的笔法，使叙述语言更为灵动活泼而多姿。

【张一弓的农村改革小说】张一弓（1935—2016），祖籍河南新野。中共党员。高中肄业。长期从事新闻工作，曾任《河南日报》党委核心小组副组长，中共河南省委办公厅副主任，河南省作协主席，中国作协全委会名誉委员，河南省作协名誉主席。1956年开始发表小说。1980年加入中国作家协会。《犯人李铜钟的故事》《张铁匠的罗曼史》《春妞儿和她的小嘎斯》获全国一、二、三届优秀中篇小说奖，《黑娃照相》获1981年全国优秀短篇小说奖，长篇小说《远去的驿站》获中宣部"五个一工程"第九届优秀作品奖。

他的多部中篇小说连贯起来也可以作为反映改革开放后不同时期农村改革的长篇新图来读。张一弓称自己是"同时代人的秘书"。他深入反思农村历史道路的曲折，热情拥抱变革时期的农村现实，努力追踪农村的变革步伐，成功地塑造了李铜钟、张铁匠等农村改革者的感人形象。这些都使他的这些小说成为充满热情和理想的现实主义创作，受到读者的喜爱，产生了广泛的影响。张一弓思想敏锐，文笔犀利、流畅而雄健。他的长篇小说《远去的驿站》属宏观性的近历史题材，将另做论述。

第三章 | 大江南农村改革的新图

大江南农村改革的新图——高晓声的《陈奂生上城出国记》——孙健忠的《醉乡》——程贤章的《云彩国》

【大江南农村改革的新图】 "大江南"系指长江以南的东南多个省份,地域自然辽阔,但以长篇小说反映改革开放以来农村新变的作品,并不很多。首届一指有大影响的当数江苏的高晓声,他的短、中篇尤为著名。而他的长篇小说《陈奂生上城出国记》,也以短、中篇缀成。湖南的孙健忠为土家族,他的长篇《醉乡》也属一时名作。程贤章则属广东省以描写农村风云而具盛名的作家,他的长篇《云彩国》是反映改革开放后岭南农村巨变的作品。这些作品当然各有其地域的色彩和风格。其他省份虽然也有不少书写农村变革的中、短篇小说,但具有重要影响的这方面的长篇毕竟不多。有部分涉及这方面题材的作品,将在下文地域民族风情小说的部分补行论述。

【高晓声的《陈奂生上城出国记》及其他】 高晓声(1928—1999),江苏武进县(今常州市武进区)人。1950年开始发表作品,1954年发表第一篇短篇小说《解约》,1957年发表了体现"探求者"文学主张的小说《不幸》,不久被错划为右派,下放到原籍农村劳动,直到1979年才重返文坛。著有诗集《王善人》和作者自1979年至1984年的编年小说集六本以及《陈奂生》《高晓声小说选》,长篇小说《青天在上》《觅》《陈奂生上城出国记》和论文集《创作谈》《生活·思考·创作》等。其中,《李顺大造屋》《陈奂生上城》分别获得全国第二届、第三届优秀短篇小说奖。

他的系列小说《漏斗户主》《陈奂生上城》《陈奂生转业》《陈奂生包产》《陈奂生出国》中所塑造的陈奂生，具有更广的艺术概括性。这些作品中陈奂生虽善良、正直、勤劳、憨厚，却没有开拓新生活的进取能力。他自满、自足、自欺与自我安慰地忍受与适应最低限度的生活。在接下来的改革时期，他不免有些张皇失措，被历史潮流所裹挟而被动地前进。"陈奂生心理"成为一个"共名"，它凝聚民族文化的积淀，又折射农民的生存状况、历史意识与人生企求等丰富的内容。高晓声的长篇小说《陈奂生上城出国记》概括了陈奂生从"上城"到"出国"的人生变迁，塑造了一个寓意深刻的中国农民的典型形象，也反映了改革开放后农民命运的深刻变化。

高晓声描写家乡农民的小说，还有《周华英求职》《大好人江坤大》《泥脚》和跟踪改革时代潮流的《水东流》《崔全成》《荒池岸边柳枝青》等，则把已逝的时代和社会主义新时期的生活衔接起来。它们不仅表现了农民的生活方式，而且深入地表现了他们的精神方式与思维方式。高晓声还有另一类带有民间故事和传说色彩的创作，如《钱包》《鱼钓》《山中》《飞磨》《绳子》等。

高晓声曾下放当农民22年，经受了与农民同样的底层生活和艰难命运，在不公正的政治歧视和"改造"的处境面前，他体会到农民的善良、勤劳与质朴，也深切体悟到农民以及文化传承所带来的狭隘、惰性和精神束缚。当新时期"伤痕文学"和"反思文学"发轫之际，高晓声的小说却以实践的人生意识，站在历史的高度，对生活做出新的艺术透视。他的作品深刻地揭露了农民的传统社会地位、封建意识和人生依附态度，同时也充分表现他们的淳朴、勤劳、善良和忍耐的品格。对农民的深刻同情背后所包含的文化反思，使他的"乡情小说"独树一帜。而陈奂生正是在农村改革的历史条件下产生的传统农民的蜕变。

高晓声的小说内涵丰富，写来又从容不迫；笔中藏锋，语多幽默，抑扬褒贬便包含在这种幽默之中。他后期小说的艺术感染力有所削弱。

【孙健忠的《醉乡》】孙健忠（1938—2019），土家族，湖南乾城县人。1956年开始发表小说，先后出版小说集《娜珠》（1979年）、《五合山传奇》（1981年）、《乡愁》（1983年）、《倾斜的湘西》（1991年）、《猎鬼》（1992年），长篇小说《醉乡》（1986年）、《死街》（1989年）等。他曾任湖南省作家协会主席。早期的创作主要是短篇小说，代表作如《五合山传奇》《留在记忆里的故事》等。湘西特有的景物风情，土家族的历史和现实，人民的不同生活命运与变化和他们丰富复杂的感情世界、心理素质，构成孙健忠短篇小说的基本题材。他的作品在读者面前展开了一幅湘西土家族独有的风景画、风俗画。孙健忠善于构思富于尖锐矛盾和撼人心灵的典型细节，在关系人物命运的悲欢离合的激烈冲突中展示人物的心理和性格。长篇小说《死街》和《倾斜的湘西》系列中篇小说，标志着孙健忠小说创作的一个新转变，即着力于开掘土家族历史文化的丰富内涵和发展演变，揭示特殊的历史文化在土家族现实生活和人物性格中的深刻投影以及由此造成的种种矛盾和斗争。中篇小说《舍巴日》在历史与现实、文明与野蛮、封闭与开放的交织中，表现了人们的复杂心态、无可奈何地挣扎的悲剧命运。在艺术上，采用现代派的多种创作手法，加强了小说的文化氛围和表现深度。

他的长篇小说《醉乡》是20世纪80年代以来我国农村改革后小说创作中的力作，也是孙健忠成功的作品之一。它反映改革开放后湘西土家族农村和农民生活的空前变化，特别是实行生产责任制和发展商品经济后，农民由于经济地位的变动所引起的命运、传统思想的戏剧性变化和人与人之间的关系的新的调整。他对"意识流"表现手法的吸纳也有助于作品小说的广度和深度。矮子贵二是小说塑造的在新历史条件下成长起来的新农民的典型。他外貌矮小猥琐，但心地正直善良。他经常遭人歧视、打骂。但被逼流浪异乡的经历，使他开阔了眼界，接触了许多新事物，趁着改革的浪潮回乡办起了油坊和粉房，成为雀儿寨的首富，赢得了人们的尊敬，还娶了雀儿寨"第一美人"香草。贵二的成功充分体现了农村改革政策在改变农民地位、命运上的强大作用，而他最后被香草拐骗又落入贫困的境地，则表现了农村改革过程中的曲折和暗流。小说把改革的意义和改革所遇到的阻碍鲜明地呈现在读者面前。小说还刻画了天九、玉杉、大狗书记、香草等人物形象，将之置于不断发展变化的时代大潮中，揭示他们的性格与现实互动的辩证关系，因而也具典型意义。

【程贤章的《云彩国》】程贤章（1932—2013），广东梅县人，曾在农村基层工作，后担任广东作协文学院主任。为中国作家协会会员。先后出版有长篇小说《青春无悔》《神仙·老虎·狗》《云彩国》等10部，其中与王杏元合作的长篇小说《胭脂河》被改成6集电视剧并获全国松蕾杯奖，《神仙·老虎·狗》《围龙》荣获广东鲁迅文学奖，与廖红球合作的报告文学《大亚湾的诱惑》《梅江舞彩虹》分别获《人民日报》报告文学一等奖、二等奖，与林雨纯合作的《板田巨变》获《人民日报》三等奖等奖项。他还有小说集《小城之夜》、报告文学集《从祖庙到自由神》等。程贤章的创作视野比较开阔，善于描写城乡接合部各阶层的精神风貌和人物性格，反映广东在社会主义时代前进的历程中，突出的改革开放的意识。他的小说情节曲折、人物生动，语言既富时代的气息，又具地方的韵味。他与王杏元合著长篇小说《胭脂河》，则写抗战期间三个青楼妓女出身的贵妇，揭露国民党政府的腐败，表现正义与邪恶的斗争。

程贤章被评论界称为"客家文学"的奠基者、开拓者。如果把程贤章的作品串起来读，我们可以看到粤东客家山民历史前进的步伐。《俏妹仔联姻》和《青春无悔》写的是20世纪50年代农村普通山民及普通的基层干部在婚姻问题上的酸甜苦辣，鞭挞了某些不合理的制度带来的社会阴暗和丑恶现象；《神仙·老虎·狗》及《云彩国》所揭示的是当代中国摆脱了束缚生产力的计划经济桎梏，走向市场经济的社会体制下，客家地区人民勇于冲破旧观念，打破旧程式，积极进取，敢于开拓的精神风貌；而1998年问世的《围龙》则是一部颇有气势的"客家人的历史"，写出了客家这一支特殊的汉族民系坚韧不屈、敢于斗争的生活历史和社会变迁史。程贤章正是致力于描绘客家山川风貌、人情风俗以及展示客家社会历史情状的作家，他的系列作品再现了具有客家韵味的风土人情，有其独特的生活情境：山歌、情歌、水客、围屋、墟镇、山寺、山川景物、风土人情、生活习俗、社会环境等，这些程贤章都做了绘声绘色的描摹。小说中《进士第》中对围龙屋的描写，《"黑描"投胎》对客家种种神秘文化的叙述，《老母山两"道士"》对老少两"道士"的刻画，《跪乳》中对客家特有的孝子对母亲养育之恩的体认等，都深深地烙下客家乡土文学的印记，既有浓浓的人情味，又有浓厚的生活气息，呈示出美丽隽永的客家民俗的风情画，有着独特的韵味。

第八编 | 女作家与女性主义长篇

　　改革开放近四十年来，我国文坛的一大变化就是女作家逐渐占了半边天。她们中既有出生于20世纪初的，如冰心、丁玲、朱仲丽等；也有出生于20世纪五六十年代之后的，包括知青中的女作家和学校培养的高学历的女作家。在长篇小说创作中，女作家的作品同样举足轻重。她们既有坚持中性创作的，也有专写女性题材的，多数持有强烈的女性主义立场。总体上，其题材范围相当广阔和多样。整体而言，女作家创作的长篇，已逐渐成为新中国长篇小说的亮丽风景线。

第一章 | 女作家的长篇创作（上）

女性意识和女小说家群的崛起——柯岩、张海迪的长篇小说——宗璞的创作与《东藏记》——茹志鹃的小说与《她从那条路上走来》——谌容的创作与《人到中年》《人到晚年》

【女性意识和女小说家群的崛起】在中国长期的封建社会，由于男女不平等，妇女往往被剥夺接受文化教育的权利，以故，现代文学诞生前，女性作家寥寥可数。五四新文化新文学运动后，女小说家才纷然崛起。这与当时妇女解放、男女平等的思潮，与当时蓬勃兴起的民族独立、人民解放的民主革命和社会主义革命总趋势密切相关。回顾近百年来我国女作家，特别是新中国女作家的长篇小说其实绩可谓五彩纷呈、气象万千，成为中国小说史上前所未有的一大景观。

新中国女性长篇创作有两类：一类是无性别写作，即女性作家站在中性的立场来描写社会生活，写男性和女性；另一类是女性意识自觉的写作，即女性作家站在鲜明的女性立场去写社会生活，写男性与女性。以杰出的现当代女作家丁玲为例，她的《太阳照在桑干河上》就是中性写作；而她的《莎菲女士的日记》就是女性意识自觉的写作。由于后者是在西方女性主义思潮的影响下创作的，这类作品也被称为"女性主义创作"。新中国成立后，女作家多转向中性写作。而改革开放的年代，随着新的女性主义思潮的高涨，后一类作品尤引人注目。

女性主义从主张男女平等、平权，到主张男女的差别，乃至主张女性比男性更强，甚或主张性开放、性解放，经历了不同的历史发展过程。从这个角度，可以把女性主义小说看作是女作家迫切地关注女性自身命运的一种表达方式，是她们针对传统男性中心所形成的历史文化偏见的批判与挑战，是20世纪女性介入文学所取得的特别值得称道和赞许的成就。

经过百年沧桑的历史积淀，我国女性文学已经形成自己特有的传统：这就是对封建传统与男性中心观念进行不妥协的抗争，向社会讨回女性在家庭中的权利；同时主张积极参与民族和社会解放运动，争取在社会实践中实现与男性平等的权利。社会参与和文化批判，成为女性文学发展中相辅相成、相互促进的双重努力。

新中国为女性文学翻开新的一页。人民政府从法律上保障妇女在社会生活与家庭生活中的平等权利。大量妇女走出家门从事各种社会职业，随着教育的普及与文化水平的提高，越来越多的女性成长为作家，是为历史的必然。她们以欢快的歌吟、明朗的色调极力表现新人、新风尚和新中国女性的人生理想，与以往现代文学中的女性写作已有很大差异。小说中已少见现代女作家笔下"秋风秋雨愁煞人"的人生悲凉，而代之以自强自立，积极参加社会主义建设的新女性的形象。如奋不顾身扑向即将爆炸的雷管、身残志坚的兵工厂女英雄邵玉梅（白朗：《为了幸福的明天》）；或在共产党领导下"投身革命即为家"的林道静（杨沫：《青春之歌》）那样的新形象。

丁玲、草明、白朗、杨沫、袁静、韦君宜、李纳、茹志鹃、刘真等人，她们构成新中国成立初十七年女作家的主体。她们特殊的革命人生经历和新中国诞生这一历史事件所形成的特定的文化背景，使她们的作品从人物形象到文字风格，都很难再呈现旧时代造成的那种女性被压抑的精神状态，而是更鲜明地为新时代、新社会高唱赞歌。如刘真表现革命队伍中一种全新的女性体验，并从一个侧面反映了人们对理想、纯真而美好的人际关系的企盼的小说《长长的流水》；茹志鹃表现新旧社会妇女的不同命运，以及妇女在新社会感受到幸福与主人公责任感的《高高的白杨树》《春暖时节》；韦君宜描写一个领导干部的妻子坚持独立的社会地位与人格理想的《女人》等。这些作品都为新中国的女性写作开拓出一种新的氛围、一种明朗的充满理想的表现风格。

当然，由于20世纪50年代开展的各种政治批判，特别是反右运动扩大化，一些女作家也受到迫害或株连，像丁玲、白朗、刘真等，后来都长期难以创作和发表作品。这不能不是女性文学的令人遗憾的损失。女作家群的再度活跃和女性创作的再度繁荣，则是在进入改革开放的新时期。这时期，不独冰心、丁玲等女性老作家青春焕发，继续写出新作品，更多共和国年代出生的文学新人先后加入女性创作的队伍，于是，女性创作空前繁荣，女性小说家也越来越占据文坛的显要地位。她们在小说领域受到新的女性主义思潮的影响，中性写作之外，更多倾向女性主义写作。

近四十年女作家的小说创作首先是在全国上下对"文革"的批判中擎起自己的旗帜。在这些作品中，女性意识比较集中地指向对极左外衣包裹着的封建主义幽灵的挖掘和批判，包括对这种特殊文化境遇中女性命运的关注。但这些作品主要还是通过对人的命题比较自觉和深刻的挖掘，来反映新时期女作家对社会、历史和政治生活的积极参与。如《生活的路》（竹林）、《夏》（张抗抗）、《爱的权利》（张抗抗）等。自现代以来女性文学介入社会的传统，在新时期张扬人道主义的文学潮流中找到了继续发展的新契机。这些作品也许还不是那种狭义上的女性小说，但是伴随女作家群在文坛的位置日渐醒目，女性文学兴旺发展的未来，已经在东方地平线上现出一簇耀目的曙光。

这时期女性小说的蓬勃发展，又是以女作家群落的形成和壮大为其雄厚基础的。她们关注的并非都是女性题材或只写作狭义上的女性小说，对社会生活的广泛摄取，不断开阔了女性写作的视野，使女性小说获得了前所未有的丰厚的人生内容。除了本书前文已介绍的女作家作品之外，另外像老作家韦君宜的《洗礼》《夕阳赋》，朱仲丽的《爱与仇》《皎洁的月亮》》，李纳的《涓涓流水》《刺绣者的花》，柯岩的《寻找回来的世界》《他乡明月》等长篇，都进一步开拓了女作家创作的政治、历史和社会疆域；中年女作家宗璞、谌容、张洁、叶文玲、凌力也都在这时期以自己的作品在读者中引起热烈的反响，或书写历史，或描绘现实，显示了女作家不让须眉的创作力度；更有一批青年女作家铁凝、王安忆、张抗抗、迟子建、徐坤、邵丽等以她们各自敏锐的感受力、别具一格的审美视角，绘制着当代和当下社会大变革的五彩斑斓的生活景象。至于20世纪90年代崛起的陈染、林白、徐小斌等描写女性性心理的小说浪潮的卷起，更说明西方女性主义新思潮对当代女性小说家的影响。总之，新时期女作家群的形成与发展，可以见到女性小说的多种向度，它们共同构成了五四以来女性写作的第二个辉煌期。本书前面已论述了大批女性小说家，以下再论述若干重要的、有较大影响的作者。

【柯岩、张海迪的长篇小说】在当代女性小说家中，柯岩、张海迪的长篇小说具有特殊的意义。她们原先都非专业小说家，但都特别关注女性成长的历史及其成长道路的健康，因而她们的长篇小说总闪耀着女性理想的光芒。

柯岩（1929—2011），原名冯恺，女，满族，出生于河南郑州，当代著名作家、诗人，是现代著名诗人、剧作家贺敬之的妻子。1949年开始专业创作，已出书50多部。她是中共十二大代表，全国人大第八、九届代表，中国作家协会第六、七、八届全国委员会名誉委员。

柯岩早年创作儿童诗，关注儿童文学的创作，新时期之初又以诗作《周总理，你在哪里？》和《船长》等报告文学的系列新作蜚声文坛。20世纪80年代以来她还推出长篇小说《寻找回来的世界》（群众出版社1984年）和《他乡明月》。前者获中国作家协会首届全国优秀儿童文学奖。作品写的是1976年后某所工读学校的一批犯过错误、有着心灵创伤的工读生的进步，并讴歌了学校校长徐问、教导主任黄树森等教师的可亲可敬的形象，刻画了向秀儿、宋小丽等学生的复杂的心理变化，鞭笞了像薛人风那样拉帮结派、兴风作浪的丑类。小说人物关系错综复杂，几条情节线索相互交织，在今天与昨天的纵贯中去铺展故事，构筑色彩缤纷的艺术时空，语言生动风趣、明快流畅，具有相当感人的力量，可以说是中国式的"教育诗"。曾被拍成电视连续剧，影响十分广泛。

《他乡明月》则是作者到美国探亲、访问后创作的。小说通过描写朵拉和紫薇这对女孩子到美国后的生活经历和感情波折，从天真、莽撞到饱经沧桑后变得成熟的故事，真实地反映了中国青年怀着黄金般的留学梦，来到美国后所经历的艰辛和感慨，刻画了新一代年轻人的种种心态。作品既流畅又充满诗情画意，对女主人公感情世界的描绘十分细腻、感人。柯岩还有写于20世纪60年代的《岗位》和写于20世纪八九十年代的《高压氧舱》《面对死神》《妈妈不知道的事情》《道是无悔》《成就感》等中篇和短篇小说。1996年青岛出版社出版了《柯岩文集》六卷，其中一、二卷均为小说。柯岩是位怀有炽热革命理想，对党和人民十分忠诚的作家。她的基本思想倾向和多方面的艺术才能，在小说中都得到鲜明的表现。她的小说大多是写给青少年和儿童阅读的，因而小说中人们也都可以看到作家的童心和对于下一代深切的爱。

张海迪的创作在女性作家中更有特殊的意义。张海迪（1955—　），生于山东济南，1960年患脊髓病终生截瘫。1970年随父母下放晋西北农村。1981年被分配在县广播局当无线电修理工，1983年调山东聊城市文联创作室。1986年调济南市文联创作室。她不顾病痛，以顽强的毅力坚持学习和创作，取得硕士学位后，又攻读哲学博士学位；还自学医学和针灸，在农村为万余人治过病。先后学会四种外语，翻译《海边诊所》《丽贝卡在新学校》和《小米勒旅行记》等；还创作长篇小说《轮椅上的梦》，讲述残疾姑娘克服种种困难，顽强奋斗以实现自己梦想的故事。因是作者自己的深切体验，艺术描写分外感人，富于人生的鼓舞力量。小说同时反映了国家对于残疾人的关爱。她还有散文集《鸿雁快快飞》《向天空敞开窗口》《生命的追问》。她的文笔清新流丽，文思奔涌，并具有一定的哲理思考，给人以思想的启迪。《轮椅上的梦》在日本、韩国出版，并获1992年中国作家协会庄重文文学奖、1994年全国奋发文明进步图书奖长篇小说一等奖。2002年她还推出长篇小说《绝顶》，长达30万字。《绝顶》标志张海迪文学创作的成熟，被誉为张海迪的高峰之作。作品通过对一群当代青年知识分子的刻画和塑造，反映了人类同自身所处的环境，同自己的命运和意志力对话、抗争和交流的过程。在肖顿河、安群、丁首都、小川原兵卫、肖五洲、安娜等这样一些不安于现状，不断地寻求挑战，不断地超越自我，不断地向着理想境界攀登的人物身上，我们能强烈地感受到人类崇高的精神追求和生命的尊严。它们不只是体现在作为象征意义而被描画出来的梅里雪山卡瓦格博峰和阿尔卑斯山的勃朗峰之上，更重要的是，它是从交织着生与死、爱与恨、聚与散的现实生活的土壤里生长起来的，充满人们现实的困惑、焦虑、怯懦、勇敢、追求和抗争。张海迪赋予了书中的人物以一种精神的优雅和自尊，使本书充盈正气，具备人生教科书般的品质。

这是一本能提升人的精神层次、升华生命意义的浪漫之作、诗意之作。作品获首届中国出版集团图书奖和第八届中国青年优秀读物奖、第二届中国女性文学奖和中宣部精神文明建设"五个一工程"奖图书奖。

张海迪曾获优秀青年和模范共青团员等光荣称号，先后当选共青团中央委员、中国作家协会全国委员会委员。后又担任全国政协常委、全国残疾人联合会主席。

【宗璞的创作与《东藏记》】宗璞与谌容都出身知识分子家庭，是新中国成立后才参加工作的著名作家。宗璞（1928— ），原名冯钟璞。祖籍河南唐河，生于北京，少年时代就读于西南联大附中，抗战胜利后，1946年入南开大学外文系，1948年转入清华大学外文系。大学毕业后，先在政务院宗教事务处和全国文联研究部工作，后来在《文艺报》《世界文学》做编辑，曾任中国社会科学院外国文学研究所副研究员，中国作家协会理事和主席团委员。

1948年宗璞开始发表作品，但真正标志她踏上文坛的则是1957年发表的短篇小说《红豆》。小说描写女大学生江玫一心向往革命，渴望投身新中国建设，在新中国成立前夕与出身富家的同学齐虹从相恋到分手的故事。在当时描写爱情和知识分子题材较少的文坛，《红豆》因其清新、高雅、委婉、缠绵的笔墨，格外引人注目。但那时也因此被批评情感欠健康。1959年她下乡与农民同吃同住同劳动，曾创作表现农民生活的小说《桃园女儿嫁窝谷》等，但不成功，20世纪60年代又转向写她熟悉的知识分子生活，如《知音》《后门》《不沉的湖》等表现1949年后知识分子思想变化的作品，依旧表现知识分子选择革命道路的人生主题，带有新中国成立初期社会生活的时代印记，反映了当时人们为新中国的诞生而欢呼雀跃，欣喜若狂，以及纯真热情的社会风尚。

宗璞的创作最为活跃的阶段是在改革开放的新时期。她陆续发表《弦上的梦》（获1979年全国优秀短篇小说奖），《三生石》（获1977—1980年第一届全国优秀中篇小说奖），以及《心祭》《鲁鲁》《米家山水》《熊掌》《核桃树的悲剧》《我是谁》《泥淖中的头颅》等中、短篇小说。除小说创作外，宗璞也写散文。其主要作品集结为《宗璞小说散文选》（北京出版社1981

年），以及《三生石》《风庐童话》《丁香结》《熊掌》等。

新时期宗璞的小说创作，鲜明地体现这一代中年作家在摆脱文化专制的禁锢之后，与五四新文学传统在精神和文化层面上的衔接与契合。作为一位学养比较深厚的女作家，宗璞小说的特点之一是对不同文化的摄取、消化与吸收。她出身于文化世家，其父冯友兰是著名的哲学家，姑母冯沅君是五四时期著名的女作家和后来的中国古典文学研究家；宗璞自己则读外文系。因此她在艺术上便能兼收并蓄，既传承中国古典美学的蕴藉，其"文字明朗而含蓄，流畅而有余韵，于细腻中，注意细节，无文法的疏略，无浪费或蔓枝，可以说字字锤炼，句句经营"[1]。而作品氛围每每融会作家对古典诗词、绘画艺术的鉴赏与吸收，回荡着浓郁的抒情气息，具有传统诗文的韵致。她笔下的主要人物皆言行有度。像《红豆》中的江玫，《三生石》里的梅菩提和她"三生相知"的恋人方知，《弦上的梦》中的慕容乐君、小裴和梁遐，等等，她（他）们即使于逆境中磕碰得遍体鳞伤，也决不放弃一代传统知识分子的人格理想，具有虽九死而无悔的"兰气息，玉精神"[2]。

但由于作家广泛接触外国文学，她的作品又不拘泥于传统，能充分领略和借鉴西方文学所长。早在1979年，宗璞的小说《我是谁》就发出新时期文学向西方现代派借鉴的信号，而《泥淖中的头颅》更完全是篇荒诞派小说。这些作品使她成为当时先锋小说的先驱之一。

宗璞晚年视力失明，却以顽强的毅力，口授创作四部曲长篇小说《野葫芦引》，除《南渡记》，还先后完成《东藏记》《西征记》等。其中《东藏记》描写抗日战争时期一批教授和大学生从北平辗转迁移到昆明后，冒着敌机轰炸，艰难办学的过程，塑造了他们不同的性格形象，为弘扬爱国主义，谱写了一曲令人荡气回肠的赞歌。该作获第六届茅盾文学奖。1996年华艺出版社曾出版四卷本《宗璞文集》。

【茹志鹃的小说与《她从那条路上走来》】曾以短篇小说《百合花》登

---

1 孙犁：《宗璞小说散文集·代序》，《宗璞小说散文集》，北京出版社1981年版。
2 李子云：《净化人的心灵》，生活·读书·新知三联书店1984年版，第102页。

上文坛的茹志鹃（1925—1998），是当代著名女作家，曾用笔名阿如、初旭。祖籍浙江杭州。家庭贫困，幼年丧母失父，靠祖母做手工换钱过活。11岁以后才断断续续在一些教会学校、补习学校念书，初中毕业于浙江武康县武康中学。1943年随兄参加新四军，先在苏中公学读书，以后一直在部队文工团工作，任过演员、组长、分队长、创作组组长等职。1947年加入中国共产党。1955年从原南京军区转业到上海，在《文艺月报》做编辑。被选为中国作家协会上海分会理事。1977年当选上海七届人民代表，曾为《上海文学》编委。她的许多作品如《百合花》《静静的产院》《如愿》《阿舒》《三走严庄》等都受到过茅盾、冰心、魏金枝、侯金镜等老一辈作家的好评。改革开放后她更以《剪辑错了的故事》等"反思文学"的短篇闻名。一些作品被译成日、法、俄、英、越等多国文字在国外出版。她的创作以短篇小说见长。笔调清新、俊逸，情节单纯明快，细节丰富传神，善于从较小的角度去反映时代本质。

《她从那条路上走来》是她创作的唯一长篇自传小说，而且是未完成的遗作，由她女儿王安忆整理出版的。作品反映作者幼年时代的贫穷和困苦的坚强岁月，描写小女孩也宝跟祖母相依为命的困窘生活，饥一顿饱一顿、寄人篱下的酸楚以及勇敢的成长。年幼的也宝，父母早逝，与奶奶一老一小在杭州的破旧老屋里相依相靠，哥哥在上海做学徒。也宝的姑姑在有钱人家做少奶奶，即便如此，奶奶为了也宝，并没有投靠自己的女儿，只要山里还有野菜可挖，家里还有一把米，决不向自己的女儿要钱。后来奶奶实在不忍也宝受苦，不得不把也宝送到她姑姑家去寄养，自己去替人纳鞋底、洗衣服。小说描绘出旧社会穷苦人家的一幅幅令人心酸的图画。

【谌容的创作与《人到中年》《人到晚年》】谌容（1936—2024），原名谌德容，祖籍重庆巫山县，生于湖北汉口。童年、少年时代随全家在武汉、成都、北平读书。重庆解放后，先后在西南工人出版社和西南《工人日报》社工作，并业余自学高中课程，1954年考入北京俄语学院。1957年大学毕业到中央人民广播电台担任音乐编辑和俄语翻译。1962年转到北京市教育局，病休待分配。1963年7月到山西汾阳县（今山西省汾阳市）下乡体验生活。1969年再次下放到京郊通县（今北京市通州区）农村插队。1972年冬开始创作长篇小说《万年青》，描写1962年万年青大队在支书江春旺的带领下，同县委副书记黄光推行"包产到户"试点工作进行斗争的故事。1975年人民文学出版社出版了她的这部处女作。接着她创作了另一部表现农村县、社干部围绕"学大寨"展开激烈斗争的长篇小说《光明与黑暗》（人民文学出版社1978年）。这两部作品因产生于"文化大革命"中，受到其时"左"倾思潮的影响，故未被读者看重。谌容于1979年加入中国作家协会，成为北京专业作家。其后，她陆续在《收获》等报刊发表中篇小说《永远是春天》（1979年）、《人到中年》（1980年获第一届全国优秀中篇小说一等奖），1980年至1983年，又连续发表中篇小说《白雪》《赞歌》《真真假假》《太子村的秘密》《杨月月与萨特之研究》以及短篇小说《烦恼的星期日》《周末》《玫瑰色的晚餐》《褪色的信》等。她的《关于猪崽过冬问题》获第二届全国优秀中篇小说奖，《懒得离婚》获第八届1985年—1986年全国优秀短篇小说奖，《得乎？失乎？》和短篇小说《减去十岁》获1987—1988年全国优秀短篇小说奖。她先后出版作品集有《永远是春天》《谌容小说选》《赞歌》《真真假假》《太子村的秘密》《新时期中篇小说名作丛书·谌容集》，以及长篇小说《人到老年》《死河》等。

中篇小说《人到中年》是谌容在新时期的成名之作，作品赞颂了眼科医生陆文婷等中年知识分子在个人生活与事业发生矛盾的重重压力下忘我工作的精神，同时也尖锐地提出这代构成社会中坚力量的知识分子的生活沉重的问题。正如女性写作总是带有女作家对女性人生特有的思考，《人到中年》所写的女主人公陆文婷，对于丈夫她是一个好妻子，对于孩子她是一个好母亲，对于病人她是一个好医生，对于领导她是得力的好下属，对于朋友她是难得的好知己，然而作为女人，她不仅深感生活的沉重，也深感生活的残缺。谌容从关注人生的广度上触及女性问题，这也是女性文学传统中另一支脉的延伸。她无疑是新时期相当优秀的女性小说家。她的中性写作中，不乏对女性独有问题的深深关注。

谌容的长篇小说《人到老年》描写谢愫滢、沈兰妮、曾蕙心三位女性在退休后试图创办"三女公司"进入商界，以发挥自己的余热，但由于她们不愿与商界同流合污、沆瀣一气，最后失败的故事。她们都是20世纪50年代受过良好教育的大学毕业生，不甘于退休后无所作为，但时代和社会的变迁，却终使她们退出历史的潮流。这其中提出的种种问题，自然很发人深思。其另一部作品《死河》，则是一部关于环保问题的长篇小说。

第二章｜女作家的长篇创作（中）

铁凝的生平与创作——叶文玲的小说——马瑞芳的小说——胡辛、石楠的小说——张欣、彭名燕的小说

【铁凝的生平与创作】铁凝（1957—　），祖籍河北赵县，生于北京，1975年在河北保定高中毕业后，到河北博野县农村插队。同年秋，处女作短篇小说《会飞的镰刀》被收入北京出版社出版的小说集《盖红印章的考卷》中。1977年后，她陆续在《河北文学》《中国少年报》《上海文艺》等报刊发表《火春》《燕子的队伍》《小二和他的妈妈》《野路》《不受欢迎的礼物》等短篇小说。1979年调到保定地区文联《花山》编辑部任小说组编辑，1980年参加中国作家协会河北省分会，后被选为副主席、主席。1982年加入中国作家协会，任理事、创作委员会委员。1996年12月当选中国作家协会副主席。2006年当选中国作家协会主席，连任至今。2016年兼任中国文联主席。

铁凝的短篇小说《哦，香雪》（《青年文学》），获1982年全国优秀短篇小说奖及首届"青年文学"创作奖，并由《小说选刊》《新华文摘》《人民日报》相继转载，据此改编的电影获第41届柏林国际电影节青春片最高奖。1983年在《十月》发表中篇小说《没有纽扣的红衬衫》，获全国优秀中篇小说奖及"十月"文学奖，由该作改编的电影《红衣少女》获电影百花奖。1984年发表的《六月的话题》获全国优秀短篇小说奖。1988年9月，《文学四季》首先推出她的第一部长篇小说《玫瑰门》，1994年出版长篇小说《无雨之城》（春风文艺出版社），2000年出版长篇小说《大浴女》，2006年出版

长篇小说《笨花》。她出版的中短篇小说集，主要有《夜路》（1980年），《没有纽扣的红衬衫》（1984年），《哦，香雪》（1986年），《麦秸垛》（1992年）等，此外还有散文集多种。她的部分作品被译成英、法、德、日、俄、丹麦、西班牙等文字出版。

铁凝在新时期文学中崭露头角的作品是《哦，香雪》和《没有纽扣的红衬衫》。1987年发表的《闰七月》和1988年写就的《棉花垛》《麦秸垛》《青草垛》，也引起文坛的关注，并受到好评。

在经历上述写作后，女性与社会、女性与历史已经成为铁凝写作的明显取向。这与当时在20世纪80年代中国文坛涌动的女性主义思潮应不无关系。在这一意义上，铁凝是走在这一潮流前列的作家之一。长篇小说《玫瑰门》和《大浴女》更是这种创作意向的进一步深刻的体现。作品的场域已从农村转移到城市。

《玫瑰门》的叙事，主要落笔在司猗纹及其外孙女苏眉这一老一少两位女性身上。生活在城市胡同的司猗纹渴望得到新社会的认同——特别是政治社会和革命群众的认同。为此，她付出巨大代价，也使尽各种手段。但由于她不那么纯净的动机和个人性格特征，她再怎么妥协和委屈自己，终究和时代格格不入。作品通过司猗纹的形象，揭示了被历史与文化扭曲了灵魂的女性人生。司猗纹曾是富家小姐，一生向往浪漫而不甘于平庸。她却积极参加新中国成立后的一切政治运动，虽然她的动机与运动本身无关，只是为了满足自己的虚荣感和权力欲。作品深刻地揭示她积极参与历史、冠冕堂皇的表层下，灵魂深处一直有一个充满自私、褊狭、嫉妒、仇恨的角落。那是个肆无忌惮地发泄人性阴暗面的场所。司猗纹无疑是特定时代人性遭受扭曲的复杂典型。作品像是用一个高倍显微镜，细切而又精微地透视了一个中年女性公开与隐秘的一生，并通过她的经历与感触，重新审视亲情、爱情与友情，深入揭示了女性与男性、女性与时代之间错综的难以调和的矛盾。从而将作品的思想深度和艺术力度合而为一，把人性的复杂与阴暗撕开给读者。

1994年问世的长篇小说《无雨之城》，讲述新任常务副市长普运哲仕途光明但内心苦闷，不期遇上《星探》杂志的一位女记者陶又佳，遂发生了婚外情的故事。其妻葛佩云发现后偷拍了他们在一起时的照片，照片却落入一位市民的手里，这位刁钻的市民借机敲诈。适逢普运哲面对升迁的难得机会，在前途与感情两者之间，他选择了前者。于是，他断绝了与陶又佳的来往。《无雨之城》所描写的三个女性：陶又佳是向传统道德挑战的追求性爱者；葛佩云虽处无爱的婚姻，却是明知丈夫有外遇，宁愿忍气吞声仍然要维护丈夫权位的"贤妻"；而丘晔则是被男性两次抛弃，还执着追求爱、追求受对方尊重的女性。小说实际提出的仍然是现代社会的女性问题，即与男权相对立的女性地位争取与女性意识选择的问题。比之《玫瑰门》，《无雨之城》的视野显然更宽阔了。

铁凝的另一长篇《大浴女》一问世，即激起评论界的热烈讨论。小说在社会的大背景和家庭的小环境中，描写了女主人公尹小跳备尝艰辛的成长过程与情感历程：因母亲的红杏出墙和小妹的失足丧命，她背负了沉重的精神负累，并疏远了与母亲的关系；妹妹尹小帆事事与她较劲，她们与其说是亲人，不如说是对头；她一往情深地痴恋大明星方竞，却发现对方是一个只图占有不愿付出的大俗人。她深爱建筑师陈在，致使对方离婚，准备跟她结婚，她却又同情对方已离婚的妻子，而拒绝跟他结婚。小说成功塑造了尹小跳这样一个既纯情、善良又有自省和自尊精神的新女性形象，也生动地刻画了她的妹妹尹小帆，她的朋友唐菲、孟由由等不同性格与命运的一代新女性。评论家贺绍俊认为，此作"可以说是一部忏悔小说。小说以尹小跳的自我反省为基本结构，讲述了一个当代青年如何摆脱俗世烦恼与困惑，从而走向了'内心深处的花园'的故事"，"这部小说富有精神价值的地方就在于它通过对俗世的进入而达到对俗世的超越"[1]。作品对性爱的大胆描写，体现了20世纪90年代女性主义文学浪潮的时代特色。

铁凝经过六年努力，于2006年出版了长篇新作《笨花》，作者一改以往作品中关注女性命运、专注个人情感世界的基调，截取了清末民初至20世纪40年代中期近五十年的历史断面，描写冀中平原乡村的人物与故事。小说以

---

1 贺绍俊：《铁凝评传》，郑州大学出版社2004年版。

笨花村向氏家族为主线，用现实主义的手法，以朴素、智慧和妙趣盎然的叙事风格，将变幻莫测、跌宕起伏的历史风云，通过主人公向喜的一生描述出来。向喜从"笨花村"的农民到后来成为直系军阀的战将，而后又落魄闲居，拒与日本侵略者合作而被杀害于自己劳动的粪场，其后代则投身到抗战的红色阵营。铁凝巧用细节，用平静自然的叙述，以无数偶然来揭示历史的必然。小说通过所写人物的命运，连接一个个生活片段，构成从清朝末年到抗战胜利的近半个世纪的时代全景，并展开了冀中抗日根据地和日本侵略者殊死斗争的历史画卷，从而在宏大的结构中，使作品具有了史诗的品质。

可贵的是，在历史故事的叙述中，属于民族文化的民风民俗成为作家描写的着力之处。《笨花》既写出了乡村的日常生活，又深入地方或民族集体无意识。小说开头对"黄昏"的描写，窝棚里的故事，摘棉花、打兔子，最后给老人"起号"等等，处处显示深厚积淀的民间文化的活力。正因此，小说超越简单的故事层面而具有更为深远的意义，同时节奏上更加舒缓，在风格上更加质朴、自然。《笨花》描写饮食男女的生存状态、小生产者善良的粗朴，以及社会变革、战争灾祸、生活苦难，还有主人公的凛然正气，这一切在小说结构中次第展开，让读者感到一砖一瓦都属作者的精心构建。毫无疑问，这是铁凝向历史开阔的宏大叙事的一次可喜尝试和飞跃，也是她从女性写作转向中性写作的硕果。

铁凝是一个具有独特艺术个性的女作家。她的创作以对女性个体生命生存状态的关注引起评论界的瞩目。其文本在呈现性别意识的同时又常常超越性别意识。她往往能够从历史与现实结合的角度揭示、反思、探索女性个体的生命意义，并追求普遍人性的健康与和谐发展。正因此，铁凝小说具有独特的魅力。

【叶文玲的小说】20世纪80年代崭露头角并有全国性影响的女作家中，叶文玲、马瑞芳十分引人注目。

叶文玲（1942—　），浙江玉环人，在家乡读完小学、初中后，当过幼儿园教养员、小学教师和农场工人。1962年到河南，做过工人、车间主任。

1979年调河南省文联从事专业创作，1986年回浙江，任浙江省作家协会主席，中国作家协会第四届理事，第五届全国委员、主席团委员，还担任第六届全国政协委员、第七届全国人民代表大会代表。1980年以《心香》获全国优秀短篇小说奖。已出版小说集《无花果》《心香》《长塘镇风情》《独特的歌》《湍溪夜话》，长篇小说《太阳的骄子》《无梦谷》《秋瑾》，散文集《梦里寻你千百度》《写在那叶上的日记》等。她的中篇小说《青灯》《小溪九道湾》《浪漫的黄昏》等也较有影响。出版有300多万字的《叶文玲文集》8卷。她的长篇小说《无梦谷》曾被美国纽约国际文化艺术中心授予"中国文学创作杰出成就奖"。

叶文玲的名作《心香》描写画家岩岱与一位农村哑女的故事。评论家董之林认为："小说构思巧妙，风格典雅飘逸。岩岱在忏悔的回忆中诉说哑女的美丽和她那同外表一样美丽的心灵，诉说她以死殉情的圣洁的悲剧。全篇通过细腻的心理刻画，形成强烈的艺术魅力，感人肺腑。人物的悲剧深切地反映了时代的悲剧，构成对于当年'左'的错误危害的有力控诉。"[2]长篇小说《无梦谷》是叶文玲的力作，具有一定程度的自传性。小说描写主人公楚汉、楚涧兄妹坎坷的生活命运和动人的爱情故事，并被置于广阔时空的当代中国社会变动的历史背景下，文笔细腻流畅，雅致优美，充满感情色彩，从中读者感受到其内涵的深厚和风格的独特。1997年出版的长篇《秋瑾》是作者酝酿10多年才写成的一部近历史小说。它突出地刻画了民主主义革命家、鉴湖女侠秋瑾烈士的形象，情节波澜起伏，人物性格丰满，感人至深。叶文玲的小说追求真、善、美的境界，长于捕捉不同环境中的风情和人物，并能以清新明丽的笔墨刻画出各地的风俗画和风景画，人物性格和心理、情感的描写，尤细致入微，丝丝入扣。她虽然早年即开始创作，但主要成就在新时期，是新时期我国文坛上相当勤奋地耕耘的女作家之一。

【马瑞芳的小说】马瑞芳（1942— ），回族，山东青州人。1960年毕

---

2 张炯：《新中国文学史》，海峡文艺出版社1999年版，第670页。

业于山东大学中文系，当过编辑、记者，曾任山东大学教授、山东省政协常委、山东省作家协会副主席。著有学术著作多种。1978年开始文学创作，著有散文集，其后转向小说写作。先后出版了《蓝眼睛·黑眼睛》《天眼》《感受四季》等长篇小说。另有散文随笔集《学海见闻录》等。

长篇小说《蓝眼睛·黑眼睛》以校园为背景，以我国女学生与美国留学生的爱情故事为主干，反映新时期改革开放的历史环境下知识分子的种种心态。《天眼》则主要描写大学教授层的种种人物，对他们精神世界中的负面现象，如红眼病、相互嫉妒、倾轧、争名夺利等进行揭露与讽刺，从中也折射出当时社会的某些腐败现象。她反映大学校园的系列长篇小说，文笔流畅而犀利，描情状物又见女性的细腻，为当代高等学府的现实世相提供了极具认识价值的艺术画卷。

【胡辛、石楠的小说】 胡辛（1945—   ），原名胡清，女，汉族，江西南昌人。1967年毕业于江西师范大学中文系。历任景德镇第四中学、第一中学教师，江西省为民机械厂职工子弟中学教导主任，江西省商业学校教师，南昌大学中文系教授、硕士生导师及影视艺术研究中心主任，江西省第八届政协委员，江西省妇联执委，江西作家协会常务理事，江西省文联委员。1983年开始发表作品。1988年加入中国作家协会。著有6卷《胡辛自选集》，先后发表中短篇小说集《这里有泉水》（作家出版社）、《地上有个黑太阳》（江西人民出版社）、《四个四十岁的女人》（河北教育出版社），长篇小说《蔷薇雨》（作家出版社）、《陶瓷物语》（花城出版社）、《怀念瓷香》（二十一世纪出版社、江西教育出版社）、《风流怨》（作家出版社）、《聚沙》（百花洲文艺出版社），长篇传记《蒋经国与章亚若之恋》（河南文艺出版社）、《最后的贵族·张爱玲》（二十一世纪出版社）、《陈香梅传》（作家出版社）、《女人的眼睛》（百花洲文艺出版社）等，还有散文集两本。《蔷薇雨》曾被改编为电视连续剧拍摄播出。中短篇小说集《四个四十岁的女人》获1983年全国优秀短篇小说奖，长篇小说《蔷薇雨》获1991年华东地区优秀图书一等奖、江西省政府首届文学艺术大奖、1993年江西省《谷雨》文学奖。

作者的成名作是短篇小说《四个四十岁的女人》。载《百花洲》1983年第6期。作品描写四个四十岁的女人邂逅相逢的故事。少年时代，她们是同窗好友，对未来都有美好憧憬。但在现实中她们有志难酬。当年想成为郝建秀的蔡淑华如今却成了区妇联干部和贤妻良母；自信会成为演员新凤霞的叶芸，现在离过两次婚……总之，各有各的人生轨迹。她的另一代表作是长篇小说《蔷薇雨》，俨然一部现代《红楼梦》。作品以七姐妹迥然不同的各种遭遇，展示了一个现实与历史交融，文明与保守较量，革新与传统抵牾的生动画面，集中体现了时代对这个"女儿国"的投影。它躁动于经济大潮，思虑于传统文化，烙刻着这方水土的地域色彩，凸显出一方女子的鲜明个性。作者表现家乡的情感、心海的探寻和蔷薇的象征，被视为别样视野悟人生。有评论认为，胡辛是中国新时期女性写作的代表作家之一，也是江西自现代以来文学成就最突出的女作家。她的多种女性名人传记，也体现她对女性命运的重视。

另一位以小说和传记文学闻名的女作家则是安徽的石楠（1938—　　），太湖人。1958年毕业于太湖中学。历任安庆市图书馆古籍管理员，安庆市文化局戏剧创作研究室专业作家。中国作协第五、六届全委会委员，第七届名誉委员，安徽省作协副主席、名誉副主席。1982年开始发表作品。1988年加入中国作家协会。著有长篇小说《真相》《生为女人》，中篇小说集《弃妇》《晚晴》《石楠女性传记小说选》，散文集《爱之歌》《寻芳集》，长篇传记小说《画魂——潘玉良传》《美神——刘苇传》《寒柳——柳如是传》《一代明星舒绣文》《从尼姑庵走上红地毯》《刘海粟传》《回望人生路——亚明的艺术之旅》《陈圆圆——红颜恨》《不想说的故事》《张恨水传》《海魄——杨光素传》《另类才女苏雪林》，学术专集《百年风流——艺术大师刘海粟的友情和爱情》等。作品获安徽文学奖、《清明》文学奖、红烛奖等十余项奖。1988年安徽省政府授予她省"劳动模范"称号，2005年被评选为当代优秀传记文学作家。

她的长篇小说《生为女人》描写一个叫金桂的女人，可谓心地至美、至善、至纯，但不管她怎样地付出和维护家庭，总摆脱不了痛苦的厄运。她所爱的三个男人朱小毛、徐大宝、朱安平，一个不但对她肆意地进行性虐待，还背信忘义，抛弃了她，后两个却又不幸悄然死去。她生为人母，只好"为孩子们活着"，去独自面对生活的伤痛与艰难，把4个孩子养大。她将一次次的苦难和疼痛都消解或缓释在善良与坚忍之中。小说塑造了一个纯真、善良、美丽的农妇，勤劳节俭、仁慈坚定、忍辱负重、贤惠宽容、敬老爱幼、热爱生命，闪烁着真善美的人性光辉。石楠说："我有个设想，要让她在每一个人生道口活过来，叫她喊出我的心声——世界上没有征服不了的困难，人类的命运可以通过抗争来改变！"（《我的文学之路》）这是同样经受着苦难和疼痛的作家石楠所选择的抗争方式。作品让我们看到作者对生命苦难的深切体恤，对普通百姓命运的人文关怀，对崇高而美好的人性的深情呼唤，对人间真善美的激情讴歌。小说既是对充满封建意识和男权统治的现实农村的抗议，也洋溢着一种对人性的美好理想的追求。

从作者笔下的《画魂——潘玉良传》等传记到小说《生为女人》，从潘玉良、刘苇、柳如是、梁谷音、舒绣文、陈圆圆、苏雪林，到刘金桂等的形象刻画，石楠的每一次写作都充满着生命内在的灼痛感。她以一个女性作家敏锐而充满同情的眼光关注着女性既往和当下的命运，诉说历史中的女人和女人的历史。这应该是她对当代中国小说的独特贡献。

【张欣、彭名燕的小说】 张欣（1954—   ），女，江苏海门人。1969年应征入伍，历任卫生员、护士、文工团创作员，《羊城晚报》资料室、广东《五月》杂志编辑，1978年开始发表作品。后为广州市文艺创作研究所专业作家，1990年毕业于北京大学中文系作家班并加入中国作家协会。1996年当选中国作家协会第五届全委会委员。后任广州市作家协会主席，广东作家协会副主席。著有长篇小说《不在梅边在柳边》《一意孤行》《锁春记》《用一生去忘记》，中篇小说集《岁月无敌》《此情不再》《爱又如何》《你没有理由不疯》，以及《张欣文集》（4卷）。其中篇小说集《不要问我从哪里来》获第三届鲁迅文学奖，并于1995年获庄重文文学奖。《沉星档案》《浮华背后》《谁可相倚》《泪珠儿》《伴你到黎明》《岁月无敌》等均已改编为同名电视连续剧播出。

张欣的作品多从女性视角真实地反映了当今中国城市错综迷乱的生活。作为改革开放前沿的南方城市中金钱的俘虏、独立的人格、冷漠的人际关系、真挚的友谊、虚伪的婚姻、忠贞的爱情都存在着。物欲与信仰的较量，金钱与灵魂的搏斗构成张欣描写的对象。她的小说大多都专注于探索城市生活背景下的爱情问题。她的长篇小说《不在梅边在柳边》描写蒲刃、梅金、柳乔乔的情感纠葛，梅金聪明、干练，柳乔乔柔弱、多愁善感，男主角蒲刃是树仁大学的知名物理学教授，风度翩翩。小说表面上写蒲刃与梅金、柳乔乔的情感纠葛，实际上是写大都市男女在浮躁的社会环境中所遇到的心灵、情感与精神危机。

《锁春记》讲述的则是成功男士庄世博与查宛丹、叶丛碧、庄芷言三个性格、背景各异的女性之间的情感恩怨纠葛。《用一生去忘记》是张欣潜心5年精心打造的长篇悲情小说。她以老到简约的笔调讲述了一个复杂的令人唏嘘的现代传奇故事，塑造了亿万富翁、高级官员、富家女、金领男、外出务工人员、黑社会"砍手党"等现代都市鲜明的人物形象，展示了他们难以预料的命运碰撞，刻画了人性的复杂微妙。《浮华城市》也是一部都市情感小说，写已婚的男子与心仪的女孩相识，无法抑制的恋情使他抛妻弃子，离家而去。然而，在后来琐碎、平淡的日子里，他们炽热而又浪漫的激情与诗意逐渐消解。在充满诱惑的浮华城市，欲望与理智，冲突与压抑，突围与困守，寂寞与追寻，无时无刻不困扰人们的心灵。

张欣还写有亲情三部曲，《让爱作主》和《浮华背后》分别聚焦于夫妻情和母子情，而《我的泪珠儿》则讲述的是生活优越的单身白领严沁婷，从福利院领养了孤女泪珠儿，泪珠儿却一心追寻自己的身世，发现了养母掩盖的若干秘密，严沁婷不得不说出一个又一个谎言来掩盖自己即是泪珠儿亲生母亲的真相。

张欣善于将笔触深入人们矛盾的内心深处，贴近社会现实，通过人物命运与内心情感去展开情节，透视复杂的社会生活和丰富的人性。她在描绘繁华的社会表象时往往渗透着深深的慈爱之心。张欣具有敏锐的城市感觉，善于充分揭示商业社会人际关系的奥妙，她始终关怀笔下人物在市场经济文化语境中的灵魂问题。其小说都有很强的可读性，如《依然是你》《锁春记》《为爱结婚》《深喉》等。最近由作家出版社推出的长篇小说《用一生去忘记》，依然有着雅俗兼备的可读性，当然作为一个越来越成熟的作家，张欣追求的不仅仅是可读性。

彭名燕（1942——），江西南昌人，曾任深圳市作家协会主席、深圳市文联副主席。在重庆完成小学和中学的学业，之后就读于北京电影学院表演系，毕业即分配到北京电影制片厂演员剧团。1987年至1992年在北影文学部创作室当编剧，后到深圳文联文艺创作室当专业作家。主要作品有长篇小说《世纪贵族》《倾斜至深处》，中篇小说集《公关小姐外传》，电影文学剧本集《东方男性》《黄山来的姑娘》，电视剧剧本《蔚蓝色的迪斯克》《沙海中的小红帆》《新嫁娘》《黑眼睛太阳神》《这世界不会寂寞》《孙中山与李大钊》（与人合作）等。

她的长篇小说《世纪贵族》聚焦深圳特区的国营大企业改革，描写一批时代弄潮儿从创业到挺进国际市场的波澜壮阔的历程。在商品大潮汹涌、新旧观念冲撞的时代浪尖上，各种人物风云际会：锐意进取的改革家命途多舛，风流倜傥的大学生屡陷困厄，十载比翼的鸾凤终至劳燕分飞。作者笔触所及，恣肆汪洋，特区的男仔女工、海外的贵妇巨贾，你方唱罢我登台；独特的视野所至，纵横捭阖，展现了一幅鲜活灵动的当代社会画卷。而长篇小说《倾斜至深处》在中国当代文学创作中，首次触及全球化时代跨国家庭之间生活观、价值观等方面的巨大冲突，将多元文化的碰撞集中到5个国籍、4种信仰的一个家庭舞台，为中国文学画廊增加了新的人物、主题和色彩，堪称不可多得的文化小说。全书矛盾迭起，语言老辣，叙事从容，描写细腻，人物生动，虽没有惊心动魄、波澜壮阔的历史事件，却把生活中的内在矛盾、情感冲突描摹得丝丝入扣、动人心魄，体现了作家对人生社会和多元文化认知的高度。

第三章 | 女作家的长篇创作（下）

迟子建的小说和《额尔古纳河右岸》——徐坤、邵丽的小说——徐小斌、蒋韵的小说——陈染、林白的小说与其他

【迟子建的小说和《额尔古纳河右岸》】 迟子建（1964— ），女，汉族，出生于黑龙江省漠河县（今漠河市）。1984年毕业于大兴安岭师范学校，1987年入北京师范大学与鲁迅文学院联办的研究生班学习。毕业后到黑龙江省作协工作至今。中国作协第六、七届全委会委员，中国作协第九届主席团成员，中国作协第十届全国委员会副主席，黑龙江省作家协会主席。

迟子建于1983年开始文学创作，著有长篇小说《茫茫前程》（上海文艺出版社1991年）、《晨钟响彻黄昏》（江苏文艺出版社1997年）、《热鸟》（明天出版社1998年）、《伪满洲国》（作家出版社2000年）、《树下》（北岳文艺出版社）、《越过云层的晴朗》（上海文艺出版社2003年）、《额尔古纳河右岸》（十月文艺出版社2005年）、《白雪乌鸦》（人民文学出版社2010年）、《群山之巅》（2015年）等；中短篇小说集《北极村童话》《白雪的墓园》《清水洗尘》《雾月牛栏》《迟子建作品精华》（3卷）。已发表作品600多万字。出版有《迟子建文集》4卷。作品多次荣获鲁迅文学奖和冰心散文奖、茅盾文学奖等文学大奖，部分作品在英、法、日、意等国出版。

迟子建是20世纪80年代中期升起于中国文坛的一颗耀目的新星，是当代中国最具潜力的女作家之一，在国内外都拥有广泛的影响。她先以中、短篇小说闻名，20世纪90年代连续发表长篇小说近10部，多以她的故乡、我国东北

大地的历史和现实为自己创作的题材。在《福翩翩》中，迟子建以一贯的沉静笔触，娓娓述说着乌吉河畔、柴旺一家的琐碎生活。这一家子在现实的荒凉与凋敝中，纵使背负债务，面临下岗、转业，落得衣食无靠，仍然快乐地生存着。

荣获茅盾文学奖的《额尔古纳河右岸》以一位年届九旬的鄂温克族最后一位女酋长的口吻，讲述这个人口较少民族顽强的抗争和优美的爱情。小说出版后受到读者和评论家的热切关注，被媒体称为"最值得期待的书"之一。它是我国首部描述鄂温克人生存现状及百年沧桑的长篇，可以看作是作者与鄂温克人的坦诚对话，在对话中表达了对生命的尊重、对自然的敬畏、对信仰的坚持。小说文风沉静婉约，语言精妙。作品具有文化人类学的深厚内涵，是一部风格鲜明、意境深远，思想性和艺术性俱佳的上乘之作。它以简约之美写活了一群鲜为人知、有血有肉的鄂温克人。作为一曲对人口较少民族的挽歌，写出了人类历史进程中的悲哀，其主题具有史诗品格与世界意义。

2010年迟子建出版长篇《白雪乌鸦》后，过了5年又出版长篇《群山之巅》。《群山之巅》的故事主要发生在中国北方苍茫的龙山之翼的小镇。屠夫辛七杂、能预知生死的精灵"小仙"安雪儿、击毙犯人的法警安平、殡仪馆理容师李素贞，以及绣娘、金素袖等，一个个身世性情迥异的小人物，在群山之巅各自的命运浮沉中，爱与被爱，逃亡与复仇。他们在诡异与未知的前途上努力寻找出路；怀揣各自不同的伤残的心，努力追求人的尊严和爱的幽昧之火。可以说作品刻画了一个独特、复杂、诡异而充满魅力的中国北方世界的生动画卷。

《伪满洲国》是迟子建从起意到酝酿十多年后才执笔写作的近历史题材作品，被评论家誉为中国当代长篇小说创作的最新探索。问世后立即被日本译为《满洲国物语》出版。由此可见，迟子建创作题材广泛，创作勤奋，她的风格清新、秀美中盈溢浓郁的乡土色彩。

【徐坤、邵丽的小说】徐坤（1965—　　），辽宁沈阳人，1989年毕业于辽宁大学，获硕士学位。后到中国社会科学院所属亚非所和文学所工作，获博士学位。后调到北京市作家协会任专业作家。她自1993年开始发表作品，以中、短篇小说《先锋》《热狗》《狗日的足球》《游行》《遭遇爱情》《厨房》和《女娲》等崛起于文坛，迅速成为当红的女作家。她常以泼辣、老到的反讽和调侃，描写各种知识分子和社会现象。不少作品都针对男权秩序进行尖锐的抨击。其中篇小说《游行》就描写女记者林格先后与老诗人程甲和教授黑戊的情爱交往，终于从精神到肉体洞穿他们代表男性霸权的精英分子的丑陋面目。徐坤是20世纪90年代以来传承现实主义神韵的作家之一，而《白话》将当之无愧地成为当代文学的现实主义经典文本。她的中篇小说《女娲》发表在《中国作家》1995年第9期。作品着力刻画李玉儿这一女性形象。从出世—恋父—从夫—补天—杀子，李玉儿被男权文化所害又不自知地去害人。李玉儿既承担着造人的历史使命又勇挑家庭重担，可以说无愧于女娲的历史角色，但她的命运带着强烈的悲剧性。

徐坤之后还出版长篇小说《春天的第二十二个夜晚》《爱你两周半》《野草根》《八月狂想曲》，并创作话剧剧本《青狐》（根据王蒙长篇小说改编）、话剧《性情男女》（由北京人民艺术剧院2006年上演）。

《春天的第二十二个夜晚》描写一个女人和三个男人的婚恋故事。评论家李洁非在这部小说的《序》中说："了解她旧往风格的人，无法不惊诧于《春天的二十二个夜晚》所呈现的非同一般的感性的笔触：记忆、回想、触摸、心语、感喟、摹叙……在《春天的二十二个夜晚》里，我才真正看到了她笔尖中流淌出的是血。并且，不是肉身之血，是心田之血。""从《春天的二十二个夜晚》我们终于知道徐坤是尝到了这个滋味的（其自传意味十分显然，而且她本人也未掩饰），知道了这几年她没有写小说，原来是捧着受伤的心灵，一个人在那里舐血自疗。说《春天的二十二个夜晚》，是徐坤的杜鹃啼血之作，我以为当不为过。"

徐坤的长篇《八月狂想曲》是基于采访而写成的作品，某种程度上堪称纪实之作，曾获老舍文学奖。获奖评语称：小说"以北京奥运为题材，但又不局限于奥运本身。它以奥运场馆建设为主要线索构架故事，塑造了以黎曙光为代表的一代年轻的城市管理者和建筑设计师的崭新形象，作品既直面现实又高扬理想，背叛与误解，诱惑与沉迷，沉痛与无奈，欢笑与泪水，牺牲与奉献，共同营造了现实与浪漫相融合、真实与梦想相对接的雄浑意蕴。为新人造影，为奥运高歌，以充满青春生命和时代活力的气息，构成了以独特的方式对百年奥运梦想和国运昌盛的讴歌"。在徐坤的创作中，这部作品无疑属于异类，是从关注女性命运、抗议男权的视角，转向现实的宏大叙事。

徐坤的作品曾获鲁迅文学奖、中宣部"五个一工程"优秀图书奖、北京市文学艺术奖、庄重文文学奖、冯牧文学奖、全国女性文学成就奖，连续四次获得《小说月报》读者评选"百花奖"，多次获得《人民文学》《中国作家》《小说选刊》等评选的优秀小说奖。部分作品被翻译成英、德、法、俄、日等语。她曾当选北京市作家协会副主席，现任《人民文学》副主编。

邵丽（1963—　　），河南西华人，毕业于河南财经学院和中央党校，中共党员。中国作家协会会员。现任河南省作家协会主席，河南文学艺术界联合会主席。中国作家协会第九届主席团委员、第十届全国委员会委员。1999年开始写作，作品曾发《当代》《青年文学》《莽原》《作品》《小说林》《时代文学》《百花洲》《花城》《人民文学》等全国著名刊物，部分作品被《小说选刊》和《小说月报》选载。出版散文集《纸裙子》，小说集《纸灯笼》《碎花地毯》《腾空的屋子》等。

她的长篇小说《我的生活质量》由人民文学出版社于2004年1月出版，是一部探讨当代人精神困境的力作。《明惠的圣诞》获得第四届鲁迅文学奖短篇小说奖。小说细腻地描写了明惠被城市生活的表象诱惑、迷失方向，终于觉醒的性格成长史，以点石成金的结尾否定一种畸形人生，给读者留下多角度的思考空间。《北地爱情》是邵丽的小说精选本。此书选收作者在不同时段中创作的中短篇小说，包括《糖果》《寂寞的汤丹》《马兰花的等待》等广为读者熟知的中篇，她能以悲悯的情怀关注当下的现实，使作品显得博大与深沉。邵丽曾挂职当过县委常委、副县长，这使她对基层干部和百姓民情十分熟悉。从而为她的创作奠定了扎实的生活基础。她的《挂职笔记》便是她深入基层生活的创作成果。她的长篇小说《我的生活质量》可以说是她的"官场小说"的代表作。它写来自农村的王祈隆，通过发愤读书，考上大学，毕业分配进了城。几经浮沉，最后当了市长。他是个正派的有协调和执行能力的好干部，但婚姻却陷入长久不如意的状态。虽艳遇不断，却又难以摆脱家庭的羁绊，因而生活质量上总有缺憾。小说细致刻画这个人物以及他与几个女人的情感的追求、挣扎、彷徨以及内心不为人知的隐秘，反映了新时期青年干部成长的复杂精神历程。作者的笔墨淳朴中常含诗意，日常生活的口语表述中又时有幽默的流露，显示她独有的才情。她很少借助激烈的情节冲突，而善于使用有节制的笔触，写出人性的曲折和波澜，表现长存于世的人性光辉。

邵丽是新时期女性小说家的后起之秀，却是多以中性的视角来描写许多中下层男性干部的能手。身为女性，她对笔下各类女性及其隐秘心理的描写自然十分到位，其悲悯情怀中总蕴含深切的人文精神。

【徐小斌、蒋韵的小说】专注于书写女性命运与情爱心理的女作家，突出的是蒋韵和徐小斌，虽然两人的风格很不同。徐小斌（1953— ），湖北荆门人。1982年毕业于中央财政金融学院，先任教于中央电视大学，后到中国电视剧制作中心任编剧。1981年开始发表作品。著有长篇小说《海火》《羽蛇》《敦煌遗梦》《德龄公主》《炼狱之花》，中篇小说《双鱼星座》，中短篇小说集《对一个精神病患者的调查》《迷幻花园》《如影随形》《末世绝唱》等，尚有《徐小斌文集》（5卷）出版。其小说曾被译为多国文字在国外发行。

徐小斌作品中《羽蛇》比较有代表性。它描述一家五代女人与世隔绝的生存状态，以神秘的隐喻、象征、寓言来营造她们内在世界的诗情，兼具现实的生动和历史的积淀。徐小斌个人的心灵隐秘，无疑支撑着所有玄奥的思想，从内容到形式都是独一无二的，让读者感到她不仅用生命的体验写作，而且力图把握整个生存世界，把握中国几代女性的命运与历史。作者制造了许多神异诡秘的空间，有类巫的世界。

评论者认为，《羽蛇》是至今为止徐小斌最重要的作品。似是天上人间浑然一体的文本，人世间的惨烈之物和冥冥之中的万物之神都在默默地对话。小说的故事有如寓言与史诗的叠加。而《双鱼星座》则以大胆越轨的想象表现了中国妇女窘困的处境。小说通过一个女人与三个男人的情感纠葛，控诉了男权秩序下女性无爱。叙事的简洁、想象的奇诡，也使作品蒙上神秘的巫风，表现了20世纪90年代女性主义思潮高涨的时代精神。她的《敦煌遗梦》交织渴望和恐惧。作者含而不露地用层层带有宗教色彩的神秘氛围包裹着一个世俗阴谋。遗梦不是浪漫的梦，而是徘徊于生死之间的噩梦。渴望与恐惧横贯始终，让读者透不过气来。徐小斌的《炼狱之花》则是一部杂糅现实与幻想的小说。众多的声色男女，陆地和海洋，天堂与地狱，让你想象、思考，绞尽脑汁，绝望地想逃离。但它又充满天真幻想，这里有善良美丽的天仙子、曼陀罗，为了爱，王子舍弃王位，女人钟情于迷药，孤独与爱情，身与灵合二为一。作品似是精神的女儿国，能让人忘却自我。

徐小斌理性上似是悲观的女性主义者，情感上又是女性心灵抚慰的"文学巫师"。她在当代文坛以诡谲的想象力、超拔的智性与敏锐的感受力，长久地构造一个个由神秘的文化符码筑成的艺术世界，我们从中读到的是体察社会历史文明与人性深层悲哀的另一种视角。她向读者展示小说的多种可能性。但也往往令读者陷于缥缈晦涩的阅读中。

徐小斌的长篇小说《敦煌遗梦》获得第八届全国图书金钥匙奖。中篇小说《双鱼星座》获全国首届鲁迅文学奖。

蒋韵（1954—　　　），生于太原，作家、学者，籍贯河南开封。1981年毕业于太原师范专科学校中文系。1979年开始发表文学作品，迄今已出版、发表小说、散文随笔等近300万字。主要作品有：长篇小说《隐秘盛开》《栎树的囚徒》《红殇》《闪烁在你的枝头》《我的内陆》以及小说集《现场逃逸》《失传的游戏》《完美的旅行》和散文随笔集《春天看罗丹》《悠长的邂逅》等。

蒋韵被视为与文坛创作潮流疏离的作家，独自在自己喜欢的领域默默耕耘。她的创作题材多是女性的情爱及其悲剧。她的首部长篇《隐秘盛开》讲述了潘红霞、米小米和拓女子等人各自不同的爱情追求。在悲剧故事的讲述中，作者表达人类对于精神之爱的坚守和向往，并试图说明真正意义上的爱情与混沌原始的情爱的不同，表现出理想与现实的矛盾心态。2007年，《隐秘盛开》获第四届赵树理文学奖。2006年，她的中篇《心爱的树》获第四届鲁迅文学奖。

《栎树的囚徒》是一部充分地展示一个总是在时代潮流的激荡冲击下不断地"消亡和离散"的范氏家族往事的长篇。它主要采用天菊、苏柳、贺莲东三个女性的视角讲述范姓家族在清末民初至"文革"结束后这段时空中由兴至衰的过程。天菊、贺莲东、苏柳都不讲述与自己紧密相关的事，天菊内心世界关于自己14岁独自走向西南方的感受、对母亲苏柳的态度是通过舅母贺莲东的视角来呈现的。苏柳叙述父亲范福生的发家史，却不涉自己为何入狱，而是通过嫂子贺莲东之口来说。三个叙述者所讲的内容一环扣一环，缺一不可，不仅具有引人入胜的效果，而且使人物变得鲜活立体。正是通过叙事学所昭示的不同视角，蒋韵非常擅长通过简单的人物来构建纷繁复杂的故事，从小处着手，反映大时代的背景。如韩石山所说："在题材选择上，蒋韵一以贯之的特点是提取并不繁杂的人物而做繁杂的纠缠。这种繁杂不是多头并进的繁杂，而是简单人物的复杂的人事纠葛和感情纠纷……"[1]

《红殇》则讲述岑雪屏、吴洁梅两个漂亮而又性格恬静的军官太太，皆爱读《红楼梦》。她们相会于北方一个小城，成为难舍难分的挚友。而随着国民党军队的溃退，吴洁梅到了中国台湾，岑雪屏则留在了中国大陆，天各一方。在亲人离散，情爱失落，故土难觅的境遇中，她们再也无法寻回往日美好的红楼之梦了。两个美丽女人和她们所深爱的男人，演出一幕幕让人痛断肝肠的悲情故事。四十年后，她们跨越海峡又相见了。泪眼相对，苍凉的人生顿时涌上心头。

失去、生命悲情和苦难，是蒋韵几十年来不断书写的文学"母题"，其语言虽有女性作家的细腻，但干净、利落、准确而凄美，自成一种风格。她以"女性"的立场，把读者带入女性特有的空间，感受她们那种难以如愿的深挚的爱的悲情、渴望和疼痛。尽管她往往为主流文坛所忽视，但她的作品仍然具有独特的价值在。

---

1 韩石山：《生命与历史：诗意的消解——蒋韵长篇新作〈栎树的囚徒〉讨论会》，《当代作家评论》，1997年第1期。

【陈染、林白的小说与其他】在20世纪80年代掀起的女性主义书写中，陈染、林白的特点是更多倾诉女性自身的隐蔽心理和性体验。她们的小说虽然风格各异，却都是这一创作浪潮中最引人注目的作家。

陈染（1962— ），生于北京，1985年大学毕业获文学学士学位，曾做过大学教师、报社记者、出版社编辑，现为中国作家协会会员。陈染在大学时便开始写诗和短篇小说，继处女作《嘿，别那么丧气》（《青年文学》1985年第11期）之后陆续发表许多中、短篇小说。先后出版的主要作品集有《纸片儿》《嘴唇里的阳光》《无处告别》《与往事干杯》《独语人》《在禁中守望》《潜性逸事》等，1996年出版长篇小说《私人生活》（《花城》1995年第2期全文发表，并由作家出版社出版）。

她的作品曾被译为英、德、日、瑞典等国文字在国外发行。陈染的早期创作与社会生活，以及当时文学的发展趋势联系比较密切，如《嘿，别那么丧气》表现大学生的情绪与心态，其中人物躁动不宁的心态和敏感跳荡的思绪，无疑来自作家自己上学的感受。而正是从这篇作品开始，陈染的小说显示了注重内心独白和书写个人体验的发展趋向，如《消失在野谷》表现主人公在梦中自杀，梦中荒凉孤寂的"野谷"暗示着现实人生的无望与悲凉；《纸片儿》近似神话般地构制了单薄、病态的女孩"纸片儿"与单腿人乌克的爱情悲剧。之后，这种对个人潜意识的梦境描述逐渐转向对女性之性体验的刻意挖掘，其写作观念如她所言："任何一个不同凡响的作家，也许都会要面对这样一种永恒状态——永无止境去探寻自己以及先辈作家没有做过的尝试。"[2]《与往事干杯》和《无处告别》是作家转向揭示女性内心隐秘的代表作品，作品分别描写主人公"我"和黛二小姐在青春萌动期的生活体验，她们的童年生活在父权的阴影下，这种经历促使她们特别渴望得到异性的保护和爱，并异常大胆地品尝性或爱情的苦果。如果说陈染这一时期的小说对孤独、忧郁的少女心态有一种特别的自恋情绪，那么到了《破开》和《私人生活》，她作品中女性形象的人

---

2 陈染：《嘴唇里的阳光》，长江文艺出版社2001版，第320页。

生力度有所加强，她们不再是默默饮泣的、孤苦无告的内心倾诉者，而是对来自女性世界的爱、女性相互间的情谊充满希望，也对杂糅男权意识的商品社会做逃离式抗争。

陈染自称是非主流的边缘性作家，坚持以一种独特的姿态写作。她的作品有一种强烈的自我倾诉的特色。她总是不惮于将内心最复杂和最微妙的感情加以表达，总是对童年和少女时代不断地追溯和回忆。她的另一特征是极为重视语言的陌生化，其遣词造句每有奇异的表现张力。

林白（1958—　　），生于广西北流市，原名是林白薇，曾上山下乡两年，后毕业于武汉大学图书馆系。曾任广西电影制片厂编辑、《中国文化报》编辑，不久从事职业写作。1982年开始发表作品。1989年发表《同心爱者不能分手》，1993年发表《瓶中之水》《回廊之椅》，1994年著有长篇小说《一个人的战争》，后又出版有长篇小说《守望空心岁月》《说吧，房间》《寂静与芬芳》《万物花开》《玻璃虫》《枕黄记》，中短篇小说集《青苔》《致命的飞翔》《回廊之椅》《同心爱者不能分手》《玫瑰过道》《子弹穿过苹果》等。并有《林白文集》（4卷）出版。部分作品被译成6种文字在国外发表出版。

林白的作品常用"回忆"的方式叙述，女性意识强烈，对女性个人体验进行自我描述。她的这种封闭的自我指涉，特别关于自恋的描写引起评论界和读者一些争议。

她的《一个人的战争》是具有某种自传色彩的长篇小说。全书始写叙述者的童年记忆，继而写她的少年入学，初燃的创作野心，流浪四方的奇遇，以及挫折的恋爱，被迫堕胎的悲伤等情节。她最后辗转由家乡来到北京。林白的小说以"我"的叙述贯穿全局，又不时加入第三人称，旁观名叫多米的女子遭遇。我与多米代表了林白的不同身份——过去与现在、虚构与现实、内里与外在、血肉与鬼魅、恋爱与被爱的身份。从而创造出吸引读者的新奇叙述角度。小说中还有叙述者魔幻似的与"民国"女子相遇的一段，也是一个好例子。全书突出的特点当然是作家对女性性意识的觉醒和性心理进行大胆的描写。评论家陈晓明认为："《一个人的战争》令人惊异之处在于，它如此彻底讲述了一个女人的内心生活，那种渴望和欲求，那些绝望和祈祷。"在这方面，林白拓展了女性写作的题材，并构成对于前人的超越，但有时她对女性经验写作过于极端了些。不过林白对于女性身体和性意识描写的沉迷，往往从审美的视角做出清纯流丽的表述，因而别具一种韵味。

创作于1993年的中篇小说《回廊之椅》相当典型地表现了林白的镜像世界。小说虚化男性形象，着重写朱凉与七叶两个女人相互认同，神秘而诱人想象。由于所写环境神秘，故事虚拟，小说便弥漫在似真似假的朦胧之中。林白的另一篇小说《妇女闲聊录》则仿佛时下农村纪实小说。小说所揭示的是沉默的大多数的生活状态，如木珍所言说的，她内心的隐痛，她周围大多数人的日子，甚至农村中凋敝的日子，怎么打牌，怎么做二奶等。作品告诉读者许多尚不广为人知的东西。林白无疑打开观看世界的一个新的视角，展开一片人们比较陌生的生活真实，使读者关注农村新出现的问题，如在现实潮流冲击下妇女的性道德解体问题等。从醉心描写个人内心的隐蔽转向关注农村社会现实，应该是作家的立意开拓创作新境界的一种表现。

女性作家中以小说书写女性性体验和性心理的还有海男、卫慧等，异议甚多。

综上所述，新中国的女作家所创作的长篇小说，题材、主题、形式、风格都十分多样，前后期虽然有所不同，却共同构成我国小说史上前所未有的女性文学崛起的伟大时代。女作家的数量之多，或她们创作的作品之多都超过中国历史上的任何时期。其长篇小说的创作尤为绚丽多彩。这时期女性文学，包括长篇小说的思想内涵也多有所超越，从"五四"以来的个性解放、妇女解放，到书写女性积极参与社会革命和社会主义建设，进而更深入地刻画男女情爱中女性的种种独有的心理体验，并以走向"半边天"的气势，分担了一向由男性作家书写的生活领域，如涉及政治斗争，乃至战场的金戈铁马、血肉横飞。这些作品丰富了我国女性文学的书写视角，开拓了更广泛的题材领域，也显示了女作家的卓越才华和艺术描写的多种笔力。

第九编 | 家族长篇叙事

　　家族作为小说题材由来已久。《红楼梦》便是家族小说的典范，列夫·托尔斯泰的《战争与和平》也是。在人类的历史上，家族应是最古老的集体，因而家族的兴衰往往能够折射历史风云的变幻。家族长篇小说往往书写几代人数十年乃至上百年的历史。它不可避免要不同程度地卷入当时的政治。"五四"以来新文学的长篇小说中，巴金的《家》《春》《秋》，老舍的《四世同堂》也是著名的写家族的长篇。以某个家族的兴衰作为长篇小说题材，是改革开放后长篇小说创作的热点之一。有不少作家投笔于这方面的创作。如前述陈忠实的《白鹿原》，莫言的《红高粱家族》《丰乳肥臀》等，后来又有王旭峰的《茶人》三部曲，周大新的《第二十幕》，阿来的《尘埃落定》等大量长篇小说问世。

　　关于陈忠实的《白鹿原》、莫言的《红高粱家族》及其他作品，前文已有论述，此处不赘。这里论述其他作家的家族长篇小说。其中，少数民族作家的作品比较多，首先是满族作家，尤以老舍的作品最为突出。其次是端木蕻良、赵大年、叶广芩等，他们作品的共同特点是都描写辛亥革命后清朝皇族的衰落。

第一章 | 家族长篇（上）

老舍的《正红旗下》——端木蕻良的《曹雪芹》——赵大年的小说与《公主的女儿》——叶广芩的"贵族家谱"

【老舍的《正红旗下》】《正红旗下》是一部自传体小说，描述了清代末年北京城内满族旗人的生活场景，生动地描述了当时的五类人：一类是寄生于八旗制度之下的大姐公公一家和大舅、姑母等人，过着"有钱的真讲究，没钱的穷讲究"的生活，把全部生命都"沉浮在有讲究的一注死水里"；另一类是能够审时度势，想从八旗制度中挣脱出来，为本人从头设想一条生路，如福海二哥等人；再有一类是晚清时期进入中国的洋人，他们或者仗着本国使馆的力量胡作非为，或者在殖民地为非作歹；还有一类是当时依托洋人的"大毛子""二毛子"，他们反过来欺凌中国老百姓，如多大爷等人；最后一类是受不了教会、洋人的欺凌，自觉组织起来反抗的人，如十成等义和团成员。此外，书中还对清末满族社会风俗进行了生动的描述。

《正红旗下》是老舍生前最后创作的长篇小说，可惜没有完成全书。但无论言语的凝练、辞藻的使用、文笔的磨炼都已到达巅峰，可谓是他最值得阅读的小说之一。老舍以自传体的形式，用自己的所见所闻讲晚清时期旗人的生活和为人处世等方方面面。虽然这本小说从第一行到最后一行只写有寥寥十一个章节，但是所呈现的人物场景却是异乎寻常的多种多样。小说言语简洁、诙谐，但从中我们看到作者对清政府腐败无能的气愤，对那些旗人子弟本性中的软弱不才感到恨铁不成钢，还有对逐步萌生新时代思想的一代所感到的兴奋。老舍确是一位不断关心民族命运和民族精神的作家。作为旗人的一员，透过本人这个主角来带着广大读者走进旗人家庭的生活，时而以嘲讽的笔调让我们看到那个社会和时代的缩影。尽管这部小说只开了个头，但无论此中的人物刻画还是场景描述以及其所蕴含的深意，都足以让我们感受到它是一部上乘之作，是老舍倾注了极大心血却没有完成的一部以清末北京社会为背景的满族家族史、清末旗人的风俗风情史的作品。老舍曾说过："我一辈子没什么可惜，独一可惜的是，《正红旗下》没有写完。"自然，这不只是作者的可惜，更是读者的可惜！

【**端木蕻良的《曹雪芹》**】端木蕻良（1912—1996），原名曹京平，笔名有黄叶、罗旋、叶之林、红楼内史等。辽宁昌图人。其父曾夸耀祖上打过"黄带子"（意即皇室贵族）。他肄业于清华大学历史系，自小就熟读《红楼梦》，创作有长篇小说《科尔沁旗草原》《大地的海》《大江》等。为现代东北作家群的一员。新中国成立后，他长期在北京工作，曾任北京市文联创作部副部长、副秘书长，北京作家协会副主席和第三、四届中国作家协会理事。1955年他曾受到胡风事件株连，多年未再创作小说。仅20世纪60年代有"草原系列"散文发表。"文化大革命"之后，则有长篇家族历史小说《曹雪芹》的创作，但未能完成下卷，只出版了上、中卷以及个人小说选、散文选等。

长篇历史小说以曹雪芹的生平与家世为本，作者在深入清史研究中又大胆虚构，驰骋自己的艺术创造，因而情节跌宕，引人入胜。作品从康熙驾崩、雍正篡位起笔，叙述曹雪芹的成长、曹氏家族荣衰史以及他著写《红楼梦》的经历。雍正皇帝与母亲德妃和弟弟允禵之间的矛盾，构成了全书中最主要的矛盾。统治集团内部的明争暗斗，导致种种迫害与屠杀，与皇室有着密切关系的曹家，其命运也就与上层权力之争紧密纠缠。昔日富贵荣华的曹府，在小说中卷结束时，已经是破败潦倒了。曾因得到康熙倚重与信赖而三代四人担任江宁织造的曹家，终于遭到了革职抄家的噩运。

小说描写了封建统治阶级腐朽、糜费、荒淫的生活，暗示了封建社会必然灭亡的历史趋势；也描写了下层劳动人民苦难生活和非人地位，揭示了康乾时代社会繁华背后的黑暗。作品在广阔的社会背景上，展开宫廷、王府、市井、乡野的描写，文笔凝练、典雅、生动，人物刻画较有功力。小说对清代风俗习惯和北京崇文门等地的描写，对康熙临终、雍正夺位的刻画等，均有浓郁的生活气息，人物和场景十分生动，富于历史的特征。但作品枝蔓较多，节奏缓慢，是其缺点。

【赵大年的小说与《公主的女儿》】 赵大年（1931—2019），生于北京，其祖上爱新觉罗·肇浩是清朝王爷，后来这支子孙便由"肇"而"赵"，改为汉姓。赵大年做过文工团演员、合唱队领唱、志愿军战士。1958年，被划成"中右"，"文化大革命"中监督劳动，在平谷县（今平谷区）农村生活10年。1978年任北京文联专业作家。他的作品题材广泛，人物多样，包括工人、工程师、新老厂长、老干部、新老农民、改革者、教师、学生、机关干部、公安干警、少数民族同胞和海外朋友。他出版有长篇小说《大撤退》《九重天》《女战俘的遭遇》等6部；中篇小说《公主的女儿》《二七八团》《青果黄花》《尚未污染的山林》等20部；短篇小说集和散文集《紫墙》《两三旗》《梦里蝴蝶》《人生漫记》等6部；电影《车水马龙》《琴童》《玉色蝴蝶》《当代人》等7部；电视剧《皇城根儿》（合作）等百余集。他成为20世纪80年代以来的高产作家之一，也是京味小说家的代表之一。有些作品被译成多国文字。他的作品宛如色彩缤纷的现实画卷，富于时代脉息。改革成为他的重要题材。他的小说大多热情歌颂一往无前的改革者，并鞭挞改革阻挠者落伍的嘴脸。《断桥》展现了改革的复杂历程，使人们看到改革者经受的磨难不亚于创立江山的革命前辈；《女儿国》中的改革者余洪业面前也是关隘重重；《女帮办》《又是一年春草绿》《潮汐》等作品，也从不同侧面反映了当代农村的历史变革。直面现实，毫无掩饰，是赵大年改革小说的难能可贵之处。

他的长篇《大撤退》描写抗日战争期间的湘桂大撤退，一位校长领着几百名学生，从湖南、广西撤到贵州，终于战胜沿途的艰难险阻。《九重天》则写我国三代导弹专家曲折的生命历程，他们的爱情生活令人感慨不已——纪律无情，人有情。而《女战俘的遭遇》写的是志愿军女战俘的悲惨境遇。

他的《公主的女儿》堪称小长篇（1982年），是赵大年的重要作品。勾画满族贵族后裔一家三代七口人的命运，道出人生哲理：成由奋斗，败由奢。小说描写第一代公主叶紫云年纪轻轻便赶上辛亥革命，被赶出王府，沦落为烟花女子，投身护城河，幸亏同样出身宗室"黄带子"的黄允中相救，两人结为夫妻。二人凭着黄允中会修"万国车"的技术吃饭，成了最为平凡普通的劳动者。叶紫云硬硬朗朗地活到了80岁。第二代公主大女儿黄秋萍在黄允中"家财万贯不如一技在身"的家教之下，同女婿靠手艺和力气过活，外孙张兴自学成才，也过着小手工业者的平凡生活。二女儿叶绿漪，少年时代便弃家外出，参军作战，历经了知识分子到战士的转变，承受思想和意志的磨炼，当上了干部，组成了一个生活优裕的家庭，但战后，她却变得庸俗化、贵族化了。她把第三代公主——女儿叶明珠惯成了一个"新贵族"，背离母亲经过磨难得到的优秀品质，而返回了更上一代的恶劣基因。作者笔墨显然不仅在于赞赏"平民意识"的健美和证实"贵族命运"的可悲，而且是对历史的深切反思。小说在看似乖谬的生活事件中灌注了丰富而深刻的内涵。赵大年接续了满族前辈作家老舍以降的京味文学色彩，每篇小说多有传奇曲折的故事情节，语言直白，激情洋溢；叙述追求影视化、戏剧化效果，结构上跳跃性较强。

【**叶广芩的"贵族家谱"**】叶广芩（1948—　），生于北京八旗世家，祖姓叶赫那拉。她曾就读北京女一中，有志于唱京剧，遭到家庭反对后去学医。中学毕业，正赶上"文化大革命"，破四旧、批封建，叶家受到冲击。1968年，叶广芩的处女作《在同一单元》发表于《延河》杂志。她当过护士、记者，去过西藏，走过八百里秦川，这些生活体验成就了她的写作。她曾发表不少反映北京市民生活的小说，如《五光十色的大街》《兔儿爷》《藤萝架下》以及长篇小说《乾清门内》等。这些早期作品描写北京民俗民风，已显现京味特征。20世纪90年代初，叶广芩赴日本千叶大学进修法律、经济，使她产生很多感触，回国后转写有关日本侵华战争的小说和家族史小说。后者的代表作是她的长篇小说《采桑子》。它讲述民国以来满族贵胄后裔的生活命运，展现近百年中国历史的风云变迁与传统文化嬗变，无异于直面沧桑、感喟人生的挽歌。作者那种细致生动又从容舒展的叙述，哀婉深沉、悠远悲凉，让读者领略所写特殊家族的悲欢离合和生存状态，体味那曲折复杂的人生况味。小说《梦也何曾到谢桥》则凸显一个梦里几番哀痛的家族浮沉录。大清皇帝为保江山长久，多次颁布旨意，要把粗犷剽悍、以骑射见长而文化落后的满族改造得既通经史翰墨又富尚武精神，以专事统治事务。故发给铁饭碗使旗人无衣食之虞，同时禁止他们务农经商和学手艺。随着时代变革，这些坐享其成的贵族旗人，无技谋生，便从上人跌落成窝囊废。他们穷途潦倒却又目空一切。叶广芩的感伤视角正是从这批没落贵族身上展开，以细腻笔法描绘大宅门里的人世沧桑和多舛命运。小说所写金家儿女：大格格因过分痴迷京剧，总无法从艺术的世界返归现实，最后病死了；"文革"中自杀的老二、被关在小屋子里的祖父的旧妾、对尘世迷迷糊糊的老姐夫、一生不得其所的七哥……小说对他们不同归宿都是一声轻轻的叹息，那种叹息让人感到"无可奈何花落去"。作品的描写细致逼真，风格诚挚自然，具有人性深度。

第二章 | 家族长篇（下）

阿来的《尘埃落定》与其他——扎拉嘎胡的《黄金家族的毁灭》——高建群和《最后一个匈奴》——马知遥、苏晓星、董秀英的家族长篇

【阿来的《埃落尘定》与其他】阿来（1959—　　），原名杨永睿，父亲是藏族，母亲是汉族。四川阿坝藏族聚居区马尔康县（今马尔康市）人，毕业于马尔康师范学院，曾任成都《科幻世界》杂志主编，现为中国作协副主席、四川省作家协会主席。1982年开始诗歌创作，20世纪80年代中后期转向小说创作。主要作品有诗集《棱磨河》，小说集《旧年的血迹》《月光下的银匠》，长篇小说《尘埃落定》《空山》《格萨尔王传》，长篇散文《大地的阶梯》等。2000年，《尘埃落定》荣获第五届茅盾文学奖。

《尘埃落定》讲的是一个声势显赫的康巴藏族麦琪土司的家族兴亡史。小说故事精彩、曲折动人，以饱含激情的笔墨，超然物外的审美目光，展现了浓郁的民族风情。作者以逼真的富有质感和诗意的语言，给浪漫神秘的雪域风情披上了朦胧飘逸的迷雾，为读者展现另一种风情下如幻如梦的境界。土司的二儿子傻子"我"，作为阿来塑造的一个人物，在小说中充当叙述者的角色。小说的大部分内容是借助他的视角，或通过他的叙述表达出来的。"我"在日常生活中的弱智表现与"我"对历史趋势的深刻把握形成鲜明的对比。"我"超越具体的爱恨情仇，通透历史的见识无疑代表着作者对世事和历史的观念，具有深刻的含义。作者正是基于此而力图客观地展示历史转型过程中的世道人心。小说对傻子"我"的种种描写都带有魔幻的色彩，这种寓言性的强调和荒诞、魔幻的描写，使得小说的主人公"我"成为一个似傻非傻，寓神奇、智慧

和荒谬于一身的人物形象。由于阿来曾写过大量诗歌，又赋有藏族聚居区民间"稚拙智慧"的思维，《尘埃落定》的描写往往充盈诗意和浪漫的想象。

十年之后，他又推出长篇小说《空山》和《萨尔王传》。阿来的《空山》与《尘埃落定》可谓艺术思想上的双峰，但《空山》呈现完全不同的风貌。《空山——机村传奇之一》由于表现"一个村庄秘史"的重大主题，而采用"花瓣"式结构，将不同的人和事编织成一幅立体式的当代藏族聚居区乡村图景。作家对藏族村庄有极为深厚的文化、宗教、自然和社会体验，他以特别的手法将被人漠视的伤痛揭示出来，从而形成小说宏大的格局。

《格萨尔王传》成书约30万字，历时三年完成。阿来设计两条并进的叙事线索：一条以史诗《格萨尔》为底本，侧重讲述格萨尔王一生降妖除魔、开疆拓土的丰功伟业，故事浩繁，人物众多。阿来只精选最主要的人物和事件，细节则精雕细琢，以现代人的视角诠释英雄的性格和命运，赋予神话以新的含义和价值。另一条线索则以说唱艺人晋美的经历展开。牧羊人晋美得到"神授"而说唱史诗，从此以讲述格萨尔王的故事为生。他在梦中与格萨尔王相会莫逆，当格萨尔王对征战感到厌倦时，晋美也醒悟到"故事应该结束了"。小说带有强烈的寓言色彩，宏大的叙事和细致的心理刻画水乳交融，既富有鲜明的民族性格，也体现了时代精神和人生价值。

阿来属于一位奇才式作家，他的作品为表现藏族历史风情和风俗民情做出卓有特色的贡献。

【扎拉嘎胡的《黄金家族的毁灭》】 蒙古族作家扎拉嘎胡于1982年出版长篇小说《草原雾》，第一次在广阔的规模上表现第一代蒙古族钢铁技术人员和工人阶级的生活和成长，刻画了蒙古族钢铁工人的形象，以题材和人物的开掘和创新，在当代少数民族文学发展上占有不可磨灭的地位。

1984年出版的《嘎达梅林传奇》标志作家转向历史题材创作。小说描写的是20世纪20年代末蒙古族英雄嘎达梅林的传奇性故事。作品成功地塑造了主人公嘎达梅林的悲剧性格，以及众多个性迥异、心理复杂的王爷、王子、梅林、喇嘛、贵族、漂亮少女和造反义士等人物形象；同时反映了蒙古民族、内蒙古地区绚烂多彩的民俗风情。

1999年出版的长篇《黄金家族的毁灭》则描写成吉思汗家族中的一支后人、清代蒙古族著名作家尹湛纳希既神勇又才华横溢的一生。作者以其对蒙古族在近代历史生活中的民族灵魂的掘示和刻画，深深吸引了读者。评论家曾镇南称赞它有如一部扣动读者心弦的民族史诗，既浑厚雄迈，又灵秀婉丽，"熔写实与志异于一炉，铸世象与人物于一鼎，综括现代敏感与地方风情，时代精神与民族特性，缓缓地、深透地传递给人们一种艺术的美和力"。[1]小说所描写的黄金家族，指的是以成吉思汗二十世孙鄂木布楚琥尔为祖先的土默特右旗孛尔只斤氏家族。这是诞育过许多英才俊彦的蒙古帝王裔族。小说的主人公尹湛纳希，就是诞育在这一家族中的蒙古族近代伟大的文学家，是《一层楼》《泣红亭》《青史演义》等蒙古族文学中的杰作的作者，一位蒙古族小说史的开山人物。扎拉嘎胡以现实主义的笔法，展开了清朝后期黄金家族在内外交错的各种矛盾中走向毁灭的历史悲剧，塑造了一位由迷惘走向清醒的伟大作家尹湛纳希的形象，讴歌了蒙古族勇敢、正直，酷爱自由、渴望发展的伟大民族精神。小说的历史深度、思想光彩和艺术魅力，集中地凝聚在这个典型人物身上。如评论家谢永旺所说："扎拉嘎胡十年辛苦，花费巨大精力，投入巨大热情，呈现给我们一个活生生的蒙古民族杰出作家的艺术形象，补上了中华文化史上短缺的一页。小说给人总的感觉是厚重质朴，浑然一体。作品中写了那么多人物和矛盾冲突，不见编织痕迹，一气呵成，顺其自然，相当独到。"[2]小说的缺陷是对这位伟大作家尹湛纳希的文学事迹着墨较少，否则他的形象将更加丰满。

【高建群和《最后一个匈奴》】 以创作长篇小说《最后一个匈奴》而闻名的高建群，也是以描写家族历史而著称的小说家。高建群（1954—　　），祖籍西安市临潼区。陕西省文联副主席、陕西省作家协会副主席。被誉为浪漫派文学"最后的骑士"。他先后著中篇小说等19部，长篇小说《最后一个匈

1 曾镇南：《中外文化交流》，2000 年第 1 期。
2 谢永旺：《在京召开的〈黄金家族的毁灭〉研讨会上的发言》，《小说界》2000 年第 1 期。

奴》《六六镇》《古道天机》《愁容骑士》《白房》《大平原》等6部，散文集《新千字散文》《东方金蔷薇》《匈奴和匈奴以外》《我在北方收割思想》《穿越绝地》《惊鸿一瞥》《西地平线》《胡马北风大漠传》8部。其中，长篇小说《最后一个匈奴》产生重要影响，被称为陕北史诗、新时期长篇小说创作的重要收获。作者在小说中从悠远的历史写起，讲述杨家作为最后一个匈奴的后裔，在20世纪中国革命风云激荡中几代人悲欢离合的故事，穿插许多男女的情爱和革命生涯的曲折。作品情节波澜起伏，引人入胜，人物众多，真实生动。他的《胡马北风大漠传》，亦被认为是一部重要著作。而长篇小说《大平原》问世，被视为继他的《最后一个匈奴》之后的又一巅峰力作。这部长篇小说是高建群为自己的家族而写的。《大平原》讲述陕西渭河平原上一个普通农民之家三代人历经种种苦难和不幸，在顽强求生存的同时努力捍卫尊严的感人故事。它犹如一部《百年孤独》式的中国农民的家族史。中国作协副主席高洪波说：他没想到高建群在"潜伏"多年之后突然拿出如此有分量的作品。"《大平原》把家族史兜个底掉，看后让我很心动，也很心痛，唤起我对故乡、对农村的情感，唤起我强烈的根的意识。"[3]这部长篇淋漓尽致地发挥了书写"命运"的优势，写了三代人的命运，深有厚重感。作品内在的惊心动魄，写家族的尊严、生存的繁衍，实际表现出中华民族强韧的生命力。高建群的创作，具有古典精神和史诗风格，是陕西文坛罕见的一位具有崇高感和理想主义色彩的写作者。

【马知遥、苏晓星、董秀英的家族长篇】马知遥（1937— ），原名马明春，回族，生于湖北沔阳。1964年毕业于中央民族学院艺术系油画专业，曾在宁夏展览馆任美工长达二十年，1984年调宁夏文联专业作家创作组。长期致力于"回族文学"的研究与创作。著有中短篇小说《古尔邦节》《黄米干饭》《静静的月亮山》《南下广州》《幺叔》及长篇小说《亚瑟爷和他的家族》等，后者获第七届全国少数民族文学创作"骏马奖"。作者系中国作家协

---

3 转引自王蓬：《横断面：文学陕军亲历纪实》，西安出版社 2016 年版，第 283 页。

会会员，宁夏第五、六、七届政协委员，原宁夏美协常务理事，宁夏作协副主席。现为宁夏文史馆馆员。

马知遥的小说反映宁夏回族聚居区人民的生活，具有鲜明的塞上回族风格。他的《亚瑟爷和他的家族》以一种苍凉的叙事，谱写了一首民族心灵的赞歌。作品通过一个家族的百年命运变迁，歌颂回民族百折不挠的生命活力，表达对民族前途的思考与隐忧，具有深沉的史诗品格。

彝族作家苏晓星创作有长篇小说《末代土司》《无敌头帕》和短篇小说集《彝山春好》，中短篇小说集《良心的中伤》《乌呐和宝马》。家族史长篇《末代土司》于1996年出版，30余万字，是苏晓星新时期的代表作，也是彝族文坛新时期一部带有标志性的长篇小说。作品以我国西南某省为背景，讲述彝族土司龙源海家族的政治浮沉和人生坎坷的故事。小说刻画人物众多，特别是对一系列女性形象的刻画颇见匠心，有血有肉，各具性情。主人公和各种人物的复杂关系，反映了波澜起伏的历史画卷，呈现出史诗性的意义。

佤族女作家董秀英，云南沧源人，1950年前后生，1975年毕业于云南大学中文系。历任云南人民广播电台民语播音员、新闻编辑、文艺编辑。1981年开始文学创作，著有长篇小说《摄魂之地》、中短篇小说集《马桑部落的三代女人》等。作品多次获全国性和地方性文学奖，部分作品被译介到国外。她是佤族文学史上第一位书面文学作家。著名作家彭荆风称她的处女作《木鼓声声》是"佤族文艺写作的第一声木鼓"[4]。遗憾的是她于1996年英年早逝。但作为佤族文学史上第一位作家，她通过文学创造，第一次把佤族人民的社会生活和精神文化呈现给了这个世界，自不会被后人遗忘。董秀英最受人关注的作品是中篇小说《马桑部落的三代女人》和长篇小说《摄魂之地》。前者主要描写的是马桑部落三代女人不同的命运，意在表现佤族在新中国成立前后的社会历史变迁，批判旧社会，讴歌新时代。作品的最大价值在于对佤族女性生存状态和生命状态的生动描写，以及对佤族人与社会、与自然关系的真实表现。《摄魂之地》则叙述三个佤族村寨的社会历史变迁，对佤族神话、宗教、婚

---

4 彭荆风：《第一声木鼓》，《滇池》，1981年第1期。

姻、丧葬、节庆、礼仪，以及衣食住行各方面的习俗等均有生动的描绘，使作品具有人类学的认识意义。小说表现了佤族人的文化心理和民族魂魄。虽然董秀英的小说艺术上较为粗糙，初学的汉语还不够通顺与规范，但她那种"佤式汉语"，似乎更贴近佤族生活，反让人感到某些佤语情韵。

第十编｜宏大政治叙事

　　文学与政治的关系素来密切。我国古典小说中，《三国演义》《水浒传》固然表现政治，描写家族的《红楼梦》中又何尝没有政治。小说描写人的生活，往往是全方位的。但小说又可以就其描写的重点所向，分为政治小说、伦理小说、言情小说、侦探小说、科幻小说等。我国自改革开放的新时期以来，大多小说都与政治有关，如前述的"伤痕文学""反思文学""改革文学"中的小说作品，但那些小说切入生活的角度往往是个人命运或从具体单位、小家庭的变动。而有些作品则或本身着眼的就是政治变革，且视野开阔，在比较广大的时空中去描写众多人物，如治国理政、反腐倡廉的作品；而军事小说由于战争本是政治的继续，有时既写前方也写后方，视野自很开阔，某些家族小说跟政治紧密关联，也可以归入"宏大政治叙事"。前编已对家族小说做了专门论述。本编则限于论述理政倡廉小说和军事长篇。

　　自改革开放以来，这方面涌现的作品很多，卓有成就的小说家也不少。如理政倡廉领域的张平、陆天明、周梅森、贾兴安、王跃文等；军事小说领域的萧克、刘亚洲、魏巍、朱春雨、韩静霆、徐贵祥、柳建伟、乔良等。他们均对当代中国长篇小说有各自不同程度的贡献。

第一章 │ 理政倡廉的长篇（上）

理政倡廉长篇的兴起——张平的小说与《抉择》——陆天明的小说与《苍天在上》——周梅森的小说与《人民的名义》

【**理政倡廉长篇的兴起**】新时期改革开放和经济建设成为治国理政的要务，党和政府的领导干部必须站在前列，在新的历史条件下为完成新的历史任务而努力。而新环境下贪腐现象逐渐滋生，成为阻碍改革、腐蚀干部的大害。于是支持改革、张扬正气、反腐倡廉的题材，很快进入具有历史使命感和时代责任感的小说作家笔下，成为治国理政的耀目题材，便属自然。这方面，山西作家张平的创作，十分引人注目。

【**张平的小说与《抉择》**】一直坚持写作理政倡廉题材长篇的作家有张平（1954—　　），山西太原人。中国民主同盟成员。1982年毕业于山西师范大学中文系。1976年参加工作，历任教师、编辑、文艺科长，山西文联《火花》副主编、创研室副主任、专业作家。1981年开始发表作品，1985年加入中国作家协会。著有长篇小说《法撼汾西》《天网》《抉择》《十面埋伏》《国家干部》《凶犯》《少男少女》，中短篇小说集《祭妻》《姐姐》《夜朦胧》，长篇报告文学《孤儿泪》等。先后数十次获奖，《姐姐》获全国第七届优秀短篇小说奖，《天网》获第六届庄重文文学奖。1995年至2007年八次获中宣部"五个一工程"优秀作品奖，《抉择》被推举为新中国成立五十周年十部献礼长篇作品之一，并获2000年度第五届茅盾文学奖。张平还先后获得全国"德艺双馨"文艺工作者、先进工作者，山西省劳动模范、宣传战线双先进标兵、首批精神文明建设先进典型、特级劳动模范等称号。2000年被山西省予"人民作家"称号，2001年被民盟中央授予"全国先进个人"称号。他曾先后当选山西省作家协会主席、中国作家协会副主席、山西省人民政府副省长、中国文联副主席、中国民主同盟中央委员会专职副主席。

张平曾说："这些年来，我看到了太多太多让我们饱含热泪激情奔涌的动人故事，看到了太多伤痕累累，依然奋勇向前的改革者的感人形象。我们不能直接参与改革，但我们应该呼吁改革。对这些真正的改革者，我不忍心再看到混淆视听的横炮和冷箭，也不希望他们再那么无声无息地倒下去。有人说了，改革正在过大关。那么关键时期，文学不应缺席，也不能缺席。做时代进步的记录者和推动者，这应该是当代作家义不容辞的职责和义务。我的作品，就是要热情讴歌那些真正的改革者。在改革持续深化的今天，我不希望这些真正的改革者孤军奋战。我要大声为他们鼓与呼，气可鼓而不可泄，要让我们的人民对改革充满信心。"[1]这既是张平的心声，也是我们理解张平系列创作的关键。张平的可贵在于他始终站在党和人民的立场，关心改革，关心理政，高举反腐倡廉的鲜明旗帜，揭露窃取国家利益的贪官污吏的可耻行径，为蒙冤受害的底层群众伸张正义，因而引起广大读者的强烈共鸣。他的最有影响的作品是《天网》和《抉择》等。

长篇小说《天网》叙述新上任的县委书记刘郁瑞，偶然遇见告状三十年而家破人亡的普通农民李荣才。刘郁瑞以人民公仆的强烈责任感，深入调查研究，顶着来自社会各个方面的阻力，不惧权势，扶正祛邪，终使含冤多年却因官官相护未能昭雪的李荣才冤案得以彻底改正，同时也坚决制裁了那些滥用人民给的权力横行乡里的恶霸。这部书被媒体和读者评价为"以作家的良知写农民的命运"之作，是"一首震撼人心的当代正气歌"。张平曾因此书被告上法庭，最终以张平的胜诉而结案。

《抉择》则描写一个国营工厂被现任领导集团以权谋私，化公为私，完全掏空，致使工厂濒于破产，工人沦为真正的无产阶级，甚至市委书记李高成的

---

1 张平：《答〈铁血小说论坛〉》。

妻子和省委副书记也陷入肮脏的网络，幸亏李高成能够大公无私，最终在他的坚持斗争下，腐败分子才得到应有的惩办。这部小说后来被改编为电影《生死抉择》，在全国产生了巨大而广泛的影响。

作者费时三年所写的长达60万字的长篇《国家干部》又对现有的干部体制、干部政治、干部文化做了深刻的考察和剖析。小说以嵖江市委副书记兼常务副市长夏中农政绩突出却屡屡不被提拔为焦点，挖掘嵖江的地方、宗法和腐败势力的勾结。正是这些势力与广大群众对立，造成好干部得不到提拔。在新一届党代会和人代会即将召开之际，面对老书记的即将离退，书记市长位置的再次空缺，嵖江市又一次陷入负面势力与民众激烈的对垒和较量之中！

他的另一部影响广泛的长篇是《十面埋伏》。作品描写古城监狱的侦查员罗维民，从服刑犯王国炎身上发现重大的犯罪嫌疑，经过险情迭起的侦破与反侦破的斗争，终于破获一起涉及狱内狱外社会各阶层的大案，把一批社会败类和钻入国家专政机关的蛀虫，现形于光天化日之下。作者把笔触伸向古城监狱这个专政机关的各级领导、省市领导和社会上的犯罪团伙，引导读者对诸如专政机关产生腐败，公安与劳教分开产生的问题等严肃的政治体制和社会问题的思考。张平在《十面埋伏》后记中写道："面对着国家的改革开放，人民的艰苦卓绝；面对着泥沙俱下，人欲横流的社会现实，一个有良知的作家，首先想到的也只能是责任，其次才可能是别的什么……我想我不会放弃自己的这种选择，至少眼前还不会放弃。即使自己身陷雷区，遭遇十面埋伏，那也九死而不悔。"

多年后张平又推出新作长篇小说《重新生活》，它描写延门市的市委书记魏宏刚在市委常委会上被纪委的人带走，引发全市轩然大波，更带给其姐姐魏宏枝、姐夫武祥一家冰火两重天的际遇。魏宏枝原在市重点中学读书的女儿绵绵突遭失学危机，正直律己的魏宏枝接受组织调查，魏宏刚的儿子丁丁辍学失踪，魏宏枝的老母亲一病不起，苦心经营的小家面临野蛮拆迁……故事围绕着武祥、魏宏枝一家的遭遇，描绘令人眼花缭乱的社会现象，抒发发人深省的时代忧思，涵盖了反腐斗争、教育改革、医疗改革、城市改造等老百姓关心的话题。《重新生活》工笔细刻了作为市委书记亲属的武祥一家人从无意识无知觉的权力特享到社会普通个体承担的强力对比，从中深察了平民阶层艰深的生命负荷，作品饱含着民本情怀，撼动人心。张平以权力特享者的亲属这样一家人生活的下坠的过程，既召唤他们必须重新生活，也启示运行的权力需要再生。小说以其特有的文学追求和艺术美学，独到地完成了人物心理的剖析，展示了张平这位"人民作家"政治思考更臻成熟，小说结构更臻完美的艺术才华。

【陆天明的小说与《苍天在上》】另一位坚持理政倡廉题材创作的重要小说家是陆天明（1943— ），祖籍江苏海门，生于昆明，长在上海。中共党员。两次上山下乡，曾在安徽农村当过农民、小学教师，后又到新疆生产建设兵团当过农工党、武装连代理指导员、师军务科参谋、农场机关干部，后奉调北京，长期供职于中央电视台电视剧制作中心。他曾先后当选中国作家协会第五届全委会委员，第六、第七届主席团委员。1957年开始发表作品。1984年加入中国作家协会。著有长篇小说《桑那高地的太阳》《泥日》《木凸》《苍天在上》《大雪无痕》《省委书记》《黑雀群》《高纬度战栗》，中篇小说集《啊，野麻花》，电影剧本《走出地平线》，话剧剧本《扬帆万里》《第十七棵黑杨》，电视剧剧本《华罗庚》《上将许世友》《阎宝航》《冻土带》等，与小说同期创作的同名长篇电视连续剧《苍天在上》《大雪无痕》《省委书记》播出后，均在国内外引起强烈反响。长篇小说《大雪无痕》获国家图书奖。本人曾获中国百佳电视艺术工作者、全国最佳编剧等称号，并在2003年获中国电视艺术家协会颁发的金鹰突出成就奖。

他前期的作品主要写知青生活，有中篇小说集《啊，野麻花》，长篇小说《桑那高地的太阳》和《泥日》，均获好评。《桑那高地的太阳》写"文革"前上海知青到新疆战天斗地的生活，在"知青小说"中应是反映早期知青生活的少数长篇作品之一。他后期的创作转向描写都市题材，特别是领导干部中理政倡廉的题材。著有这方面的长篇小说四部曲：《苍天在上》《大雪无痕》《省委书记》《高纬度战栗》。

1995年上海文艺出版社出版的《苍天在上》，写一位年轻有为的干部黄江北去某市代理市长，却卷入一场错综复杂的腐败与反腐败的斗争。小说虽在细节上有局部欠缺之处，但情节曲折，引人入胜，对不同人物精神风貌的刻画皆有深度。作品有力地表达了人民的心声，为人们揭示了都市现代化过程中的新的问题，因而受到人民群众的欢迎。它与《大雪无痕》均被拍成电视连续剧，因此影响较大。《省委书记》中陆天明以史家的气魄、恢宏的气势、悬念迭出的笔法，在雄浑厚重的底色上成功地塑造了以省委书记贡开宸为代表的三代省委书记形象，生动细腻地描绘了他们面对信念、事业、良心、家庭、情感、挫折和失误所表现出的激情和英雄主义的悲壮。作品向人们深刻昭示在这个特定的时代，又怎样产生了那种为谋一己私利，不惜出卖手中权力和自身人格、良心的腐败分子。作品回肠荡气，保持了作家一贯敢为人民发声的气度，及情节惊心动魄、笔力入木三分、悬疑波澜重叠、意境回环深远的创作风格。

《陆天明反腐四部曲》由花山文艺出版社于2013年1月出版。作者作为一个极有社会责任感和人文情怀的作家，他的作品里更多表达的是他对国家命运、民族命运的关怀。

【周梅森的小说与《人民的名义》】周梅森（1956—　），江苏扬州人。1974年由徐州矿务局干部学校附中毕业，当过矿工。1978年发表处女作《家庭新话》。1980年调《青春》杂志社任编辑，1985年加入中国作家协会。他前期作品主要写矿山生活，著有中篇小说集《庄严的毁灭》《沉沦的土地》，长篇小说《黑坟》《乱洪》等。他的一系列表现抗日战争期间国民党军队作战及其溃败的小说也颇引人注目，如《军歌》曾获1985年至1986年全国优秀中篇小说奖。后来他曾到徐州市挂职，担任市政府副秘书长，对领导干部及官场世态有较多接触和熟悉。1996年后他转向现实理政倡廉题材的小说创作。主要作品有《人间正道》《中国制造》《绝对权力》《至高利益》《国家公诉》《我主沉浮》《我本英雄》《人民的名义》等长篇小说。其中，长篇小说《人间正道》（获中宣部"五个一工程"奖）、《天下财富》（获1997年十佳小说奖）、《中国制造》（获新中国成立五十周年献礼作品奖）等，均是他到徐州市挂职体验生活而写出的反映城市改革的作品，为人们提供了城市发展中面临种种问题的现实图画，对形形色色的干部形象的刻画尤见生动和真实。这些作品因被改编和拍摄为电影和电视连续剧，产生了更广泛的影响。

他的长篇新作《人民的名义》尤轰动一时，反响强烈。纵观周梅森的整个创作历程，不同时期的政治活动始终是他最为关注的。他的作品几乎都选择近代以来重要政治背景落墨。如"历史·土地·人"系列中《喧嚣的旷野》之于洋务运动、《沉沦的土地》之于五四运动、《崛起的群山》之于五卅运动、《庄严的毁灭》之于抗日战争、《黑色的太阳》之于解放战争等等。这些作品，无不是反映我国百多年来政治局势的变迁。同时，作品展现的政治环境也复杂多样，如《神谕》反映的晚清帮会政治，《黑坟》反映的民国初年军阀政治，《重轭》反映的早期共产党政治。至于《中国制造》《至高利益》《绝对权力》等，呈现的则是改革开放新时期复杂的矛盾与斗争。周梅森的作品往往大开大合，惊心动魄，能够以紧凑跌宕的故事情节、简练有力的叙事风格、深邃大胆的独家视角赢得读者的广泛关注。

《人间正道》以改革的年代为社会背景，以平川地区的改革为切入点，围绕南水北调工程、环城路的建设和国有、民营企业的改革，将笔触从省委、市委和省、市政府机关延伸到厂矿、农村和改革的前沿，全方位、多层次、立体交叉地表现改革中碰到的各种扣人心弦的矛盾和问题，在改革的风口上塑造以吴明雄、陈忠阳、曹务平、刘金萍、祁本生等为代表的改革者的光辉形象，饱蘸激情地颂扬他们百折不回的坚韧毅力和默默苦干的奉献精神。《至高利益》更是一部展现当代政治领域尖锐矛盾的政治小说。它对腐败问题进行深层次的揭示，具有强大的思想冲击力。作品呈现气势磅礴的风格、惊心动魄的情节，宏大壮观的场面。小说首次将关注和鞭挞的视角聚焦在弄虚作假、祸国殃民的"政绩工程"上。它不是一般意义上的反腐倡廉，而是围绕"是以人民的根本利益为至高利益，还是以个人的政治利益为至高利益"这样一对矛盾，深层次地触及政治体制问题。已出版的《我主沉浮》《我本英雄》是作家通过描写省长赵安邦与其不同对手的争斗来反映新时期改革历程的三部曲的前两部。两部作品中赵安邦都是一号人物。石亚男、马达、裴一弘、于华北、白原崴等，有的在继续，有的谢幕了，有的新登场。作者尊重人物在一定社会关系中性格发展的必然性。所刻画的人物形象没有绝对的忠奸善恶，往往好干部也有缺陷，坏干部也非一无是处。

周梅森费时八年、六易其稿的《人民的名义》则描写最高人民检察院反贪总局侦查处处长侯亮平临危受命，调任地方检察院审查某贪腐案件，与腐败分子进行殊死较量的故事。作品艺术地再现了新形势下反腐倡廉斗争的惊心动魄，讴歌了反腐勇士的坚定和无畏，揭示了党的领导干部应如何树立正确的权力观这一重要政治主题。作品充分展现"坚持以零容忍态度惩治腐败"的反腐精神和国家当前轰轰烈烈、气势如虹的反腐斗争局面，比较成功地刻画了省委书记沙瑞金、省委副书记兼政法委书记高育良、市委书记李达康、公安厅长祁同伟等不同典型的干部形象。

鲁迅说过："我们从古以来，就有埋头苦干的人，有拼命硬干的人，有为民请命的人，有舍身求法的人……这就是中国的脊梁。"[2]致力塑造"中国的脊梁"的群体形象，为改革者鼓与呼，是周梅森许多作品的主旨。周梅森能够生动地把握当下生活，富有对时代敏锐的感受力和领悟力。他的作品总有一股豪壮的阳刚之气，富于当代意识。不过，在多种小说中，人物刻画有时也存在类型化的弊病。

---

2 鲁迅：《中国人失掉自信力了吗》，《且介亭杂文》，人民文学出版社 1973 年版。

第二章｜理政倡廉的长篇（下）

贾兴安的小说与《黄土青天》——王跃文的《国画》及其他——闫真的《沧浪之水》等小说——杨少衡的"新官场小说"

【贾兴安的小说与《黄土青天》】河北省作家贾兴安也以书写治国理政、反腐倡廉的题材见长。他生于20世纪60年代，河北师大中文系毕业，中国作协会员，鲁迅文学院第二届高研班学员，河北小说艺委会副主任。现任河北省作家协会副主席、邢台市文联主席、《散文百家》主编，曾任河北临城县挂职副县长。已发表文学作品550余万字，出版有长篇小说《欲草》（花山文艺出版社1999年）、《一号围捕令》（群众出版社2002年）、《浴火》（花城出版社2005年）、《黄土青天》（百花文艺出版社2002年）、《红妹蓝妹》（长江文艺出版社2003年）、《县长门》（湖南文艺出版社2011年）、《庄园秘史》（新华出版社2013年）、《啊，父老乡亲》（湖南文艺出版社2017年）以及散文集《都不容易》《村庄里的事物》等。中篇小说《狗皮膏药》《未卜》改编同名电影。长篇小说《一号围捕令》改编20集电视剧。2016年，据其两部长篇《黄土青天》《县长门》改编的电视剧《啊，父老乡亲》已拍摄完成。贾兴安几十年来埋头创作，作品众多。他的长篇新作《县长门》写当代县级官场，意在匡正流行的"官场小说"。作品深刻地描绘出当今基层干部治国理政的艰难处境。作为一部社会政治体长篇小说，作者以挂职副县长五年的切身经历和感悟，通过对某县一年间所发生的县长车祸、群体上访、煤矿透水、招商困境、情感旋涡、绯闻陷阱、从政规则、智斗记者、项目窘情、产业纷争、深夜逼官等一系列事件的情节设置，以丰盈鲜活的细节铺陈和崭新的

人物形象塑造，再现县委书记、县长、副书记、副县长们忍辱负重的日常生活及工作的原生状态，揭秘鲜为人知的"执政"内幕和生存困顿，为读者还原一个真实的阶层而并非当下流行文学模式中的"官场"，从而构成对相关小说的超越。

他的另一部治国理政的长篇《黄土青天》在《长城》发表时题为《陌乡苍黄》，后来天津百花文艺出版社出版时改为《黄土青天》。小说反映当时基层深刻变革的激烈斗争，主题在反腐倡廉。它描写白坡乡告状成风，村霸横行，贫穷落后，乡党委书记和乡长因醉酒发生"偷看女人尿尿"和"被老婆捉奸"事件而双双"落马"。为扭转该乡的混乱局面，县委派智勇双全的乡镇干部王天生赴任白坡乡党委书记兼乡长。他受命于危难，一身正气，铁骨铮铮，大刀阔斧反腐治乱。然而，地方恶势力与腐败分子疯狂反扑，一时谤言四起。省、市联合调查组进驻白坡乡，市委书记带着市、县两级相关部门的领导，也亲自前来劝说王天生。省委书记最终为一身正义干事业、一腔正气斗歪风的王天生平了反。这是一部直面"民瘼"，倾诉民怨，写出了底层的社情与民情的"正义凛然"的作品。作者在描绘王天生的形象时，坚持将党性和人性相结合，注重捕捉并传递人物心灵深处悸动的声音。读来令人荡气回肠，震撼不已！

贾兴安的其他长篇中，《一号围捕令》描写河北一起重大枪击杀人案的破获，写出了犯罪嫌疑人的狡猾，情节曲折。《浴火》则再现冀南乡村民医创业的传奇生活及情感经历，反映华北地区的山川风物、民间传说、传统习俗及人情世故。贾兴安的小说，题材多样，但离不开河北乡土世界和当地的民俗风情。

【王跃文的《国画》及其他】新时期描写官场世态，揭橥反腐倡廉主题的小说家还有湖南的王跃文和阎真。

王跃文（1962—　），湖南溆浦人。1984年大学毕业后分配在溆浦县政府办公室工作，后升调怀化市政府和湖南省政府办公室。业余写小说。1989年开始文学创作，发表中、短篇小说若干，曾获湖南省青年文学奖，从2001年10月起，专职写小说。曾任湖南省作家协会主席、中国作家协会主席团委员。他曾以长篇小说《桃花湾的娘们》蜚声文坛。全书流动古老的东方意识，故事庞杂错综，但情节脉络清晰。作品对于风流男女的心态描写，赤裸坦率，精细入微，语言淳朴拙野，从容畅达，机智而又富于质感。继后长篇小说《国画》《梅次故事》《亡魂鸟》《西州月》《龙票》《大清相国》《落木无边》《苍黄》等连续问世，均以描写治国理政、反腐倡廉的现实或历史吸引读者，多成为畅销书，有很大发行量。他还出版有中短篇小说集《官场春秋》《没这回事》《官场无故事》《湖南文艺湘军百家文库·王跃文卷》《王跃文作品精选》《王跃文自选集》《官场王跃文》《漫天芦花》《蜗牛》《天气不好》《今夕何夕》《王跃文作品集》等。

《国画》以主人公朱怀镜的宦海沉浮为情节线索，对荆都市官场台前幕后的世相图做了传神描写，生动地刻画了一批生存于权与利之中心或边缘地带的人物形象，对官场丑恶及糜烂的滋生缘由，做了多方面探究与揭露。作者笔下的朱怀镜作为冀求往上爬的小官员，好人做不了，坏人也做不了，既可怜又可笑、可耻。自诩文人却如跳梁小丑，但比他丑的人书中比比皆是。作者妙语连珠，对官场的种种辛辣讽刺一针见血，可谓入木三分。

《梅次的故事》承接《国画》。担任了更高领导职务的朱怀镜，来到新的岗位，面临应付那些未曾预想的人与事、情与理对自己所产生的冲击。处在一个社会大变革时期，他的操守和才干正面临着严峻的挑战，他的人格和官品也经受着艰难的考验。

《西州月》是王跃文诸多官场小说中艺术韵味最为醇厚的一部作品，故事围绕着主人翁关隐达的宦海沉浮而展开。关隐达原本是地委书记陶凡的秘书，自从娶了陶凡的独生女儿后便官运亨通，可是老岳父退休后他的仕途却每况愈下，可见其兴衰并不取决于他个人的能力，而全凭裙带关系。

全书散发着王跃文一以贯之的批判现实主义风格，自然主义的描写手法穿插其中，文笔行云流水，生活气息浓郁，幽默机智而不失深刻，笑话谐谑而不辞风雅。

长篇历史小说《大清相国》则塑造了以名臣陈廷敬为主要代表的大臣群相，反映了一个特定历史境遇中官场人物的人格、道德和行为的艰难选择，再现三百多年前的官场风云。康熙王朝名臣辈出，千古传诵。然而宦海风高，沉浮难料。明珠罢相削权，索额图身死图圄，徐乾学去官之后郁郁早逝，高士奇倍享尊荣却被斥退回籍。主角陈廷敬一生信奉"等、忍、稳、狠、隐"五字格言。但他自己忠君爱国，到头来还要装聋作哑，归隐田园。《大清相国》是一部借古鉴今之作，只是结尾稍显单薄。

【闫真的《沧浪之水》等小说】 闫真（1957— ），湖南长沙人。1984年毕业于北京大学，1988年获湖南师范大学文学硕士学位。同年8月赴加拿大留学，在圣约翰大学社会系学习。1992年回国。现为中南大学文学院教授、副院长，中国作家协会会员。2011年当选湖南省作家协会副主席。在加拿大期间创作有长篇小说《曾在天涯》（1998年人民文学出版社出版）；回国后又写有长篇《沧浪之水》（2001年人民文学出版社出版）和《因为女人》（2007年人民文学出版社出版）。其中，《因为女人》获中国出版集团颁发的年度专家五佳奖。

他的长篇小说《曾在天涯》（海外版名《白雪红尘》），描写在遥远的北美异国，高力伟走过的一段难忘的人生旅程，灵魂的漂泊比躯体的漂泊更令他刻骨铭心。闫真以他细腻的文笔，逼真地描写了一代留学生的内心痛苦和窘迫处境。作品为北美留学生活题材的创作带来了新的气息。小说对爱情心理的表现达到了相当高的水平，表明作者擅长对人物心理的刻画。

《沧浪之水》则描写一位纯正的青年知识分子分配到某省卫生厅工作，开头兢兢业业，但在官场风气影响下，心态逐渐变化，随着职位步步高升，逐渐与贪腐分子同流合污。作者对人物心理的变化刻画细微、真实入理，令人为之震撼，堪称一部从政治视角书写的心理小说。它相当深刻地揭示了现实社会环境中一个纯净的青年干部如何一步步被官场风气所腐蚀的过程。

【杨少衡的"新官场小说"】 以描写官场中治国理政的基层干部而知名的小说家，还有在福建工作的杨少衡。他以对官场小说创作的独特视角，为自己在政治宏观叙事中开拓了异于前人的天地，因此，他的这类作品便被称为"新官场小说"。

杨少衡（1953—　），河南林州人，中共党员。1974年毕业于福建龙溪师范，1989年又毕业于陕西西北大学中文系。历任福建长泰县坂里公社小学教员，中共长泰县委办公室干事，龙溪地区行政公署办公室干事，漳州市文联副秘书长，漳州电视台台长，中共漳州市委宣传部副部长，漳州市文联主席，漳州市委组织部副部长，福建省作家协会副主席、主席，福建省文联委员、副主席，中国作家协会主席团委员。1979年开始发表作品。1995年加入中国作家协会。著有长篇小说《相约金色年华》《金瓦砾》《海峡之痛》《村选》《党校同学》《如履薄冰》《底层官员》《两代官》《市级领导》《代理市长》等，中短篇小说集《彗星岱尔曼》《西风独步》等。其作品《第一把火》获1980年《福建文学》优秀短篇小说奖，《湖畔人家》获1981年《福建文学》优秀短篇小说奖，短篇小说《双声道》获第三届福建优秀文学作品奖，长篇小说《相约金色年华》获福建省第十一届优秀文学作品奖、福建省第二届百花文艺奖。

他的长篇小说《相约金色年华》描写晚报记者蔡林和受命参与接待、采访海外女巨商伍方总裁，竟一步步卷入生活的涡流。伍方事业蒸蒸日上，却始终孑然一身。她曾屡屡拒绝故乡邀请，却突然回乡，难免引起当地震动。她访问曾经生活的小巷，还回到当年下乡插队的故地，回忆昔日的艰辛、血泪和情感。她在故地慷慨捐资，对投资合作却百般挑剔。而千方百计试图争取海外投资的副市长苏志成抓住伍方到访之机，多方努力，推进合作，不惜舍弃个人和家族的利益去争取一个新天地。于是记者、市长、女巨商以及他们周围诸多人物展开了牵扯到过去、现在和未来的纠葛。小说突出刻画了他们的生动鲜明的个性形象，既展示了现实生机勃勃、欣欣向荣，又回溯了往昔艰辛困苦的图景，以现实和追忆互相映照，在冷静明快的语调中呈现笔下人物的心态和思想轨迹。

他的另一长篇小说《村选》，则描写闽南农村在改革开放后选举村长的过程，多种干部纷纷亮相，各种力量钩心斗角，新人成长与胜利的故事轮番上演。小说从乡村和地方官员两个视角，写一个乡村的选举以及相关人物的来历与命运，试图表现当下乡村的政治生活，表达对基层民主进程发展变化的关注。杨少衡的作品多以现实主义的笔触，反映闽南城乡的干部和群众的生活和人物状貌。这与他长期生活和工作于这一地区分不开。杨少衡在答记者问中曾说："我近几年写的小说几乎都以官员为主人公，这与我自己的生活经历和熟悉领域有关。我对晚清《官场现形记》等小说挺喜欢，印象最深的是其嘲讽描绘。您提到的当下几位作家（指张平、陆天明、周梅森等）的主要作品我都读过，他们对我确有影响。我觉得他们把一个读者愿意了解的领域展现给读者了，我可以跟他们做同一件事，同时应当也可以写得与他们有所不同。我觉得自己更多的注目点是人物，这一场合里的人物，他们的命运、情感和思想。这一领域故事可以有多种侧重，你可以侧重于'场'，也可以侧重其'官'，即场中人物。我可能比较倾向于后者，因此曾自称不是写官场，是写官员。我试图把这里边的人物写得真切可感，不流于概念和脸谱化。"[1]确实，他笔下的官员形形色色，有勤政廉洁的，也有贪腐受贿的，都能真实地揭示其复杂的心理和个性。

总之，我国的各级干部，特别是党的干部，在理政中都担负着重大的责任，他们贯彻党和国家的政治路线和政策、政令，奉行全心全意为人民服务的宗旨。因而施政过程中，勤政廉洁极为重要，如何防止腐败，使各级干部不能贪污腐败，也不敢贪污腐败，必然成为治国理政中的重要课题。理政倡廉小说在这方面自然是使社会政治清朗的一面镜子，它所具有的教育、警醒的意义是不言自明的。而这类题材由于涉及社会的广阔面，也往往富于现实的认识意义。在我国历史上，这类小说之所以历代不绝，获得大量读者的青睐，又与这类课题涉及广大人民的切身利益和殷切期盼相关。

---

1 杨少衡、傅小平：《推陈出新，大器晚成——关于杨少衡"新官场小说"的访谈》，《文学报》，2007 年 8 月。

第三章｜新军旅长篇的发展（上）

军事长篇小说在宏大政治叙事中的重要地位——萧克的《浴血罗霄》——刘白羽的《第二个太阳》等新作——魏巍的《东方》等长篇——路翎的小说与《战争，为了和平》——徐怀中的创作和《牵风记》——《皖南事变》与黎汝清的创作——彭荆风的长篇小说创作

【军事长篇小说在宏大政治叙事中的重要地位】军事是政治的延续。改革开放以来，虽基本处于和平年代，但国防建设和军事斗争仍然是军事文学的基本题材。我国这时期不但发生过南线战争，而是和平年代的军营与社会也存在多方面的联系。所以，这时期的军事小说与政治的关系更见密切，自然成为宏大政治叙事中重要的一部分。

军事小说的新发展，产生了许多新的军中小说家。他们的成就，为我国军事文学的发展做出了引人注目的贡献。其中既有高级将领和老作家，如萧克、刘亚洲和刘白羽、魏巍、徐怀中、黎汝清，也有新起的作家如朱春雨、周大新、徐贵祥、柳建伟等。

【萧克的《浴血罗霄》】在改革开放新时期，人民解放军高级将领写小说有成就的是萧克和刘亚洲。

萧克（1907—2008），中国共产党的优秀党员，无产阶级革命家、军事家。原名武毅，字子敬，乳名克忠。湖南省嘉禾县人。早年加入红军，一生戎马，身经百战。曾任中共中央顾问委员会常委，中国人民政治协商会议第五届全国委员会副主席，中央军委委员，国防部副部长兼军事学院院长、第一政治委员。1955年被授予上将军衔。

萧克将军爱好文学，在漫长的战争岁月中，无论是在运筹帷幄的指挥间

隙，还是在关山飞渡的行军路上，他经常抽空读书，先后阅读了大量中外文学名著，如《战争与和平》《少年维特之烦恼》《阿Q正传》等作品。他晚年致力于军事学、党史、军史、战史的研究。主编《南昌起义》《秋收起义》《朱毛红军侧记》和百卷巨著《中华文化通志》，还出版《萧克回忆录》《萧克诗稿》。其所著长篇小说《浴血罗霄》，1991年获第三届茅盾文学奖荣誉奖。

《浴血罗霄》是萧克将军受当年苏联名著《铁流》的启发，利用战争空隙，于数十年间反复修改而写出的作品。它描写1933年，国民党50万军队对中国共产党领导的中央苏区进行第五次大规模"围剿"，主力红军罗霄纵队按照中央的指示，向北挺进新的苏区，一路上在敌人天上飞机轰炸、地上步兵追击的情况下，一次次冲破敌人的围追堵截，牺牲重大。不少战士都献出了年轻的生命。后局势发生变化，为保存实力，中央同意罗霄纵队摆脱敌人，返回罗霄山脉。为了改好这部书，萧克将军还回到当年浴血苦战的罗霄山脉，到当年的战地考察，和老红军、老乡亲交谈。稿子他先后改了四遍，从近40万字删到25万字，又增加了不少情节、细节。直到二校时，他还逐字逐句推敲了一遍，才在校样上写下自己的名字。

1988年"八一"建军节前夕《浴血罗霄》出版，引起巨大社会反响。在人民大会堂召开的研讨会上，专家学者们一致认为《浴血罗霄》是一部真实再现红军生活的小说，具有浓烈的时代气息，给读者一种全新的感受，如非亲身经历，很难写出。1991年的春天，《浴血罗霄》被评为1984—1988年度茅盾文学奖荣誉奖。八十高龄的将军和当代作家刘白羽、路遥等一起走上了文学的领奖台，成为当时文坛一大佳事。

【刘白羽的《第二个太阳》等新作】老作家刘白羽在改革开放后虽然年事已高，却宝刀未老，写出《第二个太阳》和《风风雨雨太平洋》等长篇小说新作。刘白羽（1916—2005），既是著名的军事小说家，也是当代造诣很高的散文大家。他是北京通州人，出身于小商家庭。1936年3月在《文学》上发表第一篇小说《冰天》，自此走上文学创作的道路。他的创作可分三个阶段。

前期开始创作后，他1938年由上海赴延安投身革命，1942年参加"整风"运动并参加延安文艺座谈会,聆听了《在延安文艺座谈会上的讲话》,成为他人生与文学的"真正转折点"。[1]在此期间,他遍历华北各抗日根据地,又南去重庆,环行东北,解放平津,转战豫湘,新中国成立初期两赴朝鲜战场,后又在祖国恢复经济、开展建设的工地上采访,先后写出了《无敌三勇士》、《火光在前》(中篇小说)、《八路军七将领》、《朱德将军传》(纪传文学)、《世界的新面貌》、《环行东北》、《为祖国而战》、《火炬与太阳》、《对和平宣誓》(通讯报告集)、《幸福》(散文集)、《莫斯科访问记》等。中期1958年—1966年则是他走向抒情散文创作的重要时期,奠定了他作为当代散文大家的地位。随着《万炮震金门》《早晨的太阳》《红玛瑙集》等先后出版,《长江三日》《日出》《樱花漫记》《红玛瑙》《平明小札》等名篇纷纷问世,激越、壮美、雄浑、豪放的散文风格遂形成。后期自1976年至2005年,有《红色的十月》《芳草集》和回忆录《心灵的历程》等先后推出,还有《春雪》《海峡风雷》《昆仑山的太阳》及《罗马》《一曲清清塞纳河》等作品,在保持中期风格的同时又稍有新变。他的《铁托同志》获首届报告文学奖、《心灵的历程》获首届传记文学奖,均受到读者青睐。1998年,他还出版了长篇小说新作《风风雨雨太平洋》,充分表现了老作家壮志不已的可贵精神和创作的坚韧与勤奋。

刘白羽曾历任中国作家协会书记处书记、党组书记、副主席、主席团委员,国务院原文化部副部长,原总政治部文化部部长,中国作家协会名誉副主席。

刘白羽在新中国军事小说创作上有突出的贡献。解放战争时期他担任军事记者,长期的军事生活为他提供了丰富的题材,在此前中、短篇小说中,即以饱满的热情、豪迈的笔风,刻画了人民解放军英雄指战员的系列形象。其中《火光在前》是刘白羽描写我军渡江作战的中篇小说,以单纯、明朗、刚健的语言,着重刻画了师长陈兴才、政委梁宾的形象,作品内容广泛,涉及军队和群众、游击队和正规军、干部和战士等种种人物,再现了人民解放军渡江作战

1《生命不息,战斗不止》,原载《文艺报》,1995年11月10日第4版。

的历史场面，视野开阔，构思宏伟。全篇充满生动的笔墨和澎湃的激情。他荣获第三届茅盾文学奖的长篇小说《第二个太阳》，1987年由人民文学出版社出版。这部作品反映的也是渡江作战的题材，当然，时隔数十年后，比之《火光在前》，刘白羽把题材大大深化了，以更宏大的篇幅和更从容的笔墨，展开我军渡江后挺进湘西所遇到的种种困难、矛盾与斗争。它以我军攻占武汉、进军湖南为经线，以兵团副司令秦震一家三代人的历史命运为纬线，反映了新民主主义革命的漫长征程，突出地刻画了秦震作为我军高级将领的崇高而富于血肉的形象，坚毅、勇敢而又富于人情味。小说所具诗人气质和革命家理想，通过酣畅淋漓的散文笔墨得到充分的表现。全书格调高亢、热烈，充满丰富的文化底蕴。

刘白羽分上、下两卷出版的长篇新作《风风雨雨太平洋》是他进入耄耋之年后，在医院病床上坚持三年才写成的。小说以20世纪50年代的朝鲜战争和20世纪80年代中美关系变化后的历史为背景，通过多层时空，围绕主人公王亚芳、于飞的爱情和命运，刻画了中、美、朝三个国家的许多人物的真实动人的形象，其中交织严酷战争与和平生活的景象，时空广阔，气象万千，既歌颂无私奉献的英雄行为，也追思以往的历史，谱写异国的友谊，还控诉了资本主义世界的种族歧视，把五光十色的世界图卷展现给读者，闪烁诗意与哲理的光芒。小说情节曲折，多线交叉，从女护士成长为学者的王亚芳，坚强而柔韧；从团指挥员变为石油企业家的于飞，坚毅而诚信；他们久经考验的爱情和最终的结合，写来分外动人。小说中的其他人物如老政委，医校校长，朝鲜姑娘金玉姬，美国朋友汤姆森、西蒙、迪尔西等许多人物也都写得比较丰满，感人至深！小说通过王亚芳的口，表达了"地球会向真理的方向旋转，我希望不只我们的长江，沿着太平洋周围……从北美洲、南美洲注入太平洋的河流，从白令海流出的冰流，从大洋洲流下的河流，都成为纯洁、神圣的河流，都能沐浴出一个可敬可爱的太平洋……不过那将不是急风恶雨的太平洋，那将是清风细雨的太平洋"这样渴望和平与友爱的人类主题。可以说，这部作品是作家小说创作的高峰，其思想与艺术都达到了炉火纯青的境界，获得评论界的好评。

【魏巍的《东方》等长篇】反映抗美援朝战争的长篇小说《东方》是魏巍（1920—2008）的重要作品，是他描写我军革命战争题材的系列长篇中最成功的一部。魏巍是新中国著名的诗人、散文家和小说家。他原名鸿杰，曾用笔名红杨树，河南郑州人。1937年参加八路军，后到延安，1938年加入中国共产党，毕业于抗日军政大学，长期在军队做宣传工作。1939年起创作诗歌，1942年写了长诗《黎明风景》，1945年写有《开上前线》《两年》等诗。新中国成立后，历任《解放军文艺》副主编，原总政治部创作室副主任、文艺处副处长，原北京军区宣传部副部长、文化部部长，以及《中流》杂志主编。他曾当选中国文联第二、三届委员，中国作协第二、三、四届理事，还担任过全国人大代表。

20世纪50年代初，魏巍曾以报道朝鲜前线我人民志愿军英雄事迹的战地通信《谁是最可爱的人》激起强烈的共鸣。《谁是最可爱的人》传诵一时，被译成多国文字，还多次被选入中学和高等学校语文教材。同名报告文学集曾重印二十多次，发行量达数十万册。1951年他访问苏联曾写有《红场夜诗》，同年与白艾合写中篇小说《长空怒风》，与宋之的合写剧本《打击侵略者》。1956年又与人合作编写反映"二七"罢工运动的《红色的风暴》。1957年出版杂文集《幸福的花为勇士而开》。1958年再次赴朝鲜，写有《依依惜别的深情》等散文作品。1959年出版杂文集《春天漫笔》。1962年创作长诗《井冈山漫游》。1963年参加大型音乐舞蹈史诗《东方红》解说词的创作。1965年访问越南，完成一组报告文学《人民战争花最红》。1977年完成反映朝鲜战争的长篇小说《东方》三卷，获首届茅盾文学奖。1980年与人合著《邓中夏传》，出版散文集《壮行集》，还出版《魏巍诗集》《魏巍散文》《魏巍评论集》。20世纪90年代又陆续写出反映红军长征的长篇小说《地球的红飘带》，反映解放战争的长篇小说《火凤凰》，从而在自己的系列长篇中全面描写了我军不同历史时期的战争。

先后创作近二十年，1978年才获出版的长篇小说《东方》，着重刻画英雄连长郭祥和杨雪、杨大妈等的形象，把国外与国内，前方与后方、战争与和平交织起来描写，反映了我国人民在20世纪中叶抗美援朝战争的全过程，构思宏伟，情节曲折，人物众多，语言清新、畅达而朴实，可以说把朝鲜战争的历史画卷鲜明、生动地展现于读者面前。小说凸显作者对自己丰富生活积累所获得的深刻认识，概括了那个历史时期的典型环境，表现了歌颂反侵略战争，歌颂爱国主义、国际主义精神和英雄人民与人民英雄的战斗主题。作家除了塑造郭祥、杨大妈、杨雪等主要人物形象外，还对团长邓军，政委周朴，事务长康保，通信员花正芳，老兵王大发，机枪射手乔大夯，战士齐堆、刘大顺、陈三、小罗、杨春，文工团员徐芳，村治安委员小契，青年团员来凤和朝鲜妇女金大妈、朴贞淑等的群像，做了给人难忘印象的刻画。其中英雄连长郭祥和革命母亲杨大妈形象的成功塑造，是小说对新中国文学的突出贡献。而小说的弱点是对敌方将领的描写缺乏力度，把敌人写得过于愚蠢、无能，这就不足以衬托出我方的高明。但整体来说，《东方》无疑是魏巍一生最重要的作品，也是新中国军事文学的重要收获之一。它以70余万字的浩大篇幅填补了全景式反映朝鲜战争的题材空白，作为当代英雄史诗，《东方》的结构艺术也为历史内容厚重的小说创作提供了有益的经验。《地球的红飘带》和《火凤凰》实现了作者力图对我军几十年战斗历程做小说再现的夙愿。前者写红军长征的艰难险峻，后者写解放战争中节节胜利，但其成就均不及《东方》。

【路翎的小说与《战争，为了和平》】在反映朝鲜战争的长篇创作中，还应提到路翎的《战争，为了和平》（1985年人民文学出版社出版）。路翎（1923—1994），原籍安徽省无为县，生于江苏苏州，2岁时随家人迁至南京。原名徐嗣兴，汉族，中国现当代著名作家。1937年开始发表作品。著有长篇小说《财主的儿女们》，中篇小说《饥饿的郭素娥》，短篇小说集《朱桂花的故事》《初雪》《求爱》，话剧剧本《英雄母亲》《祖国在前进》等。1955年因受胡风冤案牵连，被错划为反革命集团成员，中断写作二十多年。1980年得以改正，后任中国戏剧出版社编审。他还曾任中国作家协会第二、四届理事。作为当年"七月派"中作品最多、成就最高的作家，他的创作，善于揭示社会的复杂内涵，描写人物心理的多层性，在整个现代文学史上，也是不可多得的。新中国成立初他曾前往朝鲜前线，并发表短篇小说《洼地上的

"战役"》，描写中国人民志愿军的一位战士拘于军纪而不敢接受驻地朝鲜姑娘的爱情的故事，竟受到无理的批判。他的长篇小说《战争，为了和平》大部分书稿完成于20世纪50年代，《人民文学》1954年1月号曾刊载过一部分。后作者因卷入"胡风案件"被逮捕，到20世纪70年代末得到改正时，原稿头两章已亡佚。《江南》文学季刊从1981年第2期起，连载了尘封四分之一世纪的《战争，为了和平》。小说的第一部描写战火纷飞的朝鲜前线，第二部描写新中国成立初期祖国的沸腾生活，两相交织，令人深切地体会到，志愿军战士"在这冰冷的战壕里，是为了千千万万的人们，为了在这夜里安睡着的人，为了和他家乡的村庄一样的那些村庄，为了在铁路上奔跑的火车，为了灯火通明的城市"。作品以浓墨重彩塑造了一批黄继光、邱少云式的英雄战士。《江南》杂志的编者称"它是战斗的颂歌，是瑰丽的油画，是青春的诗篇"。《战争，为了和平》整体上讲的是，当个人利益与集体利益发生冲突时，个人利益要绝对地服从于集体的利益。因此，其思想指向贴合时代主流，张扬爱国主义和国际主义精神。它应是路翎最重要的长篇之一。评论家朱寨认为，《战争，为了和平》这部作品"同样表现出作者驾驭重大题材的娴熟从容，对生活底蕴的透视和展示。作者的激情和诗情，更为深沉醇厚。就作品的内容和规模，可以与魏巍荣获茅盾文学奖的《东方》媲美"[2]。

关于朝鲜战争，有多位作家写过小说，比较有影响的是早期著名散文家杨朔写于新中国成立初的中篇小说《三千里江山》。它是最早反映中国铁路工人参加抗美援朝，在敌机不断轰炸的严酷环境中，保证前线的供给斗争的一部作品；还有曾任人民文学出版社社长的孟伟哉写于20世纪70年代的《昨天的战争》。作者通过周天雷侦察小分队具有传奇色彩的活动，着意于在广阔领域和复杂的战略全局上表现敌我双方司令部的智斗。小说努力从军事科学的高度描写战争，表现战争的全局。其成就也不应被忽视。

---

2 朱寨：《记忆依然炽热——师恩友情铭记》，中国社会科学出版社 2011 年版，第 76 页。

【徐怀中的创作和《牵风记》】 徐怀中（1929—2023），河北省邯郸市人。1945年从太行中学毕业后参加八路军，做过美术工作，后兼及文化和宣传。1947年随刘邓大军挺进大别山。新中国成立后历任西南军区文工团研究员，《解放军报》编辑，原总政治部文化部创作员，原昆明军区宣传部文化部副部长，解放军艺术学院文学系主任，原总政文化部副部长、部长等职。曾被选为中国作家协会副主席和名誉副主席。主要作品有中篇小说《地上的长虹》（人民文学出版社1954年12月初版），长篇小说《我们播种爱情》（中国青年出版社1957年10月初版），电影剧本《无情的情人》（《电影创作》1959年11月号），短篇小说《西线轶事》（《人民文学》1980年第1期），中篇小说《阮氏丁香》（《十月》1981年第1期），短篇小说集《没有翅膀的天使》（昆仑出版社1986年3月初版）以及《徐怀中小说选》等多种。徐怀中早年曾读过较多中外文学名著。他回忆说："进城以后，我把仅有的一点钱都用来买书。我最喜爱普希金和梅里美的短篇。在中国当代作家中，我很喜爱孙犁同志的作品。"[3]《我们播种爱情》里面，已经可以看出名著的影响。作品以建设新西藏的火热生活和烂漫激情感动了广大读者，著名文学前辈叶圣陶先生也"一看就让它吸引住了，有空工夫就继续看，看完一遍又看第二遍"，并认定它"是近来优秀的长篇之一"[4]。这种共识，使它作为向新中国成立十周年献礼的优秀作品由人民文学出版社出版，并被译成多种外文在域外出版。这一期间，徐怀中还写有《十五棵向日葵》《卖酒女》《雪松》《阿田老哥》等短篇。1959年发表的电影剧本《无情的情人》以对于阶级性和人性矛盾的探索再度引起强烈反响，并招致不公正的批判。作家从此逐渐消隐近二十年。徐怀中的艺术个性和独特追求妨碍了他成为新中国成立初的主流小说家，但他的作品毕竟经受住了时间的考验。1980年1月号《人民文学》以显著位置发表《西线轶事》，宣告徐怀中在文坛复出，并掀开新时期军旅文学新的篇章。由此，"南线"题材军旅小说的热潮涌起。

徐怀中在担任解放军艺术学院文学系主任期间，为军事文学领域培养了许

---

3 徐怀中：《爬行者的遗迹》，《徐怀中研究专集》，解放军文艺出版社1983年版。
4 叶圣陶：《我们播种爱情·序》，《我们播种爱情》，人民文学出版社1959年版。

多新人，其中就包括后来的著名作家李存葆和诺贝尔文学奖获得者莫言等。

到了九十岁高龄，徐怀中还推出长篇小说新作《牵风记》。小说以20世纪40年代我晋冀鲁豫野战军挺进大别山为背景，作品虽只有19万字，但被分成了28章外加"序曲"和"尾声"。尽管篇幅不长，作者着力刻画的几个形象——三位人物加一匹战马——却恰如雕像般给读者留下难忘的印象。其中，冰清玉洁的女文化教员汪可逾本欲投奔延安，偏偏路经"老虎团"驻地，与时任团长的齐竞不期而遇，两人奏出了一个浪漫而又一波三折的悲怆爱情故事；齐竞的形象同样卓尔不凡，文武兼备。齐竞的警卫员曹水儿不但打仗威猛，也受女性青睐。于是一出出"艳遇"便在小说所展开的漫天烽火中上演。与三位人物形象相比，那匹军马的形象更奇异惊人，俊美、神速且通人性人情。《牵风记》视角自然与徐怀中一贯的选材特点相关。如评论家潘凯雄所指出，在徐怀中长达六十余年的创作生涯中，"人性、情感和革命人道主义三个要素始终与之如影相随……细品他对战争与人的关系那细致入微的观察与思考，以及笔下所展现的激情飞扬般的艺术想象力。可以毫不夸张地说："《牵风记》的诞生，在新中国70年来的战争文学史上必将会留下浓墨重彩的一笔。"[5]它荣获第十届茅盾文学奖可谓实至名归。

【《皖南事变》与黎汝清的创作】与徐怀中先后在长篇军旅小说拓进的是黎汝清（1928—2015），他原籍山东博兴县。1945年入伍在部队做政治宣传工作。参加过济南战役、淮海战役和渡江战役。新中国成立后当过教导员，医院副政委、党委秘书等。早期业余写作诗歌和儿童文学，1962年调原南京军区创作室，开始创作长篇小说。多年来恪守"面对稿纸，背对文坛"的座右铭，成为全军乃至全国的一位高产作家。自《海岛女民兵》（人民文学出版社1966年4月初版）之后，从"文革"后期至今已创作了《万山红遍》《叶秋红》《冬蕾》《雨雪霏霏》《生与死》《深谷英魂》《湘江之战》《碧血黄沙》《故园暮色》《漠野烟尘》《故园夜雨》等15部长篇，共约700万字。长

---

5 引自《文汇报》，2019 年 2 月 27 日。

篇《皖南事变》（上海文艺出版社1987年初版）是其代表作。

《海岛女民兵》以生动曲折的故事而受到读者喜爱，并被改编成电影《海霞》广为流传。此后创作于"文革"期间的《万山红遍》《叶秋红》等也依然以一定的真实性和强烈的故事性而成为罕见的彼时能够流传的作品。这些小说已显示黎汝清在驾驭结构、编撰故事、塑造人物等方面的才能以及在革命历史题材领域里的丰厚储藏。《皖南事变》在1987年问世并非偶然，而是作家长期运思的产儿，也是作家革命历史题材创作实现对"五老峰"[6]的一次成功超越。

《皖南事变》以它宏大的构架、雄健的笔力和磅礴的激情，有力地传达出对特定历史悲剧的洞见以及对历史人物的深刻把握，从而具有了史诗的品格。作家从历史资料的长期爬梳与研究中获得历史真相，并追求"说真话，露真情，求真理"[7]穿透数十年来史学界在皖南事变研究中的迷雾，做出独树一帜的雄辩结论，为全书建构奠定坚实的框架；同时，作家还以历史烽烟中自己的战争体验和人生经验激活历史，重现历史场景和氛围，并重新审视历史人物的动机和行为，深刻生动地刻画了项英、叶挺、周子昆、林志超等一系列人物在特定历史关头的复杂性格和内心世界，合理地阐释悲剧发生的轨迹，使作品主题蕴含多义。而这本书的缺点则是作者议论太多、太露。

【彭荆风的长篇小说创作】彭荆风是跟徐怀中同辈的作家，当年与公刘、白桦等在云南省军区从事创作，后因被错划右派，长期失去发表作品的机会，改正复出后的新时期成为他创作的"井喷"年代。彭荆风（1929—2018），祖籍江西萍乡。1949年参军，1950年加入中国共产党，并毕业于二野军政大学四分校。历任原云南省军区文化部编辑，原昆明军区创作员、宣传部副部长，原成都军区创作室主任，中国作协理事、名誉委员，云南作协副主席。曾任成都军区创作室主任。1956年加入江西省作协，同年9月加入中国作家协会。1952年开始发表作品。大多描写边疆战斗生活和少数民族风俗人情，具

---

6 "五老峰"指革命历史题材创作中的"老故事、老人物、老主题、老风格、老形式"的情况。

7 黎汝清：《皖南事变·代后记》，《皖南事变》，上海文艺出版社1987年版。

有鲜明的边疆特色，受到好评。其中短篇小说《芦笙吹响的时候》被列为西南地区1954年优秀小说，在全国产生影响。1957年，与林予合写的《边寨烽火》，与陈希午合写的《芦笙恋歌》两部电影剧本，摄制成影片，很受欢迎。1976以后，陆续有中、短篇小说问世。他于1962年创作的反映苦聪人由原始社会直接进入社会主义社会的长篇小说《鹿衔草》在"文革"中曾被批为毒草，1979年重获出版。此后还创作长篇小说多部，其中《断肠草》（1987年4月由中国文联出版公司出版）以苗族姑嫂为主角，描述了"左"风正炽的"四清"运动中，正直的苗家人所遭受的苦难。《师长在向士兵敬礼》（1992年7月由人民文学出版社出版）以边地战争为主线，塑造了从将军到士兵的众多人物。同时在《中国作家》刊载和上海人民广播电台广播。《伴随白花蛇》（1994年8—12月由《警坛风云》发表）描写一名边防女警官化装成傣族姑娘，潜入犯毒团伙，侦破了出入于边境的大毒贩集团的故事。《绿月亮》（1994年9月由北方文艺出版社出版）描述三个越狱犯的心态和他们重新犯罪后的不同结局，揭示了人性的美丑。《孤城日落》（1999年5月由中国青年出版社出版）以1944年中日腾冲之战为背景刻画了一个慰安妇的悲壮人生。此作在《红岩》刊载后，又为《今晚报》《春城晚报》连载。

彭荆风的长篇小说多以边疆少数民族生活为题材，遵循现实主义的创作传统，描写当地的民族风情、生活习俗和各种人物形象，笔墨清新流畅，情节透迤曲折，颇能吸引读者。

此外，他还先后出版有散文集《九月衣裳》，传记文学《秦基伟将军》，长篇纪实文学《滇缅铁路祭》《挥戈落日》和文学评论集《彭荆风谈文学》等。

老一代革命军人长篇小说创作有成就的还有描写红军年代的陈靖和再现淮海战争的寒风等。

老一代军旅作家多经历过战争，具有亲身的体验，因而他们的军事题材长篇，不仅在宏观上对战争的本质有深刻的把握，而且在细节描写方面尤具历史的真实性。这是后来没有实战经验的作家所写的军旅作品所不及的。他们的作品为那逝去年代的伟大战争留下鲜明的历史画卷，塑造了无数人民战士及其英雄人物的形象，张扬其革命理想和爱国主义、国际主义精神及英勇气概，成为滋养后人的不朽的精神财富。同时，也为我国文学史的军事文学展现前所未有的新的篇章和境界。

第四章｜新军旅长篇的发展（中）

"文革"后军事长篇的新人新作——朱春雨、韩静霆的长篇——朱秀海的长篇创作——朱苏进的长篇小说——【阎连科的创作】——乔良、海波等其他军中作家的长篇

【"文革"后军事长篇的新人新作】"文化大革命"后，文学出版恢复，军事长篇小说的创作也迅速发展。南线边界战争更使新一代军事作家很快崭露头角。他们有机会体验战争的严酷，又经历和平时期的国防建设和边疆戍守，他们的作品自然为军事文学提供了新的题材和主题。某些军中作家在描写军人题材的同时或之后，也创作了不少历史题材和非军人生活的题材方面的长篇，从而更使军事文学异彩纷呈。而军中一批女作家的崛起，更为这时期的军事长篇小说创作，增添了巾帼英雄的妩媚和女性笔触的细腻。

【朱春雨、韩静霆的长篇】朱春雨（1939—2004），满族，辽宁人。曾在长春电影制片厂当过场记、编辑和俄语翻译。1958年开始发表作品。"文革"中在长白山林区做工10年。1978年入伍从事专业创作，曾任二炮创作室主任、中国作家协会理事。出版了《山魂》《血菩提》等8部长篇小说及若干中、短篇，计达350万字。主要的军旅小说有中篇《沙海的绿荫》和长篇《亚细亚瀑布》与《橄榄》。

《沙海的绿荫》较早把笔触探进了军事高技术科研领域中人们的情感与心灵世界，因而为人瞩目。作品获得1982年度全国优秀中篇小说奖。《亚细亚瀑布》与《橄榄》则是作家献给"国际和平年"的两部力作，前者在南疆战斗的现实背景下，通过"远古的影子""宇宙的回声""血与火的痕迹"等寥廓

的三维空间来凸显当代中国军人的精神造像；后者以莫斯科M饭店为轴心，通过中、苏、日、美四个家庭的人世沧桑，展开了一幅近代世界史长卷，表达了人对于和平的呼唤与理解。两部作品都以宏大的时空、繁复的结构和强烈的文化意识，集中体现了作家对于战争与和平的超前思考，对军旅小说的表现空间和思考层面做出了新的开拓与掘进。但作品大气有余，细密不足；形而上色彩过浓，形而下体验稍欠。

韩静霆（1944—　　），山东高唐人。曾就学于四平艺校、吉林艺专、中央音乐学院、中国音乐学院等四所艺术院校，擅长音乐与绘画。1973年入伍，历任宣传干事、创作员等。现为空军政治部创作室主任。发表长篇小说《大出殡》等各类体裁的文学作品200余万字，中篇《市场角落的"皇帝"》获第三届全国优秀中篇小说奖。军旅小说代表作有中篇《凯旋在子夜》和《战争让女人走开》。1995年作者发表了长篇历史小说《孙武》，把眼光投向春秋战国时代，描写"兵圣"和古代战争，作为他计划的"春秋人物"系列小说的首部推出。作品描写孙武作为古代军事家的一生，在史料不多的情况下，驰骋富于浪漫色彩的想象，复活主人公的智慧、雄武和悲剧式的命运，在波澜起伏，引人入胜的故事情节中，为读者刻画出一个富于人性深度、血肉丰满、鲜明生动的形象，为军事历史长篇创造了一个别开生面的具有独创性的范式。韩静霆还是著名的音乐家和画家，具有多方面的才能，并写有影视剧方面的作品。

【朱秀海的长篇创作】朱秀海（1954—　　），满族，中共党员。他是改革开放后军事文坛创作丰富的后起之秀。河南省鹿邑县人，17岁入伍到洛阳，历任班长、连队副指导员、师团新闻干事、旅后勤部协理员，曾调武汉军区创作室，后来调进首都。他毕业于武汉大学中文系，1983年7月加入中国作家协会。1978年5月开始文学创作并发表作品。后任海军政治部创作室主任，中国作家协会全国委员会委员，军事文学委员会委员，中国笔会中心会员。主要作品有长篇小说《痴情》《穿越死亡》《波涛汹涌》《音乐会》，还有电视连续剧《乔家大院》《天地民心》《波涛汹涌》《军歌嘹亮》等。

他曾在1979年和1984年先后两度随自己的老部队深入前线体验生活长达半年之久，亲涉过雷区，目睹过战斗场景，经历过战友的牺牲过程，再经过十年的反刍、酝酿和构思，终于推出了两部长篇力作：《痴情》（解放军文艺出版社1989年初版）和《穿越死亡》（中国工人出版社1995年初版）。前者通过一个烈士母亲的悲剧命运的抒写，小心翼翼地展示了战争带给社会的心灵创伤是如何地难以弥合，是一部探索"战争后遗症"的先声之作。后者则通过一群普通军人战胜怯懦与恐惧，最终穿越死亡攻下634高地的惊心动魄的故事，揭示出了军人如何从普通百姓成为英雄的心路历程。作者大胆真实地直面死亡，以革命理想主义激情和冷静的现实主义精神奏响了一曲深沉有力的英雄主义壮歌，把当代战争小说的水准推进到了一个新高度。《穿越死亡》堪称是南线边界战争的总结之作。

《波涛汹涌》围绕故事的主人公江白的学习、成长、情爱及其跌宕起伏的命运，巧妙地书写了大量世界海战战例，特别是世界潜艇战例，反映我国海军潜艇学员队和两艘苏联旧潜艇从无到有，从常规潜艇到现代化核潜艇，从近海防守到遨游远洋的艰难发展历程，浓墨重彩地描绘了新中国海军新老两代潜艇兵为建设强大海军英勇奋斗的英雄事迹。作品成功地塑造了东方瀚海、江白、秦失、焦同等和平年代的军人形象，展示出一代新人的精神风貌，折射出强烈的时代色彩，是我国军事文学中描写海军的难能可贵之作。

他的另一长篇《音乐会》则描写"九一八事变"后，在剧院长大的主人公英子随父母——一对朝鲜抗日志士流亡中国。后父亲回国反日，母亲则带她和哥哥流落到松花江地区继续抗日，母亲和哥哥不幸被日本人虐杀。成为孤女的英子被游击队保护着带进深山。经过多次战斗，游击队员全部牺牲，英子成了最后一名战士，奇迹般地代表全体死者迎来胜利的曙光。书中既写了中国人与日本侵略者的激烈战斗，也写了他们与深山狼群的激烈战斗，场面极其残酷，而英子由于在剧院音乐中长大，故在残酷激烈的战斗中她总产生音乐的幻听，所以小说题为《音乐会》。作者笔下战争的残酷描写，可以说以《音乐会》为甚。因而有评者认为他不愧为描写战争残酷的领军作家。他尚有离开战争，转向描写民间历史之作《乔家大院》，将晚清社会面貌与晋商风采展现给读者。

朱秀海无疑是后期崛起的军事文学的重要作家。他才情横溢，笔墨多姿，无论写战争，写商情，都善于塑造故事结构，刻画人物，总能给读者留下震撼心灵的深刻印象。

【朱苏进的长篇小说】1982年，朱苏进以《射天狼》获全国优秀中篇小说奖而声名鹊起，开辟了反映和平时期军人生活的又一战线。朱苏进（1953—　），生于南京。小学因病辍学，1969年入伍，当过炮手、班长、排长、副指导员等。后任原南京军区创作室主任，中国作协理事，江苏省作协副主席。代表作有中篇《射天狼》、《引而不发》（1983年）、《凝眸》（1984年获全国中篇奖）、《第三只眼》（1986年）等；在长篇小说领域先后创作有《炮群》（江苏文艺出版社1991年版）、《醉太平》（上海文艺出版社1994年版）、《秋阳如水》（1998年）、《清晰度》（2001年）、《康熙帝国（上下卷）》（2002年）、《江山风雨情》（2003年）、《郑和》（2003年）《接近于无限透明》（2003年）、《骠骑兵上尉》（2006年）、《朱元璋》（上下）（2006年）、《三国》（2010年）、《嘎达梅林》（2016年）等。部分作品被译介到海外。1996年后他则转向编写电视连续剧和电影剧本。推出《鸦片战争》《三国演义》《朱元璋》《江山风雨情》等多种剧本，堪称军中多产作家。

朱苏进的长篇小说《炮群》描写炮兵团长苏子昂正值春风得意时，突然被免职，调去院校深造，在学习期间，他爱上了图书管理员叶子。毕业前夕，他去拜见父亲的老部下、军区副司令宋泗昌，希望回部队后得到重用，却被拒绝。自恃满腹雄才的苏子昂，面对事业和爱情的双重困境，正考验他的忠诚和坚定。苏子昂终回炮团，探索新时期的治军用兵之道。作品情节跌宕，人物形象个性鲜明，细节描写精确，语言爽利，多有机锋，在当代军人的日常生活的描写中映射出军人复杂精神世界的灿烂光芒。《醉太平》则是通过一位来自基层年轻军官季墨阳的陌生目光，巡视军区大院上下里外、从司令员到普通干事的"百官图"，描述了高级将领间的微妙关系和中下级军官的种种心态，以及主人公追求高干女儿的情感纠葛。所写人物均鲜明生动，耐人寻思。作者遵循现实主义，编织出一首太平盛世的军区大院奏鸣曲，折射出军队的现状和发展趋势。

朱苏进可以说是关注当代我军的一位优秀的军旅小说家。他的目光始终关注军营生活，作为一名军人后裔，他始终把塑造理想的职业军人当作自己的不倦追求。他既善于调整自我，也善于把握文学风尚的变迁和时代潮流的脉动，以其虚实错杂的文笔，将军人置放在军营与社会、战争与人性、现实与梦想的多重矛盾中，挖掘出了军人性格的复杂性，丰富了军事文学的表现形式，拓宽了军事文学的艺术空间。当然，他的全部作品超越军人和军旅题材的局限，达到开阔的人生和艺术的境界，富于军人劲道、气韵和风骨，创造了一种洗练传神、冷峻凝重的艺术个性和审美风格，从而独标异帜。其后期创作的长篇小说因多拍成电视连续剧或电影，反而其小说影响不如前期的作品。作为军人作家，其局限在于对中国军队的主体成分——农民（或曰农民军人）相对隔膜，作品存在人物类型化的瑕疵。

【阎连科的创作】与朱苏进相异，阎连科则属农家子弟的军人写作，不过其前后思想风格大有区别，而又影响颇大，受到国内外的瞩目。闫连科（1958—   ），河南洛阳嵩县人，1978年应征入伍，历任原济南军区战士、排长、干事、秘书、创作员，第二炮兵电视艺术中心编剧，1985年毕业于河南大学政教系，1991年又毕业于解放军艺术学院文学系，专业作家。现任中国人民大学文学院教授。其作品曾获国内外奖20余次，包括两次鲁迅文学奖、一次老舍文学奖。作品已经被翻译成二十几种文字。代表作有长篇小说《日光流年》《受活》《丁庄梦》《坚硬如水》《风雅颂》等。2014年10月22日，阎连科在捷克首都布拉格被授予弗朗茨·卡夫卡文学奖，成为获得该奖项的首位中国作家。

阎连科曾是军中"农家军歌"的领唱者。他从20世纪80年代末开始批量发表作品，包括长篇《情感狱》（1993年）和约40部中篇共200余万字。后来转业到地方，又出版长篇小说《日光流年》等，并有5卷本《闫连科文集》问世（吉林出版社1996年）。他对军旅文学的贡献主要是20世纪90年代以来集中推出的《从军行》《夏日落》《和平雪》《和平寓言》《中士还乡》等"农民军人系列中篇"。这些作品的特色是比较真实地贴近当今中国农民军人的生命意识和生存景况，反映了他们在军中的复杂蜕变过程，表达深切的理解、同情、怜悯以及有限度的批判。

他后来的长篇小说已属非军事题材，并接受现代主义荒诞派影响，更多描写自己的河南故乡，往往以离奇的想象力，构造一种荒诞的、含有隐喻的境界，对现实进行尖利的、类似黑色幽默的讽刺。阎连科后期的小说往往带来争议，既给他带来各种荣誉与奖项，也使他受到尖锐批评。这种情况当然反映了当代中国新时期以来价值取向，包括审美取向的多元，也显示作家自身的发展、局限与欠缺。在这些小说中，往往弥漫孤独和绝望，主人公总与命运展开漫长而艰苦卓绝的斗争。小说中反复出现的"耙耧山脉"似是一个神话般的传奇世界，所展示给读者的多属受难、牺牲、求生意志等多重主题。阎连科的许多小说场景都与庆典的狂欢化、仪式化、象征化相关。他后期小说对意志的强度、生命的韧性和极端性特别感兴趣。其语言、情节和结构的设置变得极为峭奇，超出一般的想象，如《年月日》和《耙耧天歌》中酷烈的死亡方式，《坚硬如水》中地道里极乐时刻的谋杀，《受活》中的残疾人形象、"绝术团"在舞台上"表演残疾"时的血淋淋，等等。死亡、暴力、自残在阎连科小说中频繁出现，这些极端残酷的形象本身构成一种灰暗风格和象征冲击着读者。《坚硬如水》中对性爱行为的描写淋漓恣肆，虽属揭示人性，却并非都必要。读者对他的小说的不同反应，也往往由上述缘由而生。

【乔良、海波等其他军中作家的长篇】乔良（1955—　），河南杞县人，1970年12月参加工作，当过铁路局学徒工；1972年12月入伍，担任过电影队放映员、地勤机械员、修理技工等；1978年9月任兰州空军政治创作组创作员；1984年考入中国作协鲁迅文学院；1986年插班转入北京大学中文系就读，获文学学士学位；1991年9月任空政创作室副主任；现为国防大学教授。著有中篇小说《雷，在峡谷中回响》《远天的风》《大冰河》《灵旗》。除文学创作外，长期潜心于军事理论研究，有专著多部。他的小说文笔细腻酣畅，人味悠然，没有沿袭以往"革命战争"小说的套路。

乔良是一位军队的先锋小说家。他的短篇《陶》、中篇《大冰河》等，都显示形式探索意识和现代观念。给他带来文坛声誉的是他重走长征路所收获的中篇《灵旗》，获1986年全国优秀中篇小说奖。作品以半个世纪前红军长征途中的湘江之战为背景，用一种全新的历史视角审察人性、道义、战争三者之间的尖锐冲突，企图获得一种新的诠释历史的途径。20世纪90年代中期，乔良又推出了长篇"未来小说"《末日之门》（昆仑出版社1995年版），在小说形式的引进上依然保持了前卫状态。作品不但大胆想象21世纪初西方七国集团首脑被恐怖分子绑架，而中国中校从他的恋人和网上得知，便率领一支特战队员赶去营救，还描写中国与某国在边界和马六甲海峡发生对抗等。作品情节扣人心弦，想象合情合理，体现了作者对科技发展和世界局势的未来式展望。

曾在新疆工作的军旅小说家海波（1952—　），江苏灌南人。1976年毕业于四川大学中文系。1968年参加工作，历任钳工，空军战士、副指导员、干事，解放军文艺出版社《昆仑》编辑部副主任，八一厂文学部主任兼党委书记、副编审。1973年开始发表作品。1983年加入中国作家协会。著有长篇小说《铁床》，短篇小说集《幻鸟》，中篇小说《黑草》《眉姑》，电视剧剧本《少奇同志》等多种。他的短篇小说《母亲与遗像》获全国第七届优秀短篇小说奖，《彩色的鸟，在哪里飞回？》获首届解放军文艺奖。其长篇小说《铁床》（《小说家》1984年第3期）以切入点的小而深见长，通过对一个空军雷达站日常生活的精细描写，刻画了几个平凡但不普通的战士典型，在"铁床"这一意象中灌注了作家对军人本质独特而深切的理解。小说思想犀利，文笔老到，语言富于色彩感觉的捕捉以及意识流等表现，受到西方现代小说技巧的影响。

简嘉（1954—　），祖籍河南新野，生于重庆。1969年中学肄业，1970年应征入伍，历任机炮连战士、干部，原成都军区政治部创作室创作员，曾进中国作家协会文学讲习所进修。1981年开始发表作品。1984年加入中国作家协会。他谙熟基层连队生活和士官阶层，并擅长从中提炼成简嘉式的"绿色幽默"。1981年以《女炊事班长》获全国短篇小说奖而成名，此后的主要作品有短篇《拉岱大桥》，中篇《没有翅膀的鹰》（1984年），长篇《一夜风流》（1989年），《兵家常事》（1996年）等。小说语言机智诙谐，富有兵味兵趣，但格局比较狭促。

张波（1954—　　　），辽宁锦州人。中共党员。1986年毕业于解放军艺术学院文学系。1970年应征入伍，历任原武汉军区通信团战士、技师、排长、副指导员、政治处干事，司令部直属政治部文化处、宣传处干事，原广州军区政治部创作室主任，专业作家。1980年开始发表作品。1990年加入中国作家协会。著有长篇小说《平常人家》，长篇报告文学《广州城外城》，报告文学集《就业迪斯科》，中篇小说集《白纸船》。还有影视剧作多种。他的小说在探索和描绘女性情感世界方面具有特色，从20世纪80年代的《共鸣》到20世纪90年代的《白纸船》，曲折地画出了一代女军人在社会变动中的心灵轨迹。笔触精致，情感细腻，但气象不够阔大。

在反映和平时期军营生活的画面中比较注意融入地域文化色彩的军旅小说家还有东北的刘兆林和西北的一些作家。

刘兆林（1949—　　　），黑龙江省巴彦县人，1968年入伍，曾在原沈阳军区从事专业创作，20世纪90年代初转业到地方，曾任辽宁省作家协会主席、中国作家协会主席团委员。他在20世纪80年代初便明确找到自己的文学位置：立足自己生活的东北边疆大地，描写当代北方军营的道德风情画。短篇小说《雪国热闹镇》（获1983年全国优秀短篇奖）正是这种追求的产物。紧接其后的中篇《啊，索伦河谷的枪声》又将对北国风情的描绘和对新时期军队政治工作的探索做了一次巧妙的嫁接，再度受到好评，获得第三届全国优秀中篇奖。此后他还在"冻土文学"的旗号下陆续创作了《黄豆生北国》等系列中篇以及长篇《绿色的青春期》（1990年）等。他转到辽宁作协工作后，尚著有长篇小说《不悔录》，描写某地作家协会几个领导之间的复杂关系与钩心斗角，已不属军事文学了。

新疆的李斌奎（1946—　　　）以巍巍昆仑和皑皑冰雪作为小说主人公。他以《天山深处的"大兵"》获1980年全国优秀短篇小说奖，用长篇《啊，昆仑山！》（1988年）为自己20年的西北边陲军旅生涯做了一个总结。李镜（1945—　）和李本深（1951—　）则在大漠戈壁上编织他们的人物和故事。李镜，山西万荣人。中共党员。历任原兰州军区生产建设兵团第一师宣传队创作员、政治部歌舞团创作员、政委肖华秘书、政治部文艺创作室主任，1964年开始发表作品。著有小说集《冷的边山热的血》《重山》《辉煌时刻》《高台之恋》，中篇小说集《风流殇》，长篇报告文学《农奴戟·英雄血》《儒将萧华》《大迁徙》《昆仑春雪》等，还著有长篇小说《女兵营》《出关》等。李本深，1951年生，山西文水人。1991年毕业于北京师范大学研究生院文学专业。1969年应征入伍，历任战士、干部，原兰州军区政治部创作室专业作家，1974年开始发表作品。著有长篇小说《疯狂的月亮》《唐林上校》《刀下泪》，中短篇小说集《昨夜琴声昨夜人》《汗血马，我的汗血马》，长篇纪实文学《西部大找水》，中篇小说《画祠》《油坊》等。

　　上述作家戍边于西北，雄奇的沙海冰山在他们的笔下已不单纯是一种自然景观，而常常是当代西部军人精神的象征。他们的作品为新时期的军旅小说平添了几许粗犷豪迈之气度，构成中国当代以独特高山大漠风光为标志的西部文学不可分割的部分。

第五章 | 新军旅长篇的发展（下）

> 《湖光山色》与周大新的小说——徐贵祥的《历史的天空》及其他——柳建伟的小说与《英雄时代》——都梁的《亮剑》等小说——军中女性小说家

【《湖光山色》与周大新的小说】周大新（1952—　　），河南省邓州市构林镇人，中共党员。1985年毕业于西安解放军政治学院。1970年应征入伍，历任原济南军区战士、班长、排长、副指导员、干事，原总后勤部政治部创作室主任，少将军衔，专业作家。1987年加入中国作家协会，后当选中国作家协会第五届、第六届全国委员会委员。他曾入鲁迅文学院进修。已发表和出版长篇小说《走出盆地》《有梦不觉夜长》《第二十幕》《21大厦》《湖光山色》等。另外，还发表出版中篇小说30余篇，短篇小说60余篇，散文、报告文学100余篇，总计300余万字。其短篇小说《汉家女》《小诊所》获全国优秀短篇小说奖。一些作品被翻译成英文、法文、朝鲜文，不少作品被改编成电影、电视剧和戏剧，其中由其小说《香魂塘畔的香油坊》改编的电影《香魂女》获1993年度柏林国际电影节大奖——"金熊奖"。长篇小说《湖光山色》于2012年获茅盾文学奖。

这位来自豫西的农家之子，在小说创作上始终是一支笔既写军人又写农人，既写军营又写故乡，并且在两方面收获大致平衡，比较典型地代表了农籍军旅小说家的一般创作路向。从20世纪80年代的《"黄埔"五期》到《汉家女》《小诊所》《走廊》再到20世纪90年代的《向上的台阶》，他密切跟踪着现实军营生活和当代军人心灵变化的轨迹；另一方面，他又时时深情回眸渐渐远逝的故乡的童年，写出了哀婉动人的《香魂女》等系列作品。进入20世纪90年代他的创作有向故土回归的趋向，扩张"豫西南有个小盆地"系列的篇幅与分量。他于1998年出版的《第二十幕》，共计三卷，以宏大篇幅试图通过南阳丝织家族的浮沉兴衰，概括20世纪的政治风云与民族工业的艰辛，人物众多，情节曲折，时空广阔，针线绵密而引人入胜，显示了他与时俱进的小说实力。只是第三卷笔力减弱，故虽已初评入围，却与茅盾文学奖失之交臂。他的终获茅盾文学奖的长篇《湖光山色》则以丹江水库为背景，描写曾进城打工的乡村女青年楚暖暖，讲述了她回到家乡楚王庄之后不断开拓进取，进而带领全村创业的故事。暖暖几乎是楚王庄所有男青年追求的共同梦想。小说写的是春种秋收、择偶成家、生病离婚、打工返乡、农村旅游这些当下乡村寻常的生活事件，展示的却是对人性嬗变、历史遗产和权力动作的崭新思考，表现了一颗高贵灵魂在乡村剧变背景下的惊悸和固守。人们抛撒种子，投入精力、投下资本，然后渴望着收获，可是收获的常常不一定是我们想要的。在这个长篇中，命运也和女主人公暖暖开着残酷的玩笑。作家深情关注我国当代农村的巨大变革，以及当代农民物质生活与情感心灵的渴望与期待。在广博深厚的民族文化背景上，通过作品主人公的命运沉浮，来探求我们民族的精神底蕴，这是《湖光山色》引人注目的特色与亮点。

长篇小说《曲终人散》则是周大新的另一部作品，以"拟纪实文学"的形式，将作家对一位省长家属和亲友的采访记录排列开来，描写省长欧阳万彤从基层升到高干的历程。作品类似官场小说，却主要描述的是干部所面临的上下级和亲友给他带来的各种压力以及自己的道德伦理坚守，形式新颖而内容厚重，张扬了正能量，可以称之为政治伦理小说。

周大新的小说创作不但题材和主题不断扩展，从军队写到地方，从家族写到社会，从基层人物写到上层高干，还重视人物性格的刻画和艺术形式的创新，语言朴实生动，坚守现实主义的创作风格和道路，给读者带来美感的魅力和精神的升华。

【徐贵祥的《历史的天空》及其他】徐贵祥（1959—　），笔名楚春秋，生于安徽霍邱县，1991年毕业于解放军艺术学院文学系。1978年12月应征入伍，历任班长、排长、连长，集团军组织处干事、师宣传科科长，1994年调入解放军出版社任编辑、总编室主任、科技编辑部主任兼副编审，后调任空军政治部文艺创作室副主任，2013年2月任解放军艺术学院文学系主任。1998年加入中国作家协会，中国作家协会第七届、第八届全国委员会委员，第九届副主席。著有长篇小说《马上天下》《仰角》《历史的天空》《八月桂花遍地开》，中短篇小说集《潇洒行军》《弹道无痕》《决战》《天下》等。

他的中篇小说《弹道无痕》获1991—1992年《解放军文艺》优秀作品奖，中篇小说《潇洒行军》获1991—1992年《昆仑》优秀作品奖，中篇小说《决战》获第七届中国人民解放军文艺奖，长篇小说《仰角》获第九届中国人民解放军文艺奖。长篇小说《历史的天空》获第六届茅盾文学奖和中宣部精神文明建设"五个一工程"奖，徐贵祥也因此声名大振。

《历史的天空》和《八月桂花遍地开》都以徐贵祥熟悉的豫皖边界的家乡为背景，在《历史的天空》中，徐贵祥塑造了男主人公"梁大牙"这个英雄军人的形象，描写这位农民出身的老红军一生的战斗历程。徐贵祥说："我是军队作家，是男性作家，我认为英雄就是有强烈的责任感，对国家、对民族、对历史、对家庭都要承担起责任的人。梁大牙这个人物是中国战争文学作品人物中的另类，他不是那种高大全的英雄。可能这样的人物会让人觉得不能接受，但这是战争文学中的另类，而绝不是真实的战争生活中的另类。这个人的命运反差特别大，他从社会最底层走向高层，从人格的最底层走向高尚，这是巨大的反差。而正是这种巨大的反差吸引了读者。"[1]根据《历史的天空》改编的32集同名电视连续剧，播出后拥有很高的收视率，并得到专家学者的好评。

《八月桂花遍地开》则描写江淮地区抗日斗争波澜起伏的历史画卷。作者以独特的视角，透过两军对垒、兵戎相见的硝烟，正视中、日两个国家的政治、经济、文化、历史传承的差异，力图深入揭示那场战争的渊源和本质，使作品从前人的叙事模式中脱颖而出。作品刻画了沈轩辕这样一个传奇性的英雄主人公：他既是我党地下工作的领导人，又是临危受命的陆安州行政专员兼少

---

1 徐贵祥：《打造一支出色的作家部队》，中国共产党新闻网，2014年4月17日。

将警备司令。为完成大计，他又以有学识、有尊严的江南儒商身份和才干，赢得日军松冈大佐的信任。在沈轩辕及其部下的努力下，终于形成了国、共、伪、匪、民各方齐心抗战的民族统一战线。同时，小说也努力写好敌人的形象，在写得像、写得真、写得深方面下功夫。作者写陆安州驻屯军司令官松冈大佐对中国传统文化之熟悉超过了很多中国人，他平日放下军刀、穿着中式绸衫在驻屯的陆安城里散步，访问当地士绅，跟有民族自尊心的中国人交朋友；他又是最残酷而忠实的军国主义信徒，他的种种"异样"举止都符合其人格心理、精神信仰和现实政策。小说力图描写日军从派遣军司令官，驻屯军联队长、尉官到下士官和普通"召集兵"的复杂形象，大多没有简单丑化的笔触，力求生动和真实。

徐贵祥另有长篇小说《高地》，围绕对一个"高地之战"的重新调查，写出了两个军人、两家军人、两代军人之间的悲喜故事。

徐贵祥描写历史上革命战争的作品，属于新一代作家描写并非亲身经历的战争的创作，因而在人物塑造、故事安排、叙事模式和语言表现等方面，与刘白羽、魏巍等前代作家已有所不同，也有所创新。

【柳建伟的小说与《英雄时代》】柳建伟（1963—   ），河南镇平人。中国作家协会第九届、第十届全国委员会委员。曾任原成都军区政治部创作员，八一电影制片厂厂长。柳建伟读高中的时候，赶上了教育体制改革，因而他在最佳的年龄段获得了受高等教育的机会。他先后就读于解放军信息工程学院、解放军艺术学院和鲁迅文学院。不断的学习，使他开阔了视野。他于1985年开始发表作品，迄今共有小说、评论、报告文学等800余万字面世，主要作品有长篇小说《北方城郭》《突出重围》《英雄时代》《爱在战火纷飞时》，长篇报告文学《红太阳白太阳》《日出东方》，电影剧本《惊涛骇浪》《惊天动地》等。他的《英雄时代》曾获第六届茅盾文学奖，第七届中宣部精神文明建设"五个一工程"奖，第六届夏衍电影文学奖一等奖以及首届冯牧文学奖，第九届庄重文文学奖、解放军文艺大奖。

柳建伟的首部长篇小说《北方城郭》写的是北方某县城的故事，着重塑造了一个县委副书记李金堂的形象。此人凭着自己的机敏、能干，上下交接，形成自己的势力，升成县里的高干，连县委书记都得看他的眼色，斗不过他，堪称"一方斗不倒的一霸"。他还能让县剧团的女演员欧阳洪梅做他的情人达十多年。可以说，李金堂是个具有一定典型性的形象。在作者笔下，他面上光鲜，肚里藏坏，成为根深叶厚的地方一霸。周旋于三个男人间的欧阳洪梅则是令人同情的弱者。小说的倾向在揭露和批判李金堂这类人物，反映现实生活的复杂及其阴暗面。但这部作品当时未受评坛重视。

柳建伟的成名作，是他反映军队生活的作品《突出重围》。这部长篇小说描写了一场模拟高科技条件下的局部战争的无导演的大演习。一个装备精良、代表中国军队主体力量的满编甲种师，在与装备了高科技的乙种师的战术对抗中屡遭败绩，深刻地提示了中国军队在20世纪末世界军事、政治、经济格局中所面临的严峻的生存挑战。作品因被拍成影视，获得好评而影响广泛。

获得茅盾文学奖的长篇《英雄时代》，则描写高级干部陆震天的养子史天雄和儿子陆承伟这一对异姓兄弟的故事。他们在红色家族中成长，经历了十年浩劫后，陆承伟从美国学成归国，成为金融投资业的弄潮儿；史天雄则由当年对越战争中的英雄走上了仕途。哥哥抱着为人民服务的革命理想到地方任职，在复杂的当代社会中坚守信念，而弟弟却个人主义膨胀，唯利是图，不同的人生观、价值观导致兄弟两人的冲突。

柳建伟的创作一直坚持现实主义，重视表现时代精神和描写典型性人物，他的小说语言流畅，心理刻画细腻，情节波澜起伏，动人心魄。

【都梁的《亮剑》等小说】 都梁曾经是军人，后复员到地方工作，以军事题材作品《亮剑》而知名。都梁（1954—　），原名杨湛，出生于江苏省淮安市盱眙县，出生于知识分子家庭，少年参军，曾服役于坦克部队。复员回到北京后，从事教师、公务员、公司经理、石油勘探技术研究所所长等职位，并成为自由撰稿人。先后创作长篇小说10部，如2000年1月出版《亮剑》，2004年出版《血色浪漫》，2006年4月出版《狼烟北平》，2008年出版《百年往事》，2012年出版《大崩溃》等。他的长篇多被自己改编成电视或电影剧本。因此他也成为著名的剧作家。

都梁的作品类型多变，但每一部都有独特的情怀与力量。《亮剑》堪称诠释国之"军魂"之作，《血色浪漫》描述红卫兵一代的奋斗史，《狼烟北平》弘扬爱国主义，《荣宝斋》（即《百年往事》）则描写家族企业的商业智慧和人生真谛。他的作品主题不出"家国"二字，笔下人物皆具极强的人格魅力，因而总能够牢牢抓住读者。比如《亮剑》中的李云龙、《血色浪漫》中的钟跃民、《狼烟北平》中的文三儿，以及《荣宝斋》中的庄虎臣、王仁山、张幼林等。

都梁的代表作《亮剑》是一部战争艺术和传奇色彩融会贯通的作品，是一部糅合了史诗风格和悲剧色彩的战争题材作品，具有雄健多彩的艺术风格。它因改编成同名热播电视剧而声名大噪。剧中表现主人公李云龙担任我军某部团长，周旋于友军、日寇围困与进攻的险恶环境中，英勇善战，显出爱国精神与英雄主义。在铁血丹心与人世常情、斗智与斗勇、友情与爱情交相辉映的故事情节中，突出地塑造了李云龙个性鲜明的英雄形象。电视剧只拍到小说的第十六章。而长篇小说实际写了李云龙的一生以及他的妻子田雨，战友赵刚、丁伟等的结局，写李云龙后来参加解放战争，进军福建，担任军长，经历金门战役的失利和"文化大革命"的灾难，以相当多的篇幅展开对历史上"左"倾错误的揭露和批判，进一步塑造了李云龙和他的战友赵刚、丁伟等作为革命者的铮铮铁骨和耿直胸怀。应当说，这在军事题材作品中是比较少见的。

小说的最大成就是塑造了我军将领李云龙的复杂而血肉饱满的感人形象。他英勇善战，知难而上，往往克敌制胜，却又性格桀骜不逊，张口便骂人。作品为维护人格的尊严和信念的坚定谱写了撼人心魄的一曲壮烈之歌。李云龙形象在新中国文学中，可以说是绝无仅有的英雄人物的艺术典型。《亮剑》自1999年底问世以来，受到社会各界好评，到2006年10月，小说印刷23次，印数达40万册，改编的同名电视连续剧一度在各大电视台热播，受众激增。从小说多次再版重印，到电视连续剧《亮剑》反复重播，该作品在广大读者和观众中产生了深远影响。"亮剑"精神可谓穿越时空，燃起中华民族崛起征程中应对世纪风云变幻的巨大精神动力。它的意义在于，面对困难，明知可能无法战胜，也要勇于挑战，开拓进取。

【毕淑敏等军中女性小说家】军中在改革开放以来，还成长起一批女性小说家，她们也为新中国的军事文学、战争小说的发展做出自己的贡献。如毕淑敏、裘山山、庞天舒、王海鸰等。当然毕淑敏、王海鸰转到地方工作后，所写题材并不限于军人生活。

毕淑敏（1952— ），生于新疆伊宁，1969年入伍，在喜马拉雅山、冈底斯山、喀喇昆仑山交会的西藏阿里高原部队当兵十一年。历任卫生员、助理军医、军医等。从事医学工作二十年后，开始专业写作，1989年加入中国作家协会，如今已是我国著名的小说家和散文家。著有《毕淑敏文集》十二卷，长篇小说《红处方》《血玲珑》《拯救乳房》《女心理师》《鲜花手术》等，还出版散文集十多本。毕淑敏曾获庄重文文学奖，《小说月报》第四、五、六届百花奖，当代文学奖，陈伯吹儿童文学奖，北京文学奖，昆仑文学奖，解放军文艺奖，青年文学奖等各种奖项三十余次。曾入北京师范大学学习，获文学硕士、心理学博士，后任注册心理咨询师。

毕淑敏成名于1987年，这一年她发表处女作中篇小说《昆仑殇》，小说写的是军队的题材。而后来的长篇小说《红处方》《拯救乳房》《血玲珑》《女心理师》《鲜花手术》等，则多从医生职业的角度透视军外的生活，以其作品沉重的主题和对人生、社会的冷静关怀赢得了广大读者的关注。

《昆仑殇》主要讲述昆仑边防区部队进行严酷的军事拉练，过程中许多士兵被高原严寒冻伤冻残，有的甚至失去了年轻宝贵的生命。小说主人公一直用"一号"代替。他在小说中是一个矛盾的人物，心理备受煎熬。他痛惜在拉练中牺牲的战士，感到悲痛，不断地谴责自己，因为部队要在海拔五千米的高原上拉练，是他要进入无人区的。可以说战士们的牺牲一部分原因来自他的个人决断。而他作为昆仑防区最高军事指挥官，他必须为国家和人民训练出一支高素质、能吃苦的边疆守卫军。在严格的拉练中，他的命令把喜爱的警卫员金喜蹦，救命恩人的儿子郑伟良，美丽善良的肖玉莲，李铁推向了死亡。他深感悔疚，但从国家立场上考虑，祖国和人民的安全高于一切，他不能悔疚，并且还会这样继续严格地训练部队。小说写来惊心动魄，扣人心弦，而"一号"的内心冲突和矛盾，正突出地塑造了一个高级将领钢铁一般坚毅的灵魂以及其中所包含的"左"倾的错误。

毕淑敏的首部长篇《红处方》则描写沈若鱼潜入女友简方宁任院长的戒毒医院里，通过她的眼睛和感受，刻画"戒毒者"与"吸毒者"两个群体的复杂关系和心灵搏斗，成功塑造了简方宁的悲剧性的崇高形象。她本是军医，担任戒毒医院院长后，悉心为"吸毒者"治疗，却被暗算而中毒上瘾，最后愤而自杀。而沈若鱼却继承了她的岗位和事业。

另一长篇《拯救乳房》写的是心理学博士程远青从海外归来，受到一家制药公司企业家吕克闸的资助，招募乳腺癌患者，组成心理治疗小组，其中有公务员、老干部、硕士生、下岗女工、白领丽人、妓女、乔装的男人各色人等。他们各有各的人生故事，各怀对死亡的恐惧，彼此共处，在艰难的碰撞和交流中，共同面对商战的阴谋而淬炼升华。

文艺理论批评家童庆炳在回忆录《旧梦与远山》中评论毕淑敏的小说"充满人性、人情和伟大的人道主义，让人感到亲切、温暖、明丽和康健，使人觉得生活多么丰富多彩和美好"，并称赞她"能够从平凡的见出光彩，从普通的见出诗情画意，从枯燥的见出情趣，从渺小见出伟大"[2]。应该说，这是对毕淑敏创作，包括她的长篇小说的比较确当的见地。

裘山山（1958— ），浙江杭州人。1976年入伍，1979年考入四川师范大学中文系，1983年毕业。曾任部队文化教员、文学刊物主编等。1995年加入中国作家协会。中国作家协会全国委员会委员。曾任《西南军事文学》主编、原成都军区政治部创作室主任、原四川省作协副主席。

她于1978年起开始发表作品，至今已发表作品300万字左右。主要作品有长篇小说《我在天堂等你》《到处都是寂寞的心》《春草开花》，小说集《裘山山小说精选》《白罂粟》《落花时节》《一路有树》《高原传说》，散文集《女人心情》《五月的树》《一个人的远行》《百分之百纯棉》，长篇纪实散

---

2 童庆炳：《旧梦与远山》，北京大学出版社2015年版。

文《遥远的天堂》，长篇传记文学《隆莲法师传》《从白衣天使到女将军》，电影剧本《遥望查里拉》《我的格桑梅朵》，电视剧本《女装甲团长》《走进赵雪芳》等。她的作品曾获鲁迅文学奖，中国人民解放军文艺奖，四川省第二、第三、第四届文学奖，成都市政府金芙蓉文学奖，《小说月报》第八、第九、第十、第十一届百花奖，以及夏衍电影文学剧本奖等若干奖项，并有部分作品被翻译为英文、日文和韩文。长篇小说《我在天堂等你》一经面世，便成为广泛关注的名著，先后荣获第九届解放军文艺奖、第八届中宣部精神文明建设"五个一工程"奖、"建党八十周年献礼作品"等多项殊荣，市场反响强烈。作品讲述离休将军欧战军得知三女儿有外遇闹离婚，小儿子经营的超市被查封，突发脑出血而亡。欧家陷入混乱。沉默寡言的母亲白雪梅终于开口，解开了六个子女心中的身世之谜。原来天堂，指的就是美丽、神秘的西藏。五十多年前，白雪梅和她的女同学为了参军入伍，第一批进藏，经历了很多磨难，她的许多战友都牺牲在了进藏的路上，雪梅默默爱着军医，但是在一切都要服从组织安排的年代，她最终却嫁了欧政委，将自己的爱深深地埋在了心底。之后几十年的风雨同舟，他们这一对军旅夫妻虽然从来没有浪漫与激情，却在那些峥嵘岁月中身心渐渐融为一体，他们共同生养了三个孩子，也共同抚养了三个孤儿，尤其那个白雪梅心底曾深爱的军医的遗孤，也是他们最爱的儿子。小说浓缩着中国历史，那些进藏的惊心动魄的历程，他们与藏族人民的共同经历，所闻所见、所感所知，都让她对西藏这块天堂般的土地充满崇拜，而故事中的那些军人，他们为着崇高的信念——为革命事业而不顾生命的追求更是让读者敬仰。小说后来改编拍成电影《我的格桑梅朵》，也获得好评。

庞天舒（1964—　），辽宁沈阳人，满族。1989年毕业于解放军艺术学院文学系。1978年应征入伍，历任原沈阳军区前进歌舞团舞蹈学员，原沈阳军区政治部创作室专业作家。中国满学文化研究委员会理事，中国地质科学院客座研究员。1980年开始发表作品。1990年加入中国作家协会。先后出版短篇小说集《大海对我说》《星彩蓝宝石》，中篇小说集《少女眼中的战争》《蓝旗兵巴图鲁》，诗集《天舒和她的诸神》，散文集《乘上那辆金马车》，长篇小说《落日之战》《生命河》《王昭君·出塞曲》《最后的家园》《吉祥花园》《两匹老马的回忆》《白桦树小屋》《红舞鞋》等，另有长篇纪实文学《探险神秘之地——一位军中女作家穿越罗布泊的手记》《1949——最后的角逐》，科学人文著作《最深的颜色》《凝看海洋》《触摸山脉》等。

长篇小说《落日之战》荣获"八一"文学奖、解放军文艺奖、全国少数民族文学创作骏马奖、满族文学一等奖、辽宁省长篇小说奖，《王昭君·出塞曲》获东北文学优秀作品奖。

《落日之战》勾勒出一部辽代的民族兴衰史、战争史、英雄史。小说从不同的切入点再现了历史，再造了英雄，描写了战争给各民族人民带来的不幸和灾难，表达了作家对家园、对战争、对英雄的深切思索，蕴含着对人类文明、对人类历史的沉重反思。作品的女主人公芪楚本是宋女，被俘做了辽国的奴隶，当上了辽国公主的侍女，嫁给了辽军大将挞不野。新婚之喜，挞不野挂甲出征，迎战金兵，她红妆守空闺。后来，新娘芪楚在兵荒马乱中追赶撤退的辽兵寻找丈夫，不料竟被金兵挟持，两次遇险都被金国大元帅斜也相救。斜也这位战功显赫、威震四海的金元帅从不过问芪楚过去的所爱，只想表示对她的倾心。芪楚无法抗拒这位年轻英俊的战神特殊的柔情，终于嫁给了他。

而金兵灭辽之后的残虐暴行使她看清了斜也性格凶恶的一面，使她恨不能杀死他。于是，芪楚放弃福晋的安逸生活离家出走。她痛苦地自问："可我回到哪里？哪儿是我的家？大宋绿水环绕的小村，挞不野大人身边，或是斜也的身旁？"芪楚在有家难奔、有国难投的困境中饱受精神折磨，这也是作家对生命终极价值的审美超越和叩问。

《王昭君·出塞曲》则以细腻的感悟和瑰丽动人的笔触，追述那段苍凉雄放的历史，从全新视角生动地描摹了王昭君的人生。小说中汉元帝欢迎匈奴王的盛典、欢送昭君远嫁的隆重仪式、匈奴蝗灾的恶劣形势以及君臣围猎等繁复场面的烘染，使整部作品获得了摄人心魄的冲击力量。庞天舒在王昭君的人物性格中注入理想主义、浪漫主义与英雄主义情愫。她对王昭君的肖像描写、对其内心世界的雕塑皆尽善尽美。特别是小说的最后，昭君的爱子被害使公主与王子之间的火并一触即发，王昭君在痛不欲生的情况下，跃马横刀冲到两军阵前，要以生命换取王权斗争的和平，真是惊天动地、震撼人心。在庞天舒的笔下，王昭君是追求真善美的典型女性，是中国古典美女中巾帼英雄的象征。

庞天舒的小说与众不同之处就在于，她一直以纯净而浪漫的带有抒情性的语言叙述童话般美丽的故事。也许是少年创作时埋下的理想基调，许多年后，她都很少改变这一纯净的心态。在文坛各种流派、方法、主张潮起潮落时，她固守着心中的那份圣洁，从不随波逐流，无论是历史人物还是当代英雄，在她的笔下都表露出崇高和美好。她就像一个天真的女孩，用她那温柔的充满深情和向往的目光凝视着坚硬而刚强的英雄背影。

由于对寻找自我、寻找民族之根、寻找生命源头的民族之魂永不放弃的追求，庞天舒成为当代满族文学史上杰出的女性作家。而内心澎湃的英雄情结，也使她成为当代小说史上优秀的军旅作家之一。

王海鸰（1952—　　），生于山东，她既是剧作家，也是小说家。曾任我军原总政治部话剧团编剧。1985年，创作中篇小说《她们的路》。1988年，创作中篇小说《星期天的寻觅》。1992年，与王朔共同创作爱情剧《爱你没商量》，由此开启了她的编剧生涯。其后的小说兼剧作有《牵手》《不嫁则已》《中国式离婚》《新结婚时代》《大校的女儿》《新恋爱时代》等。其中2007年创作的《大校的女儿》是作者的自传体小说。

自《牵手》起，王海鸰便转向伦理情感题材领域耕耘，真实而又残酷地把婚姻中的种种生存状态揭开来，描摹之深切，以至于得到"中国婚恋小说第一人"的称呼。女性视角与作家的身份，赋予王海鸰良好的洞察力与表现力，而客观公正的态度，则为其作品的出色增加了另外的砝码。她的这些作品多拍成影视剧公映，因而比小说产生更广泛的影响。

《牵手》曾走红大江南北，引起人们关注的主要是伦理道德层面上的东西，以及第一次正面推出"第三者"形象所引起的社会震动。作者敏锐地抓住了这一点，认为这是社会发展到一定程度后的必然性，而不是仅仅简单地指责第三者，从而使小说引起了社会共鸣。《大校的女儿》一书以韩林及其女友们为主体，展现了现代婚恋生活的一个侧面。

军中女作家还有长篇小说《英雄无语》的作者项小米和《楚河汉界》的作者马晓丽等。她们的上述长篇也曾得到评论家的好评。

第十一编 | 历史风涛的回响

　　我国是具有五千年以上历史的文明古国，我们的祖先曾经在神州大地上演出过无数令人惊心动魄的雄壮史剧，产生过许多让后代为之神往、为之柔肠寸断的男女情爱的故事。历史小说的书写是我国文学的重要传统，司马迁的《史记》便堪称历史叙事的翘楚，历史演义和评话更是不胜枚举。新中国成立之初，由于作家多忙于创作反映革命斗争题材和社会主义建设题材的作品，历史题材曾一度被冷落。但20世纪50年代中期，姚雪垠便着手创作长篇《李自成》，其后历史剧兴起，郭沫若的《蔡文姬》、田汉的《文成公主》、曹禺的《胆剑篇》先后面世，短篇小说领域也涌现了陈翔鹤、冯至、黄秋耘等的尝试之作。而进入20世纪60年代后不久，吴晗的《海瑞罢官》被姚文元诬为"影射"，随后"文化大革命"发生，历史题材更无人敢于问津。

　　历史长篇小说创作的高潮掀起，正是在改革开放之后。近四十年间，这方面的佳作络绎不绝，作家群体成片涌现。其成就不仅超过新中国成立初的三十年，也超过新中国成立前自"五四"新文学运动以来的三十年。自炎黄二帝直至孙中山，历代帝王将相、才子佳人都有人书写。可谓大江南北、长城内外皆升起历史风涛的回响！

第一章｜历史长篇小说（上）

改革开放后历史小说繁荣的原因与歧见——姚雪垠的生平与长篇巨著《李自成》——徐兴业的《金瓯缺》等小说——凌力的《百年辉煌》系列及其他——吴因易的"唐宫八部"

【改革开放后历史长篇繁荣的原因与歧见】历史长篇小说之走向旺盛，是在"文革"结束之后。这时期不但有《李自成》第二、三、四、五卷出版，还有凌力的《星星草》和《少年天子》，徐兴业的《金瓯缺》，蒋和森的《风萧萧》和《黄梅雨》以及其他作家的许多长篇历史小说接踵涌现。《李自成》第二卷、《少年天子》、《白门柳》、《张居正》等历史长篇新作均先后荣获茅盾文学奖，《金瓯缺》获茅盾文学奖荣誉奖。其他如吴因易描写武则天、杨贵妃的"唐宫八部"，杨书案描写孔子、老子、炎黄等的民族文化系列，二月河的《康熙大帝》《雍正皇帝》《乾隆皇帝》，唐浩明的《曾国藩》《旷代逸才·杨度》《张之洞》，颜廷瑞的《汴京风骚》，穆陶的《红颜怨》《林则徐》等，也都在文坛产生广泛影响。

历史小说的繁荣当然与这时期政治宽松、经济发展和人们的思想获得解放有关，更与"文艺从属于政治"提法的纠正，促使文艺创作的题材、主题、形式、风格的多样化直接相关。思想的解放也使历史小说家对历史题材的处理产生多种不同的见解。一种认为历史小说应当严格忠实于历史，所写的历史事件和人物都应当是历史上实有的、确实发生过的，只有细节可以虚构；另一种则认为历史小说从故事到人物都可以虚构，历史不过提供一种舞台的氛围；第三种主张则是折中的，认为重要的历史事件与人物应忠于史实，但某些情节、场面、细节和次要的人物则应该允许作家虚构。实际创作中以实践第三种主张的作品居多。虽有某些史实依据，基本属于虚构的，如吴越的《括苍山恩仇记》。更有一种所谓"新历史主义小说"，认为历史的客观性难以再现，历史著作不过是不同时代人们对历史本体的一种诠释，因而历史小说也只是人们对历史的某种想象，无须也不可能"忠于"什么"史实"。在这样的作品中，故事和人物全属虚构，如苏童的《我的帝王生涯》。而网络文学中更兴起一种"历史穿越小说"，可以让作品中的人物随意穿越到任何朝代，将历史魔幻化。正如《封神演义》中的人物可以天上、人间、地下随意穿越。自然，这些作品就很难被定义为严肃意义上的历史小说了。

【姚雪垠的生平与长篇巨著《李自成》】1963年，老作家姚雪垠出版了他的巨著《李自成》的第一卷。当时文艺界虽然不少人叫好，但在历史小说纷纷被批的情况下，没有评论家敢发表肯定的评论。后来由于得到毛泽东的支持，中国青年出版社才为他创造条件继续写下去。这部描写明末农民起义的五卷巨著，才得以陆续完成并出版，并由此推动新时期历史小说创作重新兴起。姚雪垠（1910—1999），原名姚冠三，河南邓县（今河南省邓州市）人。幼年在家乡读私塾和小学。1924年至信阳一所教会中学就读。1929年春考入河南大学预科。次年因参加学生运动被捕，释放后被校方开除，离开河南至北平。1935年起，陆续在北平《晨报》、天津《大公报》发表短篇小说。1937年到开封，与嵇文甫、范文澜、王阑西等人创办《风雨》周刊。抗日战争期间，姚雪垠的小说创作进入旺盛期。1938年春到武汉，在《文艺阵地》1卷3期发表著名的短篇小说《差半车麦秸》，次年又在《文艺新闻》上刊出气氛悲壮的《红灯笼的故事》。这两篇小说都在当时产生较大影响，作品成功地运用活泼生动的群众口语，写出了农民在抗战中的觉醒与变化，描写农民在抗战大潮中的觉醒和成长。采用鲜活的群众语言，为当时一般作品所少见，故小说受评论界重视，被认为是抗战文艺的杰作，并被译为英、俄文。1938年冬，姚雪垠至湖北襄樊参加钱俊瑞、曹荻秋领导的文化工作委员会。在辗转鄂、皖、蜀等地的过程中，他以主要精力创作中、长篇小说，写有《春暖花开的时候》《戎马恋》《新苗》《重逢》《牛全德与红萝卜》等。

1939年，长篇小说《春暖花开的时候》开始在胡绳主编的重庆《读书月报》上连载，这是最早出现的反映抗战生活的长篇小说，人物性格鲜明，生活气息浓厚，语言朴素、自然、细腻、流畅。这部长篇，以抗战初期知识青年从事抗日救亡活动为题材，写出了年轻一代高昂的救国热情，并从侧面触及国民党军政机构的黑暗腐败与地方封建势力的猖獗，揭示了抗战阵营内部的复杂斗争。但作品在青年男女爱情生活方面用了过多的笔墨，冲淡乃至弱化了表现时代的主题。

姚雪垠于1943年初至重庆，当选为中华全国文艺界抗敌协会理事。1945年初至四川三台任东北大学中文系副教授。抗战胜利前后，姚雪垠转向故乡与童年的题材，完成了自传性长篇小说《长夜》，并写了《我的老祖母》《外祖母的命运》《大嫂》等一组散文。《长夜》以20世纪20年代军阀混战时，豫西山区农村为背景，描写了匪首李水沫及其队伍的传奇生活，塑造了一些有血有肉的"强人"形象，真实地揭示出许多农民在破产和饥饿的绝境中沦为盗贼的社会根源，同时也表现他们身上蕴藏反抗恶势力的潜在力量。此作以写实主义笔法真实描写绿林人物生涯，为"五四"以来新文学所仅见。此书译为法文后，姚雪垠被授予马赛纪念勋章。他的小说从早年起，就透露出一种强悍的气质：1929年发表的《强儿》便刻画一种坚强的性格，20世纪30年代中期的若干作品也多次写到一些敢做敢闯的人物。把一批"强人"形象送进新文学的人物画廊，发掘和表现强悍的美，是姚雪垠对中国现代文学的一个独特贡献。

解放战争时期，姚雪垠在上海还写了记述爱国科学家的传记文学《记卢镕轩》和短篇小说《人性的恢复》等。1948年以后，先在农业学校，继在大夏大学教书，同时发表了《明初的锦衣卫》《崇祯皇帝传》等学术论著。可以说，正是他前期的丰富创作和历史研究，为他后来创作《李自成》准备了条件。

新中国成立后姚雪垠从上海调中国作家协会武汉分会，1957年被错划为右派，逆境中开始创作《李自成》。1978年，他被选为全国政协委员、湖北省文联主席，1981年参加中国共产党，1984年任中国作家协会顾问、文联委员，中国新文学学会会长。后为中国作家协会名誉副主席。

《李自成》全书共五卷，前三卷分别于1963年、1976年、1981年由中国青年出版社出版。后两卷也于他逝世前完成。但因身体不佳，第四卷未按原写作计划，而是从第三卷和第五卷各抽出一部分构成。全书通过农民起义，反映明清之际我国封建社会的广阔的生活和各种社会矛盾冲突激化的状况。第一卷（上、下）写崇祯十一年（1638）十月清军进逼京畿，官军与李自成激战潼关，崇祯在和战问题上举棋不定。京城里一面是歌舞升平，醉生梦死；另一面是刺血写经，和尚自焚。崇祯皇帝虽然宵衣旰食、励精图治，无奈帝国业已腐朽，为了解决"剿饷"问题，企图向皇亲国戚征借，也未能如愿。作品写出了当时明朝皇室内外交困，在农民起义和清兵入侵的夹击下，更陷入危局。第二卷（上、中、下）写李自成在潼关的南原几乎全军覆没，率残部到了商洛山中，受到官军、土豪和叛军的数面威胁，但他以凛然正气平息叛乱哗变，粉碎围剿，突围入豫，又联合张献忠，吸纳起义的李信，并于崇祯十四年（1641）破洛阳、杀福王、攻开封，军势日盛。小说第三卷写农民起义在达到顶峰后的滑坡，李自成攻下洛阳后急于建都称王，并强令干女儿慧梅下嫁给袁时中而造成一系列悲剧，暴露了义军领袖战略上的失误和思想性格的弱点与局限。四、五卷写清兵入关后，李自成兵败，退出北京，辗转南下，最后溃亡。之后，高夫人还率残部坚持一段时间的斗争。小说的浩繁篇幅，构成了一部农民革命的壮丽史诗，讴歌了李自成、刘宗敏、尚炯、高夫人、红娘子等一系列农民英雄的光辉形象，也相当成功地深入刻画了崇祯皇帝、余象升、杨嗣宗、洪承畴等明朝君臣的复杂性格。作品对古代战争的描绘尤为出色，如潼关突围、商洛壮歌、强渡汉水、轻取洛阳等笔墨，都属作品中的华彩乐章、大家手笔。全书结构宏伟，情节曲折，人物众多，可以说是以广阔的时空反映了明末清初民族矛盾和阶级矛盾尖锐纠结的历史画卷。作者由于历史知识丰富，占有资料翔实，加之艺术功力高超，对笔下人物的着墨和驾驭得心应手，游刃有余，写来无不血肉丰满、个性灵动、跃然纸上，给读者留下深刻的印象。尽管有人评说，"高夫人太高，红娘子太红，李自成有类无产阶级革命领袖"，有过于现代化之嫌，但作者自称致力于革命现实主义和革命浪漫主义相结合，有意使人物形象既源于现实又高于现实。小说第二卷获首届茅盾文学奖，并曾被改编成电视连续剧。李自成会见张献忠一节曾被拍成电影故事片《双雄会》。应当说，在当代历史长篇小说中，《李自成》尽管后两卷笔力减弱，写李自成兵败的过程不够充分，但全书的创作成就至今仍位于当代历史小说的前列，并对后来的创作产生了深远的影响。

对于《李自成》的出版，茅盾曾给予很高的评价，认为"用历史唯物主义和辩证唯物主义来解剖这个封建社会，并再现其复杂变幻的矛盾的本相，'五四'以后也没有人尝试过，作者是填补空白的第一人"[1]。现代文学史家严家炎认为"《李自成》是姚雪垠史学准备、生活积累、理论素养、艺术经验各方面集大成的产物，是几十年创造性劳动的结晶"。他特别分析了《李自成》采用了保证主线，兼写各方，多线条复式发展、蛛网式纵横交错、具体归结为若干单元的结构方法，认为"这种结构既宏大复杂，又舒卷自如，吸取了《战争与和平》等外国长篇小说的创作经验而有新的创造。同时，《李自成》又注意吸收中国古典小说在结构上有张有弛、讲究节奏、笔墨多变的长处，时而金戈铁马，愁云惨雾，紧张得令人透不过气来；时而小桥流水，风和日丽，令人心旷神怡"。他认为这部作品"继《子夜》之后又一次大大提高了长篇小说结构艺术的水平"[2]。

姚雪垠还写有理论批评方面的文字和系列有关《李自成》创作的自述，主要有《谈〈李自成〉的创作》（《人民文学》1977年第4期）、《〈李自成〉》创作余墨》（《红旗》1978年第1期）、《创作实践和创作理论》（《红旗》1986年第2期）、《继承和发扬祖国文学史的光荣传统》（《红旗》1987年第9期）等。

在我国现当代长篇历史小说创作中，《李自成》无疑是姚雪垠的力作，也是这一领域的卓越之作。它把长篇历史小说创作推向一个新的高峰，堪称是继《三国演义》之后的又一部历史内涵丰盈的杰作。

【徐兴业的《金瓯缺》等小说】《金瓯缺》的作者徐兴业（1917—

---

1 茅盾：《关于长篇历史小说〈李自成〉》，《文学评论》，1978年第2期。
2 严家炎：《姚雪垠》，《中国大百科全书·文学卷》，中国大百科全书出版社1982年版，第1156页。

1990），浙江绍兴人。在姚雪垠之后，徐兴业被我国著名学者郭绍虞先生称为"与姚氏媲美的作家"。郭绍虞认为"徐氏的学识与才华，均不弱于姚氏。二雄相并，堪称双璧"[3]。徐兴业是历史学家，1937年无锡国学专科学校毕业后，即开始酝酿创作长篇历史小说《金瓯缺》，因个人政治上、生活上的挫折，直至粉碎"四人帮"后才能动笔创作。1980年至1985年陆续出齐四部。该书荣获第三届茅盾文学奖荣誉奖，却已在作者逝世以后。小说描写了12世纪宋、辽、金之间的民族战争，在绚丽多彩的历史画面上塑造宋、辽、金三朝众多的历史人物形象，其传统表现方法与近代西方叙事技巧融为一体，历史材料的运用和宋人声口的模拟相得益彰。第一部写北宋宣和元年（1119），宋徽宗企图与金国达成海上之盟以夹击辽国，逼辽国纳土称臣，于是传旨西北军统帅种师道，准备北征。西北军总参议赵隆认为战争没有把握，且认为金国居心叵测，故反对出兵，但意见未被朝廷采纳。这时京师里文恬武嬉，误国误民，宋徽宗也与名妓李师师厮混。西北军出征，蔡京、童贯之流又百般牵制阻挠。第二部写宣和四年（1122）四月，童贯等开小差招致辽军进攻，幸被广大将士击退。此时宋使马扩出辽劝降，萧太后允诺而辽军统帅耶律大石反对，并大败宋军。马扩又赴金谈判，促成第二次伐辽战争，辽燕京为金夺得，宋以重金赎回这座空城。第三部写金军背盟入侵，宋徽宗于宣和七年（1125）正月南逃，太学生陈东等"登闻鼓院"，爆发了二十万群众运动。抗战派将领马扩等遭陷系狱，金军二度进犯，汴京终告沦陷。第四部写北宋灭亡，徽钦二帝被俘北迁，李师师以死尽忠，马扩在国破家亡中参加义军继续奋战。小说文必有据，事皆可考。作品对战争描写气度恢宏，如杨可世在兰沟甸的死战，吴革在京城陷落后的抗暴，赵杰义军的奋战和李孝忠违抗军令越界击辽，都写得惊心动魄。作品具有开创性地摒弃了狭隘的民族主义和封建正统观念，站在整个中华民族的高度对待宋金辽间的民族战争，塑造了高亢阴鸷的契丹统帅耶律大石和雄才大略的金主完颜阿骨打及二太子斡不离的生动形象；尤其以史家的真知灼见从《三朝北盟汇编》等史籍中，发掘出为一般人忽视的历史人物马扩，

---

3 郭绍虞：《金瓯缺·序》，《金瓯缺》，河南文艺出版社2016年版。

把他作为作品的主人公，塑造成一位光彩照人的民族英雄。无疑，这是一部史诗性的作品。作者把历史学家的目光和自己的独到见解以及丰富的艺术想象力、深刻的运思力相结合，尽管情节的生动性稍差，有历史细节的堆砌之感，阅读中有时未免沉闷，但作品文字简洁多姿，风格豪雄与柔婉并举，足见作者的语言功力。作者晚年又作《心史》，写明清易代之际的柳如是、钱谦益故事。此外又与周美宇合写长篇历史小说《帅旗》《东京妓女》。

【凌力的《百年辉煌》系列及其他】如果说新时期初期的历史小说，主要是在追求历史真实性上下功夫，那么凌力的历史小说创作则体现了作家强烈的主体意识，注入了她对现实的思考。凌力（1942—2018），女，本名曾黎力，汉族，生于延安，原籍江西，1965年毕业于西安军事电信工程学院。从事导弹工程技术工作十二年后，于1978年调入中国人民大学清史研究所，开始历史研究和文学创作。曾任北京作协副主席，中国作协第六届全国委员会委员。她的《少年天子》获第三届茅盾文学奖，《梦断关河》获第二届北京市文学艺术奖、首届老舍文学奖和姚雪垠长篇历史小说奖。其他作品还有长篇小说《星星草》《倾城倾国》《北方佳人》等，出版有多卷本《凌力文集》。凌力是在"文革"中反思历史而创作首部历史小说《星星草》的。小说上卷从1864年天京失陷，写到1868年击毙僧格林沁和粉碎曾国藩围剿。下卷从1866年捻军在许州分军，东、西捻分别艰苦作战，直至后来捻军完全失败。小说写出了捻军失败的复杂原因，诸如清朝勾结洋人，汉、回民族矛盾，捻军内部分歧和无法解决的"就粮"问题等等，艺术地总结了这场农民起义失败的教训，歌颂了英勇不屈的捻军将领赖文光和张宗禹的形象，寄托了对人民英雄的哀思。小说还刻画了曾国藩儒雅勤政、阴鸷狠毒的复杂性格，为创作复杂人物的形象积累了经验。小说的不足是全书结构拘泥于具体战役和分军分写，显得不够精练和集中。真正显示凌力创作实力和追求的，则是她经过在中国人民大学清史研究所刻苦钻研以后创作的清初帝王生涯的系列历史长篇《百年辉煌》。现已出版的三部按历史时序排列是：《倾城倾国》写崇祯三年（1630）至六年（1633）皇太极的南下和明朝的危机。作品通过因缺饷引发的"吴桥兵变"，歌颂了登莱巡抚孙元化。他以恢复蓟辽失地为己任，为朝廷尽心尽力，不受兵变头目孔有德拥戴，毅然赴京请罪，死于所忠的君王之手。孔有德为此悲愤狂啸，终于降清。另一大将吕烈也隐退他处。而英姿勃发的皇太极，却曾以封王之请以表敬佩和争取孙元化，显出开国君主的政治眼光和胸怀，揭示了清朝取代明朝的必然性。《少年天子》写清朝入关的第一位皇帝顺治，从十六岁（1645）亲政到二十四岁（1653）驾崩八年间致力变革的历史。他变"穷兵黩武"为"文德绥怀"，招降弭乱，安定天下。他"崇儒教，重文士，习汉俗"，推行"满汉一体"，缓和民族矛盾。他停止圈地和逃人法，整吏治，罢三饷，与民休养生息，减轻阶级矛盾，但却遭到了宫廷守旧势力的顽强抵抗，直至几度阴谋废掉顺治。作品将政治斗争和宫廷生活穿插描写，结构严谨。通过郑成功围金陵、乌云珠去香山祈祷等精彩情节，成功描绘了顺治的复杂性格。作品写清初变革的艰辛，给读者很多现实的启示，因而荣获第三届茅盾文学奖。

《暮鼓晨钟》则写康熙七岁登基，四大辅臣把持朝政；他们借口"恢复祖制"，推翻顺治所定的"满汉一体"等措施，打击汉臣，谋杀康熙侍卫，以"天算案"拘捕西洋教士汤若望等，气焰嚣张。孝庄太皇太后利用康燕大婚和辅臣间"圈换土地"等事件，不断分化削弱四大辅臣，最后辅臣只剩鳌拜一人。康熙亲政三年后，因"布袋和尚诗画案"和"废明藩王田庄"处理分歧，矛盾激化，鳌拜弑君阴谋暴露，十七岁的康熙果断地设计在御书房擒拿鳌拜，开始了长达六十年的帝王统治。小说心理描写细致深刻，书中多次出现康熙和鳌拜的冲突，君臣常是表面平和亲善，而内心翻江倒海，惊心动魄，欲置对方于死地而后快，在艺术上具有摇人心旌的力量。其后，凌力又推出长篇《梦断关河》和《北方佳人》。前者以鸦片战争为历史大背景，以刻画昆曲艺人的命运为中心，谱写了一部历史上平民百姓在民族危难中义薄云天的抗争史，展示了一代名优柳摇金与时代风雨纵横交织的爱情传奇故事。小说写定海抗战六昼夜，总兵葛云飞壮烈牺牲仍屹立不倒，他的小妾英兰和天寿等在硝烟未散的月夜寻尸，就写得极为悲壮酷烈，让人震撼！后者乃凌力潜心八载，史海钩沉，发掘出历史长河中一段被悄然湮没的沧桑往事，描写清代之前二百年，蒙古朝廷返归漠北后，身处政治旋涡的两位绝代佳人的传奇爱情、坎坷遭际，表现她们被阴谋、战乱、血腥裹挟的悲剧人生，如诉如泣，令人震慑和感叹。凌力富于史识和才情，一直在远近历史领域勤奋耕耘，其卓越成绩让读者感佩！但她的历史小说也有对所钟爱的人物过于理想化而伤害真实的毛病。如《少年天子》把乌云珠作为满汉文化合璧的象征，写她才情横溢、品德超群，不仅垂范六宫，而且成了福临政治上的赞襄；福临想立她为皇后她不要，连亲生儿子被害也忍气吞声，这就未免悖常。作品还强调这对少男少女纯真的爱情，而淡化了帝妃之间的君臣主仆、男尊女卑和皇家铁律等封建专制关系。类似的问题在《暮鼓晨钟》中也存在。但是无论如何，凌力以女性细腻的笔触，塑造各种人物的饱满形象，书写金戈铁马的战阵或钩心斗角的宫廷，以及男女之爱、后妃之妒等复杂情感所表现的才华和文字驾驭功夫，均给读者留下深刻的印象。她的创作使新时期历史小说的崛起更加势不可当。

【吴因易的"唐宫八部"】在20世纪80年代历史小说创作高潮中，吴因易（1946—　　）首先以巨大规模描绘盛唐景象而受到瞩目。他生于四川射洪，曾为川剧演员，1976年调绵阳地区从事创作至今。曾任绵阳市文联主席。他的第一部长篇小说《梨园谱》，写川戏艺人生活，曾被改编为电影、戏曲片。而他的历史小说"明皇系列"分四部，第一部《宫闱惊变》写武则天死后，中宗李显于景龙四年（710）继位，韦皇后与安乐公主毒死李显阴谋篡位，李隆基与太平公主平韦后之乱，拥李旦为睿宗。后太平公主作乱，李隆基称帝为玄宗，并于先天二年（713）赐死太平公主，拉开了开元盛世的帷幕。第二部《开元盛世》写李隆基除弊政，抑奢靡十余载，终使西域宁，北疆安，国势昌。但后宫事端迭起，赵丽妃病逝，王皇后被贬，武惠妃得势。开元十三年（725）李隆基东巡泰山庆贺升平。第三部《魂销骊宫》写武惠妃与奸相李林甫定计，使李隆基赐死太子瑛等三王子，武惠妃骤亡。经高力士辗转安排，寿王妃杨玉环来到李隆基身边，赢得君王宠幸。第四部《天宝狂飙》写杨贵妃于天宝四载（745）封为贵妃，李隆基沉湎声色，李林甫专权。后杨国忠权倾内外，安禄山以"诛国忠，清君侧"为名建都称帝。李隆基与杨贵妃出逃。

太子亨与将士发难，杀国忠，赐死贵妃。李亨于天宝十五年（756）即位为肃宗，李隆基一年后了却残年。吴因易的另一个"则天皇帝系列"，是写李隆基的祖母武则天的，虽然出版在后，历史时间却在前。全书共分四部，第一部《皇天精魄》写她十四岁奉诏入宫，直到唐太宗李世民驾崩。第二部《崔嵬乾坤》写贞观二十三年（649）李治即位，无子的王皇后忌恨有儿的萧淑妃，"引虎驱狼"，从感业寺把武媚娘接回宫中，开始了衰荣生死的夺宠争斗。第三部《绝代天后》和第四部《则天大帝》，是写武曌夺后位、登帝位、杀太子，一人专权，改唐为周、周又复唐的历史过程。

吴因易的历史小说，淡化了现实的功利性，尽可能地贴近他心目中的历史。他写李隆基和武则天，都无意渲染他们的风流韵事，而关注于历史兴衰和人物功过，引人思考。其作品极讲求铺叙生动的历史故事，渲染唐宫的豪华富丽和宫闱的刀光剑影，色彩斑斓，气象万千。不足的是其对历史事件和历史人物的评价还缺乏深刻创见，作品情节结构也深受《资治通鉴》的叙史框架的影响。

第二章 | 历史长篇小说（中）

刘斯奋的《白门柳》——熊召政的《张居正》——杨书案、马昭的历史文化小说——二月河的"清代帝王"系列——唐浩明的《曾国藩》等小说——张笑天的小说与《太平天国》

【刘斯奋的《白门柳》】 在新时期历史小说的创作中还有一类作家虽也写帝王将相、才子佳人，但更偏重从文化层面写出历史的氛围和历史的人物。刘斯奋的《白门柳》便属于这方面的代表之作。刘斯奋（1944—　），祖籍广东中山，1967年中山大学毕业。曾任中共广东省委宣传部副部长、广东省文联主席。他擅长书法绘画，曾在广州、香港举办画展并出版画集。他的历史小说《白门柳》三部曲曾获茅盾文学奖。小说第一部《夕阳芳草》写崇祯十五年（1642）清军从年初围攻锦州、松山，到年底已进逼京畿。李自成农民军两次攻打开封后也挥师北上。此时，复社虎丘大会围绕钱谦益谋求复官、替阉党阮大铖开脱而发生严重分歧。第二部《秋露危城》从崇祯十七年（1644）三月李自成进京，皇帝自尽，到弘光元年（1645）五月扬州被清军所破。第三部《鸡鸣风雨》通过拥立福王、潞王、桂王的纷争，描写了南明小朝廷的筹建和垮台，描写了知识分子进一步分化，有的奋力抗争，有的卖身投靠，有的明哲保身，再现了复杂的历史生活。小说更重要的是作者要揭示我国17世纪早期民主思想产生的社会历史根源，写出对后来康梁变法乃至辛亥革命有直接影响的顾炎武、黄宗羲、王夫之为代表的我国早期民主思想的诞生。作品的成功在于把这种抽象的思想学术史的要求，融会贯通于具体生动的情节之中。我们看到，明清之际封建经济日趋崩溃，资本主义因素不断萌芽，成为早期民主思想产生的社会基础。《白门柳》描写六朝金粉地最浮艳奢华的秦淮河畔，店铺

林立，人声鼎沸，富商豪客，趋之若鹜。南京、苏州、常熟等地商业手工业急速发展，小说写钱谦益兼做出海贸易，"一度拥有过十多艘大海鳅船"。写黄宗羲看到牙行倚仗官府欺压普通客商，提出"工商皆本"的重要主张，反映了新兴市民阶层对资本主义工商业发展的要求。小说还写到西方自然科学的传入，给我国朴素唯物主义提供了科学依据，以及方以智与黄宗羲赴京途中摆弄西洋千里镜，触发了他们关于"文明教化"的思考，坚定了他们"气外无物"的唯物思想。这些哲学思想的叙述，因与沿途景物，甚至惊险情节交织在一起，显得具体而生动。当然，《白门柳》最突出的成就，还是塑造了黄宗羲、陈贞慧、冒襄、方以智以及史可法等历史人物形象，他们许多人是大思想家、大学问家，是那个时代的中流砥柱。作品在刻画这些人物时，让人物在行动中参与历史，在冲突中展示个性、思想、人品、学识和道德文章，从而使之成为血肉丰满的，具有感染力和教育意义的人物形象。其中对秦淮名妓柳如是、董小宛等的刻画，也性格鲜明，血肉饱满，可圈可点。

【熊召政的《张居正》】 熊召政（1953—　），著名作家，诗人，中国文联第十届全委会委员，曾任湖北省文联主席。参过军，下过乡，22岁起担任英山县文化馆创作辅导干部，1973年，发表第一首长诗《献给祖国的歌》并和他的政治抒情诗《请举起森林一般的手，制止！》一起获得全国首届新诗奖。1999年开始相继出版长篇历史小说《张居正》四卷本，2005年全票获得茅盾文学奖。

熊召政以十年之功，写出四卷本150万字的巨作《张居正》，反映明朝万历年间，张居正作为宰相实行大力改革，终于实现明朝中兴的故事。四卷分别是《木兰歌》《水龙吟》《金缕曲》《火凤凰》。全书从朝廷首辅高拱致仕还乡、张居正升为首辅始，描写张居正不畏万难，整顿人事和财政，推行改革，在李太后和太监冯保的支持下，辅佐幼帝，使隆庆皇帝时期衰败的明朝实现万历中兴。可是他功成名就，死后却被长大的曾感压抑的万历皇帝清算抄家和灭门。小说既歌颂和塑造了张居正才智过人、刚直不阿、坚毅有为的封建时代的良相的形象，也揭露了当时朝廷的腐败及帝王的阴鸷、自私和翻脸绝情。

作品还塑造了玉娘这样一个张居正的红粉知己的形象，集美德于一身。她最后到张居正墓前的吊唁和自尽殉情，令人不尽感慨！张居正是历史上的著名贤相之一，不少学者著书研究过。梁启超认为他是明代唯一的大政治家。近代以来，现当代朱东润先生写过《张居正大传》，还有黄仁宇的《万历十五年》中有一个章节《世上已无张居正》也专门描述过那段历史。而熊召政爬梳历史资料，详细研究了这个时代，能以生动、流畅、典雅的笔墨，再现了那个时代的历史风貌和张居正的真实感人的形象，故事情节跌宕起伏，引人入胜，实属不易。小说出版后还改编、拍摄成影视剧，获得广大读者的好评，自非偶然。金庸先生曾写过一篇文章《我读张居正》，高度赞扬这本书，文中说他迫不及待要读这本书，还说，"这部历史小说中对明万历年间的官制、社会生活等考证得很详细"，他"读时自愧不如，又很佩服"。

【杨书案、马昭的历史文化小说】在历史文化小说方面开掘的作家还有杨书案和马昭。杨书案（1935— ），湖南宜章人，1950年参军抗美援朝，1956年入北京大学中文系学习，1960年人大新闻系毕业。他长期在中学任教，并从事儿童文学创作，20世纪80年代初开始长篇历史小说创作。十多年来，几乎每年都有一部长篇小说问世，如此旺盛的创作力在国内作家中很少见。前期他写唐末黄巢起义的《九月菊》（1981年）及续篇《长安恨》（1985年），反映黄巢于公元875年响应王仙芝领导的农民起义，后分兵独立作战，878年被推为义军领袖；之后长期转战，880年攻破长安称帝，因朱温叛降和李克用出兵等变故，败亡自杀。两部小说完整地描写了黄巢起义的全过程。作品基本人物与情节源于历史，又不拘泥史实而大胆发挥想象，铺陈曲折生动，虽竭力刻画黄巢、王仙芝、皮日休和曹氏夫人等的形象，人物性格刻画却薄弱，内容缺乏深刻的历史反思和哲理思辨。他创作的中期，比较注重追求新的艺术手法和更强的表现力。他写秦始皇霸业的《秦娥忆》（1983年），写隋炀帝遗事的《半江瑟瑟半江红》（1985年），写唐代女皇武则天的《风流武媚娘》（1987年）和写李后主的《几曾识干戈》（1988年）等，都在叙述视角和表现方式等方面吸取了现代手法，避免了传统叙述的枯燥和沉闷，但活泼有余而作品厚重不足。真正显示杨书案历史小说特色的，是他后期的"中华文化溯源"系列，包括写儒家《孔子》（1990年），道家《老子》（1993年），中华人文初祖《炎黄》（1993年）和兵家《孙子》（1995年）。这些长篇作品着力塑造历史文化伟人形象，较为成功。《孔子》的显著特色是把"圣人"平民化、生活化和小说化。作品根据《史记·孔子世家》《论语》和其他典籍记载的史料，描绘了一个个生动的故事，将理性审思融注于感性形象之中。如写孔子正居母丧期间，为了要去鲁国贵族季氏家赴宴，竟想出种种理由为自己开脱；写他想得到重用，就卑躬屈膝去见卫灵公的夫人南子；写了他与妻子极富生活情趣地评说《诗经》中的《关雎》等爱情诗篇，形成了作品诗意化、哲理化的风采。另两部小说《老子》和《孙子》，在艺术上更有提高。作者写老子对孩童的凝视和遐思，使他进一步感悟到"道"的实质，犹如赤子般的真诚纯洁，而又柔弱不争，心中平和，生命元气充沛，使作品获得了一种恒远的文化哲理意味。作者写孙子，不是简单介绍兵法，而是着力表现兵法蕴含的自然规律（"天道"）、人生规律（"人道"）和历史规律（"世道"），表现孙武的生存智慧和人格力量，将精神体系内化到小说的审美构成中去。杨书案这类作品的基本内容虽有文献为证，但因年代遥远，史料不足，文化小说应有的许多情节只能虚构铺排，或是将史料敷衍叙述，如《孔子》中有些内容就是《论语》的白话解释。这就在相当程度上削弱了作品应有的丰富审美内涵。

在书写历史文化小说方面取得成就的还有马昭（1940—　）。他先后做过教员、记者和编剧。"文革"前发表过散文和报告文学。"文革"后主要从事历史小说创作，现已出版四部长篇小说：《醉卧长安》（1981年）、《草堂春秋》（1984年）、《浪荡子》（1989年）和《真男子》（1991年）。这四部小说都以历史上的文化人物为主人公。《醉卧长安》写大诗人李白从天宝元年奉诏入宫到天宝三年"赐金放还"的一段生活。小说以李白行踪为主要线索，每章又有相对独立性，如草拟《答和番书》、八仙聚欢、御手调羹、高力士脱靴等，全书八章四十八节牵引转逆，似断实连，颇具匠心。尤其是成功地塑造了"少有逸才，志气宏放"的李白形象，不仅把他写成浪迹纵酒的"谪仙人"，而且把他作为心忧社稷民生的政治家来歌颂，写他艰难多变的生活以及与普通人民思想感情的相通。《草堂春秋》则写诗圣杜甫从乾元二年入蜀，到永泰元年出蜀的一段颠沛流离的生活。小说不仅刻画了杜甫的形象，还描写了与他同甘共苦的杨氏夫人，并广泛反映人民悲惨的生活。《浪荡子》和《真男子》又是另两部姊妹作品。《浪荡子》写的是明代后期浙江秀才徐文长传奇诡异的一生：他才华横溢却命运乖蹇，娶妻妻死、生子子劣，应考八次场场败北，但他不接受浙江总督胡宗宪举荐，不愿向权贵低头，最后终于疯狂。作品反映了封建知识分子的悲剧命运。《真男子》是写明代嘉靖年间著名清官海瑞的故事，作品强化了他人生旅程中最光彩的几个段落：淳安初露、直谏嘉靖、吴淞治水和徐相府力排众议等，刻画了海瑞刚正不阿的性格，诉说了他宦海浮沉、家道不幸的悲剧命运。马昭的作品篇幅都不是很长，这使作品能写得较为集中和紧凑，但也容易影响生活容量的开拓和作品主题的深化。

【二月河的"清代帝王"系列】二月河（1945—2018），生于山西昔阳，原名凌解放。1968年高中毕业后入伍，1978年转业河南南阳，1985年开始文学创作。他爱好文学和史学，读过二十四史和许多文学名著。曾研究《红楼梦》，其后致力于营建清朝"帝王系列"，百科全书式地展开了清代广阔的历史生活图画，书写了康熙、雍正、乾隆三朝。小说系列共十三部，达五百万言。其中，《康熙大帝》分四部，第一部《夺宫》写康熙八岁即位，在庄妃和侍女苏麻喇姑协助下逐渐学会政事，十五岁时智擒鳌拜巩固帝权。第二部《惊风密雨》写康熙亲掌朝政后，南方吴三桂等三藩割据，西北王辅臣哗变，中原"朱三太子"杨起隆聚众，康熙面临严重挑战。第三部《玉宇呈样》写康熙平息内乱、治国安民的文韬武略。第四部《乱起萧墙》写康熙晚年诸王子争位，致朝政纷乱。整部作品情节波澜起伏，场面宏大，引人入胜。人物也有血有肉，比较丰满。除了康熙、鳌拜外，孝庄皇太后的形象也塑造得很成功。在她身上，智慧的力量、决策的魄力、女性的慈爱被完美地结合在一起。《雍正皇帝》，在艺术上比《康熙大帝》更胜一筹，全书分《九王夺嫡》《雕弓天狼》和《恨水东逝》三部，先写康熙诸王子为争做皇储剑拔弩张，太子两立两废，大千岁落井下石却自陷囹圄，四爷、十三爷联盟和八爷党争斗，等等，一波未平一波又起，最后四王子雍正夺得皇位。作品为我们塑造了一位年轻有为的从王子到皇帝的生动人物形象。它写雍正恪尽职守，无论是查库银、整吏治、治淮河、赈灾民，都表现了非凡的才干。同时又写出了这个"冷面王"的阴险狠毒，他的心腹干将年羹尧西征胜利，得意忘形，雍正就断然处死了他，甚至把协助他夺嫡的谋臣，也一网打尽。二月河后来推出的第三个系列小说《乾隆皇帝》共六部。第一部《风华初露》，第二部《夕照空山》，第三部《日落长河》，第四部《天步艰难》，第五部《月昏五鼓》，第六部《秋声紫苑》。全书写乾隆自二十四岁即位，推行"以宽为政"方略，改革吏治，纠正冤案，严惩贪赃大臣。在勇创大业期间，国事家事连连受挫，大小金川战争失利，与邪教首领"一枝花"战斗失败，加上皇后病逝、王七子夭折，但他仍勤政不息。一直写到他晚年禅位给嘉庆。小说着重塑造乾隆青年时期风流倜傥，壮怀激烈、坚韧不拔，日夜勤政不息，创造文治武功皆可圈可点的隆盛之世的英武形象，而后又写出随着土地兼并矛盾愈演愈烈，官场贪贿荒淫糜烂不堪，且边患不已，危机四伏，树大中空，加上晚年他好大喜功，多有失政，又任用和珅等佞臣，黜退贤良，国势江河日下，他的光芒日趋暗淡的趋势。其素材更多来自民间传说和笔记野史。小说大体维持了前两个系列的水平。几个系列中，尤以《雍正皇帝》最为成熟，广受国内外欢迎，一版再版，发行量不断上升。虽然也有学者指出作品对雍正的形象有很大美化，与历史现实中的雍正本人有出入，作品中的诗词也不大合格律，以致影响了它入选茅盾文学奖。不过，小说毕竟允许作家有所虚构。从三大系列总体而论，应该承认作者具有非凡的驾驭重大题材的才能，对清代的历史也有相当的把握和研究，故能得心应手调度情节、刻画人物。作品的结构采用章回体，基本上是以事件冲突为中心，叙述中既重情节推进，又讲求心理刻画，并有一种大雅若俗的自觉追求，既继承了传统小说艺术，又有着独特的把握和发展。情节的生动性和丰富性是二月河小说的突出特点，相对而言，作品的思想深度则略嫌弱些，缺少对这段历史的更深致的见解，有些描写也流于粗俗，容易迎合不健康的审美倾向。他的历史小说雅俗共赏，在中国和东南亚许多地区反响强烈，为新时期历史小说赢得了声誉。后来他还有长篇《光绪皇帝》问世，但影响已不及前述作品。

【唐浩明的《曾国藩》等小说】唐浩明（1946—　），湖南衡阳人，原名邓云生。大学读工科，后转学文，1981年华中师范学院中文系硕士研究生毕业。20世纪90年代以来先后出版历史小说《曾国藩》《杨度》《张之洞》，通过三个历史人物，对近代晚清至民国初的历史做了回顾。每部小说各有三卷。《曾国藩》略去了曾国藩前半生读书、科第和京宦生涯，集中描写他后半生20年镇压太平天国和中兴清室的经历。小说第一卷《血祭》从1852年7月他41岁时回籍奔母丧并应命办团练写起，经靖港惨败、武昌战役和江西受困，到1857年2月奔父丧为止。第二卷《野焚》从1858年6月他再次出山，任两江总督攻陷天京，到1864年10月其弟曾国荃返湘为止。第三卷《黑雨》写1864年撤军后进剿捻军，办天津教案和洋务，到1872年2月他61岁逝世为止。

后世对曾国藩的评价，历来存在很大分歧。梁启超在《曾文正公嘉言钞序》中，盛赞他"立德立功立言，三并不朽，所成就震古烁今"。章太炎则持二元评价，说他"命以英雄诚不虚"，称为"民贼亦虽孝子慈孙百世不能改也"。而著名史学家范文澜就斥之为"汉奸刽子手"[1]。

这其中也涉及对太平天国运动的评价。它是19世纪中叶历时14年遍及18个省的带有民主思想的农民大革命，曾加速了封建社会的崩溃，推进了社会的发展。但作为农民起义它又有一定局限性，尤其是后期上层的腐败、争斗、分裂，其对传统文化的扫荡和对社会的破坏就更为明显。平静地、中肯地面对历史，是这类作品创作的基本原则。唐浩明的历史小说在政治内容上并没有原则性的翻案，不是否定太平天国，赞扬曾国藩，而是以改革开放的眼光、现代生活的启示和豁达大度的历史胸怀，客观地面对过去的历史和曾国藩这一类历史人物，做出公正而真实的反映和评价。唐浩明说："我动手写小说之初，就有一个明确的认识，我写这部小说，不是敷陈20世纪中叶中国所发生的几件大事，而是要浓墨重彩，甚至可以说是要用千钧之力塑造出一个文学人物来。"

---

1 范文澜：《汉奸刽子手曾国藩的一生》，《中国近代史》上册附录，人民出版社1962年版。

作品写出了曾国藩复杂的个性："既魄力宏大，又胆气薄弱；既冷酷残忍，又温情脉脉；既老谋深算，又轻信人言；既敢于斗争，又忧谗畏讥；既自强自立，又相信命运；既严肃端谨，又诙谐风趣，等等。"他的外在个性表现源于内心世界。唐浩明认为，"曾国藩的修养却是超等的。他的修养成就植根于他的学养和意志""这种严格的自我修养，锻炼培养了他异乎寻常的意志和毅力"[2]。

小说描写曾国藩并不是一帆风顺、飞黄腾达的幸运儿，相反却事事掣肘，处处荆棘。他正是从多重矛盾中凛然奋起，敢于和腐败势力抗争的悲剧式的苦斗者，是高高屹立于同时代士大夫之上的一位历史人物。作者不是演绎某种既定的结论，更不勉强灌输自己的观点，而是遵循文学艺术的规律，通过全方位的客观描绘，充分展示在历史规定情景中个体生命的律动，因而所塑造的曾国藩的文学形象，就能为广大读者所接受。《曾国藩》在艺术上是传统现实主义的写法，对史料的运用也比较严谨，在叙述景况方面略显平实，艺术手法上没有很多创新，对有些生活内容（如当年的军事作战等）的描绘也比较粗疏。相比之下，唐浩明的第二部长篇历史小说《旷代逸才·杨度》的艺术技巧则更臻圆熟，时代内蕴也更为丰富。作品所描写的杨度，在某种意义上可说是比曾国藩更为复杂的历史人物。作品如实地写出他复杂的经历、多变的心路和丰富的感情，展现杨度从骚动的进步主义的鼓吹者，一变为君主立宪的拥护者，再变为民主共和的策划者，三变为复辟帝制的带头羊，四变为孙中山的特使，最终转变为共产党人。小说不苛求历史人物，而是剖析人物的内心活动，刻画他强烈的政治雄心，描写他的功名心胜过思想信仰，信仰只是他达到目标的途径，因而表现就反复无常。这一方面是知识分子的软弱性、动摇性，另一方面也与这一历史时期空前的急剧变化有关。作品塑造了一个诗文卓异、风流倜傥、抱负宏伟、大起大落又不失为正派知识分子的杨度的形象。小说的成功是不满足于对历史人物简单的身份定位，而是在宏阔的历史语境中营造特定时代的氛围，以刻画一个人来反映一个时代。作者以杨度的经历为线索，叙说了甲午战

---

2 唐浩明：《曾国藩创作琐谈》，《文学评论》，1993 年第 6 期。

争后的"公车上书"和"戊戌政变"，清末的"预备立宪"和丁未政潮，辛亥革命以及袁世凯的上台和反袁斗争，等等，几乎包罗了1814年到1925年间近代史上的重大事件，显示了一个旧时代的结束和一个新时代的开始。小说还刻画了众多的历史人物，如孙中山、袁世凯、张之洞、梁启超、王闿运和汪精卫等。这些真实的历史人物的描绘，无疑加大了作品反映时代的力度。这就超越了它单纯作为一部传记文学的意义，获得了更为深广的历史文化价值。小说的不足是对杨度这个历史人物的解释较多而批评不够，评价上显得不够客观。此后，作者又推出描写晚清重臣、洋务派代表人物之一的历史小说《张之洞》。小说在晚清"三千年未有之大变局"的宏阔历史背景上，叙写了张之洞精彩的人生。他以治学起家，享誉文坛；参加科举，高中探花；历任学政，奖掖人才；出任总督，整顿吏治；抗击法军，镇南关大捷震惊中外；兴办洋务，汉阳钢铁厂亚洲称雄；参与变法，《劝学篇》倡导"中体西用"。在中西方文化的激烈冲突中，他探索东西方文明融合发展的新路。作品健举的笔力，不亚于前两部。

【张笑天的小说与《太平天国》】张笑天（1939—2016），笔名纪延华、纪华、严东华。祖籍山东昌邑，1939年11月13日出生于黑龙江省延寿县黑龙宫镇，祖父做过民国的督学，父亲设馆从教，因此他从小受到较好的文学熏陶。13岁时，在《中国少年报》发表第一篇小说《新衣》。1961年毕业于东北师范大学历史系，被分配到延边朝鲜族自治州敦化县（今敦化市）任中学教师9年，后调入县文化局、宣传部等部门工作，长期的基层工作经验为他以后的文学创作准备了丰富的素材。1975年调到长春电影制片厂任专业编辑。曾任长影厂副厂长、吉林省作家协会主席、中国电影家协会副主席、中国作家协会主席团委员。他既是著名的小说家，也是著名的影视剧作家。出版30卷本《张笑天文集》，计1800万字，堪称当代中国创作数量最多的作家之一。他著有长篇小说《太平天国》《孙中山》等近20部、电影文学剧本48部（集）、电视剧600部（集）。曾荣获吉林省劳动模范和"优秀电影艺术家"称号。其长篇小说《雁鸣湖畔》《严峻的历程》《归来吧，罗兰》《爱的葬礼》《中正剑之梦》《永宁碑》《死岛情仇》《太平天国》《朱元璋》《永乐大帝》《孙中山》《台湾首任巡抚刘铭传》《施琅大将军》《抗日战争》《三八线往事》《国家阴谋》等，题材广泛，既有反映现实的《雁鸣湖畔》，也有写远历史的，但多属反映近历史之作。他的小说多改编和拍摄成影视片，而小说文本反被评论界忽视。其中《太平天国》也曾改编拍成影视片。作品描写了洪秀全、杨秀清、石达开、李秀成等起义并建立太平天国到最后衰败的悲剧过程。主要人物和历史事件稽自史籍，次要人物不乏虚构，故细节与虚构的女性，曾受到历史学家的诟病。《台湾首任巡抚刘铭传》描述刘铭传抵抗法国入侵，保卫台湾、开发台湾的传奇故事。写他作为战略家、军事家的深谋远虑，以及遭遇的挫折、不幸、痛苦和遗憾。小说真实地再现了复杂的历史和社会环境，通过扑朔迷离的情节，展示出刘铭传鲜为人知的人格以及他成功地在台湾推行改革，被誉为台湾近代化之父、工业化先驱的业绩。小说也生动地描写海峡两岸人民血肉相连的真情。全书气势波澜壮阔，情节跌宕起伏，人物形象鲜明，对白语言精彩。

《孙中山》则记述了伟大的革命先行者孙中山先生从1895年第一次武装起义到1925年病逝近三十年的革命生涯。作品集中描写了他为推翻统治中国几千年的君主专制，创立民国，十一次举行武装起义，三次建立革命政权；一生奔走，倡导民主，反对独裁，组织护国战争、护法战争；不畏帝国主义列强和军阀的威胁，发动北伐，讨伐叛军陈炯明，以其愈挫愈勇的斗志，改组国民党，实现了从旧民主主义到革命民主主义的转变；最后北上议政等历史功勋。小说忠于史实，拍成影片后受到广泛的好评。

张笑天的长篇有的比较粗糙，存在成书匆忙，加工不足的弊病。但他始终把繁荣先进文化、弘扬民族优秀文化传统、倡导和谐精神作为自己的追求，坚持深入生活，讴歌真善美，着力塑造正能量的人物形象，在驾驭和把握现实题材与历史题材的艺术创作中，力求把文艺的生动创造寓于时代进步的深沉思考。

第三章 | 历史长篇小说（下）

巴人的《莽秀才造反记》——鲍昌的《庚子风云》——冯骥才的《义和拳》
与《神灯》——蒋和森的《风萧萧》《黄梅雨》——孙皓晖的《大秦帝国》——
颜廷瑞、王占君的历史小说——穆陶的历史小说——赵玫的女性历史小说

【巴人的《莽秀才造反记》】巴人，原名王任叔，早年主编《新奉化》
《译报大家谈》，曾任《四明日报》编辑，著有小说《疲惫者》，短篇小说集
《监狱》，翻译《苏俄女教师日记》、日本长篇小说《铁》等。1924年加入
中国社会主义青年团，1926年转为中共党员，于1926至1935年间三次被捕，
1937年重新入党并任中共江苏省文委委员。与许广平、郑振铎、胡愈之等共
同编辑《鲁迅全集》。1941年先后往香港、新加坡任星洲（新加坡）战时宣
传部长。巴人还是我国首位驻印度尼西亚大使（1950年），后任人民文学出
版社社长。1960年反右倾，被撤销一切职务。1966年完成《印度尼西亚历
史》初稿。"文革"期间遭批斗，1972年病逝，1979年6月得以改正，恢复政
治名誉。

巴人曾创作长篇小说多部。《莽秀才造反记》是他晚年所写的历史长篇小
说。19世纪末叶，中国北方农村的义和拳运动风起云涌，江南水乡人民也相
继举起"反教平洋"的革命义旗。这部作品生动地描绘了浙江农村这场如火如
荼的抗暴斗争。它不仅是一部近代农民斗争的史话，同时也是一幅半个多世纪
前中国江南农村的生活风俗画。洋教传入我国后，地主、官吏、教士都成为荼
毒普通百姓的祸害，秀才王锡彤率民众起义反抗，像那时众多的农民起义一
样，由于自身的局限，最后落个被镇压的失败悲剧。但作者以历史唯物主义透
视历史，传播现代启蒙思想，作品充满人民性和反抗剥削、压迫的精神。作者

的笔力雄健细密，刻画的人物不落图谱，民情习俗浓郁，乡土风物艳丽，使作品呈现出自身的特色，显示了作者奔放泼辣的风格。

【鲍昌的《庚子风云》】 书写北方义和团运动的则有天津作家鲍昌和冯骥才。鲍昌（1930—1989），原籍辽宁凤城，生于沈阳。1942年考入北平辅仁大学附中。1946年1月赴晋察冀解放区，先在华北联大文学院学习，后在晋东北、冀中等地从事农村工作。新中国成立后在天津人民艺术剧院等单位工作。1949年5月发表了第一篇诗歌《我的母亲》。1957年被错划为右派，下放农村劳动。改正后调至天津市文学研究所。1974年调天津师范学院，1980年任该院中文系主任。1982年被选为中国作协天津会副主席。1984年任中国作家协会书记处常务书记。1989年2月20日在北京逝世。著有长篇小说《庚子风云》（一、二部），中短篇小说集《动人的沉思》《祝福你，费尔马》，文学论著《一粟集》。

他的长篇历史小说《庚子风云》，创作于20世纪70年代初，动因为作者下放农村劳动中当地一位参加过义和团的老农民对他讲述的故事。作品以李大海一家的悲欢离合为引线，描述了从义和团起事到八国联军入侵等一系列历史事件，以及众多性格鲜明的义和团首领形象和宫廷内部王公大臣之间的斗争。作品探求与表现义和团运动的深刻的历史和社会原因，再现庚子年间乃至19世纪末、20世纪初的社会风云。第一部写到1900年。评者认为这本书对历史真实与艺术虚构之间的矛盾关系处理得比较好。它"一半真实，一半虚构"，真实人物的"主要经历、性格特点，都是符合历史真实的"[1]可惜，小说只出版了第一、二部，第三部因作者逝世没有成稿。鲍昌还创作有长篇小说《盲流》，反映流民在新疆的生活。他同时从事文艺理论、美学研究和文艺批评。他的反映地质勘探队生活的《芨芨草》，获1982年全国优秀短篇小说奖。

【冯骥才的《义和拳》与《神灯》】 天津作家中写义和团运动的还有冯骥

---

1 潘古：《读书》，1982年第6期。

才（1942— ），原籍浙江宁波，生于天津。青年时代师从北京画院画师惠孝同研习宋元绘画，并问道于吴玉如先生，学习古典文学。曾在天津书画社专事摹古。"文革"中饱受磨难，得以深谙社会人情。冯骥才兼为文化学者，20世纪末以来投身文化遗产抢救，影响深远。曾任中国文联副主席。现为中国文联荣誉委员，中国民间文艺家协会名誉主席，国务院参事，以及开明画院院长，天津大学冯骥才文学艺术研究院院长、博士生导师。还曾任中国民主促进会中央副主席、全国政协常委等职务。"文革"后他登上文坛，为新时期文学重要作家。后重拾丹青，开创中西兼容、清新精雅、意境隽永的画风，其作品在海内外有"现代文人画"之称。

在不同阶段的创作中，我们能够看出冯骥才对同一题材处理的鲜明变化。《义和拳》创作于1975—1977年间，由冯骥才、李定兴共著，难免受到当时意识形态的影响。小说中有几段话，颇能彰显作者的用心："无数义和团民为了祖国，毫不吝惜自己的生命，无怨地战死在沙场上。他们每个人都是平凡的、普通的，但从生到死都是一个动人心弦的故事。他们又是无名的，历史记载不下如此之多的、这千千万万人的故事，却把他们像波涛汹涌的大海一样的豪情与浩气，倾注在义和团——这光辉和英雄的旗帜上……""高高的城墙上，站着这几个穷苦的汉子，城高风急，吹得他们头上的巾带扑扑作响……别看他们衣衫破旧，说话粗粗拉拉，可这些汉子并不寻常，数万弟兄和数十万百姓和他们站在一起，他们的心和大家紧紧相连。他们横下一条心来，要的是把这不平的天下翻个底儿朝天，要的是把欺负中国百姓的洋鬼子们一概打跑。几千年来，官修的史书从来不写他们的名字、胆气与才略，可是真正的英雄好汉正是他们，人类前进的大道正是他们开拓的，而吸吮人血的王公大臣、达官显贵却是道上的石头。你看，他们那高大矫健的身影，洋溢着多么动人的气吞山河的浩气啊！""是啊！咱中国人不是脓包！不是胆小鼠辈！他决不会任人欺侮！中国人是好强的！"很明显，歌颂义和团的人民性和英雄主义的爱国反帝精神，就是《义和拳》的主旨。这些铿锵有力的话语，充分说明他写作《义和拳》的精神状态和创作激情。

而改革开放后创作的《神灯前传》（《神灯》），描写的是女性起义的

"红灯照"的故事。虽然作品仍沿袭现实主义的、革命史的初衷，但由于社会风气已转向思想解放，小说也见新的艺术风貌。作者说："由于时代思想禁锢放弃，原先积淀在我心里的天津地域的乡土生活与情怀全涌了出来，笔也顺了……""写《神灯》时这种外在束缚没有了，我对'红灯照'的历史观可以任由自己，积淀心中的地域的生活文化也自然而然被焕发出来。"正如他所言，小说最为鲜明的特点，是对于天津地域风情画的描摹，在这幅画卷上，几个性格鲜明的人物也活泛起来：卢万钟、大珍、玉侠等主要人物都有自己的面孔而不是观念支配的产物，巴虎等几个小混混也具有天津人的某些地域性格特征。小说写到教会与平民的冲突和矛盾，也回归历史的本真。

后来他"俗世奇人"系列中的中篇《神鞭》，不仅写义和团，而且是冯骥才整个小说创作发生决定性转变的作品。小说写到，洋枪洋炮将"刀枪不入"的神话打得七零八散，也把傻二那根带着祖宗精血的"神鞭"（辫子）打断，"他蒙了，傻了，不知道是怎么回事。一时好似提不住气，一泡尿下来，裤裆全湿了"。冯骥才后来的一些书写历史的小说，虽然"津味"十足，但已进入反思传统文化的境界。他的小说表现的不仅有地域风情，还有对中国文化的整体观照，如《三寸金莲》和《阴阳八卦》。《神鞭》写出中国文化的劣根性，《三寸金莲》揭露中国传统文化的束缚力，《阴阳八卦》实际也写的是对传统封建文化的反思。在历史题材写作中，对传统文化采取批判性地弃其糟粕、取其精华的态度，无疑是比较正确的一种选择。

【蒋和森的《风萧萧》《黄梅雨》】这时期除凌力外，还有些学者破门而出，涉猎长篇历史小说的创作。如中国社会科学院文学研究所研究员、著名红学家蒋和森著写的反映唐代黄巢起义的《风萧萧》《黄梅雨》和大学教授孙皓晖著写的《大秦帝国》。

蒋和森（1928—1996）生于江苏省海安县（今海安市），1952年毕业于复旦大学新闻系，同年，任新华社记者，1953年至1956年任《文艺报》编辑，1956年调入中国科学院文学研究所，后任中国社会科学院文学研究所研究员、研究生院教授、博士生导师，还兼任南京师范大学教授、中国红楼梦学会副会长、全国政协委员。他于20世纪50年代创作的《贾宝玉论》《薛宝钗论》《林黛玉论》曾以文笔清丽、见识独到，发表于《人民文学》而赢得读者广泛赞誉。1959年将研究《红楼梦》的著作结为《红楼梦论稿》出版。"文革"后，潜心著写历史长篇小说《冲天记》之前两部《风萧萧》《黄梅雨》，惜未及写出第三部即病逝。

蒋和森的小说出版后，曾被电台连续广播，受到全国各大报刊好评。小说描写人物个性鲜明，情节跌宕生姿，语言典丽、清雅、多彩。刘再复也称赞它是"具有较高的历史认识价值和美学价值的作品。"他认为，蒋和森的创作态度是严肃的，他不是抓住一点缘由去随意编造故事，而是选择了一条艰苦的、踏实的道路，广泛地、深入地、细致地掌握史料，充分尊重历史，把自己的作品奠基在历史真实之上。正是这一点，"使他的小说形成了两个突出的特点：一是真实地再现了当时的历史环境，一是真实地再现了历史人物。整部小说各种人物的思想感情、心理特点以及他们的行为方式等等，都是和他们所处的时代，尤其与他们的世界观一致，因此，显得生动而逼真"。"《风萧萧》在艺术上的成功，从根本上说，正是它的每个形体个体，都具有鲜明的个性特征。尽管这些个性之间有丰满程度的差别，但是却没有重复的现象。这种成功，是作者在写社会生活的复杂性、阶级斗争的复杂性时，特别注意写人的复杂性、多面性。由于避免人物性格单一化的弊病，他写出了真的活的人。"[2]

【孙皓晖的《大秦帝国》】孙皓晖的《大秦帝国》出版后则引起争议。这跟千古以来对秦始皇评价的争议分不开。《大秦帝国》分为六部：《黑色裂变》《国命纵横》《金戈铁马》《阳谋春秋》《铁血文明》《帝国烽烟》。旧版由河南文艺出版社和长江文艺出版社出版。全新修订版《大秦帝国》在2012年由上海人民出版社出版，计11册。

小说故事的脉络大体从春秋末年开始，讲述了面临亡国之难的秦国，从秦孝公起，披荆斩棘，经过六代七君及无数名臣的不懈努力，最终扫灭六合而一

---

2 刘再复：《笔分五彩写风云》，《人民日报》，1982 年 1 月 13 日。

统天下的艰辛悲壮历程。小说写到商鞅变法，写到了秦楚巨鹿大战，倾力讲述前后160余年的血雨腥风和秦始皇的功业，所写人物不下数百。作者根据自己对历史文献的理解，志在翻司马迁《史记》对秦始皇评价的案。他从43岁写到59岁，经十六个春秋才完成这部500多万字的巨作。第一部《黑色裂变》曾获中央宣传部精神文明建设"五个一工程"奖。全书曾拍摄电视连续剧播出，为作者带来巨大的经济收益。

但全书出版后，既有赞扬的评论，也有否定的评论。秦亡之后，两千多年来对秦始皇的评价始终不一。儒家从民本、仁义思想出发，斥之为暴君，口诛笔伐；而法家则肯定商鞅变法，肯定秦始皇统一全国的功绩。今天怀有儒家传统思想，或持人道主义思想的论者，对秦始皇的严刑峻法、焚书坑儒、四处征战、活埋战俘等种种暴行，自然难以接受，对《大秦帝国》如此赞扬秦始皇的翻案文章进行批评，是完全可以理解的。只是但凡改朝换代必有战争和杀戮，从汉高祖到唐太宗、明太祖都如此，对历史的评价，最终恐怕还要看变革是否促进了历史的进步。秦始皇所推行的书同文、行同伦、车同轨，建立郡县制等统一全国的措施，对后代影响之深远，于今依然可见。以历史唯物主义的观点，实事求是地去评价历史人物的功过，从历史学的角度看是完全必要的。而历史小说虽然区别于学术，却不能只有道德的眼光，也要有历史的眼光。从艺术性着眼，《大秦帝国》还难以臻于上乘之作。其所写人物过多，难以精雕细刻，写墨子等有些人物用魔幻现实主义的笔法，反伤害其真实感，结构提炼不够，显得松散，语言也仍有进一步加工的余地。但若对这样的历史小说全盘否定，是否得当，恐怕也值得商榷。

【颜廷瑞、王占君的历史小说】颜廷瑞（1931—　），出生于陕西华县，1947年7月参军，原沈阳军区政治部文化部创作室专业作家。他长期在歌剧团工作，创作了歌剧《萨布素将军》《施琅将军》《重庆谈判》和话剧《太后下嫁》等十台大戏。新时期以来他先后出版了数百万言的两个历史小说三部曲《庄妃》和《汴京风骚》，充分显示了他文学创作的实力。

庄妃是清太宗皇太极的王妃，后又辅佐顺治、康熙两代幼帝，经历六十余年的宫廷生活，被尊为孝庄皇太后。从某种意义上说，庄妃的忧患和成功的命运，便是清王朝前期历史的象征。颜廷瑞的《庄妃》三部曲，没有完整记叙庄妃的一生，只是截取皇太极突然驾崩（1644），到多尔衮于狩猎的喀喇城病死（1650）的七八年时间。小说第一卷《血泪清宁宫》即以皇太极死后皇子争夺皇位为中心，以顺治继位并入主中原而胜利结束。第二卷《大战宁远城》写清军与明将袁崇焕的决战，以及与李自成农民军的激烈斗争，和百万满族入关的大迁移。第三卷《悲欢紫禁城》是写清王朝宫廷内部的权力斗争和为巩固福临皇位的"太后下嫁"。在过去的野史传说中，"下嫁"成了淫乱的丑闻。小说《庄妃》从少数民族的婚嫁观念出发，从当时权力斗争的需要出发，认为她的"下嫁"在宫廷和社会上都有着一定的影响。当然小说《庄妃》的价值，并不在肯定"下嫁"本身，而是重新给历史人物庄妃的性格定位，不仅把她作为一个慈祥的母亲和祖母，而且把她作为一个富有政治智慧和军事谋略的杰出女性，作为在历史关头稳定政局、创建帝业的巾帼英雄来塑造的。因而小说《庄妃》并不以她的感情经历和个人命运为主要线索，而是着力于战争胜负、政治拼搏、权力角逐和王朝更迭等历史内容，以及由此展开清王朝前期整个历史生活的画面，歌颂了清朝贵族开创基业时期的积极进取精神。这种对少数民族入主中原的开放容纳的平等观念，也一改过去大汉族主义的狭隘史观。小说的不足是对庄妃稍有美化，对她的阶级属性、文化视野和斗争手腕等的负面效应揭示不够，但它在新时期历史小说发展中受到了人们的重视。

颜廷瑞的《汴京风骚》三部曲，则是富于文化底蕴的描写知识分子士大夫的历史小说。作品写王安石在年轻皇帝赵顼支持下推行变法的艰难和失败，以及他与司马光、苏轼三位挚友之间的政争和友情。小说第一部《晨钟卷》从熙宁二年（1069）变法写起，叙述王安石与主张"渐变"的苏轼和慎用人才的司马光发生分歧，到熙宁四年（1071）司马光、苏轼遭贬离京，王安石当上宰相为止。第二部《午朝卷》描写熙宁七年（1074）新法全部出台，遇到特大旱灾，流民入京引起混乱，朝廷对新法动摇，王安石于熙宁九年（1076）被罢官离京。第三部《暮鼓卷》写元丰三年（1080）苏轼在"乌台诗案"文字狱中死里逃生，"元丰改制"后朝政每况愈下，加之永乐兵败，皇帝病故，元丰八年（1085）开始了司马光的"革故鼎新"时期。小说《汴京风骚》三部曲的重心，并不在评价王安石变法的是非功过，更不在于参与当前现实反思改革的功利目的。小说超越了一般的政治判断，而从文化判断、道德判断的层面切入变法历史，复活了历史人物的可感形象。作品揭示了世俗的惰怠对变革意志的挫折，揭示了在沉重的文化传统中进行变法的无比艰难，歌颂了王安石、司马光和苏轼对自己政治理想的自信和坚定，赞美了他们的高风亮节和无私友情。作为封建知识分子，他们是政坛上的失败者，却是人格和事业上的不朽者。

其他虽非专写帝后，而扩及各种历史题材的辽宁小说家尚有王占君（1944—   ），辽宁阜新人。他以致残之躯，在半身瘫痪的情况下坚持创作，先后写出长篇小说22部、中篇小说17部，还有电影电视剧本等，计760万字。其惊人毅力，让人感佩！他的长篇《契丹萧太后》《白衣侠女》等均获好评。而1995年华夏出版社出版的《隋炀帝》更以多姿的笔墨，悬念迭出地描写了杨广从雄才大略、功业煊赫到走向悲剧的一生，刻画这位君主的真实而复杂的性格，给读者留下发人深思的历史启示。他的长篇小说还有《东藏魔影》《大漠恩仇》《义勇忠魂》《妙龄皇家女》《草莽精灵》等，题材广泛，既吸取传统章回小说的技巧，又加入现代小说的写法，情节紧张，雅俗共赏。当然，在数量丰盈的创作中，有些作品在艺术上难免显得粗糙。

【穆陶的历史小说】穆陶（1940—   ），原名林培真，山东潍坊人，曾任潍坊市作家协会主席。20世纪80年代中期开始历史小说创作。他早先出版的两部长篇小说《红颜怨》（1988年）和《孽海情》（1991年）。前者写"冲冠一怒为红颜"的吴三桂和陈圆圆的故事。作品侧重描写名妓陈圆圆哀艳凄苦的一生；后者有其续编的性质，以吴三桂反清到败亡为线索，写主人公美貌倜傥，珍情重义，作品隽笔巧绘，富有艺术功力。作者说"所叙虽多涉情事，然其意不在艳情"，是"借离合之事，写兴亡之感"。风格婉柔细腻，但格局不够宏阔。后来他创作反映鸦片战争的三部曲，作品境界有所开拓。其中《林则徐》（1995年），写1838年底他奉命禁烟，到1840年秋被革职流配新疆。作品写出了"苍凉悲壮之言，忧患忧时之情"，但较局限于个人悲剧，未能充分反映深广的时代面貌。2018年，他出版了新作《戊戌变法》，获得评论界的好评。对这段已为多位作家书写过的历史，除了人们熟知的历史人物外，穆陶虚构了一个名叫令狐凌霜的女子，贯穿小说始终，充分揭示戊戌变法作为改良运动，本质上是反对封建制度的。评论家张陵认为"作者用现实主义的表现方法借用章回小说的体例展开叙述，在小说结构上突出故事性、传奇性、可读性的特点，塑造了一大批饱满、生动的形象，比如对康有为的刻画颠覆了以往只是文弱书生的形象，光绪皇帝的性格描写也非常准确、有深意，慈禧形象也很成功"[3]，同时，他称赞作者用唯物史观来读历史、写历史，才写出如此高立意、深主题、大格局的作品来。

【赵玫的女性历史小说】以历史上的著名女性作为题材描写的则有赵玫（1954—　　），满族，生于天津，毕业于南开大学中文系，曾任天津市文联创作室主任，全国人大代表，中国作协全国委员。1986年开始发表作品，迄今已出版《我们家族的女人》《朗园》《武则天》《高阳公主》《上官婉儿》《秋天死于冬季》等长篇小说16部，《太阳峡谷》《岁月如歌》《我的灵魂不起舞》等中短篇小说集6部，《一本打开的书》《从这里到永恒》《欲望旅程》《左岸左岸》《戴着镣铐的舞蹈》等散文随笔集18部，《赵玫文集》《赵玫作品集》8部，《阮玲玉》等电视剧本80余集，计600余万字。曾获第四、第五届全国少数民族文学创作骏马奖。1993年获中国作家协会庄重文文学奖。1994年应美国政府邀请赴美参加"国际访问者计划"。1998年获首届鲁迅文学奖。

赵玫的作品并非都是历史小说，但她的很多作品都表现出越来越鲜明的女性意识。她的《寻找伊索尔德》是一本关于理性与情感的小说结集。在不同的故事中，探讨性别间的爱恨情仇。它让人重提已被忽略的"女性主义"视角。作品以一个成熟、知性的女主人公代言，展现当下执着于真爱的女性情感生活

---

3 张陵在作家出版社召开的《戊戌变法》座谈会上的发言，2018 年 8 月 24 日。

的困境和对性问题形而上的思索。2009年推出的长篇小说《漫随流水》讲述一个穿黑裙的、如黑天鹅一般的女人。她很美，在不同的历史时期和不同的环境中，都能呈现与其时环境相匹配的美。她并非完美，甚至劣迹斑斑，但她却总能依靠本能，在道德取舍、良知去留、欲求选择，乃至灵肉买卖等方面，最终保留她视为神圣的人生价值。

在历史小说"唐宫女性"系列《武则天》《高阳公主》《上官婉儿》之外，赵玫还先后出版的长篇《六宫粉黛》《铜雀春深》，其题名似写历史，实则写的是当代。前者像一部现代爱情婚姻史。写及围城中人的背叛、对抗中的挣扎，她们或是妻子，或是情人，或是觊觎者，或兼而有之。谁能躲过现代社会的婚姻危机暗潮，谁敢说自己始终忠于相濡以沫的人？当欲望吞噬了她们的灵魂，变局就发生了。《铜雀春深》也是一部当代小说。"铜雀"指曹操所筑铜雀台，象征权力，"春深"则暗示男欢女爱。小说将写作背景置于当下职场，以女性为主角，她们中既有阳春白雪、曲高和寡的，亦有下里巴人、俗不可耐者，但都对权力有极大的欲望。《八月末》则是赵玫2010年出版的长篇力作。小说讲述一段与现实贴近的都市悲歌，被评论家称作"中国版的《危险的关系》"。它讲述海边一群人既离奇又荒诞的故事，表达都市人与人之间既暧昧又冷漠、既温存又危险的若即若离的关系。作品源于现实，又游离现实，人物关系斑驳陆离。他们追逐唯美，却激情破碎；他们期冀温暖，又无端残酷。在如此若即若离的感觉中，在风流云散的凄惶中，他们仿佛踏上了一条不归路。这些小说中仍然可以看到作者的女性主义的立场和对于现实女性问题的关注。

《武则天》刻画的是中国历史上唯一的女皇帝。她惊天动地，从十四岁的小宫女到年近八十的女皇，是一生执着自己的理想和梦幻，满怀野心的伟大而凶残的女性，一个让很多男人匍匐脚下，在权力和人性间挣扎不息的灵魂。作品写出她的才情和魄力，智慧和谋略，她的坚韧、冷酷，她的专断蛮横，她的辉煌、落寞，谜一样的传奇人生！

《高阳公主》则写一个穿越千年风云的奇特女性的爱的历史。一个个男人从她生命中穿过，在幽深的皇宫中，最尊的公主纵情享受自由、生命、爱与性的快乐，用她的爱把世界搅得昏天黑地，在爱情、欲望和政治、皇权的激烈撕扯中，她把她所爱的男人一个个送上断头台，也以特有的疯狂和激情亲手葬送自己的爱情和生命……

《上官婉儿》的主人公是个和武则天一道长留于青史的女人。她于襁褓中就被武则天诛杀满门，却终生与武则天爱恨情仇地纠葛在一起；她与则天皇帝的三个皇子一道青梅竹马、恩恩怨怨地长大，在政治的剿杀下，一个又一个的皇太子却相继弃她而去；她无比真诚地投入与武三思的世俗之爱，与崔湜的精神之爱，却在最关键的时候将他们送入了其他女人的帷幄；她历经大唐的衰落、武周的兴盛、李唐的光复及丑恶的武韦之乱，却一次次依靠诡计逃脱灭顶之灾，甚至秉国权衡，在幕后操纵着整个王朝的命运；年少的李隆基为了逃避她的控制，毅然决然地将刀刃悬于她的头顶，却在登基之初就忙不迭地将她的诗文结集成册。小说向读者全方位地展示了一幅集爱情与欲望、美丽与丑恶、智慧与阴谋、血腥与残忍于一体的唐宫全景图。

"唐宫女性"三部将宫闱情爱与天下大局融于叙事的一体，淋漓尽致地把三个女性置于男权之上，可以说是作者以女性意识注入历史画卷的模本。也有评者批评上述作品存在有违当代女性主义提倡男女平等和谐的原则，但赵玫以女性的细腻笔触，将以上三位不平凡女人的历史、心理和欲望，在复杂乃至扑朔迷离的故事情节中为读者描绘出来，充满喜怒哀乐，实属不易。其历史见识融入现代女性主义的成分，对我国传统道德伦理构成冲击性颠覆，在历史小说中是一种独特的尝试。

书写历史小说的其他作家和作品还有胡晓明、胡晓晖的《春秋战国》，杨焕亭的《汉武大帝》，刘和平的《大明王朝》等。还有些并非专写历史小说而写过一两部历史小说的作家，如内蒙古的扎拉嘎胡、冯苓植、里快等。在这一时期，历史长篇小说创作之多，不胜枚举。

创作历史小说的难点，就在于营造当时那种特定的历史氛围和历史情绪，找到当时社会生活的种种感觉。这就不仅要恢复千百年前的生活场景和人文景观，惟妙惟肖地再现当年的饮食服饰、里巷杂业、蓬门荜户、宫廷庙堂、典章文物和礼仪乐律等五花八门的历史景物，而且必须注入历史的精神和魂魄，使这些景物不只是纸扎的舞台或傀儡，而有着鲜活的历史的气息和生命，这样才能让小说中的人物和情节在作品营造的历史空间如鱼得水般生动。在某种意义上，可以说它是历史小说高低成败的一个关键。可喜的是当代我国许多历史小说家在这方面都取得了很大的成功，他们的创作措置裕如、游刃有余，历史风景历历在目，所刻画的人物形象又都具有鲜明的个性色彩和独特性，既不是其他作家笔下的，也不是其他时代和其他地方的，显示了作家卓越的才华、丰厚的历史知识和文艺素养。而达不到上述水准的作品，就难以称为成功之作了。

下卷

新中国成立七十年地域民族风情等
其他门类的长篇发展

第十二编 ｜ 地域与民族风情长篇（上）

我国是个地域广阔、民族众多的国家。各地区的地形山水、发达程度、历史文化、风俗习惯乃至宗教信仰均有差别。这不能不反映到文学创作里。新中国长篇小说的发展中，具有地域与民族特色的长篇占有重要的地位。不仅这些作品写出地域的自然和文化特色，少数民族作家的创作，更表现出浓郁的民族风韵。它们构成了新中国长篇小说园地的色彩斑斓的区域。边疆少数民族作家的作品尤其为此做出独特的贡献。当然，汉族和内地少数民族作家也以自己的作品呈现耀目的光彩。

由于有些民族作家以本族的语言写作，他们的长篇小说新作尚未译成汉文，如维吾尔族就有多部长篇新作没有翻译，尚不为广大读者所知晓。这类作品，笔者也暂难论述，不能不说是遗憾。有些作品由居住于少数民族地区的汉族作家所创作，但写的却是当地民族的生活题材，因而也具有当地民族的鲜明特色，自然也被列入本编来介绍。至于少数民族作家描写汉族生活题材的作品，表现汉族地区的人物和故事，文化和风情，当然也在本编论述之列。

第一章 | 京津风情长篇

京津风情长篇的特色——刘绍棠的京郊运河风情小说——刘心武的《钟鼓楼》及其他——邓友梅、陈建功、陈昌本的小说——霍达及其《穆斯林的葬礼》——"王朔现象"及邱华栋等其他小说家——蒋子龙的小说和《人气》——冯骥才的津门文化小说——林希的小说和《都市风流》——徐则臣的小说与《北上》

【京津风情长篇的特色】京津为我国北方大都市，北京更是首都，是全国政治、文化、经济的中心枢纽。天津为北方最大港口，开放得较早，近代以来一直是北京的门户。两地都是国际化的现代都市，地域相近，关系密切，既具传统文化的深厚根基，又较早接触外国文化。这就使两地风情既相近又有别。这些特点都反映在新中国的长篇小说中。新中国成立前老舍的《骆驼祥子》《四世同堂》以及一些京派作家曾为描写京华风情做了突出贡献。新中国成立后，王蒙、邓友梅、刘绍棠、刘心武、陈建功、赵大年、叶广芩、霍达等许多作家的长篇小说也突出地表现了京华的风情特色。王蒙早年描写中学生的生活的长篇小说《青春万岁》，以及他的《组织部新来的年轻人》等中、短篇小说，皆以北京为背景，不同程度地展现京华的风情。邓友梅后期创作的《那五》《烟壶》《话说陶然亭》等中、短篇也多富京华特色。他的长篇小说《凉山月》则饶具彝族风情。作为生长于北京的作家，刘绍棠的小说尤富京郊运河情韵。刘心武虽以《班主任》的短篇引人注目，而他后来的长篇却多描写京华的风光和人情。而天津作家鲍昌、蒋子龙、冯骥才、林希等的长篇，自然也都表现出天津特有的风情习俗。

鉴于老舍、王蒙、鲍昌等有些作家在前文已做介绍，本章就只论述未曾介绍的作家及其代表长篇。

【刘绍棠的京郊运河风情长篇】刘绍棠（1936—1997），是北京通州儒林村人。1952年问世的《红花》《青枝绿叶》《摆渡口》等小说使他一举成名，时年不过16岁。先后出版短篇小说集《青枝绿叶》（上海新文艺出版社1955年）、短篇小说集《私访记》（作家出版社1957年）。1957年他因小说《田野落霞》《西苑草》以及关于理论方面的探讨，被打成右派分子。先后在京郊铁路和水利工地劳动，后来回故乡农村当农民。1978年改正后重返文坛，先后出版长篇和中短篇小说集20余部，主要有《刘绍棠小说选》（北京出版社1980年）、《蒲柳人家》（人民文学出版社1985年）、《烟村四五家》（上海文艺出版社1985）、《春草与狼烟》（四川文艺出版社1988版）、《刘绍棠代表作》（河南人民出版社1994年版）等，同时，还有数种关于乡土文学的倡导、理论探讨和文学自传的著作出版，如《乡土与创作》（吉林人民出版社1982年）、《我与乡土文学》（沈阳春风文艺出版社1984年）、《一个农家子弟的创作道路》（四川人民出版社1985年）、《我的创作生涯》（中原农民出版社1988年）等。刘绍棠的大部分作品都写大运河边的家乡生活。初期风格深受孙犁影响，作品亦多发表于孙犁主编的《天津日报·文艺周刊》，文风清纯明丽，充满青春气息。他少年创作的《青枝绿叶》《大青骡子》等，较早反映农村合作化，生活情趣和运河风光都写得简洁生动。刘绍棠幼年成材，13岁开始发表作品，20世纪50年代被誉为"神童作家"。改革开放后，他的创作才情愈加喷薄，创作出长篇小说、中篇小说等共计数百万字。家乡情结，一直是刘绍棠创作的重要动力。他积极倡导乡土文学，创作和理论都做出努力。他曾说："满怀感恩戴德的孝敬之心，为我的粗手大脚的乡亲父老灌注笔端，描写家乡——京东北运河农村那丰富多彩而又别具一格的风土人情……城乡结合，今昔交叉，自然成趣，雅俗共赏，为人民大众所喜闻乐见。"[1]

　　1955年他出版了第一部长篇小说《运河的桨声》。躲过"文革"后，他心怀感恩，收集材料完成了以家乡人民为原型的《地火》《春草》《狼烟》三

---

1 刘绍棠：《京门脸子·前记》，《京门脸子》，花山文艺出版社1986年版。

篇长篇乡土小说。1984年后他还创作《豆棚花架雨如丝》《十步香草》《京门脸子》《敬柳亭说书》等长篇，后两部获北京市庆祝新中国成立四十周年长篇小说奖。可以说刘绍棠一生都在写北京，写他的运河边上的乡土。

中篇小说《蒲柳人家》，是他"乡土文学"代表作，曾获1977—1980年全国优秀中篇小说奖。作品满怀童趣和童心，以小男孩何满子的行动和眼光贯穿全篇，牵引出一串人物和故事，展现豪放的人生、悲壮的抗争、苦涩的初恋、撒欢的童年。所写人物皆多情重义，知恩图报，富有民间侠义精神和运河儿女的高风亮节。战争年代烽烟和苦难的阴影，也见于笔端。小说着力刻画的场景和人物，如敢骂敢打的一丈青大娘；扛着大鞭子，见庙就烧香作揖的赶马汉子何大学问；在河滩上玩"拜花堂"的周檎、望日莲、郑整儿和荷妞；隔着运河唱情歌，为了爱情，敢拼死渡河的云遮月；在田里偷瓜、河边捕鸟，到葡萄树底下听牛郎织女说悄悄话的何满子……都写得活灵活现富于情趣。其写法力求贴近民间传奇，语言也口语化，风趣明快。不足处如孙犁所指出，"人物、环境比较单纯，对于人物的各种命运，人生的难言奥秘，似尚未用心地思考与发掘"。

刘绍棠的长篇小说《京门脸子》写的也是通州运河边的乡村生活。北京人把一出北京城圈儿，直到四十里外的北运河边，都叫京门脸子。这部小说有作者个人经历的厚重痕迹，也刻画了运河畔的风土人情。主要场景为京东北运河畔的鱼菱村，以"我"的传奇经历作为故事线索，从新中国成立前后的艰难生活写到改革开放后市场经济的发展，通过一系列妙趣横生的故事情节，塑造了众多父老乡亲的生动形象，在文本中杂糅作者在动荡年代的特殊经历。《敬柳亭说书》是刘绍棠的另一部长篇小说。作品分为两条线索，一条可谓"讲古"——说书，讲的是日本占领通州时期，身为大盗的关省三潜入通州，刺杀伪冀东防共自治政府主席、大汉奸殷汝耕，不幸被设下圈套抓捕。武林豪杰金钟罩、龙抬头拔刀相助设法营救的故事；另一条可谓"述今"，讲的是故事的来源以及发生在新时代农村的故事。两条线索相互交错，让整部小说舒缓有致、跌宕起伏。他还有一长篇《豆棚花架雨如丝》则主要写了老虎跳这位京东运河滩老农的一生。老虎跳，既是传奇式英雄，又是现实里的普通人物，其形象有着历尽人世沧桑的多重历史内涵。作品情节曲折，画面明丽，感情纯真，语言优美，升发荡人心神的力量。它既是对古老运河的深情眷恋，是对多灾多难生活的不平回忆，也是对苦难中赤子真情的运河儿女的慨叹和褒扬。言情是这部小说的总体特色，在言情之魂的统摄下，作品浸溢着五彩杂色的美。总之，刘绍棠的作品为读者留下一幅20世纪京华郊区的历史、景观、民俗和社会学的多彩画卷。但他一再地抒写少年时代记忆，演绎个人生活经历，也难免存在重复。

【刘心武的《钟鼓楼》及其他】 刘心武虽非北京人，却生长在北京，因而对京华的风土人情也十分熟悉。他笔下的长篇书写就不乏浓重的京华色彩。刘心武曾有多篇中、短篇小说表现京华风情，如《如意》《立体交叉桥》《5.19长镜头》《公共汽车咏叹调》《王府井万花筒》等，将丰富的新闻背景材料和虚构的人物形象融为一体。这些小说以普通市民和他们日常生活为表现对象，呈现京华市民社会氛围，因纪实的特点而别开生面。最能代表刘心武"京华风情"的长篇小说则是《钟鼓楼》《风过耳》和《四牌楼》。

《钟鼓楼》发表于1985年，1986年荣获第二届茅盾文学奖，是刘心武首部长篇小说。它描写20世纪80年代以古老的钟鼓楼为标志的那条胡同和那座四合院里的九户居民的日常生活，以及他们错综的关系，展现一幅京华普通市民的生态图卷。从小说中读者还能了解到北京钟鼓楼的沿革、四合院的变迁、饭馆酒肆的兴衰、结婚风俗的变化……处处感受到现代生活方式与古老文化传统的冲突与交织。作品堪称反映北京都市风情的力作。在20世纪90年代经过短暂停笔后，刘心武1991年又完成描写北京文化圈众生相的长篇小说《风过耳》。书中的几个"文化侏儒"形象，如宫二秋、宫自悦等，有如一幅群丑图，引起文化界强烈反响。《四牌楼》是刘心武的第三部长篇，它描绘一个蒋氏家族众多个体及其相关群体的悲欢离合、生死歌哭，反映20世纪北京都市文明的递嬗变迁。1996年出版的《栖凤楼》更以广阔的社会背景和众多人物的生动描写，表现京都众生相和历史文化内蕴。这些小说的成就，有力地表明作者不愧为"京华风情小说"的主力作家之一。

【邓友梅、陈建功、陈昌本的小说】邓友梅（1931—　　），原籍山东省平原县，生于天津市。曾任中国作家协会书记处书记，中国作家协会副主席。他11岁即走向社会，当过八路军小交通员、日本华工、新四军文工团员、新华社见习记者等。1946年开始发表作品。1951年发表第一篇小说《成长》。1957年因短篇小说《在悬崖上》而受到批判，下放到基层劳动。1976年回北京定居。邓友梅著有中短篇小说集《京城内外》《烟壶》《那五》《邓友梅短篇小说选》《邓友梅中篇小说选》《别了，濑户内海》和长篇小说《凉山月》，散文集《樱花、孔雀、葡萄》等。其中，《我们的军长》《话说陶然亭》获全国第一届、第二届优秀短篇小说奖，《追赶队伍的女兵》《那五》《烟壶》分获全国第一、二、三届优秀中篇小说奖。邓友梅小说创作的题材领域多样，既有取材于个人过去生活经历和反映革命战争年代的，如《我们的军长》《追赶队伍的女兵》《战友朱彤心》《据点》；也有触及时弊与反映当前生活的，如《戈壁滩》《扫墓物语》《临街的窗》；还有追溯历史，表达重情厚义、淳朴善良的民族优秀传统和文化精神，以及超越金钱利害的纯粹亲情和美德的《好梦难圆》；也有描写逝去的文化景观，富于民俗学风味的创作，如《那五》《烟壶》《索七的后人》等。影响最大，代表他风格的正是后一种写北京市井民俗的"京味儿"小说，正是这类小说使他自成一家。这些中篇小说实际上可视为由系列作品构成的描写京华特色的长篇。

他的这类小说，从20世纪70年代末发表的《话说陶然亭》《双猫图》已露端倪；《寻访画儿韩》已反映此类小说的特征：将人物置于民族文化的追踪，以传奇性的情节和色彩斑斓的风俗画的描绘见长。中篇小说《那五》所写的八旗子弟那五是一个多余的人，是没落家族的象征。他游手好闲而又"多才多艺"，无法承继先人余荫，又不愿融入新时代的正常生活，只能在坑蒙拐骗中混世。邓友梅另一中篇《烟壶》也描写没落八旗子弟，却塑造了自立谋生的另一典型乌世保的形象。他擅长内画技艺，敢于反抗强暴，富于民族的精、气、神。小说围绕赏玩内画与古月轩烟壶的烧制，把人生沉浮、民俗风韵呈现在故事中。

邓友梅的市井小说，对于老北京的民风、民俗、传统生活方式、民族文化遗产，皆有精细的描写。作品所表现出的文化意蕴，兼具历史和时代的延展意义。人物性格刻画尤其生动传神。邓友梅小说的魅力还有赖于他的语言。那些地道的、纯正的老北京人的京白口语，经过作者的提炼、加工，气韵生动，有力地传达出作品所蕴含的思想感情以及世态风物。这种语言从容细腻而不黏滞，转折自如又见平和，俗中见雅，出奇翻新，白描中见绚烂。

陈建功（1949— ），广西北海市人。1956年随父母入北京定居，就读于人大附小和附中。1968年高中毕业，被分配到北京矿务局木城涧煤矿当井下采掘工人，在严酷的劳动环境中受到了磨炼。1977年年底考入北京大学中文系，其间创作的《丹凤眼》《飘逝的花头巾》等一系列短篇小说使他蜚声文坛。1982年他大学毕业，分配在北京市文联从事专业创作。1995年调入中国作家协会任书记处书记，后任副主席。陈建功的小说集有《迷乱的星空》（百花文艺出版社1981年）、《陈建功小说选》（北京出版社1985年），长篇小说有《皇城根》（与赵大年合作，作家出版社1992年）。陈建功在"文革"中就开始业余创作。《流水弯弯》是陈建功第一篇取得广泛影响的作品。小说塑造"文革"中因狂热而屡遭挫折，"文革"后依然无法发挥才智的青年矿工钟奇的形象，不过，他愈挫愈勇，心灵深处始终燃烧着追求奉献社会的人生激情。尔后问世的《迷乱的星空》《飘逝的花头巾》等小说，故事背景虽移至校园，但主题仍然以青年知识分子的人生价值观为旨归。对青年沾染的因生存、发展条件不足而蝇营狗苟的小市民鄙俗气，以及平民青年奋进者沾染孤傲自高的况味，给予委婉的讽刺。这些小说，虽然不无思想弱点，当时却以感情真挚和表现激切，为青年读者所喜爱。陈建功更被看重的是一组"谈天说地"的中、短篇小说，包括《京西有个骚鞑子》《盖棺》《丹凤眼》《辘轳把胡同9号》《找乐》《鬈毛》和《放生》《耍叉》《前科》等，均写得扎实、浑厚而又颇具精警意蕴。作者从描写京西工人，渐次扩展到描绘京城胡同、街道、公园等的风俗画卷，凸显各种都市人物形象，构成异彩纷呈的艺术天地，从而确立他在这时期都市风情小说创作中的独特地位。他和赵大年合作的长篇小说《皇城根》则通过描绘发生在北京皇城根旁边小胡同里的故事和生活其中的形形色色的新老北京人，写出他们不同的性格、观念及其幽默、人情味。

陈昌本（1935—2022），山东青岛人，1960年毕业于中国人民大学，曾任该校教师，北京电视台台长，北京广播电视局局长，中国作协党组副书记、书记处书记，国家原文化部副部长，著有小说集《花脚王开棺》《陈昌本中短篇小说集》和长篇小说《痴恋》等。他曾在京郊农村深入生活，他的短篇《管婶》《瑞雪兆丰年》，中篇《黄大山和白菊花》《不眠夜》等广泛描写了农村形形色色的人物，文字朴实淳厚，饶有乡土特色。长篇小说《痴恋》则是为教育工作者谱写赞歌的作品，歌颂教师为培养和造就人的崇高事业奉献的精神，把教师比作照亮了别人而燃烧了自己的蜡烛。陈昌本还与王朔等合作电视连续剧《渴望》，影响海内外，播放率很高。

【霍达及其《穆斯林的葬礼》】 回族作家霍达的长篇小说《穆斯林的葬礼》也是书写京华风情的作品，曾获茅盾文学奖。霍达（1945—　），女，北京人。1976年开始专业创作，先以电影戏剧剧本为主，多取材于中国历史，20世纪80年代初开始发表小说，已出版有中短篇小说集《红尘》（1986年）、《魂归何处》（1988年）；长篇小说《穆斯林的葬礼》（1987年）、《未穿的红嫁衣》（1994年）和《补天裂》（1997年）。霍达的小说，主要取材于北京市民阶层的生活，呈现出一幅幅现代北京市井风情画和人生诸相。代表作《红尘》写一个当过"窑姐儿"的弱女子德子媳妇的悲惨故事。她美好善良、热情助人、温厚忍让，但最终在强大的社会压力和恶劣环境下不得不自杀。德子媳妇的悲剧发生在1966年到1976年间，小说着力写出了那个年代的愚昧与狡诈、"瞒"和"骗"横行，如何扼杀真善美，发人深思。

《穆斯林的葬礼》全书48万字，在相当广阔的时代背景下，再现一个穆斯林家庭60年间的人生遭际、命运升沉、爱情悲欢以及穆斯林历史文化的发展轨迹和特点。作品表现了回族人民的纯朴、奋发进取的意志。作者成功地塑造了梁亦清、韩子奇、梁君璧、梁冰玉、韩新月等性格各异的人物形象。透过他们不同的生活道路，深情歌颂了回族人民勤劳、善良、宽厚、仁爱的优秀品德，同时也相当深刻地鞭挞了种种反人道的陈规陋习和价值观念。小说强烈的民族历史意识，独特的哲学伦理观念和富于个性的文化心理，使它特色鲜明，而结构开阖得宜，文笔细腻灵秀，也有助于作品在艺术上获得成功。

【"王朔现象"及邱华栋等其他小说家】王朔（1958—　　），北京人，1976年中学毕业后，曾在北海舰队服役，复员后进入北京医药公司，不久即辞职，成为"个体户"，并从事创作。1978年以来的主要作品有中篇小说《空中小姐》《浮出海面》《一半是火焰一半是海水》《橡皮人》《顽主》，长篇小说《玩的就是心跳》《我是你爸爸》等。由于他所写的人物大多是城市底层带有颓废色彩、玩世不恭，乃至走向犯罪的年轻人，并以这一阶层特有的生活语言表述出来，其小说具有十分独特的通俗风格。他的这些作品多被拍成电影，因而影响较大，使他名噪一时。他的创作往往产生毁誉参半的评论，特别他在创作中表露出的嘲弄崇高、讽刺理想、非难道德的思想倾向，常引起较多批评。进入20世纪90年代，王朔的创作走向另一阶段，他参加创作的电视连续剧《渴望》似乎回到传统的伦理道德倾向上，着意塑造像刘慧芳这样的善良、贤惠的女性形象。他后来推出的中篇小说《刘慧芳》更使这个人物成为新的英雄，一个社会主义新人。此后他较少写小说，转向电视和电影的制作。但他那以戏谑、嘲讽的语调对传统价值和行为规范进行否定，并以暴力、色情、金钱纠结为情节线索的小说，确实构成了20世纪80年代我国小说反映京华都市一角的独特景观，也为小说画廊增添了一些前人未曾描写过的人物，以至他的创作被称为"王朔现象"。

表现京华风情的小说家还有邱华栋、毛志成、李陀等以及前文在论述家族小说时提到的端木蕻良、赵大年、叶广芩。

邱华栋（1968—　　），生于新疆昌吉市，祖籍河南西峡县。16岁开始发表作品，18岁出版第一部小说集，1988年被破格录取到武汉大学中文系。1992年毕业后在《中华工商时报》工作多年，曾任《青年文学》杂志执行主编，《人民文学》杂志副主编，鲁迅文学院常务副院长。现为中国作家协会党组成员、副主席、书记处书记。

1993年以来已出版有长篇小说《夜晚的诺言》《白昼的消息》《正午的供词》《刺客行》等4部，中短篇小说集《哭泣游戏》《都市新人类》《黑暗河流上的闪光》等11部，诗集《岩石与花朵》，随笔集《私人笔记本》《城市漫步》等7部，合计300余万字。此外，发表了30万字的新闻作品，获过《中华工商时报》"时报人敬业奖"，还发表了有关当代文学、文艺理论、建筑、电影的评论和对话20余万字。被誉为20世纪90年代"新生代"作家群代表作家之一和"活跃的实力派作家"之一。部分作品被译为英、日、德、韩等多种文字。获过《上海文学》小说奖、《山花》小说奖等期刊文学奖。

　　《夜晚的诺言》是邱华栋成长三部曲的一部。作品分别描写主人公乔可在大学校园和社会上的人生经历。在这部成长小说里，作者受美国作家塞林格和日本作家村上春树的影响，以轻松俏皮的笔调描写了成长的烦恼。作品有如年轻人生活的万花筒和纪念册。邱华栋通过对现实的变形和异化，写了大量关注北京各阶层当下生活的都市小说。《教授》写了一名经济学教授声色犬马的生活，《白昼的躁动》写了一群"北漂"艺术家，《正午的供词》描写的则是娱乐圈的导演和演员。邱华栋于1992年来到北京工作，他立即被都市的繁华和新变所吸引，并因担任记者，有机会对都市生活风情及其各色人等进行广泛的观察。都市成为他的许多作品的描写对象。可以说，他的作品，包括长篇小说成为跨世纪的中国现代都市的最新画卷，其背景大多来自北京。另外他有些长篇写的是历史题材，还有些长篇写外国人来到中国，以他们感受的视角来书写中国。他2016年推出的历史题材小说《时间的囚徒》，就属于《中国屏风》系列长篇小说。它描写晚清时期许多外国传教士、商人、冒险家和旅行家，还有一些考古学家来到中国，怀着各种各样的目的和对中国的想象，在中国度过了他们一生难忘的岁月。邱华栋希望从文学角度来观察他们，书写他们。这种小说也可以说是外国人眼中的中国风情小说。

　　毛志成（1940—　　），汉族，北京人，1960年毕业于北京师专，1973年开始写作。历任中学教师，北京师院一分院副教授，首都师范大学中文系教授、中国作家协会会员，兼任中国中小学教育研究委员会会长。出版小说、杂文随笔集、学术专著等30余部。其中，长篇小说《神秘的箱子》《对门儿》《大地的脉搏》《归来的叛国者》《我与小城告别》《沧桑录》《宾馆男经理》《琼楼隐事》《死刑犯归来》《女大学生梦幻曲》《提前的旅途》，中短篇小说集《留下了指纹的孩子》《福相女》《乌纱巷春秋》《落花时节又逢君》《痴女和佛头蝎子》《前夫》《宾馆疑雾》。他的作品大部分以北京为背景，描写京城各色人等的现实生活境遇和不同的性格命运。

陶正（1948— ），浙江绍兴人。1975年毕业于北京大学中文系。1968年曾赴陕北乡村插队务农，1977年后历任北京歌舞团艺术创作室主任、北京文联理事。1979年开始发表作品。1984年加入中国作家协会。著有长篇小说《旋转的舞台》《月光织成的网》《重叠的印象》《第三种死亡》，中短篇小说集《女子们》《天女》等。他的一些长篇小说也从不同视角反映了首都的风情。

【蒋子龙的小说与《人气》】蒋子龙曾以系列描写改革题材的中、短篇小说，成为鼓吹和推动改革的代表性作家。他的这些基本以天津为背景的作品，广泛地再现了当代天津的基层生活，塑造了从工人到厂长，乃至高级干部的形象。其"开拓者家族"系列也可以当作长篇小说来读，其中自然也描写了天津作为大都市的种种风情。而他的长篇小说《人气》于2009年问世，更让读者可以看到当代天津的广阔生活场景。

蒋子龙（1941— ），出生于河北省沧县，在天津上过中学。1965年在部队当兵时发表第一篇小说《新站长》。复员后到天津重型机器厂，当过工人、厂长秘书、车间主任，对都市工厂非常熟悉。这为他后来的创作打下扎实的生活基础。他曾任天津作家协会主席，中国作家协会副主席、名誉副主席。1976年年初，蒋子龙发表《机电局长的一天》，表达人民渴望结束动乱、发展经济的心声。作品塑造的在艰难中大抓整顿的局长霍大道的形象，成为他后来改革小说中"开拓者"形象系列的胚胎。1979年，蒋子龙在《人民文学》第7期发表其代表作《乔厂长上任记》，此后又接连发表《开拓者》《一个工厂秘书的日记》《拜年》《赤橙黄绿青蓝紫》等系列反映工业战线改革题材的小说。它们相当深刻地揭示了工业建设中的种种矛盾，将工业改革放到了现代都市的庞大背景中，用全新的都市意识（包括价值观念、行为方式、思维方法等），观照人的精神及生存状态。这些小说塑造了一群有高度历史责任感和紧迫感、锐意进取的改革者形象，被人们称为"开拓者家族"，连贯起来也足以作为长篇阅读。《开拓者》中的车篷宽，是"开拓者"家族中高级的领导干部。作为分管工业的省委书记，考虑的重点是如何在经济改革中开拓出正确的道路。小说让主人公置身于改革与阻碍改革的复杂矛盾中，从工厂写到工业局、省委以至国务院召开的会议上，集中表现车篷宽一往无前、破釜沉舟、背水一战的开拓精神，让读者从弘阔的视野中感受到浓厚的时代气息和都市韵味。《开拓者》也因此获得1977—1980年全国优秀中篇小说奖。另一篇获全国优秀中篇小说奖的作品，其中描写的解净是"开拓者"家族中最年轻的一员。她没有经历过生活艰辛或战争洗礼，入党、提干、整材料、写汇报……曾是她生活的一切。时代剧变使她由"幸运儿"变成"多余人"。在经历痛苦的思想裂变后，她走向基层，学开车，学管理，认识自己，了解别人，在新生活中重新站好位置。小说反映了20世纪80年代都市青年的某种奋斗史和心灵史。作品还写到"坏小子"何顺、"时装模特儿"叶芳、汽车队的"实际队长"刘思佳等都市青年群像。揭示他们不同的性格、世界观和价值观。他们不同的生活，构成多色调的都市情韵。蒋子龙还塑造忠诚刚直的应丰（《狼酒》）、干练无私的高盛五（《人事厂长》）、致力饮食业改革的牛宏（《锅碗瓢盆交响曲》）、投身于农村经济改革的武耕新（《燕赵悲歌》）等的形象，他们的不同性格和生活经历，不仅有声有色地演出威武雄壮的改革活剧，也都为斑斓的都市图卷增添了风采。蒋子龙结集出版的作品主要有《蒋子龙短篇小说集》《开拓者》《一个工厂秘书的日记》《蒋子龙中篇小说选》《拜年》《不惑文谈》等。1986年后，又陆续出版长篇小说《蛇神》《空洞》《人气》《农民帝国》。另有八卷本《蒋子龙文集》（华艺出版社1996年）。其中获得全国优秀中、短篇小说奖的作品还有《一个工厂秘书的日记》《拜年》等。蒋子龙语言豪放雄浑，用笔如椽，浓墨重彩，大刀阔斧，刚健有力。其描写人物时人物肖像、轮廓、线条大都粗放凝重，常能以一两个强劲情节或细节便凸显人物性格，展示人物内心世界。他的作品往往能够把握住都市生活的真髓，深刻地反映其时都市经济活动的矛盾和人与人的复杂关系，以及时代的情感流向。可以说，蒋子龙从改革视角开拓了一条反映都市生活的新路，为"工业小说"向"都市文学"过渡，建起一座功不可没的桥梁。

他的长篇《蛇神》《空洞》《农民帝国》所写题材已溢出天津之外，而《人气》又回归大都市。作为蒋子龙在新世纪的力作，《人气》显示出了他的一贯风格：文笔大气、蕴藏沧桑、深刻而丰满。40多万字的作品，场面广阔，人物众多。它以一个大城市的房改为背景，描述了从市长到平民形形色色的人之间错综复杂的矛盾纠葛和感情波折，尽现男女、金钱、权力与利益之间的争斗。作者纵横捭阖，凸显出一幅大都市中人与环境、人与人关系的生动图景。作品在表现大都市人文景观的同时，全面反映市场经济下人际关系与情感世界的深刻变化。从下岗女工和厅局长的感情纠葛，到英俊官商与大学女教师的朦胧恋爱，芸芸众生无不在欲望大潮中浮沉起落，既表现清纯的人格美，又展示丑陋的劣根性。《人气》反映社会主义建设市场经济的大潮，启迪和激励人们以崭新的精神面貌拼搏、开拓、进取向上，正确面对生意场上激烈的竞争局面。题材鲜明、内容丰富，刻画了市政府房改办副主任简业修，市长卢定安，房产商人房亮、杜绝等一批带有典型性人物形象，通过对比写照，集中反映了他们在改革开放中的各自作为。

【冯骥才的津门风情小说】在新时期的都市风情小说中，带着浓郁天津市井生活气息和诸多津门文化特征的"津味小说"是一大分支，冯骥才为其代表作家之一。他的生平，前文已做介绍。他对地方史、地方风俗、民间艺术、古代文物甚有研究，这为他的地域风情写作奠定了丰厚的生活基础和文化底蕴。前述他的历史小说便见出他描写地域风情的功力。冯骥才早期创作以反映1966年到1976年间的生活、探索人的精神世界的"社会问题"小说为主，如《三十七度正常》《今天接着昨天》等。这些小说重在反映浩劫中人的悲剧，从而揭示深刻的社会历史意义。如1979年发表的《铺花的歧路》描写少女白慧在"文革"中出于革命热情，踏上一条铺满"鲜花"的歧路，而后产生自欺、自责的痛苦的心灵历程，从而提出如何对待青少年犯错误的社会问题。后来冯骥才转向"写人生"。1978年获全国优秀短篇小说奖的《雕花烟斗》堪为代表。它以一个名画家和花农的几次交往，表现他们两种不同的人生处世态度，使平凡的故事显出不平凡的意义，折射作者对人生哲理的思考。曾获1977—1978年全国优秀中篇小说奖的《啊！》从人物恐怖角度进行挖掘，有一定的创新意义。《临街的窗》中的"俞眼睛"、《铺花的歧路》中的白慧、《雾中人》里的简梅以及《感谢生活》里的华夏雨，作家都分别从内心恐惧、灵魂搏斗、沉沦和升华等角度切入，展示他们的心理世界，从而使作品新颖别致，不同凡响。在冯骥才内容和形式多样的创作中，影响最大、最能显示他艺术个性的是表现天津市井风俗文化的"津味小说"。早在1977年年底，从他发表长篇历史小说《义和拳》（与李定兴合作）开始，冯骥才就已致力于对津门文化风情的发掘。《怪世奇谈》系列可视为由多部作品组成的长篇，其中的《神鞭》《三寸金莲》的发表，更提高了他的"津味小说"的特色。《神鞭》有不少对晚清津门市井风俗的描写，大至万人空巷的皇会，小到式样新奇的怀表，都充满津门市井生活气息。小说以主人公傻二所留辫子的兴衰遭际为线索，再现了天津卫的世俗众生相，也揭示了人物性格特征。傻二得意于众人赞誉，有天津人世俗的一面，但他参加义和团及剪"鞭"留"神"的举动，又体现他重义重道的心态。作者对其辫子从有到无的艺术描写，完成了一次对传统文化消极因素的批判。《三寸金莲》中，冯骥才对小脚虽不无溢美之词，但小说展现历史上女人裹脚的文化形态，反映的正是沉重、陈腐的文化传统与现代文明的冲突，表达了对历史的反思。正如他在小说开篇所写："小脚里头，藏着一部中国历史。"《怪世奇谈》系列之三的《阴阳八卦》也以津门文化为背景，通过一个普通天津人惹惹追寻祖传金匣所遇到的一系列神秘怪异事件，展示中国传统文化中的神秘和包容。

冯骥才的《怪世奇谈》系列小说，皆以天津独具的文化、生活、人物为内容，在浓厚的天津地域特色中，挖掘具有地方文化特质的天津人的处世心态，同时又对中华民族的传统文化进行批判性思考。小说的艺术描写往往兼具荒诞、象征和写实，既有历史风情画，又吸纳民间传奇，如通俗文学作品那样，吸引读者。

【林希的小说和《都市风流》】 "津门风情长篇小说"创作获得可喜成绩

的还有林希和茅盾文学奖获得者孙力、余小惠。

林希（1935—　），原名侯红鹅，天津人，1952年天津师范学院毕业，曾任《新港》编辑。以长诗《无名河》知名。后被划为"胡风分子"和右派，下放劳动，故对天津各阶层人物和生活都相当熟悉。他于20世纪80年代后期转入小说创作，已经出版多部长篇小说，其中有《天津百年》之第一部《买办之家》，长篇小说《桃儿杏儿》《天津屯的金枝玉叶》等。还发表中篇小说40余篇，其代表作有《丑末寅初》《小的儿》《蛐蛐四爷》《相士无非子》《高买》。他的《小的儿》获第一届鲁迅文学奖。近期出版有《林希小说精品选》《天津闲人》及英、法文版的《林希小说选》。如果说冯骥才追求的是在津味中对传统文化进行反思，林希则偏重于反映津门文化风俗。他的笔力集中在对天津市井生活和地方文化的描绘。《相士无非》写一个靠骗术生活的相士无非子。他从不骗平民百姓，却专骗军阀政客，把直、奉军阀的达官贵人玩得团团转。《天津闲人》以苏鸿达、俞三娘、严士信、侯伯泰这些闲人面对河边发现的尸体的不同态度，展现天津卫闲人没事找事、大行骗术的生活画面。林希的这些"津味小说"，立足历史现实，散发出浓郁、地道的天津味儿。其长篇小说《天津百年》更以鸿篇巨制反映百年天津的历史变幻和民俗风情。小说通过描写20世纪初天津卫首屈一指的大买办余隆泰的发迹诀窍及其一家父子、兄弟、叔嫂、朋友之间的尖锐、复杂、多变的恩怨情仇，既展示上至总督、巨贾，下至三教九流的种种形象，也反映一个现代大都市发展变化的轨迹。小说聚政治、经济、军事和文化于一体，又熔上层生活和世俗民情于一炉，给人以丰厚的历史知识和高尚的审美享受。天津著名的小说家蒋子龙说："不是天津味道培养了林希，而是林希给了天津味道以品位。他的小说更接近文学的本质，使津味小说具有了经典元素。"[2]林希几乎每一部小说都被搬上舞台，成为类"清明上河图式"的天津市井传奇。他打通雅俗，用黑色幽默，像说相声一样讲故事。可以说，林希是从事津味小说创作的关键作家，他把历史故旧形象化，从而使人们真正地理解了那段历史中天津社会的细节和人们真

---

2 蒋子龙：《作家林希：潜心写作，用作品表现天津人的本质美》，《天津日报》，2013年1月29日。

实的生活。

荣获第三届茅盾文学奖的长篇小说《都市风流》的作者孙力（1949— ）、余小惠（1949— ）也是天津作家。小说围绕城市交通改造展现都市领导的各种性格及其隐秘的私生活，还以全景式的书写，刻画都市众生的群像，反映了改革开放城市的活力和人们的忧患意识。小说在津门生活的描绘中，也融入更多当代意识。尽管艺术上尚不够圆熟精致，毕竟也属都市风情小说的新收获。

此外，前文已介绍的柳溪以及在天津工作过的方纪、航鹰等作家的作品也曾为表现都市风情做了一定贡献，但后二人没有写过长篇。

【徐则臣的小说与《北上》】徐则臣（1978— ），江苏东海人。北京大学中文系毕业，文学硕士。现任《人民文学》副主编、中国文联第十一届全国委员会委员。主要著作《耶路撒冷》《北上》《王城如海》《跑步穿过中关村》《如果大雪封门》《北京西郊故事集》等，曾获鲁迅文学奖、庄重文文学奖、华语文学传媒大奖·年度小说家奖、冯牧文学奖、老舍文学奖、郁达夫小说奖等，长篇小说《北上》获第十届茅盾文学奖、第十五届中宣部精神文明建设"五个一工程"奖、2018年"中国好书"奖等。部分作品被翻译成英、法、德、日、西、意、俄、阿、韩、蒙等二十余种语言。评论家认为："在'70后'作家中，徐则臣是很具代表性的一位，关注城乡差异的现实，关注漂泊孤独的生存处境，关注时代的人心人性，在这些关注点上徐则臣冷静、不矫饰，自始至终愿意去正面触碰，这使他的创作呈现出中正、大气的品格。"[3]

徐则臣始终主张"形式上趋于古典，意蕴上趋于现代"才是好小说的标准。长篇小说《北上》阔大开展，气韵沉雄，以历史与当下两条线索，讲述了发生在京杭大运河之上几个家族之间的百年"秘史"。"北"是地理之北，亦

---

3 张艳梅：《徐则臣的文学眼界》，《人民日报》，2013年7月5日。

是文脉、精神之北。大水汤汤，溯流北上，该小说力图跨越运河的历史时空，探究普通国人与中国的关系、知识分子与中国的关系、中国与世界的关系，探讨大运河对于中国政治、经济、地理、文化以及世道人心变迁的重要影响，书写出一百年来大运河的精神图谱和一个民族的旧邦新命。[4]

　　徐则臣力图"以一条河流来洞察一个民族的秘史"的努力得到了第十届茅盾文学奖评委会的高度肯定："在《北上》中，徐则臣以独出心裁的叙事技法为大运河立传。在百余年的沧桑巨变中，运河两岸的城池与人群、悲欢与命运、追寻与梦想次第展开，并最终汇入中国精神的深厚处和高远处。围绕大运河这一民族生活的重要象征，中国人的传统品质和与时俱进的现代意识在21世纪新的世界视野中被重新勘探和展现。"[5]

---

4 高凯：《徐则臣长篇〈北上〉：书写一条河流与一个民族的历史》，中国新闻网［引用日期2019-3-1］。
5《第十届茅盾文学奖授奖辞及获奖感言》，《作家文摘》，2019 年 10 月 15 日。

第二章 | 晋冀鲁豫风情长篇（上）

晋冀鲁豫的深厚历史——马烽等的"山药蛋"派小说——焦祖尧和"新晋军"
的小说——"荷花淀"派后继者与张雷、谈歌的小说——齐鲁风情与赵德发、
刘玉堂的小说

【晋冀鲁豫的深厚历史】晋冀鲁豫是中华文化的发源地，也是中华民族的
核心地带，历史悠久，文化积淀丰厚，又均属北方官话区域，风俗习惯相近，
各地略有不同。尧、舜、禹、汤均在此建都，春秋战国百家争鸣，儒家、道
家、法家莫不源于这个地带。佛教最早盛行也分布于这个区域。在我国文学的
发展史上，大部分作家都来自这几个省份。可见其在历史上的重要地位。新中
国文学的版图中，来自解放区的作家，大部分也出于这个地区，以赵树理、马
烽为代表的"山药蛋"派，以孙犁为代表的"荷花淀"派，以李準为代表的中
原作家，以刘知侠、峻青、冯德英、张炜为代表的齐鲁作家，都曾在文坛风靡
一时，影响广泛而深远。他们的长篇小说创作，在表现地域风情上更做出让全
国瞩目的贡献。

【马烽等的"山药蛋"派小说】从创作《小二黑结婚》《李有才板话》
《李家庄的变迁》，赵树理的作品即被树为体现《延安文艺座谈会的讲话》精
神的新方向。他以民族化、大众化的风格，为小说表现地域风情做出杰出的实
践。追随他的风格的晋省作家马烽、西戎、束为、孙谦、胡正等，以其朴实的
深具地域风味的作品，被后来的评论家命名为"山药蛋"派。

马烽（1922—　），山西孝义人。幼年在村里上小学，在县城上高小，
1938年参加抗日部队，同年秋加入中国共产党，1941年到延安部队学校学

习，1943年返晋绥边区，转到地方从事文化工作，任过《晋绥大众报》的记者、编辑、主编。新中国成立后调中国作协，1956年回山西，任过县委副书记，山西作协和文联主席，省政协副主席，还担任过中国作家协会党组书记、主席团委员和副主席。除小说创作外，他还著有电影文学剧本《我们村里的年轻人》《泪痕》《咱们的退伍兵》（后二者与孙谦合编）。

20世纪50年代初期，他的《结婚》《一架弹花机》《饲养员赵大叔》《韩梅梅》等，以讴歌农村新人新事新风尚见称。20世纪50年代后期至60年代初他发表的一批短篇，则因着力于人物性格的刻画而在艺术上更臻于成熟。其中篇小说《三年早知道》里那个自私、狡黠，终于在集体劳动中被改造过来的中农赵满囤；《我的第一个上级》里那个平时疲沓迟钝，关键时刻却能发扬蹈厉的田局长；《老社员》里那个凡事都一丝不苟，不搞浮夸风、不怕得罪人，因而也当不了干部的贺老栓。这些人物在当代小说人物画廊里至今仍葆有鲜活的生命。20世纪70至80年代，他作品的主题集中在批判极左流毒，揭露形式主义和坚持实事求是精神方面，笔墨更加朴实老到。其中《结婚现场会》和《葫芦沟今昔》分别获1980年及1986—1987年全国优秀短篇小说奖。此外，他的长篇传记体小说《刘胡兰传》，也是具有较大影响的作品，为塑造小英雄的光辉形象树立了一座丰碑。他的电影剧本《我们村的年轻人》拍成影片后，影响尤为广泛。可以说，马烽的一生，为描写山西农村的风土和人情，为我国发展中的乡土小说做了新的出色贡献。

西戎的才能同样是多方面的。新中国成立后，他除创作了若干电影文学剧本外，在小说创作上也取得了突出的成就。已出版的短篇小说集有《谁害的》《麦收》《终身大事》《姑娘的秘密》《丰产记》等，1980年出版的《宋老大进城》是他优秀作品的结集。通过农民的日常生活反映新旧思想的矛盾，在诙谐风趣的氛围中揭示严肃的主题，既重视外部矛盾的描写又注意人物内心世界的探究，这些都是西戎作品的艺术特色。他发表于1962年的短篇小说《赖大嫂》，描写农村妇女赖大嫂对当时新的养猪政策所经历的从怀疑观望到信任受益的复杂转变过程。因其写得很真实，人物性格活灵活现，在文坛便成了一篇引起广泛注意和褒贬不同的争论的作品。褒者和贬者都把它说成是当时受到批判的"中间人物"的"标本"。这篇小说的美学价值，由此也可一斑。

孙谦著有短篇小说《伤疤的故事》《南山的灯》。他主要从事电影文学剧本的创作，写有《葡萄熟了的时候》《丰收》《泪痕》《咱们的退伍兵》等电影剧本。胡正则著有反映农业合作化的长篇小说《汾水长流》，还出版有短篇小说集《七月的古庙会》、中篇小说《鸡鸣山》、报告文学集《七月的彩虹》。他们的作品也都富于三晋的乡土气息。胡正的作品，前文已做介绍。

【焦祖尧和"新晋军"的小说】曾任山西作协主席和中国作协主席团委员的焦祖尧主要创作以描写城市工矿题材为主的作品，其作品与《新星》的作者柯云路一样，呈现跟"山药蛋"派不同的风格。而不同程度地继承了马烽等浓郁的乡土风格的如成一、韩石山、李锐、张平等，或受过高等教育，或因曾在北京生活过而兼具跨越京晋的文化视野，他们的作品又透出新鲜的气息。他们被称为新的"晋军"。柯云路的创作前文在论述"改革文学"时已做介绍。这里先论述焦祖尧和其他作家的小说。

焦祖尧（1935—2023），江苏武进人。1955年9月毕业于江苏省苏南工业专科学校汽车发动机制造专业，分配在山西大同六一六厂任技术员。1957年初，在《火花》上发表了处女作《两个年轻人》，之后一发不可收，发表了大量小说、报告文学、散文，成为我国关注工业战线的重要作家。出版的作品有：短篇小说集《故事发生在双沟河边》（上海文艺出版社1960年）、《春天在榆树堡》（山西人民出版社1962年）、《在阳光下》（山西人民出版社1973年）、《光的追求》（江苏人民出版社1981年）、《复苏集》（工人出版社1985年）。长篇小说《总工程师和他的女儿》（人民文学出版社1978年）、《跋涉者》（人民文学出版社1984年）。报告文学集《红色技术员》（与苡琦合写，山西人民出版社1965年）。长篇报告文学《黄河落天走山西》（山西教育出版社1996年）。

焦祖尧是由工厂技术员成长起来的作家。当他还是一个文学青年时，丁玲曾给他回信，告诉他，学习工科"将会造成一条使你走向生活的坚实的道路，这对文学创作来说是至为重要的"。他尔后的生活道路和创作历程完全证明了丁玲的真知灼见。焦祖尧是一个生活基础坚实，革命人生观比较成熟，坚持现实主义的创作方向的优秀作家。他的全部小说，几乎都是描写和反映以工人为主的劳动者的斗争和劳动生活的，尤以反映大同煤矿工人生活的作品最具特色。他的小说创作的艺术命脉，与煤矿工人的命运、脉搏紧紧相连。他是我国当代少见的执着地在煤矿开拓艺术天地的小说家。长篇小说《总工程师和他的女儿》，早在20世纪60年代中期即已开始构思并写出初稿，经修改，于1978年由人民文学出版社出版，1984年修订再版。这是新时期之初出现的第一部以工厂知识分子为主人公的长篇小说。小说描写了20世纪50年代末60年代初塞上古城某动力机械厂工程技术人员和工人在科学实验和生产斗争中的精神风貌和理想追求，展开了实事求是的科学精神同反科学的主观盲动的"左"倾思想之间的斗争。小说集中笔力塑造了热爱社会主义祖国、热爱新生活，坚持严格的科学态度和实事求是的精神，但思想上又有较重的因袭负累，谨言慎行的总工程师叶赋章的形象，丰富了我国长篇小说的人物画廊。叶赋章的女儿，纯洁热情、天真活泼而又倔强好胜的叶琪，也刻画得栩栩如生，富有诗意。但作为作者第一部长篇，也存在背景不够深广、结构比较松散、笔力不够酣畅的弱点。焦祖尧更有代表性的长篇力作是《跋涉者》。小说1983年在《当代》第二期发表，次年出版，在读者中产生较为强烈的反响。小说以受1958年和1978年前后两次"左"倾思潮影响的"跃进"为背景，较早触及了工业战线的改革进程，提出了改革中工人的命运和精神世界的变化的重大问题，展开真善美与假恶丑的斗争。小说塑造了杨昭远、邵一峰、丁雪君、关志明等工厂人物形象，在历史和现实的交叉中，在错综复杂的矛盾纠葛中，揭示他们对生活的不同理解和追求，捕捉到了思想解放运动在工业战线上最早的回响。其中，执着地追求真理的跋涉者杨昭远的形象，具有相当的典型意义。1986年，韦君宜著文认为："我觉得这部作品比这两年得到很高评价的一些长篇小说并不差……读这本书，我就常联想到现实生活中的事，觉得亲切。"[1]

　　焦祖尧还创作了大量的短篇小说。在他漫长的创作生涯的各个阶段，都

1《跋涉者》以其思想的深刻，结构的精巧，人物的丰满传神，无愧地置身于新时期长篇小说的佳作之列。

有名篇为人称道。20世纪60年代的《时间》，20世纪80年代的《归来》《复苏》，20世纪90年代的《归去》，都是立意高远、表现深切的精湛之作，被选入多种选本，译成多种文字。

焦祖尧的小说凝聚着强烈的时代精神。他对工厂的生活氛围和厂区心理有较深的体验，对工厂里各种人物的相互关系及其社会内容有较深的理解。因此他能在人物与环境的相互交融中细腻地刻画人物的真实心灵世界，反映生活变迁的脉息，昭示历史前进的方向，其作品为我国主要工矿省份山西谱写了当代独具风情的画卷。焦祖尧在长期、大量的创作中，逐渐形成、发展了自己的艺术风格。马烽在为他的短篇小说集《光的追求》所作的序中把他的小说艺术风格概括为"有塞北的刚健之气，又带有江南的明丽之情"。这是很准确的。青少年时期江南水乡的生活，涵养成了他明丽秀逸的文心；而塞北古城和农村的长期生活，又为他的诸多小说提供了厚重、质朴的内容和刚健挺拔、高昂雄浑之气。

【成一的地域风情小说创作】成一（1943—　），除前文论述家族小说已介绍过他的长篇《白银谷》外，他还有描写山西农村风情的许多中、短篇。如《顶凌下种》，获全国首届优秀短篇小说奖，还有小说集《远天远地》《外面的世界》等。他力求从农民的视角观照历史，追求对人物心理活动流程的真实描写。他的长篇小说《茶道青红》，则是作者继《白银谷》之后，又一部展示晋商大智慧的力作。康乾盛世，在中俄边贸往来中，山西茶商堪与俄商一争高下，将我国茶叶出口的产、运、销统掌手中，创下了极其鼎盛的辉煌。其间，内忧外患，商道人道、江湖秘境层层展开，晋商的智慧也曾影响过世界贸易。作品虽然属于历史小说，却让读者从中领略三百年前晋地的人情风俗以及晋商的文化智慧和艰辛。

被视为"山药蛋"派后起的作家还有韩石山、王祥夫等。韩石山（1947—　），山西临猗县人。1970年山西大学历史系毕业。曾任中学教师，汾西县城关公社副主任，《黄河》杂志副主编，中共清徐县委副书记，曾任山西省作家协会副主席、《山西文学》主编。著有长篇小说《别扭过脸去》，专著《得心应手》，短篇小说集《猪的喜剧》《轻盈的脚步》，中篇小说集《魔子》，中短篇小说集《鬼府》，散文集《亏心事》《我的小气》，评论集《韩石山文学评论集》，文论集《我手写我心》等。尚有传记《李健吾传》《徐志摩传》《寻访林徽因》等。他以笔锋犀利著称，有"文坛刀客"之誉。

《别扭过脸去》是韩石山唯一的长篇小说，带有明显的时代与地域气息。它截取新中国成立初期吕梁地区的农村为背景，以主人公李惠兰的第一人称展开故事情节。作者笔下的李惠兰心地善良、感情丰富，却如同旧社会许多妇女一样命途十分不幸。她爱着英俊的邢建生，却得到了对方最恶毒的回答；她渴望幸福而完整的婚姻，但丈夫是一个卑贱的性无能；她本以为可以与郭秉义一起享受最纯真而浪漫的爱情，到头来却被情人当作一种交易的砝码。但在书中她的思想却在一次次的失望与反思中得到完善。小说还刻画了刘家塬村庄其他人物，也都给人较深的印象。韩石山的小说不去孤立地描写人物的心理活动，多通过故事情节或简练风趣的对话，展现人物的性格，神情毕肖，语言简练、风趣而有个性。

生活在大同的王祥夫（1958—　），辽宁抚顺人，大专文化。历任大同市大同照相馆摄影师，中共大同市委党校讲师，山西文学院专业作家。山西省作家协会副主席。1979年开始发表作品。1992年加入中国作家协会。王祥夫著有长篇小说《乱世蝴蝶》《生活年代》《榴莲榴莲》《屠夫》《咬紧牙关》《种子》《米谷》，中篇小说《沙棠院旧事》《莜麦地旧事》《护城河旧事》《非梦》《对一例梅毒病患者的调查》《尘世》《城庄》，短篇小说《铲山的人》《三月纤》《守望大草垛》《拾掇那些日子》等数十篇。其中篇小说《西牛界旧事》《永不回归的姑母》分别获《山西文学》1986年、1988年优秀小说奖，短篇小说《上边》2005年获第三届鲁迅文学奖。

王祥夫出版有长篇小说7部，而其创作更多也擅长的是短篇小说。他的作品往往关注底层人民的命运，具有人道主义的悲悯之情，题材比较广泛，既有表现农村现实生活和农民生存状态的作品，如《西牛界旧事》《雇工歌谣》和长篇《米谷》《种子》等；也有展示市井平民生活的作品，如《宣德炉》《尘世》《平衡之鸟》《咬紧牙关》等；还有描写知识分子复杂心灵的作品，如《最后一个画家李树》。

王祥夫的长篇《米谷》描写山西某农村的习俗：农忙后，村里女人就到城里讨饭以补家用。但米谷进城却遭遇连串的不幸，乃至被迫沦为妓女。他的另一长篇《种子》则写刘玉山一家拿到的种子是假的，由此引起全村农民的愤怒，到粮站去讨公道，要求赔偿真的种子。作者表现农村的小说，多反映市场经济崛起后产生的社会问题，并通过错综复杂的人性矛盾来显现具有地域特色和时代印记的故事和人物，对底层群众的艰辛和不幸满怀悲悯。但他没有将矛盾冲突尖锐化、戏剧化，而像生活本身散淡地展开和收束。他描写市民生活的小说，着重刻画普通市民的人情与人性，尽管某些市民不乏油滑习气，本质上都善良而诚实，且往往能够阐释某种市井文化的特征。王祥夫阅读广泛，擅长绘画。他的小说既有传统的故事情节和白描手法，又吸收了现代小说中的诸多表现方式。由于他有古典文学修养，其语言多显传统的文化韵味。

自北京来到山西的李锐，除前述《旧址》《银城的故事》为描写自己故乡四川自贡的题材，他还出版有小说集《丢失的长命锁》《红房子》。1986年起，他陆续发表总题"厚土——吕梁山印象"的系列短篇小说，以冷峻的现实主义笔触，致力于描写僵滞、落后的山西农村生活场景与人物心理，富有质感和力度。其中《合坟》曾获全国优秀短篇小说奖。他还出版11万字的中篇小说《无风之树》和长篇小说《万里无云》。后者设置的背景是村庄大旱两年后决定举办求雨行动。可是浩大的祈雨活动不仅未使龙王显灵，相反，突然而至的山火焚毁了仅存的树林，并且烧死了祈雨仪式中扮演金童玉女的两个少年。于是，参与这场活动的若干有关人员锒铛入狱。所有人物的一生都在求雨的哄闹中层层展现。李锐的作品偏重于写人生的苦难和传统的落后，以及革命带来的牺牲。但也老道地把握住乡土乡情和人物的所思所想。

实际上被视为"山药蛋"派后起的"新晋军"，其取材视角和语言风格已各有作家自己的特色。而且他们大多均非土生土长的山西人，多带有外地文化与晋省生活的双重视野。他们的"山药蛋"色调已逐步衰减了，但他们也都为描写山西的乡土风情做出了自己新的探索。

【"荷花淀"派与张雷、谈歌的小说】孙犁的系列作品在河北和全国都产生深远的影响。因而评论者就把冀省后来的诸多作家视为孙犁清新而富诗意的风格的继承者，并以他的小说《荷花淀》命名为"荷花淀"派。甚至北京作家刘绍棠、从维熙，天津作家王林、雪克、柳溪等都被划入这一创作流派。改革开放后河北新崛起的作家贾大山、铁凝、关仁山、谈歌、何申等也被认为属于这一派。关于"荷花淀"派，立论者虽非没有根据，但持不同意见者甚多，一时难以定论。因为上述作家确实不同程度受到孙犁的影响，但他们各自在取材、题旨和语言上都已有新的特色。而且河北西倚壁立的太行，东濒滔滔的渤海，北通口外蒙古草原，南连中原的广阔平野，风光地貌与人文状况非冀中一地可概括，燕赵自古多慷慨悲歌之士，因而其文学表现亦风格多多，非"荷花淀"一派便可代表。不过，谈论河北的地域风情小说，孙犁的影响自不可轻视。

贾大山的《满月儿》等作品，风格很近孙犁，对于人民的情感，对于文学的见解也一脉相承。只是他没有创作过长篇小说便过早去世了。铁凝当年的成名之作《啊！香雪》以及后来的《棉花垛》等描写冀中农村的作品也充满抒情与诗意，也能看到孙犁的影响。但铁凝转向城市女性的写作，风格便有新的发展。在前一辈作家中李满天、张雷等小说家更近孙犁的风韵。李满天的《水向东流》在前文论述合作化小说时已做介绍，这里谈谈张雷以及不曾论述的被誉为河北"现实主义"三驾马车之一的谈歌的创作。

张雷（1926—2000），河北博野人。中共党员。1941年毕业于华北抗日联合大学群工部。1938年参加革命工作，历任博野县儿童团长，华北抗日联合大学学员，中共平西涿鹿区委书记、县委宣传部部长，共青团察哈尔省团委副书记，中国文联党组成员、联络部部长，768厂党委书记。1942年开始发表作品。1955年加入中国作家协会。著有长篇小说《变天记》《山河志》《歪头山的斗争》等。《山河志》为《变天记》续篇。后出版全四册，署名作者为张雷、可蒙、汪绚秋。小说描写抗日战争时期普通农民成长为无产阶级先锋战士的形象，表现农民群众在反侵略战争中的革命英雄主义精神，情节紧张生动，但艺术上略欠精致。《茶碗结》是《山河志》的第一册。描写贫雇农出身的抗日干部黑牛、老尧、春姐等人，在艰苦复杂的对敌斗争中，当地主企图用"茶碗结"挑起事端，祸害群众时，他们识破阴谋，打击了敌人，壮大了自己。《醉春楼》是《山河志》的第二册。描写地主唆使三寡妇造谣惑众，以瓦解群众斗志，又和特务金雷震勾结，妄图复辟，但他的狐狸尾巴终究被群众抓住。《地道战》是《山河志》的第三册。描写黑牛、二虎等人为使霸王庄成为抵挡日本鬼子的坚强堡垒，除了埋地雷、烧炮楼外，还动员群众挖掘户户相通的地道，与敌人展开地道战，他们配合县大队和区小队，打得侵犯的敌人丢盔弃甲，狼狈溃逃。《长城会》是《山河志》的第四册。描写春姐由赵月霞等营救，回到了霸王庄；算破天阴谋破坏生产，被董焰、黑牛等识破，并将暗藏的特务一网擒获；黑牛随八路军先头部队出山口与兄弟部队会师，投入了围歼日军主力的战斗。日寇无条件投降后，赵振峰和黑牛随大部队收复了张家口。此书在"文化大革命"中曾与梁斌的《红旗谱》、冯德英的《苦菜花》等反映革命斗争的作品被作为"大毒草"批判。改革开放后才被改正。小说虽然以描写对敌斗争为主，但也表现冀省许多地域的风情。

河北"三驾马车"中的关仁山、何申的作品，在前面论述改革开放后农村新变的部分已做介绍。他们的作品自然也为书写地域风情做出贡献。而谈歌由于主要描写城市与历史，呈现与关仁山、何申不同的特色。谈歌（1954—　），原名谭同占。生于河北龙烟铁矿，祖籍河北顺平。先后在河北省龙烟铁矿西二区小学、河北宣化第四中学就读。1970年3月参加工作。做过锅炉工、修理工、车间主任、地质队长，1984年考入河北师范大学。后任机关秘书、宣传干部、报社记者、政府副市长等。1978年开始发表作品，1990年起，专注于小说创作。一些中短篇小说多次被《新华文摘》《小说月报》《小说选刊》《中篇小说选刊》《作品与争鸣》《作家文摘》等转载。如《年底》《大厂》《绝品》《天下荒年》《野民岭》《单刀赴会》《天香酱菜》等。他先后出版长篇小说《家园笔记》《票儿》《白玉堂之曲之杀》等19部。全部作品计有1500余万字。部分作品被译成法、日、英等文字介绍到国外。曾获《当代》《十月》《人民文学》《小说选刊》《小说月报》奖。曾任河北作家协会副主席。

谈歌是多面手，有好几种笔法，能写各式各样的小说。他的小说大略有两类，一类是介入现实改革，描写改革的必要性、迫切性和艰难；另一类则属历史文化小说，包括通俗性的传奇。谈歌因《大厂》《年底》等紧贴现实的小说创作蜚声文坛，成为具有重要影响的当代作家，受到大量读者和批评家的热烈赞扬，成为"现实主义冲击波"的一员猛将。他的那些作品，由于紧贴现实、目光敏锐，具有较为重要的文学史意义和价值。但现实小说中的《大厂》与《天下忧年》又不同，后者更似纪实小说。谈歌另一类作品则将目光投向历史与文化，是以更深沉的人文视角和传奇性的民间话语来发掘燕赵精神乃至民族文化内核的作品，也具独特的价值，如《穆桂英挂帅》《绝土》。这些小说以讲述传奇故事的方式回溯燕赵英雄豪杰、奇人逸事，其历史文化和审美意蕴，往往具有恒久的生命力。《绝土》写的是妇孺皆知的荆轲刺秦王的故事，谈歌却赋予故事和人物以全新的神貌：易水河畔寒风怒号万物肃杀，荆轲一身缟素，瘦弱得几乎能被一阵风卷去，但他毅然与太子丹诀别，为洗雪自己的名誉而踏上不归之路。作品淋漓尽致地泼墨描写出鲜活灵动的人物形象和撼人魂魄的情节，可谓独辟蹊径，出奇制胜。谈歌的长篇小说《家园笔记》描写百年前野民岭上的古、李、韩三姓家族为争夺国宝——狗头金，明争暗斗，互相残杀。然而，当侵略者的铁蹄来临，他们的大义、血性、智慧与气节，又为中华民族增添了悲壮、雄健的色彩。小说以独到的形式、畅达强劲的语言进行了惊心动魄的描述，展开凝重感人的故事。大起大落的情节，气度非凡的人物，对民族精神、爱国主义、英雄主义的讴歌和赞美，对个人主义、拜金主义、精神贫弱的批判和谴责，不仅在情感上，而且在理念上都给读者以强烈的感染和冲击。作为作者的第一部长篇历史小说，这部书由他多年创作的若干短篇笔记小说撮录连缀而成。其最突出的特点是采用历史与现实穿插交织的手法，借历史来观照、反思、针砭现实，启发当代人去寻找丢失的精神家园，也属打破传统结构模式，创造了一种新的叙事方式的力作。谈歌在新时期河北作家中仿佛异军突起，以其数量惊人的创作震撼文坛，但有些作品也失于粗疏，尚有进一步精致化的空间。他的创作与"荷花淀"派相去已远，气势磅礴，笔力雄健，代表冀省地域文学创作的另一种风情与风格。

【齐鲁风情与赵德发、刘玉堂等小说家】齐鲁广泛描写地域风情的，既有峻青、刘知侠、冯德英等以反映革命斗争题材而知名的作家，也有改革开放后崛起的王润滋、张炜、矫健、刘玉民、毕四海、赵德发等作家。

峻青（1922—1991），在新中国成立初即以短篇小说成名。他原名孙俊卿，山东省海阳市人，历任胶东《大众报》记者，新华社前线分社随军记者，昌维地区武工队小队长，《中原日报》编辑组长，中南人民广播电台编委兼宣传科长，中国作家协会上海分会副主席、代理党组书记，《文学报》主编。上海市炎黄文化研究会副会长，炎黄书画院院长，中国作家协会第二、三、四届理事。20世纪40年代开始发表作品。1955年加入中国作家协会。主要著作有短篇小说集《黎明的河边》《海燕》《最后的报告》和散文集《欧行书简》《秋色赋》，长篇小说《海啸》等。他的作品大都具有坚实的生活基础和革命浪漫主义精神，结构严谨，情节曲折，故事动人，人物形象鲜明，文笔清新而流利。短篇小说《血衣》获1946年胶东文协二等奖。其《黎明的河边》为名作，入选多部短篇小说选，获上海蜂花杯奖。他的长篇小说《海啸》前文已介绍，另外还出版有《峻青文集》（六卷）。

峻青擅长写革命斗争题材。他18岁投身革命，参加过抗日战争和人民解放战争，许多可歌可泣的英雄事迹深深地感动着他，催他写出来。他相继发表的《马石山上》《党员登记表》《黎明的河边》《最后的报告》《交通站的故事》等短篇小说以及长篇《海啸》，其共同特点都是以浓重的笔墨，描绘革命斗争的艰难、残酷，刻画在艰苦的环境中解放区人民对革命事业的无比坚贞，以及他们勇于牺牲的革命英雄主义精神，为读者绘制了一幅幅齐鲁大地色彩绚丽、气吞山河的历史画卷。

新中国成立后，峻青也写了一些反映胶东人民在和平建设时期的英雄业绩的小说，如《老水牛爷爷》《苍松志》《山鹰》《丹崖白雪》等，但总的来看，都不如描写革命历史斗争题材小说的成就高、影响大。正是《黎明的河边》等小说创作确立了他在20世纪后半期中国文学史上的地位。他的创作基本不离自己的胶东故乡，因而也为广泛描写特定时期的齐地风情做出了贡献。

峻青的美学风格体现悲与壮的高度融合，同时洋溢着革命乐观主义和革命理想主义的精神，其革命激情带给读者振奋激昂的力量。

胶东无疑是山东省作家的沃土。当年著名诗人臧克家、现代著名长篇《山雨》的作者王统照以及当代的冯德英、萧平、王润滋、张炜、刘玉民等都是胶东人。他们的作品都描画了齐地的各种风情。以长篇力作《海上渔家》闻名的王安友（1923—1991）是日照人，据说他逝世时仍有大量作品没有出版，写的也多属齐鲁风情。当然，也有如矫健那样的上海知青，为齐鲁风情的描写泼墨纵笔的。王润滋、萧平没有创作长篇小说。冯德英、张炜、矫健、刘玉民、毕四海等的作品在前文已做介绍。

这里补充论述小说创作也相当丰硕的赵德发、刘玉堂的作品。

赵德发（1955—　　），山东省莒南县人。曾当过教师、机关干部，1988—1990年在山东大学中文系作家班学习，曾任中国作家协会全委会委员、山东省作家协会副主席、日照市文联主席。自1980年开始创作，至今已发表、出版各类文学作品600万字，大量作品被转载并获奖。主要作品有长篇小说"农民三部曲"《缱绻与决绝》《天理暨人欲》《青烟或白雾》以及"宗教文化小说"《双手合十》《乾道坤道》。

赵德发从1994年开始，埋头致力于农民三部曲的创作，以其独特的写作姿态和敏锐的洞察力，不媚俗、不趋时，面向生活在社会最底层的农民，展示了世纪之交的中国农民所走过的百年历程，刻画了一群勤劳质朴的农民在土地、伦理和政治等各种世事变迁的波折中所表现出来的痛苦、挣扎与探索的形象。他的这些作品形成了与"个人化"作家小说的"私语"式叙事相抗衡的乡土性、民间性叙事风格。作为大地之子，赵德发成为农村热情的率性歌者。

他的"农民三部曲"堪称"土地文化"的感性文本，述说着对养育自己的热土的挚爱，为读者展示出一幅幅农村生活的真实画卷。故事的开头是1927年沂蒙山区天牛庙村首富宁学祥的长女绣绣正欲小嫁，突被土匪绑了"快票"，索要巨额赎金，而其父为保土地，竟置之不管，让次女代姐姐嫁人。不料第三天绣绣从山上逃回，出于无奈下嫁给残疾青年封大脚。山村男女的情与恨，由土地引发的爱与仇，贯穿了四代人六七十个春秋。小说情节大起大落，催人泪下，人物个性鲜明，栩栩如生。

古人云"食色，性也"。在赵德发的土地文化视野中，他对农民的食、色、性都做了深入的描写，既写他们经历过的饥饿，也写出在男权社会文化的特质下，女性如何沦为男性满足性欲的工具，丧失真正的爱情。小说所描写的女性，几乎个个如此。虽然也有几个新女性，像羊丫、朱安兰、吕中贞，她们敢于追求自己的幸福，但都没有摆脱命运的捉弄，她们也无一例外地成了男权文化的牺牲品。在《青烟与白雾》中，一位充满明媚阳光的柔媚的女子江妍，正在妙年便因一句无端的指证丧失生命。

赵德发的农民三部曲具有农民原汁原味的语言特色。他的语言不事雕琢，完全是农民口吻："一场带着火一样的南风，很快把麦子烤熟了。封二父子俩用两天时间把自家的几亩麦子割完，垛到了村东头他家那块小小的麦场里。封二老婆与绣绣搓出半瓢，回家用碓捣烂，晚上熬了一锅粥，算是今年尝了新麦了。"还有"嵩子还在让三嫂绞着汗毛，一张小脸变得红红润润光光滑滑。邴玉花一边撑动着丝线一边说：'她姑，俺已经叫媒人跟你公公说好，按俺们那地方的风俗办，明天你到了他家门前，落轿的地方早放好几块又松又暄的石头，轿一落就把它们压碎。这时候你公公就假装生气，叫你说几句吉利话再下轿。'嵩子问：'说啥吉利话？'邴玉花说：'说这么几句，新人压得石头破，儿孙辈辈有官做。你这么一说，就会皆大欢喜，马上有人给你送两碗宽心茶。这茶你也不用喝，浇在轿前就行了，然后准备下轿。'"这些对当地风情的原汁原味的描述，好像把我们带回到那片土地，带回到遥远的人类农耕文化中，惊喜地嗅着久违的泥土气息。

可以说，赵德发的"农民三部曲"既反映从旧中国到新中国的土地变迁史，也从某种视角描写了农民的文化史、心灵史。

近几年，赵德发致力于传统文化题材，先后创作出版了《君子梦》《双手合十》和《乾道坤道》三部长篇小说，分别对构成中华传统文化核心的儒释道文化进行了深刻剖析，关注并思考它们在当下世俗化的社会现实中的生存发展现状和困境。《君子梦》探讨儒家思想的世俗实践及其命运。小说通过徐正芝父子两代人的儒家伦理文化的实践，对其发展传承以及对人类文明的建设途径做了深入的思考。《双手合十》是我国当代第一部全面展现汉传佛教文化景观的作品。小说以佛门寺院为主要叙事空间，反映了市场经济和世俗化浪潮对僧俗两界的影响，旨在描绘以理想对抗世俗，以精神对抗欲望，修持自身、净化心灵的人生蓝图。《乾道坤道》则以传统道教与当代生活的相互渗透、道教文化与现代科学的彼此对照作为线索，追问人生的意义和存在的理想境界，对人类社会的发展方向和生活目的发出质疑，对宇宙间自然科学无法解释的现象给出另外的诠释路径。鲁豫两省是我国儒家、道家的发源地，也是佛教东传的重要地带，这对当地文化的影响深远。赵德发的上述三部长篇小说对儒释道文化发展的深入思考，丰富了我国当下小说的内涵，也是对鲁地文化风情的更深入的透视。这自然是作者的一种独特的贡献。

刘玉堂（1948—2019），山东沂源人，1966年高中毕业，1968年参军，历任文书、新闻干事、宣传干事等职；1982年转业至家乡，任县广播局编辑部主任；1988年调《山东文学》杂志社任编辑部主任、副主编；1991年底调山东省作协创作室任副主任、常务副主任；2002年10月任山东省作家协会副主席。中国作家协会会员。自1971年开始文学创作，已发表作品近400万字，著有中短篇小说集《钓鱼台纪事》《滑坡》《温柔之乡》《人走形势》《你无法真实》《福地》《自家人》《最后一个生产队》《山里山外》《刘玉堂幽默小说精选》《一头六四年的猪》，长篇小说《乡村温柔》《尴尬大全》，随笔集《玉堂闲话》《我们的长处或优点》《戏里戏外》等。应邀主编了《老百姓文库》和《人本文丛》，前者引起较大社会反响。

他的中、短篇小说曾获山东泰山文学奖、上海长中篇小说大奖、山东精品工程奖、山东优秀图书奖、山东新时期农村题材一等奖，以及《中国作家》上海文学》《萌芽》《鸭绿江》《时代文学》等刊物优秀作品奖。刘玉堂被评者称为"当代赵树理"和"民间歌手""新乡土小说"的代表性作家。他的作品大都以山东沂蒙山农村为背景，描写农民的善良和执着，显现出民间的伦理、地域的亲和力和普通百姓的智慧与淳朴。其语言轻松、幽默。新中国成立初十七年的一般乡土小说，多侧重于表现当时的社会矛盾，重视故事的编织。刘玉堂的小说则淡化故事，淡化矛盾，突出风土人情和生活的原风貌，真实地反映沂蒙人的生存状态。

1998年，作家出版社出版了他的长篇小说《乡村温柔》，在该小说研讨会上，京鲁两地一百多位作家、评论家出席，对《乡村温柔》给予了高度评价，称其为当代农民的心灵史和奋斗史。《小说评论》为此专门刊出了讨论会纪要及评论小辑。之后作家出版社又单独出了《乡村温柔》珍藏版。

2003年第5期《大家》杂志在"名家新作"栏目中，以极其醒目的头条位置推出了刘玉堂的长篇新作《尴尬大全》。小说中作者把叙述视角从沂蒙的民间视界转向县城知识分子的生存境遇，描写他们日常生活中的种种尴尬、窘迫、不堪与无奈。2004年2月，《尴尬大全》又作为"大家文库"之一种出版发行，著名作家张炜专门为该书写了《题记》称："我如果说，刘玉堂是最幽默的作家之一，你一定不会反对；我看他还是这个年代里最能给人以温情和暖意的作家之一。他把沂蒙山疯迷一般写了三十年，结果成了文坛上一个罕见的文学灵手，一个让人津津乐道、啧啧称奇并且再也不能忘怀的作家，他是中国作家中朴实与诡谲并存的风格大家——这就是我读《尴尬大全》的体味。"著名作家李心田曾以诗称赞刘玉堂道："土生土长土心肠，专为农人争短长。堂前虽无金玉马，书中常有人脊梁。小打小闹小情趣，大俗大雅大文章。明日提篮出村巷，野草闲花带露看。"于此，刘玉堂的创作特色可见一斑。刘玉堂写农民，不同于赵德发以很大篇幅写农民经历的灾难，而是以更多的笔墨写农民的奋斗。

第三章 | 晋冀鲁豫风情长篇（下）

李準的创作与《黄河东流去》——南丁、乔典运等的小说——田中禾、张宇的小说——李佩甫的小说与《生命册》——张一弓的小说与长篇《远去的驿站》

河南处于中原，文化深厚，作家辈出。除前面已论述的姚雪垠、冯宗璞、周大新、二月河、阎连科、柳建伟等，以描写乡土风情见著的小说家，还有多人卓有成就。描写中原风情的代表性作家包括新中国成立初即具盛名的李準、南丁和新时期声名鹊起的张一弓、乔典运、张宇、段荃法、田中禾、李佩甫等。

【李準的小说与《黄河东流去》】 李準（1928—2000），出生于河南省洛阳县（今洛阳市），蒙古族，本姓木华梨，后简化成李，原名李铁生，曾用名李准。自幼生活在农村，读过一年中学。当过学徒、银行职员、文化学校语文教师。1945年前后，参加镇上的业余剧团，开始学习写作，编写戏曲剧本、故事和小说。1953年11月20日在《河南日报》发表短篇小说《不能走那条路》，迅即被各地报刊转载而闻名全国。1954年调河南省文联，从事专业创作。曾任中国作家协会副主席兼中国现代文学馆馆长。20世纪五六十年代，以短篇小说创作见长，出版有短篇小说集《不能走那条路》（人民文学出版社1959年版；上海文艺出版社1963年版），《春笋集》（河南人民出版社1962年版），《李双双小传》（人民文学出版社1977年版）等。他还先后创作电影剧本《李双双》《老兵新传》《耕云播雨》等，结集为《走乡集》（中国电影出版社1963年版）。长篇小说《黄河东流去》上下卷分别于1979年、

1985年由北京十月文艺出版社出版，荣获第一届茅盾文学奖。1977年以来，还创作和改编电影剧本《大河奔流》《壮歌行》《高山下的花环》《牧马人》等。李準的早期小说，以《不能走那条路》和《李双双小传》为代表。前者敏感地抓住了当代农村的重大转折即合作化运动及其在一个农民家庭里所激起的波澜，真实地刻画了不同时期翻身农民的形象。《黄河东流去》标志李準的创作高峰。抗日战争初期，蒋介石下令炸开花园口黄河大堤，企图阻挡日军南进，其结果是淹没了河南、安徽、江苏3省的40余县，100余万人丧生，1000余万人遭灾，成为难民。《黄河东流去》就是描写这场灾难中赤杨岗村的7户灾民的故事。李準对黄泛区非常熟悉，感同身受。1949年，他作为农村银行的信贷员，再次到黄泛区，给返回家园的农民发放麦种和农具；"文革"中遭受迫害，他在黄泛区农村劳动三年，通过给几十位去世的农民写"祭文"，系统地了解了黄泛区农民的家史。这为他的创作成功，奠定了坚实的基础。他在作品中展示了由于黄河决口所造成的黄水泛滥如群兽竞逐、吞噬无数生命和土地的酷烈恐怖，数百万难民大迁徙所组成的历史上最庞大最触目惊心的流民图画，人们为了最基本的生存所迸发出来的顽强的生命力。同时，作品也描述出黄河流域乡村的风俗民情，三教九流、五行八作的生活情状，豫、陕两地的文物古迹、风景名胜，日常生活中的婚丧嫁娶、衣食住行、邻里交际、测字算命，等等，构成浓郁的乡土风情和地域色彩。

《黄河东流去》的创作成功，不单在于相当生动地塑造了李麦、徐秋斋、梁晴、海老清、海长松、王跑、蓝五等性格与命运俱不相同的几代农民形象，个个都给读者留下深刻难忘的感受；其成功还在于作家高屋建瓴的命意。李準在《黄河东流去》的卷首语中写道："《黄河东流去》不是为逝去的岁月唱挽歌，她是想在时代的天平上，重新估量一下我们这个民族赖以生存和延续的生命力量。"作家在处理他所熟悉的题材时，没有单纯地以回顾历史灾难、讲述难民故事为宗旨，而是获得某种超越，由黄泛区农民的悲欢离合，艺术地表现出中华民族在毁灭性的灾难面前的凝聚力和再生能力。作品中的几个家庭，各自具有不同的特征，但是他们面对灾难的态度，互相救助，全力维护家庭的存在，并且依靠相互的帮助和鼓励度过苦难，却是相同的。中华民族传统的伦理道德和民间智慧，对爱情的忠贞，对生命的敬重，长辈和晚辈之间的互相关怀，舍己为人，使得人们终于从苦难之中站立起来，焕发出人性的光辉。同时，作家对于民族传统的观照，具有辩证的目光，对农民身上的保守、封闭和拒绝随着生存环境的改变而调整自己的落后心态，也做出鲜明的批判。小说的语言十分生活化，但又清新、简洁、优美，同样值得称道。张光年说，李准是"用精心挑选的活生生的人民语言描画人物"，"只要精选若干句最富于个性色彩的对话，通过两三个富于动作性和独特性的细节，就能够使一个个（全书可举出二十几个）独特的人物形神兼备地跃然纸上"[1]。应该说，这不仅是对李准小说语言的肯定，也是对他的小说艺术功力的赞扬。

【南丁、乔典运等的小说】新中国成立后，南丁在担任河南文联领导并主编《莽原》期间为培养新作家做了许多工作。南丁（1931—2016），安徽蚌埠人。1949年结业于华东新闻学院。历任《河南日报》编辑，河南文联专业作家、主席、党组书记，中国文联全国委员会委员。

南丁是新中国成立后成长起来的第一代作家。出版有小说集《检验工叶英》《在海上》《被告》《尾巴》《南丁小说选》，散文随笔集《水印》《半凋零》《南丁文选》（上、下卷）、《南丁文集》（五卷）。1954年短篇小说《检验工叶英》发表于《长江文艺》，《人民文学》给予转载，入选当年《短篇小说选》《青年文学创作选》和英文版《中国文学》。作品塑造一代新人的感人形象，影响了好几代读者。他的《科长》《良心》《被告》等作品也都受到广泛关注。新时期创作的小说《旗》开"反思文学"之先河，《尾巴》《亮雨》《新绿》也广受好评。南丁虽然没有长篇小说创作，但他的诸多作品也都饶有中原风情。其小说语言简洁、沉稳、朴实而又闪现着智慧的光芒。他注重作品的思想性但寻求以文学的方式进行表达，以老到的叙事、扎实的细节和鲜活的人物来表现作品的主题。小说之外，他的创作还涵盖几乎所有的文体，他的散文和随笔，往往在不经意间显示出其深厚的文字功底、通达的人生

---

1 张光年：《重读〈黄河东流去〉》，《人民日报》，1986年2月24日。

智慧、开阔的个人胸怀和高尚的人格魅力。他长期担任河南省文联的领导工作，为培养新时期的"文学豫军"做出自己的贡献，被誉为铺路的石子。他先后创办了《莽原》《散文选刊》《故事家》《文艺百家报》等众多文学期刊。赵富海曾出版30万字的报告文学《南丁与文学豫军》一书，从大文化的视角切入，详细介绍了南丁与文学豫军形成的关系，对南丁培养后进的贡献，做了充满崇敬之心的介绍。

乔典运（1931—1997），河南西峡县人。1948年毕业于陕县师范简师部。1949年参加解放军，历任工兵十团文化教员，《西峡报》编辑，西峡县文化局干部，县文联主席，专业作家。河南省第七、八、九届人大代表，河南省作家协会副主席。1953年因病从部队复员。1958年，河南人民出版社出版了他的第一部小说集《磨盘山》。据统计，1959年至"文革"前，他共在全国报刊上发表诗歌、散文、小说100多篇。河南人民出版社还先后为其出版了《西峡游记》《霞光万道》《贫农代表》3本散文、小说专集。"文革"后的20世纪80年代，他不断调整自己的生活观念和文学观念，其创作不断出现"井喷"，作品深得文坛和读者好评，被文艺界誉为"乔典运现象"。他先后在全国多家报纸杂志上发表中短篇小说、散文200余篇，300多万字。其中短篇小说《村魂》《满票》《冷惊》《乡醉》《问天》等发表后，先后被《小说选刊》《小说月报》《新华文摘》等多家报刊选载，连续四年（1985—1988）被选入人民文学出版社选编的《全国优秀短篇小说集》；《黑洞》《你不能这样》等8篇作品被译成英、法、德、阿拉伯文，并改编成电视剧在中央电视台播放；《女人和网》《笑语满场》等中、短篇小说获省以上奖励16次，《满票》获1985—1986年全国优秀短篇小说奖、河南省首届文学艺术优秀成果奖。1984年以后，他先后出版了《小院恩仇》《美人泪》《问天》《金斗纪事》《乔典运小说自选集》5部中短篇小说集，其中短篇小说集《美人泪》获1949—1989年河南省人民政府优秀图书奖。《人民日报》《红旗》《瞭望》《文艺报》《小说评论》《上海文学》《北京文学》《奔流》《河南日报》等报刊多次发表文章予以评价。中央电视台、中央人民广播电台等媒体对他做了专题报道。中国作家协会书记邓友梅，文艺界著名人士阎纲、蓝翎、张一弓等都对他做出高度评价。乔典运以其对中国现代农村社会中各色各样人物的熟悉和了解，成为中国当代知名的农民作家。晚年重病期间，乔典运还坚持创作自传体长篇《别无选择》。他的作品为反映河南农村近半个世纪的历史风情做出令人瞩目的贡献。

【田中禾、张宇的小说】田中禾（1941—　　），原名张其华。河南唐河人。1959年在高中读书时即出版长诗《仙丹花》（河南人民出版社1959年）。1962年对大学教育失望，从兰州大学中文系退学，回乡从事创作。当过农民，蒙冤入狱，后当锅炉工、代课教师。广泛的生活经历造就了他后来创作的生活基础。1985年发表《五月》，作品以一个回乡大学生的目光，透过新颖的结构和表述，写农家麦收季节的喜悦与烦忧，使小说饶有诗情与画意，令人耳目一新，受到文学界广泛好评，荣获1985—1986全国优秀短篇小说奖。其姊妹篇《春日》《秋天》相继问世，都引起较大反响。其后又陆续发表《落叶溪》系列短、中篇和长篇小说《匪首》《父亲和她们》《十七岁》，成为当代文坛有影响的作家。他曾任河南省作协主席、名誉主席，省文联副主席。

长篇小说《匪首》标志田中禾艺术追求的一次超越。小说通过描写一座城的兴衰，以母亲和女儿为纽带，通过三个男性的人生道路，展现中原人由封建主义跨入现代文明的转折期的丰富而复杂的人性。富于寓意的人生故事、特色鲜明的民俗文化、散文化的语言和象征主义的手法，使作品达到较高的艺术品位。

2010年，田中禾又推出了孕育多年的长篇小说《父亲和她们》，与他前期出版的《匪首》构成对照。作品一经问世即引起文坛广泛关注。这部长篇通过一个知识分子的人生透射半个多世纪的中国历史，描写一个自由及人性被社会体制和传统文化压抑、改造的故事。小说采用复调叙事结构，双重后设和多角度叙述，以反讽的笔调，塑造了具有象征意味的人物形象，被认为是一部深刻审视20世纪中国革命与个人自由的重要著作，其反思意识具有丰富的历史感和冲击力，结构形式的探索也受赞誉。2011年出版的长篇小说《十七岁》，则是带有浓厚的自传色彩的作品，故事凄美，催人泪下；文笔感伤，幽默、谐趣。田中禾的小说包括长篇，广泛地描写了河南地区的风情民俗，为故事叙述做了多种尝试与探索。

张宇（1952—　），河南洛宁人，当过工人、编辑和县文化局创作组长，曾任洛阳地区文联主席，三门峡市文联主席，河南省作家协会主席。著有长篇小说《晒太阳》《疼痛与抚摸》《软弱》《表演爱情》；中篇小说《活鬼》《乡村情感》《没有孤独》《老房子》等，有些作品被译成英、法、日等文字介绍到海外。还出版《张宇文集》七卷。

《活鬼》是他的代表作。张宇擅长描写中原农村的各种人物，笔调幽默中见辛辣，描述朴实中每见厚重内涵，让读者感受到作者对于农民生存状态与处世哲学、人生价值的深切把握和体验。他的长篇小说《疼痛与抚摸》和《晒太阳》在夹叙夹议中推进人物的故事，但仍然具有浓郁的乡土色彩，以人物鲜活和语言幽默见长，体现作者更加成熟的叙事艺术。

【李佩甫的小说与《生命册》】 在新时期崛起的河南作家中，李佩甫是着意描写中原城乡风情的成就卓著的小说家。李佩甫（1953—　），河南许昌人，自1978年以来，先后著有长篇、中篇小说等20多部。主要作品有长篇小说《李氏家庭的第十七代玄孙》《金屋》《城市白皮书》《羊的门》《城的灯》《生命册》，中篇小说《红蚂蚱绿蚂蚱》《无边无际的早晨》《豌豆榆树》《黑蜻蜓》《田园》《画匠王》《村魂》等。他的小说广泛地描写了河南农村与城市的种种人情风物，刻画人物真实生动，语言相当质朴、清新，有些作品于现实主义的基色上透出对现代主义技法的借鉴。他前期的作品多写农村，后期转向表现城市的生活。1995年由人民文学出版社出版的《城市白皮书》便透过一个父母离异的病女孩的眼睛，表现历史与现实绵延中当代城市人的生存状态与精神危机，给读者展现一个扑朔迷离的荒诞的艺术世界，可视为作者实验性的小说。而《羊的门》则写农村一个支部书记利用权力在手，纵横捭阖、独霸一方，四处培植关系网，俨然如土皇帝，成为村庄里的"不倒翁"的故事。小说塑造了一个特定时代基层干部的典型。2012年李佩甫的长篇新作《生命册》曾荣获第九届茅盾文学奖。它通过第一人称的写法，以主人公吴志鹏从平原走向城市的生活和心理为主线，勾画近50年的社会变迁场景和身处其中的一个个生命个体的心灵变化，记录了一本厚重生动、属于很多人的"生命册"。在作者笔下，乡村与城市、历史与现实、理想与欲望并置，反映时代与人物命运的关联。作者描写主人公和"骆驼"等知识分子在社会转型期大学毕业，进入"体制"工作，又辞职、下海经商等系列人生选择和精神状态，逼近历史和人性真实，为读者绘制出具有哲理反思意味的人物群像图卷。

【张一弓的小说与长篇《远去的驿站》】改革开放的新时期，在河南以系列中短篇小说揭示伤痕、呼吁改革而闻名的作家张一弓，后来著有长篇小说《远去的驿站》，这部作品成为他的力作。

张一弓（1935—2016），原籍河南新野，出生于开封，在富有文学氛围的家庭中成长。1950年，他在开封高中的写作比赛中获得第一名，经学校介绍，到《河南大众报》当记者。1956年10月，该报并入《河南日报》，他继续在报社工作。同年，发表短篇小说，后因小说《母亲》受到错误批判而中断创作。20世纪七八十年代，曾在登丰县卢店公社任职，在农村工作中亲身感受到改革开放带给农村的巨大变化。以此为契机，他重新拿起笔，以中篇小说《犯人李铜钟的故事》引起关注，先后出版中短篇小说集《张铁匠的罗曼史》（天津百花文艺出版社1982年）、《火神》（花城出版社1985年）、《张一弓代表作》（河南人民出版社1989年）等。其中，《犯人李铜钟的故事》（《收获》1980年第1期）、《张铁匠的罗曼史》（《十月》1982年第1期）、《春妞和她的小嘎斯》（《钟山》1984年第5期），分别获得第一、二、三届全国优秀中篇小说奖，《黑娃照相》（《上海文学》1981年第7期）获全国年度优秀短篇小说奖。此外，中篇小说《赵镢头的遗嘱》《流泪的红蜡烛》《流星在寻找失去的轨迹》等都有一定影响。张一弓反映现实生活的作品中有8部小说被搬上影视屏幕，而描写近历史的长篇小说《远去的驿站》则被人民文学出版社收入"中国当代名家长篇小说代表作丛书"，并获得中宣部精神文明建设"五个一工程"奖。2004年年底，张一弓获得河南省文学奖终身荣誉奖。此后，他还不断尝试，创作了《阅读姨父》《少林美佛陀》等风格多样的作品。他被称为文学豫军的一面旗帜。

迅速反映当代农村物质和精神生活的变化是张一弓的突出创作特色。把他的作品排列起来，能够看到中国农村经济改革的发展历程，当然，其作品也广泛地描写了中原农村的风情。

他的长篇《远去的驿站》描写三个家族和四十多个人物，包括他们各不相同的传奇故事与心灵的秘史。涉及城市和乡村三代知识阶层中的男性和女性。他们是由中国传统文化所造就，而又较早地接受了外来文化的一批人，有清末的举人和接受"西学"的绅士，有早期的职业革命家和他们的同路人，有教授、"洋博士"和不那么循规蹈矩的私塾先生，还有"浪漫的薛姨"、温婉多情的宛儿姨。作品中的父亲、大舅、姨父等人物作为三个家族中的主要人物被刻画。次要人物也未被作者轻忽。如只在一个章节或是一些片段中出现的清末举人或留德博士，省委书记或开明士绅，军官或艺妓，私塾先生或盲艺人，爷爷或奶奶，财主或长工，福音堂里的英国牧师或难童收容院里的孤儿，等等，作家都用心着墨。小说还试图写出三个家族在地域文化和生存状态上的巨大差异，以及他们的成员以不同的行为准则心系天下、忧国忧民，同时也表现了纯属个人化的爱恨情仇。此作，张一弓曾拟写成三部曲，最后却凝缩为一部，而所写历史内容复杂、人物过多，这就未免削弱了人物的丰满性和画面真切生动的感人魅力。但整个作品仍不愧为中原大地穿越历史风云的、人物纷呈的、风情浓郁的全景图。

段荃法（1936—2010），河南舞阳人，其作品多取材于农村生活，风格质朴、自然、生动、诙谐，语言尤富情趣和表现力。由40个短篇集成的《天棚趣话录》堪称他的代表作。作者把历史与现实相勾连，反映改革中构成推力与阻力的民族灵魂的某些侧面，表现出作家从审视生活到文学观念的新的调整和探索，小说构成了中原农村人物画廊的一个长卷。但他没有长篇创作，故从简。

第四章｜上海风情长篇

【沪上风情的历史特点】上海是我国最大的国际化都市，也是最大的工商和交通发达的城市，早有"十里洋场"之称。近代以来更成为我国主要的文化中心之一，是早年左翼文学的发源地。鲁迅、茅盾、巴金等文学巨匠当年都在上海创作过。20世纪30年代前后的"海派小说"也出诸上海。新中国成立后，上海成为重要的工业基地，改革开放以来还是长江三角洲的龙头城市，是改革开放的排头兵。其历史发展和文化风情皆有自己的特色。以故，几代上海作家描写上海风情的小说，对全国都产生不容忽视的影响。除前文已论述的周而复、艾明之、王安忆、程乃珊等作家曾在自己的作品中对反映沪上都市风情做过贡献外，本章将论述若干在这方面有成就的其他作家。

【俞天白、孙颙的都市长篇小说】新时期在描写上海人物和风情方面，俞天白、孙颙的都市长篇较早引人注目。

俞天白（1937— ），浙江义乌人，出生在一个传统氛围浓厚的家庭，自幼爱好文学，大学毕业后曾在中学任教，后在《萌芽》杂志社工作。自1956年发表处女作短篇小说《路》以来，俞天白先后发表了长篇小说《吾也狂医生》《大上海漂浮》《氛围》《愚人之门》《X地带》《大都会》《金环套》《大赢家》《夜老虎打赌》《天地蛋》《大上海沉没》《银行行长》等12部。还创作有20多部中篇小说。他的长篇小说《大上海漂浮》获上海市

1992—1993年优秀作品奖。《大上海沉没》获上海市作家协会上海市40年优秀小说奖、人民文学出版社人民文学奖、国家新闻出版署与中国作家协会八五期间全国优秀长篇小说奖。

俞天白的创作具有强烈的时代意识，重在表现对现实道德本位的探究、对传统知识分子命运的透视以及对都市人的文化生存心态的剖析，广泛地描写了上海的各种人物和地域风情。他第一阶段的小说重在表现"文革"之后青年的生活和伦理道德，堪称社会问题小说。主要作品有中篇小说《现代人》《儿子》《危栏》《泱泱》《屏》《氛围》等。长篇小说《X地带》的发表，标志其创作进入了第二个阶段。作品以李博芃、宫子煌和汪苦舟三个知识分子的经历，揭示了处于宗法制文化氛围中的知识分子在人生交叉点上自我解脱和自我束缚的矛盾心态，提出知识分子如何卸下因袭的历史重负、消除灵魂污垢的问题。长篇小说《愚人之门》，中篇小说《古宅》《活寡》《幽幽晚香玉》等作品，均体现出作家对传统文化进行反思的意图。

俞天白于1988年推出了系列长篇《纵横大上海》的第一部《大上海沉没》（人民出版社出版），标志他的创作进入第三阶段，即对上海市民的"阿拉文化"进行反思，描写大上海的都市风貌及其当时"封闭"面临沉没的危机。可以说是继《子夜》《上海的早晨》之后的又一部全景式描绘上海都市变革和市井风俗文化意蕴的长篇，也是新时期都市风情小说的一部力作。小说将社会生态高度浓缩在符、权两家和吉庆里36号8户人家生存状态的描写上。小说里的何茂源是一个留恋"老底子"的旧上海滩的"遗民"，他一心想维持昔日的生活方式，拒绝现代意识和新都市文明。与之相对的符锡九和裴鸿翔，则是大上海的新生力量，然而当他们进入上海生态圈时却处处受到压制和排挤。如符锡九在改革中所遇到的阻力不仅有常见的新与旧、先进与落后的冲突，更有来自上海这个当惯了老大的大都市对新事物与新潮流不屑一顾、不以为然的抵触情绪等阻碍。作者借昔日上海滩工商业巨头符熵、符炀之口，道出大上海沉没的症结在于它患了"衰弱巨人综合症"，从而对上海市民在生存状态上缺乏活力、安于现状、拒绝更新的落后习性予以了揭露和批评。小说也对20世纪80年代上海市井风俗文化做了更深入更细腻的描画。被称为"都市里的村庄"村主任的沙培民，在革命大潮中从农村来到上海，作为一名共产党员、一位革命干部，他一方面以大上海解放者的身份自居，但同时他又在不知不觉中被封闭、保守、自大的"阿拉文化"所同化，成为一个"洋泾浜上海人"。刘敦，作为"阿拉文化"的维护者，他利用记者的职权和名义，吃上海、捞世界，不放过任何一个有利可图的机会，精于算计、见利忘义，是旧上海小文痞现代化的形象。何茂源则是"阿拉文化"的坚决执行者。他薄情寡义，连自己的女儿都不放过，有一副"阿拉上海人"是不能让人欺侮的自大灵魂，骨子里承袭着旧上海"黄金荣式"的流氓作风，是一个性格被扭曲然而又不知自省的小人物。此外，如昔日洋场小开张汝衡、当过妓女的华宝卿、书呆子型的工程师权抱黎等，身上或多或少都带有"阿拉文化"的特征。作者在展示这种独特市井风情的时候，也对其中的劣根性进行了善意而又严肃的批判。

《大上海沉没》在艺术手法上，也有新的突破。作品采用放射线型结构，以吉庆里36号8户人家为中心，集中在3天里展开故事，每一家作为一条线性放射出来，同时每一家又作为一个小的放射中心连带出别的线索，如游家带出符家和权家的故事，孙家带出工人简志君的故事。第一天又是一个叙述时间面，全书的情节在三个时间面上展开。这种结构是开放型的，所有放射线都从"衰弱巨人综合征"和"阿拉文化"这两个核心出发，纵横交错地画出"大上海沉没"这样一幅警世之图。作品的缺陷是对上海新文化的成长和旧文化的必然没落表现不够，对为大上海开辟光明未来的正能量反映不足。这部小说在大型刊物《当代》一发表即引起轰动。当时的上海市长汪道涵还在百忙中约见了作者，鼓励他写下去。此作很快被译为日文，易名《小说大上海》，在日本出版。

之后，俞天白又介入金融领域，写出新的长篇《银行行长》，为读者展开了一般人比较陌生的生活世界，也为上海作为我国改革开放的金融中心刻画出一幅浓墨华彩的画图。

孙颙（1950—　），浙江奉化人，中共党员。1968年到崇明前哨农场，1978年春考进华东师范大学中文系，1982年毕业之后进入上海文艺出版社，任文学编辑，参与了《小说界》与《中国新文学大系》的编辑工作，1985

年孙颙担任该社社长。后曾任上海市新闻出版局局长，上海市作家协会党组书记。

他上大学前便已经开始创作。当时，知青创作成为热点，上海人民出版社组织了一批知青作家进行创作，孙颙等一些有着相同经历的知青们在一个招待所里昼夜伏笔，写出了许多散文与短篇小说。1974年他开始发表作品。其第一部长篇小说《冬》于1979年由人民文学出版社出版，此后，陆续出版小说十余种，散文随笔集两种。他的长篇小说《雪庐》和《门槛》先后获上海长、中篇小说奖，另有短篇、中篇小说多篇在各地获奖。《雪庐》《烟尘》与《门槛》三部曲于20世纪90年代完成，分别回顾了知识分子家族史，描绘了当代知识分子的境况以及知识分子对新世纪的迷惘与困惑。在20世纪90年代初，孙颙以这三部长篇小说来为父辈与自己做一个小结。三部曲于2005年结集成册，以"知识分子的一个世纪"为主题重新出版。另有散文作品《思维八卦》，中篇小说《他们的世界》等。

孙颙早期的小说以对社会问题的思考为主。直到《雪庐》《烟尘》等作品才有所变化，倾向于较广泛地思考知识分子与中国的命运问题。后来写作《门槛》的过程当中，他又更多地从文化层面思考，这也是其时有使命感的作家写作的必然趋势。

【王小鹰、王晓玉的沪上风情小说】上海女作家中，王安忆固然对描写上海风情做了出色的贡献，程乃珊、王小鹰、王晓玉等也以自己的小说，成为沪上风情小说家的代表。

王安忆和程乃珊的作品，在前文介绍知青作家与家族小说时已有论述。此处不赘。

王小鹰（1947—　），女，汉族，浙江鄞县（今宁波市鄞州区）人。1968年高中毕业后务农。1982年毕业于华东师范大学中文系。后任《萌芽》杂志编辑。1975年开始发表作品。1983年加入中国作家协会。上海作协专业作家。中国作协第四、五、六、七届全委会委员。著有长篇小说《我们曾经相爱》《你为谁辩护》《我为你辩护》《丹青引》《长街行》《吕后·宫廷玩偶》《问女何所思》等，中短篇小说集《一路风尘》《相思鸟》《意外死亡》《前巷深·后巷深》以及上海女性系列等，还有散文集多部。《丹青引》获第四届上海文化艺术奖（优秀成果奖）（1989年）、第四届人民文学奖（2001年）。

王小鹰的写作从知青文学起步，留下抒情的笔触，但她很快便转向更广阔的题材。《丹青引》就是她创作转向的一部引人注目的长篇小说。小说刻画了陈亭北、马青城、韩此君、魏了峰等画家的复杂性格以及与他们有关的女人的形象，发掘出隐藏在这些人物和故事情节背后的种种文化意蕴和道德风范。韩此君的命运构成小说的主要线索。画圣韩无极被现代旅游业开发出来，韩此君是画圣的真正后裔和传人，却遭到画坛的压制和排挤，默默无闻于市井坊间做小学教师，由无极门下生出的恩怨情仇都与他无关。他的画在流传中却或被画界泰斗因怕超己名声而扣下；或被画界少壮当参照，取其精华又别开生面，创出新流派；画商瞿老板瞄准他是生意眼，低价收购，囤积居奇……无论画坛、政治风波和市场经济风起云涌，韩此君一概木然无觉。说到情爱，他也是失败者，爱他的女人陈良渚，他不爱，他爱的女人辛小苦却背叛他。他安于做市井的隐者，最后还是女工花木莲伴他过惨淡日月。可他禁不住诱惑，办了个寒酸的画展，不料一场火灾导致人、画俱焚。王小鹰徐缓的叙事和细腻的描写，似在向人们揭示求者不得、得者不求的某种人生哲理，显示美被毁灭的悲剧的魅力。

如果说《丹青引》只画出大都市一小角的人物风情，那么2009年，王小鹰花5年时间潜心创作的上下卷60万字长篇小说《长街行》，则是描写上海风情的重要作品。《长街行》探索了城市的变化发展与人的生活状态、精神面貌之间微妙的关系，挖掘出上海独特的文化积淀，写出了小弄堂里的大乾坤和都市生活的哲理。作品获第十一届中宣部精神文明建设"五个一工程"奖。小说展开长街历史的曲折离奇，弄堂恋情的扑朔迷离：清纯可人的常天竹与英俊聪慧的冯令丁倾心相爱，谁知她惨遭流氓强暴，"发疯"并生下女儿，这彻底粉碎了冯令丁的美梦，却促成常天竹的妹妹常天葵对他的痴心迷恋。然而，两人结婚后，他依然难以抑制对常天竹的真爱，常天葵心如刀绞。而事实上比常天葵更痛苦的是冯令丁奶妈的女儿许飞红，她早就深深眷恋和不倦地追求他，但他一直漠视她那颗炽热的心。她不得不毅然把情场的失意转化为对旧区改造的锐意开拓，后来她终于另嫁别人，成为成功的建筑开发商……《长街行》围绕一座盈虚坊讲述了几代人在大时代背景下命运的跌宕起伏。盈虚坊从初建到鼎盛，然后破落又被重建，它的背后是从辛亥革命到抗日战争，然后经历"文化大革命"，最后到改革开放，大家小户经历着不同的命运。小说消解和疏离了政治意识形态而书写市井风俗民情，叙说普通人的生活方式，展现了对市井文化和世俗人生的极大关注，从而表现出新的审美内涵。

王小鹰的作品重视运用细节刻画人物性格，情感描写细腻动人，众多人物性格多彩多姿、丰盈充实。在情节纵横发展的交结点上每每矛盾陡起，悬念丛生。其中方言的采用增添了浓郁的海派韵味，加之其作品大多描写工人生活，读来分外亲切。

王小鹰所以能够超越知青生活的局限而走向多样取材，跟她重视深入现实生活分不开。她写《你为谁辩护》《我为你辩护》时便亲自去当律师，办过20多件案子。她写《长街行》以及上海女性中篇系列《点绛唇》《青玉案》《枉凝眉》《懒画眉》《解连环》等也得力于她对上海街坊生活的熟悉。

上海女性作家中作品反映地域风情的尚有王晓玉（1944—　），山东邹平人。1966年毕业于华东师范大学中文系。历任中学和师范教师，华东师范大学教授和传播学院院长，上海作协理事、小说创作委员会副主任。1982年开始发表作品。1992年加入中国作家协会。著有长篇小说《紫藤花园》《凡尔赛金花》《99玫瑰》，中篇小说集《正宫娘娘》《我要去远方》《上海女性》《田教授家的28个保姆·房客》《水清和她的男人们》，还有散文集《晓玉随笔》多本和学术著作多部。曾获全国第一、二届女性文学创作奖。

《紫藤花园》是王晓玉的首部长篇和代表作，作品通过描写一个资产阶级家庭的女性李可心沉溺爱欲又自私自利的复杂性格，在多个女性的复杂关系中表现旧时代上海动荡的社会画卷和人物风情。她的作品以描写多种多样的在上海社会谋生的女性形象见长。文笔纤腻细致，多具上海韵味。

【金宇澄的《繁花》及其他】在表现地域风情方面，荣获第九届茅盾文学奖的长篇小说《繁花》的作者金宇澄，是一位重要的作家。金宇澄（1952—   ），上海人，祖籍吴江黎里，原名金舒舒。1969年赴黑龙江农场务农，1977年回沪，1988年起任《上海文学》杂志编辑、编辑部副主任、副主编，1985年开始发表作品，处女作《失去的河流》发表后即被《小说选刊》和《新华文摘》转载。后加入上海作协首届"青年创作班"。2006年加入中国作家协会。著有长篇小说《繁花》《回望》，中短篇小说集《迷夜》，随笔集《洗牌年代》等。

2012年《繁花》发表于《收获》（长篇专号）。小说反映我国社会20世纪60年代到90年代的生活变迁。这是一部地域风情小说，也是一部历史记忆小说。它将20世纪60年代的少年旧梦，以及人间烟火的斑斓记忆和20世纪90年代的声色犬马，在两个时空里频繁交替叙述，传奇迭生，涵盖上海错综复杂的图景，即使繁花零落，人犹未散。《繁花》的叙事语言很特别，采用一种上海方言，但又接近普通话书面语的叙述，北方读者也可以看懂，但会感觉到上海方言透出的味道。作品问世，即好评如潮。先后获第十一届华语文学传媒大奖年度小说奖、第一届鲁迅文化奖年度小说奖、第二届施耐庵文学奖、第九届茅盾文学奖。

2017年，作者推出长篇新作《回望》。这是一部14万字的非虚构小说，叙述的是作者父母的故事。1945年，他的父亲程维德与母亲姚云相识。姚云是上海银楼老板的女儿，而维德则是中共在上海"沦陷"期的地下情报人员，背景差异极大的他们后来相恋并共同走过一生。他们所经历的乃是一个风云激荡的大时代。维德曾在日本人的监狱中死里逃生，这个普通的青年人经历严酷的考验，接受错综复杂的境遇。而姚云则伴随维德共同走过世界的天翻地覆，在他不在自己身边的时候守住他们的家。这本书，仿佛是一点点地在恢复那段失落的往事：血与牺牲，理想，青春，爱与守候，以及历史的宿命……

金宇澄的两部长篇，可以说记叙了近百年的上海历史风云和社会世相，以及支撑这个社会的文化变迁。

【吴崇源的"新企业家"长篇】吴崇源（1943—　），福建安溪人。1965年毕业于北京钢铁学院，后在上海第三钢铁厂工作。曾任上海冶金局工程师，兼职中国企业未来研究会常务副理事长、国际企业家基金会筹委会主任、中国未来研究会理事。有关"中国未来大中型企业新模式的研究"获中国企业未来研究会优秀论文奖。主要著作有《2000年的中国工业》《未来领域软科学大全》。他自1961年开始发表文学作品。现为中国作家协会会员。新世纪以来连续创作长篇小说，已出版《太阳醒着》《穿越上海》《当代英雄》三部。他的长篇大力描写新世纪我国新型企业家为民族复兴和社会主义建设所做的努力和贡献，塑造新型企业家克服种种艰难、开拓前进的形象。前两部均以上海为背景，在对企业家的描写中广泛反映了大上海改革开放以来欣欣向荣的新气象，也对新型企业家的新的精神面貌做了深入的刻画。《太阳醒着》是一部具有独创性的作品，小说的艺术描写和叙事方式就很新奇。作品把叙事和抒情交融在一起，在平常的叙事中，处处闪耀着诗情画意的光彩，令人赏心悦目。小说广泛地反映了当代典型的人物关系和历史脉搏，赋有人生体悟的哲学高度以及超越于具体的改革题材的新意，给读者以开阔深厚的思考空间。

《当代英雄》则以"华为"老总任正非的事迹为素材创作，作品描写主人公扬华德作为中国通信行业新兴公司"通达"创始人，遭遇美国通信巨擘"砸场"——控告"通达"技术剽窃；又遇到公司的高层叛离，内忧外患接踵而至。扬华德被单位除名后艰难创业，放弃股市楼市的投机诱惑，致力于技术研发，从2G到5G，浮沉商海诡谲，带领"通达"终于登顶通信行业世界前列。著名评论家陈晓明在该书《序》中指出："扬华德更像一个古典时代的英雄，但他身上的传统气质却奇异地与这个瞬息万变的世界，与他所创办的尖端创新型企业调和了起来，在飞逝的现代时间中握紧了一种不变性。"在吴崇源的作品中，读者不但看到新时期民营企业界的种种矛盾和搏击，看到当代大都市的繁华兴旺的景象，也看到立于时代潮头的并非唯利是图者，而是志于为人民造福的新企业家的形象。他们既异于茅盾《子夜》所写的20世纪30年代的民族企业家，也异于周而复《上海的早晨》所写的带着勉强、接受社会主义改造的企业家，这不能不是作者的独到贡献。

第五章｜苏皖风情长篇

长三角中的苏皖风情——陆文夫的小说与《人之窝》——范小青的创作和
《裤裆巷风流记》——汪曾祺、赵本夫的黄淮小说——毕飞宇的小说与《推
拿》——叶兆言、储福金的小说

【长三角中的苏皖风情】江苏和安徽是我国主要的省份，同是江淮之地，
是南北历史文化——黄河文化与长江文化、齐鲁文化与楚吴文化的交接之地。
江北为北方官话区域，江南则为吴越方言区域，因而也呈现自身的风情特色。
中华人民共和国成立后，两省同属华东，改革开放以来，融入我国经济、文
化最发达的长三角地带，为我国的经济建设和科学技术发展做出了令人瞩目的
出色贡献。这自然有利于文学的发展，富于地域风情的长篇小说的创作，也成
绩突出。江淮流域曾先后涌现艾煊、陈登科、汪曾祺、陆文夫、高晓声、鲁彦
周、萧马、赵本夫、毕飞宇等知名的作家，江南地带更是人文荟萃，产生了像
范小青、苏童、格非、叶兆言、储福金、潘军等各具特色的新秀。他们创作的
许多长篇都为表现苏皖地域风情做出显著的努力。

艾煊、陈登科、高晓声、鲁彦周、苏童、格非、潘军等的创作在前文已做
介绍。以下论述其他有重要影响的作家。

【陆文夫的小说与《人之窝》】陆文夫（1928—2005），江苏泰兴人。
1955年开始发表作品。他以描写苏州的小巷人物见称。1956年出版第一部短篇
小说集《荣誉》，并发表了颇有影响的短篇作品《小巷深处》。1957年因与高
晓声、方之等青年作家组织"探求者"文学社，筹办同人刊物，被下放苏州机
床厂当工人。20世纪60年代初调回江苏省文联继续专业创作，先后发表了《葛

师傅》《二遇周泰》等短篇，受到好评。1964年出版短篇集《二遇周泰》，但不久又受到批判，送去农村、工厂劳动，直至1969年全家下放到苏北射阳县插队落户。1977年才第三次执笔写作。他20世纪60年代的作品主要是歌颂性的，主题思想较单纯，但生活气息浓郁，人物生动。复出后的作品仍然以中、短篇小说为主，依然贴近时代，不落窠臼，但转向以讽喻为基调，以"小巷人物"为艺术视角，主题多义，含蓄丰博。其中，《献身》《小贩世家》《围墙》分别获得全国第一届、三届、五届优秀短篇小说奖，《美食家》获全国第三届优秀中篇小说奖。他连续当选为中国作家协会第五届、第六届副主席。

陆文夫是位冷静而又清醒的现实主义作家，善于从人情世态落笔，扩展为社会世相的描绘；由人格心理开掘，追溯到文化传统的反思。他多半采用白描笔法，力求以小见大，平中出奇，体现现实主义艺术概括的生命力。《献身》《特别法庭》落点还集中在社会批判和人格批判，而《小贩世家》《唐巧娣》虽从小人物的浮沉、悲欢入手，却已属于针对"左"的思想路线的反思文学。此后，陆文夫的创作基本都写小巷人物，以新的更为复杂的审美眼光，去探索人生命运。《美食家》塑造的主人公朱自冶，本似无用的人，却因嗜好美食而变成有价值的人物。小说不仅描绘出这个有声有色的艺术形象，对苏州饮食文化的发掘，也淋漓尽致，从生活一角折射出新中国成立后几十年的历史沧桑。

《井》是陆文夫以悲剧形式表达他对于社会、文化思考的中篇。它写女工程师徐丽莎之死，并非个别人使然，而是整个社会文化环境所致。陆文夫所写的人物命运往往表现多种力量的合力。他的短篇《围墙》则有某种象征意味。作品中被大大强化的"围墙风波"："古典派""现代派""取消派"之争，让人品味无穷，其中隐藏着的乃是历史遗留下来的不同思维方法及处事态度。于是，物质的围墙就转化为精神的"围墙"，具有了象征的意义。"小巷人物志"系列已写到近三十篇，其中有知识分子（《清高》）、居民老太太（《享福》）、干部（《故事法》《临街的窗》）等，这些人物已构成一幅立体的浮雕。每一篇作品所写小巷人物，都有新的人生发现，使读者从具体故事生发出广泛的联想。他的"小巷人物志"也可作为描写苏州小巷人物的长篇来看待。

陆文夫的长篇小说《人之窝》则图写许家大宅院的历史变迁，反映一群青年学子的人生历程。小说上部写许家后裔许达伟和他的一些同窗好友，为躲避迫害而撤出大宅院。下部则延伸到"文革"时期，许家大宅院里的主要人物，最后因"文革"动乱而流落他乡。作品选材独特，涵盖丰富的社会内容，生动地塑造了众多人物形象。融社会动荡于大宅院"内乱"之中，写得情景交融，发人深省，具有浓郁的姑苏风格。全文在《小说界》发表后，即引起文学界和读者的注目。后经作者修订，由上海文艺出版社出版。陆文夫他的绝大部分作品写的都是小巷人物，《人之窝》亦然。

【范小青的创作和《裤裆巷风流记》】范小青（1958—　　），女，上海人，后迁苏州，1974年高中毕业，曾下乡插队务农，1978年入苏州大学中文系学习并留校任教，1985年成为江苏省专业作家。她的主要作品有小说集《我们都有明天》《毕业歌》，中短篇小说集《飞进芦花》《还俗》等10部，散文随笔集《花开花落》《贪看无边月》等6部，长篇小说《裤裆巷风流记》（作家出版社1987年）、《个体部落记事》（春风文艺出版社1988年）、《采莲浜苦情录》（百花文艺出版社1989年）、《锦帆桥人家》（上海文艺出版社1989年）、《天砚》（人民文学出版社1991年）、《老岸》（北京十月出版社1992年）、《误入歧途》（群众出版社1994年）、《无人作证》（作家出版社1995年）、《费家有女》（与人合作，人民文学出版社1995年）、《城市民谣》（花山文艺出版社1997年）、《百日阳光》（江苏文艺出版社1997年）、《城市片段》（人民文学出版社2001年）、《于老师的恋爱时代》（春风文艺出版社2001年）、《城市之光》（江苏文艺出版社2003年）、《城市表情》（作家出版社2004年）、《女同志》（春风文艺出版社2005年）等。此外，还有电视剧剧本《费家有女》《干部》等共100余集。可见其创作的勤奋和斐然的成绩。

《裤裆巷风流记》是范小青的成名作。主要写的是苏州小巷里的人情琐事。裤裆巷里的每个人都具有一定的代表性，张师母、乔先生、三子、阿惠、卫民……在生活磨炼下，他们乐观不屈的精神让人感叹唏嘘。浓郁的文化特色，生动的苏州方言，使小说字里行间弥漫着真实可感的人情味。出版后即获好评。评论家张韧认为："范小青确实善于写苏州小巷普通百姓的生活，刻画出形形色色的人物，尤其是对各种年龄层次的妇女形象的描写，性格生动，细节真实，给读者留下深刻的印象。她的小说故事多半都跨越新旧两个时代，因而人物的命运往往有很大反差，常给人以历史的苍凉感。她的作品虽在描写普通小人物的家长里短方面与'新写实小说'接近，但笔法贴近现实主义的传统，很少有自然主义的烦琐笔墨，文风纤丽而委婉，相当流畅而富于生活的气息，还透出吴越的韵味。"[1]1997年她出版的长篇小说《百日阳光》则突出现实改革开放和乡镇企业的题材，表明她努力于创作视野的阔大与开拓。2017年新推出的《桂香街》也获评论界的好评。作品充分展示了范小青拥抱生活的写作姿态，体现作家深入生活、扎根群众的创作追求和对现实主义写作的坚守。在表现苏州风情方面，她是继陆文夫之后又一成就突出的小说家。

【汪曾祺、赵本夫的黄淮小说】汪曾祺原籍苏北，后来长期在北京工作，但他的小说创作却大多写苏北的乡情。汪曾祺（1920—1997），江苏高邮人。毕业于西南联合大学中国文学系，曾任中学教员，1949年后到北京市文联工作，编辑过《北京文艺》《说说唱唱》《民间文学》等刊物，还任过北京京剧院编剧。20世纪40年代开始发表作品，1940年到1947年发表了《复仇》《鸡鸭名家》等短篇小说，20世纪60年代初的短篇辑成《羊舍一夕》出版，还编写过京剧剧本《范进中举》和《沙家浜》等。但他小说创作勃发并奠定他创作成就的，是"文革"后的作品。汪曾祺的主要著作有短篇小说集《邂逅集》《羊舍的夜晚》《晚饭花集》《汪曾祺短篇小说选》，散文集《蒲桥集》《汪曾祺自选集》及江苏文艺出版社出版的五卷本《汪曾祺文集》。其中，描写乡情的短篇小说《大淖记事》获全国第四届优秀短篇小说奖。

汪曾祺的系列"乡情小说"，以风俗画的追求，表现故乡高邮地区的各种人物、秀丽风光和独特习俗，感人至深。他有意识地吸收民族传统，其创作植根于中国文化的沃土，在追忆中描绘故乡的风土人情，散淡笔墨中常拥有诗

---

1 张炯：《新中国文学史》，海峡文艺出版社 1999 年版，第 418 页。

意。如小说《受戒》在"出世"的航渡上却写出了"入世"生活的美。受戒的小和尚与船家女之间萌发的天真无邪的朦胧爱情，他们之间的关心和交流，蕴含着对生活和人生的向往，清新、自然得如同晓风晨露一般。汪曾祺的作品常使情趣和诗意、人情和人性、俗世和天堂暗通。《大淖记事》中的故事，略有起伏曲折，婀娜可人的巧云与年轻的锡匠十一子之间的纯真的爱情，遭到了邪恶势力野蛮的蹂躏；然而无比坚贞的爱，竟可使生者死，死者生。这种令作家"向往"和"惊奇"的美，深藏在民间和我们民族艺术的传统之中。汪曾祺在《关于〈受戒〉》一文中说："我写的是美，是健康的人性。"他并不强调自己追忆的故事的确凿。他在乡村风情中发现的民间生活的情调和真意，植入他自己追求的传统诗学境界。汪曾祺的《故里杂记》《故里三陈》《皮凤三楦房子》《安乐居》《云致秋行状》等作品，进一步地进入了市井生活的描绘。它对市井风情富有情趣的描写，从容淡定，寄寓与传统文化联结的悠长人生。作者也不讳饰市井文化保守、落后的一面。《异秉》《八千岁》等便对市井平民的猥琐心理有所讽刺与针砭。汪曾祺的有些短制如信手拈来，又涉笔成趣，如《桥边小说三篇》《笔记小说两篇》闲中着色，起止自在，插入风俗轶事，景观情貌，叙到事去人散，小说也便完结。然而这中间依然有着作者悟得的真意妙趣。可惜，他没有创作长篇小说，但他描写苏北风情的系列小说，读者也可以作为结构松散的地域风情小说的长篇来读。

汪曾祺强调创作中主观的情致、情性，对于生活的浸润、渲染和改造作用。构成他作品精神魂魄的是一种恬淡的人生，劳动者的自然、质朴的人性以及知识分子不与黑暗社会同流合污的高洁品性，其中又包含着作者返璞归真、赤诚相待和操守高尚的人生追求。以故，他的小说疏放中透出凝重，笔触徐缓，不拘一端，又形散神凝，自然隽永。他要对"小说"这个概念进行一次"冲决"，打破小说、散文和诗歌的界限，而实际上，他的"乡情小说"正是开了新时期散文化小说的先河。其小说完全避开当代政治和主流意识，取材于苏北的民情风俗，以散淡笔调表达底层人民健康的活力及美好的追求，肯定民间传统中的美和恒久的人性价值，成为当代历史更悠远的参照。他的作品为后来被称为"里下河"风格的流派，肇开了先声，影响了这一地区的后来写作者。乃至赵本夫、毕飞宇等都被评者划入这一流派。实际上，后二人都有自己题材和风格的新的开拓。

赵本夫（1947— ），江苏丰县人，高中毕业后曾回乡务农，后从事基层宣传工作，现为专业作家，曾任徐州文联主席，《钟山》主编，江苏作家协会专职副主席。1981年开始发表作品，处女作《卖驴》获全国优秀短篇小说奖。后来的创作多次获得各种文学奖项。他著有长篇小说《刀客和女人》《混沌世界》《逝水》《黑蚂蚁蓝眼睛》《天地月亮地》《无土时代》《天漏邑》，中短篇小说集有《寨堡》《走出蓝水河》《绝唱》《天下无贼》《涸辙》《空穴》。根据小说《天下无贼》改编的同名电影获得了华语电影多个奖项。

赵本夫的作品多以家乡地区的农村为题材，以朴实浑厚的笔墨描写生动的生活本相，揭示人物心理的隐秘。他前期的作品虽受新写实主义的影响，但风格更近传统的现实主义。他于1997年出版的长篇新作《黑蚂蚁蓝眼睛》《天地月亮地》《无土时代》等《地母》系列，共计80余万字。如作者所说，《黑蚂蚁蓝眼睛》写的是文明的突然断裂，《天地月亮地》写文明的重建，而《无土时代》写的则是对现代都市文明的追问。上述前两部描写黄河故道地老天荒的人类与自然搏斗、自我倾轧以及自我繁衍的故事。小说通过美丽的女人柴姑一家的历史浮沉，以恣肆奔放的笔墨，把人性与野性相交织的灿烂的生命状态，展现给人们。这些作品充盈浪漫主义的想象和激情，含有哲理的象征性寓言，但两淮地区的风情、语言的特色仍然十分鲜明。《无土时代》则以现代文明高度发展的木城为背景，讲述了主人公石陀、天易、天柱、柴门等一群与城市格格不入的怪人，变着法儿与城市"对抗"。他们生活在城市里，却怀念乡村，留恋农耕，渴望原生态的风景，甚至试图在城市里开荒种地，种麦苗与蔬菜，上演了一出出悲喜剧。

赵本夫于2017年出版的长篇新作《天漏邑》被誉为以鬼神之笔书写的一段瑰丽的乡野传奇。它写蛮荒之地、化外之民的天漏村，运用田野调查式的理性精神，用隐喻的笔法勾勒出其五千年文明延续至今的轨迹，情节离奇，人物生动。名叫天漏的村子像个谜，从这村走出去的抗日英雄宋源、千张子也都双双成谜。前来考察的大学历史系教授祢五常和弟子们皆深深地陷入迷雾之中。人民文学出版社的推荐词说这部作品是对自然秘境与人类文明的一种终极叩问。作者说这部作品有很多徐州彭城的真实的背景和元素，包括燕子楼、白云洞，包括日本人的一些恶行都是真实的。写到舒鸠国，它在历史上也是真实存在的。日本宪兵队长松本也确有其人，小说还写了徐州人在抗战中气壮山河的反抗精神。[2]

赵本夫的小说创作，在后期更多走向哲理的思考，在现实主义的基础上还接受了现代主义、后现代主义的影响。而在表现本土意识、地方民俗和文化精神方面，有他独特的创意。

【毕飞宇的小说与《推拿》】毕飞宇（1964—　），江苏兴化人。1987年毕业于扬州师范学院中文系，后供职于《雨花》杂志，现任南京大学教授、江苏省作家协会副主席。20世纪80年代中期开始小说创作，著有中、短篇小说近百篇。主要著作有小说集《玉米》《青衣》《慌乱的指头》《祖宗》，长篇小说《平原》《推拿》等。作品曾被译成多国文字在国外出版。曾两度获得鲁迅文学奖，多次获得《人民文学》小说创作奖、冯牧文学奖、庄重文文学奖等。2011年《玉米》荣获第四届英仕曼亚洲文学奖，成为该奖项2007年创立以来，第三位获此奖的中国作家。2012年长篇小说《推拿》获茅盾文学奖。

中篇小说《青衣》是毕飞宇最先引人注目的作品。后来结集出版，包括四部中篇《青衣》《楚水》《叙事》《雨天的棉花糖》。而《青衣》无疑是毕飞宇创作道路上具有标志意义的作品。评论家吴义勤指出，"《青衣》的魅力首先来自它的主人公筱燕秋。毕飞宇是一个特别善于把握和发掘人性与人心中最柔弱、最敏感的那部分内容的作家。那些只可意会不可言传的情感、心绪与人性的细节经由他的细腻而传神的描写往往会化为一种浓得化不开的'泛悲剧的'伤感艺术氛围叩击你的心怀、触碰你的神经，让你心有千千结"。[3]

---

2 赵本夫：《在〈天漏邑〉研讨会上的发言》，《雨花·中国作家研究》，2017 年 6 月 22 日。
3 吴义勤：《一个人·一出戏·一部小说——评毕飞宇的中篇新作〈青衣〉》，《南方文坛》，2001 年 1 月，第 56 页。

《玉米》是毕飞宇中篇小说中最知名之作。收在一个集子里的三个中篇写了三姐妹玉米、玉秀、玉秧在男权统治的社会所遭遇的悲惨命运。20世纪70年代的乡土城镇日常情境在毕飞宇笔下展开。他的文字轻柔、流畅，给读者写出当年女性悠长的悲歌。2005年是毕飞宇长篇小说的丰收年。以中、短篇小说知名的毕飞宇在时隔8年之后，推出了自己的首部长篇《平原》。《平原》关注的仍然是农村题材，描写的也仍然是20世纪70年代，而从思想倾向上看，《平原》依然保持对现实的强烈介入，小说在他创作中表现出来的延续性要大于标志性。他的《推拿》则透彻地描写一个推拿店里一群盲人的生活，触摸属于黑暗世界中的每一个细节。作者摒弃一般的同情与关爱，本着对盲人群体最大的尊重与理解，真正深入到这个人群的心灵，写出了残疾人的快乐、忧伤、爱情、欲望、野心、狂想、颓唐，打破了我们对残疾人的盲知。由此引发人们对这一群体的关注和对人生的反思。

【叶兆言、储福金的小说】叶兆言（1957—　），原籍苏州，生在南京，曾在农村读三年小学，高中毕业后当过钳工，1978年入南京大学中文系，毕业后当过教师并获硕士学位，又任编辑六年，专业作家，曾任江苏省作家协会副主席。1985年首次发表中篇《悬挂的绿苹果》（《钟山》1985年第5期）。著有中篇小说集《艳歌》《夜泊秦淮》《枣树的故事》，长篇小说《一九三七年的爱情》《花影》《花煞》《别人的爱情》《没有玻璃的花房》《我们的心太顽固》，散文集《流浪之夜》《旧影秦淮》《叶兆言散文》《杂花生树》等，达500多万字。还出版《叶兆言文集》（七卷）、《叶兆言作品自选集》等。他的《追月楼》获1987—1988年全国优秀中篇小说奖、首届江苏文学艺术奖。

叶兆言的创作先以中篇小说著名，代表作是《枣树的故事》。它通过几个叙述视角，描写一个叫岫云的女子曲折复杂的人生经历及其与尔汉、尔勇、白脸、老乔几个男人的故事，把历史风云的变幻凝集在一个弱女子的人生命运中。由于采用拼贴结构和客观主义的描述，娓娓道来，给读者十分新颖之感。他后来的创作可分两个系列，即以《状元境》《追月楼》《半边营》《十字铺》等中篇构成的"夜泊秦淮"系列和以《艳歌》《去影》《挽歌》《日本鬼子来了》《绿色陷阱》等构成的"现代生活"系列。如果说，他的长篇小说《死水》采用现实主义、类似巴尔扎克式的叙述方式，那么《枣树的故事》之后写作的作品则吸取了现代主义、后现代主义小说的多种叙述方式，表现出"新写实小说"所共有的冷静客观的"真实主义"与"零度情感"，致力表现出生活与人物心理体验的"原生态"。但由于他所受的家庭和学校教育的高层文化陶冶，他的小说虽然充满"平民意识"，其行云流水般的叙述、描写中，却总透出一种典雅、自然、超脱、飘逸、冲淡的韵味，特别是"秦淮夜泊"系列，文人气十足。"现代生活"系列则有更多人物心理体验的分析。可以说，在小说文体上，叶兆言有自己兼收并蓄的创造，因而也有评者把他列入"先锋小说"的行列。

储福金（1952—　），江苏金坛人。17岁插队至本藉江苏宜兴，后转到金坛；1977年招工进金坛文化馆，1980年调江苏省作协《雨花》编辑部任小说编辑。1984年到北京鲁迅文学院进修，遂考入北京大学作家班，转学南京大学中文系毕业。后为江苏作协专业作家。中国作家协会会员，江苏省作家协会副主席。著有长篇小说《心之门》《奇异的情感》《羊群的领头狮》

《紫楼十二钗》《柔姿》《雪坛》《魔指》《黑白》，中篇小说集《神秘的蓝云湖》，散文集《禅院小憩》《放逐青春地》。小说集《裸野》（英、法文版本）等。《心之门》获江苏省政府文学艺术奖。他的作品还获得多种刊物颁奖。

储福金并非追赶潮流的作家，往往依自己的个性所愿而创作。他喜欢写乡野和女性，故一度被评者用"阴柔"与"怜香惜玉"来阐释他的作品。实际上他的作品书写关于生存与爱情的哲理，将人物细致地刻画在诗歌般的意境中。不过，字里行间似乎弥漫一股凄迷、纯净和哀婉的氛围。《中国当代文学百家丛书：储福金小说精品集》精选了作者不同时期的代表作品，读者可从中品味到冷静客观的叙述风格和深层次的传统人文精神。其文字简约清纯，情节清爽，一波三折。

《紫楼十二钗》堪为储福金此类作品的代表。其中《金野》里的秋娟为了能从乡村走向城市，成为歌星，她的家庭为她付出家破人亡的高昂代价。作家以诗意的笔调给我们描绘一个走在乡野田埂上的纯情少女如何天真和善良，然后再叙述了她后来出入社交场合，成为工于心计、善于应酬的歌星的发迹史，堕落史。

储福金的审美追求驻足于淡泊宁静的田园情趣，自出个性。那种逃离文明、返归自然的倾向使他的小说弥漫"诗情画意"，虽然面对现代城市这种诗意已成为"化石"。

储福金写有多篇关于棋的小说。如短篇小说《棋语·飞》《棋语·点》《棋语·立》《棋语·引征》等。琴、棋、书、画向来是我国文化的标志，蕴含传统文化的深厚积淀。据说储福金自己便是下棋高手。以棋为题材的小说，他写得最好的无疑是长篇小说《黑白》。故事围绕棋手陶羊子与围棋息息相关的生活，展开从民国初期到抗战胜利几十年的跌宕人生，并通过个人命运再现波澜壮阔的历史。题材独特，深深发掘了传统文化中蕴含的独特魅力。评者认为，在《黑白》中，作者将围棋的理念、精神、意蕴水乳交融，棋的攻与守、进与退、虚与实、胜与负，均了无痕迹地化在人物的性格和命运之中。黑与白隐喻夜与昼、阴与阳。这或许正是古人发明围棋的象征。小说不只以"游戏"视围棋，而且把它与民族历史命运和荣辱联结起来，使主人公的故事不仅仅是个人性情的展示和对棋之魂的发扬，还有一种对历史、文化的忧患意味。

人们曾认为储福金与赵本夫属于不同类型，有"南储北赵"之说。"北派"赵本夫以雄浑著称，执着于在黄河故道古老、沉郁的土地上探索人的生命意识，呼唤原始的雄强生力。储福金则以纤细见长，热衷于感应时代的脉搏和微妙的心态，追求舒缓而饱满的情绪抒写。评论家吴义勤认为褚福金"是一个甘于沉默、甘于寂寞并主动选择了寂寞的作家。这也正是他的文学生命方式最具个性的地方。因此，当现代主义、后现代主义乃至'新写实'各路浪潮偃旗息鼓的时候，沉默而朴实的储福金光彩夺目"。[4]

---

4 吴义勤：《论储福金的艺术世界》，《当代作家评论》，1992 年第 3 期。

第六章｜闽浙赣风情长篇

闽浙赣风情小说的历史背景及其发展——林斤澜及其"矮凳桥风情"系列——温小钰、汪浙成的小说——陈世旭、熊正良的小说——福建的地域风情长篇——季仲、袁和平的小说——林那北、须一瓜的小说

【闽浙赣风情小说的历史背景及其发展】闽浙赣三省可谓山水相连，虽处我国东南山峦濒海地带，却也历史悠久。河姆渡古城遗址的发掘，便证明古越地区的文化在六千年前便相当灿烂。自魏晋南北朝，因北方战乱频仍，中原人民大量南迁，是故，闽浙赣除当地兄弟民族外，以北方移民为多。其方言每因隔山隔水有异。以福建而论，即有闽北方言、闽南方言和闽西客家话之别，且往往每个县又有小异。如果以方言写作，则北方官话区域的读者便难以读懂。新文化运动以来，推广国语，南方作家也皆以国语写作。但这样一来，语言便失去地域特色。这对小说家来说，不能不是个损失。以故，我国现代小说中，鲁迅、茅盾、郁达夫、冰心、郑振铎、林语堂、卢隐等作家的作品里，人们便难以读出当地的语言特色。但山水景物、文化风俗的特色的描写，自有异于北方或其他地区之处。在当代，这三省也涌现不少具有全国影响的小说家。除前述陈学昭、高云览、司马文森、叶文玲、杨佩瑾外，尚有下列作家，如浙江的王旭峰、黄亚洲、汪浙成、温小钰、李杭育以及长期在北京工作的温州籍作家林斤澜，福建的季仲、袁和平、杨少衡、北北、须一瓜，江西的陈世旭、胡辛、熊正良等也创作了许多颇具特色的地域风情长篇。

【林斤澜及其"矮凳桥风情"系列】林斤澜（1923—2009），作家、诗人、评论家。原名林庆澜，曾用名林杰、鲁林杰，浙江温州人。他15岁起

就离家独立生活，1937年从温州中学初中部毕业。1937年12月入伍，在粟裕担任校长的浙闽边抗日干部学校学习，1938年在抗日流动宣传队做抗日宣传工作。1938年秋加入中国共产党，之后从事党的地下工作，曾担任过剧团团员、机关雇员、中学教员等。1943年至1945年在四川重庆国立社会教育学院学习电影戏剧。1949年后，先在北京人民艺术剧院创作组从事专业写作，后任《北京文学》主编，中国作家协会北京分会副主席等。

1950年，他在《苏南日报》发表第一个剧本——反映抗美援朝的独幕剧《祖国在召唤》，1957年主要剧作结集为《布谷》出版。此后转为写小说、散文。第一部小说集《春雷》于1958年出版，其中的《春雷》和《台湾姑娘》因题材和写法新颖，知名于文坛。还出版有《飞筐》（特写集）、《山里红》（小说集）等。1966—1977年辍笔。"文化大革命"后发表的第一个短篇力作《竹》曾改编为电影。1981年发表的《头像》获当年全国短篇小说奖。《井亭》获北京市庆祝中华人民共和国成立五十五周年短篇小说佳作奖，《去不回门》获首届蒲松龄短篇小说奖。出版的小说集有《满城飞花》《林斤澜小说选》《矮凳桥风情》，文论集《小说说小》，散文集《舞伎》等。其早年小说多取材于北京郊区农村生活和知识分子的遭际，以散文的笔法，着力表现一种特殊的氛围。晚近的作品冷峻、深沉、尖刻，被称为"怪味小说"。"矮凳桥风情"系列则写的全是故乡温州的民情风俗。

林斤澜的"矮凳桥风情"系列，融现实变动和民间传说为一体，描绘出一幅幅梦幻般变化的温州风俗画。人们千里地外都知道有个两三年里就发起来的矮凳桥——全国纽扣集散市场。镇上有一条六百家商店、三十家饭馆的街道和如绿如蓝的美丽溪流。林斤澜的小说从憨憨跑供销扯到空心大好佬讲的黑胡须、白胡须，又从憨憨造楼的传说，鱼圆店女店主溪鳗与传说中的美丽水妖互相游移，一直说下去……虽是短篇，却可作长篇来读。

林斤澜的创作别具一格。早期，善于在短篇小说中表现深广的社会现实内容。但他不跟风，坚持独树一帜。他的小说结构精致，善把不同风格的语言在笔下交融，锻造出简约凝练的文风。评者常把林斤澜与汪曾祺相提并论。其实二人创作风格不同，但共同点都是甘居文坛的边缘，固守文学的本体和文人的寂寞。

【温小钰、汪浙成的小说】在浙江有一对夫妇作家合作写成许多小说，为反映新中国的生活风涛和浙江的历史风情做出贡献。他们是温小钰（1938—1993），浙江杭州人，女，在昆明上中学，1955年考入北京大学中文系。学生时代即发表独幕剧《异路人》和多幕话剧《时代的芳香》（执笔者之一）。1960年到内蒙古大学任教，1974年加入中国共产党，1986年调浙江文艺出版社任总编辑。曾被选为中国作家协会第四届理事和全国第五届人民代表大会代表。汪浙成（1936—　），笔名齐放。浙江奉化人。男，中共党员。毕业于北京大学中文系。历任内蒙古作协《草原》杂志编辑、编辑组长、编委，浙江省作协副主席、顾问，中国作家协会全委会委员。两人长期合作，先后出版小说集多种，其中《土壤》《苦夏》分获第一、二届全国优秀中篇小说奖。温小钰还与人合译出版长篇小说《一路雷霆》《钟为谁鸣》等。1983年人民文学出版社出版了他们的小说集《别了，蒹葭》。

《土壤》是温小钰、汪浙成的代表作。最初发表于《收获》1980年第6期。人民文学出版社1981年12月作为长篇小说出版单行本。小说通过刻画农场场长魏大雄和他的老同学辛启明、黎珍三人的不同性格形象，深刻地揭露了魏大雄为自己表功升官，不顾一切地搞掠夺性经营，鞭挞了他那种靠整人起家的表里不一、刚愎自用、粗暴专断的丑恶本质和恶劣作风，相当成功地刻画了一个新时代反面人物的复杂典型，摆脱了写反面人物的漫画化的模式。作品同时歌颂了辛启明、黎珍以人民利益为重、无私奉献的正面形象。作者把故事置于从20世纪50年代到70年代的历史时空中，通过昨天的回忆与今天的描述，把人物个性鲜明的充满血肉的性格有力地衬托出来，使小说获得厚重的历史深度。

《苦夏》也是部十多万字的中篇，与《土壤》一样可谓大中篇、小长篇。它主要描写高考中父母为孩子能考上大学而付出的焦虑与艰辛。场景已移到故乡浙江，人物刻画也相当生动感人。作者善于组织波澜曲折的故事，其语言也清新流丽，描情状物均细致入微、活灵活现。

浙江其他作家如陈学昭、叶文玲、王旭峰、李杭育等人的作品在本书前文已做介绍，他们的作品自然也都不同程度地描写了当地的历史风情。此处不再述。

【陈世旭、熊正良的小说】江西地处赣水流域，北有庐山，南有五岭，东有武夷，西有井冈，考古发掘中早有殷代青铜器，正属江山形胜、历史久长的东南省份。唐代王勃写的滕王阁就在江西，唐宋"古文八大家"中，欧阳修、曾巩、王安石三大家也出自江西，可见其人文的鼎盛。在现代中国革命过程中，江西是中央苏区所在，又是红军长征的出发地。以故，革命历史题材的书写，成为新中国江西作家的长项。描写湘赣边区革命斗争的杨佩瑾是其代表。著名的军队作家彭荆风等也原籍江西。改革开放以来新崛起的小说家具有全国影响的便有陈世旭、胡辛、熊正良等。

本节着重论述的是当初以短篇小说《小镇上的将军》成名的陈世旭（1948—　）。他是江西南昌市人，1964年初中毕业后，下乡到江西九江县（今九江市柴桑区）新州农场务农8年余。业余从事诗歌习作。1972年借调到九江县委宣传部门担任新闻报道工作，继续从事业余文学创作，开始发表作品。1979年发表《小镇上的将军》，引起广泛注意，好评如潮，获1979年全国优秀短篇小说奖。1980年入中国作家协会文学讲习所学习。1981年发表短篇小说《再现》，曾引起争议。后回江西省社科院文学研究所从事专业创作及文学研究。1982年加入中国作家协会。1984年发表系列小说《惊涛》，其中前两篇获1984年全国优秀短篇小说奖。接踵问世的还有系列短篇小说《小镇名人录》（下湾洲纪事）以及中篇小说《天鹅湖畔》。1985年入武汉大学中文系插班学习，1987年毕业，同年发表短篇小说《马车》，获中国作协《小说选刊》短篇小说奖。已出版的书有短篇小说集《带海风的螺壳》《天鹅湖畔》（江西人民出版社1985年），小说自选集《小镇上的将军》。长篇小说有《梦洲》《裸体问题》《将军镇》《世纪神话》《边唱边晃》《一半是黑色一半是白色》《登徒子》《一生之水》，长篇传记《八大山人传》等。

《小镇上的将军》刻画出一位身处逆境而丹心不灭、雄风犹存、正气凛然的将军形象。作家在质朴、平淡的日常生活中精选具有典型性的细节来刻画人物性格。小说最见光彩之处是将军逝世，小镇民众自发地为将军举行最隆重的葬礼的场面的描写。在有如油画般细腻、厚重的肃穆场面里，中国共产党与人民群众的血肉联系得到了最深沉有力的揭示。小说笔调深沉、老辣、峭拔而又出语平淡、诙谐，在浓重的悲剧中又透出一丝喜剧色彩，造成了独特的震撼人心的艺术效果。在当时"伤痕"文学中的不少作品流于感伤的情况下，这篇小说颇有一点异军突起、独标风骨的味道。它以对共产党员正面形象的有力刻画和崇高的思想格调，赢得了读者的赞誉。他的短篇相继问世，很快就形成自己的风格，即以质朴的白描勾勒日常生活平淡无奇的细节、氛围，在凝重、深沉的笔墨中注入幽默的成分和讽刺的笔法，造成亦庄亦谐，淡中有浓，浅貌深衷的艺术效果。

发表于《人民文学》1984年第3期的小说《惊涛》，标志作家创作手法和艺术风格的新发展。《惊涛》包括《宿怨》和《烽火》两个连接而又相对独立的抗洪故事。《宿怨》写复员军人春甫在抗洪斗争中的心理变化，《烽火》写一个农村少女秋霞的爱情选择。这两个精警的短篇一改作者过去不追求故事的紧张和突兀而讲究情节推进中的逆转以造成惊人警世的艺术效果，使作品的表现手法更为丰富。

陈世旭的长篇小说《裸体问题》是陈世旭的第二部长篇小说。它由互相联系的中短篇连缀而成，以一出反对封建理性、崇尚生命的舞剧《山鬼》的上演为引子，拉开高校知识分子众生相的帷幕。作家以从容冷静的笔墨，剥开作品中人物裸露的灵魂，描绘了一群生活在高等学府里不同类型的老中青文化人的命运，集中展示了当代知识分子面对改革开放大潮的复杂心态和人格矛盾，真实勾画了他们身上文化传统的历史承传以及现实生存状态。小说发表后，引起了首都评论界的关注和重视。著名评论家唐达成、朱寨、雷达等都给予肯定。这部描写改革开放后大学校园的作品，对不同知识分子面对思想解放和市场经济所产生的浮躁和各种表现，似是平淡写来，笔墨中又不乏讽刺，乃至有犀利的刻薄。但人物形象生动、真实，警人思考。

《将军镇》是陈世旭的第三部长篇。小说写了小镇上的二十多个人物，背景是20世纪70年代至90年代，以每人一篇传记式的连缀结构，展开小镇居民经历时代风云的变幻和文化心理的发展。它既是小镇的众生相、浮世绘，也是小镇的发展史、风情录。江西评论界在作品研讨会上给予好评,认为这是作者超越前两部长篇的力作。现实主义,一直是陈世旭小说创作坚持的特色。

在江西,另一描写地域风情有成就的小说家是熊正良(1954—),他1978年赴南昌县冈上乡插队务农,1989年毕业于西北大学中文系。后历任南昌市郊电影院美工,南昌县文联干部,南昌市文学院专业作家、创作室主任、副院长,《星火》杂志副主编、主编,江西作协副主席等。1984年开始发表作品。1991年加入中国作家协会。已发表作品数百万字,并多次获奖。

从1994年的《苍蝇苍蝇真美丽》,熊正良开始了他对普通人群,甚至是弱势群体的尴尬生活的关注。2000年,他创作了中篇小说《谁在为我们祝福》,这篇小说讲述了一个家庭的生活悲剧,一个下岗的母亲偏执地四处寻找着自己做妓女的女儿。小说把一种生活状态推到极端而产生的震撼力成为"苦难"文学的一部力作。2001年,他凭着"红土地"系列和《谁在为我们祝福》《追上来了》《苍蝇苍蝇真美丽》等一系列反映"苦难主题"的中篇小说,跻身"中国小说五十强"。其后,《人民文学》刊载他的中篇小说《我们卑微的灵魂》再度引起关注,发生在马福身上的故事让读者看到卑微人群灵魂的光芒。他们默默无闻,辛勤劳作,梦想幸福,却无助地承受命运的拨弄。但是,当一个父亲英勇地捍卫他的孩子,某些重要的基本价值:正义、尊严、勇气和善良,突然变得鲜明夺目。这篇小说荣获2003年度"茅台杯《人民文学》优秀作品奖"。

其实早在20世纪80年代末,熊正良就以长篇小说《闰年》以及中篇小说《无边红地》《红河》《乐声》《红薯地》《红锈》《匪风》等为代表的"红土地"系列向文坛证明了自己的实力。然而,当时他却没有"火"起来。但他不在意,仍然淡定、从容地书写着远离文坛中心的小说。在熊正良二十余年的写作生涯中,中国文坛的各种流行色变幻不定,但他似乎从没被左右过。在熊正良看来,好小说应该是长了骨头的,血肉应该长在自己民族文化的基础上。

【福建的地域风情长篇】八闽大地,山海相连,风光秀丽,沿海一带自福州到厦门,因五口通商,接触西方文化较早,但由于方言的阻碍,土生土长的作家的小说很难产生全国性的影响。所以过去的冰心、卢隐等都用国语写作。新中国成立后，包括改革开放后，闽籍作家也罕有获得全国性的奖项。但写得好的作品并非没有。不过这类作品用的是现代汉语，间或插些方言土语，以添加地域的风韵。有些作家则原籍他省。曾毓秋、何泽沛在新中国成立初曾以描写地域风情的短篇闻名，但没有长篇创作。杨少衡的长篇创作在前文论述治国理政、反腐倡廉的小说时已做介绍。这里则介绍改革开放以来崭露头角的一些作家的饶具地域风情的长篇。

【**季仲、袁和平的小说**】季仲（1936—　　），福建浦城人。1960年毕业于福建师范大学中文系。历任《热风》编辑，《福建文学》编辑、副主编、主编，《台港文学选刊》主编，福建省文联书记处书记、党组成员，福建省文联副主席，省作家协会副主席。1959年开始发表作品。1983年加入中国作家协会。著有长篇小说《沿江吉普赛人》《寒宫暖流——女子监狱纪事》，短篇小说集《乡思》，中篇小说《龙纹金牌》，散文集《红嘴相思鸟》，中短篇小说集《胭脂雨》等。《围堰》选入1995年《全国短篇小说佳作集》，部分作品选入相关20余种选集。短篇小说《深山里的"鬼火"》《围堰》分别获福建省第二、三届优秀文学一等奖，散文《红嘴相思鸟》获福建省优秀作品三等奖，长篇小说《沿江吉普赛人》获福建省第七届优秀文学一等奖。它以修建水电站工程为背景，描写建设过程的艰难与曲折，歌颂不畏困难惊险的建设者，塑造了他们治水的英雄形象。

袁和平（1949—1997），山东淄博人。毕业于北京大学作家班。中学毕业后赴内蒙古农村插队务农，后历任福州汽车修配厂工人，《福建文学》小说组组长，中国作协福建分会干事、副主席兼秘书长，省文学基金会副会长，《文化春秋》主编。1974年开始发表作品。1984年加入中国作家协会。著有长篇小说《南方的森林》《蓝虎》，中篇小说集《佛手》《鸭姆河的小店》，随笔集《大自然的隐语》，电影文学剧本《马背上的教师》等。中篇小说《森林，人在深邃幽远中》获首届《萌芽》创作荣誉奖、福建省首届优秀文学作品奖。尚创作有短篇小说《炊烟，不是野火》《到站》《共产党员》《湖畔》

等，散见于《萌芽》《十月》《福建文学》《散文》等刊物。除了《森林，人在深邃幽远中》，还有发表在《十月》1982年第1期的《沼泽地带》和《花城》1982年第4期的《围埔澳海湾》。这三个中篇小说，题材不相同，风格也颇殊异。《沼泽地带》写蒙古族人民改造草原沼泽地的生活事迹。《森林，人在深邃幽远中》则仿佛色泽凝重而又笔触斑斓的油画，它描绘的则是迥然不同的人物、故事和景色。莽莽苍苍的森林，幽深莫测；在这重峦叠嶂的密林高山的背景前展开的人物关系，也同样幽深莫测。作者就像层层剥笋一样，把错综复杂的人物关系，把过去、今天和未来人类的追求，展现给读者，并在那神秘的、有如侦探小说般扑朔迷离的故事里，突出塑造了始终未曾出现的、几十年执着地寻找宝贵的格氏拷树林的生态学家刘文杰的倔强形象。而围绕记者追访刘文杰，小说引出的其他一系列人物：考古学家纪超凡、带队开发森林的北方干部王冬生、乡土医生张少、山村女教师何小燕、生产队长陆山伯、射击运动员陈素琰、乡村向导蔡老伯、老和尚顿悟以及为了科学舍身南极洲的淑贞和消失在森林里的归侨麻风女人等，也都或以鲜明的个性，或以富于色彩的行为，给读者留下颇深的印象。《围埔澳海湾》写的是东南沿海，在情节结构上没有过多人为的痕迹。小说主题也比较单纯，通过反走私的斗争，歌颂了爱国主义和普通人民群众对社会主义事业的责任感。袁和平的小说除擅长以不多的笔墨便自自然然地勾勒出个性鲜明的人物外，对大自然景色的描写也十分引人入胜。他善于以饶有诗情画意的笔触去精心设色描出一幅幅现实主义兼浪漫传奇色调的画卷。

【林那北、须一瓜的小说】林那北，女，本名林岚，曾使用笔名北北。汉族，中共党员。闽江学院（福州师专）毕业，任过七年中学教师，后编地方志，当过杂志记者。多年来的采访、写通信报道的过程中，她接触了形形色色的各类人，这拓宽了她的视野，成了她创作的无形资产。林那北曾被评为福建省新闻出版系统跨世纪优秀人才、福建省第三届双十佳新闻工作者。现为《中篇小说选刊》社长、主编，福建省作家协会副主席。1981年她开始散文随笔、报告文学创作，20世纪90年代开始小说创作。已出版小说集《咖啡色的故事》《寻找妻子古菜花》以及长篇小说《我的唐山》《浦之上》《娥眉》《蔷薇前面》《锦衣玉食》《剑问》等十部。尚有散文集《北北话廊》《不羁之旅》《城市的守望》，作品入选《2002年中国年度最佳中篇小说》。中篇小说《寻找妻子古菜花》入选2003年中国中篇小说排行榜。部分小说被译介到海外或改编成影视作品。

林那北以《寻找妻子古菜花》《浦之上》《唇红齿白》《王小二同学的爱情》等中篇小说而知名。她的许多中篇小说，题材多样，故事曲折、人物鲜明、语言清爽、时代感强，深得南北读者喜爱。她的长篇小说《我的唐山》（海峡书局2011年12月第一版）以清末光绪元年（1875）至二十一年（1896）期间由闽至台的"过台湾"移民大潮为背景，描写陈浩年、陈浩月兄弟以及曲普莲、秦海庭两个女子之间的爱恨交织的浪漫传奇故事为主要情节，把闽南移居台湾的恢宏壮美的历史画卷同缠绵悱恻的儿女情长相交织，抒写海峡两岸的骨肉之情和血脉之亲。作品还刻画了来自不同阶层的人物雕像，无数从唐山到台湾的先民灵魂巍然屹立于眼前，他们中有清代官员、梨园名角、普通百姓，他们九死一生的经历、执着一生的追求，一同撼动着读者的心灵。小说把闽南方言与文言词汇交融在一起的娓娓动人的叙述，形成一种独特的叙述语调。作者笔下人物，如倔强刚烈性格的曲普兰，柔润温婉与多情重义的秦海庭，柔中有刚的陈浩年，等等，均给读者留下深刻的印象。林那北的长篇力作《剑问》由百花文艺出版社出版。小说题材厚重、情节曲折、笔法娴熟，描述一段20世纪30年代发生在福州三坊七巷的传奇故事。小说的整个结构用三个兄弟不同命运作为三条线索，最后融汇在一个点上。以"剑"作为本土文化的象征，人物命运、时代风云、三坊七巷和闽都的历史文化很自然地勾连在一起，形成带有地方文化元素和历史厚重感的作品。作家关仁山认为："《剑问》具有原创的新意，融合三坊七巷的文化魅力，具有强大的艺术生命力。同时，小说不迎合潮流，坚持在现实主义深耕，没有设计老桥段，也没有掉进技巧陷阱。人物形象丰满，人物关系、戏剧结构以及戏剧张力完全具备，具有影视剧的改编基础。"[1]

---

[1]《林那北长篇小说〈剑问〉作品研讨会新闻稿》，2018年6月19日。

林那北兼写现实题材与历史题材，她具有多姿的笔墨，大体都以闽地作为自己写作的背景，并善于刻画人物细微的心曲，生活画面中总透出闽省特有的历史文化风情。

须一瓜（原名徐平），生于20世纪60年代，《厦门晚报》政法记者，主要作品有小说集《淡绿色的月亮》《蛇宫》《你是我公元前的熟人》《提拉米苏》，长篇小说《太阳黑子》《保姆大人》《别人》。《太阳黑子》被改编为电影《烈日灼心》，获得好评。

她曾从事过邮电机务、律师、广告策划等职。1990年出席全国青创会，后停止创作近十年。后业余写小说。2000年起，作品陆续在《收获》《人民文学》《十月》《作家》《上海文学》《福建文学》《小说界》《江南》等杂志发表，多被《新华文摘》《小说选刊》《小说月报》《作家文摘》等选载。曾获2003年华语传媒最具潜力新人奖，人民文学年度奖，《小说选刊》《小说月报》中短篇小说奖等。

长篇《太阳黑子》描写一个扑朔迷离的故事。三个谜样的男人拼命工作，低调做人，不娶妻，不交友，在城郊合力抚养一个名叫"尾巴"的弃婴。年轻姑娘伊谷夏爱上其中的杨自道，但她越接近三男就越疑窦丛生，怀疑他们是同性恋，更加怀疑她的刑警哥哥伊谷春，在他手下工作的那名舍生忘死、沉默高效的辛小丰以及暗中窥视的房东。作者自述："小说是有个原型核。一个不是在厦门的真实老故事。说的是三个铁路少年，犯下灭门大案后，在逃亡的十多年里，郁郁寡欢、勤勉老实，不敢娶妻生子，害怕没有明天会拖累妻儿。其中老大迫于家庭压力，结了婚，但怀抱儿子，经常悲从中来。"《保姆大人》则围绕着天晴、暖灶、暖被、小丁、春子五位保姆的故事展开，多条线互有交叉，最终汇聚于一起绑架勒索案上。作者描绘了五位形象生动又个性鲜明的保姆，有的热衷获得学历以成为"城里人"；有的暗恋独居的男东家，希望嫁给东家成为"城里人"；有的业余搞推销，做着发财梦；有的欺负新来的小保姆；有的则恩义两全，对落难东家不离不弃。五位东家对待保姆的方式也截然不同，作品从生活细节展现人性之美与丑。须一瓜的小说题材多样，而风格清新淡雅，且呈现淡淡的忧伤和不确定的美。

第十三编 | 地域民族风情长篇（中）

洞庭湖南北为楚湘之地，历史久远，汉族之外还有土家族、苗族、侗族等少数民族。近代以来，由于曾国藩、张之洞等首创洋务运动，名臣名家辈出，"五四"新文化、新文学运动更催生了丁玲、田汉、周立波、陈荒煤、叶君健等作家，为新文学的发展做出引人注目的贡献。新中国年代，两省更是小说新家辈出，涌现出许多富于地域民族特色的长篇小说，充分展现了楚湘地区的地域情韵和民族风采。

第一章 | 楚湘风情长篇（上）

湖北文化风情及其作家——黄碧野、刘富道的小说——陈应松的小说——
李传锋、叶梅的小说

【湖北文化风情及其作家】湖北乃古代楚国之故地。它与湖南均属官话区
域，但又都有苗、瑶、侗、黎、土家等民族居住，其风俗民情各具特色。近代
以来随着洋务运动的兴起、新学的创办，鄂省较早传播新文化，在现代更涌现
过许多著名的作家，如陈荒煤、叶君健、黄碧野等。新中国成立后，他们大多
仍活跃于文坛。而新起的湖北小说作家便有刘富道、池莉、刘醒龙、熊召政、
陈应松、邓一光、李传锋、叶梅等，他们的作品都为描写当地的风情做出过贡
献。本书前文论述过的作家作品不再重复。这一章将介绍以下的作家。

【黄碧野、刘富道的小说】碧野（1916—2008），原名黄潮洋，1916年
2月出生，广东梅州市大埔县人。现代作家，散文家。曾任中华全国文艺界抗
敌协会成都分会理事，莽原出版社总编辑，后在晋冀鲁豫边区北方大学艺术学
院、华北大学文艺学院任教。新中国年代，历任中央文学研究所创作员，中国
作协第三、四届理事和湖北分会副主席。

新中国成立初碧野曾因反映解放太原战役的长篇小说《我们的力量是无
敌的》受到无理批判，被调到新疆生产建设兵团。1961年到湖北定居。他的
创作以小说、散文知名，先后著作千万字的作品。自1935年发表处女作《窑
工》以来，在60多年的创作生涯中著有长篇小说《我们的力量是无敌的》
《阳光灿烂照天山》《丹凤朝阳》等十部和散文集《月亮湖》《情满青山》

《天山景物记》等。其优秀散文代表作入选中学语文课本。1986年，湖北省召开姚雪垠、徐迟和碧野三人的创作讨论会，三人被推为湖北文坛"三老"。2008年2月，碧野被湖北省政府授予"终身成就艺术家"荣誉称号。

碧野是位热爱党、热爱人民、热爱社会主义的多产的作家，在多种体裁上写出灿烂篇章，塑造了独特的风格。他的小说和散文都书写自然和人生之美，带给人温暖与光明。他曾为抗战写作，为革命呐喊，为新中国高歌。其作品以歌唱英雄的时代为主调，充满了对新生活的希望和祝福。比喻、对仗、排比、拟人是他常用的修辞手段，以此创造富有节奏感的艺术境界。

1961年，碧野从乌鲁木齐到北京，再从北京搬家到武汉，度过了三年困难时期。他主动请缨，只身去丹江口水利枢纽建设工地体验生活。"十里工地热气腾腾。白天群炮轰鸣，飞石穿空，烟柱冲天，变成一朵朵白云……"碧野记录着当年工人炸山的场景，创作长篇小说《丹凤朝阳》。他同建设者一道，过着"头顶油毛毡，脚踏黄土山，喝着泥巴水，睡在荒沙滩"的生活，可惜创作还没结束，"文革"就开始了。《丹凤朝阳》因此搁浅。1977年，碧野重回丹江口生活了一年，又到广州一段时间后，从头创作了《丹凤朝阳》，以激情洋溢的笔墨，歌颂了丹江口建设的英雄业绩和建设者的英雄形象。1978年底《丹凤朝阳》定稿，由百花文艺出版社出版。茅盾先生为此题了一个条幅："碧野白头不认老，丹江工地舞钢镐""黄郎六十笔加键，丹凤朝阳四十万言"。《丹凤朝阳》是当时描写长江水利开发建设的第一部长篇小说，印了十万册，被湖北省列为优秀作品。

碧野对江汉平原很熟悉，"春种秋收，水稻金黄，麦浪滔滔，棉花过头，瓜菜清香"。他以自己的方式，书写着荆楚大地。特别是1970年，碧野和妻子被下放到仙桃毛场去插队落户。他以大量散文描写荆楚风光和民情。如《月亮湖》《红莲记》《四望山下》等。他的长篇小说和许多散文，都为荆楚社会主义建设和山水风情留下一幅幅令人难忘的画卷。

刘富道（1940—　），湖北武汉人。中共党员。1959年汉阳一中毕业。历任中小学教师，部队宣传、新闻、文化干事，武汉军区创作员，湖北省作家协会副主席、党组副书记、文学院院长，《长江》丛刊主编，专业作家，湖北省政协第七、八届委员，中国作协全委会委员。1971年开始发表作品。1979年加入中国作家协会。著有小说集《南湖月》《候鸟》，文学散论集《步入文学殿堂》《阅读感悟》，长篇报告文学《新河洲升起了彩虹》，长篇传记小说《天下第一街·武汉汉正街》。他的《眼镜》《南湖月》分获全国第一、三届优秀短篇小说奖，短篇小说《直线加方块的韵律》获1982年"五四"青年文学奖，《人生的课题》获1990—1991年度全国优秀报告文学奖、湖北第二届屈原奖。

刘富道的两篇得奖小说《眼镜》和《南湖月》，写的都是20世纪70年代工厂里青年女工与有知识的技术员在工作和交往中相恋的故事，带有那个时代特有的社会印记和时代风气，以朴实无华的口语描写他们相识相恋的心理，细致且时露幽默感，堪称是极好的"汉味"文学文本之一。评论家黄自华认为："刘富道小说的幽默感，却是那种温和的、淡淡的、有情趣的，具有几分喜剧气息的幽默。在刘富道小说文本中，那种极有个性的幽默所传达的武汉地域特征，至今还无人超越。"而他的长篇传记小说《天下第一街·武汉汉正街》，将历史与文学融为一体，建立在博览大量文献的基础上，描写数百年汉正街的兴衰起伏，刻画了许多巨商小贾的悲喜命运与各种个性的形象，极为生动并具典型性，也可作为散文化的非虚构作品来读。毕竟史传文学本属小说叙事的源头之一。通过作家对汉正街的历史描写，读者从中不独看到多代商贾人物的品性，还可看到江汉文化的人情风习。

【陈应松的小说】陈应松（1956—　），原籍江西余干，生于湖北公安县。曾下乡插队，后毕业于武汉大学中文系。曾任文化厅干部、专业作家，湖北省作家协会副主席。出版有长篇小说《猎人峰》《到天边收割》《魂不守舍》《失语的村庄》《别让我感动》，小说集《鲁迅文学奖获奖作家丛书——陈应松小说》《陈应松作品精选》《巨兽》《呆头呆脑的春天》《暗杀者的后代》《太平狗》《松鸦为什么鸣叫》《狂犬事件》《马嘶岭血案》《豹子最后的舞蹈》《大街上的水手》《星空下的火车》，随笔集《世纪末偷想》《在拇指上耕田》《小镇逝水录》，诗集《梦游的歌手》等作品30多部，有《陈应松文集》6卷。他的小说曾获第三届鲁迅文学奖、第二届中国小说学会大奖等多种奖项。

陈应松以描写"神农架"系列小说而著名，对神农架大山的自然风光和山区各种人物，他极为熟悉，并寄以深情，见之于小说就十分生动而感人。其长篇小说《猎人峰》是陈应松"神农架"系列小说中的一部。它描写以白秀为核心的几代猎人在时代的变迁中，与山斗，与山中的生灵斗，与山外的人斗，并在这残酷的厮杀中或沉浮，或扭曲，或苟生，或死亡。他们不再是传统理念中被歌颂、被崇拜的对象，而同样充满了矛盾和迷失，扭曲和牺牲。陈应松的其他小说或呼吁保护生态环境（如《松鸦为什么鸣叫》），或揭示人性因利益冲突而扭曲（如《马嘶岭血案》），或歌赞人性的美好（如《云彩擦过悬崖》），都获读者好评。著名作家陈建功说："他的'神农架'系列，就是凭借对文学理解的定力，借助生活所赐予的情感财富，做出的令人信服的回答。"[1]莫言也评论道："陈应松用极富个性的语言，营造了一个瑰丽多姿，充满了梦魇和幻觉的艺术世界。这个世界建立在神农架但又超越了神农架，这是属于他的王国，也是中国文学版图上的一个亮点。"[2]陈应松以其丰富的富于地域色彩的作品，成为新时期湖北最有影响的作家之一。他在坚持现实主义精神的同时，有些作品也吸纳了魔幻现实主义的笔法。

【李传锋、叶梅的小说】李传锋（1947—　　），土家族，湖北省鹤峰县人。1966年高中毕业，回乡务农，曾被评为全县知识青年标兵，当过记工员、会计、大队党支部书记。1973年毕业于华中师范学院中文系，历任《湖北文艺》《长江文艺》编辑、小说组长、编辑部主任，《今古传奇》主编、社长。曾任湖北省文学艺术界联合会副主席，中国文联全委，《民族文学》编委。主要著作有长篇小说《最后一只白虎》《林莽英雄》，中短篇小说集《退役军犬》《动物小说选》《红豺》，散文集《鹤之峰》《梦回清江》，电影文学剧本《土家妹子》等。其中，《退役军犬》获第二届全国少数民族文学创

---

1 唐崇华，朱斯坤：《陈应松：与神农架的石头一起燃烧》，《人文中国》，2006年10月5日。
2 傅小平：《陈应松：写生态，更要表达广阔的现实世界》，《文学报》，2019年9月26日。

作骏马奖，长篇小说《最后一只白虎》被中国野生动物保护协会推荐在香港再版，获多位评论家好评。

李传锋的小说有写现实生活的，更多以动物为题材，呼吁保护生态环境。作品具有鄂西土家人生活的特色。从土家人的西兰长铺，到摆手堂摆手舞，从雨后的山野，到月夜山村小溪，一幅幅质朴现代的风景、风俗画，寄寓他对乡土的眷恋。他的小说描写许多卓有民族特色的人物形象，如《姻姐儿》中姻姐是一个朴实的土家妇女，她热爱新的生活，更锲而不舍地追求着新生活。在《热血》《人生将从这里开始》《十里盘山路》《定风草》《问津篇》等作品中都刻画有不同性格的人物。在鄂西山区的密林深处，戏水的鸳鸯、勤劳的马、忠诚的狗、慈厚的牛、勇敢的鹰、威武的老虎、可恶的豺狼，都是李传锋观察和描写的对象。他的动物小说充满山野情趣，通过对动物的独特的个性、喜怒哀乐的揣摩，对生命的追求和拼搏的描写，给人们有益的启迪。白虎是土家族的图腾，在长篇小说《最后一只白虎》中白虎的身上所涌动的事实上是一个民族的热血，寄托一个古老而年轻的民族的命运和希冀。鄂西莽莽林海中最后的那只母虎，为了振兴已经衰败的家族，孕育和保护了小公虎，献出了自己的生命。但小公虎又被猎伤、追逐、关入围笼，它企图逃回广阔山林时，却倒在偷猎者的枪口之下。小说为白虎唱了一曲深沉的赞歌和痛苦的挽歌。作家把动物的奇特世界与人间的世俗风情巧妙地交织在一起，形成小说鲜明独特的地域特色和民族特色。

叶梅（1953—　　），原名房广兰，女，土家族，作家。籍贯山东东阿，出生于湖北巴东。曾当过插队知青，毕业于湖北大学汉语言文学专业。曾在湖北恩施文工团、宣传部等处工作，担任过湖北建始县副县长，恩施土家族苗族自治州文化局副局长，湖北省文联《艺术与时代》杂志主编，湖北省作家协会副主席、党组副书记，湖北省政协民族宗教委员会副主任。曾担任茅盾文学奖、鲁迅文学奖、全国少数民族文学创作骏马奖、中宣部精神文明建设"五个一工程"奖等评委。曾任中国作协主席团委员、中国少数民族作家学会常务副会长，现任中国散文学会会长、中国国际笔会中心副会长。

她自1973年开始文艺创作并发表作品，迄今为止共创作小说、报告文学及影视剧本等文学作品300余万字，代表作品有小说集《花灯，象她那双眼睛》（长江文艺出版社出版）、《撒忧的龙船河》（中国文学出版社出版）、《九种声音》（中国电影出版社出版）、《第一种爱》（湖北少儿出版社出版）、《五月飞蛾》（中国文联出版社出版）、《回到恩施》、《妹娃要过河》（作家出版社）等。还创作有散文集《我的西兰卡普》《朝发苍梧》《大翔凤》《从小到大》《穿过拉梦的河流》等，电影剧本《男人河》，电视连续剧本《饭碗》《永远的妈妈》《皇上二大爷》（合作）。

她的中短篇小说集《娃娃要过河》堪称是由多篇作品构成的描写土家族历史风情的长篇，被称为描写山鬼世界的作品。在小说《妹娃要过河》中，叶梅揭示了土司之间的权力斗争，写出了土司制度的变革和终结，写出了新一代土家人生活方式的巨大变化，叙写"外乡人"与"土家人"的文化冲突与和解，细致而生动地描写了土家人的文化习惯和情感生活。《撒忧的龙船河》的故事则忧伤而沉重，包含着强烈的情感冲突和尖锐的道德主题。叶梅的作品或许并不算很多，却显示出别致的形态和成熟的风貌。在她的笔下，龙船寨宁静而美丽，仿佛一个遥远的梦境；龙船河则日夜奔流，涛声不断，仿佛一曲无尽的歌谣。

作为一个小说家，叶梅的目光几乎从来就没有离开过她所熟悉的大巴山。她的几乎所有作品的叙事焦点，都集中在大山里的土家人身上。叶梅的作品始终坚持对地域文化和少数民族文化的探求，联合国教科文组织《世界小说选》曾在翻译转载其作品的译注中称："她以对鄂西土家族风土人情的描绘引起文学界及读者的关注。她的作品尤其是对女性及妇女解放问题进行了深入探究。"

第二章｜楚湘风情长篇（下）

湖南文化风情及其作家——谢璞、谭谈的小说——孙健忠、蔡测海、向本贵的小说——彭见明、何立伟的小说——水运宪、陶少鸿的小说

【湖南文化风情及其作家】湖南小说家群的崛起，是新时期中国文坛的一个重要现象。三湘四水，三面环山，北以洞庭通长江，使得湘地既封闭又开放，山清水秀而古风犹存。"五四"以来，此处名家辈出，以乡土小说闻名全国，前有丁玲、沈从文、周立波、蒋牧良、叶紫等，新中国年代更有杨沫、谢璞、任光椿、莫应丰、韩少功、谭谈、彭见明、孙健忠、王跃文、向本贵、闫真、水运宪、陶少鸿等。他们都为描写湖南的乡土风情做出不同的努力。

【谢璞、谭谈的小说】谢璞（1932—2018），湖南洞口人。1956年毕业于中国作家协会讲习所。曾任湖南省作家协会副主席、名誉主席，湖南文联副主席、执行主席。他主要从事儿童文学创作。谢璞先后共出版作品二十多部，主要著作有长篇小说《海哥和"狐狸精"》（甘肃人民出版社1985年）、《从摆子寨逃出的孩子》（湖南少年儿童出版社2006年），还有长篇童话《小狗狗要当大市长》，短篇小说集《姊妹情》（长江文艺出版社1959年）、《二月兰》（湖南人民出版社1963年）、《忆怪集》（湖北人民出版社1981年），中短篇小说集《无边的眷恋》（上海文艺出版社1978年）、《信誓旦旦》（花城出版社1982年）、《血牡丹》（人民文学出版社1984年）、《剪春萝》（湖南人民出版社1985年）等。《二月兰》《竹娃》《五月之夜》和《珍珠赋》等入选《中国新文艺大系》《中国新文学大系》和《中

华人民共和国五十年文学名作文库》。小说《竹娃》获中国人民保护儿童委员会第二次全国儿童文学创作奖,短篇小说集《忆怪集》获1982年全国优秀儿童文学读物奖,《雀疑》获第三届散文奖,童话《丁香梦》获1990年陈伯吹儿童文学奖,散文《湖的呼唤》获全省第二届报纸副刊评奖一等奖,中篇小说《信誓旦旦》1981年获湖南省文学创作奖。

谢璞的《海哥和狐狸精》是一部以特殊的取景角度和艺术笔触描写当代农村生活的长篇小说。作品取材别致,构思独特,情境、人物、事件和场景的选择,也都别有意趣和韵味,做到以小见大,以微寓宏。另一长篇《从摆子寨逃出的孩子》则写几个小男孩闯荡"小南京"的历险记。他们在惊人的困境中,既能自救,又能立下奇功。书中所写的一连串的惊险、曲折故事,不仅妙趣横生,且能透露自强不息、成功做人的"秘诀"。这些作品,题材新颖,故事生动,寓意深长,人物形象栩栩如生,语言清新、质朴、美丽,令人过目难忘。谢璞的作品皆构思精致,笔墨清新明丽,受周立波影响,又呈现自己的个性特色。后期作品思想内容更深刻。他的散文营造一个个爱与美的独特艺术世界,展现可贵的纯净和优美,也吸引读者在其中流连忘返,探索和追求真善美。评论者曾把他和湖南的一些作家的作品,都归结为以周立波为首的"茶子花"派,虽非定论,却不是没有道理。

谭谈(1944—),湖南涟源人。初中辍学后当过工人、士兵,1965年发表处女作《听到故事之前》,1968年复员后在金竹山煤矿再当工人、宣传干事,曾任湖南省作家协会党组书记、常务副主席,湖南省文联主席,中国作家协会副主席。著有长篇小说《风雨山中路》(湖南人民出版社1982年)、《山野情》(上海文艺出版社1987年)、《美仙湾》(人民文学出版社1987年),中篇小说集《山女泪》(甘肃人民出版社1984年)、《你留下一支什么歌》(湖南人民出版社1987年)、《男儿国里的公主》(工人出版社1985年)等。《山道弯弯》获第二届全国优秀中篇小说奖。

《风雨山中路》是谭谈的第一部长篇。它以20世纪70年代为历史背景,描写金鹿峰煤矿党委书记岳峰围绕矿山重建的职位浮沉,展开矿区错综复杂的人事矛盾与斗争,反映了那个时代具有典型意义的历史风云,歌颂了共产党人岳峰的优秀品格和斗争精神。

谭谈的作品多以湖南农村山野为背景，描写各种人物命运沉浮的故事，努力开掘人性人情中的美，弘扬传统的美德，表现人们在爱情、婚姻和家庭等人际关系中的冲突与矛盾。文字质朴、流畅，富有地方韵味。获奖的中篇小说《山道弯弯》便以描写金竹与二猛的叔嫂情，刻画了人物丰富而美丽的内心感情世界，同时又鞭笞了秃二叔利己主义的丑恶灵魂。

【孙健忠、蔡测海、向本贵的小说】孙健忠的生平与长篇小说《醉乡》，在前文论述改革开放后的农村新变时已做介绍。而长篇小说《死街》和《倾斜的湘西》系列中篇小说，标志着孙健忠小说创作的一个新转变，即着力于开掘土家族历史文化的丰富内涵和发展演变，揭示特殊的历史文化在土家族现实生活和人物性格中的深刻投影以及由此造成的种种矛盾和斗争。湘西土家族作家尚有蔡测海描写当地民族生活和风情饶有成就。蔡测海（1952—　），男，湖南龙山人，当过医生、记者、老师、农民、铁路工人。读过北京大学中文系作家班。湖南省作家协会专业作家，曾任湖南省作协副主席。熟悉小说、散文及文艺批评等创作体裁，出版小说集《母船》《今天的太阳》《穿过死亡的黑洞》，长篇小说《三世界》《套狼》以及《蔡测海小说选》等，共约1000万字，作品多次获奖。其中短篇小说《远处的伐木声》获全国优秀短篇小说奖，小说《背猪》获民族文学奖、首届"湖南省毛泽东文学奖"。《远处的伐木声》1982年全国优秀小说奖，小说集《刻在记忆的石壁上》《母船》《麝香》获第一、二、三届全国少数民族文学创作骏马奖，小说《斧斧斧》获台湾联合报征文奖、庄重文文学奖、湖南省首届青年文学奖。

他的长篇小说《三世界》是哲理诗化的小说，描写湘西巫化思维的神游故事。《套狼》则表现勇敢加美丽加智慧的主题。作者幼年生活于湘西闭塞的山区，深受当地民族巫化思维的影响，故其作品多有神秘的魔幻色彩。而像《母船》这样的作品，则描写当地几个女性驾木排从酉水历尽艰险，到达洞庭湖边的常德的故事，表现一个民族不屈的灵魂和坚强的意志。作者虽受到沈从文的影响，但有自己的创作特色，注重意境的营造和民风的描绘，其语言清新中透出古朴的韵味。

【彭见明、何立伟的小说】彭见明（1953— ），湖南平江人。1970年高中毕业。当过演员、舞台美工、文化馆干事。1980年开始文学创作，以《那山那人那狗》引起关注，获1983年度全国优秀短篇小说奖。著有短篇小说集《那山那人那狗》（湖南人民出版社1985年）、《淘金者之歌》（中国青年出版社1988年），长篇小说《风流怨》（北方文艺出版社1987年）等。彭见明是从湘北平江山区迁去洞庭湖滨的。他的小说多以两地为背景。他善于把自然界的美和现实人生人情的美作为自己作品的主要内容，在质朴、明净的语言中展现一种诗的情韵。他很注意民风民俗的描写，以灵活恣肆的笔墨将人物生动地刻画出来。

他的长篇小说《大泽》描写洞庭湖滨尹林垸两族四代人从创业到溃败的恩怨情仇，展现了湖湘文化中儒、道观念的纠缠与冲突。小说中的描写具有奇异性，两族妇女都有旺盛的生育能力，尹林井因两族不和而枯竭、因两族气数已尽而坍塌的与众不同，神秘莫测的巫术，铺天盖地的鼠灾，等等，表现了地域文化风情的特点。彭见明的另一长篇《天眼》则通过看相、测字以识人生命运的故事，更充分地表现了楚文化的巫术神秘主义，写出各种人物的众生相和城乡世态。如果说20世纪80年代《大泽》以神秘的楚文化编写史诗性的两大家族的兴亡，那么20世纪90年代的《玩古》则以赏玩古藏的群落展开当今社会的人物性格与风情。小说中的每个人物几乎都遭受挫折和变故，因而也展示了种种的世态人生和时代风尚。彭见明的长篇尽管具体题材各异，但通过人物故事和各种细节描写，正为读者提供了楚湘风情文化的生动图像。

何立伟（1954— ），湖南长沙人，1978年毕业于湖南师范学院中文系。从事过工人、教师、文学专干、专业作家、广告策划、期刊主编等职业，曾任《创作》杂志社主编，中国作家协会全委会委员，长沙市文联主席，湖南省作家协会副主席。创作有短篇名作《石匠留下的歌》《小城无故事》《白色鸟》等。中篇小说主要有《花非花》《跟爱情开开玩笑》《天堂之歌》《老康开始旅行》《北方落雪，南方落雪》等，另有中短篇小说集《天下的小事》

《老康开始旅行》《老何的女人》。还著有长篇小说《你在哪里》《像那八九点钟的太阳》。他的《白色鸟》曾获1984年度全国优秀短篇小说奖，被选入长春版初一教材，为他带来广泛赞誉。他的部分作品结集为《小城无故事》，1986年由作家出版社列入著名的"文学之星丛书"第一辑出版。此外，作品获各种文学奖励20余种，被译成英文、日文、法文等多种文字在海外发表。

他的长篇小说《像那八九点钟的太阳》是一部描写国营肉联厂的普通学徒工李小二和他的两个最好的朋友——跟他性格迥异的猴子和薛军，三个年轻人在"文革"期间青春、性的启蒙和躁动，单纯的梦想和灰暗的现实发生碰撞……最后，薛军为了逃避一段发生在他和一个有夫之妇之间的感情和肉欲纠葛，参军离开了肉联厂。何立伟的作品行文，风格简洁，多有长沙方言，展现了世情小说所富有的地域色彩和风情。有评者认为他接续了山水画似的淡而有味的文脉，情节细碎，描写疏阔，类乎诗歌或散文羼入小说，意态有余，顺其心绪，见于笔端。

【水运宪、陶少鸿的小说】 水运宪（1948—　），原籍湖北武昌，出生于湖南常德，1966年，18岁的水运宪就弃学进常德电机厂，做了一名学徒工，并学会了制氧、翻砂、机械操作，有很长一段时间还当了电工。1975年，开始发表一些小作品。1979年创作多幕话剧《为了幸福，干杯！》经北京人民艺术剧院搬上舞台，在上海、北京上演，获文化部1980—1981年度优秀剧本奖；1982年毕业于中央戏剧学院戏剧文学系编剧专业；1983年加入中国作家协会；同年3月，中篇小说《祸起萧墙》获第二届全国优秀中篇小说奖；1985年6月，中篇小说《雷暴》获《当代》文学奖；20集大型连续电视剧《乌龙山剿匪记》在全国放映，获1987年度优秀电视剧金鹰奖。由于创作成绩突出，曾多次获省委、省政府奖励。1987年他毕业于武汉大学中文系。中国作家协会第七届全国委员会委员，湖南省作家协会专业作家、名誉主席。

1989年水运宪出版长篇小说《庄园的欲望》，1990年11月，深入特区采访、钻研，创作出版了长篇报告文学《股票，叩击中国大门》。此后经过对珠海特区的深入了解，创作了大型电视政论片《金海岸，闪光的思路》，并亲自担任制片、导演、剪辑，作品公映之后，获珠海市颁发的"宣传经济特区特殊贡献奖"，1992年5月，由湖南省委、省政府为该片颁发"湖南省优秀文学艺术奖"。其创作的电视连续剧《天不藏奸》获全国最佳收视奖，另外创作作品有长篇小说9部、中篇小说21部，包括电影、电视、报告文学、散文作品等，共计公开发表作品800余万字。

1980年水运宪的十万字中篇小说《祸起萧墙》经巴金老人阅定后在《收获》发表，作品揭露了封建特权、官僚主义等时弊，充满浓厚的生活气息，受到了读者们的普遍好评。评论家聂茂认为："《祸起萧墙》是一面镜子。水运宪以犀利的批判力度，精确的细节描写，把人物命运推向强悍的集体意志面前，展示了生命个体在现实面前的懦弱与荒诞。作品剔除了那个时代流行的虚假的现实主义，体现了思想的超前意识和拓荒牛精神，文本洋溢出超凡脱俗的理想主义情怀，一种内在的、被生命净化了的悲悯。"[1]不久，该书荣获全国优秀中篇小说奖，过后又被拍成电影，产生了更广泛的影响，他也由此登上文坛，一举成名。

《乔省长和他的女儿们》描写曾经是某煤矿技术员的乔良，家有贤妻和三个性格各异却又相互关爱的女儿，还收养了一个曾在矿难中救他一命而自己牺牲的老矿工的女儿。改革开放后乔良以他的专业知识和实际工作能力，走上了矿领导岗位。两年后又被选举为副市长和市长，乃至副省长。看似一切顺风顺水，百事无忧。可大女儿乔媛的企业遇上政策性调整，举步维艰。她便违心地利用父亲的关系和影响，做了一些对不起父亲的事情。二女儿乔焰赌气一直没与父亲联系，背井离乡，尽情追求物质享受而精神空虚，终遭严酷打击。三女儿乔蓉也因为自己是省长女儿的身份被丈夫和单位反复利用，良心和精神的痛苦令她备受折磨。小女儿乔莉的经历更加残酷，股市风险终于降临到她的头上。作者编织了这个家庭中亲情与道德、与法理相冲突的故事，描绘了改革开放中令人警醒的权力场域的社会现状，毫不掩饰自己对于生命思考的过程中所遇到的迷茫。水运宪还有《庄严的欲望》《无双轶事》等其他长篇。

---

1 聂茂：《中国经验与文学湘军发展研究》书系之《家国情怀：个人言说与集体救赎》，中南大学出版社 2018 年版。

水运宪的小说作品善于将古老的传说、美丽的风景、淳朴的风俗，以及历史叙事融为一体，抒写湘地的风情，并制造一系列扣人心弦的悬念，注入主流文化的理性资源。他以敏锐、热情的眼光透视人类心灵的种种阴暗，表达了我们这个时代中生命的悲剧性体验，塑造了一系列关于历史与时代、虚拟与真实的人物群像，表现出作家极大的同情心、沧桑的幽默感以及对社会各阶层的深刻体察。

陶少鸿（1954—　），笔名少鸿。湖南安化人。中共党员。1989年毕业于西北大学中文系。1975年参加工作，历任湖南资江氮肥厂工人，湖南桃源文联秘书长，常德市文联创联科副科长、秘书长、副主席，湖南省作家协会第五届理事，省文联第五届委员。1979年开始发表作品。1991年加入中国作家协会。创作有长篇小说《男人的欲望》、《梦土》（上、下卷）、《少年故乡》，小说集《花冢》《歌王之殁》等。其作品曾获1989年湖南省青年文学奖、1996年湖南省"五个一工程长篇小说奖"。

《梦土》分上、下卷，共70万字，一经推出便获得"毛泽东文学奖"和湖南省"五个一工程"奖，后还入围第五届茅盾文学奖。小说主要围绕农民和土地的关系展开，横跨1904年到1984年，阐述了几个家族的兴衰演变。这部小说集中了陶少鸿对农民生活、农民命运和对中国现代历史的全部思考。其创作受益于作者8年农民生涯，所要表达的是不管什么年代，农民闹革命就是想要一块地，就是想把以前那种不公平的社会关系打翻，让土地进行重新分配。农民想要买田置地，发家致富，这对他们来说是终身的梦想。以故，作者把这部长篇小说命名为《梦土》。小说在故事展开中，广泛描写了湘西北地区的风土和人情。

第三章｜岭南两广风情长篇

岭南两广的历史风情特色——陈国凯、吕雷、杨干华的长篇——蒋子丹、
张梅、李蓝呢、张黎明等女作家的长篇——武剑青、蓝怀昌、韦一凡的风
情小说——鬼子、东西、李冯的小说

【岭南两广历史风情特色】岭南两广地区，包括海南在内，是我国国境的
南大门，也是多民族聚居的重要地域，还是改革开放以来我国经济发展最快的
地区。这个区域自秦汉以来，即纳入中国版图。历代汉族与壮族以及与苗族、
瑶族、侗族、黎族、仫佬族等杂居，属于地域民族风情浓厚的地区。因濒临
香港、澳门，也是我国接触西方文化最早的地区。故而其地域风情特色十分显
著。该地区有许多小说家堪称表现地域风情的能手，如广东反映乡村变动的陈
残云、于逢、王杏元、程贤章，描写城市的陈国凯、吕雷、彭名燕、张欣；还
有广西的陆地、蓝怀昌、鬼子、东西和移居海南的作家韩少功、蒋子丹等。有
些作家在前文已介绍，这里补充介绍下列小说家。

【陈国凯、吕雷、杨干华的长篇】伴随着珠江三角洲新的城市群崛起，许
多作家以描写城市风光和变革而闻名。在"伤痕文学"潮中写过《代价》的
陈国凯便写过多部反映改革开放后的城市风情的作品。他的另一长篇《美丽
女人》写的就是典型的都市文学题材，深刻地反映商品经济大潮中的各色人
物，写出他们或快乐，或苦涩，或清醒，或麻木，或迷惘，或振作等多种心
态感受。小说倾情书写南方大都市的繁荣、喧嚣和混沌。书中到处充溢来去匆
匆的人流和时装、美容、饭馆、酒肆、卡拉OK、霓虹广告牌，到处响着港台
明星、歌星的流行曲、摇滚乐和讨价还价的声音。作品故事动人、情节跌宕，

可读性强。作者笔下的人物形象也各具特色。如秀外慧中、纯真高洁、柔情似水，最后却成为悲剧人物的大学中文系高才生徐素芹；主张"该爱就去爱"和"爱情万岁"，有"开放女郎"绰号的章曼菱；还有外表风度翩翩、儒雅大方、嘴巴甜蜜、装扮豪阔，其实内心虚伪、奸诈、阴险、狠毒的李少华等。可以说，作品为开放的南方大都市留下一卷"浮世绘"般的时代画卷。

吕雷（1947—2015），笔名李海新、小思，出生于重庆，籍贯广东惠东。1968年参加广州生产建设兵团，历任农工，茂名石油工业公司工会干事，1986年毕业于中国作家协会鲁迅文学院第八期。1988年毕业于北京大学中文系作家班。广东省作家协会专业作家。1972年开始发表作品。1982年加入中国作家协会。曾任广东省作家协会副主席，中国作家协会全国委员会委员。有小说集《云霞》《浪尖上的信笺》《望海椰之恋》《阴晴圆缺》，散文报告文学集《白云魂》，小说《血染的早晨》，小说剧本集《海响》，电影文学剧本《加州来客》（合作）等。还著有长篇小说《大江沉重》（合作）、《澳门雨》（合作）等。他的《海风轻轻吹》获1980年全国优秀短篇小说奖，《火红的云霞》获1982年全国优秀短篇小说奖，中篇小说《眩目的海区》获1984年《人民文学》小说奖，电视剧剧本《云霞》（合作，已录制播出）获1984年电视文艺优秀剧本奖。1988年曾获中国作协、中华文学基金会庄重文文学奖等。

《大江沉重》（与赵洪合作）作为一部全景式反映珠三角地区的鸿篇巨制，有名有姓的人物就多达上百人，从"黑道"到"白道"，从境内到境外，从官商到民企，从太平洋此岸再到彼岸，从股市到楼市，从商场到官场，从中央到地方，从京官到村干部，全方位地展现了珠三角地区创业的艰辛和创业者的辛酸苦辣与喜悦。《大江沉重》无疑是作家的一部力作，也是近年来表现珠江两岸改革开放的比较厚重的作品，悬念迭起，扣人心弦。

杨干华（1942—2001），广东信宜市人。历任广东省作家协会专职副主席，广东文学讲习所副所长，中国作家协会全委会委员，《作品》文学月刊社长、主编，广东省政协委员等职。杨干华在中学读书时开始文艺创作，先后在广东省报刊发表了小说《姐姐要出嫁了》《秋风秋雨》《石头奶奶》《我的妻子》《选婿风波》《石骨寨》《父子春秋》，诗作《风雨中》《铁匠之歌》等。1963年，他的短篇小说《石头奶奶》《阿靓回故乡》获《南方日报》奖励。之后，与广东其他作家合出四人集《俏妹子联姻》。曾参加了《人民文学》社在北京举办的读书班学习，又被选为全国业余创作积极分子代表大会的代表。1972年，调信宜县文艺宣传队任编剧，此后，创作了不少粤曲、歌词、表演唱、大型粤剧，有的还到省里演出。1979年，调入广东文学院从事专业创作，当选为广东省作家协会副主席，并到珠海市挂职深入生活。此间，他创作了若干中、短篇小说，还完成了反映农村历史变革的三部曲之一《天堂众生录》、之二《天堂挣扎录》。其中《天堂众生录》获第四届鲁迅文学奖广东长篇小说大奖。可惜三部曲之三《天堂蹒跚录》尚未完稿，他便逝世。

杨干华的作品，大多数以农村生活为题材，反映农民的喜怒哀乐。描写农村面貌形象逼真，刻画农村人物栩栩如生，语言生动幽默，作品具有浓郁的粤西乡土气息。他从一个农民的儿子成长为作家，从大山沟搬到了大城市定居，地位变了，环境变了，但他的优良本质不变，朴实无华，性格淳厚，风趣大度，是一位深受农民赞誉的农民作家。

【蒋子丹、张梅、李蓝呢、张黎明等女作家的长篇】岭南尚涌现一批写当代都市风情的女性小说家，如海南的蒋子丹，广州的张欣、张梅，深圳的彭名燕、李兰妮、张黎明等。张欣、彭名燕的作品在前述女性作家一章已做介绍，这里补充论述其他女作家。

蒋子丹（1954— ），女，生于北京，祖籍湖南省涟源市，高中毕业后入湖南省话剧团做演员。1976年在湖南人民出版社当文学编辑。1982—1987年，在湖南文艺出版社《芙蓉》杂志担任文学编辑。1983年开始小说创作。1984年，小说《出国演出队名单》获《人民文学》杂志读者最喜爱作品奖；1985年小说《黑颜色》获第二届上海文学奖。1987年由作家出版社出版第一部小说集《昨天已经古老》，并调入湖南省作家协会担任专业作家。1988年，与湖南作家韩少功等人一起迁居海南岛。1995年任《天涯》杂志主编；2001年，当选海南省作家协会主席，兼任省人大常委会的委员、省文联副主席、中国作协全委会委员。后到广州市任专业作家。蒋子丹曾先后获得当代女性文学奖、庄重文文学奖、上海文学奖、海南省优秀精神文明产品奖以及"德艺双馨艺术家"称号。她著有中短篇小说集《黑颜色》《最后的艳遇》《左手》《桑烟为谁升起》《贞操游戏》《蒋子丹小说精粹》，散文集《乡愁》《一个人的时候》《回忆冬天》《岁月之约》《当夏季再次来临》，长篇小说《长大不容易》，长篇人文地理散文《边城凤凰》。部分作品被译为法、英、日文在国外出版。

小说《黑颜色》写一个美术学院的女生，因总是用不好黑颜色而受到教授的斥责。然而，一场意外的车祸之后，她却出人意料地用黑颜色画出了一幅美丽的永恒。作品以其黑色幽默式的荒诞抽象风格，引起文学评论界的关注。后结集出版，其中《绝响》写一位女诗人如何以自杀身亡为结局，构造"痴心女子负心男"的爱情传奇，却最终被解读为因两尾黄花鱼而负气身亡，是一幕关于女性生存境遇的荒诞喜剧。她的《桑烟为谁升起》，以写作行为的自指、对典型的女性角色及其话语的戏仿成为女性书写的代表作品之一。而《左手》和《绝响》则作为两篇隽永而妙趣横生的佳作，而成为20世纪90年代汉语写作中的佼佼短篇。蒋子丹的小说具有女性主义的倾向，既指向对男性的批判，也有"性同类"的自我反省。蒋子丹早期的小说创作呈现实主义风格，后来无疑受到外国荒诞小说的影响。幽默诙谐的语言、夸张变形的反讽、以真实为内核的荒诞逻辑都使她的小说呈现令人耳目一新的现代感，并形成一种独特的风格。她在传统道德与社会文化的笼罩下，写出了荒诞背后险恶的真实。蒋子丹更关注社会伦理下的现实世界，并给苦苦挣扎其中的人们以精神关爱与善意期待。

蒋子丹后来还推出动物题材作品《动物档案》《一只蚂蚁领着我走》等，这部分创作本书将另章论述。

蒋子丹还进行网络小说的写作，她以"老猫如是说"为笔名，回到现实主义，用简朴流畅的口语叙述来展开她的长篇小说《囚界无边》。写的是看守所里狱警与犯人彼此的关系和他们各人的故事。小城的看守所里，关押着各种来路的嫌犯，每个嫌犯都是有故事的人，又在号子里制造着新的故事。所长、狱医、看守，他们也有自己的故事。看守所里面的故事和外面的故事，警察的故事和嫌犯的故事，纠结搅和在一起。后来，又发生了一个惊天动地的大故事……上述环环紧扣、悬念重重的故事，悬念迭起，人物众多，引人入胜。

广州的女作家张梅（1958年—　　），生于广州，专业作家。出版长篇小说《破碎的激情》，中短篇小说集《酒后的爱情观》《这里的天空》《女人、游戏、下午茶》《随风飘荡的日子》等，出版散文集《木屐声声》《暗香浮动》《此种风情谁解》《讲什么身世飘零》《肚皮上的宝贝》《口水》《夜色依然旧》等。中篇小说《殊途同归》获广东省第七届新人新作奖，散文集《木屐声声》获第二届广州文艺奖。她的长篇小说《破碎的激情》描写20世纪80至90年代广州的文化语境中处于社会转型期的都市人，特别是女性的生存状态及其精神变化，揭示了市场经济发展后的负面效应——急剧膨胀的物欲对人的精神的挤压。张梅以女性的细腻、婉丽的笔触和现实主义夹带现代主义的笔法，刻画出南国都市人精神上的迷失与成长。其中，娜娜、黛玲、米兰等几个具有不同经历与精神状态的女性形象，都个性鲜明而生动。在她笔下，对旧日广州的眷恋、怀念，对迅速变化的新都市的现实"浮世绘"般的图写，交织在一起，构成她的理想的暧昧，但也呈现特定生动的南国都市的特有风情。

深圳的女作家还有李兰妮、张黎明等。李兰妮（1956—　　），著有中短篇小说集《池塘边的绿房子》，长篇小说《傍海人家》《澳门的故事》，散文集《雨中凤凰》等。曾获庄重文奖和广东鲁迅文艺奖。现任深圳作家协会主席。其长篇纪实小说《旷野无人——一个抑郁症患者的精神档案》，2008年由人民文学出版社出版，2009年10月入选中国新闻出版总署"经典中国国际出版工程"文学名著系列。张黎明（1951—　　），大学毕业。1978年开始发表作品。著有长篇小说《我的一只眼睛没有流泪》《走出边缘》《濠镜是家》《阿木夫人》《非常美丽》等。《濠镜是家》写的是澳门的人物与故事，反映南粤多民族城市的历史与风情。

【武剑青、蓝怀昌、韦一凡的风情小说】新中国成立后，广西地区的老作家陆地曾以《美丽的南方》和《瀑布》等长篇小说反映当地史诗般的变革，自然也描写了壮族人民的生活和风情。其后崛起的小说家的创作题材多种多样，也都以各具特色的笔墨，在自己的作品中广泛地表现了各民族风情。如武剑青（1931—　　），广西壮族自治区武宣县人。1946年参加中共地下组织外围组织，从事学运工作，1947年肄业于广西武宣中学。1949年6月参加中共粤桂边纵队，同年入党，历任边指导员、营教导员。新中国成立后在广西军区任参谋。后任《广西文学》总编辑，广西文联书记处书记，广西作家协会第三届副主席，广西文联党组书记、主席，广西文学院院长，专业作家，中国文联第五届委员。他自1951年开始发表作品。1979年加入中国作家协会。著有长篇小说《失去权力的将军》《云飞嶂》《流星》《合欢花》《九曲杜鹃魂》《商贾情缘》《冷月天涯》7部及自选《武剑青卷》。发表了短篇小说《冬雾》、报告文学《夜访将军》、散文《肩膀》等48篇，共300万字。其中长篇小说《失去权力的将军》获广西人民政府首届最高文艺创作奖铜鼓奖。作品以统战工作为题材，展现了中国共产党在抗日战争和解放战争中，在统战工作方面的艰巨、复杂的斗争，团结了国民党中将高参路维翰的坎坷历程。这个以两支飞镖起家、在北伐战争与抗日战争中立过功勋的将军，因为人重义守信，热爱民族、国家，对国民党当局对日不抵抗、对内实行"戡乱建国"发动内战极为不满，故屡遭排挤和打击，终至被黜赋闲居家，失去了一切权力。于是为争取路维翰中将参加革命活动，中共党员地下工作者路哲林三进将军府，历时十载，不屈不挠地进行了大量细致工作，并反复与敌特分子、国民党少将靳宝田和叛徒卜仁进行艰险复杂的斗争，表现出机智果敢、胸怀广阔和党性坚强。小说还贯穿路哲林与将军女儿路竹芸的恋爱情节，歌赞两人高尚的操守和忠贞不二的爱情，体现着革命事业与爱情相互促进的关系。《云飞嶂》则描写新中国成立初期我军在广西剿匪的艰难历程，歌颂我军将士克服困难，终于全歼敌人的英雄业绩。

武剑青的前述长篇均情节波澜起伏，引人入胜，文字朴实流畅，描写细腻，对桂地风光民俗多有反映。

蓝怀昌（1945—　　），瑶族，广西都安人。1968年大学毕业后到部队农场劳动，1970年任广州军区一区文化局副局长等职。1986年加入中国作协，担任过广西文联党组书记、副主席，著有长篇小说集《波努河》《一个死者的婚礼》，中短篇小说集《相思红》。他的小说创作主要描写自己所熟悉的民族生活，《波努河》反映瑶族的生活变迁，富于民族风情的特色。

韦一凡（1942— ），笔名韦依。壮族。广西上林人。1966年毕业于广西师范大学中文系。历任容县杨梅中学、灵山中学教师，容县文化馆副馆长，《广西文学》小说编辑，广西作家协会副秘书长、常务副主席、主席，广西文联副主席、专业作家。广西壮族自治区第七、八届政协委员，广西文联第四、五、六届委员，中国作家协会第五届全国委员会委员。1964年开始发表作品。1986年加入中国作家协会。著有长篇小说《劫波》《风起云涌的时候》，长篇传记文学《壮族英雄侬智高》，壮文小说《侬智高》，中短篇小说集《隔壁官司》，中篇小说集《被出卖的活观音》等。《劫波》获广西首届文艺铜鼓奖，《被出卖的活观音》获第四届全国少数民族文学创作骏马奖优秀作品奖，《姆姥韦黄氏》获全国第二届少数民族文学奖一等奖、广西铜鼓奖。韦一凡是一个坚持表现民族文化特色和现实主义精神的作家。从长篇小说《劫波》到短篇小说《姆姥韦黄氏》等作品都可以看到作家对壮族民俗文化的广泛描写，看到作家对民族美德的赞颂和对民族陋俗的批判。

【鬼子、东西、李冯的小说】鬼子（1958— ），本名廖润柏，广西罗城人，仫佬族。1989年毕业于西北大学中文系。1996年开始创作。主要作品有长篇小说《一根水做的绳子》，中篇小说"瓦城"三部曲《被雨淋湿的河》《上午打瞌睡的女孩》《瓦城上空的麦田》等。他代表广西小说界的新生力量，以其独有的朝气与锐气，走向文坛的前沿。其作品关注底层人们的生活境遇，描写小人物的伤痛和无奈，唤起人们对良知、道义和尊严的呵护。他的《被雨淋湿的河》发表于《人民文学》1997年第5期，被《小说选刊》《中华文学选刊》转载，获第二届鲁迅文学奖和第七届全国少数民族文学创作骏马奖。《上午打瞌睡的女孩》发表于《人民文学》1999年第6期，被《小说选刊》《中华文学选刊》转载，后被改编为同名电影。《瓦城上空的麦田》获2000、2002双年度《小说选刊》优秀中篇小说奖。上述作品也被称为"悲恼"三部曲，让人感到窒息的沉重。鬼子依靠个人的记忆力和直觉洞察力，抒写民间记忆和个人在现实生活中的情感活动。《上午打瞌睡的女孩》以主人公寒露为视角，让我们触摸到本该安安心心坐在教室里读书的孩子，因亲情丧失，上午就开始打瞌睡了。寒露过早地融入泥沙俱下的社会，她尝尽了苦涩，直至沦为孤儿，饱受人世的凄风苦雨。而读《瓦城上空的麦田》时，读者会触摸到包括生活细节的真实感受，作者对可怜天下父母心的血肉之情的刻画是那么细致、感人，使"父亲"的形象跃然纸上。作品描写游子的尴尬，人在这里，生活却好像在别处。无数的游子只能悬荡在空中，无所适从的感觉，非常真实！小说注重情节推进的技巧，把偶然演变为必然。

他的第一部长篇小说《一根水做的绳子》获《小说月报》"百花奖"原创长篇小说奖，被中国图书商报评为"2007十大好书"。

东西，原名田代琳（1963—　），广西天峨县人。9岁开始在小学即独立生活，在码头做过灶头，挑水煮饭。14岁到县中上学。1982年考入河池师专中文系。毕业后回到天峨县中学教书。之后又担任新闻报道干事、秘书、报纸编辑、记者等工作。1994年至1996年被广东省青年文学院客聘为第一届专业作家；1997年至1999年被广西文学院聘为专业作家。2004年至今为广西民族大学教授。他的中篇小说《没有语言的生活》获中国首届鲁迅文学奖中篇小说奖，根据该小说改编的电影《天上的恋人》获得第十五届东京国际电影节"最佳艺术贡献奖"；长篇小说《后悔录》分别获第四届华语文学传媒盛典"2005年度小说家奖"和《新京报》"2005年度好书奖"；其本人获第十届庄重文文学奖。主要作品有《后悔录》《耳光响亮》《没有语言的生活》《我们的父亲》《不要问我》《猜到尽头》《东西作品集》（四卷）《回响》等。

东西的作品多以描写小人物为主。中篇小说《没有语言的生活》写一家三口：一瞎（父亲）、一聋（儿子）、一哑（媳妇）。他们看不见、听不到、说不出，生活在封闭的内心世界里，以自己特殊的方式艰难地沟通，其乐融融。但外部世界并没有放弃对他们的伤害，当儿子和媳妇生下健康的第三代，孙子听到的第一首歌谣，竟是对他们一家人的人身攻击。这种有语言的生活反不如没有语言的生活，发人深思。这篇作品和他的长篇小说《耳光响亮》分别获广西第三、第四届文艺创作铜鼓奖。

《耳光响亮》以一个普通平民家庭的故事，写出了20世纪60年代出生的整整一代人的成长仪式，对这一代人的精神启蒙过程进行了真实再现。从某种程度上说，它就是这一代人的心灵史。作品聚汇了那些破碎的、不健全的心灵，他们既被别人伤害，同时又伤害着别人，甚至还不时地相互伤害。一切既定的传统伦理关系在这里都受到了巨大的怀疑和肢解。这部作品，被改编为二十集电视连续剧《响亮》和电影《姐姐词典》。

东西还写有长篇小说《后悔录》，它以第一人称自述的方式，写一个名叫曾广贤的善良、朴素的小人物，在"文革"禁欲时代里，看到父亲与邻居赵山河私通，接着又看到母亲与动物园园长的奸情。由于他少不更事，把这作为"阶级斗争的新动向"告诉了周围的大人。最终，父亲被批斗，母亲自杀。尽管他自己曾见到两只花狗性交而萌发性的欲望和渴求，他却这样完成了自己由少年时代向青年时代的过渡。在以后的岁月中，他因时代压力和道德心理的误导，以及家庭变故的阴影，拒绝同学小池的爱情，又因为轻言轻信而目睹好朋友赵敬东的自杀，因禁不住诱惑闯入女艺员张闹的房间，虽然没有做什么却被诉强奸罪而锒铛入狱。将近十年的监狱生活让曾广贤尝到了一切酸甜苦辣，也让他获得了爱情。十年后，曾广贤昭雪出狱，社会已经非常开放，但是在婚姻选择上他又迎来了一个十字路口，最终他抛弃了相濡以沫的小燕，选择了漂亮妖艳的张闹，殊不知张闹骗占他的财产便离他而去。他实际也失去性能力，于是因一生没有性行为而后悔莫及，最后以向妓女追述自己的后悔，来表现失落与无奈。可以说，这是一部很特殊的作品，是对于人性与时代关系、自然本能与后天意识关系的拷问。

无论是著名中篇《没有语言的生活》，还是广受好评的长篇《耳光响亮》《后悔录》和《回响》，东西总是用黑色幽默式的语言关注恶劣生存条件下，卑微的生命为赢得生存空间而做的挣扎与努力。

《回响》首发于《人民文学》2021年第3期，2021年6月由人民文学出版社出版单行本，是东西继《耳光响亮》《后悔录》《篡改的命》之后的第四部长篇小说。作品先后荣获2021年度人民文学奖长篇小说奖、第五届施耐庵文学奖、首届石茆文学奖长篇小说奖、第十一届茅盾文学奖等奖项，被翻译成俄文、越文版等在国外出版。

《回响》以新闻事件为灵感来源，讲述了女警冉咚咚在侦查一桩情感凶案的同时，也陷入自身婚姻的迷局，并在逆境中与谜案、伴侣、个人心理展开多重博弈的故事。[1]作为当代开放现实主义文学的代表作，《回响》体现为对诸多既往艺术经验的创造性转化和综合、对现实问题的审视、对当代人心灵危机的呈现，也体现为对承担现实、拯救现实之可能性的探索。[2]对此，茅盾文学奖授奖辞认为："东西的《回响》，以富于认识和表现能力的艺术形式，探索当代城市生活的精神状况。在社会与家庭双线并进的结构中，抽丝剥茧，洞幽烛微，呈露和整理人心与人性的复杂缠绕。现实与心理、幻觉与真相、困顿与救赎，冲突的对话构成灵魂的戏剧，有力地求证和确认我们生活的基石：真实、理解、爱和正义。"[3]

李冯（1968— ），本名李劲松，广西南宁人，于1984年入南京大学化学系，第二年转中文系，后又接着读研究生，1992年于南京大学获得中文系硕士学位。曾在广西大学任教，1996年辞去公职。有长、中、短篇小说刊于《人民文学》《大家》《收获》《花城》《作家》等名刊。代表作有长篇小说《孔子》《碎爸爸》，短篇小说《多米诺女孩》《16世纪卖油郎》，小说集《庐隐之死》等。曾以一系列锋芒毕露的"先锋"作品步入文坛，并在文学圈内获颇多赞誉，为新生代作家代表人物，部分作品在日本及台湾出版，还曾任电影《英雄》《十面埋伏》《卖油郎与花魁》《另一种声音》《王朗和苏小眉》的编剧，被誉为张艺谋的"御用"编剧。

1997年12月，在由中国作协创研部、广西作协、广西文艺理论家协会和广西师大中文系等单位联合举办的东西、鬼子、李冯创作研讨会上，他们三人

---

1 张英：《专访茅盾文学奖得主东西：文学的"回响"》，《新民周刊》，2023 年 8 月 23 日。

2 陈培浩：《以能动现实主义重建爱的可能——论东西长篇小说〈回响〉》，《中国现代文学研究丛刊》，2023 年第 12 期。

3《第十一届茅盾文学奖授奖辞》，《文艺报》，2023 年 11 月 20 日。

一起被评论家称为"广西三剑客"。评论家黄伟林认为："在20世纪90年代中、后期中国最引人注目的地域性文学创作群落有两个，一个是河北三驾马车，一个是广西三剑客。河北三驾马车引起的关注是与新的现实主义冲击波联系在一起的，他们的创作因为涉及当下人们普遍关心的社会问题而产生影响。相比之下广西三剑客引起的关注却与社会问题无关，它是文学自身运行的结果，它虽然也隐含着人们更乐于关心的社会文化问题，但更重要的是它呈示出小说家在文体形式、叙述方法以及小说思维等艺术领域的探求。三剑客中，李冯的作品特点最鲜明，最容易命名。已有评论家把李冯的小说命名为'戏仿小说'，由此可见李冯小说文体形式的鲜明性。戏仿小说指的是李冯那批对经典文本进行改写的小说。"[4]确实，李冯好多小说曾受到西方现代主义、后现代主义经典作品的影响。

但无论是鬼子、东西还是李冯，他们笔下的不同小人物的人生及其文化心理，毕竟也是特定时代和地域的社会阶层的生存状态的投影。

海南岛原属广东，后独立建省。故有许多内地作家迁入。小说家中比较著名的有韩少功、蒋子丹、叶蔚林等。韩少功、蒋子丹前文已述，不赘。叶蔚林曾以中篇小说《没有航标的河流》《蓝蓝的木兰溪》等闻名，未见长篇。

---

4 黄伟林：《论广西三剑客——解读李冯、鬼子、东西的小说》，《南方文坛》，1998年第1期。

第四章｜四川地域民族风情长篇

四川的地域民族风情——沙汀、艾芜的小说——高缨、克非的小说——周克芹、罗伟章的创作及其他

　　【四川地域民族风情】四川古为巴蜀，乃西部历史悠久、经济文化较发达地区。古巴蜀人已融入汉族，东南部有土家族、苗族，西部则多藏族。从"五四"新文学运动以来，以这种特定的地域、风情为背景而从事文学创作的作家，老一辈有李劼人、巴金，陈翔鹤和受到鲁迅关注和帮助的沙汀、艾芜；新中国成立以来，前述马识途、高缨、克非、周克芹和藏族的阿来等，都先后知名于全国。有的作家在本书前文已介绍。这里，补充论述的首先是20世纪30年代便踏上文坛的小说家沙汀、艾芜在新中国的创作贡献。他们不仅以自己新的小说表现了蜀地的风情，还为培养和具体帮助当地青年作家做了许多工作。如《红岩》的作者罗广斌、杨益言，还有高缨、周克芹、克非等都得到他们的教诲和帮助。

　　【沙汀、艾芜的小说】沙汀（1904—1992），作家。原名杨朝熙，绵阳市安州区人。在成都毕业于四川省立第一师范学校，参加中共组织领导的革命活动。抗战后任教于成都协进中学。历任西南文联副主任，中国作协创作委员会副主任，四川省文联主席，中国作协四川分会主席，中国社会科学院文学研究所所长，中国作协第二届理事和第三、四届副主席，中国文联第二至四届委员。是第一至三届全国人大代表，第五、六届全国政协委员。主要著作有长篇小说《淘金记》《困兽记》《还乡记》，短篇小说《在其香居茶馆里》

《老邬》，中篇小说《青枫坡》《木鱼山》《红石滩》等。有《沙汀选集》（四卷）。

沙汀有着独特艺术风格。他的作品主要以四川乡镇为故事背景，采用冷峻、客观、暴露、讽刺手法和含蓄深沉的艺术气质描写现实社会，细致刻画人物的典型细节，绘出一幅幅富有社会风习的画面，以极强的幽默感和浓烈的地方色彩著称。

新中国成立初的十七年间沙汀写了些报告文学，没有什么有分量的小说。而"文化大革命"后，他已进入晚年，却连续推出三部中篇小说，实际都是小长篇。其中1983年7月9日，11万多字的《木鱼山》几易其稿，终于写成。从作品叙述的故事和呈示的事件来看，《木鱼山》与《青枫坡》有内在的时间联系，《木鱼山》描叙的就是《青枫坡》之后四川农村在20世纪60年代初的生活现实。与《青枫坡》的热情和低平视点相比，《木鱼山》恢复了作家深沉冷峻的风格。作家对生活和人物把握的艺术视点较高，其中包含沙汀对"大跃进"带来的恶果的历史反思、对灾难的理性认识和痛惜。《红石滩》更是沙汀继《青枫坡》《木鱼山》之后的重要的收获，标志他重新认识了"自我"，完全回归到文学"本位"，让读者感到沙汀从前特有的韵味与风格。那富有川西北乡土风味的村镇，那摆满了各种川味小吃的夜市，那让人摆"龙门阵"的茶馆，那场镇上三教九流的人物，那带麻辣烫"川味"的方言土语……凡此等等，都使我们想起了当年的沙汀，那个写《淘金记》《在其香居茶馆里》的沙汀。

艾芜的生平在本书前文论述他新中国成立初的长篇小说《百炼成钢》时，已做介绍。他还有《南行记续篇》。这里补叙的是他晚年创作的长篇小说《春天的雾》和《风波》。前者以社会主义教育运动为背景，主要以普通农民、城市苦力、小知识分子的生活为题材，描写了六七个不同类型的男女青年的形象，表现了他们的爱国热情、悲惨遭遇、反抗和追求以及理想和爱情；另一长篇《风波》则描写一个小山村的青年龙进，因有海外关系，被人们嫌弃，后来他的父母来信，他们竟在美国当了大学教授，于是全村轰动，曾嫌弃他的表妹韩芳来讨好他，团支部书记邬敏也来接近他，而他却爱上一个残疾少女。小说通过这个故事，把世态炎凉的乡村社会风气揭露给读者。艾芜有全集十九卷。他一生创作长篇小说二十多部。他是最早把西南边疆地区下层社会的风貌和异国人民在殖民地统治下的生活，带进现代文学创作中来的作家之一。传奇性的故事和人物，绮丽的地方色彩，带有神秘氛围的边疆生活画面，使他的作品具有鲜明的抒情风格和浪漫情调。善于以较强的艺术概括，把平淡的故事写得娓娓动听，以景物和环境，烘托出人物内心的活动，使形象逼真感人。这是他一贯的长处。而后期小说中谨严沉郁的现实主义手法，逐渐取代原先的抒情浪漫的艺术风格。

艾芜曾深入大凉山去体验当地的生活，了解彝族的历史和文化，准备创作长篇《奴隶颂》，可惜没能成稿。

【高缨、克非的小说】高缨（1929—　），原名高洪仪。天津人，抗日战争时期随家逃难至四川。曾就旅读于陶行知创办的重庆育才学校，深受新思想熏陶。当过教师和乡村医生。1946年开始发表短诗。1947年加入中国共产党，从事地下工作。新中国成立初曾在重庆市文管会、共青团重庆市委、中共重庆市委宣传部工作，曾任诗刊《星星》副主编，四川作家协会副主席，中国作家协会理事和名誉委员。1951年到西昌地区安家落户，经常深入农村，写出了一批讴歌劳动人民在严重自然灾害面前不屈不挠、坚持社会主义道路的短篇，著有小说集《山高水远》（1963年）。"文革"中被江青诬为资产阶级人性论的"黑线人物"，受到迫害，"四人帮"垮台后始得复出。出版有长篇小说《云崖初暖》《奴隶峡谷》，并相继出版散文集《竹楼的恩情》（1982年），诗集《凝聚的雪花》（1985年）和《高缨小说18篇》（1992年）等作品。

高缨文路宽广、文采斐然，他的成就是多方面的。对大凉山地区彝族劳动人民翻身解放的历史和现实的热情讴歌，是他的一个主要成就，或者说是他对中国当代文学的一份独到的贡献。20世纪60年代初，他即以短篇小说《达吉和她的父亲》以及据此改编的同名电影，在文艺评论界引起了一场广泛的讨论，涉及艺术典型、时代精神、文艺创作如何表现人性、人情等一系列重要问题。

1978年出版的长篇小说《云崖初暖》是高缨酝酿多年的三部曲《奴隶们起来》的第一部。它以1935年红军长征经过凉山地区的真实历史为背景，描绘了身受残酷压迫的奴隶们在共产党的领导下，走上民族解放道路的历史情景。在人物刻画上，作者坚持把个人行为和命运放到民族关系、阶级关系当中来表现，当作者描写小说主人公阿什木嘎，从苦难深重的锅庄娃子变成一个忠诚的红军队伍的带路人这一过程，便展现革命洪流对罪恶的奴隶制度的冲击。

克非的作品在论述20世纪六七十年代中的小说时已介绍过他的长篇《春潮急》。克非，男，汉族，原名刘绍祥（1930—2017），四川省眉山县（今眉山市东坡区）人。1950年6月以前，一直在家乡眉山县读书。高中毕业后即参加工作，先在四川安县县委宣传部做干事，1995年调绵阳专署，1997年调绵阳地委宣传部任干事。编制在机关，但长期在农村从事基层工作。1997年底调四川作家协会从事专业创作至今。曾任四川省作家协会副主席、第六届全国人民代表大会代表。

克非以创作农村题材的作品见长，出版的长篇小说有《春潮急》《山河颂》《满目青山》《野草闲花》《鸦片王国沉浮记》《无言的圣莽山》，中篇小说有《头儿》《微风燕子斜》《多面神》《年魔王的后代们》，以及短篇小说数十篇，总计300万字。他的语言功力深厚，诙谐幽默、含蓄隽永，泥土气息浓郁。1981年、1989年，他的长篇《山河颂》《野草闲花》分别获四川省优秀作品奖、四川省文学奖。

他的创作从新中国成立初延续到改革开放以后。其作品一直与现实社会发展联系紧密。因而也难免受到时行观念的影响。早期有《阴谋》《沸腾的除夕》《看碾磨房的人》等。"文革"时期的长篇《春潮急》，与改革开放后的长篇新作《山河颂》《闲花野草》共同构成长篇三部曲《必由之路》。

《必由之路》的第一部《春潮急》写梨儿园支部书记李克带领农民走合作化道路，第二部《山河颂》则写永兴区合作化高级社初期的一段生活，主人公换成永兴区委书记柳永凤。实际上《春潮急》写于"文革"前，出版于"文革"中，而《山河颂》则写于"文革"中，出版于"文革"后。因而，这两部作品都沿用"阶级斗争为纲"的理论模式。而他的第三部长篇《野草闲花》则摆脱了这种模式，走向了生活本身。克非作为一位扎根于四川农村的作家，十分熟悉农民的语言，其文风朴实而生动，不同时期的作品都有着浓郁的乡土气息和强烈的现实主义特色。

【周克芹、罗伟章的创作及其他】周克芹荣获第一届茅盾文学奖的长篇《许茂和他的女儿们》，重点写农民许茂和他的四女儿。许茂原属合作化运动的积极分子，爱社如家，"文革"后却变得狭隘自私，甚至损人利己。四女儿许秀云本来美丽柔弱，嫁个丈夫郑百如却阴险狡诈，她终于被迫奋起斗争，坚决与窃取权位的丈夫离婚。小说反映历史转折中我国农村的新变化，赞美女性的觉醒，许茂的变化也令人思考，作品带有历史反思的意蕴。周克芹（1936—1990），原名周克勤，四川简阳人。1958年在成都农业技术学校毕业前，因被视为"同情右派"贬回农村务农。当过学校教师、生产队会计和技术员。20世纪50年代中期开始创作。生前的全部作品表明他是一个根系乡土、情系农村、时刻关注农民命运变化的优秀作家。同时，周克芹也是一个不断探索美学经验，在艺术上精益求精，敢于突破自我并最终取得丰硕成果的艺术家。他三十年的小说创作可分成早、中、晚三个阶段。早期从1960年到1977年，即从小说处女作《秀云和支书》到《青春一号》，可称第一阶段，写作深受其时规范的影响，共发表八个短篇小说。中期从1978年到1984年，即从小说《许茂和他的女儿们》到《果园的主人》，为第二阶段，文风渐变。晚期则从1985年到1990年，从《断代》到《笔筒的故事》进入第三阶段，加强了主体性。大体上周克芹的小说艺术成就和美学风格，沿着现实主义创作轨道，越往后越成熟。

在周克芹的创作历程中，长篇小说《秋之惑》是继《许茂和他的女儿们》之后的又一个里程碑。《许茂和他的女儿们》是通过葫芦坝风云变幻中许家大院盛衰的生动描写，深刻反思"左"倾重压下农民命运的作品。它可以说是作者对"文革"十年农村曲折道路的一种总结。而《秋之惑》则是对农村改革十年的热切关注与思考。周克芹属地地道道的农民出身。丰富的农村生活工作经历，对周克芹的创作影响很大，让周克芹在小说创作题材的选择上明确了自己的定位，那就是"写自己最熟悉的"。这也是沙汀老人对周克芹的教诲。因而他的作品总以清新的笔触，描画出蜀地乡村不同时期的历史风情。

罗伟章（1967—　），生于四川省宣汉县，中国作家协会会员。现居成都。1989年毕业于重庆师范大学中文系。现任四川省作家协会副主席、中国作家协会第十届全国委员会委员。著有长篇小说《饥饿百年》《不必惊讶》《大河之舞》《磨尖掐尖》《太阳底下》《空白之页》《声音史》等，中篇小说集《我们的成长》《奸细》，中短篇小说集《白云青草间的痛》，散文随笔集《把时光揭开》《路边书》。曾获人民文学奖、全国读者最喜爱小说奖、华文最佳散文奖等。小说多次入选全国小说排行榜。罗伟章的创作与他儿时在贫困的大巴山区的生活记忆密切相关。他的成名作《饥饿百年》是一本让人心潮澎湃且落泪的长篇，以一个农民的一生为缩影，书写中国百年饥饿史，恢宏而沉重。小说描写聪明文弱的父亲被疯狗咬死，美艳多情的母亲不堪凌辱吞毒自尽；不满五岁即沦为孤儿的何大，四方流浪，历经辛酸，梦想回归自己的根——狭小而荒凉何家坡。当何大最终在此定居，世仇即笼罩了他，动荡频仍，灾荒接岁，贫穷和困顿将他掩埋，然而，为了这片能让他生儿育女并维生的土地，他挣扎着，卑微而坚韧。当云开雾散，他蓦然发现，自己拼争一生换来的却是他无法预料和左右的变迁。罗伟章的系列作品有力地表现了大巴山区的风土与人情。

除创作多部长篇，他还以小小说而闻名。他的小小说《独腿人生》，不仅被多家刊物转载，收入多种选本，而且还连续获了两个大奖，一是《小小说选刊》两年一度的优秀作品奖，二是中国微型小说学会主办、《金山》杂志承办的年度评选一等奖，足见他在这方面耕耘的用力。

对于罗伟章的小说，评论家雷达曾说："他的艺术气质苍凉、悲悯、感伤，他始终关怀人之为人的尊严，特别是对彷徨于出门与归根之间的沉重，有着深刻的体察。他的作品穿越群体话语，展现个体精神成长的独特性与丰富性，具有很强的震撼力，值得整个中国文坛关注。"[1]

母碧芳（1955—　），女，四川绵阳人，著有长篇小说《今夜，我们试婚……》《惑之年》《无雨的日子》等。中国作家协会会员，第六届全国作家代表大会代表。曾就读北京师范大学、中国作家协会鲁迅文学院。历任教师、记者、文学编辑、行政干部，沙汀文学艺术院副院长，绵阳市作协副主席，四川省作协主席团委员。1985年开始发表文学作品，迄今已近200万字。作品包括散文、报告文学、小说，除有近百篇零星作品发表在海内外文学刊物，被多种选刊、丛书选载，收集成书并多次获奖外，出版《母碧芳散文》《报告文学选》一部，长篇小说四部：《惑之年》（人民文学出版社1996年出版），1999年获文化部新中国成立五十周年献礼优秀作品奖、四川省第三届优秀文学作品奖；《今夜，我们试婚……》（香港情佳缘出版社1995年出版）；《试婚》（《特区文学》1996年第1、2期连载）；《无雨的日子》（春风文艺出版社1997年出版）。

母碧芳的作品多从都市女性的视角切入生活，描写他们的情爱与困惑，反映了改革开放后都市人生的沉浮和道德、风习的变化。作家柳建伟曾在一篇评论中称她的作品为"新都市小说"。

---

1 雷达、李建军等：《那些年轻的新生的力量——四川青年作家罗伟章、冯小娟、骆平研讨会纪要》，《当代文坛》，2006 年第 2 期。

第五章 | 云贵高原风情长篇

云贵高原的风情特点——杨苏、张昆华的风情长篇——刘澍德、张长、景宜的小说——贵州作家的民族风情长篇

【云贵高原的风情特点】地属西南边疆的云贵高原，是我国少数民族聚居的重要省份。仅云南省便有二十三个兄弟民族。那里地貌奇特、雄旷，西有横断山脉和湄公河上游的澜沧江，也有拐个大湾北入长江的金沙江。而昆明附近则处盆地沃野。贵州西部多贫瘠的卡斯特岩石山，东部的江河则分别流向四川、湖南和广西。抗日战争期间云贵川则成为我国的大后方，北方和东部、中南部的大批文化人、军政人员和难民都迁入这一地区，促进了当地的经济、文化的发展。中华人民共和国成立后，曾有三线建设，国家许多重要的工业进入云贵川，特别是改革开放后，云贵高原成为我国通向东南亚各国的要道，国家对西部的大开发，加速了包括云贵两省的现代化历程。上述天翻地覆般的历史和风情变化，自然会被作家的作品所反映。除了汉族作家，许多少数民族作家也都为这方面的书写做出自己的贡献。两省有些作家如李乔、李纳、范稳以及军人作家彭荆风等在前面有关章节中已做论述。本章只补充介绍以下的作家及其地域民族风情长篇。

【杨苏、张昆华的风情长篇】杨苏（1928—　　），白族，云南剑川人。曾任滇西人民自卫军一支队政委，解放军滇桂黔边区纵队31团团长兼政委。中华人民共和国成立后先后任县委书记，德宏州委宣传部长，云南省文化局副局长，云南省文联副主席、省作协副主席。1957年开始发表作品。1962年加

入中国作家协会。作品有《杨苏文集》（四卷），长篇小说《藏民飞骑》《省委大院》《傈僳人家》《青春颂歌》，长篇传记文学《周保中将军》《艾思奇传》《王复生烈士》，电影文学剧本《景颇姑娘》（合作）等约450万字。《艾思奇传》获全国第五届民族文学创作骏马奖。

杨苏前期的作品大都取材于景颇族、傣族、白族等民族历史生活和斗争，努力反映革命变革所引起的历史和民风变化，热情歌颂边疆社会主义革命和建设中的新人新事，揭示各民族人民在斗争中新的精神风貌和道德品质。《没有织完的统裙》是引起强烈反响的杨苏的早期代表作，被茅盾称为"抒情诗似的一个短篇，有强烈的地方特色"[1]，冰心评论曾称其"给我们祖国文学的大花园中绣上了许多色艳香浓的永不凋谢的花朵"[2]。小说情节简单隽永，富于诗意，反映了边疆民族地区新思想必然胜利的客观趋势。

杨苏的长篇《藏民飞骑》是一部具有历史生活积淀的作品，共三十万字。它描写中华人民共和国成立前夕滇藏地区的藏族人民在中国共产党领导下组织骑兵队起义，打击国民党反动派的故事，情节曲折，人物生动，为藏族人民的革命斗争谱写了一曲壮烈的颂歌。杨苏新时期的小说，多以他经历和熟悉的新中国成立前夕的斗争生活为内容，在革命与反革命的激烈的血与火的战斗中，表现革命战士英勇奋斗的壮举、不怕流血牺牲的精神，一般冲突都尖锐复杂，气势雄浑，有一种慷慨悲壮的感人力量。他的《省委大院》，则是作者七十岁后的佳作，作品热情关注现实，礼赞新生活中正在显露生机的新思想、新风貌，扑面而来的是大城市的改革开放的汹涌浪潮和复杂尖锐的矛盾斗争；是在困难境遇中所表现出来的执着与坚韧；是挥之不散的极左思潮的幽灵给改革者的命运蒙上的一层悲壮与豪迈的色彩。

张昆华（1936—　　），彝族。云南昆明人。1951年参军，历任战士、卫生员、文化教员，原昆明军区文化部文艺编辑，云南日报社副刊部主任，《边疆文艺》杂志副主编，云南省作家协会副主席，中国当代文学研究会云南分会副会长，中国作家协会全国委员会委员。1956年开始发表作品。著有长篇小

---

1 茅盾：《读书杂记》，《茅盾评论文集（上）》，人民文学出版社1978年版，第433页。
2 冰心：《〈没有织完的桶裙〉读后》，《冰心论创作》，上海文艺出版社1982年版，第164页。

说《不愿纹面的女人》《西双版纳恋曲》《给我海阔天空》《在勐巴纳森林中》《魔鬼的峡谷》《爱情的泉水》，散文集《洱海花》《多情的远山》《遥远的风情》《梦回云杉坪》，诗集《乡情集》《在祖国边疆》，中短篇小说集《天鹅》《爱情不是狩猎》《野渡·黑影》《曼腊渡之恋》等。他的短篇小说集《双眼井之恋》获全国第五届骏马文学奖，中篇小说《蓝色象鼻湖》获1982年全国少年儿童优秀读物一等奖，散文《杜鹃醉鱼》获1979年《儿童文学》优秀作品奖等。他的作品广泛描写云南高原边疆的风情和各民族生活图画，文笔清新流丽，并能将引人入胜的故事情节与真实生动的书写结合起来，表现出作者的美感情趣和思想倾向。《不愿纹面的女人》首次展现了亚洲唯一的民族奇俗——给女人纹面，留下永远抹不掉的黑色花纹这个惊心动魄的全过程，首次在文艺作品中描绘了中国人口较少的少数民族之一独龙族人原始、荒蛮、古朴而奔放的生活和民族文化。它写的是鲜为人知的族群生活，作品笔调清新流利，把引人入胜的传奇性情节与边地现实生活结合起来，使读者充分地了解到祖国大家庭中的一员——独龙族那种正直、坚强、善良、勤劳的民族性格的光彩。

《西双版纳恋曲》则以优美的笔调抒写了傣家两代人爱情的悲欢离合与悠悠缠绵的乡园故国之恋。

【刘澍德、张长、景宜的小说】刘澍德（1906—1970），吉林省永吉县人。1937年毕业于中国大学国学系。曾任中学教师，长春大学文学院、东北大学副教授，1949年后历任云南省文联编辑室主任，昆明师院副教授，中国作家协会昆明分会副主席，云南省社会科学院文学研究所研究员、副所长，云南省政协委员，中国作家协会第二届理事。1936年开始发表作品。1956年加入中国作家协会。他于"九一八"事变后流亡到北平，"七七"事变后又流亡到云南。20世纪30年代开始文学创作。20世纪50年代到60年代中期，先后出版中篇小说《桥》（人民文学出版社1958年版），长篇小说《归家》（上部）（上海文艺出版社1963年版），短篇小说集《迎春集》（作家出版社1958年版）、《刘澍德小说选》（云南人民出版社1979年版）等。他的作品，以描写滇池边上的乡村景色见长，高原水乡独有的美丽色调，为作品增添了许多诗情画意。他善于采用带有地方色彩的口语，行文活泼跳跃。作为他文学生涯压卷之作的《归家》，原计划是多卷本的长篇小说，因为遭到不公正的批判而中断，但是，已经出版的部分，亦可见出他的创作个性。小说描写农村姑娘李菊英在农业专科学习毕业后，怀着为农业技术改革服务的远大抱负，回到了阔别五年多的家乡。这时，农村已经人民公社化了，在她离家时，父辈在合作化道路上的分歧，导致和她已经订了婚，并且是从小一块儿长大的爱人朱彦解除了婚约。现在，她回到家来，朱彦已经担任了生产队长，在"整风整社"中，还被评为"五好干部"。因为过去的关系，两个青年人心里仍然存在着许多误会与隔阂。小说描写以菊英归家后的生活遭遇和两个青年的感情纠葛为情节的主线，围绕着他们对待工作、生活的态度，展现了公社化后云南农村生活的若干侧面，反映了农村中两条道路的竞争，刻画了1961年"整风整社"后农村新老干部的精神风貌，以及对农业技术改革的迫切愿望。作者长于发掘和刻画人物的内心世界，营造曲折微妙的矛盾冲突，在人物的对话中，寓有丰富的潜台词，作品的幽默感能与生活情趣相融合。其不足在于，强调感情的迂回曲折而反复抒写，某些地方不免显得烦冗。

张长（1938—   ），原名赵培中，白族。云南云龙人。1956年毕业于昆明医士学校。历任西双版纳州勐养卫生所医生，文化馆工作人员，云南省文化局创作室编辑，《大西南文学》杂志编委，云南省作家协会第三届理事，中国散文学会理事。专业作家。1957年开始发表作品。1979年加入中国作家协会。著有长篇小说《太阳树》，诗集《澜沧江之歌》《勐巴纳西》《凤尾竹的梦》《边寨的爱》，散文集《紫色的山谷》《三色虹》《凤凰花与火把》《宁静的淡泊》，中短篇小说集《阴错阳差三部曲》《种子与八卦》《张长小说选》等。小说《空谷兰》获全国第二届优秀短篇小说奖，《希望的绿叶》获第一届全国少数民族文学创作骏马奖，《最后一棵菩提》获第二届全国少数民族文学创作骏马奖，《太阳树》获全国第五届全国少数民族文学创作骏马奖。他原来擅长诗歌和散文创作，改革开放的新时期才投笔于小说，迅速取得很好的成就。因他原是诗人，小说也写得饶有诗情画意，笔下少数民族男女的形象均富于民族的韵味。长篇小说《太阳树》更是他里程碑式的作品，描写从抗日战争到改革开放时期几十年间一家三代人的性格和命运，以及他们与故乡森林的密切关系。小说意蕴深隽，讴歌生命的生生不息，受到广泛的好评。

白族女作家景宜（1956—　），云南鹤庆人。1981年毕业于鲁迅文学院。历任云南大理州歌舞团演员、编剧，北京民族文化宫影视部编导、中国民族音像出版社副社长。景宜1978年开始创作，1985年参加中国作家协会。她在云南年轻女作家中成绩突出，属于新时期我国女性写作的先行者。她1981年3月发表了短篇小说《白菱花手镯》，之后又陆续发表了《骑鱼的女人》《雨后》《雪》《岸上的秋天》和中篇小说《谁有美丽的红指甲》《古代传说和十四岁的男孩子》等。其先锋姿态和女性意识令人耳目一新，成为新时期第一个荣获中篇小说和优秀小说国家奖的少数民族女作家。冯牧曾说，"景宜小说的突出特点在于它强烈的女性色彩。当然，这不仅仅是因为她小说中的主人公大多是女性的缘故，而是在那一组组错综复杂的矛盾事件和一个个性格迥异的妇女形象背后所浸透的女性意识——女性对于这个世界的独特的认识方式……从而表现了这些女性的欢乐与痛苦，理想与追求，等等，由此突出地勾勒出时代画卷的另一些侧面，使得生活变得更加多层次和多色泽起来"，"在少数民族作家作品当中，这样的既注入了某种超前意识，而又能够紧扣时代脉搏之作，可以说是相当难能可贵的"[3]。1983年发表的《谁有美丽的红指甲》描写女主人公白姐不满缺乏爱情的婚姻，追求属于自己的爱情，却遭遇各种打击，包括曾同她海誓山盟的阿黑哥的背离。白姐被迫远嫁他乡，接受另一桩没有爱情的婚姻。作品在表现女性觉醒和女性悲剧命运的同时，对社会生活做了多层面的透视，让人扼腕和深思。1985年发表的《古代传说和十四岁的男孩子》，表现的是女性最无私的本性。朗早把她所嫉恨的阿这——按说本该由她来生的孩子，从雪崩中解救出来，自己却带着痛苦与辛酸坦然地离去，袒露了博大而崇高的母爱。景宜以女性的眼光看待周围世界，表现女性心目中人与人之间应有的关系，增添了作品的思想深度和艺术力度，也给人别开生面的感觉。

---

3 冯牧：《冯牧文集》第3卷，解放军出版社2002年版，第311—313页。

【贵州作家的民族风情长篇】因处多民族地区，贵州作家的长篇创作自然多反映当地的民族特色与地域风情。前文已介绍过的叶辛的知青小说和苏晓星的家族小说等作品，自然都表现了贵州的民族地域风情。这里补充介绍如下作家。

龙志毅（1929—2021），1953年毕业于云南大学法律系。1949年参加革命工作，历任《贵州青年报》副总编辑，团省委办公室副主任、主任，贵州省国防科工办副处长、处长、副主任、主任，中共贵州省委副书记、组织部部长、省委党校校长，贵州省第七届政协主席、党组书记，中共十三大、十四大、十五大代表，全国第八、九届政协委员，十届全国人大代表，贵州省关心下一代工作委员会主任，中共贵州省委党史领导小组副组长，贵州省史学会会长，贵州省中华文艺研究会会长。1947年开始发表作品。1991年加入中国作家协会。

他先后出版有长篇小说《省城秩事》（贵州人民出版社1993年）、《冷暖人生》。短篇小说集《厂长的私生活》（贵州人民出版社1989年）、《龙志毅小说集》（漓江出版社1996年）、《龙志毅散文选》（贵州人民出版社1998年）。长篇小说《政界》（百花文艺出版社1999年）、《王国末日》（百花文艺出版社2003年）以及散文集《云烟踪痕》（贵州人民出版社2001年）《失去的风景线》（贵州大学出版社2007年）等。长篇小说《省城轶事》获1991年贵州省庆祝建党70周年文学奖，贵州省首届政府文学奖，并被拍成电视连续剧在全国放映。龙志毅是一位现实主义作家，他从云南永善彝乡走来，既从政也从文，官声甚好。几十年笔耕不辍，创作200多万字文学作品。20世纪80年代后期，他首部长篇小说《省城轶事》描写云南新中国成立前夕的卢汉起义的故事。新中国成立前夕，龙志毅是云南大学的进步学生，参加了秘密组织，亲历了那个时代的动乱。作品中的周明、周青兄弟，就源于他身边的原型。《冷暖人生》，则取材于20世纪50至60年代的基层生活，是作者亲身参与农业合作化到"文革"的生活积累。而长篇小说《政界》，曾再版13次，发行十余万册，创贵州作家长篇小说发行纪录。作品反映特殊历史条件下党内高层机构中不同身份、不同性格的人物的沉浮变化，揭示我国改革开放过程中种种矛盾的冲撞，再现了党内政治生活的一个侧面。作品展现可贵的现实精神和强烈的现代意识。作者动用他从政的生活积累，对官场生活做了鲜明、生动、冷静的描绘，真实地呈现社会现实的本真。20世纪初，龙志毅的第四部长篇小说《王国末日》面世。作品以抗日战争胜利后的时代为背景，描写国民党中央政府"撤藩"，武力"解决"五华山的龙云势力为线索，融入他所熟悉的云南历史和彝族特色的生动素材。新近，龙志毅的第五部长篇小说《岁岁年年》由作家出版社出版，描写作家同代的三个青年学生漫长的命运变迁和情感经历。

余未人（1942—　　），女，江西铅山人，中共党员。1966年毕业于贵州大学中文系。1959年参加工作，历任贵阳师范学校教师，贵阳市乌当区文化馆干部及《花溪》杂志编辑、副主编，贵阳市文联副主席，1993年任贵州省文联副主席。贵州省第八届人大代表，贵州省作家协会第二、三届理事，中国作家协会第五届全国委员会委员。2001年至今任中国民间文艺家协会副主席。1958年开始发表作品。1984年加入中国作家协会。在《人民文学》《中国作家》《十月》等刊物发表了百余篇（部）中短篇小说和百余篇散文。著有风俗文化长篇小说《梦幻少女》《滴血青春》，文化研究著作《走近鼓楼》《亲历沧海桑田》《千年古风》《苗族银饰》等。

余未人是一位有高度社会责任感的现实主义作家。她的小说题材广泛、人物众多、风格多样。她始终关注着当代人的心理进程，把握着时代脉搏在人们心灵中的回声。她还是民间文学研究家，对苗族风俗文化有广泛研究。

何士光（1942—　　），出生于贵州省贵阳市。1964年毕业于贵州大学中文系，1977年开始发表小说，主要作品有短篇小说集《故乡事》（四川人民出版社1982年版），中短篇小说集《梨花屯客店一夜》（贵州人民出版社1983年版），长篇小说《似水流年》（贵州人民出版社1983年版）等。其《乡场上》《种包谷的老人》分别获得1980年、1982年全国优秀短篇小说奖，《远行》获1985—1986年全国优秀中篇小说奖。

何士光在黔北山区生活多年，关注当代农民的命运，也注重当地的风土人情，他在创作中，有意识地创造了他自己的文学世界——"梨花屯"。作品描摹出特定的山乡生活气息，清新而优美。如果说他的《乡场上》是以敏锐地捕捉新的时代气息见长，较早地在作品中表现了实行生产承包责任制以后农民精神面貌的改变和人格意识的觉醒，那么，在《种包谷的老人》等作品中，他跳出以敏感为文的局限，追求像生活一样厚重的文学。他的长篇《似水流年》描写爱情故事，其影响不及中短篇。

李宽定（1945— ），贵州铜梓人，毕业于遵义师范学校，曾在农村任教12年，担任过贵州作家协会副主席。著有中篇小说集《小家碧玉》《大家闺秀》，短篇小说集《年轻人的事情》，中短篇小说集《爱与枷锁》，长篇小说《荒村野妹》《浪漫女神》等。

李宽定善于从故乡黔北农村的生活取材，发掘乡风民俗中的人性、人情美，语言清丽、明快而见乡土味，笔下人物十分鲜活，其长篇小说对妇女形象的刻画尤其生动、细腻。中篇小说《良家》是其代表作，曾被拍成电影《良家妇女》，产生较大影响。

第六章│藏族地域民族风情长篇

藏族地区的地域民族风情——益希单增、降边嘉措等的革命叙事——扎西达娃等的寓言隐喻叙事——班觉、扎西班典等的藏文叙事——央珍、梅卓等的女性叙事

【藏族地区的地域民族风情】藏族多数居住于西藏自治区和青海，也有小部分居住于甘肃、四川、云南一带。青藏高原多雪域，为长江、黄河、澜沧江、雅鲁藏布江的发源地，号称"世界屋脊"。藏族历史悠久，普遍信仰藏传佛教。有世界最长的英雄史诗《格萨尔》传世。新中国成立之初陆续涌现了大批藏族小说家，他们或用汉语创作，或用母语书写，影响及于全国乃至海外。他们大致可以分为四个群落：以益希单增、降边嘉措、益希卓玛为代表的革命历史叙事，以扎西达娃、阿来、色波等为代表的寓言隐喻叙事，以班觉、扎西班典、旺多等为代表的藏文叙事，以央珍、梅卓、白玛娜珍、格央等为代表的女性话语叙事。这些作品题材和艺术风格各有差异。

【益希单增、降边嘉措等的革命叙事】革命历史叙事的群落所描写的基本题材是西藏地区的革命性历史变革。他们遵循传统的现实主义笔法，融入作家自身生活经历的真实感受与思考，为藏族创作了第一代现代小说，特别是长篇小说。

益希单增（1942—　），藏族，笔名沙剑，甘孜州乡城人。1950年参加人民解放军，任过文工队员、卫生员、宣传干事。1969年毕业于中央美术学院。后任西藏作家协会副主席、名誉主席，中国作家协会全国委员会委员。1972年开始发表作品，已先后出版长篇小说《幸存的人》（1981年）、《迷

茫的大地》（1985年）、《菩萨的圣地》、《雪剑残阳》、《庄园异梦》、《走出西藏》和中篇小说集《金塔》等近二十部。益希单增的长篇小说以对广阔的西藏社会生活画面的生动描写和鲜明的藏族人物的成功塑造及其独特心理的深刻揭示，反映了20世纪30年代至60年代西藏社会的主要矛盾和历史的发展变迁，歌颂了藏族劳动人民的斗争精神和美好心灵。《幸存的人》以1936年至1950年原西藏地方政府统治的旧西藏为时代背景，通过对反动农奴主残暴、奸诈的种种恶行，对农奴的勤劳、智慧，以及对反抗的斗争的描写，展示了那个历史阶段农奴与农奴主两个阶级的尖锐矛盾和斗争。曾获1981年全国少数民族文学创作骏马奖，并被译为英、法文。《迷茫的大地》曾获第三届全国少数民族文学创作骏马奖。

降边嘉措（1938— ），四川甘孜州人。1954年进西南民族学院学习。1950年参加人民解放军，当过教师、翻译、中国社会科学院少数民族文学研究所研究员。《格桑梅朵》是降边嘉措的成名作。它以20世纪50年代初期西藏历史和生活变化为背景，反映一个民族命运的历史性转折。小说选择从金沙江天险到拉萨古城约一千公里的特定地段，在一个庄园、一个兵站和一个牦牛运输队的特定范围内，通过一支解放军小分队藏汉族指战员艰苦而巧妙的斗争，刻画人物在斗争中的觉醒和成长，热情歌颂祖国统一的历史性胜利及其伟大意义。独特的高原风貌、藏族本色、宗教习俗的真实描写，民族神话和传统故事的巧妙运用，使《格桑梅朵》富于鲜明的地域特色和民族风韵。作品曾获第一届全国少数民族文学创作骏马奖。

降边嘉错于1985年发表的长篇历史小说《十三世达赖喇嘛》以1904年的"江孜之战"为题材，反映藏族近代史上一场伟大的轰轰烈烈抗击英国入侵者的战争，表现了藏族人民英勇打击侵略者的英雄气概和爱国精神。

益希卓玛（1925— ），女，汉名王哲，甘南藏族自治州人。1948年肄业于上海复旦大学社会系。1938年起参加抗日救亡，中学、大学时期皆积极参加学生运动，1949年后历任中央民委政策研究干部，编辑，记者，1954年开始发表作品。1963年回到故乡，从事专业文学创作。1983年加入中国作家协会。著有长篇儿童小说《清晨》，短篇儿童小说《娜珍走向太阳房》，散文《山谷里的变化》，报告文学《日喀则的时代脉搏》《青藏高原上的太阳房》等。《清晨》的故事发生在新中国成立初期，少年丹巴的父母为保卫新生的红色政权，在与反动头人和匪徒的搏斗中惨遭杀害，丹巴死里逃生，得到解放军的救助，享受到新时代的温暖和幸福。

上述《幸存的人》《格桑梅朵》《清晨》三部小说从情节上来说在叙事时段和内容上相互衔接，分别通过抗争、进军、剿匪的藏地历史发展时序形成"三部曲"，形象地反映了藏族人民在20世纪50年代前后从黑暗走向光明的历史进程。可列入这个群落的作家还有青海的多杰才旦（1949—　），他曾任黄南藏族自治州宣传部副部长、州文联主席，青海作家协会副主席，著有长篇小说《又一个早晨》，中篇小说集《达赖六世逃亡》，中短篇小说集《净土夕照》。

【扎西达娃等的寓言隐喻叙事】寓言隐喻叙事群落的小说家多出生于1949年以后，并受到新社会的学校教育，还受益于改革开放新时期外来文化和文学思潮的影响，特别是拉丁美洲魔幻现实主义和西方现代主义、后现代主义的影响。其艺术表现已脱出现实主义的传统。代表性小说家有扎西达娃（1959—　），藏族，四川甘孜人。1974年初中毕业后，他到西藏自治区展览馆学习绘画，同年考入西藏自治区话剧团担任舞台美术设计。1980年在中国戏曲学院编剧系进修一年。扎西达娃在内地为自己的汉语打下了坚实基础，也有了更多机会了解祖国和世界文化的各个方面。后为中国作家协会主席团委员、西藏自治区文联副主席、西藏自治区作家协会主席、西藏自治区政协副主席。扎西达娃先后发表中、短篇小说《没有星光的夜》《西藏：系在皮绳扣上的魂》《西藏：隐秘岁月》，长篇小说《骚动的香巴拉》（1993年）。他因西藏文化的神秘，曾提倡"西藏魔幻现实主义"，借鉴拉美魔幻现实主义的创作方法，进行大胆的探索并实验，运用象征、隐喻、夸张甚至荒诞的手法，力求使作品主题具有多义性、深刻性，具有深邃的历史意蕴和深厚的文化内容。

《西藏：系在皮绳扣上的魂》写了康巴地区两个年轻朝圣者塔贝和婛去寻

找理想的净土香巴拉的曲折而神奇的历程，通过一幅幅原始与现代、富丽与贫瘠、文明与野蛮的画面触目惊心的对比，揭示民族历史的嬗变和民族精神的深层积淀，使读者看到一个民族的历史文化。中篇小说《西藏：隐秘岁月》，浓缩了近一个世纪（1877—1952）西藏社会历史的发展，在一个较大的时空内，将神话与现实、历史与未来、夸张和白描结合在一起，对近百年来西藏历史复杂曲折的阵痛与嬗变，藏族人民族精神世界的丰富深邃、复杂多样，进行了深刻的哲学的观照。长篇小说《骚动的香巴拉》通过当代西藏各阶层在两种文化激烈碰撞中的迷惘和追求，反映出一个古老民族走向新生活无可回避的艰辛道路。中心人物是偏僻山区原凯西庄园老管家的儿子达瓦次仁，他在阶级斗争热火朝天的日子里成长，穷困潦倒，失去了学习的机会，却处处得到虚幻的凯西庄园保护神贝吉曲珍的呵护。改革开放时期，在英国出生和成长的凯西小姐，即后来的凯西夫人回到拉萨，青年达瓦次仁继承父亲衣钵被雇佣为凯西夫人的管家，两种文化、两种生活方式的冲突在年龄悬殊的主仆之间进行着。作品大部分心灵活动是通过时空交错造成的梦幻环境来完成的，于是在达瓦次仁周围，出现了无所不在的保护神贝吉曲珍，具有跨越时空法力的占卜师和吐蕃时期兰恩家族的后裔琼姬姑娘。三者都是人和神的混合物，是神秘文化冥冥中支配人们行为的偶像。但幻觉终究是幻觉，随着代表凯西家族灵魂和命根的马鞍丢失，保护神的幽灵们也远走高飞。小说在两种文化的相荡相激中谱写出一曲比20世纪50年代政治变革更为深刻的旧时代的挽歌，反映了神秘文化冥冥中支配人们行为的现象和古老民族在封建时代对理想生活的渴望与坚忍不拔的奋斗精神。小说对当代社会的描绘也生动得体、饶有情趣。由于提倡魔幻现实主义，扎西达娃曾被视为先锋派小说家之一。但扎西达娃之荒诞和魔幻首先来源于藏族本土文化。扎西达娃说："1980年前在拉萨，一个年轻人的心目中，能产生梦幻般的想象。走在拉萨街头，随时能置身于虚渺的历史氛围中，面对那每一幢都有着迷人传说的古老的石墙房屋，在旁边一个手摇经筒的老人喃喃低语的祝福声中，仿佛催眠般地走进空灵的往昔。"[1]那浸润着神秘色彩

---

[1] 扎西达娃：《古海蓝经幡》，云南人民出版社2000年版，第58页。

的宗教氛围，藏族人民原始古老的心理特征和思维方式，生与死、人同鬼魂与神灵交往界限的突破，弥漫着神话传说意味的现实生活，在藏族人看来或许都是习以为常的存在，而对于其他人来说却是奇特的异质文化，是一种魔幻的现实生活。

【班觉、扎西班典等的藏文叙事】西藏地区还有以藏文写作的小说家。他们以班觉、扎西班典为代表。藏族传统文学中有一种叫"贝玛"的叙事性文学，大都写人或写拟人化的鸟兽和花木，与小说比较接近，称为"贝玛"体小说。它既有小说成分，也有诗歌成分，在当代藏文创作中相当盛行。最早问世的当代"贝玛"体小说是拉巴平措的《三姐妹的故事》《雨后森林》。作品形象鲜明，其诗歌有民歌风味，在农牧区流传很广。继拉巴平措之后，班觉等作家也创作不少思想与艺术质量较高的"贝玛"体小说，使之老树开新花，成为藏族文坛的独特风景。而藏文长篇小说相继问世，则是新时期藏族文坛的重要现象。班觉的《松耳石头饰》、扎西班典的《一个普通农家的岁月》和旺多的《斋苏府秘闻》，都是藏族读者喜爱的佳作。这几位作家都有丰厚的生活积累，几部作品皆富思想和艺术价值，属于藏文小说发展的标志性成果。

班觉（1941— ），拉萨人，1958年毕业于中央民族学院。历任《拉萨河》杂志总编，拉萨市文学艺术界联合会副主席、市作协主席等。他兼通藏汉语言文字，藏文化造诣尤深。他出身贵族之家，民主改革后还做过马车夫、炊事员、采购员、管理员、木匠等，对三教九流、五行八作均有真切观察和切身体验。他的小说既有浓郁的藏族特色，又有鲜明的现代因素，能融合新机又不失根本。短篇小说《花园里的风波》和长篇小说《松耳石头饰》是班觉的代表作。《松耳石头饰》描写旧西藏的社会生活。作品叙述平措阿爸和儿子班丹千里迢迢把传家宝玉送到拉萨的释迦牟尼像前，谁知宝玉却被当政者据为己有，流转于上层社会中，最后被贫家女德吉冒着生命危险将之偷还给原主班丹。在这故事框架中，小说塑造了不同阶级、阶层、职业的人物，揭露了统治者的凶残、贪婪和无耻，表现了被压迫人民的艰难、困苦与抗争。它主要用散文体，语言生活化，情节一波三折，人物个性鲜明，具有浓郁的藏族文学风格，曾获全国少数民族文学创作骏马奖、西藏长篇小说奖。

扎西班典（1962— ），西藏仁布人，1992年毕业于西藏大学，1995年评为西藏十佳优秀青年，现任西藏作协副主席。《一个普通农家的岁月》是他的小说代表作。这个长篇作品以西藏农家女才旦的经历为主线，描写了西藏农民从民主改革、"文化大革命"到改革开放几十年间的命运和追求。广大农民翻身解放后的欢乐和奋斗，极左路线下的困顿和无奈，改革开放以来的昂扬和奋进，都得到生动的艺术表现。作品写作历时七年，几易其稿，创作精神非常可贵。

《斋苏府秘闻》的作者旺多（1934— ），出身名门世家，精通藏文和英文，阅历丰富，知识广博。小说以"我"作为贵族斋热巴的差户的口吻叙述，写"我"从江孜前往拉萨的送货途中与贵族家的公子共遭磨难，备受主人的信任，开始以羊毛为主的长途贩运。后来在藏北、拉萨、亚东直到印度的噶伦堡、加尔各答从事商贸活动，组建了颇具实力的商贸公司。小说生动地描写了庄园、差户、贵族、官府、驿站、监狱、商户等，主要笔墨在贵族深宅之外的广阔生活中，因而作品富于历史的认识价值。栩栩如生的人物刻画，引人入胜的故事情节，生动的生活场景，亲历者的叙述口吻，也使作品具有真切的艺术魅力。

【央珍、梅卓等的女性叙事】女性叙事群落的崛起也是新中国藏族文坛的突出现象。这自然与新时代女性有机会受到教育并得以写作分不开。她们也往往具有现代女性意识，在自己的作品中为女性过去的悲惨生活、坎坷际遇发出不平的控诉。其中作家央珍（1963— ），生于拉萨，后毕业于北京大学中文系。1985年，她毕业回到故乡，开始埋头于文学创作，希望以新文学观念审视和反映藏族人民的心灵轨迹，创作出了《卍字的边缘》和《晒太阳》等短篇小说。央珍曾经担任《西藏文学》副主编，发表作品五十余万字，现供职于中国藏学研究中心。1994年她出版了第一部长篇小说，也是藏族文学史上女性的第一部长篇《无性别的神》。这部小说描绘拉萨一个贵族女儿——央吉卓玛的人生遭遇及其心灵历程。她一降生只会啼哭，并伴随着漫天大雪，被视为不吉祥的象征。果然，不久她的哥哥——贵族世家的唯一继承人就死于肺病，接着曾经留学过英国但一直怀才不遇的父亲又抑郁而逝，母亲不得不招赘一名乡下贵族为夫，把女孩送出家门寄宿。央吉卓玛一度得到作为帕鲁庄园主的叔叔慈父般的温情，但叔叔病逝和新老爷到来，她又从贵族小姐沦为女仆。多亏奶妈的帮助，央吉卓玛逃离苦海投奔姑姑的庄园。生活奢华的姑姑给她派来一个同龄女仆拉姆，她们情同姐妹，而女仆却逃不过花花公子的凌辱和折磨。当继父靠贿赂取得官位，德康府复苏，央吉卓玛终于回到久别的拉萨。但她已经无法适应那里的奢侈和繁文缛节，母亲不得不再次把她送往乡下。小说关于她跟随母亲朝拜圣湖的描绘，格外神秘诱人。母亲要向圣湖还愿，感谢佛祖赐予德康家族复苏的恩德。央吉卓玛想探究自己的未来，她诚惶诚恐地向湖水扔去绿松石，只见宁静的湖面刮起一股奇异的凉风，并变幻出五种颜色，显现出一尊白塔。于是母亲就把央吉卓玛送进尼姑寺，意在按照神湖的启示安排女儿的生活，也意在省去一笔女儿的嫁妆。央吉卓玛认为自己皈依佛门从此能求得人世的幸福。她最终能否找寻到幸福，小说没有交代；主人公在作品中一直处在寻找和探索中，始终没有结果和答案。

梅卓（1966—　　），生于青海，毕业于青海民族学院中文系，曾任《青海湖》文学月刊编辑，现为青海省作家协会主席。主要作品有长篇小说《太阳部落》（1995年）、《月亮营地》（2001年），小说集《麝香》，诗歌集《梅卓散文诗选》。《太阳部落》在青海两个相邻部落争夺草场的历史背景下，着力描绘了两代青年男女的爱情悲剧。小说的独特成就则在从具有普遍意义的人性高度审视本民族的历史和现实，赋予爱情悲剧以崭新的文化内涵。作品背景设置在民国军阀马步芳统治时期，沃赛夫人为了与伊扎部落和平相处，将妹妹耶喜嫁给伊扎部落的新老爷索白为妻，而耶喜在新婚之夜却对管家一见钟情。索白倾慕美艳温柔的桑丹卓玛，桑丹卓玛却已经嫁给前头人之子嘉措。桑丹卓玛勤劳、善良，安于贫困，淡薄权势金钱，渴望纯真火热的爱情。她的美丽让远近男人垂涎不已，但她的一生遭遇却令人叹惋。她的丈夫嘉措本该是伊扎部落合法继承人，不料那枚象征部落权力的太阳石戒指却戴到了索白的手指上。嘉措远走，当上"土匪"头领，再也没有回来。小说还铺写了与桑丹卓玛同代和下一代许多藏族女子的爱情遭遇，深刻反映了青年男女对自由生活和纯真爱情的不懈追求。索白千户一生殚精竭虑追求权力和财富，到老才发现妻子耶喜并不爱他，他拥有一夜情的众多女人都不过是过眼云烟。可惜索白醒悟太晚，既无法追回已经逝去的青春年华，更无法补偿一代代女性在他权力和财富威压下被摧残了的爱情、自由和生命。最后，阿琼与沃赛千户的儿子嘎嘎结婚，并肩出走投奔父亲嘉措。两个部落已经一无所有，阿琼和嘎嘎随身携带的只有一块嘉措雕刻的木"风马"，这对年轻恋人将在这面旗帜的鼓舞下，去寻找没有仇杀、贪婪，人们相亲相爱，和睦自由的世界。小说从人性高度艺术处理了一个民族古老的故事，赋予传统题材以新的思想内涵，提升了《太阳部落》的审美品位。

第十四编 | 地域民族风情长篇（下）

　　我国西部和北部地带，包括陕甘宁新和内蒙古、东北三省，有高山、大漠、草原，也有白山黑水之间的平野和濒海的半岛。其间民族众多，自然风光各异，人文风俗也特色纷呈。反映到文学作品中，便呈现出绚丽多姿的篇章。长篇小说的创作，产生许多风情独特的作品，构成新中国长篇小说园地的奇葩，也自在人们的意料之中。

第一章｜陕甘地域民族风情长篇

陕西、甘肃的地域民族风情——王汶石的小说——贾平凹的地域风情长篇——莫伸、杨争光等的小说——尕藏才旦、马步升的小说——雪漠的《大漠祭》及其他——陈彦的小说与《主角》

【陕西、甘肃的地域民族风情】我国西北部的陕西、甘肃两省是古华夏西至新疆，北通宁夏、内蒙古的核心走廊地带，地域辽阔，民族众多，拥有关中沃野、高原峻岭、大漠风情、漫长丝绸古道，构成异于内地的雄奇粗犷的自然背景，各族人民又具各自的风俗和不同的文化心理，这些都使其文学创作呈现独特的风貌。

这一地区长篇小说创作多始于新中国年代。柳青、王汶石、杜鹏程、路遥、陈忠实、贾平凹等名家的作品堪为代表。本书前文已论述的作家不再重复，本章只补充未曾介绍的若干表现地域民族风情较有成就的其他作家。

【王汶石的小说】王汶石（1921—1999），原名王礼曾，山西省万荣县人。青少年时期即在家乡投身于风起云涌的抗日救亡运动。1938年参加中国共产党。1942年到延安，先在西北文艺工作团，后随团到陕甘宁边区各地开展反奸、边防、土改、征粮、普选等群众工作。写过一些为现实斗争服务的歌词、剧本、街头诗和文艺评论。1949年西安解放时即到该市，先后任《群众文艺》主编、《西北文艺》副主编、中国作协西安分会副主席等职。1953年以后经常去陕西渭南县（今陕西省渭南市）农村深入生活，在十多年时间里创作了后来收入《风雪之夜》中的一批反映农村现实生活的短篇小说和小长篇小说《黑凤》（1963年）。"文革"后除《通红的煤》《挥起战刀的炮手们》

取材于战争年代生活的短篇新作外，主要致力于散文和文艺评论的写作，有评论集《亦云集》（1983年）问世。能够代表王汶石创作成就和风格特色的，是他的小说集《风雪之夜》。此集1958年由中国青年出版社出版。人民文学出版社两次再版，1977年版共收作者1956年至1961年的作品17篇，描写的主要是陕西渭南农村从合作化到人民公社化时期的生活变化和人们的精神风貌。各篇情境各异，但所写自然风光、生活习俗、时代氛围、人文环境等，又有相互衔接、呼应的关系，如长篇画卷，受到当时评论界推崇。

《新结识的伙伴》是作者的代表作。作品主人公张腊月和吴淑兰在劳动竞赛中相互较量。作者说："我只是借这个故事的便利，来反映中国农村妇女的新的社会地位、新的命运、新的生活，来描写这种真正人的生活所引起的真正人的感情的大爆发。"[1]20世纪50年代，像小说里所描写的张腊月、吴淑兰这样的农村劳动妇女是普遍存在的，她们希望通过合作化、人民公社化道路，以大干、苦干的主人公姿态和献身精神，来尽快改变农村旧面貌，实践奔向共产主义的大目标。这种激进的思想自属当时的潮流，但她们的"新的社会地位、新的命运、新的生活"却属历史的真实。在《新结识的伙伴》里，泼辣、率真、敢想敢干的"闯将"张腊月，外柔内刚、起步较晚却能后来居上的"好女人"吴淑兰，都被作者写得有声有色，呼之欲出。读者从她们的形象中不仅感受到一种新的思想品质，而且感受到一种新的时代精神。小说全文不过6000来字，在如此短的篇幅里，作者却以其幽默诙谐的笔力，相当丰满地推出张腊月、吴淑兰两个新人的形象。全篇结构严谨，气韵生动，文采斐然，充分表现了作者驾驭短篇艺术的不凡身手和风格特色。

作者通过人物形象也等于赞颂了她们所体现的冒进，这当然表现作者历史认识的局限，但在那一代作家中也很难避免。这种情况在《风雪之夜》的其他篇章中也或轻或重地存在。1963年出版的单行本的《黑凤》，适应反右倾的需要，写主人公黑凤在农村大炼钢铁中的冲天干劲，同样说明这一点。不过，类似描写毕竟反映了那时人们真实的精神状态，对后人也并非没有历史认识

---

1 王汶石：《答〈文学知识〉编辑部问》，《文学知识》，1959年第11期。

意义。

【贾平凹的地域风情长篇》】贾平凹的生平和小说作品，在本书前文已做论述。这里只补充讨论他的一些地域风情浓厚的作品。贾平凹曾以古朴的语言描写山乡野俗，被认为富于"秦汉韵味"。他的许多小说都具有鲜明地域色彩。他的前期创作受到孙犁的影响，以委婉细腻而清新的笔墨，描写充盈诗情画意的故乡山民的生活与心曲。为他赢得声誉的是他的"商州系列"小说。他自叙："欲以商州这块地方，来体验、研究、分析、解剖中国农村的历史发展、社会变革、生活变化，以一个角度来反映这个大千世界和人对这个大千世界的心声"。[2]他描写的改革开放给原本封闭的山野和山民带来的冲击，杂以旷夫怨女动人心弦的爱情故事，褒扬真美，揭露假恶丑。像《小月前本》《鸡窝洼人家》《腊月·正月》《远山野情》《天狗》《黑氏》《古堡》等系列中篇，都极富时代的精神与激情，因而获得读者的广泛共鸣与赞赏。他的这些乡土小说之所以被评者视为"文化寻根"，主要因为贾平凹十分注意开拓和表现生活的文化层面。举凡商州的历史、传说，民间的占卜、禳祀、礼仪以及屋宇建筑、器皿陈设、歌谣俚语等典章文物与风俗民情及民性，无不被淋漓尽致地描写，其中既有对美好人性人情的歌颂，也有对保守、狭隘、愚昧与野蛮等落后的国民性的鞭笞。而小说的语言更兼擅楚骚的神奇诡异和汉魏的古拙质朴，更有笔记小品的空灵与逸趣，文言与方言相糅，简练、生动而传神，使小说语言本身也富于文化的风韵与地方的特色。

长篇小说《浮躁》是贾平凹的一部力作，前文已介绍过。它兼写农村与城市，通过主人公金狗、雷大空等农村青年在改革开放大潮中的闯荡与经历的坎坷曲折，从宏阔的时空上把城乡的种种世相和社会痛疽展现给读者，被认为是"商州系列"的集大成之作。此后，贾平凹从农村进入西安长期生活与工作，他的思想情绪和创作题材也产生明显的变化。贾平凹本以写农村题材见长，但他的长篇小说《浮躁》已涉及城市的描写。而《废都》和《白夜》则纯然反映

---

2 贾平凹：《小月前本·在商州山地（代序）》，《小月前本》，花城出版社1984年版。

以西安为背景的改革开放后的都市生活风情。《废都》问世立即造成轰动和争议,第一版北京出版社即印行20万册,停印后书商的盗版达29种之多,可见在读者中影响的广泛。小说描写一位作家在都市文化圈中陷入放肆的境界,与多位女性发生性关系。作品以大量的笔墨淋漓尽致地刻画男女的性行为、性心理,以至被视为当代的《金瓶梅》。但小说也多方面描写了都市的风俗人情、文化韵致,揭示了各种人物性格的特征,让读者从中感受到改革开放以来随着都市的繁华,人们精神世界产生的新的并非都具正能量的变化。

《白夜》是贾平凹另一部描写都市的长篇。以一个叫夜郎的小人物的生活来展开。书中描写了20世纪90年代城市变化中的小市民的生存境遇,有为了权力争夺的官场小人物,有为了生存而相互斗争的兄妹,有在城市中挣扎的外来者。作品表现了他们在欲望与理性所钩织的迷网中挣扎,反映出他们在改革开放后的特定社会背景下的生存境遇和心态,为读者揭开了西安这座城市的普通人的生活风情。

《废都》和《白夜》写的都是城市生活的一角,已失却早年的清新与纯朴,虽技巧更见圆熟,也展现了一定的世相,但《废都》的颓废情绪与大量的性描写却引起人们的批评与争议。《白夜》在描写方面虽有节制,但思想上未有明显突破。贾平凹后期致力于长篇小说创作,先后推出十多部新的长篇,如《土门》《高老庄》《怀念狼》《病相报告》《秦腔》《高兴》《情劫》《古炉》《带灯》《极花》《泉》《太阳路》等。新时期城乡二元对立所产生的种种现状与问题,始终使他萦怀于心。城市现代化、商业化产生的精神颓败、困恼,乡村青年男女进城打工使乡村日益败落、凋敝,这些问题一直困惑贾平凹,他的许多长篇基本都在反映和探索这些方面的问题。如《土门》讲述一个村庄城市化的过程,对城市当中腐朽的生存方式和乡村的保守心态进行了双重批判。《高老庄》则叙述教授高子路携妻西夏回故里高老庄给父亲吊丧,与离婚未离家的前妻菊娃、地板厂厂长王文龙、葡萄园主蔡老黑以及女强人苏红等发生了错综复杂的感情纠葛。以最底层、最日常,甚至有些琐屑的生活流,描写遭到困扰的高子路虽留恋家乡却不得不回城去的过程,揭示城乡矛盾在众多人物心灵的投影。《高兴》展开的农民卖肾给城里人,自己进城捡破烂为生,却仍难在城里立足的故事，表现作者对农民命运的一贯关注与悲悯。《秦腔》却写出农村的颓败，通过琐碎零屑的日常生活描写，把当下农村的种种人物以及婚丧嫁娶、喜乐哀痛等人们的情感和文化习俗，以充满商州方言俚语的描述方式表现出来。作家另一长篇《极花》描述城里的女人被绑架卖到贫困山区农村，后来虽逃回城市，却备受人们的歧视和冷眼，又怀念山村的丈夫和儿子，最后思量再三又回到山村去。

由上可见，贾平凹的小说在描写秦地的历史文化风情方面，成就突出。有的作品虽不无缺陷，但总体上对反映改革开放以来我国城乡生活和人们精神世界的变化，具有相当的认识意义。他的作品曾被译为多国文字，并在国内外获过多种奖项。

【莫伸、杨争光等的小说】陕西描写地域风情的小说家尚有高建群、莫伸、邹志安、杨争光等。高建群的长篇在前文论述家族小说时已介绍，不赘。

莫伸（1951—　），原名孙树淦。江苏无锡人。1968年赴秦岭山区插队务农，1972年后历任宝鸡车站货场装卸工，《西安铁道报》记者，西安铁路局文联副主席，西安电影制片厂编剧、文学部主任，专业作家，1980年毕业于中国作家协会文学讲习所。曾任陕西省作家协会理事、常务理事、主席团成员、副主席。陕西省社会科学院文学艺术研究所所长。1977年开始发表作品。1979年加入中国作家协会。著有长篇小说《尘缘》《年华》，中篇小说集《生命在凝聚》，中短篇小说集《恽春华》《过去了，梦……》《宝物》，长篇纪实文学《东欧纪行》《大京九纪实》，纪实文学《到俄罗斯发财去》《爱情在死亡中诞生》《冲刺》，散文《壶口，壶口》，电视连续剧剧本《塞上的风》（4集）、《东方潮》（22集）、《尘缘》（20集，均已录制播出）。作品先后获全国首届优秀短篇小说奖、《小说界》优秀中篇小说奖、《啄木鸟》优秀长篇小说奖、新中国成立四十周年优秀电影剧本奖、夏衍电影剧本奖、老舍文学奖剧本奖、全国电视剧飞天奖、中国电视金鹰奖等。部分作品选入初中语文教材，并译有英、日、西班牙文版本。

杨争光于1957年出生于陕西省乾县，1982年毕业于山东大学中文系，长期从事诗歌、小说、影视剧写作。著有《土声》《老旦是一棵树》《黑风景》《棺材铺》《从两个蛋开始》《少年张冲》《公羊串门》等一系列优秀小说，以及十卷本《杨争光文集》。担任《双旗镇刀客》《杂嘴子》等多部电影编剧，电视连续剧《水浒传》编剧，《激情燃烧的岁月》总策划。后来他调到深圳任文联主席一职。

《老旦是一棵树》是杨争光的中篇小说集，收录了《黑风景》《赌徒》《买媳妇》等代表性作品，其中《老旦是一棵树》曾被拍成电影。杨争光在中国当代文坛并不是高调的作家，但他却是国内公认的金牌影视编剧，《水浒传》《激情燃烧的岁月》《双旗镇刀客》都出自他的手笔。虽然这些影片影响很大，遮蔽不了他作为编剧的文字魅力，但他的小说更显示他对于人性和文字的把握功力。杨争光笔下的人物大多是偏远地区的农民，他们没有被置于具体的时代背景中，仿佛这些人物、事件，还有他们的思维方式和意识，从来就如此，并活在当下。这使得作者更为集中地把笔刺向这些人物的灵魂深处，窥探中国农村根底的精神脉络，进而探寻中国旧文化的血脉。

邹志安（1947—1993），陕西礼泉人，中共党员。1966年毕业于师范学校。历任礼泉县小学教师，县文化馆员，中国作家协会陕西分会专业创作员、理事、主席团委员。1972年开始发表作品。著有长篇小说《爱情心理探索》，短篇小说集《乡情》《哦，小公马》，中篇小说集《心旌，为什么飘摇》等。凭借《哦，小公马》和《支书下台唱大戏》连获第七、八届全国优秀短篇小说奖，一举跃上全国文坛。

【尕藏才旦、马步升、雪漠的小说】甘肃风情小说创作方面出现了不少作家作品。在小说家中，邵振国、尕藏才旦、雪漠、马步升等成绩尤显著，产生了全国性的影响。邵振国的创作在前文农村改革新图一章中已论述，不赘。

尕藏才旦（1944—2022），藏族，青海人，西北民族大学二级教授。中国作家协会会员，曾任甘肃省作家协会副主席。著有长篇小说《首席金座活佛》《佛兄佛弟》《红色土司》等，影视剧《走进香巴拉》《向往拉萨》《南来的风》《生死金天鹅》等，学术著作《中国藏传佛教》《西藏本教》《藏传佛教艺术》等15部。先后获得全国少数民族文学创作骏马奖、敦煌文艺奖一等奖等多项奖。

他曾自叙"生在以唐卡艺术著称于世、被国家第一批命名为历史文化名城的青海热贡（同仁县）。故乡的民间文学和唐卡艺术一样，多姿多样，丰厚深邃，空气中弥漫着神话、传说、故事、叙事长诗……一滴滴如甘霖渗进心田，一缕缕如春风吹开艺术细胞，为我打开一个崭新的天地。我被民间文学所倾倒、所陶醉、所向往、所迷恋，小小的我和文学有了难以分割的情缘。我的童年、少年是在藏传佛教六大宗主寺拉卜楞寺的近郊——甘肃夏河县拉卜楞镇度过的。旧社会，拉卜楞寺称'小北京'，当地的文化、商贸都较发达，藏传佛教文化氛围浓郁。游牧文化，农耕文化，各地域文化，藏、汉、回文化，商业及小手工业文化，各展风姿，交织相融，呈现出亮丽多彩的鲜明个性。那曲折紧凑的藏戏情节，那扣人心弦的雄狮王格萨尔的传奇等灿如星辰的文艺作品深深播进我的心田，扎下根来。文学成为我的美梦，成为我的理想花环。"[3]

他的作品广泛描写了藏族的风俗文化和宗教信仰以及现代化过程的矛盾和进步，生动刻画了许多藏人的不同个性的形象。

马步升（1963—   ），笔名北丐。甘肃合水人。1982年毕业于庆阳师专历史系，1995年又毕业于北京师范大学与鲁迅文学院合办的作家研究生班。曾任庆阳师专校办秘书、校刊编辑。1985年开始发表作品。1997年加入中国作家协会。著有长篇小说《女人狱》《北京不是你的家》《花园中的大王》，中篇小说集《黑洞》，中篇小说《半碗碗豆豆半碗碗米》《民国十八年》，短篇小说《老碗会》《飘飘》《黑路》，散文集《一个人的边界》等。商场如战场，家事如宫斗。机关算尽的，机关都是为自己而设；慷慨仁义的，积善之家有余庆。马步升著的长篇小说《青白盐》讲述在迢迢运盐驿道上，四大家族，纷争百年，月圆月缺，悲欢离合。

【雪漠的《大漠祭》及其他】雪漠（1963—   ），原名陈开红。中国作

---

3 尕藏才旦：《文学，我心中的香巴拉》，甘肃文化产业网，https://www.gansuci.cn/2014/0610/10735.shtml［引用日期2014—6—10］。

家协会会员，甘肃省作家协会副主席，东莞文联委员，东莞市作家协会副主席，生于甘肃凉州城。1988—2000年，雪漠先后创作有长篇小说《大漠祭》《猎原》《白虎关》三部曲，其后又有《西夏咒》《西夏的苍狼》《无死的金刚心》《野狐岭》等问世。雪漠被甘肃省委、省政府等部门授予"甘肃省优秀专家""甘肃省德艺双馨文艺家""甘肃省拔尖创新人才"等称号。

《大漠祭》是雪漠的成名作，是作者数易其稿，历时十二年才完成的力作。它以现实主义的笔触描写河西走廊凉州大漠边缘农民的贫困和追求。作者笔下奇幻的大漠风光，奇特的西部民风，鲜活人物沉重的生存状态，死死活活的感情纠葛，使作品显得独特而凝重。小说写老顺没钱给儿子娶媳妇，只好换亲；没钱度日只好进沙漠打猎；儿子生病，得不到彻底治疗而死去；儿媳妇莹儿在丈夫死后面临着改嫁和留下来的两难选择；二儿子和莹儿的别样爱情难以割舍；小儿子和别家的女人偷情被发现；上缴公粮当中，别人偷粮被老顺发现，凭良知举报并因此遭难。他们在与命运抗争中，每每出现劫难，但一家人还是没有放弃对美好生活的追求。雪漠试图写出在西部的非常贫瘠的条件下，人们所承受的肉体折磨、内心痛苦和他们对改变现实的顽强追求，体现的是一种很宝贵的人文立场。小说语言极富张力，鲜明、短促、有力，富有动感，那种质朴而含意深厚的西部方言以及西部人简练而直率的言说方式，使读者获得一种新的审美感受。

《大漠祭》出版后，好评如潮。小说荣获上海文艺出版社优秀图书奖、上海图书一等奖、第十四届华东六省一市文艺图书一等奖，敦煌文艺奖一等奖，荣获甘肃"五个一工程"奖、第三届冯牧文学奖，荣登中国小说学会2000年中国小说排行榜（排名全国第五）。新华社、《人民日报》、《光明日报》、《文汇报》、中央电视台等数百家媒体进行了评介，被誉为"真正意义上的西部小说和不可多得的艺术珍品"，并被改编拍摄为二十集电视连续剧。

之后，雪漠又推出他的"大漠三部曲"的另两部《猎原》和《白虎关》。《猎原》不但反映人与人的冲突，保护动物者与猎获动物者的冲突，还反映了求生存的人与动物的冲突。作品进一步刻画了《大漠祭》中老顺、猛子、孟八爷等的形象。《白虎关》则是一个具有启迪意义的生命大寓言。小说中的月儿等几个女子为了追求生存得更美好，被命运抛向各种险境：猛兽、酷暑、干渴……在炼狱般的经历中，凸显生命的尊严和灵魂的韧性，将弱女子升华为大写的"人"。

雪漠的小说，不管是"大漠三部曲"，还是后来的"灵魂三部曲"：《西夏咒》《西夏的苍狼》《无死的金刚心》，均在西部的自然环境、人文宗教景观中展现人和动物的各种命运，相互映衬，形成雪漠独特的艺术境界。他的小说中，每个人物都在思考自身的"安身立命"之所在，思考如何才能使生活变得更好一点，老顺、孟八爷、兰兰、莹儿、灵官、猛子等皆是如此。卑微、老实、卖井水为生的豁子，工于心计而又善于被人差使的炭毛子，性情软弱的炒面拐杖，见钱眼开的毛旦，"调皮骡子"花球，粗豪、嗜酒的赵三，看到书一脸茫然而又浑身机灵的白狗，无钱圆大学梦只好当盐工的宝子，死守荒漠牧羊为生的黄二等年青一代的农民，比起老顺、徐麻子、齐神婆、黑皮子老道、猛子妈、月儿妈、王秃子这些古板一点的农民来，更是不甘于被生活惯性吞没，而是多了几分居困思变、突围自救的豪气。不对苦难抱怨而寻求突破，是雪漠对故乡底层民众的期待和寄托，也是雪漠在这些贫困农民身上归结出来的精神亮点。

而在《西夏咒》等作品中，雪漠不仅探讨贫穷根源及解救的良药，还探讨了始终禁锢人类欲望的魔咒对人类的损害和腐蚀。雪漠通过打冤家、骑木驴、人骨法器、男女双修等一系列极具有视觉冲击力的画面，展示和探索人与自我、人与自然、生与死、情与欲、善与恶等诸多悖论般的命题，超越了对西部乡土精神的认同和歌咏，而进入对西部文化的质询。

《野狐岭》中，雪漠则把侦破、悬疑、推理的元素植入文本，活人与鬼魂穿插，把两个驼队的神秘失踪写得云谲波诡，风生水起，将阴阳两界、南北两界、正邪两界和诸多地域文化元素及历史传说都揉入作品，话语风格也产生变化，亦庄亦谐，有张有弛。但他仍然没有放弃对生命价值和意义的思考。他把人生哲理和宗教智慧都融于形象中，超越了写实，走向了寓言化和象征化。雪漠说："伟大的作品，应该写出当代人如何活着。它像生活一样丰富，也像生活一样质朴，没有任何虚假的编造，有的只是对日常生活的升华和提炼，以及从日常生活中发现的文学诗意。它可以坦然地对历史和世界说，瞧，他们就这样活着。"[4]虽然，他的灵魂三部曲中不乏魔幻的色彩，但雪漠这样努力着，无疑是现实主义作家的一种正确的选择。

【陈彦的小说与《主角》】 陈彦（1963—），陕西镇安人。现任中国作家协会副主席、中国戏剧家协会副主席。创作有《迟开的玫瑰》《大树西迁》等戏剧作品数十部，三次获"曹禺戏剧文学奖"，三度入选"国家舞台艺术精品工程"，创作电视剧《大树小树》获电视剧"飞天奖"，还多次获中宣部精神文明建设"五个一工程"奖。著有长篇小说《西京故事》《装台》《主角》《喜剧》《星空与半棵树》。《装台》获2015"中国好书"、首届吴承恩长篇小说奖，入选"新中国70年70部长篇小说典藏"。《主角》入选中宣部2018年优秀现实题材文学出版工程，获得第三届施耐庵文学奖、第十届茅盾文学奖。《星空与半棵树》获得第二届高晓声文学奖等多个文学奖项。多部作品在海外发行，出版有《陈彦文集》20卷。

《主角》2018年1月由作家出版社出版。2023年，张艺谋执导同名电视剧由中央电视台、贰零壹陆影视出品。这部写秦腔的作品，其素材来源于作家前半生的真实经历。作家从1976年写到2016年，从乡村到都市再辗转海外，透过秦腔舞台，描摹出中国最古老剧种的沧桑变迁，与整个社会在时代洪流中历经的万千变幻。[5]作者以扎实细腻的笔触，尽态极妍地叙述了秦腔名伶忆秦娥近半个世纪人生的兴衰际遇、起废沉浮，及其与秦腔及大历史的起起落落之间的复杂关联。其间各色人等于转型时代的命运遭际无不穷形尽相、跃然纸上，令读者深省叹惋不已。小说被认为是一部动人心魄的命运之书，一个以中国古典的审美方式讲述的寓意深远的"中国故事"。[6]

对此，茅盾文学奖评委会好评不已："在《主角》中，一个秦腔艺人近半

---

4 雪漠：《猎原·我的文学之"悟"》，北京十月文艺出版社2003年初版。

5 魏锋：《新世情小说的典范之作——关于陈彦长篇小说〈主角〉的一个个人解读》，《延河》，2019年第7期。

6 高凯：《陈彦长篇小说〈主角〉：以中国古典的审美方式讲述"中国故事"》，人民网［引用日期2019-10-19］。

个世纪的际遇映照着广阔的社会现实，众多鲜明生动的人物汇合为声音与命运的戏剧，尽显大时代的鸢飞鱼跃与中华民族自强不息的精神品格。陈彦赓续古典叙事传统和现实主义文学传统，立主干而擅铺陈，于大喜大悲、百转千回中显示了他对民间生活、精神和美学的精湛把握。"[7]

7《第十届茅盾文学奖授奖辞及获奖感言》，《作家文摘》，2019 年 10 月 15 日。

第二章 | 新疆宁夏地域民族风情长篇

新疆、宁夏地域民族风情——柯尤慕·图尔迪和祖尔东·沙比尔等的小说——
郝斯力汗和艾克拜尔的小说——红柯、董立勃的长篇——刘亮程的小说与
《本巴》——马知遥、马治中、查舜等的小说——石舒清、郭文斌的小说——
高深、戈悟觉的小说

【新疆、宁夏地域民族风情】新疆、宁夏都是我国的民族自治区。新疆自古便是多民族的地带，当今有十三个民族，除了汉族，还有维吾尔族、哈萨克族、蒙古族、塔吉克族、吉尔吉斯族、柯尔克孜族、乌孜别克族、俄罗斯族、锡克族、回族等，当地民族中以维吾尔族、哈萨克族人数较多。他们的文学创作多用本民族语言，很多作品没有翻译成汉语，所以，内地读者所知甚少。中华人民共和国成立以后，汉语译作渐多，当地作家也渐能用汉语写作。在小说方面，维吾尔族和哈萨克族的小说都有了划时代的发展。尤其是近20年来，两个民族的小说创作空前繁荣，作家人数众多，作品数量巨大，不仅有大量短篇和中篇，而且有大量长篇，有的长篇还是多卷本，标志着当地小说创作进入了史无前例的崭新阶段。维吾尔族老作家赛福鼎·艾则孜的长篇历史小说《苏吐克·布格拉汗》，学者兼诗人阿不都热衣木·吾提库尔的长篇历史小说《探索者的足迹》《苏醒了的大地》，都是现代维吾尔族文学的重大收获。哈萨克作家郝斯力汗、艾克拜尔·米吉提等人的小说，在新中国哈萨克族文学史上也都具有奠基或开拓作用。

【柯尤慕·图尔迪和祖尔东·沙比尔等的小说】柯尤慕·图尔迪（1938—1999），维吾尔族，新疆喀什市人。1955年开始创作，先后发表和出版中篇小说《泽热甫香河之光》（1982年）、《路》（1983年），长篇

小说《克孜勒山下》（1975年）、《战斗的年代》（三部曲，1979年、1984年）等。他的长篇小说《克孜勒山下》是新中国维吾尔族长篇小说发展史上较早出现的作品，具有开拓性意义。同时，最早显示了柯尤慕·图尔迪小说创作的特点，即以较大的篇幅和规模，描写维吾尔族人民半个多世纪的历史斗争生活，塑造在斗争中成长的民族英雄人物。

他的长篇三部曲《战斗的年代》在前文论述革命斗争史诗时已做介绍。此处不赘。这部长篇，自然广泛地描写了当地的自然风光和人物风情。

祖尔东·沙比尔（1938—1998）也是维吾尔族著名小说家。1981年毕业于鲁迅文学院。历任中学、大学教师，出版社编辑，新疆作家协会副主席。著有中短篇小说集《无头无尾的信》《沙枣树在窃窃私语》，长篇小说《阿布拉力风云》《探索》《父亲》《故乡》等。《刀郎青年》《探索》和短篇小说集《沙枣树在窃窃私语》曾分别获1982年、1985年、1991年全国少数民族文学创作骏马奖。

祖尔东·沙比尔也坚持从维吾尔族人民的生活中汲取小说的题材、主题、情节、语言。小说《邻居》表现邻里不同的价值追求、生活方式、道德观念。《最后一个牧人》写牧人加帕尔放了45年的牛，一辈子为村里无偿劳动。人们叫他"加帕尔傻子"，甚至打骂他，他也从不计较。他死后村里人因他的高贵品德，为他举行了隆重的葬礼。后来年迈的党支部书记伊萨木丁继他之后主动承担放牛的任务，成为另一个无私奉献的"人民公仆"的典型。加帕尔性格更质朴本色，而伊萨木丁则显得有胆略有理想。

买买提明·吾守尔（1944—　　），活跃于新疆文坛已有二十多年。他出生于新疆伊宁，1967年毕业于新疆大学中文系，历任《塔里木》《伊犁河》编辑、主编，伊犁哈萨克自治州作家协会副主席，新疆作家协会主席，中国作家协会第五届委员会委员。著有长篇小说《岁月就这么过去》《被沙漠淹没的古城》，小说集《笛声》《新旧事》《给死者的信》，中篇小说集《何沙木大叔》《十二木卡姆伊犁样式》等。小说集《这不是梦》曾获全国少数民族文学创作骏马奖，小说《同学》《胡须的风波》《吉祥的早晨》《流浪者酒店》《秋》《师傅》《给死者的信》等均获新疆维吾尔自治区文学奖。代表买买提明·吾守尔小说创作风格的作品是《疯子》《胡子的风波》和《镶金牙的狗》。《疯子》描写疯子打人被视为正常，正常人受疯子伤害，反被嘲笑、责怪而被逼疯。《胡子的风波》讽刺听风就是雨和捕风捉影的行为造成的社会骚动。

《镶金牙的狗》写"我"和"我的老婆"带着小狗出国探亲，携带货物赠人和售出，赚了大笔钱，把自己和小狗都镶上金牙。从此，小狗再也不吠叫，而且见到富人就摇尾巴，见到穷人便皱眉噘嘴。后来"我"为妻子治病，只好把小狗送给医生。之后，狗被杀了，金牙却被镶在医生老婆的嘴里。她整天坐在窗台上，龇牙望着街道上行走的男人们；医生也镶了两颗金牙，有时竟像狗一样吠叫，碰上腰包里没装钱的人去看病，便张牙舞爪，吹胡子瞪眼。小说以荒诞的笔法嘲讽拜金热如何使狗和人都异化了，具有尖刻的讽刺意义。

总的看来，买买提明·吾守尔的小说形成了个人风格，密切关注现实生活，具有鲜明的时代精神。他的作品多表现强烈的忧患意识，触及时弊，发人深思。艺术上采用变形、象征、怪诞、梦境等手法，令人耳目一新。

【郝斯力汗和艾克拜尔的小说】 郝斯力汗·胡孜巴尤夫（1924—1979），是新中国成立不久便在新疆和全国文坛产生影响的小说家。他是新疆塔城人。1943年肄业于迪化警官学校，历任新疆政府翻译室翻译，师范学校教师，新疆歌舞团导演，《新疆文艺》编辑，中国作家协会新疆分会专业作家。著有小说集《阿吾尔的春天》《起点》《郝斯力汗小说散文选》等，在戏剧创作方面也有一定成就。老舍对他的作品相当赞赏，说他"有自己的风格""写农民，也写牧民，不论他写什么，他总会精巧地运用民间谚语与人民的语言，使他的笔墨自成一格，又富有民族智慧"[1]。

短篇小说《起点》，被研究者视为郝斯力汗的代表作。它描写新疆哈萨克牧区合作化运动中牧民贾帕拉克出身贫苦，互助合作改变了他的生活，使他"脱下了那件要饭的破棉袄"，从奴隶变成了有"大小六头牲畜"的新牧民，

---

1 老舍：《天山文采——介绍〈新疆兄弟民族小说选〉》，《文艺报》，1960年第9期。

跟自己年轻美丽的妻子过上幸福生活。他尽管不受牧主库地雅尔挑拨自己与合作社的关系，却听信谣言，相信合作社领导人阿斯哈尔与自己的妻子有染，并且做出了一系列蠢事，差点误入歧途。小说意在揭示社会主义道路才是哈萨克牧民走向幸福的唯一出路，而坚持这条道路，就必须坚持与阶级敌人和传统观念的斗争。小说生活气息浓厚，人物个性刻画生动，对哈萨克族牧区风俗民情的描写具有历史的认识价值。《猎人的道路》叙述一位有三十多年狩猎经验的老猎人巴德勒加甫接受公社交给他的任务，带领两个小伙子到深山老林打猎，传授经验，培养他们成为"真正的猎人"。小说虽然未能体现深刻的思想内涵，但在表现哈萨克民族精神和当地自然风光方面很具特色，人物刻画栩栩如生，受到研究者和广大读者的青睐。

艾克拜尔·米吉提（1954—　　），哈萨克族，新疆霍城人，生于伊犁。1976年毕业于兰州大学中文系，1980年，他曾在中国作家协会主办的第五期文学讲习所学习。后在中国作家协会先后任《民族文学》编辑、民族文学处处长、《中国作家》主编、中国作家协会出版集团副主任。他的作品《努尔曼老汉和猎狗巴力斯》获1979年全国优秀短篇小说奖、第一届全国少数民族文学创作骏马奖荣誉奖，短篇小说《哦，十五岁的哈丽黛哟……》获第二届全国少数民族文学创作骏马奖，短篇小说集《存留在夫人箱底的名单》获第三届全国少数民族文学创作骏马奖。

艾克拜尔·米吉提的作品广泛地描写了新疆壮美绮丽的风光和各族人民的历史和文化，特别是哈萨克族的男女的命运与情感生活，刻画了许多生动感人的人物形象。他的小说一类是具有强烈的现实意义的作品，如《哈尔曼老汉和猎狗巴力斯》《权衡》《哈力的故事》《雄心勃勃》《发现》《我的两个学生》《哈司令、阿尔申别克和他母亲》《第二十九任队长》等。它们大都以荒唐岁月为描写背景，风趣而又机智地鞭笞了黑暗势力，表现了特定时代的社会心理，辛酸、苦涩，不乏讽刺和幽默。另一类是有丰富的思想容量，具有精神求索特色的作品，如《遗憾》《哦，十五岁的哈丽哟……》《在草原的朦朦雨夜里》《天鹅》《静谧的小院》《木筏》《瘸腿野马》《迁墓人》《角度——目标》《披着羚羊皮的人》《潜流》《红牛犊》等，这类作品以独到的生活视角，自由而又凝重的艺术结构，委婉纡徐的艺术张力，体现自己的独特风格。

艾克拜尔·米吉提是一位思想开阔、善于学习的作家，他的萨克语、维吾尔语、汉语都非常好，在相关的文学翻译中有突出成绩。小说创作用汉语，以汉语描写少数民族生活，却能保持哈萨克族生活的原色和文化精神，实属不易。

新疆地区有不少民族作家以本民族语言创作了许多小说，包括长篇小说，因未翻译为汉文出版，故暂时难以论述。

【红柯、董立勃的小说】汉族作家在新疆成长并描写新疆生活的，在世纪之交以红柯、董立勃的风情长篇产生全国性的影响。红柯（1962—2018），原名杨宏科。陕西省岐山县人，毕业于陕西宝鸡文理学院中文系。历任陕西宝鸡师院宣传部院刊编辑，新疆伊犁州技工学校讲师，宝鸡文理学院中文系和陕西师范大学教授。1983年开始发表作品。1986年远走新疆，在那里生活10年。1999年加入中国作家协会。2003年12月被陕西省委省人民政府授予"陕西省突出贡献专家"称号，曾任陕西作家协会副主席。2016年12月，当选中国作家协会第九届全国委员会委员。

主要作品有"天山系列"短篇小说集《美丽奴羊》，中短篇集《跃马天山》《金色的阿尔泰》《黄金草原》《太阳发芽》等12部，长篇小说《西去的骑手》《大河》《乌尔禾》《生命树》《喀拉布风暴》《太阳深处的火焰》等8部。他的作品大多描写新疆天山南北的人物风情和各种故事。先后获鲁迅文学奖、冯牧文学奖、庄重文文学奖、蒲松龄小说奖、中国小说学会奖长篇小说奖、陕西省文艺大奖、柳青文学奖、《当代》文学奖、《上海文学》优秀作品奖、《钟山》文学奖、《小说家》文学奖。

长篇小说《西去的骑手》描写20世纪二三十年代，甘肃州的热血少年马仲英不堪忍受家族势力和军阀的压迫，揭竿而起的故事。他年仅十七岁，人称"尕司令"。这是一部有关英雄和血性的史诗式长篇巨著。金戈铁马，碧血黄沙中，有凝重的历史，有浪漫的情怀，更有生命的真谛和灵魂不死的传说。作品文字风格粗犷、豪雄、简洁。关于他的长篇《乌尔禾》，评论家吴义勤、于京一在《神性照耀乌尔禾》中说："红柯在《乌尔禾》中完成的是对先锋文学和世俗文学的双重颠覆与超越，它以质朴的形式，从先锋派乐不思蜀的玄奥空洞中返归清明蓬勃的诗性，实现了让文学从不堪重负的伪'哲理化'向文学感性品质的回归，完成了从低俗卑琐的商业化写作向丰盈想象和诗意情感的升华。"[2]

《太阳深处的火焰》则采用复调结构，作品一线集中书写的是当代知识分子坐困书城的精神困境，作者以冷峻之笔写当代学林，语带诙谐嘲弄，入木三分，堪称当代"儒林新史"，这是其小说令人印象深刻的部分。另一线则讲述渭北大学徐济云教授和新疆姑娘吴丽梅年轻时的浪漫爱情故事。小说体现陕西关中文化和边疆少数民族文化的差异，两种文化在碰撞中相互借鉴、交融与发展。

红柯的小说题材多样，风格因题材而有差异。他拥有从陕西到新疆的丰富生活积累，才华焕发，写作勤奋，不幸早逝，实属文坛大憾！

董立勃（1956—　　），生于山东省荣成县（今荣成市），在新疆戈壁长到23岁，1979年考入新疆师范大学政治系。曾任过农工、教师、记者、宣传干部、文学编辑和乌鲁木齐市作家协会秘书长。《白豆》获《当代》小说最佳奖和新疆政府天山文艺奖，入选2003中国小说排行榜。因创作成绩突出，在2003年中国文学年度人物评选中被评为"进步最快"的作家。曾出版小说集《黑土红土》《地老天荒》。长篇小说《白豆》《烈日》《静静的下野地》《米香》等。多部中、短篇小说在《人民文学》《当代》《十月》《上海文学》《北京文学》《钟山》《天涯》等名刊发表，并被《小说月报》《小说选刊》《中篇小说选刊》《当代长篇小说选刊》《小说精选》《中篇小说月报》《作家文摘》报刊选载。

董立勃的小说写的基本都是20世纪新疆生产建设兵团初期的生活，写当时男女比例失衡状态下人们婚姻与爱情的悲喜命运。生产建设兵团是我国现存的一种特别的农业组织形式，带有准军事化的性质。其人员来自五湖四海，有

---

2 吴义勤、于京一：《神性照耀乌尔禾》，《小说评论》2008 年第 3 期。

相当一部分是脱下戎装的革命军人和起义军人。在新疆，生产建设兵团驻扎的都是亘古蛮荒之地，或远离绿洲的边远处所。人员构成复杂、经历形形色色，因而有丰富多样的人生故事。董立勃在广袤荒蛮的雄浑背景下展开作品中人与自然的搏击和兵团人员营造家园、艰苦创业的宏大场面，将之浓缩为史诗性的画面，像《天边炊烟》《地老天荒》《乱草》《米香》《烧荒》等等。而使董立勃成名的则是他的长篇力作《白豆》，这是他停笔十年后，2003年在文坛上的第一次亮相。

《白豆》问世即引起轰动，一幕幕发生在下野地里凄美委婉的爱情故事，被他以清新流畅的文笔刻画的各种人物和大西北的浓情美景都跃然纸上。不少文学评论家称他有文学巨匠沈从文和孙犁的风骨。小说写先后有三个男人想娶白豆当老婆，而即将成为营长夫人的白豆在玉米地里被强奸了，她失去了成为营长夫人的机遇，却依然潇洒自如，越来越水灵。女人们觉得她下贱，男人们则对她垂涎三尺，她都无动于衷；嫁给老杨后，为了让老杨后继有人，她主动成全老杨和好友翠莲；得知胡铁被冤枉后，又百折不挠地为他申冤，一心要把老杨送进监狱……她与生俱来的淳朴、热情和执着，让她逐步认清了人们的真面目，最终找到了真爱。董立勃对故事的处理颇见张力：写女性，落笔于情感的清纯，白豆在谣言、暴虐与卑劣攻击中不失人性的善良与韧劲，爱其所爱，义无反顾，既真纯又柔中有刚；写男性，着墨于人性的开掘，几个男人共同演绎出一幅复杂的人性长卷。作品将岁月的悲歌、人性的杂芜、情感的较量相交织。人性善恶、情感真伪，在清新、凄美的意象中一一展现。

《米香》和《静静的下野地》的意蕴更为丰厚，故事更加曲折，人物形象也更为饱满。

诞生于父辈兵团土地的董立勃特别着意营造情境，太阳、荒野、红土、黑土、人、物、牛马羊和云朵，都被涂染上浓烈鲜明的色调，具有油画般的色彩美和立体的雕塑美。他笔下的人物，远离一般的英雄主义概念，却因作家着意对人性、人的本质的探索和刻画而更接近真实。

【刘亮程的小说与《本巴》】刘亮程（1962—　　），新疆沙湾县（今沙湾市）人。现为中国作协第十届全委会委员、中国作家协会散文委员会副主任，新疆作家协会主席、自治区文联兼职副主席，中国文字著作权协会理事。著有诗集《晒晒黄沙梁的太阳》，散文集《一个人的村庄》《一片叶子下生活》《我的孤独在人群中》《大地上的家乡》等，长篇小说《虚土》《凿空》《捎话》等，随笔访谈《把地上的事往天上聊》。被誉为"20世纪中国最后一位散文家"和"乡村哲学家"。多篇文章收入中学语文教材。2014年8月，《在新疆》获得第六届鲁迅文学奖（散文杂文奖）。2023年8月，长篇小说《本巴》荣获第十一届茅盾文学奖。

莫言评价刘亮程，说他的文字是最标准的汉语写作。评论家认为"刘亮程的写作，体现了真正的'创造'，创造语言、创造思想、创造历史，由此创造了一个万物有灵的世界"，"将来自西域的隐秘历史与现代的奇幻世界巧妙编织在一起，在其魔幻、变形、奇崛的语言和叙事背后，跳动着一颗具有非凡想象力和观察力的作家的不安灵魂"，从而为当代中国小说写作提供了奇异的路径和独特的灵感，不断地给中国文学制造奇迹和惊喜。[3]

《本巴》首次发表于《十月》2020年第5期，2022年1月由译林出版社作为"刘亮程作品"七卷本之一出版。入选2022年度"文学好书榜1月入选好书"，其入选理由如次："刘亮程最新长篇《本巴》以蒙古族英雄史诗《江格尔》为背景展开，追溯逝去的人类童年，探寻一个民族的历史记忆与诗性智慧。他在史诗尽头重启时间，在古人想象力停住的地方重整山河，成就了一部充满想象与思辨而又自然浑成、语出天真的小说，塑造了一个没有衰老没有死亡、人人活在25岁的本巴国度，波澜壮阔、熠熠生辉，在说唱人齐的吟唱中，在游戏、故事和多重梦境里，带人回到世界原初意义上的本真，看见另一个时间中的自己。"[4]

对此，第十一届茅盾文学奖授奖辞不吝赞誉："刘亮程的《本巴》，向《江格尔》致敬，在创造性转化与创新性发展中证明多元一体的中华文化美美

3 韩松刚：《词的黑暗——评刘亮程长篇小说〈捎话〉》，《中国当代文学研究》，2019年第1期。
4 文学好书榜1月入选好书—书汇—中国作家网，人民文学出版社（微信公众号）［引用日期2022-2-6］。

与共的活力。融史诗、童话、寓言为一体，在咏唱与讲述的交响中以飘风奔马、如梦如幻的想象展现恢宏绚烂的诗性境界。对天真童年的追念和对时间的思辨，寄托着人类返璞归真的共同向往。"[5]

宁夏回族自治区为我国回族聚居的地区，但回族作家在我国分布很广。前述北京的张承志、霍达，山东的马瑞芳都是回族作家。宁夏回族的小说创作发轫于现代，不过基础比较薄弱，著名回族作家马宗融和白平阶都有小说作品，但是数量少，民族特色也不鲜明。本章论述的主要是居住于宁夏回族自治区的回族小说家和部分在该地工作较久的汉族小说家。改革开放以来，回族小说创作空前繁荣，涌现的小说家较多，如马知遥、张武、石舒清、查舜、于秀兰等。还有在宁夏工作过的汉族作家张贤亮、戈悟觉、高深等。张贤亮、张武在前文已论述，不赘。

【马知遥、马治中、查舜等的小说】马知遥（1937—　），原名马明春，回族，生于湖北沔阳。1964年毕业于中央民族学院艺术系油画专业，曾在宁夏展览馆任美工长达20年，1984年调宁夏文联专业作家创作组。他长期致力于"回族文学"的研究与创作。著有中、短篇小说《古尔邦节》《黄米干饭》《静静的月亮山》《南下广州》《幺叔》及长篇小说《亚瑟爷和他的家族》等，后者获第七届全国少数民族文学创作骏马奖。作者系中国作家协会会员，宁夏第五、六、七届政协委员，原宁夏美协常务理事，宁夏作协副主席。

马知遥的小说创作，广泛反映宁夏回族聚居区人民的生活，具有鲜明的塞上回族风格。粉碎"四人帮"后不久创作短篇小说《古尔邦节》，突破了极左文艺路线设定的禁区，以赞扬的笔调，真实生动地描写了回族人民重要的民族节日，成为当代回族文学史上一篇具有开拓性的作品。它表现回族人民温馨的人情、高尚的道德规范，有利于其他民族加深对回族的了解。

马知遥的长篇小说《亚瑟爷和他的家族》曾在前文论述过，它以一种蛮荒地域的苍凉叙事，谱写了一首民族心灵的赞歌。作品通过一个家族百年间的命

5《第十一届茅盾文学奖授奖辞》，《文艺报》，2023年11月20日。

运变迁，既歌颂回回民族百折不挠的生命活力，又表达对民族前途的思考与隐忧，具有深沉的史诗品格。

作家马治中在宁夏土生土长，对当地回族人民的生活十分熟悉。他的《三代人》《西域回回》《"方"迷新传》等小说，都是内涵丰厚并有一定时代感的作品。《三代人》写一家三代人的思想意识和价值取向上的差异和矛盾。《西域回回》中，思想僵化、固守传统经营方式的父亲和具有现代经营意识、敢于开拓进取的儿子之间的冲突，带有时代特点和典型意义。另一位土生土长的宁夏作家查舜（1950—　），成名作是中篇小说《月照梨花湾》，1982年发表于宁夏的回族文学刊物《新月》。小说以抒情的笔调，叙述了一对农村男女的爱情故事。男青年丁玉清好学上进、心志高远，女青年纳素娟美丽聪慧、勤劳能干。二人恩恩爱爱，小家庭温馨异常。后来丈夫上了大学，妻子发现自己因文化水平低，思想、兴趣等多方面与丈夫有很大距离，决心牺牲自己，让丈夫另做选择，便回了娘家。丈夫面对才智相当、爱慕自己的女同学，也一度心动神摇，但想到妻子的善良多情和种种可爱之处，以理智与道德约束自己，大学毕业后立即把妻子接回了家，二人重聚于花枝繁茂的梨园里。作品清纯而婉约，又在道德失范时肯定了传统美德，所以受到了读者的欢迎。《穆斯林的儿女们》在查舜小说创作历程中占有重要地位。作品以伊斯兰教两大节日——开斋节和古尔邦节开头和结尾，全景式地描写了回族人民的日常生活和宗教生活及其痛苦与欢乐、愿望和理想。回族评论家白崇人说："查舜对宗教生活的描写浸透了浓郁的感情。作者是将宗教作为一种文化现象、文化积淀，作为一种民族性来表现的……作者对伊斯兰教仪式的描写其实是对回族人民的生活和民俗的描写，是对回族的民族性格和心理素质的描写。"[6]

宁夏回族作家中，女作家于秀兰（1950—　）相当引人注意。这主要因为她的女性意识和女性写作，以及她在女性写作中的特殊贡献。与内地回族女作家霍达、马瑞芳笔下的女性不同，她所写的多是塞外回族妇女，而且着重挖掘的是她们身上的真善美。她的系列短篇构成的集子，就如同一部展开回族各

---

6 白崇人：《喜读〈穆斯林的儿女们〉》，《人民日报》，1988 年 8 月 30 日。

种女性命运的长篇。她在一篇题为《难以潇洒》的文章中写道："凡是女性，我几乎不分年龄地注视。在别人眼里不论是多么平常乃至丑陋的女性，我都能搜索到她独到的姿韵，都能找到她可爱的地方，唤起我心中那悠悠的柔情。"她的短篇小说《芹姐》，写农村回族妇女芹姐的爱情与婚姻。芹姐是个美丽、聪慧、勤劳、有上进心的姑娘，因家庭做主嫁给一个极端自私、不求上进而又有夫权思想的丈夫。在貌似幸福的家庭中，芹姐没有独立的人格和思想自由，失去了自我。她从逆来顺受、委曲求全到反叛与抗争，表现了回族农村妇女主体意识的觉醒。于秀兰的小说集《流逝》，内收小说16篇，主人公多为女性。作者在《后记》中明确地说："我是有意地要用我的笔去表现女性，去描写女性、体恤女性、同情女性、歌颂女性。"她的确是这样做的。

【石舒清、郭文斌的小说】 石舒清（1969— ），原名田裕民，回族，出生于宁夏海原县。1989年毕业于宁夏固原师专英语系，后任中学教师五年，任县委宣传部创作员三年。1999年调入宁夏文联从事专业创作。他的作品以短篇小说为主，已出版小说集《伏天》《苦土》《开花的院子》《暗处的力量》等多部，有作品被译为法文、日文、俄文等。曾获第二届鲁迅文学奖，第七届《十月》文学奖，第五届全国少数民族文学创作骏马奖，第八届全国少数民族文学创作骏马奖，第十一届庄重文文学奖，人民文学奖等。

石舒清的作品广泛描写宁夏地区回族人民的生活，写他们的各种人物及其心理情感，表现浓郁的民族风情与文化韵味。他的成名作是荣获鲁迅文学奖的短篇小说《清水里的刀子》。其成功不仅得力于小说主题的深刻和敏锐，也得力于小说氛围的营造和故事的推演。通过对特殊情境下人与物微妙心理的探幽考微，将老人马子善与一头即将赴死的耕牛之间的情感叙写得看似不动声色，实则惊心动魄。清水里静静地躺着一把寒光闪闪的刀子，使作品蒙上了一层浓浓的宗教色彩，它告诉读者，它既是清洁的，也是神圣的。这篇小说的获奖以及在文学界产生的一定程度的冲击力，表明石舒清在创作上的一次飞跃，赋予西海固为创作母土的"苦难文学"以洁净的精神内涵。

石舒清迄今唯一的长篇小说《底片》于2006年面世。它似是作家短篇小说的大综合，结构新奇，风格独特，兼具童年史与乡村史的性质，依靠作者的记忆与经验，以精致细腻的文字描绘乡村生活丰富的人情与世事。小说描写的几乎都是小人物的生死荣枯，有对命运的抗争，也有对生存的隐忍。

郭文斌（1966—　　），祖籍甘肃，生于宁夏西吉县，先后就读于固原师范、宁夏教育学院中文系、鲁迅文学院。现任银川市文联主席，宁夏作协主席，《黄河文学》主编。中国作家协会全委会委员。发表作品300余万字。著有散文集《空信封》《点灯时分》《孔子到底离我们有多远》，小说集《大年》《吉祥如意》，诗集《我被我的眼睛带坏》。短篇《吉祥如意》先后获人民文学奖、小说选刊奖、鲁迅文学奖。部分作品被译成外文。他的长篇小说《农历》以两个乡村孩童的眼光为主线，以中国传统农历中的节气为章节，展示渐渐消弭的中国传统乡村文明，显示天人合一的人文理想。小说提倡的是一种价值，是对中国传统文化中的"农历精神"归来的期盼！它写道："任何外在的光明都是不长久的，靠不住的，一个人得有自己心里的光明。"作品情节匀速推进，呈现了父慈子孝、长幼有序、田园舒缓的人伦敦厚社会。书中出现最多的词一个是"过去"，一个是"老家"。它的理想指向传统，语言上自始至终呈现一种安静的、诗化的氛围，似从中国传统文化中提炼出一种精神的、艺术的、想象的世界。它令人心灵安居。小说里主要有四个人物，大姐出嫁了，大哥也不在家，就剩下父亲、母亲和五月、六月四人。父亲是传统文化和风俗的化身，他什么都知道，连《千家诗》《百家姓》都知道，为人勤劳、温情，有耐心。六月则是一个刚开启童蒙的孩子，对一切感兴趣，有一个打破砂锅问到底的精神。父子俩对话的结构使情节不断推进。作品像一首风俗的诗，充满着民间的智慧和诗香。作者认为"农历精神"肯定要回到现实生活中，但实际上随着城市化的进程，小说似乎成为"农历精神"的悠悠挽歌。

【高深、戈悟觉的小说】 高深（1935—2017），原籍辽宁岫岩，长期在宁夏工作，后为辽宁锦州文联名誉主席，是成果丰硕的诗人和杂文家，同时在小说创作方面也有可观的成绩，其长篇小说《关门弟子》、中短篇小说集《军魂》等都产生过一定影响，中篇小说《军人魂》曾获全国少数民族文学创作骏马奖，《清真寺落成的时候》曾获《朔方》优秀小说创作奖。《军人魂》的主人公是藏族出身的人民解放军连长巴桑。他在丛林中寻找战友遗体时，因天黑把自己的另一位战友石林当成敌人误杀了。巴桑痛不欲生，想以自杀消除心灵的重负，但早有防备的营长已收去了他手枪里的子弹，避免了新的悲剧的发生。经过部队的批评教育和个人的痛苦反省，巴桑认识到这样做是软弱，是逃避。自己应该活着，捍卫神圣的国土，让人民的生活充满恬静和安宁。一个人民军人，活着应当威武不屈，死也应当战死疆场。后来，巴桑为了摧毁敌人的隐蔽部，携带自制爆破筒与敌人同归于尽，以壮烈牺牲显现了人民军人的军人魂。这样去写成长中的英雄形象，在当代文学中很罕见，表现了作者的思想和艺术胆识。高深的小说不以故事情节和细节描写取胜，而以意象、意境、诗情、哲理见长，这与他本为诗人有关。

戈悟觉（1937—2023），浙江温州人。曾就读北京大学中文系和中国人民大学新闻系。毕业后支援大西北建设。历任《宁夏日报》记者、文艺部副主任，宁夏作家协会和宁夏文联副主席。1956年开始发表作品。著有中篇小说集《她和她的女友》《一生中的四天》，短篇小说集《记者和她的故事》《夏天的经历》，报告文学集《金色的小鹿》等。1995年调回家乡温州。发表作品500多万字，有英、法、日、俄等译文。曾获《十月》《人民文学》作品奖。他自选的小说集《来过西部》，在多种题材中为读者描画出大西北那空旷、辽阔的高原和沙漠，六盘山中贫穷的村庄，腾格里沙漠中罕有人烟的治沙站，黄河边的城市、工厂以及生活、战斗在那里的各色人等，在他笔下都色彩斑斓地被生动地描绘出来，充满诗情画意和悲悯情怀。作品多表达对真善美的歌颂、对假恶丑的鞭挞，所描写的人物更广涉工农兵和教师、编辑、演员、科学家等知识分子与干部。作者有一种被新中国初期的生活所培养起来的正直乐观、热爱祖国和人民、追求理想、同情弱者、心向崇高、鄙视丑恶的精神和历史的责任感，时代的使命感。作者写各种景物的壮美，写人物心灵的颤动，虽皆用墨不多，却总笔随意到，神韵毕传，惟妙惟肖。自然《来过西部》中所收的小说也有写得比较弱的，并非篇篇都堪称上品。但整体而论，确实佳作颇多，是值得人们把它当作描写宁夏风光人物的长篇来仔细阅读的。

第三章 | 内蒙古风情长篇

内蒙古的辽阔风情——敖德斯尔、扎拉嘎胡的创作——张长弓、冯苓植的小说——阿云嘎、里快的小说——郭雪波、乌热尔图的小说

【内蒙古的辽阔风情】 内蒙古自治区北抵大兴安岭和黑龙江上游的额尔古纳河以及呼伦贝尔草原，西达黄河河套和鄂尔多斯、腾格里沙漠，属于我国北疆地域辽阔、民族众多的区域。全区有蒙、汉、满、鄂温克、达斡尔、鄂伦春等民族约2500万人，新中国年代涌现了大批作家和诗人。除了为发展内蒙古文学艺术做出卓越贡献的电影剧作家、长期担任内蒙古文艺事业的领导者云照光外，著名的小说家就有蒙古族玛拉沁夫、敖德斯尔、扎拉嘎胡、阿云嘎、郭雪波，汉族的张长弓、冯苓植、里快等。有些小说家如玛拉沁夫在前文已论述。本章补充论述其他一些反映地域民族风情的有成就的作家。

【敖德斯尔、扎拉嘎胡的创作】 敖德斯尔（1924—2013），蒙古族小说家，内蒙古自治区昭乌达盟巴林左旗人。1951年开始用蒙文创作，先后发表和出版小说集《遥远的戈壁》（1962年）、《月亮湖的姑娘》（1987年），长篇小说《骑兵之歌》（1978年，与斯琴高娃合作）等。他曾任内蒙古自治区作家协会主席和名誉主席。

敖德斯尔的小说创作以反映内蒙古草原各族人民的历史斗争和现实生活，表现蒙古族各种人物的命运和性格为主要内容，借助于作者强烈的抒情和描写的浪漫主义色彩，作品具有鲜明的民族特色和草原气息。20世纪60年代初，他的短篇小说《阿力玛斯之歌》成功塑造了一个带有传奇色彩的蒙古族英雄人

物形象——阿力玛斯，通过他的曲折经历，反映蒙古族人民在黑暗的旧社会所遭受的迫害和灾难，歌颂他们为争取新的生活的反抗，使他成为蒙古族人民英雄的反抗行为和斗争精神的典型代表。作品一发表，便誉满全国，并很快被翻译成多种文字而飞向世界，成了当代蒙古族文学创作成就和水平的标志。他和斯琴高娃合作的长篇小说《骑兵之歌》（人民文学出版社1979年出版），以激情优美的笔调，情趣隽永的艺术风格，成功地塑造了哈达巴图、义德尔等多彩多姿的英雄性格，生动地描绘了草原人民解放斗争的历史画卷，谱写出一曲壮丽的草原骑兵之歌。

扎拉嘎胡（1930—2023），内蒙古喀左旗人。他的生平和长篇小说《黄金家族的毁灭》在本书前文介绍家族小说时已做过论述。1947年他考入扎兰屯工业学院，同年10月参加扎兰屯土地改革工作团。1949年参加革命工作，1952年开始发表作品。1955年毕业于内蒙古大学文研班。1956年加入中国作家协会。曾任《草原》主编，内蒙古党委宣传部文艺处长，内蒙古文联党组书记、常务副主席和内蒙古党委宣传部副部长。

他于1957年开始小说创作，先后创作出版小说集《小白马的故事》（1956年）、《春到草原》（1959年），长篇小说《红路》（1957年）、《草原雾》（1982年）、《嘎达梅林传奇》（1986年）等。1980年人民文学出版社再版《红路》《扎拉嘎胡中篇小说选》，1984年人民文学出版社出版长篇小说《嘎达梅林传奇》。1992年内蒙古人民出版社出版散文集《黎明变奏曲》。1994年内蒙古教育出版社出版论文集《文苑沉思录》。1999年上海文艺出版社出版长篇小说《黄金家族的毁灭》。《草原雾》《嘎达梅林传奇》获第二、三届全国少数民族文学创作骏马奖长篇小说奖和内蒙古自治区文学创作一等奖。《红路》获内蒙古自治区文学创作一等奖。《文苑沉思录》获第五届全国少数民族文学创作骏马奖评论奖和内蒙古自治区"五个一工程"奖。

扎拉嘎胡的创作既有反映现实题材的，也有描写历史题材的。《红路》是他反映现实题材的代表性作品。小说所揭示的也是关于蒙古民族斗争和前途命运的重大主题，但与玛拉沁夫的《茫茫的草原》不同，它不是正面描写暴风骤雨式的武装斗争，而是通过一场特殊的隐蔽的政治思想上的斗争，通过不同的蒙古族青年知识分子的生活道路，来体现自己的主题。作品描写在扎兰屯工业学校，新来的教务主任、共产党员额尔敦，努力改革教学，使学校成为培养革命人才的阵地，而暗藏的国民党特务分子、校长巴达尔夫却使用反革命伎俩，利用一部分学生的狭隘民族主义狂热，造谣惑众，挑拨离间，拉拢幼稚的青年学生，反对政治教育，阴谋把学校作为反革命的活动基地，妄图将幼稚无知的学生变成反动派的急先锋。作者正是通过这种斗争的起伏、力量的消长以及最后革命对反革命的胜利，充分地揭示出蒙古族知识分子只有沿着共产党指引的方向前进，才能成为真正的革命者，走上彻底解放的道路。特殊的斗争生活的展现和蒙古族一代知识分子形象的刻画，使《红路》在新中国文学史上占有一定的地位。

1982年，扎拉嘎胡出版长篇小说《草原雾》，第一次在广阔的规模上表现第一代蒙古族钢铁技术人员和工人阶级的生活和成长，刻画了蒙古族钢铁工人的形象，以题材和人物的开掘和创新，在当代少数民族文学发展史上占有可贵的地位。

1984年出版的《嘎达梅林传奇》标志作家转向历史题材。小说描写的是20世纪20年代末蒙古族英雄嘎达梅林的传奇性故事。作品成功地塑造了主人公嘎达梅林的悲剧性格，以及众多的个性迥异、心理复杂的王爷、王子、梅林、喇嘛、贵族、漂亮少女和造反义士等人物形象；同时反映了蒙古民族、内蒙古地区绚烂多彩的民俗风情。1999年出版的长篇《黄金家族的毁灭》则描写成吉思汗家族中的一支后人、清代蒙古族著名作家尹湛纳希既神勇又才华横溢的一生。前已介绍，不赘。应该说，在表现本民族历史风情方面，扎拉嘎胡的小说表明他乃是卓有成就的作家之一。

张长弓（1931—2000），山东青州人。1947年参加革命工作，毕业于内蒙古大学中文系。1964年任克什克腾旗国营贸易公司会计，昭乌达盟贸易公司秘书科长，昭乌达盟政府计委综合科长，《昭乌达报》记者，内蒙古大学文艺研究班进修生，内蒙古作家协会副主席，内蒙古自治区第五届人大代表。1952年开始发表作品。1959年加入中国作家协会。著有长篇小说《漠南魂》

《边城风雪》（合作）等7部，中篇小说集《小草恋山》等5部，短篇小说集《张长弓小说选》等5部，电影文学剧本《蒙根花》等。

《漠南魂》共72章。作品写光绪三十年（1904）至五四运动时期，漠南人民初步觉醒，在奴隶呼和巴特尔（汉名赵小龙）的率领下，奋起反抗王公贵族残暴统治，走上民族解放斗争之路的一段艰苦历程。《边城风雪》则是作者与郑士谦合作的作品，描写边城人民英勇反特的故事，情节曲折，波澜起伏，惊心动魄，极具吸引力。

在他30多年的创作生涯中，发表了近400万字的作品。其中绝大多数都是对现实生活中美和崇高的直接表现和反映。在他的小说中骚动着强烈而激奋的情感，闪烁着种种光彩照人的美妙、雄伟、圆润、庄严、遒劲、威武，显现出狂飙闪电似的气魄和力量。

冯苓植（1939—　），山西代县人。1959年毕业于内蒙古师范大学中文系。历任教师、演员、编辑，内蒙古作家协会专业作家，中国作家协会全国委员会委员，内蒙古作家协会副主席。著有反映阿力玛斯大草原人民顶寒流，战恶浪，捍卫三面红旗的长篇小说《阿力玛斯之歌》《雪驹》《马背上的孩子》等5部，中篇小说集《冯苓植小说精品选》《沉默的荒原》《落凤枝》等15部，散文随笔集《神聊》《巴基斯坦游记》等。出版有《冯苓植文集》12卷。部分作品译有英、法、日、俄等外文版。

他的中篇小说《驼峰上的爱》获全国优秀中篇小说奖，长篇小说《神秘的松布尔》《虬龙爪》均获内蒙古中长篇小说一等奖，《妈妈啊妈妈》经改编获中宣部精神文明建设"五个一工程"奖，《女王之死》获全国金盾小说奖，《盗马贼》获全国侦探小说佳作奖，《大漠金钱豹》获人民文学奖中篇小说奖。

冯苓植是位个性不羁的作家。他我行我素，大半生漫游于草原大漠，以文养游，被称为"游牧作家"。

长篇小说《神秘的松布尔》叙述20世纪60年代初期，一支考察队深入松布尔沙漠进行科学考察的经历。小说反映考察队员的工作、理想和爱情，同时揭示不但人在考察沙漠，沙漠也在考察人。作品还描绘了会唱歌的沙丘、风力创造的迷宫、黄沙掩埋的古城、戈壁滩上的石磨、漠海中的翠岛、月夜里的野驼，以及沙漠上各种各样的植物。文学性和知识性相结合，读来生动引人，趣味盎然。

《驼峰上的爱》描写蒙古族牧民苏尼特一家三口，他们生活本来美满富裕，可苏尼特忌妒妻子伊里娜善良、美丽、能歌善舞，甚至酗酒打骂妻子，以致伊丽娜离家出走。可怜的儿子小吉雅留在爸爸身边，受到邻居夫妇阿都沁和巴达玛的照顾，他们的小女儿塔娜和吉雅是好伙伴，同在一所牧民小学读书，他俩每天骑着母驼阿赛一起上学，一起回家。阿都沁夫妇在伊里娜出走后，更加关怀、爱护小吉雅。苏尼特想念伊里娜，但又不好意思认错。伊里娜在娘家，母亲劝她回去，她虽然十分惦念吉雅，可又非要苏尼特来给她认错不可。阿都沁曾设法让他们在一次牧民集会上相遇，但还是没能把伊里娜劝回家。小吉雅只好每天跟母驼阿赛相依为命。有一天，父亲将一个骆驼贩子引到家里，吉雅偷听了他们的谈话，得知父亲为了换取10瓶白酒，竟然要把阿赛卖给这个小贩。吉雅明白硬顶不行，于是他先是踢碎了骆驼贩子的酒瓶，后来又和小朋友塔娜一起悄悄骑上马到半路截击骆驼贩子。深夜，机智、勇敢的吉雅巧妙地把阿赛引出驼群，但他和塔娜因不熟悉地理误入干旱的无水地带，幸好母驼阿赛掘出清泉，把他们从死亡的威胁中救活了。这时，苏尼特和伊里娜再也顾不上斗气，他们和塔娜的父母一起出来寻找孩子们。当他看到可爱的阿赛像母亲一样救助了吉雅和塔娜时，不禁愧悔交加，心灵受到很大的震动。钱谷融先生曾这样评论冯苓植："我和他的相识始于文学，是他的中篇小说《驼峰上的爱》使我知道了远方尚有这么一位作家。他似不太注意文字的技巧，却绝不乏内在的淳朴和真诚。他笔触涉猎很广，除散文随笔之外，曾写过草原小说、市井小说、山野小说、推理小说以及现代派小说。语言似乎也不统一，有京韵京味的、土腔土调的，还有类似翻译语言的。有人也曾问过他这是为什么，他回答说，这说明我成不了大作家，因为我总是找不到自我。依我看，这正是他的自我，一个多侧面、立体化、完完整整的冯苓植。"[1]

---

1 钱谷融：《驼峰上的爱·总序》，《驼峰上的爱》，文汇出版社 2017 年版。

冯苓植退休后，还以16年的功夫苦研苦读《元史》及大量与元朝文化历史相关的书籍、笔记等，共完成四部大作：《震撼崛起——成吉思汗及其英武儿孙》《一统华夏——忽必烈大帝之文韬武略》《宫闱秘史——元帝国的后妃轶事》及《重振北元——草原传奇皇后满都海》，汇编为《元史演绎系列》，由远方出版社付梓面世。这个系列作品达100多万字，以通俗易懂的方式，将蒙古民族的历史与文化更全面地介绍给读者。

作为一位生活和成长于塞外草原大漠的作家，他坚持不渝地以自己丰富的作品描画出那里的自然风光、人文习俗和众多蒙古族人民的形象，歌颂他们的善良、勇敢、美好的品质和情感，这应是冯苓植难能可贵的贡献。

【阿云嘎、里快的小说】阿云嘎（1947—2020），男，蒙古族，生于鄂尔多斯市鄂托克旗，1968年毕业于内蒙古蒙文专科学校翻译专业，分配到《鄂尔多斯日报》任编辑，1982年任伊克昭盟广电局副局长，1983年后历任伊克昭盟委副秘书长、秘书长，盟委委员兼任中共伊金霍洛旗委书记。1995年任内蒙古文联党组书记，1999年至2010年之间，他连任内蒙古文联第五、六届主席和中国文联全国委员会委员。2010年后，又任两年内蒙古自治区人大常务委员会常委，退休后全力投入文学创作。

1973年，阿云嘎《内蒙古日报》发表了处女作诗歌《鄂尔多斯沙漠的春天》，从此走上了文学创作道路。1976年在《内蒙古日报》发表了他的第一部短篇小说《鹰飞不过去的沙梁上》，此后便开启了他系列以鄂尔多斯西部草原为依托的文学创作征程。四十多年来，其创作视角始终聚焦在社会的普遍民众身上，致力于书写人民。代表作有长篇小说《僧俗在人间》《有声的戈壁》《留在大地上的足迹》《燃烧的水》《拓跋力微》《悉尼喇嘛》《满巴扎仓》和中篇小说《幸运的五只岩羊》。还有《小说创作谈》和短篇小说集《大漠歌》《有声的戈壁——阿云嘎短篇小说精选》。他的短篇小说《吉日嘎拉和他的叔叔》《大漠歌》《浴羊路上》分别获1987年、1990年、1993年内蒙古自治区文学创作索龙嘎一等奖。《大漠歌》于1999年获第六届全国少数民族文学创作骏马奖。此外，他还有近百篇中、短篇小说、评论、散文随笔刊登在各种刊物上，部分作品被翻译介绍到英、法、德、朝鲜、南斯拉夫、蒙古等国家。

他的作品多为大漠草原而书写，从个人的生存经验出发，表达对本民族在现代化进程中的经济转型、生态环保和人民精神风采变化等方面的思考。在其作品中，个人经验的故事深刻反映古老草原在新时期的巨大变迁。阿云嘎能用蒙汉双语进行创作，他的作品题材广泛，发表在《民族文学》上的长篇小说《天边那一抹耀眼的晚霞》，就是用汉文写的蒙古族历史上"高原好汉"这个群体英勇抗日的故事。《鹰》《狼坝》则是通过动物题材来呼唤野性和狼性。获得"朵日纳奖大奖"的长篇小说《满巴扎仓》则是他在坚守传统和批判现实的基础上，为民族在全球一体化的进程中寻求文化依托的又一尝试。作品深刻地反映生活现实，同时也以温暖的人性光辉去照亮人们的心灵，指给人们光明的生活前景。党和人民以"内蒙古自治区文学艺术突出贡献奖"褒扬他为发展民族文学事业所做出的突出贡献。

里快（1926— ），本名李魁，曾任县委书记和乌兰察布盟副盟长，当代作家、诗人、评论家。内蒙古大学、内蒙古师范大学兼职教授。创作有长篇小说《老泉井风情》（《草原》连载，内蒙古人民出版社出版）、《雾满长河》（《草原》连载，内蒙古人民出版社出版）、《激流澎湃》（内蒙古人民出版社出版）、《美丽的红格尔塔拉河》（《十月》发表，中国文联出版社出版）、《狗祭》（《十月》发表，中国文联出版社出版）、《大漠悲风》（中国文联出版社出版）6部，中篇小说《菜市》（《草原》发表，《中篇小说选刊》选载）、《倾城之赌》（《草原》发表）、《神笛》（《青年文学》《草原》发表，《小说选刊》选载，《2009中国年度中篇小说》收入）等4部；还有短篇小说、散文、戏剧等若干。尚有诗集多部。

从20世纪70年代初，里快便开始业余创作，迄今已经发表各类文学作品450多万字。令他一举成名的是《老泉井风情》。当时他还任县委书记，小说获得内蒙古最高文学奖索龙嘎文学奖。刘云山为它写的《序言》说，在中国作家协会的名单中，像这样实实在在写出几十万字长篇的县委书记作家大概屈指可数。1998年12月，里快的长篇小说《河魂》三部曲的第一部《雾满长河》、第二部《激流澎湃》先后出版。其创作速度即便对一些专业作家来说也是不可思议的。他的创作基本都在忙完工作以后的节假日、双休日或者晚上进行。丰富的生活阅历，使他有写不尽的创作素材。他还酷爱阅读，几乎读遍古今中外的文学名著，同时涉猎政治、历史、经济、哲学等知识。

《美丽的红格尔塔拉河》为作者赢得广泛的声誉。小说以诗一样的语言描绘多姿多彩的草原图画，给读者以强烈的美感，被出版社标为"一部摄人心魄的马背英雄传奇，一部催人泪下的草原精英悲剧，一部恢宏博大的土地人兽神曲，一部豪迈壮阔的民族风情史诗"。作品设计王爷母亲女儿被伏击射杀的情节，谜一样展开到底谁是凶手的悬念，直到最后才真相大白，原来真正的凶手是王府的协理纳森和代章京哈华日嘎，也就是当年的扎布和巴丹，其间扑朔迷离，波澜起伏，把复杂的社会历史关系和不同人物的性格命运逐步展现，让读者感受到特定时代的典型环境和历史风云。小说笔下的人物形象也刻画得比较丰满和鲜明，像勿拉布和希尔图如草原雄鹰般的英雄形象，不但孔武雄健，而且坚毅勇敢，而阴谋家纳森和哈华日嘎的阴险狡诈和狠毒，桑杰扎布、锡林塔娜的善良、正直和对友情爱情的忠贞，王爷的颟顸、王子的精明等不同的性格特点，都给读者留下深刻的印象。作者的另一长篇《大漠悲风》则转向历史题材，描写汉代名将李陵北征匈奴，陷入重围，被迫降敌，汉武帝大怒，将其全家杀戮，致他虽然仍心向汉廷，却难以回归故国。而其友作为汉使的苏武陷于匈奴，被流放贝加尔湖畔牧羊四十载，终于得回汉廷。一对朋友的不同命运，令人嗟叹！这个老故事在作者笔下，金戈铁马，儿女情长，北国风光，人间悲剧，皆写得动人肺腑，显见才情！

【郭雪波、乌热尔图的小说】郭雪波（1948—　），蒙古族。内蒙古库伦旗人。1980年毕业于中央戏剧学院戏剧文学系编剧专业。1968年参加工作，历任内蒙古哲盟歌舞团创作员，内蒙古社会科学院文学所实习研究员，中国文联出版公司编辑，农村读物出版社文艺编辑室主任，中央统战部华文出版社三编室主任、副编审。1975年开始发表作品。中国作协会员，北京作协签约作家。他从小受喇嘛教、蒙古文化和汉文化熏陶，尊崇蒙古族原始宗教——

萨满教所崇尚的自然崇拜。主要作品有长篇小说《锡林河的女神》《狼孩》《银狐》《火宅》《红绿盘》等；中短篇小说集《沙狼》《沙狐》《大漠魂》《郭雪波小说自选集》（三卷本）等十余部。《沙狐》和《沙漠故事》等分别译成英、法、日文出版。《沙狐》入选联合国教科文组织出版的《国际优秀小说选》。根据《沙狐》改编的广播剧获中宣部精神文明建设"五个一工程"奖，《狼孩》《银狐》获全国少数民族文学创作骏马奖，《狼孩》获香港十大好书奖及首届国家生态环境文学奖。小说《哺乳》获《德国之声文学大奖优秀作品奖》。郭雪波还曾获内蒙古自治区政府文学艺术特殊贡献奖。他的作品大多描写蒙古族风情习俗、大漠风光和野生动物，笔力遒劲而饶具特色。

　　乌热尔图（1952—　　），鄂温克族，生于内蒙古自治区乌兰浩特。1978年发表小说《森林里的歌声》，先后发表和出版小说集《琥珀色的篝火》（1984年）、《七岔犄角的公鹿》（1985年），中篇小说《森林骄子》（1987年）、《丛林幽幽》（1993年）等。内蒙古敖鲁古雅鄂温克族古老而独特的森林狩猎生活和人们的历史命运，具有独特民族心理素质的鄂温克猎人和猎区大森林色彩绚丽的自然景色，构成乌热尔图小说的一个独有的世界。通过对这种独特世界的描写，乌热尔图着力开掘鄂温克族的历史文化意蕴，歌颂鄂温克猎人精神的高尚和心灵的纯美。他笔下的敦杜被欺凌、被抢劫，忍受着儿子失散的痛苦，毅然抱回逃荒女人遗弃的孤女（《森林里的歌声》）；13岁的鄂温克猎人的伤鹿，观鹿与狼斗，纵鹿直至救鹿的特殊行为（《七岔犄角的公鹿》）；尼库在抛下妻、子，面临冻死的危境中去救助三个迷路人的生命（《琥珀色的篝火》）。这些故事和人物都充分展示了人物精神的崇高和心灵的美好，体现了鄂温克人传统的美德。乌热尔图还善于把所描写的故事和人物置于民族历史文化背景和时代大潮的氛围之中，表现传统与创新的冲突，揭示民族生活的新变化、新矛盾，这就使他的小说把浓郁的民族特色和鲜明的时代精神巧妙地结合起来，具有普遍的启示意义。他的"森林狩猎"小说丰富了当代小说创作的风情内容。

第四章｜东北风情长篇

【白山黑水间的民族风情】东北三省处于白山黑水之间，主要民族有汉族、满族、蒙古族和朝鲜族以及鄂温克族等，因而其地域民族风情也饶富独特的色彩。在20世纪30年代，东北便涌现强大的作家群，如萧军、萧红、端木蕻良、罗烽、白朗、舒群、骆宾基等。中华人民共和国成立后，包括20世纪30年代崛起的、抗战胜利后从关内去东北工作的和后来本地成长的，三个省都拥有大批小说家。除前文已论述过的萧军、端木蕻良、马加的作品外，本章论述在地域风情小说创作方面成就比较突出的老一辈和新一辈的小说家及其风情长篇。

【舒群、骆宾基等东北老作家的小说】舒群（1913—1989），原名李书堂，黑龙江哈尔滨人。抗战胜利后，他自延安回到东北，历任东北文艺工作团团长、中共东北局宣传部副主任、东北电影制片厂厂长、东北大学副校长、东北文联副主席、全国文联副秘书长、中国作家协会秘书长、鞍山大型工地党委副书记、本溪合金厂副厂长。1970年起在农村、矿山生活，1979年返京。他一生创作了近30篇中、短篇小说。其中《少年CHEN女》荣获1981年全国优秀短篇小说奖。舒群的主要作品有短篇小说集《没有祖国的孩子》《战地》《海的彼岸》《崔毅》《毛泽东故事》，报告文学集《我的女教师》和长篇小说《这一代》。他还有《舒群小说选》和四卷本的《舒群文集》等多种集子和选本。

短篇小说《在厂史以外》，是舒群20世纪60年代有影响力的作品，它以细腻的笔触塑造了公而忘私、舍身救人的模范共青团员寇金童的形象。《少年CHEN女》和《金缕传》，揭示了只有在优越的社会主义制度下，才可能有的人与人之间的美好感情。系列短篇集《毛泽东故事》是舒群创作生涯中的重要收获。作品塑造了毛泽东亲切感人的形象，同时也塑造了时代的英雄群像。长篇小说《这一代》是舒群新中国成立后的代表作。作品以一个工人出身、刚出大学校门的女青年技术人员参加工业建设的经历为主线，展示了社会主义建设初期某工地的艰辛，描绘了肩负这一艰辛任务的工业建设者们英勇奋斗的情景，刻画了他们不同的性格和心理。舒群的小说每有夹叙夹议，常把叙事、抒情、议论融为一体，而文笔清新流畅。他的作品多以东北为地域背景，因而也描写了当地的风光民情。

骆宾基（1917—1994），20世纪50年代初被选为山东省文联副主席、山东省政府文教委员。1956年曾被作为"胡风集团"的嫌疑分子受审查，1958年下放黑龙江省牡丹江地区，1962年回北京市任中国作家协会北京分会副主席、中国作家协会理事。在这期间，他创作的一些反映农村生活的短篇小说，大都收入《山区收购站》中。《王妈妈》《年假》《夜走黄泥岗》都从不同的特殊角度，通过一些平凡细小的事件，表现了新时代新农村新人的思想风尚，表现了农民前进的步伐。《北京近郊的月夜》是一组连续性的短篇，在短篇小说的样式上，称得上是一个创造，也可作为中长篇小说来读。《山区收购站》是这一时期最有代表性的力作。作品揭示了国家利益与群众利益的矛盾，粮食生产与多种经营的矛盾，生产与运输的矛盾，新旧经营思想、经营作风的矛盾，而突出表现的则是农民与农村政策的矛盾。作品巧妙地将上述诸多矛盾围绕着山葡萄的丰收与收购难这对矛盾展开。在现实主义的细腻描写中，交织着浪漫主义色彩。骆宾基笔力刚健雄浑，描写细腻酣畅，具有独特的风格。女作家张洁认为"他的小说在中国文坛上，堪称上流"[1]。

---

1 张洁：《帮我写出第一篇小说的人》，《混沌初开》，北京十月文艺出版社1998年版，第564页。

白朗（1912—1994），原名刘东兰，辽宁沈阳人。新中国成立后曾被错划为右派，1979年改正后调回中国作家协会。新中国年代她出版有散文集《月夜到黎明》，中篇小说《为了幸福的明天》，长篇小说《在轨上前进》等。还出版有《白朗文集》五卷。

《为了幸福的明天》是一部有血有肉的作品，描写新中国成立初东北某工厂女工邵玉梅的英雄故事。她是个贫苦人家捡回来的苦孩子，从小受尽虐待，但她吃苦耐劳、朴实善良。在共产党的教育下，不断提高觉悟。为抢救工厂器械，她几次光荣负伤以至残疾，她仍不灰心，总是奋力自勉，决心把自己的全部心力都贡献给人民的事业。小说结构新颖，不落俗套，有倒叙、插叙、回忆，人物心理描写细腻，不仅生动地刻画了人物的形象，也表现了那时社会生活的新风貌。作者对女性主人公心灵美的描写相当成功，感人至深。

罗烽（1909—1991），原名傅乃琦，辽宁沈阳人。曾任东北文联和东北作家协会第一副主席，后被错划为右派，1979年得以改正。1985年任中国作家协会顾问。他在新中国成立前的早年著有长篇小说《满洲的囚徒》，短篇小说集《呼兰河边》，中篇小说集《粮食》，剧本《台儿庄》《总动员》。20世纪60年代，罗烽写有小说新作《雪天》《第九盏红灯》，出版有《罗烽文集》两卷。他的小说也为表现东北地域风情做出一定贡献。

【关沫南、韶华的小说】关沫南（1919—2003），原名关东彦，吉林永吉人。20世纪30年代读中学时开始发表作品，1941年从事左翼文学运动被捕入狱，日本投降后主持过东北作家联盟的工作，后任《新群》《热风》《先锋》等刊的主编。新中国成立后任《北方文学》主编，黑龙江省文联副主席，黑龙江省作家协会副主席、名誉主席。著有长篇小说《沙地之秋》《落雾时节》《从秘捕死屋开始》，短篇小说集《蹉跎》《在镜泊湖边》《岸上硝烟》《险境》《雾暗霞明》《流逝的恋情》，散文集《春绿北疆》《春江花月集》等。新中国成立后，关沫南的小说多写东北人民抗日战争的斗争生活，充满爱国主义和英雄主义的精神，格调高昂，慷慨悲歌，在生动刻画人物形象的同时，又以深情的笔墨描绘白山黑水的辽阔原野和森林，以及江河湖泊，为读者提供了具有地方特色的风情画卷。

韶华（1925—　　），原名周玉铭，河南滑县人。14岁参加革命，当过游击队员、文工团员。1943年加入中国共产党，1946年到东北解放区当编辑、记者，1950年从事专业创作，曾担任过辽宁省作家协会副主席，中国作家协会理事、书记处书记。出版的长篇小说有《燃烧的土地》（1956年）、《浪涛滚滚》（1962年），《沧海横流》（中国青年出版社1979年）、《过渡年代》（上、下）（中国青年出版社1985年），此外还有短篇小说集《战斗中的友谊》《荆棘路》《巨人的故事》《你要小心》以及散文集《北海道纪行》等。韶华十分注意深入生活，对重大社会问题和生活前进的脉搏，保持敏感。《燃烧的土地》是他参加抗美援朝战争后写成的反映这场战争的作品。《浪涛滚滚》则表现1958年某水利工程建设中的矛盾斗争，讴歌了广大工人和干部为人民造福、不怕艰险、排除万难、无私奉献的精神风貌。《沧海横流》则描写20世纪70年代某条横贯东北的输油管道兴建过程中，人们不仅与大自然展开斗争，而且工程队伍之中也产生种种矛盾与冲突。小说塑造了刘征远、赵春先、郑启林等"王铁人"式的干部和工人的光辉形象，同时也揭露了徐殿卿、马士才、魏克俭等阴谋分子、投机分子的嘴脸。上述作品虽带有那个年代表现社会矛盾的思维模式和"左"的印记，刻画人物的笔力略显分散，但主要人物形象的刻画还较鲜明与生动。《过渡年代》则是作者积三十余年生活体验与思想探索的成果。它的背景与《浪涛滚滚》有相似之处，仍在一个水库建设的工地，但人物和故事是从更广阔的生活中酝酿、虚构的，具有相当的典型性。小说通过刻画陶冶、秦可道、李枫林、陆希杨、姜之萍、赵媛、李振莹等人物的性格与命运，正面反映了20世纪50年代社会主义建设和反右派斗争的扩大化。如果说，《浪涛滚滚》中作者把笔力更多去描写生产过程和技术细节，那么《过渡年代》的笔墨更多用于人物性格与心理的刻画。韶华说他"在小说创作中——特别是在长篇小说的艺术追求和主张是：（一）要塑造出具有时代特征和鲜明个性的人物形象；（二）要有比较完整的结构和引人入胜的故事；（三）要揭示出发人深省的社会问题；（四）要有大量的能够在读者脑海中打下烙印的情节和细节，以情动人，催人泪下；（五）要有作者自己的风格和特点的语言。"他的创作确实大体遵循这样的追求。他是一直执着于现实主义创作原则的作家之一，文笔质朴流畅，激情洋溢。

【阿成、丁仁堂、邓刚的小说】阿成（1948—　），原名王阿成。山东博平人。民进会成员。1985年毕业于黑龙江科技职工大学中文系。1966年参加工作，历任哈尔滨市电车公司、炼油厂、城建局等单位工人，纺织印染厂干部，哈尔滨文艺杂志社《小说林》编辑部副总编、副编审。哈尔滨市人大代表。1979年开始发表作品。1990年加入中国作家协会。曾任中国作家协会全委会委员，黑龙江省作家协会副主席，哈尔滨作家协会主席、文联副主席。他著有中短篇小说集《年关六赋》《良娼》《空坟》等。还先后创作和出版长篇小说《咀嚼罪恶》（百花文艺出版社1995年）、《马尸的冬雨》（中国文学出版社1996年）、《忸怩》（中国青年出版社1996年）、《缔造者计划》（百花洲文艺出版社1999年）、《绝世风姿》（中国文学出版社1999年）、《遗恨瓜洲》（中国文学出版社1999年）、《俯仰之间三级跳》（北京群众出版社2002年）。此外，还有随笔集十多种。

他的短篇小说《年关六赋》曾获1988—1989年全国优秀短篇小说奖，短篇小说《赵一曼女士》获中国首届鲁迅文学奖，《良娼》获1991年东北三省优秀作品奖，《东北人，东北人》获1992年黑龙江政府文艺大奖等。还多次获《小说选刊》《人民文学》《中国作家》《中华文学选刊》诸名刊的优秀作品奖。多部小说作品被译成法、英、德、日、俄等多种文字在国外出版。

阿成投身文学创作三十余年，他的短篇小说集《年关六赋》《胡天胡地风骚》《东北吉卜赛》《安重根击毙伊藤博文》《上帝之手》等已经构成了中国当代文学的一道独特风景线。虽说他也著有长篇小说《忸怩》等，但最能体现其创作成就与特色的，还是《年关六赋》《良娼》《流亡者社区的雨夜》等短篇小说。《论阿成的小说》一文认为，"他认识了自己也发现了自己，他寻找到了可以发挥自己艺术气质、才情优势的题材和主题，叙述方式和表现方式，他的创作显示一种属于他个人的鲜明独特的风格。景物的描写上，阿成写景的本领是卓绝的，在含英咀华的镕铸和创造中，他将自己的知觉、体验、感觉融进了景物，也将作品中人物的思想情绪融进了景物，不但得其形貌，而且传其精神，真正地做到了情景交融，物我合一，诗中有画，画中有诗"。

确实，我们读阿成的小说，能感受到一股扑面而来的东北风。作为东北作家，他在小说中描写了家乡哈尔滨以及黑龙江雄奇的自然环境和特异的人文风情，同时他也对生活在这片土地上的平民生存状态和纯真美好的人性抒发由衷地赞美。他以自己对东北文化的熟知，向我们展示了一幅幅神采飞扬的画面和富于地域民族文化特色的世界。作为一位多产的作家，多年来阿成一直坚持民间立场的创作风格，凭借独特而敏锐的文学视角，在文学的天地勤奋耕耘。他的小说处处诠释着他对平民博大而宽容的理解和挚爱，这种充满诗意的平民书写，表明他挥之不去的恒久平民情结。这是十分可贵的。

丁仁堂（1932—1982），出生于德惠市天台镇何家村，自幼就非常聪慧，喜闻故事，爱猜谜语，先后在何家堡国民学校、德惠县国民高等学校、德惠中学、松北联合中学读书。1949年1月，参加革命工作，任小学教师、教导主任。1951年1月，调到吉林省文教厅《吉林扫盲报》任编辑。经过不懈努力，1956年他发表了第一篇短篇小说《春夜》。同年，短篇小说《猎雁记》问世。他以充盈的抒情表现生活，把浓郁的诗意注入笔端，作品清新秀逸的风格，深得读者喜爱，丁仁堂也由此在文坛崭露头角。1958年发表的小说《嫩江风雪》，得到了茅盾的好评。

1959年，他调到省作家协会《长春》编辑部任编辑，后为省作协专业作家。"文革"中，他到扶余县（今扶余市）偏僻落后的乡村插队落户，为当地全国著名的林业模范在"文革"的勇敢护林事迹所感动，毅然创作小说《绿海雄鹰》，肯定植树造林的带头人不是"走资派"，而是造林英雄。为此，他遭到错误的批判。1978年4月，丁仁堂重新成为省作家协会的专职作家，1979年9月加入中国作家协会。10月，作为吉林省文学界代表之一，参加全国第四次文代会。1980年7月，他再次下农村深入生活，兼任大安县革委会副主任。1981年他被选为吉林省文联委员，吉林省作协常务理事和副主席。

丁仁堂始终坚持深入生活，在他近30年的文学创作生涯中，竟有20年生活在嫩江两岸的农民和渔民当中。每每在黎明时分，他就和渔民一起下江，摇船撒网。到傍晚才收网归船，炒菜煎鱼，和渔民大碗喝酒，同炕而眠，结下了深厚的友谊。渔民们质朴淳厚的品质、豪爽侠义的性格，无时无刻不在感染着他。他活像一个朴实的渔民。饱满的激情、执着的使命感、深厚的生活基础，使他的创作取得丰硕的成果，成为有影响的乡土文学作家。他著有短篇小说集《猎雁记》《嫩江风雪》《红叶》《在柳林里》《难忘的冬天》《昨夜东风》，中篇小说《火起三江》和长篇小说《渔》等。其作品，人物性格鲜明，语言生动淳朴，有浓郁生活气息和鲜明地域民族特色。

《嫩江风雪》和《红叶》，是丁仁堂20世纪50年代和20世纪60年代初期的代表作。前者曾被译为日文、法文和印尼文出版。长篇小说《渔》最初在文学期刊《绿野》连载，受到了读者的好评。经过修改润色后，1982年由群众出版社出版。这是他计划创作的《嫩江三部曲》系列长篇小说的第一部，也是他在艺术上日臻成熟、建立个人艺术风格的乡土文学力作。小说描写了新中国成立前夕，嫩江一带的贫苦渔民，在中共地下县委的领导下，同国民党反动派及渔霸进行英勇斗争的故事。完成《渔》的创作后，他又准备创作三部曲的第二部《船》和第三部《网》。可惜的是，当《船》写到半部的时候，他突发脑出血去世。

邓刚（1945—   ），原名马全理，山东牟平人。1958年中学辍学，进大连机电安装公司工作，做过钳工、焊工、质量检查员等。他于1979年开始发表作品。1983年以中篇小说《迷人的海》引人瞩目，获全国优秀中篇小说奖。先后出版有中短篇小说集《迷人的海》（春风文艺出版社1984年版），短篇小说集《龙兵过》（中国文联出版公司1985年版），还出版有长篇小说《白海参》《曲里拐弯》等。他的短篇小说《阵痛》还曾获全国优秀短篇小说奖。

邓刚的创作，一类描写工厂的变革与日常生活中的各种人，如《阵痛》《八级工匠》《小厂理事》《袁厂长三治"小毛驴"》等；另一类则描写海边的海碰子、渔民的生活，如《迷人的海》《芦花虾》《龙兵过》《白海参》等。他曾说："我曾热衷于描绘我熟悉的大海。但是，我回忆起三十年前的海——仅仅才三十年！——完全像回忆一个美好的童话世界。可今天，每当我游进空荡荡的海，就感到恐怖和震惊，我担忧未来人类会像今天挽救熊猫一样地来挽救自己。"[2]正因为他怀有对人类生态环境的强烈忧患意识，他笔下的大海才写得格外迷人。对于海的各种景色和体验的描写，在我国作家中还无其他人达到他的境界。

《迷人的海》写老少两代"海碰子"的故事，老的经验丰富、老练精到，在海中几十年，"像棵苍劲的松树那么挺拔"；而少的则凭青春的火焰，初生牛犊不怕虎的势头，带着几分狂傲。两代人之间的代沟，在与凶险的大海的搏斗中逐渐消除，两代人的友谊在相互帮助中建立了。作品通过两个搏击者的形象，赞美了积极进取的精神，给读者以精神向上的崇高、博大之感，富于哲理的启示。而语言表现极有力度，有如油画般把两个"海碰子"的形象青铜雕塑般矗立起来，给人以深刻难忘的印象。邓刚曾被选为中国作协第四届理事、辽宁作家协会副主席。

东北地域的新中国小说家中，黑龙江的迟子建、韩乃寅，吉林的鄂华、张笑天，辽宁的马加、金河、孙春平、孙惠芬等在反映地域民族风情方面也饶有成就，但金河、孙春平没有创作长篇小说，其他作家在前文相关章节已论述过，这里不赘。

---

2 洁泯主编：《中国当代作家百人传》，求实出版社 1989 年版，第 26 页。

第十五编 | 其他类别的长篇

　　所谓其他类别的长篇，指的是包括新中国的童话和少儿小说、科学幻想小说、动物小说、悬疑小说以及玄幻武侠小说等。这些类别的小说虽然成年人也可以阅读，但其主要的读者多为少年儿童，受到他们的特别喜爱，因而出版后的发行量往往很大，却不大被主流文坛所注意。然而其文学价值不容忽视。在新中国小说史，包括长篇小说史上，自应有它们的一席位置。

第一章 | 新中国的童话

童话的重要性及其在新中国的发展——张天翼及其《宝葫芦的秘密》——
严文井、陈伯吹的童话——贺宜、包蕾的童话——洪汛涛、葛翠琳的童话——
孙幼军、郑渊洁的童话

【童话的重要性及其在新中国的发展】童话和小说同为叙事文学。我国现
有儿童达三亿多，他们代表国家和民族的未来，因而以他们为读者的童话和儿
童小说，在文学发展中无疑具有不可忽视的重要地位。但童话的字数一般都不
长，多是中、短篇，长篇童话比较少。它常常以奇特的幻想将动、植物拟人
化，来吸引儿童读者，启发他们的智慧，陶冶他们的情操，达到教育的目的。
自五四新文学运动以来，这方面的作品逐渐增多，涌现了像叶圣陶、冰心、张
天翼、陈伯吹、贺宜、包蕾等名家。他们的童话作品，有的篇幅也比较长。因
而本书不能不加以论介。

在新中国时期，五四后登上文坛的童话老作家大多仍健在，他们笔耕不
辍，继续为儿童文学的繁荣做力所能及的新贡献。而大批新的作家更迅速成
长，如童话领域的洪汛涛、葛翠琳、孙幼军、郑渊洁等。他们都以自己新的创
作，受到广大小读者的欢迎，许多作品还被译到国外出版，获得不少国际性的
奖项。在儿童文学领域，曾以《稻草人》等大量童话小说称誉文坛的叶圣陶，
是我国著名的作家和教育家，到新中国年代他曾担任教育部副部长、人民教育
出版社社长兼总编、中央文史研究馆馆长和中国人民政协副主席，已无暇顾及
创作。但他仍十分关注儿童文学，曾为孙幼军的童话《小布头奇遇记》撰写过
评论。冰心新中国成立后仍有许多新作，在儿童文学领域则有小说《小桔灯》
和通信集《寄小读者》受到欢迎，但她毕生没有长篇小说留下。而张天翼、严

文井、陈伯吹等很早就蜚声文坛，在新中国成立初期，他们也多有儿童文学新作。

【张天翼及其《宝葫芦的秘密》】 著名的讽刺小说作家张天翼（1906—1985），原名张元定，号一之，湖南湘乡县（今湖南省湘乡市）人。早在20世纪30年代初，他就发表了《大林和小林》（1932年）和《秃秃大王》（1933年），并立即引起反响。《大林和小林》被认为是五四新文化运动之后出现的两部童话杰作之一（另一作品为叶圣陶的《稻草人》）。20世纪40年代，张天翼还创作了另一部长篇童话《金鸭帝国》。可惜只写了两卷，因作者生病而中辍。写出的两卷，连载于《文艺杂志》1942年1卷1期至1943年第2卷第6期。新中国成立后，张天翼作为中国作家协会书记处书记、《人民文学》杂志主编和作协儿童文学组组长，在领导和组织工作之余，继续为孩子们辛勤创作，先后有短篇儿童小说《去看电影》《罗文应的故事》《他们和我们》，短篇童话《不动脑筋的故事》，中篇童话《宝葫芦的秘密》，还有儿童剧本《蓉生在家里》，童话剧本《大灰狼》，作品选集《给孩子们》（人民文学出版社1959年版）。20世纪80年代出版的重要作品选集有《张天翼作品选》（中国少年儿童出版社1980年版）、《张天翼儿童文学作品选》（吉林人民出版社1981年版）、《张天翼童话选》（湖南人民出版社1981年版）、《张天翼作品选》（四川少年儿童出版社1983年版）等。张天翼的儿童小说和童话，都深受小读者喜爱和欢迎。

《罗文应的故事》曾获第一次（1949—1953）全国少年儿童文艺创作奖一等奖，产生过广泛的影响。

《宝葫芦的秘密》是张天翼的一部中篇童话力作。作品主人公王葆是初中一年级学生，他想学好却不能刻苦自励，遇到繁难就幻想有那么一件宝贝来帮助解决。后来梦中他真的获得能满足他各种愿望的宝葫芦，为他送来熏鱼、卤蛋、葱油饼等，这使他十分高兴。但为了掩盖宝葫芦的秘密，从此他被迫在家人和同学面前撒谎，甚至被小偷奚落揶揄。他终于醒悟宝葫芦不是什么好东西，而与之彻底决裂。作品形象地向小读者揭示了一个深刻的道理，"世界上任何东西，包括吃的、用的、玩的，以及各种学习课程的答案，没有一项是从天上掉下来的，都是人们用劳动（体力或脑力劳动）换来的。"[1]不管是谁，要想获得成功，都必须靠自己刻苦学习和辛勤劳动。倘若不劳而获，就只有窃取别人的劳动成果。宝葫芦从某种意义上看是王葆心灵的一面镜子，将王葆内心深处不健康的思想暴露出来，并加以夸张和放大。正是借助这样巧妙的艺术构思，主人公的形象才被刻画得生动、丰满，真实可信。《宝葫芦的秘密》是张天翼的重要代表作，也是在新中国儿童文学史上具有深远影响的作品。无论思想内涵或艺术探索，都值得后人借鉴。

【严文井、陈伯吹的童话】严文井（1915—2005），是当代中国的著名作家和编辑家，也是卓有贡献的儿童文学家。他原名严文锦，湖北武昌人。1934年毕业于湖北省立高中。1938年到延安，入抗日军政大学。1939年开始，在鲁迅艺术学院文学系任教。新中国成立后曾任中国作家协会书记处书记、人民文学出版社社长、《人民文学》杂志主编。他在读高中时，就写散文、诗歌、小说，向报纸投稿。第一次写童话是在1940年，翌年出版第一本童话集《南南和胡子伯伯》。1944年曾出版过长篇小说《一个人的烦恼》，在延安时期，还创作了《大雁和鸭子》《皇帝说的话》和《希望和奴隶们》等童话。解放战争末期，创作了童话《丁丁的一次奇怪的旅行》（1950年出版）。之后，他陆续出版了《蚯蚓和蜜蜂的故事》（1954年）、《三只骄傲的小猫》（1954年）、《唐小西在下次开船港》（1958年，后改书名为《"下次开船"港》）、《小溪流的歌》（1959年）等单篇童话和童话集。进入新时期后，严文井又创作了《南风的话》《气球、瓷瓶和手绢》《歌孩》《沼泽里的故事》《"歪脑袋"木头桩》等童话。1983年出版的《严文井童话集》选收了他创作于各个时期的主要童话作品。严文井说过："童话虽然很多都是用散文写作的，而我却想把它算作一种诗体，一种奉献给儿童的特殊的诗体。"他认为，好的童话都是一些"无画的画帖，或是一些没有诗的形式的

---

1 张天翼：《为〈宝葫芦的秘密〉再版给小读者的信》，《宝葫芦的秘密》，云南人民出版社2016年版。

诗篇"[2]。他还说过，"我的基调是从人生观、世界观上考虑得更多一些。这也是我的一点肤浅的哲学思想"[3]。浓郁的诗情画意和深刻的哲理内涵，这正是严文井童话的特色。

中篇童话《"下次开船"港》被誉为严文井童话成就最高的一部作品，曾被译成英、俄、捷、日、朝等多种文字，具有广泛的影响。作品写小学生唐小西从没有时间观念到珍惜时间的过程。他老是"玩儿不够"，做功课往往留到"下次"，竟把时间小人儿气跑了。灰老鼠乘机将唐小西引进永远到不了"下次"的"下次开船港"。那里一切都静止不动，没有时间。直到唐小西认识到时间的宝贵后，港口才得以苏醒。唐小西跟他的小伙伴在老面人帮助下，战胜坏蛋，救出被他们禁闭的布娃娃，乘上"这次"就开的帆船，离开码头，回到了妈妈身边。作品幻想丰富，富有哲理，说明时间的可贵。童话里的形象各具性格特征，如纸板公鸡的刚愎自用、故作清高，直肠子蛇的口是心非，洋铁人和白瓷人的醉生梦死、飞扬跋扈，唐小西的天真纯洁、勇敢善良等，都跃然纸上，足见作家刻画人物的功力。

严文井除童话外，还写寓言、散文和文学理论、评论文章。他的童话创作和理论，对我国当代儿童文学，尤其是童话的创作，都产生过深远的影响。

陈伯吹（1906—1997），上海市宝山区（原江苏省宝山县）人。20世纪20年代大部分时间当乡村小学教师，后来做过师范学校和大学的教师，一生从事儿童文学创作、翻译、编辑、理论研究和课堂教学。第一部小说《学校生活记》问世于1927年。新中国成立前就出版过近三十本作品集，中篇童话《阿丽思小姐》和《波罗乔少爷》分别出版于1933年和1934年。新中国成立后，他更勤奋地为小读者创作，先后出版了《一只想飞的猫》（1955年）、《一个秘密》（1957年）、《幻想张着彩色的翅膀》（1959年）、《中国的铁木儿》（1959年）、《从山冈上跑下来的小女孩子》（1958年）、《飞虎队与野猎队》（1979年）、《十一个奇怪的人》（1980年）、《捉阳光》（1982年）、《陈伯吹童话选》（1985年）、《陈伯吹作品选》（1987年）

---

2 严文井：《泛论童话》，载《小溪流的歌》，人民文学出版社1959年版。

3 严文井：《泛论童话》，载《小溪流的歌》，人民文学出版社1959年版。

等几十本集子，对促进我国儿童文学事业做出了卓越的贡献。由于他出身教师，又长期做过儿童读物编辑工作，所以他说："我的儿童文学的观点，往往是从教育的角度出发，因而与作家们的看法常有同中存异的分歧。"[4]他还说过："一个有成就的作家，能够和儿童站在一起，善于从儿童的角度出发，以儿童的耳朵去听，以儿童的眼睛去看，特别以儿童的心灵去体会，就必然会写出儿童所看得懂、喜欢看的作品来。"[5]他强调儿童文学作家要有一颗童心，作品要以健康的思想内容对儿童进行启发和引导，他还十分注重作品的知识性和趣味性。这正是他的作品的写照。

《一只想飞的猫》是新中国成立初陈伯吹的知名童话，也是他的代表作之一。作品写一只爱吹牛的猫，老是说："昨天夜里，我一伸爪子就逮住了十三个耗子。"他淘气顽皮，骄傲自大，好吃懒做，不肯刻苦学习，还想飞起来，结果从树上重重摔下。作品故事情节十分生动有趣，例如猫吹嘘自己是渔业家，它硬着头皮给公鸡们表演钓鱼，把尾巴插入湖里，恰好被一条乌鱼咬住，猫很痛，尾巴一甩，把乌鱼甩上岸。它便吹牛道："我一勾尾巴就钓起了一条大乌鱼！但尾巴的伤口却被大家纷纷嘲笑……"作品正是通过系列生动情节、细节，深刻地揭示了这只"想飞的猫"的骄傲虚荣和好逸恶劳的毛病。作为一篇优秀的童话，它通篇没有一句说教，却使小读者在饶有趣味的笑声中，受到道德品质的教育和熏陶。

在改革开放的新时期，陈伯吹于从事儿童文学理论批评外，还写有童话新作《骆驼寻宝记》《安琪儿夜游记》《小珠儿讲的故事》《猫头鹰说话了》《飞上屋顶的公鸡》《山前山后的好风光》《童话城的节日》等。初载于《十月》杂志1982年第3期的《骆驼寻宝记》，是作者自己非常喜欢的一部中篇童话，它热情歌颂意志坚定，热爱祖国和家乡的高尚思想和不怕困难、执着奋进的"骆驼精神"。陈伯吹八十九岁高龄时还写出童话新作《小薇游园记》。他毕生为培育祖国下一代所表现出的热诚和责任感，十分感人。

---

4 陈伯吹：《蹩脚的"自画像"》，载《我和儿童文学》，少年儿童出版社1980年版。

5 陈伯吹：《谈儿童文学创作上的几个问题》，载《儿童文学简论》，长江文艺出版社1980年版。

【贺宜、包蕾的童话创作】贺宜（1914—1987），原名朱荩园，又名朱家振。上海市金山县（原江苏省松江县）人。1933年至1934年当小学教师，并开始儿童文学创作。1946年曾在上海第一师范任教，主编过《童话连丛》。新中国成立后曾任共青团中央主办的《中国少年报》副总编辑、上海少年儿童出版社副社长等职。他兼写儿童小说、诗歌、故事、童话，以童话创作数量为多，也最有成就。他说过："第一，我偏爱童话这种形式；第二，我向来认为童话是儿童文学中最有儿童特点的一种文艺样式，世界上最好的儿童文学作家往往就是童话作家，所以，我在童话方面花的气力最多。"[6]从1933年发表童话处女作《蛟先生和他的联盟者》到1985年发表最后一篇童话《熊猫一家来做客》，在长达五十多年的岁月中，他在这个领域辛勤耕耘，共创作长、中、短篇童话一百二十多篇，出版的童话作品集有《小草》（1936年）、《凯旋门》（1939年）、《隐士的胡须》（1940年）、《木头人》（1940年）、《儿童国》（1950年）、《小公鸡历险记》（1956年）、《鸡毛小不点儿》（1958年）、《小神风和小平安》（1959年）、《星星小玛瑙》（1963年）、《太阳鸟和秃鹰》（1979年）、《小小的小姑娘》（1982年）、《贺宜童话选》（1985年）等。他同样是一位著名儿童文学理论家，出版有《散论儿童文学》（1960年）、《童话的特征、要素及其他》（1962年）、《小百花园丁杂说》（1979年）、《童话漫谈》（1981年）和《小百花园丁随笔》（1986年）等论著。

长篇童话《小公鸡历险记》和中篇童话《鸡毛小不点儿》，是他在新中国成立后的重要作品，于题材、内容、格调方面同他早期作品有不同特色。他的早期童话多暴露、讽刺，色调沉重、悲痛，而新作则以歌颂、赞美为主，色调乐观、明快。

《小公鸡历险记》写小公鸡喔喔在鸡妈妈的娇宠下骄傲任性，多次赌气跑到外面去，差点被害死过爸爸的黄鼠狼所害。有一次他半夜忽然唱起歌，妈妈和姐姐批评他，他又撒娇跑出去，姐姐去找他，碰到黄鼠狼，多亏黄狗及时救

---

6 贺宜：《贺宜文集·前言》，《贺宜文集》，少年儿童出版社1984年版。

护才免遭黄鼠狼的危害。一次次"历险"，终使小公鸡认识到自己的毛病，决心改掉骄傲和任性。最后跟他的朋友们齐心团结，消灭了黄鼠狼。

包蕾（1918—1989），原名倪庆秩，曾用笔名叶超、华萼、文仿，浙江省镇海县人。中学时代曾自编自演过话剧。1936年，在李公朴主编的《读书生活》上发表了处女作独幕剧《释放》。1937年，加入上海文化界救亡协会演剧队第十三队。后又参加上海青年救国服务团，负责编辑《抗日救亡报》，并开始儿童剧的创作。1938—1939年间，连续创作了《谁插的旗子》《小同志》《一条心》《胜利的新年》等十个宣传抗日救国的儿童活报剧，并结集为《祖国的儿女》于1939年出版。之后，又陆续创作了《雪夜梦》《巨人的花》等童话集，还出版有《包蕾童话近作选》《斩龙少年传奇》和《包蕾国际童话选》等。1996年出版的《包蕾童话》，选收了他创作于各个时期的童话代表作二十八篇。

1962年出版的系列童话《猪八戒新传》，为包蕾带来盛誉。这本类似长篇的童话被认为是包蕾童话创作的高峰。它收入以《西游记》人物猪八戒为主人公的四篇童话。《猪八戒回家》写的是猪八戒意外发现一个"无主"的大西瓜，本想将西瓜切成四份，跟师父和师兄弟分享，却由于控制不住口馋，竟然自己全部吃掉了，还自欺欺人地编出种种理由，作品尖厉地讽刺了猪八戒的意志薄弱；《猪八戒新传》中其他作品也都语言幽默活泼，情节滑稽有趣，猪八戒憨厚、笨拙、好吃懒做的形象十分生动，使小读者在阅读中获得有益的品德教育。

【洪汛涛、葛翠琳的童话】洪汛涛（1928—2001），浙江浦江县人。从小酷爱文学，学过绘画、音乐、书法和篆刻，后在乡村任教多年，还办过刊物，编过文艺副刊，写过不少抨击当时黑暗现实的诗文，结集出版过《天灯在看你》《尸骸的路》等。他为少年儿童写的作品多发表于上海中共地下组织办的《新少年报》上。新中国成立后，他长期在上海少年儿童出版社当编辑，同时坚持不懈地创作。至今已出版了七十多种著作。他是20世纪50年代初成名的我国资深儿童文学作家的，兼写诗歌、小说、理论评论文章的同时，主要从事童话创作。先后出版的童话集有《神笔马良》（1956年）、《夜明珠》（1957年）、《十兄弟》（1957年）、《小花兔找食物》（1957年）、《涂呀涂》（1962年）、《半半的半个童话》（1981年）、《神笔马良》（新编增订本，1981年）、《洪汛涛童话新作选》（1984年）、《神笔马良传》（1993年）、《洪汛涛作品选》（1994年）等。还出版有《儿童·文学·作家》（1982年）、《童话学》（1986年）和《童话艺术思考》（1988年）等论著。

洪汛涛的童话具有浓郁的民族气派和传奇色彩。创作一开始，他就注重从民间文艺汲取营养，早期作品多取材于民间传说和故事。他创作于1954年并于翌年正式发表的短篇童话《神笔马良》，在初载时甚至就被标明是"民间故事"。这个作品为作者带来盛誉，既是他的成名作，也是代表作，曾以"了的"笔名首刊于《新观察》杂志1955年第3期。后被译成英、日、意等多种文字在国外发行，国内先后出版过二十多种版本，并被选入课本，在第二次（1954—1979）全国少年儿童文艺创作评奖中获一等奖。作者据此改编的木偶片《神笔》获文化部（1949—1955）优秀影片一等金质奖章，在国际电影节的影片展览中曾分别获一等奖、特别奖、优秀奖等。《神笔马良正传》则是洪汛涛在他的成名作《神笔马良》的基础上，增加了故事情节完成的长篇童话小说。作者收集整理并精心演绎了马良的传说故事，以民间故事的惯用讲述手法，娓娓道来，故事情节生动有趣，设有许多伏笔和悬念，同时不乏讽刺、幽默、夸张之处，读来扣人心弦。

"神笔""仙笔"之说在我国民间传说中早已有之，可贵的是《神笔马良》在汲取、加工中注入了自己独特的艺术创造。作品写马良这个孤苦孩子酷爱画画，每天勤学苦练，"他到山上打柴时，就折一根树枝，在沙地学着描飞鸟。他到河边割草时，就用草根蘸蘸河水，在岸石上学着描游鱼。晚上，回到家里，拿了一块木炭，在窑洞的壁上，又把白天描过的东西，一件一件再画一遍。没有笔，他照样学画画"。后来他得到了一支神笔，用这支神笔他给穷人们画出许多耕牛、水车、石磨等，但决不为财主和皇帝画金银山和摇钱树。童话以明白晓畅的语言，富有传奇色彩的情节，塑造了一个心地善良、不畏强暴、勇于与邪恶势力抗争的童话人物形象。

进入改革开放的新时期，洪汛涛又先后发表和出版了《夹竹桃》《破缸记》《狼毫笔的来历》《天鸟的孩子们》《神笔马良传》等五十多种童话新作，继续保持他富有民族特色的淳厚艺术风格，更加贴近生活，更富于时代感和现实感。如发表于1982年上海《少年文艺》的《狼毫笔的来历》，被认为是洪汛涛的佳作。作品的"主角"黄鼠狼并非令人讨厌的偷鸡者，而是一位忠心耿耿为人类服务的正面人物。作者着力塑造黄鼠狼的形象外，还以传神的笔触刻画了各具性格特征的山猫、灵猫、家猫、猫头鹰、老鹰、狼、山獾、蜜狗、狐狸、老母鸡等众多形象。童话中的许多情节、细节乃至人物语言，无不令读者联想到现实生活中的熟悉的种种人和事。洪汛涛说过："小说的故事，要求真实中求真实；童话，则要求从不真实中求真实。小说的形象，要求形似神似；童话，则要求形变神似。"[7]他的童话作品正是这样。他所著四十余万字的《童话学》的童话理论专著，是他对我国童话理论建设的可贵贡献。新加坡《联合早报》曾以《中国童话家·洪汛涛》为题，介绍他"洪汛涛的名字足以和安徒生、格林等排列在一起"，"人们尊称他为童话大师"。

葛翠琳（1930—2022），女，河北省乐亭县人。曾入学燕京大学。1949年开始儿童文学创作，于《新民报》《北京儿童报》等报刊发表诗歌作品。她还写过小说、散文、报告文学、剧本、童话、文艺评论等，以童话创作成就和影响最大。首篇童话《少女与蛇郎》发表于上海《少年文艺》1953年第3期。之后，她又陆续创作有《巧媳妇》《雪梨树》《野葡萄》《小红花和松树》《泪潭》《雪娘和神娘》《金花路》等十几篇童话作品，出版了三本童话集《巧媳妇》（1956年）、《野葡萄》（1956年）和《采药姑娘》（1957年）。后被迫搁笔二十年之久。进入改革开放新时期，她很快重新创作，先后出版童话集《比孙子还年轻的爷爷》（1980年）、《翻跟头的小木偶》（1981年）、《葛翠琳童话选》（1983年）、《进过天堂的孩子》（1984年）、《花孩子》（1984年）、《最丑美男儿》（1988年）、《童话王国》

---

7 方仁工编著：《童话十家》，海燕出版社1987年版，第293页。

（1989年）、《葛翠琳作品选》（1992年）、《会唱歌的画像》（1994年）等。此外，她还出版了多本小说和童话剧。

《野葡萄》发表于1956年，是葛翠琳的早期代表作，也是我国当代童话的名篇，在第二次（1954—1979）全国少年儿童文艺创作评奖中获一等奖。它写一个小姑娘，聪明、善良、美丽，十岁时父母相继亡故，狠毒的婶娘霸占她的家，搞瞎她的眼睛。她跋山涉水，历尽艰难，终于找到了能治眼睛的野葡萄。眼睛复明后，她又带着很多野葡萄赶回家乡，使沿途和村里的许多盲人重见光明。作者善于从民间文学中获取滋养。《野葡萄》的情节核心与民间文学中的"晚娘型"传说相近，但小姑娘晶莹的内心世界，显然是注入新的因素并经充分想象变幻而创造的，使意蕴主旨获得升华和丰富。葛翠琳的童话从传统的民间故事、神话、传说中汲取丰富的营养，加上淳朴晓畅的语言、新奇优美的幻想、曲折动人的故事，呈现出鲜明的民族风格。

葛翠琳进入新时期的童话，和早期作品比较，其显著变化在于直接取材于现实，着力反映新的时代精神。这体现在《翻跟头的小木偶》《进过天堂的孩子》《最丑的美男儿》和《会唱歌的画像》等几个作品中。约四万五千字的《翻跟头的小木偶》，是葛翠琳的第一部中篇童话，将幻想和现实巧妙结合，通过小木偶聪聪的曲折遭遇，反映了被扭曲的生活。作家以十分细致的笔触，刻画了老爷爷、聪聪、小姑娘丫丫的生动形象，颂扬了他们善良品德，同时描绘出"阴阳脸儿""狼眼睛"等坏人的嘴脸，鞭挞了他们丑恶可憎的心肠。另一部中篇童话《最丑的美男儿》通过不会说话的哞儿哞儿的奇异遭遇和他悲惨又幸运的一生，折射出现实社会中真实人物的各种性格特征，褒贬皆有强烈针对性。这些作品表明作家直面社会生活的勇气，也表现出她运用夸张、幻想手法，驾驭童话艺术的功力。葛翠琳在不懈探索中求得发展和前进，使自己的童话新作更加具有耐读性，往往以诗一般的优美语言，编织曲折有致的故事，营造出富于魅力的童话意境，达到幻想与现实的和谐统一。

【孙幼军、郑渊洁的童话】孙幼军（1933—2016），原名孙幼君，黑龙江省哈尔滨市人。6岁时随全家流亡关内，从小过着颠沛流离的生活；13岁回到东北，在长春上小学。1950年参加人民海军，1952年转业后在吉林市入高中，1954年考入北京俄语学院二部，翌年转入北京大学中文系，毕业后一直任教于外交学院。他从小爱好文艺，在中学时代即有习作发表，上大学期间曾写过小说。1960年他创作了长篇童话《小布头奇遇记》，翌年底由中国少年儿童出版社出版。20世纪60年代初，他还创作和发表了《萤火虫找朋友》《叔叔和月亮》《小柳树和小枣树》《过春节》和《橡皮小鸭洗澡》等幼儿童话。1979年6月在《儿童文学》丛刊复刊第10期发表的《神笔和笔帽儿的故事》，是孙幼军中止创作十五年之后献给孩子们的又一篇童话。这位深受广大少年儿童喜爱的作家在教学之余，一直兢兢业业、孜孜不倦于儿童文学事业，硕果累累，成就卓著。先后出版有系列童话集《玩具店的夜》（1979年），长篇童话《没有风的扇子》（1980年），短篇童话集《吉吉变熊猫的故事》（1982年）、《怪雨伞》（1982年），中篇童话《神奇的房子》（1984年）、《云里国历险》（1986年），长篇童话《铁头飞侠传》（1987年），长篇传奇故事《仙篮奇剑传》（1988年），中短篇童话集《亭亭的童话》（1988年）、《影星娃娃》（1991年），中篇童话《噜噜的奇遇》（1991年），系列童话《怪老头儿》（1991年），中短篇童话集《西瓜房子》（1993年），中篇幼儿童话《绒兔子找耳朵》（1994年）以及《孙幼军作品选》（1985年）、《孙幼军童话新作》（1991年）等作品选集。由于在童话创作上的杰出成就，他被推为国际安徒生奖第一位中国候选人，1990年应邀赴美国参加国际儿童读物联盟（IBBY）在威廉斯召开的第二十二次代表大会，大会向他颁发了作品荣誉证书。《小布头奇遇记》是孙幼军的成名作。它一问世便产生热烈反响，中央人民广播电台连续播出，儿童文学前辈、著名教育家叶圣陶在《文艺报》撰文予以好评，上海儿童文学界知名人士专门开会研讨。作品先后印行近二百万册，在几代小读者中都广为流传。作品的主人公小布头是个布娃娃，一个叫苹苹的女孩得到了他，由于他不服苹苹的批评而出逃，由此产生系列奇遇：在三轮车上认识了小电动机，并随之上火车到了农村，认识了小母鸡小芦花、大铁勺和麦子小金球、黄珠儿；一次，小布头被老鼠当成了香点心而拖进了老鼠洞，受了许多折磨；当他乘"飞机"（风筝）去找苹苹时，从空中掉到地上，摔昏过去；后来又经过种种曲折，终于回到了苹苹身边。在这部童话里，作者把布娃娃小布头写成个活生生的孩子。他有自尊心，他希望做一个勇敢的人，生怕人家说他胆子小。他相当任性，即使他自己也知道任性不是什么好脾气。他富于同情心，见到悲惨的事情，听到悲惨的故事，就伤心痛哭。他爱朋友，他念念不忘最初的好朋友苹苹，为了救那小母鸡小芦花，连自己的性命也甘愿牺牲。他不接受那种光说道理的批评，可是善于从事实中或者故事中吸收经验，接受教训。作品成功地塑造了小布头的形象，懂事的苹苹、经验丰富的大铁勺、快活的小芦花、天真的农村孩子小喇叭，以及逞能的布猴子、戆直的布老虎，这些形象都给读者留下了鲜明深刻的印象。这部作品虽是孙幼军的初作，却奠定了他走上童话创作辉煌之路的坚实基石。他的童话多有引人入胜的奇妙构思和美丽动人的幻想，人物栩栩如生、性格特征鲜明活脱，他的富于儿童情趣的晓白易懂的语言，构成作品简洁、明快的风格。经过十年"文革"，孙幼军的思想和艺术都达到相当成熟的境界。他的童话新作，多取材当今的儿童生活，以拟人手法的巧妙运用，塑造众多鲜明生动的性格形象，折射出时代的光泽。孙幼军的功力就在于他能从生活中，发现那些天真幼稚而又闪烁着奇光异彩的幻想萌芽，赋予其美丽的想象翅膀，使之翱翔起来。正因如此，展读他的童话，会感到一股清鲜的生活气息扑面而来，同时又陶醉于那些富于诗意的童真童趣之中。

《小贝流浪记》《小狗的小房子》以及系列童话《怪老头儿》，都是孙幼军新时期的名作。前者通过对猫妈妈两个儿子小宝和小贝不同生活经历的描述，形象地揭示了家长不应溺爱孩子，应避免儿童娇生惯养、贪图安逸，让年幼一代在艰苦磨炼中成长的道理，饶有现实的教育意义。《小狗的小房子》用清新朴实的语言，讲述了一个富于童真童趣的故事。作者笔下的两个小动物——小狗和小猫的形象非常生动逼真，小狗的忠厚憨直和小猫的任性乖巧相映成趣，小狗受伤后小猫惶恐和爱怜的情态跃然纸上，显示出作家对生活细致的观察、对儿童心理精准的把握和炉火纯青的艺术表现力。《怪老头儿》作为分量厚重的系列童话，思想内涵更为丰富，题材和表现手法十分新颖，幻想超拔奇谲，描写传神生动，语言轻灵自如，题旨深刻宏远，广获评论界和读者的赞赏，被认为是孙幼军童话创作登越的又一高峰。作品先后获全国第二届少儿读物评奖一等奖、中国作家协会第二届（1986—1991）全国优秀儿童文学奖和第四届宋庆龄儿童文学奖金奖。

郑渊洁（1955—　　），生于河北石家庄，1970年至1976年服兵役在空军航空兵维修歼6战机。退役后当过工人。1977年开始文学创作。2006年创作的《皮皮鲁总动员》由105本组成，近千万字，全球发行量名列第四，达一亿五千万册。2008年郑渊洁成为中国作家中获国际版权创意金奖第一人。2008年12月5日，郑渊洁获得"中华慈善楷模奖"。2011年开发出中国第一款普法网络游戏《皮皮鲁和419宗罪》。

郑渊洁1977年开始文学创作，主要作品《郑渊洁童话全集》33卷，长篇小说《生化保姆》《白客》《智齿》《金拇指》《病菌集中营》《鬼车》《仇象》等。其童话小说《皮皮鲁和鲁西西》讲的是生活在某个平凡城市里一对不平凡的双胞胎的故事。哥哥叫皮皮鲁，妹妹是鲁西西，他们诚实勇敢、快乐又自信。故事中讲述了皮皮鲁和鲁西西许多好玩的经历。他们最好的朋友叫舒克和贝塔。舒克和贝塔大概是中国最有名的两只老鼠，它们不仅很聪明，而且会使用人类的语言。作者笔下的皮皮鲁、鲁西西、舒克、贝塔和罗克在中国拥有亿万读者，连成年人也被吸引。

《郑渊洁全集》收辑他全部的作品。由于他的童话小说风靡全球，发行量和影响力极大。

第二章｜少年儿童小说

任大星、任大霖的小说——胡奇、鄂华、杲向真的小说——曹文轩、黄蓓佳的小说——秦文君、杨红樱的小说

【任大星、任大霖的小说】任大星、任大霖是新中国成立后涌现的儿童小说创作的兄弟双星。

任大星（1925—2016），浙江省萧山人，任大霖的胞哥。1937年前读小学和私塾，在父亲指导下用白话和文言习写散文与古体诗，为后来从事文学创作打下基础。1941年起在故乡小学教书，阅读了古今中外大量文学名著。17岁开始写作小说。1949年在杭州工作，1953年调上海少年儿童出版社当编辑，1988年获中国作家协会颁发编辑荣誉奖。他既是一位编辑家，又是十分勤奋的作家，主要写儿童小说，也写过成人小说。出版的主要作品有中篇儿童小说《吕小钢和他的妹妹》（1954年）、《姐姐的礼物》（1956年）、《刚满十四岁》（1956年）、《耐心的中队委员》（1962年）、《湘湖龙王庙》（1983年），短篇儿童小说集《灿烂前程》（1960年）、《大姐姐周玲玲》（1962年）、《大钉靴奇闻》（1980年）、《小小男子汉》（1984年），长篇儿童小说《野妹子》（1964年），短篇童话集《大街上的龙》（1963年），长篇成人小说《芳心》（1985年）、《当代贞女徐美君评传》（1986年）、《依依梦，梦依依》（1986年）、《爱神为她作证》（1990年），中篇成人小说《玫瑰红的霞光》（1984年）等。任大星说过："我的大部分小说题材，都是从自己的记忆中挖掘出来的——其中有的还应该是过往已久的记

忆。"[1] 在长达半个多世纪的岁月中，任大星创作的儿童小说赞颂新中国少年儿童的健康成长，以饱满的激情深切叙写旧中国农村少年儿童，生动反映他们的爱憎、追求和憧憬。这些作品皆具浙江城镇山村特色，富有生活气息。

他的长篇小说《野妹子》描写抗日战争时期浙江东部某地两个不同出身、不同性格的年轻人野妹子和曾天秀，在残酷的斗争环境中投身于革命。他们在共产党的领导下，积极参加当地农民反对日本侵略军和国民党反动派掠夺山区物资的斗争，并收集敌人活动情报，协同抗日游击队活捉了汉奸地主陈步云，取得了斗争的胜利。故事刻画了野妹子淳朴、热情、勇于斗争的品质，同时也表现了曾天秀性格上的弱点，以及他在斗争中逐渐成长的过程。

年逾古稀时任大星转换笔墨，写就生前最后一部长篇小说《新娘年满十八》，由文汇出版社出版。小说聚焦一对年轻男女郁北英、小慧，谱写了一曲至真至美的爱情悲歌，其中既反映不同历史时期的个体日常生活，也表现了主人公自身婚恋观的变迁与局限。小说的写法相当自然，文字至真至美。王安忆评论说，任大星生前最后的这部长篇小说"具有中国民间故事的风格，延续了可读性强的叙事传统"。任大星在《我写小说……》一文中说，"我写小说，多半是为了歌颂，歌颂生活中我以为美好的事物，歌颂人的优良品性"，"当然，我在小说中也描写反面的或说不上是正面反面的事物，也描写人类的某些弱点，某些劣根性，但我的最后目的还是为了歌颂生活中我以为美好的事物，歌颂人的优良品性"。纵观任大星的儿童小说或成人小说，无论是写的何种题材和内容，的确都很好地体现了他创作宗旨。

任大霖（1929—1995），浙江省萧山人。出身于知识分子家庭，童年在父亲开办的私塾里学过古文，小学毕业后，1947年考入浙江省立杭州师范，同年在《开明少年》杂志发表处女作《固执的老蜘蛛》。1951年出版第一本儿童文学集《红泥岭的故事》。他当过浙江省委宣传部干事、团刊编辑。1953年调上海少年儿童出版社，直至1995年6月8日病逝。生前任该社总编辑。出版的主要作品有短篇小说集《秧田发绿的时候》（1956年）、《秀娟

---

1 路德庆主编：《作家谈创作·我写小说》，花城出版社1981年版。

姑娘》（1962年）、《蟋蟀》（1979年）、《方小路和他的弟弟》（1982年）、《少先队员的心灵》（1982年）、《心中的百花》（1984年），中篇小说《我们的田庄》（1954年）、《喀戎在挣扎》（1983年）、《哥哥廿四我十五》（1984年），还有小说、散文集《童年时代的朋友》（1958年）、《山冈上的星》（1962年）、《任大霖散文选》（1984年）等。此外，出版有理论著作《儿童小说的构思和人物形象》（1962年）、《儿童小说创作论》（1987年）、《我这样写小说》（1988年）和《我的儿童文学观》（1995年）。

任大霖当学生时倾心迷恋鲁迅的小说，鲁迅的《社戏》曾使他沉醉。鲁迅的许多小说，对任大霖后来从事儿童小说创作产生深深的影响。《固执的老蜘蛛》以他父亲的一位老朋友为原型，有着明显模仿《孔乙己》的痕迹。20世纪50年代他的不少小说，特别是收在《童年时代的朋友》集子里的许多佳作，无论叙写的美丽水乡景色、淳朴的民俗风习，还是塑造农村少年儿童形象，其乡土色彩的清新语言和质朴叙述风格，都让读者想起鲁迅的《故乡》《社戏》《风筝》等作品所精心营造的艺术境界。当然，任大霖又有自己的新的艺术创造。评论家雷达称誉任大霖是位"童心世界的不倦的探求者"[2]。确实，他作为对培育下一代具有强烈社会责任感的儿童文学作家，总是执着于对儿童心灵世界的探索和挖掘。"在反映旧社会生活的作品中，他为儿童心灵美的失落，受蹂躏和毁灭而感到无限惋惜和痛心；在描写新中国各个时期生活的作品中，他又衷心地为美的复苏和迸发，深情歌唱。他不断地扩大和充实着心灵美的领域。"《蟋蟀》是任大霖的经典童话故事集，精选了21篇童话故事。这些故事情节构思巧妙，人物形象鲜明，大都描写的是小主人公们活泼明朗的童年生活，字里行间洋溢着童年生活情趣和氛围。作品曾获第二次（1954—1979）全国少年儿童文艺创作评奖一等奖，是作家描写少年儿童生活的影响很大的作品，揭示他们在长辈教育和帮助下健康成长的过程及其天真美好的心灵。

---

2 雷达：《童心世界的不倦的探求者——论任大霖的创作》，载《朝花》丛刊总第11期，人民文学出版社1983年版。

【胡奇、鄂华、杲向真的小说】胡奇（1918—1998），原名胡兆才，笔名胡企、李永明。回族。江苏省南京市人。少年时代当过学徒工和小店员。1938年到延安，先后任文工团员、随军记者、地方工作队队长兼政治指导员、文工团长。新中国成立后长期在部队做文化工作，曾任原总政文化部创作员、原四川军区后勤部副政委、《解放军文艺》社社长。他的第一部儿童小说《小马枪》（上海少年儿童出版社1954年出版）表现藏族少年儿童对新生活的向往和追求。叙事和抒情相结合，成功塑造了曲拉、丹珠、桑顿三个有着不同生活经历和性格的藏族儿童的动人形象。这部小说获第二次（1954—1979）全国少年儿童文学创作评奖一等奖。

他另一部力作长篇儿童小说《绿色的远方》（中国少年儿童出版社1964年与作家出版社同时出版），是《五彩路》的姊妹篇，它写的是中华人民共和国成立初期，西藏草原上的牧民和孩子们在解放军的帮助下，保卫自己的胜利果实，与妄想卷土重来、梦想复辟变天的坏蛋们斗智斗勇的故事。小说精心刻画了豪爽而粗率的扎西、优柔寡断的阿江、纯洁天真的卓玛等西藏新一代少年的鲜活形象，也塑造了善良美丽的李侠老师、机智勇敢的玛金叔叔等成人形象。作家对草原风光的描写，对西藏风土人情的呈现，对西藏牧民生活的再现，都带有诗意，其中许多生活经验和生活细节，充满了生动的藏族民间智慧，再现了美丽的藏族精神风貌和瑰丽的自然风景。胡奇比较著名的儿童小说还有《神火》（1960年）、《海防少年》（1960年）、《镰刀弯弯》（1962年）、《难忘的冬天》（1979年）、《老玉米》（1979年）、《"佐罗"的一场争吵》（1980年）等。他的创作题材广泛，所创作的数十部儿童小说中，最有特色、艺术成就最高的是反映西藏地区巨大变革和藏族少年儿童生活的作品。因塑造了特定地域和社会环境下众多令人难以忘怀的藏族少年儿童形象，在叙述体式和叙述语言上颇得西藏民间传说故事的神韵，获得读者的普遍青睐。

鄂华（1932—2011），原名程庆华。湖北荆门人。中共党员。毕业于北京大学化学系。历任吉林省文联副主席，省作家协会副主席，专业作家，中国文联第四届委员，中国作家协会第四届理事、第五届全国委员会委员，吉林省第五、六、七届人大常委会的委员。1949年开始发表作品。1962年加入中国作家协会。著有长篇小说《在黛色的波涛下》《水晶洞》《翼王伞》，中短篇小说集《女皇王冠上的钻石》《自由神的眼泪》《艺术的控诉》《丹凤朝阳》《鄂华中短篇小说选》《希特勒财宝的秘密》《祭红》《幽灵岛》《盗火者的足迹》《走向命运的星辰》《归去来兮》《蝴蝶谷》，儿童文学集《湖上的追逐》《宝石的地图》《天空的梦》《铁路老工人》，散文报告文学集《天池幻想曲》《黑海的帆》《魔鬼队的覆灭》《域外履痕》《鄂华写实文学集》，电影文学剧本《祭红》《丹凤朝阳》（均已拍摄发行）等。《水晶洞》获全国第二届儿童文学奖，《世纪之战》获第一届东北文学奖。

鄂华的中短篇小说集《女皇王冠上的钻石》，笔法独特，构思巧妙。其中的作品多讲述异国他乡的故事。如《一夜的天才》描写股票经纪人菲利花一元九角美元买了一支"可以帮人成为作家的写作机器——魔术构题机"，从而使他灵感不绝，写出一篇比一篇更离奇、更玄虚的轰动全美国的作品，使他成为超现实主义文学的大师，开创新的文学流派的巨人。鄂华的作品多奇思妙想，深得少年儿童的喜爱。他善将异国风情与科学幻想相结合，题材新异，每每启人深思。

呆向真（1920—2011），女，原名呆淑清，江苏省邳县（今邳州市）人。幼年丧母后，进了南京贫儿教养院。1937年毕业于南京高级助产学校。当过医护员、中学教师和报刊编辑。第一篇作品《小小募捐队》问世于1938年。20世纪40年代写的十多篇反映旧中国少年儿童苦难生活的儿童小说，并结集为《带臂章的人》。尚有描写成人的长篇小说《灾星》，揭露一个医疗队长借为人民谋福利之名，假公济私，搜刮人民的钱财，过腐化生活。另一长篇《啊！不是幻影》则写一桩爱情故事：她和他关山迢递，然而爱情之火在彼此心中燃烧不熄；另一个他，和她久别重逢，近在咫尺，却无法打开她的心扉，双方犹如天各一方。作品有对高尚情操的歌颂，也有对丑恶灵魂的剖析。她的童话创作则有《耗子精歪传》《路》《喜梅和她的老师》《翠玉河传奇》，短篇小说集《采撷集》《秘密行动》，儿童故事集《带臂章的人》《呆向真和她的作品》《呆向真童话选》等，另外发表散文一百余篇、诗歌数十首。发表于

1954年的《小胖和小松》，是她的代表作，也是她最有影响的作品之一，曾获第二次（1954—1979）全国少年儿童文艺创作评奖一等奖。作为北京市的专业儿童文学作家，她坚持长期深入幼儿园，跟小朋友交朋友，十分熟悉各个时期的幼儿生活，也擅长描写幼童生活。《小胖和小松》写七岁的姐姐小胖带着四岁的弟弟小松去公园玩儿，不料两人走散，在人民警察帮助下重又相聚的故事。作家用许多生动细节，将故事叙述得有声有色，小儿童的可爱的天真和稚气，被表现得惟妙惟肖，显示了作家对幼儿生活与心理特征深切准确的把握。

在儿童小说创作方面比较有成就的作家还有邱勋（1933—2018），山东省昌乐县人。1952年起在青岛任小学和中学教师。1956年调山东人民出版社当文艺编辑。1980年调山东省作家协会从事专业创作。1953年开始发表文学作品。第一本儿童小说《一本书》于1955年由山东人民出版社出版。之后，陆续出版的短篇儿童小说集和中、长篇儿童小说有《大刚和小兰》（1956年）、《飞吧，小燕子！》（1957年）、《妈妈不在家的时候》（1958年）、《微山湖上》（1961年）、《街娃》（1983年）、《飞盘》（1983年）、《孩子》（1983年）、《山高水长》（1978年，修订后易名为《烽火三少年》，于1984年出版）、《雪国梦》（1989年）等。邱勋的儿童小说，题材十分多样，从学校到家庭，从城市到农村，到部队，各个年龄阶段的少年儿童，都可以成为他的描写对象。他的作品数量较多，但都能保持较高的艺术质量，显示出他独特的艺术气质和风格。他于20世纪60年代初问世的中篇小说《微山湖上》是一部相当动人的作品，小说以新中国成立后的农村生活为背景，描写小驹子、二牛和丫头三个男孩子跟着爷爷去微山湖上放牛，看美丽如画的微山湖，认识了热情好客的渔民孩子。在放牛的日子里，他们遇到了不少困难，但在老爷爷和老游击队员赵大叔的教育帮助下，经受了考验，锻炼得更加坚强勇敢，成为三名优秀少先队员。作品结构严谨新巧，语言优美，情趣浓郁。进入新时期后，邱勋还用整整三年时间创作了长篇儿童小说《雪国梦》，这部长篇作品写一个十岁女孩子眼里的社会和人生，表现了儿童世界和成人世界的交叉、交融和反差，题材、容量、结构、表现手法上都有异于他过去的作品，体现了这位作家可贵的艺术探索精神。

新中国成立后在儿童小说创作方面，前文曾论述过的浩然、谢璞等都有一定成就，而在改革开放的新时期，这方面新崛起的影响较大的作家则有曹文轩、黄蓓佳、秦文君、杨红樱等。

【曹文轩、黄蓓佳的小说】曹文轩（1954—　），出生于江苏盐城，中国儿童文学作家。1977年毕业于北京大学中文系并留校任教。任中文系当代文学教研室主任。北京作家协会副主席、中国作家协会儿童文学委员会委员。他连续创作多部长篇小说，1991年，推出《山羊不吃天堂草》。1997年出版《草房子》，并担任改编电影编剧。1999年，出版小说《根鸟》。2005年，推出《青铜葵花》。其作品《山羊不吃天堂草》获第三届宋庆龄文学奖的金奖、1994年中宣部精神文明建设"五个一工程"奖，《草房子》《蓝花》分别获冰心文学大奖，长篇小说《山羊不吃天堂草》和《草房子》分获中国作家协会第一届、第二届、第四届儿童文学奖，后者还获国家第四届图书奖和1999年中宣部精神文明建设"五个一工程"奖，改编的电影文学剧本《草房子》（已拍摄发行）获1998年华表奖、第四届童牛奖。《青铜葵花》获中宣部精神文明建设"五个一工程"奖、国家图书奖、第七届中国作协全国优秀儿童文学奖、冰心文学大奖。此外，2016年他还获国际安徒生奖。这也是中国作家首次获此殊荣。2017年3月31日，获得2016—2017年度影响世界华人大奖"。2017年12月，特殊文体长篇小说《蜻蜓眼》获得首届吴承恩长篇小说奖。他尚有学术专著《中国20世纪80年代文学现象研究》《思维论》《面对微妙》等。部分作品译有英、法、日文版。

曹文轩的小说大多根据自己少年时代成长的经历结构故事，敷写人物，真实感人，文字流畅、雅洁，流动着对儿童的热爱和对人世沧桑的悲悯精神。他的作品以庄重忧郁的风格、诗情画意的意境、充满智慧的叙述方式，呈现给我们一个真善美的艺术世界。其中有厄运中的相扶，困境中的相助，孤独中的理解，冷漠中的脉脉温馨和殷殷情怀。这些内容在童年情怀的观照下呈现出的精神之光，不仅感动少年儿童，也感动成年的读者。如《草房子》就通过对主人公男孩桑桑刻骨铭心而又终生难忘的六年小学生活的描写，讲述了五个孩子桑桑、秃鹤、杜小康、细马、纸月和油麻地的老师蒋一轮以及白雀的关系纠缠和孩子们苦痛的成长历程。六年中，桑桑目睹或直接参与了一连串看似寻常但又催人泪下、感动人心的故事。少男少女之间毫无瑕疵的纯情，不幸少年与厄运相拼时的悲怆与优雅，垂暮老人在最后一瞬间所闪耀的人格光彩、在体验死亡对生命的深切而优美的领悟，大人们之间扑朔迷离且又充满诗情画意的情感纠葛……这一切，既清楚又朦胧地展现在少年桑桑的眼界里，使他接受人生的启蒙教育。又如《青铜葵花》描写"五七干校"时期的水乡农村，城市女孩葵花因为特殊机缘，成为乡村男孩青铜的妹妹。聪明、心地善良的哑巴青铜，意识到自己作为小男子汉的责任。家里只能供一个人上学，他把机会让给了葵花；而懂事的葵花不扎新头绳、不照相，省下钱来买纸笔教青铜识字。家里没钱买油灯，青铜便给葵花做了一盏萤火虫灯；灾年没有吃的，他想办法挖芦根、抓野鸭给葵花解馋；为了葵花在舞台上更夺目，他又制作了能发出美丽、纯净、神秘而华贵光亮的冰项链。火灾、水灾、蝗灾，种种苦难接踵而来，然而一家人互相扶助，从容地渡过了一个又一个的难关。在天灾人祸中，他们乐观地应对洪水、蝗灾等一切苦难，到了12岁，命运又将女孩召回城市去。

黄蓓佳（1955—　），女，生于江苏如皋，1982年毕业于北京大学中文系。历任江苏省外事办公室干部，省作协理事、副主席，中国作协第六、七届全委会委员。主要儿童文学作品包括长篇小说《我要做好孩子》《今天我是升旗手》《我飞了》《漂来的狗儿》《亲亲我的妈妈》《遥远的风铃》。中短篇小说集《小船，小船》《遥远的地方有一片海》《芦花飘飞的时候》及《中国童话》等。她的儿童长篇《我要做好孩子》《今天我是升旗手》分别获得中宣部精神文明建设"五个一工程"奖、全国优秀儿童文学奖、宋庆龄儿童文学奖、全国优秀少儿图书奖、冰心儿童图书奖等奖项。根据这些作品改编的电影和电视剧、戏剧获得国际电视节"金匣子"奖、中国电影华表奖、中国电视剧飞天奖等等。有多部作品被翻译成法文、德文、俄文、日文、韩文出版。此外，她还有描写成人的长篇小说多部。

长篇小说《我要做好孩子》中的主人公金铃是一个成绩中等，但机敏、善良、正直的女孩子，她为了做个让爸爸妈妈和老师满意的"好孩子"做出了种种努力，并为保留心中那份天真、纯洁，向大人们做了许多"抗争"……小说艺术地展示了一个小学毕业生的学校、家庭生活，成功地塑造了金铃、胖儿、尚海、杨小丽等小学生和妈妈卉紫、爸爸金亦鸣、邢老师等大人的形象，情节生动，情感真切，语言流畅，富有鲜明的时代特色和浓郁的生活气息，并能给读者以思考和启迪。黄蓓佳深切了解儿童的心理，她笔下的儿童形象总活灵活现，真实感人。

【秦文君、杨红樱的儿童小说】秦文君（1954—　　），1971年赴黑龙江大兴安岭塔林林场插队务农，1981年开始发表第一部中篇小说《闪亮的萤火虫》。1984年毕业于华东师范大学语言文学系。后历任上海少年儿童出版社编辑，上海《儿童文学选刊》主编、副编审，中国作家协会全国委员会委员，上海市作家协会副主席，上海市文联委员。1988年加入中国作家协会。著有长篇小说《男生贾里全传》《女生贾梅全传》《一个女孩的心灵史》《天棠街3号》《宝贝当家》《调皮的日子》《小丫林晓梅》《十六岁少女》等500余万字。1996年获意大利蒙德罗国际文学奖特别奖，2002年获国际青少年读物联盟（IBBY）的国际安徒生奖提名奖。《宝贝当家》《男生贾里全传》先后获第六届、第七届中宣部精神文明建设"五个一工程"奖，《男生贾全传》入选向建国五十周年献礼十部长篇小说。《秦文君文集》《天棠街3号》等获全国优秀少儿读物一等奖。《少女罗薇》《男生贾里》《小鬼鲁智胜》获第二届、第三届、第四届中国作家协会全国儿童文学奖。其他作品分别获宋庆龄儿童文学优秀小说奖、冰心儿童图书奖、中国图书奖。她所创造的男生贾里、女生贾梅的形象已在广大小读者中产生教育的影响。如她的《女生贾梅全传》写可爱的贾梅天真活泼，心地善良，富有同情心，这个看似平凡普通的初中女生，却和她的伙伴们一起，演绎出一段段丰富多彩又让人感慨万分的成长故事，有校园生活的甜酸苦辣，有对美好未来的憧憬，也有对亲情和纯洁友谊的渴望。作者以其女性特有的细腻笔调，将少女微妙的情感变化和跌宕起伏的心灵历程娓娓道来，刻画出了一个正在逐渐成长的少女形象，并由此勾勒出一幅幅当代中学生五彩缤纷的生活画面，富有强烈的艺术感染力。秦文君的作品每从儿童视角，展现儿童的所思所行，语言风趣幽默，很得读者喜爱。

杨红樱（1962—　　），四川成都人。四川省作协副主席，1982年就职于成都某杂志社。18岁开始当小学老师，19岁开始童话创作。1998年加入中国作家协会。

杨红樱曾著有长篇童话《度假村的猫儿狗儿》（江苏少儿出版社1993年）、《胖猪笨笨》（四川少儿出版社1995年）、《秃尾巴狼》（湖南少儿出版社1997年）、《那个骑轮箱来的蜜儿》（浙江少儿出版社1997年）、《神秘的女老师》（江苏少儿出版社2002年）以及科学童话多部。她还从事儿童小说创作，著有长篇儿童小说《漂亮老师和坏小子》（作家出版社2002年）、《假小子戴安》（作家出版社2004年）和多部系列小说。其作品达百种之多，有些作品被译成多国文字在国外出版。

杨红樱的小说系列《女生日记》的章节被选进了中国小学语文试验教材，《男生日记》获2003年全国优秀畅销书奖，是教育部指定的中小学图书馆必备书，《漂亮老师和坏小子》获2004年全国优秀畅销书奖，并入选"中国新世纪教育文库·小学生阅读推荐书目100种"等。她曾获冰心儿童图书奖，海峡两岸童话一等奖等十余个奖项。

杨红樱的作品关注人物人格的塑造，关注成人世界与儿童世界之间的隔膜、误区，倡导理解与沟通。童话作品内容富有教育性。她极富想象，又植根于现实的生命感受和对儿童心理的深刻理解，注重对儿童教育的凝重思考。进入21世纪，她的创作风格有所调整，多幽默、轻松，采用儿童喜闻乐见的方式来叙写都市儿童的喜怒哀乐，注意儿童阶段心理活动的构建。她的童话和小说皆重文学和教育相结合，呈现教育背景下儿童生活与心理现实，尊重孩子的天性，顺应儿童理想中的世界。作品渗透以儿童为中心的素质教育理念以及精神分析学和行为主义相结合的取向。其前期作品文学性较高，后期作品成为畅销书，语言欠讲究，但影响广泛。

第三章 | 科幻长篇小说

科幻小说与科学发展的关系——郑文光、童恩正的科幻小说——叶永烈、刘慈欣的科幻小说

【科幻小说与科学发展的关系】科幻小说作为现代小说的一种，源于法国。我国传统小说中也有充满幻想的作品，如《西游记》《封神演义》《镜花缘》，但那不是基于现代自然科学而来的幻想，而是神话、神魔式的幻想。现代科幻小说跟现代自然科学的发展分不开。它对于未来的幻想多与现代自然科学成就的推想相关，因而对培养青少年的科学思维、科学智慧非常有帮助。梁启超的《新中国未来记》便带有科幻的成分。民国时期，高士其、贝时璋等科学家都为促进普及性的科学文艺做过贡献。但科幻小说的崛起，则是在新中国成立后。成就比较大的科幻小说家有郑文光、童恩正、叶永烈等。进入21世纪，刘慈欣的科幻长篇小说更获得世界大奖"雨果奖"。

【郑文光、童恩正的科幻小说】郑文光（1929—2003），广东中山人。童年和少年时代在越南度过，当过学徒、小学教员，1947年回国后，就学于广州中山大学天文系。1949—1950年任香港培侨中学教员兼《新少年》月刊总编辑。1951年到北京先后任科学普及出版社编辑、《科学大众》杂志副主编，当过《文艺报》和《新观察》杂志的记者。后在中国科学院北京天文台从事天文史研究工作。1953年起开始创作科幻小说。主要作品有长篇科学文艺读物《飞出地球去》（1957年），科幻小说集《太阳探险记》（1956年），中篇科幻小说《黑宝石》（1956年）。"文化大革命"后写作的科幻小说主

要有长篇科幻小说《飞向人马座》（1979年获第二次全国少年儿童文艺创作评奖一等奖）、《大洋深处》（1980年）、《神翼》（1982年获第二届宋庆龄儿童文学奖）、《战神的后裔》（1984年），中篇科幻小说《鲨鱼侦察兵》（1979年）、《太平洋人》（1979年）、《仙鹤和人》（1979年）、《古庙奇人》（1981年）、《命运夜总会》（1981年）、《天梯》（1982年）、《孔雀蓝色的蝴蝶》（1982年）等。

《从地球到火星》是郑文光的处女作，也是新中国第一部科幻小说。故事简单，人物形象单薄，偏重介绍了有关宇航、火星的科学知识。20世纪50年代，他的代表作是《黑宝石》，其创作的辉煌期则是在改革开放之后。

郑文光曾说："人们常常把科幻小说误为是普及知识的读物，所以总是向它提出不切实际的要求。其实，一切真正的科幻小说，都不是为了普及知识而写的。它也许有一些知识性，但是归根结底是文学作品。例如，《神翼》这部小说，就没有教给你怎样制造一件飞行衣。我只是想给你讲一个故事，一双神奇的翅膀将带给我们主人公什么样的遭遇呢？"[1]由于郑文光强调科幻小说的文学性，他能够借助他广博的科学知识，运用丰富的想象和幻想，通过形象性的语言描述神奇的故事，不仅旨在表现某种精神风貌和价值观念，以及科学或生活的哲理，更在给广大读者以审美的享受。他十分重视人物形象的塑造，如他在《鲨鱼侦察兵》的《前言》所说："我不只是讲述科学和幻想。作为科学幻想小说这一特殊的文学品种，我力求在其中刻画几个有血有肉的人物形象。"正因为抓住文学的本质，通过刻苦勤奋的创作实践和执着的艺术追求，郑文光新时期的科幻小说达到引人瞩目的崭新高度。

《飞向人马座》是他新时期科幻长篇小说的重要作品。香港评论家杜渐曾在《郑文光科幻小说新作》一文中称誉这个作品"无论从内容到结构，都可以称为小说，实为科学幻想小说之杰作"[2]。小说叙写我国的东方号飞船受到某大国间谍机器人的破坏而突然起飞，本来预定飞行目标是火星，却因燃料已尽，竟向遥远的人马座飞去。船上三个年轻人经历艰难险阻，利用宇宙射线的

---

1 郑文光：《谈谈科学幻想小说》，《读书月报》，1956 年第 3 期。

2 杜渐：《郑文光科幻小说新作》。

能量，九年后终使飞船与祖国派来的"前进号"相对接而平安返回地球。作品在宇航背景上，通过一系列惊险情节，包括人与自然、人与人的矛盾冲突，塑造了主人公们生动的各具个性的形象。如岳兰的热情稳重、继来的活泼稚气、亚兵的诚挚憨厚、若虹的开朗坦率，尤其是继恩的坚定刚毅，都给读者留下了极为深刻的印象。

童恩正（1935—1997），湖南省宁乡县（今宁乡市）人。1956年考入四川大学历史系考古专业。1957年开始发表作品。1961年大学毕业后，曾到电影制片厂任编剧，后又回四川大学任教。他有丰富的生活经历，曾走遍祖国大部分地区，长江南北，大河上下，到过我国西南最雄伟的横断山脉地区，直到金沙江、澜沧江、怒江和雅鲁藏布江，还跟当地各族同胞多次蹲火塘旁喝青稞酒、苞谷酒，听他们吟唱开天辟地的神话和古老的传说、旧社会的苦难。这些都为他的创作奠定了比较好的生活基础。

他的第一篇科幻小说《五万年以前的客人》曾被收入冰心选编的《1959—1961儿童文学选》，冰心在该书《序言》中称赞这篇作品"运用了中国历史上关于天文的真实记载，联系上儿童们所最感兴趣的火箭科学，是个很新颖很有趣味的故事"[3]。之后，童恩正还创作了《古峡迷雾》（1960年）、《电子大脑的奇迹》（1962年）、《失去的记忆》（1962年）、《一颗未发芽的种子》（1963年）和《失踪的机器人》（1963年）等科幻小说。改革开放的新时期，他的新作《珊瑚岛上的死光》引起热烈反响，获1978年全国第一届优秀短篇小说奖，还先后被改编成电视剧、话剧、电影和连环画。此后他发表的科幻小说主要有《雪山魔笛》（1978年曾获第二次全国少年儿童文艺创作评奖二等奖）、《遥远的爱》（1980年）、《追踪恐龙的人》（1980年）、《世界上第一个机器人之死》（1982年）、《石笋行》（1982年）等。

童恩正同样重视科幻小说的文学性。他说："譬如短篇小说《珊瑚岛上的死光》，它的意图绝非向读者介绍激光的常识，而是想阐明在阶级社会中自然

---

3 童恩正：《五万年以前的客人》，贵州大学出版社2010年版。

科学家必须为一定的阶级利益服务这样一种道理。"他也十分重视科幻小说的文学品质和审美价值，注重典型环境的描画和人物形象的塑造，以及故事情节和艺术结构的安排。他较多取材于考古生涯，更讲究故事的惊险和推理的逻辑性，并注意吸收古典章回小说布置悬念的首尾承接手法。考古题材领域本有某种神秘色彩，因此童恩正的作品常具浪漫和传奇性，可读性强。如《百峡迷雾》叙述两位考古学家寻找历史上早已失佚的古代巴族人民的遗迹，经过艰苦工作终于揭开了巴族失落的秘密。《雪山魔笛》则写一支考古调查队发掘古寺遗址时，在一尊佛像里意外发现一只奇异铜盒里的魔笛，考察队员深夜吹响这支魔笛，竟引来早在一百多万年前已消失了的猿人。《追踪恐龙的人》却写一位青年考古工作者历尽艰险，终将童年追踪恐龙的理想变为现实。这些作品均以鲜明的人物性格、曲折神奇的情节、优美动人的文学语言，博得读者的喜爱。《珊瑚岛上的死光》把人物置于错综激烈的矛盾冲突中，既写人与自然的矛盾，更着重写人与人的冲突。作品所描写的激光专家胡明理（即马太博士），是一位勇于献身又疾恶如仇的爱国科学家，他的受骗和觉醒，最后用生命捍卫正义的人生之路，既发人深思，又令读者受到强烈震撼。

他的长篇小说《西游新记》严格说并非科幻作品，但充满幻想，可被称为"准科幻"。这部妙趣横生的长篇幽默小说，写出了东方人眼中的西方世界，既介绍了西方的物质文明，又鞭挞了资本主义制度下的种种社会弊端。小说借《西游记》中孙悟空、猪八戒、沙僧三个神话人物，虚构出他们留学美国时的种种际遇。孙悟空神通广大，多谋善断，扶弱锄强，受到社会赞誉；猪八戒为花花世界所诱，赶学时髦，大吃苦头；沙僧老成持重，苦攻哲学，功成名就。作品以严肃的主题，配以逗笑的情节，诙谐而不荒唐。

【叶永烈、刘慈欣的科幻小说】叶永烈（1940—2019），曾用笔名叶艇、叶舟等，浙江省温州人。1957年考入北京大学化学系。毕业后曾在上海一家科学研究所和上海科教电影制片厂工作，后从事专业创作。他是创作极为勤奋、产量丰富的作家，创作有小说、散文、报告文学、长篇文学传记、童话及大量科学文艺作品等130多种，发表文章2000多篇。出版的科幻小说集有《小灵通漫游未来》（1978年，小长篇）、《丢了鼻子以后》（1979年）、《飞向冥王星的人》（1979年）、《世界最高峰的奇迹》（1979年）、《神秘衣》（1980年）、《碧岛谍影》（1980年）、《暗斗》（1981年）、《国宝奇案》（1981年）、《黑影》（1981年）、《球场外的间谍案》（1981年）、《原形毕露》（1982年）、《机器理发店》（1982年）、《小灵通再游未来》（1984年）等20多种。叶永烈还写有大量科学童话、科学小品、科学诗、科学散文、科学相声、科学家故事、科学杂文、科学电影剧本、科学文艺理论等。他在1988年写的一篇文章中说："我写过几百万字的科幻小说……但近年来由于我的创作转入纯文学轨道，已经几乎不写科幻小说了。"[4]

叶永烈的科幻小说大体可分为"普及知识型"和"净化灵魂型"两大类。他的前一类科幻小说，能够把科学知识巧妙地融合、编织在作品的艺术境界中，使读者读来兴味盎然。《小灵通漫游未来》和《小灵通再游未来》是叶永烈的科幻小说的代表作，前者曾获第二次全国少年儿童文艺创作评奖一等奖，1978年由中国少年儿童出版社出版，先后印行150多万册，广受读者欢迎。据作者自述，这部作品是从他的书稿《科学珍闻三百条》衍化写成的。作品写一个爱幻想的小记者小灵通，由于偶然的机会来到"未来市"访问的有趣故事。他在未来市乘坐的交通工具，就有水陆两用的气垫船，像小水滴那样的"飘行车"，微型直升机等；在未来市小虎子、小燕的家里更看到家庭机器人和人工合成蛋白食物。所有应接不暇的新鲜事物不但满足了小灵通的好奇心，还使他增长许多知识，例如未来市广播电台播放的不是"天气预报"而是天气协商结果，小虎子解释说在未来市，人们已经能控制天气。要晴天的话，只消用飞机喷撒一点"消云剂"，就能使乌云消散；要下雨的话，只消用飞机喷一点"降雨剂"，天就下雨。而未来市许多单位常常需求不一，于是气象台专门成立了一个天气协商办公室，每天发布协商结果。作家将丰富的科学知识融入生动有趣的故事中，使作品富于儿童阅读的情趣。

---

4 叶永烈：《"挂鞋"后的反思》，载《科幻小说十家》，海燕出版社1989年版。

《腐蚀》堪称是叶永烈"净化灵魂型"科幻小说的代表作。作品笼罩在浓郁的科学氛围中，围绕发现和制服"太空恶魔"——一种奇异的烈性腐蚀菌，热情讴歌了李丽、杜微、方爽等科学工作者崇高的献身精神，真实生动地展示了灵魂曾一度被腐蚀的王璁在方爽等无私精神的强烈感召下，灵魂获得净化的心路历程。叶永烈还尝试写过一些"惊险科幻小说"，如《碧岛谍影》和《神秘衣》两个集子中的5部中篇作品。这些小说悬念迭起，情节离奇，把科学幻想与侦察、破案结合起来，引人入胜。他的科幻小说，曾被译为多国文字在国外出版，达上亿册，可见传播之广。

刘慈欣（1963—　　），1985年10月参加工作，山西阳泉人，本科学历，高级工程师，科幻作家，中国作家协会第九届、十届委员会委员，山西省作家协会副主席，中国科幻小说代表作家之一。主要作品包括7部长篇小说，9部作品集，16篇中篇小说，18篇短篇小说，以及部分评论文章。代表作有长篇小说《超新星纪元》《球状闪电》《三体》三部曲等，中短篇小说《流浪地球》《乡村教师》《朝闻道》《全频带阻塞干扰》等。其中《三体》三部曲被普遍认为是中国科幻文学的里程碑之作，将中国科幻推上了世界的高度。

2014年11月，刘慈欣出任电影《三体》的监制。2015年8月23日，凭借科幻小说《三体》获第73届雨果奖最佳长篇故事奖，这是亚洲人首次获得雨果奖。之后又获第六届全球华语科幻文学最高成就奖，并被授予特级华语科幻星云勋章。2016年3月，当选山西省作协副主席。2017年6月《三体3：死神永生》获得最佳长篇科幻小说奖。

《三体》第一部描写经历过"文革"迫害的叶文洁见到了人类的种种罪恶，心里怀抱理想却无法实现，偶然利用太阳和地外文明"三体世界"取得联系，狂喜不已，希望能借由外力来净化人类世界。可是"文革"后国家一切都走上正轨，未来一片金光大道。如果以后没有遇到伊文斯，恐怕"三体世界"和人类世界之间的命运也会改写。而伊文斯之所以想借助"三体世界"来彻底消灭人类世界，也因对人类世界种种罪恶极度失望。最终地球出现了"三体组织"，成为"三体世界"在人类世界的情报员和计划执行者。虽然最后"三体组织"被捣毁，人类世界也拿到了"三体世界"和"三体组织"的通话记录，知道了"三体世界"的情况和他们的打算，却整体陷入绝望。因为"三体世界"的科技文明远胜于人类文明。而"三体世界"出于对人类文明加速发展的恐惧，发出了两颗智子，彻底锁死了人类世界的基础文明。这也意味着人类科技再也无法出现质的飞跃。

在"三体世界"看来，人类从此只不过像只虫子那样不足为惧罢了。在第二部里，由于人类世界得知"三体世界"将在四百年后到临地球，届时整个人类文明将会毁灭，为了挽救人类文明，地球各大国讨论逃亡计划。但正如作者所写，人类基于自利的本性，都希望自己是逃亡者的一部分，否则谁也别想逃走。所以世界政府也制定了针对逃亡者的禁止法案，全力对抗"三体世界"。整个世界因此转入战时经济体制，发展太空舰队，寻求与"三体"舰队的正面交锋，同时针对"三体世界"思维透明的弱点，选出四位面壁者以迷惑"三体世界"，并在关键时刻给予其致命一击。但有三位面壁者都被破壁，最终落得可怜下场。毕竟"三体"文明远远超出人类文明，人类依靠现有科技根本不可能战胜"三体世界"。但转折也就出现在第四位面壁者罗辑身上。他只是一个骗吃骗喝的所谓学者，所做的研究也都是投机取巧的研究，但这些研究竟然让"三体世界"惧怕。直到后来，罗辑顿悟出了宇宙中的基本规律，并发展出了黑暗森林理论，才威慑住"三体世界"，使人类世界得到短暂的和平。所谓黑暗森林理论体系是基于这样一条残酷的规律，任何一个文明都会寻求自己的发展和扩张，并且为了自己的文明能够保存，不得不对其他已知文明保持相当的警戒。因此，每一个高等文明，一旦发现宇宙中有其他文明存在，必定会对这个文明进行致命打击。在第三部里，人类世界由于长时间的安定，渐渐产生了一种错觉，忽视了宇宙规律残酷的真相，在对新一届执剑人的选择上，选择了颇有母性光辉的程心，因此无法威慑住"三体世界"，引发了它对人类世界的攻击，最终人类世界残存的战舰在宇宙中广播了"三体"文明的坐标，导致它和人类文明被更为高等的文明所消灭。然而更为高等的文明也在和其他高等文明之间进行战争，最终趋势是宇宙渐渐死亡。或许死亡之后，才能重获新生。一些高等文明，被称为"归零者"，他们致力于使宇宙回到大爆炸的起点，重新开启宇宙中的田园时代。但这个梦想究竟能否实现，关键在于宇宙中各个文明有没有这样的共识，是否愿意向宇宙中归还质量。统观三部充满各种科学幻想的小说，作者着重表现的不是他的丰富想象力，而是基于对世界、对人性的观察后所形成的宇宙哲学和人文情怀，展示他对生命与时间的关系、文明与时间及生命的关系的思考。

近年刘慈欣又有新作《流浪地球》问世，后被拍成电影，更受到各国的重视。

第四章｜动物长篇小说

动物小说的缘起与演变——姜戎的《狼图腾》——杨志军的《藏獒》——
贾平凹的《怀念狼》——蒋子丹的动物小说

【动物小说的缘起与演变】 动物小说在世界文学史上可谓源远流长。西方数百年前即有《列那狐的故事》，我国《太平广记》里也记叙不少动物的故事，清代《聊斋志异》里，这方面的故事更多。儿童童话中，将动物拟人化已成为童话作家的通例。至于把动物故事写成长篇小说，在我国则是改革开放后才涌现的一种创作潮流。比较著名的就有姜戎的《狼图腾》、杨志军的《藏獒》、贾平凹的《怀念狼》以及蒋子丹的相关作品。

【姜戎的《狼图腾》】 姜戎（1946—　　），原名吕嘉民，汉族，生于北京，籍贯上海。1967年自愿赴内蒙古额仑草原插队。1978年返城。1979年考入社会科学院研究生院。曾任中国劳动关系学院教师。主业为政治经济学，偏重政治学方面。因长篇小说《狼图腾》而知名于文坛。作品于1971年起腹稿于内蒙古锡林郭勒盟东乌珠穆沁草原，2003年岁末定稿于北京。2004年4月出版后，很快成为畅销书。2015年2月，由法国导演让·雅克·阿诺执导拍摄成电影。

作为一名北京知青，姜戎曾到内蒙古边境的额仑大草原插队，长达11年。在草原，他钻过狼洞，掏过狼崽，养过小狼，与狼战斗过，也与狼缠绵过，并与他亲爱的小狼共同患难，经历了青年时代痛苦的精神"游牧"。蒙古狼带他穿过了历史的千年迷雾，它的狡黠和智慧，它作为草原民族的兽祖、宗师、战神与楷模，它的团队精神和家族责任感，它对蒙古铁骑的驯导和对草原生态的保护，游牧民族千百年来对于狼的至尊崇拜，以及狼嗥、狼耳、狼眼、狼食、狼烟、狼旗……有关狼的种种细节，均使作者沉迷于其中，写出了这部有关人与自然、人性与狼性、狼道与天道的长篇小说。本书由几十个有机连贯的"狼故事"一气呵成，场面宏大而神奇。有大青马勇敢镇定地独闯狼阵，狼口脱险；有蒙古女人和九岁小孩与狼徒手搏斗，生擒恶狼；有蒙古猎人坐山观狼群设伏黄羊，渔翁得利；有石圈里的飞狼之谜和惊人推断；有狼群与军马惨烈的生死决斗，同归于尽；有白毛风和蚊虫的天灾人祸，生死存亡；有狗和草原狼的你死我活，不共戴天；有人与狼的殊死较量，相存相依；有作者千辛万苦喂大的小狼，狼性不改，以及小狼非凡的命运和悲壮的一生……小说情节紧张激烈而又新奇神秘，富于阅读快感，令人欲罢不能，仿佛那些精灵一般的蒙古草原狼随时从书中呼啸而出。狼的侦察、布阵、伏击、奇袭的高超战术，狼对气象、地形的巧妙利用，狼的视死如归和不屈不挠，狼族中的友爱亲情，狼与草原万物的关系，倔强可爱的小狼在失去自由后艰难的成长过程，等等，都使我们联想到人类，联想到当年区区十几万蒙古骑兵如何能够横扫欧亚大陆。

正由于作品所展示的丰富内涵，小说出版后，便受到读者青睐，先后被译为多国文字在国外发行。

但是这部小说也引起争议。蒙古族评论者中就有人认为作者对狼的描写并不都真实，关于"狼性"与我国各个强盛朝代文化历史的联系也存在一定的误解和误导。

【杨志军的《藏獒》】 杨志军（1955—　），生于青海西宁，祖籍河南孟津，现定居青岛。当过兵，务过农，曾养过藏獒六年，上过大学，做过记者，著有长篇小说《环湖崩溃》《海昨天退去》《大悲原》《失去男根的亚当》《江河源隐秘春秋》《天荒》《大祈祷》《远去的藏獒》《敲响人头鼓》《藏獒》《藏獒二》《藏獒三》《雪山大地》等。另出版有文集《杨志军荒原系列》（七卷）。作品曾获中宣部精神文明建设"五个一工程"奖、中国出版政府奖、全国优秀儿童文学奖、《当代》文学奖、茅盾文学奖等，并被翻译成多种文字在国外出版。

《狼图腾》出版的次年,杨志军的动物长篇《藏獒》相继问世。《藏獒》讲述了在新中国成立初期一只獒王如何消除两个草原部落之间的矛盾的故事,宣扬了和平、忠义又不失勇猛的精神。小说讲述一只叫冈日森格的藏獒和主人公"我"的双线故事。既有我所目睹的雪域草原原生态的种种浪漫与神秘,又足见一只最雄伟的藏獒争做獒王的传奇生涯。无论危险、安逸,藏獒们始终肩负着自己的责任。冈日森格要得到草原獒群的认同,获得属于自己最爱的雌藏獒的爱情,就得以自己的力量挑战现任的獒王。而主人公"我"也同样为了获得爱情,必须去向汉藏所存的文化差异挑战。"我"与冈日森格由于都必须挑战那种看似强大得不可战胜的权威,而成为朋友,惺惺相惜和相互保护,令人惊叹。每当狼群袭来,獒王冈日森格就带领藏獒们冲锋陷阵,无情地撕咬狼群,每一次都是狼群丢下许多死尸狼狈地逃窜。可是藏獒也牺牲不少将士,包括獒王冈日森格的妻子和孩子都为了保卫草原和牧民光荣地牺牲了。英勇的冈日森格含着泪掩埋了它们,继续带领部下和狼群斗争。它发誓血债要用血来还。它坚信,对于狼群绝不能讲仁慈,必须赶尽杀绝,大草原才能平安无事。同时它还坚信在敌我力量悬殊时一定要有必胜的信心,敢拼敢打,绝对不能放弃逃跑。这群比人类更珍惜人性的藏獒的快乐和悲伤、尊严和耻辱、责任和忠诚,凝聚青藏高原的情怀、作家的悲悯和武侠名篇的酣畅,这些都使这部作品成为2005年度长篇小说中又一畅销之作。

《雪山大地》首次发表于《中国作家》2022年第11期,2022年12月由作家出版社出版单行本。小说同时入选中国作协"新时代文学攀登计划"和中国作协"新时代山乡巨变创作计划",并入选作家出版社2022年度好书。

《雪山大地》将青海藏族牧区几十年来在党和政府领导下的社会发展、当地藏汉民众生产生活方式、身份地位及价值观的沧桑巨变,以"父亲母亲"为代表的三代人在这片土地上耕耘建设鞠躬尽瘁的日日夜夜展现在读者面前。小说浓墨重彩地反映了大半个世纪以来中国共产党人带领当地人民艰苦奋斗、发愤图强,使青藏高原发生沧桑巨变的壮阔历史进程,人与自然、人与动物、生态与发展的主题贯穿始终,是在青海度过了青春和壮年时代的杨志军的雄心之作、感恩之作、史诗之作。[1]

《雪山大地》堪称一部理想主义的杰作。[2]茅盾文学奖评委会认为："杨志军的《雪山大地》，追求大地般的重量和雪山般的质感。青藏高原上汉藏两个家庭相濡以沫的交融，铸就了一座中华民族共同体意识的丰碑。在对山川、生灵、草木一往情深的凝望和咏叹中，人的耕耘建设、生死歌哭被理想之光照亮。沧桑正大、灵动精微，史诗般的美学风范反映着中国式现代化的宏伟历程。"[3]

【贾平凹的《怀念狼》】贾平凹的长篇小说《怀念狼》写的也是人与狼的故事，被认为是一部生态作品。曾入荐茅盾文学奖。小说描写记者子明跟随曾是猎人的舅舅去为商州尚存的十五只狼拍照存档的差途中，血光之灾比比皆是，妖夭奇遇倏然丛生，诡事异象迭出不穷，金香玉的神话、狼的行迹、古战场的恐怖、记者的幻觉、动物灵魂的游走、肉灵芝等等事物令读者匪夷所思，尽显作者的不羁笔法与奇思幻想。他们的行动本为保护如今已罕见的狼，但最后仅剩的三只狼却仍然死在猎人舅舅的枪下。贾平凹貌似讲述"寻找"狼这一简单的行为，实则拷问人类生存的意义，人与狼的关系成了人与自然的关系的一种隐喻，作品怀念从前和谐的人与自然关系，怀念没有被人类破坏的自然的野性。作者自述，成群的狼灾曾经毁灭了商州地区的一座老县城，使人难以生存，而今狼被打狼队的猎人消灭，甚至成了被保护的动物。这引起他的思考，所以创作了这部小说。

【蒋子丹的动物小说】海南女作家蒋子丹也推出过两本动物题材作品《动物档案》和《一只蚂蚁领着我走》，均由三联书店出版社出版。作家对动物处境之悲惨充满同情与怜悯。《动物档案》侧重人与宠物的问题。作者在描摹宠物命运的同时，渗入她对人性缺陷的批评性思考。《一只蚂蚁领着我走》探

---

1 尹超：《杨志军〈雪山大地〉：展现青藏高原波澜壮阔的历史变迁》，中国作家网［引用日期2023-02-24］。
2 张蕴：《〈雪山大地〉：献给青藏高原父辈们的纪念碑》，《文艺报》，2023年5月5日。
3 《第十一届茅盾文学奖授奖辞》，《文艺报》，2023年11月20日。

讨野生动物、人与自然的关系。就文本而言，《动物档案》《一只蚂蚁领着我走》与蒋子丹以前的作品截然不同，完全是另一种文本式样，包含小说、散文、随笔、论文、报告文学、采访记录，甚至咨询资料等各种形式，其中一章还是诗歌。蒋子丹自称为交叉文体。两本书达50万字，似可以长篇视之，实际上是诸多同一主题的短篇小说集。《动物档案》描写一个被舍弃的宠物收养基地的种种动物，猫呀，狗呀，等等。作者接受采访时说："这只猫对我来说非同一般。第一，它从一生下来就在我家里，已经跟我一块儿生活了二十年；第二，它是我母亲留给我的一个活物，1991年我母亲将它从湖南长沙带来海口，而从1997年母亲在此去世，到如今已经十一年过去，它还健康地活着。有时候我看着它的眼珠子就会想到，那里边保存着关于母亲的许多陈年旧事。但我必须说明的是，它的存在只是为我写作动物方面的文字提供了一个契机，与这只猫的朝夕相处，让我对动物的生存多了一些关注，对动物的行为多了一些了解，如此而已。而真正能让我竭尽全力去写这两本书的动力，恰在于我更多地了解了这只猫以外的其他动物，包括被遗弃的伴侣动物、被猎杀的野生动物、被虐待的农业动物、被残害的实验动物、被奴役的娱乐动物，等等。它们的存在带给人类的观念、伦理、道德、法律、宗教、习俗甚至科技等各方面的挑战如此之严峻，让我们不得不对与此相关的方方面面做出认真的思考和反省。一个身为人类的写作者，无论站在什么样的角度来审视和讨论这些问题，都注定是一个具有冒险意义的过程。"作者还说这两本书的创作"始于2003年，终于2008年，大约历时五年。至于修订了多少次，这个问题几乎无法回答。反正是一边写一边改，有的章节一气呵成，有的章节反复开头反复推倒重来，各章节之间不断地组合，重新洗牌，最后弄成现在的样子。按我原先的写作计划，只是一本二十万字左右的书，但因为在写的过程中，新的问题和想法不断地出现，让我欲罢不能，而且从结构上说，有些相关的讨论绞在一本书里，会妨碍我的思考，也会妨碍读者的理解。于是我把它分成了两本书，字数也增加到了现在的五十万字"。[4]

---

4 蒋子丹：《作家蒋子丹谈动物保护：爱同类，所以爱动物》，《燕赵都市报》2009 年 4 月 3 日。

上述动物小说，写的是动物，是动物与人的关系。但其中灌注的却是人的感情和思想，因为文学毕竟是人学，动物小说写的毕竟是人对于动物的某种理解与期望以及某种同情与怜悯。动物小说在世纪之交兴起，当与世界性的生态关注与动物保护思潮相关。人与自然的关系、人与动物的关系实际上都是地球上的生态平衡问题。当然，上述作家的作品，各有自己的特色，切入描写的角度也各不相同，主题也不完全一样。但都基于对人与自然、人与动物关系的思考，为全球相关思考贡献了自己的艺术探索。

第五章 | 其他长篇小说

李洱的小说与《应物兄》——麦家的《暗算》《解密》等悬疑小说——龙人的玄幻武侠小说

【李洱的小说与《应物兄》】李洱（1966—），河南济源人。1987年毕业于华东师范大学中文系，曾任《莽原》杂志副主编、中国现代文学馆副馆长，现为北京大学中文系、文学讲习所教授，中国作家协会全委会委员，北京市文联副主席，北京作家协会主席。

1987年开始发表处女作，20世纪90年代初开始确立"知识分子日常生活"的创作风格。主要作品有长篇小说《应物兄》《花腔》《石榴树上结樱桃》，中篇小说集《午后的诗学》《饶舌的哑巴》《现场》，以及文学对话录《集体作业》（合作）及理论、随笔集《局内外的写作》等。主要作品被译为英、德、法等十余种外文版在海外出版，在国内和国际均具有极高的文学影响力。其中《花腔》被评为"新时期文学三十年"（1979—2009）中国10佳长篇小说，《应物兄》获第十届茅盾文学奖、被评为"新世纪20年20佳长篇小说"。因其作品影响力广泛，曾获第十届庄重文文学奖、第十七届华语文学传媒盛典年度杰出作家奖，并入选国家重点人才项目。[1]

评论家王本朝认为："李洱写知识分子很到位，没有在外面写，而是深入知识分子内里。他有真切的感悟和体验，也有深入的思考和思想。他写的是生活、是生命、是心理、是文化。他把知识分子时代化、细节化、知识化，他用

---

1 文艺名家李荣飞（李洱）：北京文联网 http://www.bjwl.org.cn，北京文艺名家库。

知识分子语言写知识分子，用知识分子文体写知识分子，用知识分子风格写知识分子。这就是他的成功。"[2]

《花腔》以寻找主人公葛任为基本线索，以破解葛任的生死之谜为结构中心，描写了葛任短短一生的生活境遇、政治追求及爱情经历，讲述了个人在历史动荡中的命运。小说的最大特色是以三个当事人的口述和大量的引文来完成叙事。书中众多的人物性情不同、身份各异，以不同的腔调来叙述这桩历史谜案，显得意味深长，引发我们对历史与现实、真实与虚构、记忆与遗忘、饶舌与缄默等诸种生存状态的体验和思考。评论家认为，《花腔》对历史中的个人、对知识分子命运的思考和探索是至为深湛的，它的文体、结构、叙述、语言是对80年代以来先锋文学艺术成果的一次有力的综合。[3]

《应物兄》也是在为当代知识分子画像。小说的故事并不复杂，身在美国的新儒学大师程济世叶落归根，准备回到国内继续他的研究。他的回归，在国内特别是在他家乡济州和济州大学引起连锁反应。以应物兄作为轴心，上下勾连、左右触及，相关各色人等渐次登场，一幅丰富多彩的当代社会特别是知识分子生活画卷就此展开。李洱借鉴了经史子集的叙述方式，各个篇章之间相互参差渗透，不断产生出多样化的形式与意义，既深刻地植根于传统却又最大限度地呈现新的诗学建构之美。[4]对此，茅盾文学奖授奖辞指出："《应物兄》庞杂、繁复、渊博，形成了传统与现代、生活与知识、经验与思想、理性与抒情、严肃与欢闹相激荡的独创性小说景观，显示了力图以新的叙事语法把握浩瀚现实的探索精神。李洱对知识者精神状况的省察，体现着深切的家国情怀，最终指向对中国优秀文明传统的认同和礼敬，指向高贵真醇的君子之风。"[5]

【麦家的《暗算》《解密》等悬疑小说】麦家崛起于新中国文坛，近似奇

---

2 行超，教鹤然：《李洱〈应物兄〉：力求慢生活，慢写作》，《文艺报》，2019 年 8 月 23 日。

3 小众书坊，北京市东城区图书馆：每日荐书 |《花腔》：一段历史的"花腔"性格，北京市东城区图书馆微信公众号［引用日期 2021-01-28］。

4 王晓阳：《为当代知识分子画像——读李洱茅奖作品〈应物兄〉》，《华西都市报》，2019 年 8 月 25 日。

5《第十届茅盾文学奖授奖辞及获奖感言》，《作家文摘》，2019 年 10 月 15 日。

迹与异数。他的作品被欧美等国誉为"伟大的小说"。他以撰写谍报领域的小说而闻名。题材和视角都极其独特，类似悬疑小说。

麦家（1964—　　），生于浙江省富阳市（今杭州市富阳区）农村，他的爷爷是基督徒，外公是地主，父亲曾被划为右派和"反革命分子"，这使麦家从小就被人歧视。于是，他将内心的恐惧都写成了日记。1981年，麦家参加高考，以高分被解放军工程技术学院无线电系破格录取。毕业后，辗转六个省市，历任军校学员、技术侦察员、宣传干事、处长等职。1986年，开始创作小说。1988年，麦家将多年日记中积累的素材写成了他的第一部作品《私人笔记本》，投到解放军文艺出版社主办的大型文学双月刊《昆仑》。杂志社的编辑部主任海波从众多来稿中发现了这篇风格独特的作品，并将其改名为《变调》，稍做编辑就发表在《昆仑》上。当时《昆仑》发行量高达80多万份，小说《变调》发表之后，在军队内外都产生了较大的影响。1991年，他毕业于解放军艺术学院文学创作系。1997年，他转业，定居成都，供职于成都电视台电视剧部，任编剧。2002年，出版第一部长篇小说《解密》，此作写了10年才出版。小说以一名前情报局化名特工的口吻展开叙事，故事磅礴宏大、情节跌宕起伏，节奏掌控完美，讲述方式新颖奇诡，让读者不忍释卷。作品围绕一个名叫容金珍的孤儿展开，他数学天赋极高，故被招入中国破译密码的情报机构。揭示密码破译者的孤独，是小说的主题。书中的旁述者，最后向读者揭开了容金珍在20世纪60年代是如何陨落的真相：一个简单的错误造成这个天才的夭折（小偷在火车上偷走了容金珍的皮包，里面有他工作用的绝密笔记本，导致他伤心发病致疯，成为废人），曾经的民族英雄最后只能在前任特工同仁的照顾下，在疗养院中度过痴呆的余生。

2003年他的长篇小说《暗算》出版。这部作品是麦家反特悬疑小说的代表作，故事横跨20世纪30至60年代，将间谍战、密码战、无线电侦听熔于一炉，详细叙述了革命志士的奉献精神。作品荣获第七届茅盾文学奖。2007年，出版长篇小说《风声》。2008年，他调任杭州市文联专业作家。2010年，出版长篇小说《风语》。2011年，出版长篇小说《风语2》《刀尖》。2013年，当选为新一届浙江省作家协会主席。

2014年3月18日，其长篇小说《解密》在英国、美国同步上市，在美国亚马逊网站销售，仅仅几天就突破了中国小说作品网络销售的最好成绩，一度排名亚马逊世界文学第17名，并几乎同时获得《纽约时报》《泰晤士报》《卫报》《经济学人》《华尔街日报》《独立报》《新共和》等超过35家世界主流媒体的长篇大幅报道和诺贝尔奖得主莫言的好评。在国内，他的作品同样是好评如潮。

从21世纪的中国小说格局看，麦家是少有的将20世纪80年代先锋派传统转移到当下，并激发出新的活力和追随者的作家。读他的小说令人感到他向卡夫卡式对人压抑的现代命题靠近。麦家的写作提升了推理悬疑类型在汉语小说中的地位。他在中国当代文学的意义，应该是对这一类型传统的发展所做出的贡献。茅盾文学奖的颁奖词这样写道："《暗算》讲述了具有特殊禀赋的人的命运遭际，书写了个人身处在封闭的黑暗空间里的神奇表现。破译密码的故事传奇曲折，充满悬念和神秘感，与此同时，人的心灵世界亦得到丰富细致地展现。麦家的小说有着奇异的想象力，构思独特精巧，诡异多变。他的文字有力而简洁，仿若一种被痛楚浸满的文字，可以引向不可知的深谷，引向无限宽广的世界。他的书写，能独享一种秘密，一种幸福，一种意外之喜。"

麦家小说的独特性在于它往往是叙事的迷宫，也是人类意志的悲歌，他凭借丰盛的想象、坚固的逻辑，以及人物性格演进的严密线索，塑造、表彰了人如何在信念的重压下，为自己的命运和职责承担行动甚至牺牲。他出版于2007年度的长篇小说《风声》，以强大的叙事说服力，刻画一个强悍有力、具有理想光芒的人格。莫言说："如果一个作家能够创造一种类型的文学，这个作家就是了不起的，那么麦家应该是一个拓荒者，开启了大家不熟悉的写作领域，然后遵循着文学作品塑造人物的最经典的方法来完成了它，所以他获得了读者的喜爱，并获得批评家的承认和好评。"[6]

【龙人的玄幻武侠小说】龙人，本名蔡雷平，浙江温州人，二十多岁北漂

---

6 麦家：《人生海海》，北京十月文艺出版社 2019 年版。

到首都北京，埋头写玄幻武侠小说。二十多年竟在网络发表长篇小说数十部，达三千万字，文化艺术出版社一次出版了他的十三部长篇小说。据说他的小说发行量达到三千万册，网络上的点击率超过十亿，可见传播至广。他的创作题材和主题相当广阔。他的作品实际上似可分为两类：一类是有历史故实作为小说背景的根据，如《轩辕绝》写黄帝统一天下，《无双七绝》写吴越之际文种被杀、范蠡悼亡的迷局如何被破解，《灭秦》写秦始皇新中国成立亡国中一个小人物如何成长为盖世英雄，《无赖天子》写王莽夺汉后一市井少年奋起与汉室比肩而立等。另一类则全属驰骋作家幻想之作，如《封神天子》写人神世界中周朝出现的两位奴隶英雄，《邪道神话》写两位少年从江湖崛起，《玄兵破魔》写动荡世界中武林正邪的对立，《玄武天下》写神魔世界中一位人类勇士在战火中崛起等。但他的作品的共同特色是张扬正义，驱逐邪恶，在人魔之战中塑造无敌的英雄，张扬民族勇武的精神和优秀的品格。他的《乱世猎人》就属很有代表性的一部作品，小说描写南北朝之际，北魏孝文帝死后朝纲混乱，英雄竞起，而北魏第一刀——蔡大将军之子蔡风凭借自己的高超武功和绝世才智，纵横江湖，运整个武林以至天下局势于掌中。其中穿插他与许多巾帼丽人的恋情。作品全景式地反映了广泛的社会动乱和人情世相，以历史为根据又超越历史故实，以诡奇绝伦的想象力和幻想力建构自己的艺术世界，揭示了乱世狩猎之真谛——不战而屈人之兵的主题。作为玄幻武侠小说，龙人比之前辈小说家自然有所超越，并表现出自己的艺术特色。

第一是他以丰富的想象力和幻想力为读者展开超现实的魔幻境界。实际上，魔幻世界的创造是我国文学和世界文学的一个很重要的传统。远古的神话且不说，像《西游记》《封神演义》就有奇特的魔幻想象和幻想，西方文学中的《尼伯龙根之歌》《巨人传》《神曲》《浮士德》等也是。阿拉伯世界的名作《一千零一夜》同样充满魔幻式的想象和幻想。这是浪漫主义创作的很显著的一个传统。但自现实主义兴起，这一传统渐被人们所忽视乃至丢弃，这是值得深思的。现实主义作品无疑有它的长处，能够帮助人们更深刻地认识历史现实的真实生活图画，但浪漫主义作品也有它的长处，即它往往能够以超越性的想象和幻想培养人们对于美好世界的追求，使人能够充分认识自己作为创作主体的创造力，并从中获得美的感受和愉悦。我们的文学既然要"百花齐放"，就需要充分的浪漫主义的想象和幻想。我国近代武侠小说从《七侠五义》到后来的平江不肖生、还珠楼主和梁羽生、金庸、古龙的大量作品，都有丰富的想象和幻想，到了龙人的小说，这方面表现得更玄怪奇特，应该说，这是他对我国文学的一个贡献。这种文学对于培养青少年的幻想能力，对于使人类不断确信自己、超越自己，非常重要。

第二，龙人对于人物性格和心理世界的刻画也比较细腻，笔墨饱满，超越于传统的武侠小说，而具有现代小说的描写技法和风格。他的小说不仅仅依靠引人入胜的故事情节和对于战争大场面的淋漓尽致的气魄宏大的描写，还得力于对笔下人物情感波澜起伏的细腻刻画，对于人物性格充满血肉的精致表现。他熟练地运用当代白话文去描写古人，使小说更易为大众所接受和喜爱，不会像读古典小说那样往往让一般读者存在语言领会的障碍。这方面他可能受到金庸的影响，或者说他接受了"五四"以来新文学的熏陶，更多借鉴了现代小说描写技法和语言风格。武侠小说的这种发展是符合历史情势的需要的，有助于提高武侠小说的文学性，也有利于扩大武侠小说的现代读者群。他的作品在网上的点击率很高，与他的小说在这方面的艺术特色分不开。"推陈出新"永远是文学创作要获得成功的不二法门。武侠小说要创新，就不仅要有新的构思、新的人物，新的想象和幻想，还必得有新的语言和新的技法。龙人在这方面的探索，应当说是走在有益的健康的道路上的。

当然，龙人的作品大抵属于大众文学的范畴，不能以纯文学的标准来要求它。由于他创作数量大，艺术表现也难免有粗糙之处，包括语言运用尚有进一步推敲的余地。但总体而论，他的创作在海内外产生如此广泛的影响，作为一种新的文学和文化现象，确实值得人们加以重视和研究。可以说，在当今方兴未艾的网络文学中，龙人无疑代表着重要的一支。他的玄幻武侠小说之所以能够风行，既跟我国武侠小说的悠久传统有关，也与现代社会还需要如英国作家J. K. 罗琳所写的《哈利·波特》那样的魔幻小说有关。只要人类还对现实生活不满足，还需要想象和幻想去追求异于现实的艺术世界以弥补心灵的某种需求和渴望，这样的一类艺术作品就永远不会消失。

结束语 | 新中国长篇小说创作的启示和希冀

丰厚的生活积累永远为长篇创作的根基——典型概括属刻画人物形象丰满深刻的必由之路——充分发挥创作主体性是长篇创作拓新的关键——先进的世界观、人生观、价值观乃长篇小说到达哲理高度的前提——精益求精才能攀登长篇创作的新的高峰

　　七十年在我国历史上不过短暂的一瞬，而新中国七十年尽管道路曲折，社会主义建设包括文学艺术的发展都历经艰难，但我国作家在党的领导下仍然创造了骄人的成绩，长篇小说领域的成就尤为璀璨可观。其数量的惊人，可谓世所罕见。七十年并非所有的作品将来都会继续流传，但毕竟大批小说家都为长篇小说创作的繁荣做出自己不同的贡献，有许多作品在未来相信仍会发出不灭的光辉。当回顾新中国七十年长篇小说创作的历程后，我们当然会期待未来的这部分文学创作如何迎来更大的繁荣，涌现更多优秀的作品，也会想到，以往的创作能给未来的作家提供什么有益的启示，使我们的长篇创作开拓出具有历史超越性的新局面。笔者认为，如下几点是否值得我们认真思考：

　　【丰厚的生活积累永远为长篇创作的根基】新中国长篇小说发展的历史表明，所有卓有成就的长篇小说家的作品莫不建立在丰厚生活积累的基础上。老一辈作家从长期革命斗争的生涯中汲取了丰富的创作素材，新中国成立初成长的作家都从深入农村、工矿和战争前线得到亲身的生活体验，蒙冤受屈的作家所受的苦难多成为他们复出后井喷式创作的源泉，而知青作家则从他们上山下乡的曲折经历中开掘日后创作的题材。就长篇创作而言，情况更是如此。长篇小说的篇幅，尤须容纳丰盈的生活容量，作家如果缺乏生活积累，便会捉襟见肘，难竟其功。当然，想象丰富、幻想活跃的作家，能够弥补生活的不足。

但有种观点认为，对于文学创作，似乎生活经历并不重要，作家只要具有丰盈的想象力和幻想力，也足以写出长篇。其实，这种观点的片面显而易见。丰盈的想象力和幻想力固然为作家所必须，但意识总是存在的反映。如鲁迅所言："描神画鬼，毫无对证，本可以专靠了神思。所谓'天马行空'似的挥写了，然而他们写出来的，也不过是三只眼，长颈子，就是在常见的人体上，增加了眼睛一只，增长了颈子二三尺而已。"[1]长篇小说所描写的大量的人情世故、故事情节、生活细节，乃至文物典章，都离不开作家平时的体验和观察，而历史小说更需要阅读大量的历史资料。这都是许多作家的经验之谈。作家的生活积累越丰厚，他在创作中的自由度便越大。清代作家魏禧说："……人生平耳目所见所闻，身所经历，莫不有其所以然之理，虽市侩优倡大猾逆贼之情状，灶婢丐夫米盐凌杂鄙亵之故，必皆深思而谨识之，酝酿蓄积，沉浸而不轻发。及其有故临文，则大小浅深，沛乎若决陂池之不可御。辟之富人积财，金玉布帛竹头木屑粪土之属，无不预储，初不必有所用之。而当其必需，则粪土之用，有时可与金玉同功。"[2]可见，作家平日积累生活之重要。受到西方现代主义、后现代主义影响的先锋派作家，如具有丰富想象力幻想力的莫言，他就不止一次在对公众的演讲中阐明自己的创作跟他的生活经历和阅读积累的密切关系。长篇小说家往往只能写自己所熟悉的、所可能写的题材。否则，便鲜能写得成功。有的作家只能写身边琐事，杯水风波，正与生活积累匮乏相关。因而，要期待我国作家创造更多内涵广阔，题材新颖的黄钟大吕般的作品，就不能不十分重视拓展生活积累，不断扩大生活境界，使自己了解人类生活的新实践、新领域，从而不断吸取长篇创作的新的源泉。

【典型概括属人物形象丰满深刻的必由之路】文学是人学。人物形象的创造，是文学表现的中心，也是长篇小说吸引读者的成功的关键。而丰满生动的典型人物形象的创造，尤是长篇小说的深刻的艺术魅力的所在。尽管人们不能要求小说家的作品都创造人物的典型，但长篇小说如果放弃这方面的追求，

---

1 鲁迅：《且介亭杂文二集》，译林出版社 2013 年版。

2（清）魏禧：《宗子发文集序》。

不能不说是艺术上的重要缺陷。新中国所出版的长篇以数万计，让读者耳熟能详、记忆深刻的几乎都是创造了典型人物形象的作品。如《红旗谱》与朱老忠的形象、《青春之歌》与林道静的形象、《创业史》与梁生宝的形象，《红岩》与江姐的形象等。高明的小说家即使在短、中篇小说里也能刻画出不朽的典型，如鲁迅笔下的阿Q、祥林嫂，李準笔下的李双双，谌容笔下的陆文婷，等等。当然典型创造的理论也颇多歧见，也并非所有的小说家都能在自己的作品里留下不朽的典型，但这方面的创造应当是长篇小说家努力的方向。

马克思指出，"人的本质并不是单个人所固有的抽象物。在其现实性上，它是一切社会关系的总和"。[3]人类总生活在各种社会关系中，每种关系都会给人性带来烙印。如人类性、民族性、阶级性、阶层性、家族性、党派性、亲友性等等的多层共性，人的性格的多样性如真诚的、虚伪的、善良的、凶恶的等等之所以形成，跟他们所处的社会关系都有着紧密的联系。只有深刻认识人成长过程的复杂社会关系，才可能把握不同人物的真正的复杂人性，也才可能把握人的不同的个性。而从鲜明个性的刻画中体现其所处社会关系中的某种突出的共性，正是作家创造典型人物形象的必由之路。要写出鲜明生动的血肉丰满的人物形象，并且体现其中蕴含人类的某种深刻的共性，并非易事。它总是作家广泛接触各色人等，深切地了解人情世故并进行艺术概括才能达到的艰难成果。杰出的作家往往能够在一部长篇小说中创造许多具有典型性的人物形象，从而让读者从中看到一整个的历史时代。如我国古典名著《三国志演义》《水浒传》《红楼梦》或当代长篇《创业史》《李自成》《白鹿原》那样，使读者从小说创造的各种人物典型而见一知十，深刻了解各种各样的人性，透过作家对笔下人物的褒贬而涤荡自己的灵魂，深化自己对人类世界的认识。这正是长篇小说家应当努力达到的境界。而许多长篇虽达数十万言，其中刻画的人物却让人过目即忘，关键正是缺乏这方面的努力。

【充分发挥创作主体性是长篇小说创新的关键】文贵创新。长篇小说的发

---

3 林超真：《宗教·哲学·社会主义》，上海沪滨书局1929年版。

展表明，只有开拓新的题材、新的主题、新的形式、新的风格的作品，才能受到读者的青睐，并在类似作品中获得自己的独特历史地位，也是使长篇创作走向繁荣，走向百花齐放、万紫千红的必要途径。人类的进步，正由于不断发挥主体的创造性和能动性，从而既改造客观世界，也改造自身的主观世界，使自己的物质生活和精神生活变得日益丰富多彩。文艺创作的领域同样如此。

新中国优秀的长篇小说家总能推陈出新，即使处理同样的素材，由于重视创新，他们也能写出不同的作品。如同是描写农业合作化，赵树理的《三里湾》、周立波的《山乡巨变》、柳青的《创业史》便各不相同；同是描写朝鲜战争，魏巍的《东方》与路翎的《战争，为了和平》也各呈异彩。因而，继承和发扬前人的优良传统固然重要，在写作中自觉创新，重视独辟蹊径，不落旧套，写出自己的独特眼光、独特个性、独特构思、独特形式和风格却更重要。因为这正是作品能够存在和流传下去并获得历史地位的必要条件。而对前人熟路的模仿，则是艺术创作的大敌。尽管创新未必都成功，但缺乏自觉的创新意识，往往却是许多平庸的作品很快湮没无闻的重要原因。

文学创作本来是客体与主体的统一。优秀的作家总是充分发挥主体的创造力使艺术作品的美源于生活又高于生活。我们知道，艺术创造并非表现为现实的镜像。艺术形象的世界是创作主体与被反映的客体相统一的产物，是人造的"第二自然界"。它体现了人作为不断进化中的本质的对象化。歌德曾说："诗人的本领，正在于他有足够的智慧，他能从惯见的平凡事物中见出引人入胜的一个侧面。"雨果也说："事实上，诗人创造多于叙述、表现和描绘。任何诗人身上都有一个反映镜，这就是观察，还要有一个蓄存器，这便是热情；由此便从他们的脑海里产生那些巨大的发光的身影，这些身影将永恒地照彻黑暗的人类长城。"可见，他们正是不同程度地认识到发挥作家自己主体能动性和创造性的重要。歌德所说的"诗人的本领"也好，雨果所说的"巨大的发光的身影"也好，指的都是作家作为创作主体的能动功能和创造性。充分调动主体的创造功能，尤应是长篇小说创作所必需的。浪漫主义、现代主义的小说固然如此，现实主义的小说的典型创造又何尝不如此。即使创作纪实性小说，在描写视角和艺术构思、语言表达等方面也仍然具有独特的创造的空间。放弃独特的创造性，只能使作品陷于平庸，乃至丧失艺术的魅力。许多长篇作品很快便消失在时间的浪潮中，跟缺乏创新正有密切的关系。

【先进的世界观、人生观、价值观是长篇小说到达哲理高度的前提】文学创作中存在一种反理性的理论。如尼采的反理性主义、柏格森和克罗齐的直觉主义、弗洛伊德的"白日做梦"说，都堪称这种理论的某种代表。这些理论虽有它一定的根据和合理性，却因其片面而把作家引向认识的误区。文学艺术并非只是形象的世界，而是人类所创造的情、意、象的统一物。文学作品的形象总渗透作家的思想情感。情感是人对于外界事物的一种喜怒哀乐的反应，也是人对于外界事物爱恨情仇的一种态度。情感不仅是生理的反应，更是心理的反应，世上没有无缘无故的爱和恨，情感不仅根源于人的感性，更深深根源于人的理性，深深根源于人们带有社会性的思想意识之中。在文学作品的一般意蕴中总包含作家的理想追求和政治，道德、美学等理性的评价倾向，而并非只表现纯粹的无意识的感觉或直觉。正是这种包含一定理性认知和评价态度的艺术意蕴使艺术家调动自己的形象记忆和综合地再造形象的能力，创造出有别于现实美并可能高于现实美的艺术的形象世界。文学创作的一定思想倾向性，既包含作家对现实生活的认识和感情态度，也体现作家的人生理想和理性思考，体现作家的世界观、人生观、价值观及其支配下的对世界的认识，对人生、对文艺的思考、理解和追求。长篇小说作为艺术巨构，它的创作尤为如此。它要描写各种各样的人物及其关系，展现社会历史的变动以及不同时代人与自然的关系，它不仅有复杂的生活容量，也有丰富的思想容量。它不仅蕴含作者的审美创造，也蕴含作者的思想追求。文学虽不同于哲学，但优秀的文学作品，特别是优秀的长篇小说，其思想性却往往达到哲理的高度，给读者以审美感受的同时，也使读者领略到人生哲理的启迪。因此文学创作并不一概排斥理性，相反，优秀的文学作品、特别的优秀的长篇小说，总不同程度地显现出作者的某种哲理思考。

在当今时代，要提供有益于人类的哲理思考，当然离不开先进的世界观、人生观、价值观。只有先进的世界观、人生观、价值观才能导引作家达到反映人生哲理的深度和高度。20世纪以来，中国作家在自己的创作实践中不断追求这种先进性，先是在继承和发扬中华传统文化的民主性的基础上追求人文主义，后又努力以反映现代科学和人类发展规律的马克思主义的世界观、人生观、价值观来武装自己。这在世界文学中是足以自信和自豪的。未来的岁月将会继续证明这种世界观、人生观、价值观的正确性和先进性。我们的作家应当有强大的制度自信、文化自信、道路自信和理论自信，在今后的生活和创作实践中，通过作品不断去探求人生的新的哲理，使自己的小说不仅艺术完美，也具有启示读者的新的思想高度。

【精益求精才能攀登长篇创作的新的高峰】习近平总书记关于文艺问题的重要论述中曾指出，在文艺创作方面，存在着有"高原"而缺"高峰"的现象，并告诫作家艺术家要把创作生产优秀作品作为中心环节。这些语重心长的话语，实际凝结了历代艺术创作的深刻经验，揭示了文艺创作的重要规律。长篇小说的创作更是如此。

新中国长篇小说七十年的发展历史也表明，这时期凡是产生重大影响，具备高度艺术性和思想性的，流传广泛、受到广大读者热烈欢迎的作品，无不是作家精耕细作、精益求精的成果。梁斌的《红旗谱》前后费时近20年，杜鹏程的《保卫延安》多次修改的稿子竟至可以拉一大车。荣获茅盾文学奖的作品，像李準的《黄河东流去》、姚雪垠的《李自成》、张炜的《你在高原》等，都是经过作家十多年乃至二十多年的长期酝酿、长期耕耘的作品。古典长篇《红楼梦》成为世界不朽的名著便是作者"增删七次，批阅十载"的成果。反之，匆忙之作，每见粗疏；粗制滥作，更难免窳陋，也属文学创作的常见现象。艺术高峰的攀登，必须付出艰难的精益求精的努力。长篇小说由于内涵丰富，结构复杂，刻画人物众多，描写画面和情境千姿百态，语言运用需要毕传神韵，要达到思想内容与艺术形式的完美统一，更非作者精益求精、百倍努力不可。

展望未来，我们迎来的是特色社会主义建设的新时代，也是中华民族走向伟大复兴和人类命运共同体迅速形成的新时代。在这样的时代，我们完全有理由期待中国作家创造文学的新辉煌，也创造长篇小说发展的新辉煌！

附录：攀登高峰的艰难

攀向高峰的艰难——评世纪之交长篇高潮与第六届茅盾文学奖

一

我国专为长篇小说创作设置的第六届茅盾文学奖，有熊召政的《张居正》、张洁的《无字》、徐贵祥的《历史的天空》、柳建伟的《英雄时代》、冯仲璞的《东藏记》共五部小说荣获桂冠。四年一届的茅盾文学奖，此届被各出版社和各地作家协会推荐参评的作品共155部，初评入围的有26部。经报刊公布，征求群众意见后，评委会根据群众反馈的意见，进行了充分的讨论，最后21名评委无记名投票，以三分之二以上的票数选出。这过程从评奖活动启动至今，共历时一年零六个月，可谓漫长而无奈。但也确实反映了评选工作的认真和仔细，充分体现了评选章程所规定的公正、公平和公开的原则。在这过程中，我有幸参加评委会的工作，阅读了入围的所有作品，还读了部分未入围的作品，联系到第五届获奖的作品和20世纪90年代以来读到过的长篇小说新作，我深感长篇创作要攀登高峰的艰难！

毫无疑问，从20世纪末到21世纪初，我国涌现了长篇小说创作的新的高潮。从1991—1995年，据国家新闻出版署统计，共出版长篇小说新作2500余部。其后，年出版量便上升到700—800部，个别年份甚至达到上千部。而相比之下，新中国成立初17年出版的长篇小说新作仅320余部，20世纪六七十年代则降为140部。20世纪80年代的年产量也不过150—300部。那么近十五年长篇小说创作的繁荣是显而易见的。也许，作为一个人口大国，每年新创作上千部长篇小说不算什么，但连续多年的高产，这在我国漫长的历史上还是罕见的。说它涌现新的高潮并不为过。

别林斯基曾经说："一切别的诗歌体裁都汇合在这里面，——抒情诗可以作为作者对于所描写的事件的感情的吐露，戏剧是使人物发言的最为鲜明而突出的手段。别的诗歌体裁所不能忍受的离题旁涉、发议论和教训，在长篇小说和中篇小说里面都获得合法的地位。长篇小说和中篇小说给予作家以发挥其才能、性格、口味、倾向等等支配特色的充分广阔天地。"[1]是的，长篇小说所以受到今天作家的青睐，并非偶然。由于它所能表现生活和思想的容量，由于它所拥有的广泛的艺术表现手段，由于它更能够与影视艺术相结合而吸引更多的读者并产生丰厚的经济效益，由于它被称作"现代史诗"所享有的崇高的文学地位，可以说，没有哪一位雄心勃勃的作家不想在长篇小说领域一试自己的身手。如果说，过去只有具备丰富生活阅历和长期艺术准备的作家才会投身长篇小说的创作，而今天，我们已见到初出茅庐的新手，乃至中学生，也都写起长篇小说。但是，长篇小说创作数量之多与它的质量之高并不对称，人们往往感慨好的长篇小说太少！其实，这也是符合创作规律的。不是任何写成长篇之作都能臻于优秀的境界，只有真正具有丰厚的生活和思想容量，并在艺术上卓有创新、千锤百炼之作，才能攀上少数人才有幸攀上的顶峰。正如在任何一场运动项目的比赛中，仅仅参赛的选手多，并不一定能够出世界级的运动员，只有先天条件好、经过扎实的训练并真正掌握了世界级技术的运动员，才有希望去竞夺世界冠军。

在我国长篇小说发展的历史上曾经有过《三国志演义》《水浒传》《西游记》和《红楼梦》这样的古典名作，代表着古代长篇小说创作的高峰。近百年来，我国长篇小说创作经历了从古典到现代的转变。从李伯元的《官场现形记》、吴趼人的《二十年目睹之怪现状》、曾朴的《孽海花》、刘鹗的《老残游记》，到叶圣陶的《倪焕之》、茅盾的《子夜》、巴金的《家》、老舍的

1（俄）别林斯基：《1847 年俄国文学一瞥》，《别林斯基选集》第 2 卷，时代出版社 1953 年第 3 版，第 437 页。

《骆驼祥子》、张恨水的《春明外史》、沙汀的《淘金记》、赵树理的《李有才板话》、丁玲的《太阳照在桑干河上》、周立波的《暴风骤雨》，是20世纪上半叶不同时期名家的代表作。它们揭露清王朝末年的腐败和旧家族的衰颓，反映民主革命过程中半封建半殖民地中国的苦难和复杂的社会矛盾，以及人民谋求解放的斗争。而新中国成立后，孙犁的《风云初记》、杜鹏程的《保卫延安》、梁斌的《红旗谱》、吴强的《红日》、曲波的《林海雪原》、杨沫的《青春之歌》、艾芜的《百炼成钢》、周而复的《上海的早晨》、罗广斌和杨益言的《红岩》、柳青的《创业史》第一部，还有少数民族作家玛拉沁夫的《茫茫的草原》、李乔的《欢笑的金沙江》等，则成为"前十七年""红色经典"的名作，以歌颂人民革命史，描绘社会主义建设，塑造新的英雄形象为主要的题材。新时期以来，由于改革开放和思想解放，我国文学从荒芜迅速走向复苏和繁荣，长篇小说的创作也重新欣欣向荣。前五届茅盾文学奖先后评出第一届魏巍的《东方》、周克芹的《许茂和他的女儿们》、姚雪垠的《李自成》第二卷、莫应丰的《将军吟》、李国文的《冬天里的春天》、古华的《芙蓉镇》，第二届李準的《黄河东流去》、张洁的《沉重的翅膀》、刘心武的《钟鼓楼》，第三届路遥的《平凡的世界》、凌力的《少年天子》、孙力和余小惠的《都市风流》、刘白羽的《第二个太阳》、霍达的《穆斯林的葬礼》，第四届王火的《战争与人》、刘思奋的《白门柳》、刘玉民的《骚动之秋》，第五届张平的《抉择》、王安忆的《长恨歌》、阿来的《尘埃落定》、王旭峰的《茶人》（前二部）。此外还有萧克的《浴血罗霄》和徐兴业的《金瓯缺》获荣誉奖。这些作品以广泛的题材和主题，多样的形式和风格，或写历史故实，或画现实风云，为人们展现了多彩多姿的各种人物的图卷，尽管深度不一，艺术水平也有差异，总体上仍不愧代表了这时期长篇小说创作的佳绩。

从百年长篇小说创作的简略回顾中，我们不难看到，第一，现代中国长篇小说的形式有很大的变化。从传统的章回体小说向现代的多种多样的小说演变，对外国小说形式的吸取与表述语言民族化现代化的结合，多种叙述人称和书信体、日记体的出现，顺时序和反时序的以及复调叙述的采用，轮辐式、橘瓣式结构和拼贴式乃至意识流式结构的引进，语言的个性化和陌生化追求，都使长篇小说创作出现了新的艺术格局，展现了艺术创造的无限的可能性。第二，长篇小说内容和视野有很大的开拓。从军国大事的巨大历史图卷的展开，到私人生活的极隐秘心理的揭示；从复杂错综的人际关系的表现，到单纯的爱情关系的剖白；从军事小说、政治小说、伦理小说、侦探小说到传记小说、幻想小说；从天上与人间、五洲与四海、历史与现实、城市与农村，到三教与九流形形色色的人等，各种各样的生活场景，无不进入长篇小说家的笔下。第三，受到西方各种文学思潮的影响，艺术创作方法方面也走向了多元。自然主义、现实主义、浪漫主义、现代主义到后现代主义，举凡象征主义、抽象主义、超现实主义、魔幻现实主义、荒诞派和意识流，也在我国百年来的各种长篇小说中得到表现，特别是近20多年来尤为如此。可以说，世界各国长篇小说创作的各种探索和尝试，我们也都探索和尝试了一遍。因而，从总体上看，今天长篇小说的题材、主题、形式、风格的拓展和创新之路就越来越艰难。

二

在20世纪的中国小说家中，茅盾是以敏锐地反映历史前进步伐和时代心声而著称的作家。他描写大革命时代的《蚀》三部曲（包括《幻灭》《动摇》《追求》）和名作《子夜》都是紧扣时代脉搏的作品。所以，在历届茅盾文学奖的评选中反映当下生活题材的作品获得评委的相当重视，自在情理之中。在20多年的改革开放中，我国的社会现实产生了极大的变化，不仅经济飞速发展，社会阶层结构不断嬗变，乡村和城市的人际关系大幅变动，新的矛盾和冲突登上了历史的舞台，人们的精神世界和感情生活也涌现巨大的动荡和变异，各种世界观、人生观、价值观都在生活中互相冲撞并展现各自的特色。特别是经济成分多元化和市场经济体制确立，使原来的社会关系和社会思想，以及人们的情感，都出现了新的波澜。尽管我们仍沿着中国特色社会主义的轨道前进，但社会生活各个领域的深刻转型，令人眼花缭乱，也给作家认识生活的波涌，带来很大的困难和挑战。不少作家在复杂的生活现象面前，不免感到困惑和迷惘，甚至视描写当代现实为畏途；自然，也有相当一批作家迎难而上，勇敢地去迎接生活的挑战。因而，长篇小说领域，读者仍然不断看到许多迅速反映现实变动的作品被创作和出版。这不能不令人感到欣慰！尽管也有主张长篇小说创作应有更长的时间酝酿，使得作家对生活能够充分地把握和消化。但毕竟有些敏锐的作家能够相当迅速地反映正在前进的生活及涌现出的新的矛盾、新的人物，这难道不是很好吗？

除了获奖的《英雄时代》，还有许多入围作品关注当下的现实生活。例如曾先后推出《天下财富》《国家公诉》《中国制造》等系列长篇小说的周梅森，以新作《绝对权力》入围第六届茅盾文学奖。小说提出了一个人们普遍关注的现象——过于集中的权力可能引发的社会效果。小说写这样的权力哪怕掌握在一位好的市委书记手中，也会产生何等负面的影响。齐全盛书记尽管自己廉洁奉公，作风正派，辛勤工作，并无私心，堪称难得的好干部。但人们阿谀他、奉承他也蒙蔽他，为他的女儿安排要津，为他的夫人白送股票，几个他所信赖的干部内外勾结，腐化堕落，几乎搞垮这个市的重要企业，激起广大群众的不满甚至动乱。而他的政治对手、妄图取他而代之的女市长赵芬芳，也在他的眼皮底下阳奉阴违，里外其手，或策划于密室，或点火于基层。要不是省委书记和新来的工作组长兼市委副书记正派和实事求是，他几乎就要陷于难以洗清的冤屈之中。小说的艺术描写虽有不够精致之处，但几个主要人物形象都活灵活现、有血有肉，情节也波澜起伏，悬念迭出，紧紧地抓住了读者。反映当代改革开放并涉及官场的另一部作品是吕雷、赵洪的《大江沉重》。这部小说以珠江三角洲的一个偏僻县份如何在新的县委书记邝健童的带领下，通过改革和引资，使城乡旧貌换新颜的故事，把事业的发展和爱情的挫折，人民群众的支持和野心家的破坏，以及官场上下的复杂关系都交织在一起，还把情节和人物引向香港的商界和澳门的黑社会，使得小说所展现的生活波澜更见广阔和多姿，更能反映珠三角作为改革开放的前沿地带的特色。小说后半的情节虽有过于戏剧化之嫌，但其主要成就则是塑造了一个迎难而上，敢于负责，有胆有识，不惜背水一战，后功成身退的县委书记的有血有肉的形象。另一位军人作家马晓丽的《楚河汉界》也是反映现实题材的好作品。它围绕一位老将军周汉和他的三个儿子南征、东进、和平而展开。老大、老二是军官，小儿子和平是商人。他们不但存在性格上的差异，还各有不同的人生追求。老将军卧病不起，怀念他长征中已牺牲的战友油娃子和他一生战斗中的收藏——装在铁皮箱里的枪。唯利是图的小儿子为与美国商人达成一项交易，想拿走父亲的一支在抗美援朝战争中缴获的短枪送给美商，却被老爷子拒绝；老将军去世后他还想趁机取去，又被两个哥哥所拒，不得不悻悻离去。而身为军区机关处长的大哥为了自己升迁也创造条件帮当团长的二弟升迁，不惜劝说东进掩盖该团发生的一起事故，等于制造假的"先进典型"，却被东进所拒绝。小说相当丰满地创造了老二东进正直刚毅、严于责己、自尊而固执的现代军人的进取形象。否定了小弟和平自私自利的人生观和价值观，并对大哥也给予善意的批评。作品为老一代革命者提出培养怎样的接班人这个严肃的问题，也向年青一代提出怎样继承老一辈革命传统的问题。这部和平时期的军歌，几条线索在构思中开合自如，描写各种场面也游刃有余，语言简洁有力，明快中透出刚劲！它体现了和平时期的军歌的一种创作趋势，即把军队生活与社会生活交织起来描写，以显现更开阔的视野和更厚实的容量。

在当下题材中，农村的变化和"三农"问题更是全国关注的重心。对农村生活的描绘，历来是我国新文学作家倾注最多心力的方面。此次入围的反映农村现实题材的几部作品中，孙惠芬的《歇马山庄》、雪漠的《大漠祭》、关仁山的《天高地厚》、黄国荣的《乡谣》都给人较深的印象。《天高地厚》突出刻画了一个农民荣汉俊在新时期如何从落拓中崛起成为干部，成为乡镇企业家，在时代的风云际会中展开他的"创业史"的故事，以及他的复杂的性格与悲剧性的爱情故事；小说还描画出两个乡村青年女性鲍真和荣荣如何进城打工又回乡创业，不怕蒙羞，不屈不挠地为美好的爱情和美好的未来努力奋斗的坚韧历程。全书既反映了这些年我国农村的新变化新气象，也提出新干部、新的共产党员企业家如何提高思想素质，树立正确理想，保持先进性的新问题。小说的语言富于冀东的风土韵味。只是情节和细节略嫌臃肿，如加提炼当更好。《歇马山庄》则在乡村改革开放的新背景下，着力写一山村女子月月在农村复杂的人际关系和爱情婚姻纠葛中，在新的时代环境里所经历的感情生活和人生追求的嬗变。她舍弃平庸又无法满足自己性要求的丈夫，爱上了一个力图改变农村面貌和个人命运的刚健男子，在与丈夫离异后又不能与使她怀孕的新欢结合，堕胎后决心凄苦地陪伴母亲独立生活。小说还写了月月的公公林治帮、丈夫国军、情人买子、犯罪嫌疑人虎爪子、人民代表古本来等许多人物及其不同的命运，烘托出新时期农村生活的复杂变化。而在农村题材作品中它的突破，主要在于以极有特色的语言对月月的内心世界做了非常细腻和深致的描写，反映了新时期农村女性从男权社会获得解放的艰难而曲折的感情历程，从而使小说为维护女性的尊严、独立和幸福追求发出自己的深切呼唤。小说的不足是对农村变革缺乏有力的描写，未能更深刻地揭示林月月之所以能挣脱旧的社会关系和旧的思想羁绊的历史助力。雪漠的《大漠祭》也是一部值得关注的反映农村生活的小说，作者以大西北粗犷的具有浓郁乡土气韵的语言叙事，主要通过一家农民的命运，把农村男女贫困的生活、疾病的灾厄和精神的愚昧以及他们为摆脱困境而做的挣扎和奋争，极其真实地展现给读者，令人心灵为之战栗。小说对西北高原和大漠所做的逼真描写，加上穿插其中的段段民歌《花儿》，构成了一幅幅油画般充盈诗情的雄奇图卷，让读者不能不感叹作者的才华！这是一部严酷逼近作者生活体验的作品，而其局限也在于过于拘泥实地状况和人际关系的体验，缺乏视野更广阔的典型概括。黄国荣的《乡谣》则富有江南乡土文化韵味。诚如作家周大新所说："作者以他对农民和农村生活的深刻了解，写得从容自如，如同把一幅又一幅江南农村的生活画面展现在我们面前。"[2] 小说展开从新中国成立前到今天农村人际关系和社会结构的深刻变化，并且是透过二祥的心灵感受去写这种变化，从而突出地刻画了汪二祥这样一个憨厚、善良而不乏精细的中间型的农民形象。

在现实题材作品中《英雄时代》之所以能够脱颖而出，既得力于它反映生活场景的广阔和塑造人物形象的突出，也得力于它揭示的思想主题的丰富时代内涵和多重意义。在迅速反映当代生活前进脉搏的作家行列里，柳建伟是近年表现相当突出的长篇小说作家，他曾写过《北方城郭》《突出重围》等有影响的长篇。《英雄时代》应该说是他的一个新的突破：从地方和军队走出，以宏

---

2 周大新：《黄国荣和他的"日子三部曲"》，转引自《乡谣》，作家出版社 2002 年版，第 428 页。

大的格局和开阔的视野走向关系国家历史前途更具意义的体制思考。新时期我国社会生活的转型必然使人们的命运和性格产生新的变化。许多过去文学作品中没有出现过的人物形象在新的作品中出现了。他们不能不有自己的新的典型意义。《英雄时代》中的史天雄、陆成伟两兄弟就是。小说以宏阔的视野，烛照当下生活改革激流中的种种矛盾和冲突，从高层领导写到社会各阶层的形形色色人物，展开富于时代特征的历史画卷，表现了作家把握急剧变化的现实律动的敏锐和才华。两兄弟都是高干子弟，生于战火中，长在和平环境里，但父母对他们的不同态度却使他们成为完全不同的两类人。哥哥史天雄因为是被收养的烈士遗孤，养父养母都给予更多的爱，更多的要求和期待，他受到革命人生观的教育，始终不忘要为大多数人谋利益。尽管他的家境足以保证他在仕途上飞黄腾达、青云直上，但他却毅然从副司长的高位退下来，去担任一家民营百货公司的经理，以实现他对所有制改革的抱负：使股份制的民营企业成为富于活力的社会主义公有制的新的形式。其中虽有爱情纠葛的感情成分，但为革命理想和人民利益而奋斗却是他的行为的主要动机。他是利他主义者，因此后来他又能听从党的召唤，去接手濒于破产的国有企业集团的重组和求生的艰巨领导任务，不愧为老一辈革命家的合格接班人。《英雄时代》中的弟弟陆成伟由于父母的放松乃至放纵，加之被送到美国留学，归来后他完全成为利己主义者，甚至贪得无厌，唯利是图，道德败坏，不择手段，走上犯罪的道路。这两类高干子弟，在现实生活中都确实存在。后者作为新时期的暴富者，他们是走向共产党对立面的另类，是依靠父荫的噬父者。其警示意义尤发人深思！小说既是改革洪流中理想者的赞歌，也是啃吞人民果实的社会蛀虫的葬曲。它实际上还提出了当今时代究竟谁是英雄的主题。英雄总是时代先进生产力和生产关系的代表者，也是先进文化理想和人民根本利益的代表者。作者之所以歌赞史天雄正不为无因。在现实生活矛盾错综复杂，人们思想价值取向走向多元的情况下，作者能够清醒地把握时代的典型环境，认清历史前进的方向，将主要的笔墨用于塑造史天雄这样的典型人物的血肉丰满的形象，正足以说明小说所达到的难能可贵的思想和艺术的高度。

三

新时期历史题材小说的繁荣是当代中国文学的重要现象。我国有着悠久的历史，无数的帝王将相、英雄豪杰、仁人志士和才子佳人为历史留下或威武雄壮，或凄婉动人的故事，为历史小说家提供无尽的创作素材。但自吴晗创作的《海瑞罢官》被罗织罪名批判，而李庆彤的革命历史小说《刘志丹》也被点名和整肃，历史题材和革命历史题材便被作家视为难以涉足的"禁区"。及至改革开放到来，这一"禁区"才被陆续突破，特别是自20世纪80年代后，表现历史的人物和故事已成为长篇小说题材的非常重要的方面。历届茅盾文学奖的评选中均有这方面的好多作品获奖。如《李自成》第二部、《少年天子》、《白门柳》、《金瓯缺》等。上届茅盾文学奖入围作品中二月河的《雍正皇帝》和唐浩明的《杨度》也都堪称力作，在读者中产生过广泛的影响。此次茅盾文学奖参评入围的历史长篇小说中，熊召政的《张居正》共四卷，更是重要的收获。另一重要的作品则是成一的《白银谷》上下两卷。它写的是清代山西票号成为金融大鳄的兴衰史。小说写康笏南一家的发迹到成为晋商大款，票号满天下，无奈义和团兴起，八国联军进北京，清廷逃亡西安，屈辱求和，在国运衰败的大势下，康家也走向衰颓的故事；其中穿插商人在外，家中少妇红杏出墙的情爱悲剧和许多风俗行规的细节描写，编织出以往我国文学很少触及的历史上商界活动的图卷，为读者反思历史拓展一片新的空间，从中可以看出作者对相关历史资料的悉心掌握和艺术构思的苦心经营。李锐的《银城的故事》则以辛亥革命为背景，描写四川以产盐致富的一座城市的几个革命者，如何因炸死知府而被老谋深算的清廷官吏一网打尽、残酷镇压的惨烈故事。作品篇幅不长，却扑朔迷离，故事情节经精心结构而每一发展均出人意表，由于情节的有力和描写的精炼，作者笔下的种种人物和当地的人情风俗均给读者留下相当鲜明的印象。然在饱满方面有所不足。莫言的《檀香刑》更以新历史主义的笔法，构织了一个控诉封建时代酷刑的故事，并在叙述语言中引入高密"猫腔"带有乐感的唱词，从而创造了饶有民族特色的小说文体。小说写荣获"黄马褂"的行刑人赵甲回到家乡，他的儿媳妇眉娘与县太爷钱丁通奸，而县太爷要他去处死谋反的要犯——即儿媳的亲爹孙丙。这部一个女人和三个男人的故事，充分发挥了作者惊人丰富的想象，在袁世凯镇压义和团的背景里，以复调的叙述结构描写封建时代施予犯人的种种酷刑，包括凌迟处死和所谓"檀香刑"。"檀香刑"是否存在过，对小说而言已不重要。只是作者似过于陶醉自己的想象，对行刑人制作刑具和行刑过程的渲染和欣赏，使具有深刻悲剧性的场景仿佛变成了充盈喜气的闹剧，不免降低了小说批判的力量。

在历史题材长篇小说中，《张居正》得以独占鳌头并非偶然。

《张居正》虽有学者稽考史实，写文章提出某些异议，但小说毕竟不同于历史著作。小说可以虚构，包括可以把历史上有雄才大略和巨大功绩的曹操写成阴险毒辣的奸雄的典型。至于对次要的人物和事件按小说主题的要求加以改动，也是历史小说中常见的。张居正就实行"万历新政"而言，他确是对明代后期政治有贡献的改革家。他的历史悲剧无疑具有深刻的启迪意义。但要写成好看的小说却有很大难度。因为他不像曹操或曾国藩那样有生于乱世的传奇性战争经历，他的改革只在于庙堂之上、宫廷之中，要在不具传奇性的平常生活中提炼和结构出引人入胜的故事情节并不容易。作者稽考史籍，费时十载，终以典雅明丽的笔墨和适当的虚构，把相当生动的人物塑造和引人入胜的情节叙事奉献给读者，格局宏大，还穿插诗词歌赋和种种文物典章的描写，富于文学意味，四卷笔力均匀，令人于浓郁的历史文化氛围中感受审美的愉悦，感悟人生的哲理和历史的沧桑。小说写张居正以改革派出现于明朝后期，扶植幼君，不畏权贵，在李太后支持下大刀阔斧地改革当时的弊政，使明廷转危为安，出现中兴的气象，但终因功高震主，并被对立势力所诬陷，竟至全家被诛。这一历史悲剧自然相当出人意表，又尽在情理之中。全书对封建君主制的揭露与批判正隐含于故事情节中，可谓尖利而深刻。张居正无疑是给读者印象深刻的一个艺术形象。他的刚直、强劲、固执、有魄力，通过扶助幼主、改革旧政、打击豪强等系列情节，浮于纸上。小说虚构的他与某大侠的过往，他与某女的情爱，更使人物增添丰满的血肉。他的悲剧性下场，是封建君权至上时代的必然，其形象的典型意义正是使读者深刻认识到，在那样的历史条件下，只要危及君权的一切都会被毁灭，哪怕是品行多么高尚清正、对这个制度多么忠诚的人物。张居正如此，岳飞和于谦何尝非如此。这部小说不仅是近年长篇历史小说创作的重要收获，也是新时期我国这方面创作臻于上乘之列的作品。

对于我国民主革命过程的近历史，长期来更为很多作家所书写。应该说，这是我国当代文学产生诸多名作并最有成就的一个方面。20世纪五六十年代出版的所谓"红色经典"长篇小说大多写的都是革命历史的风云和人物。这方面要超越前人自也有很大难度。但此次茅盾文学奖参评之作里，有几部确有新的特色。除了获奖的《历史的天空》，红柯的《西去的骑手》以大西北的沙漠、大山和莽原为背景，描写回族草莽英雄马仲英与一代枭雄盛世才搏斗的史实，笔力雄阔奔放，结构大开大阖，很有力度地画出两个不同性格的历史人物及其不同的命运，也反映了那个时代国内外各种政治力量错综复杂的矛盾和冲突，全书洋溢着激情澎湃的浪漫主义艺术色调。朱秀海的《音乐会》则通过东北抗日联军朝鲜族女战士金英子的叙述，回忆了当年抗日联军在共产党领导下浴血战斗，惨遭围剿，前仆后继，不怕牺牲，坚持到最后胜利的英勇过程。由于作者从女主角的独特视野和极其细腻的内心感受去描写战争，并且夹杂着对主人公富于音乐禀赋而常常幻听的"音乐会"的渲染，把战争的惨烈、音乐的美妙和大自然的雄奇穿插起来，以散文式的抒情笔墨使整个叙事充满奇特的色彩，给读者以强烈的感染，也有力地揭露了日本侵略者的兽性罪恶，歌颂了革命人民善良人性的光辉。小说对战争与死亡的残酷程度的真实刻画，是以往我国战争题材作品还没有过的。

获奖作品徐贵祥的《历史的天空》则是在漫长的历史场景中描写战争和军人的有特色的作品。它以农村子弟梁大牙投身抗日，参加新四军，又经历解放战争和抗美援朝，成长为人民军队的高级将领为情节主线，穿插他的爱情婚姻和战斗经历，展现不同时代我军内外的复杂的矛盾和斗争，包括国民党军队嫡系与非嫡系在抗日战场上的冲突和倾轧，有如一面历史风云的镜子，凸显出一个农民如何在战争的熔炉中锻造成新时代的英雄的生动形象。小说所写人物虽不下数十个，但性格鲜明的梁大牙形象成功的典型塑造，无疑是这部作品的主要贡献。梁大牙与上届茅盾文学奖入围的《我是太阳》中的老红军出身的将军的形象有些相像，仿佛是一尊"战神"，一生只知打仗，在战场上勇猛无前。

但那位老红军是一旦没仗打了就不知干什么好的悲剧人物；梁必达则是另一种"战神"，是个能够不断随历史的前进而进步的"战神"。他是起于草莽，经受战争锻炼而成长起来的革命英雄，却不是悲剧人物，而是喜剧人物。他能够从善如流，能够勇于承认自己的不足而不断学习，尽管出生入死，几经磨难，却愈见他性格的坚忍不拔和勇敢机智。最后，身为大军区的司令员，却勇于承认自己不谙现代信息战争而急流勇退，申请离休，表明的也正是他的新的进步。这使他区别于《我是太阳》中的主人公，从而具有自身独特的典型意义。

通过家族或家庭的历史去反映开阔时空的时代风云，也是多年来我国长篇小说创作的一个重要视角。从巴金的《家》到老舍的《四世同堂》，再到陈忠实的《白鹿原》和李锐的《旧址》，可以举出一长串的作品。上届茅盾文学奖入围作品中就有周大新的《第二十幕》、邓一光的《我是太阳》、项小米的《英雄无语》和获奖作品王旭烽的《茶人》前二部。这届入围作品中仍有不少这方面的较佳之作。如张一弓的《远去的驿站》以三个家族在20世纪中国历史蜕变中的不同命运浮沉，展开民族矛盾和阶级矛盾交织冲突里各种知识分子和底层农民的生存状态和理想追求，虽笔墨粗放，对人物难有更细致的刻画，但对历史做出开阔的概括，以有限的篇幅给读者展现了比较厚重的内容，诚属难能可贵！叶广芩的《采桑子》用典雅温婉的笔墨抒写前清皇族后裔从锦衣鼎食到衰败离析的历史过程，把一个家族的不同儿女的各种性格和命运在20世纪中国巨变的背景下，个性鲜明地刻画出来，既不乏批判的锋芒，又仿佛唱出一首对于贵族"无可奈何花落去"的悲怆挽歌。作者字里行间更处处透出深厚的文化底蕴，在一个个人物的描写里，为读者增添了以往我国文学画廊中还很少揭开的历史一角的认识意义。

获奖作品宗璞的《东藏记》也是通过对家族命运的描写来反映历史风云的佳作。它获得奖项应在人们的意料之中。它是作家计划写的四卷长篇小说《野葫芦引》中继《南渡记》之后的第二卷，后续计划写的还有《西征记》和《北归记》。此卷仍以作者的童年记忆为创作的素材，描写明伦大学史学教授孟樾一家三代及其姻亲、师友、同事等知识分子家庭从华北沦陷区流亡到大后方昆明，冒着日寇飞机的轰炸，在物质贫乏的生活条件下，办好学校，坚持传道授业，坚持学习，在这种时代的背景下刻画了不同人物的日常生活和鲜明性格，交叉展现成人和孩子的世界。小说的故事有始有终，结构也有开有合，可以作为独立的一部作品看待。作者笔下有不顾危险、坚持教育岗位的知识分子，有敌机轰炸中为保护实验室而英勇献身的国士，有淳朴、天真，燃烧着爱国主义情怀的青少年男女，也有苟且偷生的败类。正如评论家曾镇南所说，"《东藏记》兼有着一代知识者的心灵史、历史的写真图和人性的显色谱这三方面的艺术风貌"，"中国古典小说细针密线的叙事，古典诗文典丽朗润的文采和西方现代小说的结构技巧，被宗璞巧妙地融会在一起，艺术地传达了小说的生活内容和思想内涵，对读者形成了含蓄而持久的吸引力。"[3]是的，小说文笔温婉蕴藉，风格雅致流畅，透出作者那高洁的情怀和深厚的文化底韵。由于许多人物都在《南渡记》中出现过，并且在作家构思的《西征记》和《北归记》继续有发展，因而单独读《东藏记》的读者便会感到某些人物形象还不够丰满。但小说的庄重题材和独特风格，还有它所张扬的民族精神和所歌颂的爱国主义风范，所展现的现实主义创作的高度真实性，都使它赢得广大读者的喜爱。特别是作家已过古稀之年，眼睛又失明，完全用口授的方式完成这部厚重的作品，其坚毅精神尤足令人钦佩！

四

其他题材的入围作品，有几部也特别值得提出来介绍，除了张洁获奖的《无字》上、中、下三卷，还有贾平凹的《怀念狼》、李洱的《花腔》和麦家的《解密》，以及铁凝的《大浴女》、张懿翎的《把绵羊和山羊分开》、尤凤伟的《中国1957》和潘倩的《抒情年代》。

贾平凹的《怀念狼》仍以商州为背景，却与作者过去的"商州系列"和《废都》《白夜》《土门》《高老庄》等长篇大异其趣。它触及生态环境的主题：为了保存商州地界最后还活着的15只狼，一个老猎手陪着一位记者受地

3《大规模描写社会现象，多方面凝聚时代精神——第六届茅盾文学奖获奖作品巡礼》，《河北日报》，2005年4月15日《文艺评论》版。

区专员的委托去深山老林寻找这些狼并为它们拍照。可结果因民众的惊悸和哄动，老猎手却把狼全打死了。随着狼的绝迹，老猎手无事可做，反而怏怏以病，甚至变成了"人狼"。作者在小说《后记》中自称兴趣在于"以实写虚，体无证有"，写的是意象。但其叙述引人入胜，猎手和记者寻找狼的旅行在贾平凹笔下充满了谐趣和生动感，情节跌宕起伏，富有人情味和传奇色彩。小说仿佛是一篇意蕴含蓄的寓言，一种神秘的人生象征，让人读后掩卷仍能陷入深深的沉思。《花腔》也是结构上富于创新之作。它把多视角的正叙和倒叙交织起来，复述了共产党和国民党，还有日本人都派人追杀同一革命者的故事。在叙述艺术上可谓别开生面，也强化了情节的悬念。但国共双方和日本人都要杀同一人的理由却并不充分，因而削弱了作品的说服力和感染力。尤凤伟的《中国1957》以北京大学反右派斗争扩大化为题材，用狱中回忆的日记体纪实笔法去展开自己的故事和人物，把那个带有时代悲剧的历史事件予以再现。潘情的《抒情年代》则以富于文学意味的散文笔法抒写"文化大革命"期间知识青年在乡村和城市的生活，写他们的困惑、彷徨、颓丧，写他们的爱情和友谊、理想和追求。两部作品虽各有特色，但比较所写的时代的历史悲剧，小说的内涵未免显得不够丰厚。铁凝的《大浴女》是作者继《玫瑰门》之后的又一被评论界看重之作，也是从女性角度切入生活，细腻而生动地描写女性生存状况一部代表作。贺绍俊评论说，这部小说"是铁凝对自己生活体验的一次总盘点：农村的善意，家庭的情趣，历史的沧桑，还有女性的生存和生命，全涌向这里"，小说写女主人公尹小跳"敢于面对自己的过去，在不断的自审中超越自己，获得自我救赎的希望，从而回到无罪的本初，走进内心深处的花园，达到人性的自我完善"。[4] 应该说这是对这部小说内涵的很好的概括。《把绵羊和山羊分开》则写一位人称"小侉子"的女知青被推荐上中学，与教数学的老师从冲突到恋爱的故事，主要人物描写得个性相当突出，语言也极有特色。小说融燃烧的激情、快意的幽默、尖锐的反讽、温柔的怜悯和有趣的知识于一炉，为知青文学别开了生面，只是叙述显得枝节芜蔓而语言也欠节制。

女性主义小说的创作是20世纪90年代在我国文坛崛起的重要现象。描写

---

4 贺绍俊：《铁凝评传》，郑州大学出版社 2004 年版，第 184—185 页。

女性的生存状态和性别区分，揭露男权社会对女性的压抑和虐待，呼吁男女的平权和平等，提倡女性的自由、自立、自尊和自爱，是女性主义小说的普遍主题。上面所举的《歇马山庄》和《大浴女》也都涉及这样的主题。应该说，本届茅盾文学奖的获奖作品《无字》是女性主义小说最有代表性的作品。

张洁的《无字》在广阔的历史背景下抒写女性的不幸遭遇。张洁写过许多获奖的中短篇小说，她的长篇《沉重的翅膀》曾获过第二届茅盾文学奖。在沉寂近十年后她推出了近百万字的《无字》。这是一部描述三代女性在漫长的岁月里，在从战乱到和平的数十年间受到男性的虐待和抛弃的不幸遭遇。小说从东北写到北平，写到陕西的塬上乡村，到徐州的前线，到香港的棚户贫民区，再写到新中国成立后的首都北京，20世纪中国翻天覆地的历史风云都被推到背景上，而以愤激不平的倾诉向人们揭露三代女性所遇到的男人都是何等不堪：对妻女不负责任，卑鄙而无情、无义。尽管在事业上他们都不无成就和某种责任感。张洁的叙述方式不依时空顺序，似借鉴后现代的拼贴结构，但颠三倒四、若断若续的情节仍然托出一个个鲜明的人物形象。小说带有某些自传成分，将控诉与自省结合在一起，语言畅达、辛辣而流利，字里行间闪耀冷讽热骂的机锋。全书仿佛是投向男权社会的投枪，偏激而尖利有力，人物形象也给读者留下较深的印象。特别是作家花费大量笔墨所写的女作家吴为和她所遭遇的老干部胡秉宸的形象，可谓精镂细刻，形神毕现。他们之间的相识、相爱，到结婚，到终又分手，小说不仅写出吴为痛苦的心灵历程，也写出胡秉宸性格的复杂：既真诚又虚伪，既勇敢又怯懦，既潇洒又猥琐，表面上像正人君子，骨子里却具小人心态，温文尔雅的外表掩饰下却藏着一副自私自利的大男子主义、视女性为玩物的丑恶本质。尽管小说的描写语言尚有可节制的余地，但总体上不愧为作者的力作，在当代女性主义小说的潮流里，《无字》可以说是最淋漓尽致的一部，是柔弱女性面对男权社会所发出的可谓字字血泪的绝叫！小说题为"无字"，实际上是"无言"，小说写吴为一生为几次爱情所付出的代价及其痛苦，最后被逼得精神上走投无路，竟成为疯者，笔墨至此令读者都真感到沉重已极，正是夫复何言！所幸吴为的女儿终于走出了上几辈女性的命运悲剧的怪圈，迎向了女性解放的新的环境，从而在迷茫中为读者打开沉重的闸门，见到了地平线上灿烂的霞光。

中国的妇女解放运动从秋瑾始也已有百年的历史。应当说，在人民革命的过程中，在中国共产党的领导下，特别是在新中国成立后，把女性从封建传统的神权、父权、夫权的统治下解放出来，取得了很大的成绩。但至今在广阔的神州大地上，在男权社会的歧视、压抑乃至暴力面前，女性的无助、无奈乃至悲惨的境遇仍随处可见。因而《无字》的倾诉仍有它相当的典型意义。它被阅读所产生的文化影响和思想启示，必将有益于女性的进一步解放。而作为文学作品，《无字》在长篇小说的文体创造上，在语言的运用上都饶有自己的特色，可谓嬉笑怒骂皆成文章，艺术上不失为独树一帜的小说，我想，这也是它被评委们看好的所在。

五

第六届茅盾文学奖所评的四年，正值世纪之交我国长篇小说创作的高潮。从如上的简略介绍中，我们不难看到入围和获奖的作品有以下的时代特色。这就是，第一，突出地表现了文学创作的多元化状态，同时主旋律也比较昂扬。从20世纪80年代以来，我国文学创作就走向多元化，不仅题材和主题日益多元，形式和风格也日益多样。但在多元中突出主元，在多种音部的交响中突出主旋律，却不是很容易做到。往往顾及了题材、主题、形式、风格的多样，主旋律便显得不够突出。但对主旋律也不应做过于狭窄的理解。不仅贴近当代我国社会主义建设的作品能够表现主旋律，即使历史题材，乃至幻想未来的作品，包括童话、寓言等题材和体裁异常广泛的作品也都有可能表现主旋律。在这届茅盾文学奖入围的长篇小说中，表现主旋律的作品正很突出。像描写现实政治生活中权力过于集中而导致种种弊端的《绝对权力》、反映当前经济建设中寻求不同理想的《英雄时代》、再现珠三角改革开放前沿的《大江沉重》、画出农村改革开放历程中不同男女追求美好生活的苦涩与喜悦的《歇马山庄》，以及《天高地厚》《大漠祭》等凸显时代矛盾冲突的脉动和人们充盈时代精神的奋斗的作品，自然堪称体现主旋律；就是图写远历史题材的《张居正》或近历史题材的《白银谷》《历史的天空》《音乐会》《远去的驿站》《东藏记》等作品也因或伸张民族正气，或弘扬爱国主义，或表现反侵略的英勇气概都足以位列于主旋律。主旋律作品本身就体现了具体题材、主题、形式和风格的多样化。还有一些作品主旋律不那么明显，同样表现出多样化。像《怀念狼》这样表现生态冲突的作品，还有像揭露封建时代酷刑的《檀香刑》、表现革命者遭受敌我营垒追杀的《花腔》这类题材很特殊的作品，其取材、构思和艺术表现方面的多样性更是显而易见的。第二，贴近生活、贴近实际、贴近群众的作品成为主流。"三贴近"的实质是贴近人民大众的生活和他们所从事的实际斗争。现实生活包括历史的和当今的，永远是文学创作的源泉，是文学灵感所由生发的丰腴土壤。离开丰富的现实生活，要写出具有丰厚内容的作品是很难的。应当说，本届茅盾文学奖的入围作品大多深深扎根于不同的生活土壤中，即如充盈想象、虚构性很强的作品，也有一定的生活根基。当代我国文学曾在相当长的时期强调作家要"为工农兵而创作，为工农兵所利用"。这种号召，当文艺还脱离人民大众时并非没有必要。固然人民的范围不仅仅是指工农兵，但毕竟任何时候工农兵都构成人民的主体。新时期以来我们强调文艺应为最广大的人民大众服务，包括为一切拥护社会主义的各个阶层的群众服务，不但文艺应该表现他们的广泛的生活，也要满足他们多种多样的审美需求。这自然都是正确的。可是，自20世纪90年代随着市场经济体制的确立和社会生活产生的重大变化，有相当多的文艺作品脱离了工农兵，甚至完全淡化广大人民为建设社会主义现代化而奋斗的时代背景，只写男欢女爱，纸迷金醉，乃或走向"下半身写作"，以致引起广大工农兵群众的不满。所以，新世纪"三贴近"口号的提出正不是没有针对性。《英雄时代》《绝对权力》《天高地厚》《歇马山庄》《大漠祭》之类的作品固然不仅贴近群众的生活，而且贴近现实生活所提出的社会实际问题；即如《无字》《怀念狼》那样的作品又何尝不是与广大妇女群众、与普通的老百姓有关；就是《张居正》《白银谷》那类历史题材的作品或《历史的天空》《东藏记》《远去的驿站》那样书写抗日战争和更长历史年代的作品，也各有它的生活根基，它们也非与当今的生活实际完全没有关系，燃烧于这些作品中的反抗侵略的民族精神、爱国情怀，历史人物的优秀品质和优良传统，正是我们今天的实际生活所应加以继承和发扬的。这些对于今天中华民族的复兴，难道不正是十分需要的吗？第三，力求做到叙事艺术和语言的民族化与现代化相统一的创新。我国长篇小说在20世纪从古典到现代的转型，是以大量引进外国，特别是西方小说的现代技巧和文学语言特色为潮流的。这也的确使长篇小说的艺术表现张力得以大大扩充，但其间出现了两次过于欧化的弊端。一次是"五四"之后的20世纪20至30年代，以至引发民族化大众化的讨论和毛泽东同志在延安对"为人民所喜闻乐见"的"中国作风、中国气派"的提倡，此后，解放区文学和新中国成立初的文学都沿此方向做出可贵的努力，包括长篇小说的创作在内。20世纪80至90年代由于中西文化又一次大规模撞击，"西化"之风又靡于文坛，长篇小说也不例外，艺术上脱出20世纪50至70年代流行的窠臼，从西方现代主义和后现代主义的作品里吸取了艺术构思和表现的种种新的技法，甚至语言上也再次欧化和拉美化，连意识流的呓语和无标点的长句都学来了。于是又产生了一批让读者读不太懂和许多段落干脆读不通的作品。茅盾文学奖的入围作品多不乏艺术上的创新，却鲜有让人读不懂或读不太懂的。因为它们的创新多顾及既现代化又民族化。像《歇马山庄》对农村女性心理的细微刻画，既兼西方心理小说之长，但语言又是十足中国化、乡土化的。《檀香刑》将高密地区的"猫腔"唱调引入叙述的语言，使民族的乡土之风扑面而来，使通篇复调结构的叙事凸显强烈的中国特色。《张居正》将中国传统典雅的语言与现代性很强的心理刻画结合起来，《白银谷》和《东藏记》也是如此。《大漠祭》和《天高地厚》《怀念狼》的语言都有浓郁的乡土色彩，而叙事构思又是现代的。

但我们仍然需要看到，茅盾文学奖入围和获奖的作品也并非都臻于完美。

古往今来长篇小说要让广大的读者都为之击节叫好，恐怕如下几点十分重要：（1）要有好的故事情节。尽管现在已出现没有故事情节或故事情节无法讲述的小说，如反小说派的小说或意识流小说，但这样的小说毕竟读者有限。小说要引人入胜仍然离不开包孕着人物冲突和人性冲突的外在的或内在的情节，而且这种情节还应充满强烈的悬念，故事逶迤曲折，波澜起伏，能抓住读者的心灵，使他们读起来因强烈关心作品主人公的命运和故事的结局而不忍释手，美感丛生。（2）要有相当典型的人物形象的塑造。文学是人学。人物的性格和命运，人物的思想和情感、行为和心理，人物与他人的关系，包括与自然的关系，始终是文学表现的中心，也是读者关注的中心。艺术表现强调特殊性，读者关注的基础则是普遍性。并非任何人物形象都能受到读者的同等关注和共鸣，只有既具特殊性，又具普遍性，并且在艺术形象的塑造中两者得到血肉丰满地统一的人物典型形象，才能得到读者强烈的关注和深刻的共鸣。尽管现在也有无人物或反人物典型的小说，但从全局看，仍然无法改变读者阅读小说时注重人物典型的欣赏规律。（3）要有思想的深度和新意。如果一部长篇小说缺乏思想深度，不能给读者提供任何新意、任何新的人生哲理的启迪，而只是重复前人表现过的主题和思想，那么它的魅力肯定会大大受到削弱。它只能说明作者对生活缺乏认真的发掘以及认识的肤浅。这样的作品也许艺术描写生动而真实，却因没有睿思的光芒，让读者感到不能满足，乃至产生某种程度的失望。（4）艺术表现上应有创新。新的故事、新的人物、新的思想固然都是创新，但小说作为叙事的语言艺术，如果在艺术表现上毫无创新，只是沿袭前人的窠臼，那么，不仅使读者在阅读中缺乏新鲜的美感，而且在小说艺术的发展上也自然难以做出新贡献。小说表现艺术的创新既包括结构的艺术，也包括叙述方式和语言描绘的艺术。古人说"文贵创新"，这个原则自然也适用于长篇小说的创作。

我们不难看到，第六届茅盾文学奖的入围作品，虽然各有自己突出的优长，但在上述几方面的成就并非都平衡。所以，它们的入围和终未获奖也都并非偶然。而获奖的五部作品，能够脱颖而出，获得评委的高票入选，则应该说它们在思想和艺术成就上都更高更全面更有突出的特色。

六

20世纪90年代以来长篇小说创作虽然繁荣，但高质量的作品之所以不够多，自然也有多种原因。例如，在市场经济条件下出版界和作家都过于追求经济效益，生活准备不足，艺术加工粗放，不重视人物形象塑造和故事情节的结构，以及创作心理浮躁等，都是其中的原因。就创作界而言，我以为我国长篇小说的创作要攀登新的高峰，质之以往的经验和教训，恐怕仍需要增强以下的意识：

第一，历史意识。长篇小说既以生活容量大作为它的优势和特点，它就得具有内涵的深度和广度。只有这样，它才配被称为"现代史诗"。恩格斯在致斐迪南·拉萨尔论历史剧的信中曾期待将来的文学能做到具有"较大的思想深度和意识到的历史内容，同莎士比亚剧作的情节的生动性和丰富性的完美的融合"。[5]他把作家意识到的历史内容与作品的思想深度和情节的生动性丰富性相联系，并非没有原因。一般来说，作家对所写的历史内容理解得越深刻，他的作品就越见出思想的深度，也越能从他所把握的历史生活里提炼出生动而丰富的情节。而长篇小说的历史意识不仅表现为作家对所写生活有历史的整体把握，对作品所描写的历史背景、时代氛围、人物关系都有宏观的了解，还应对笔下人物的人性形成和发展也有具体的剖析。换言之，他不但要特别重视再现历史人物和环境的细节真实性，还要特别重视从历史唯物主义的高度去把握历史的整体。真实是艺术的生命，是艺术感染力最重要的条件。艺术真实虽与历史真实有区别，但艺术真实毕竟源于历史真实。历史真实性涵盖历史细节和故事情节的真实，还涵盖人物和环境的真实。如果把现代的生活细节和现代才可能有的故事情节写到历史小说的人物和环境中去，那固然会大大破坏小说的历史真实感，从而也会使小说的艺术感染力受到损害；反之，如果把古代才有的社会关系和人物的思想行为，强加于小说中的现代主人公，那也会使小说的真实感受到损害乃至荡然无存。细节的真实性自然离不开作家对生活的真实感受和真切想象，而情节所基的人物关系的设计和社会环境的构建，却与作家对一定历史时期的社会结构和人性结构的正确把握和认识同样密不可分。这里，历史唯物主义作为科学的世界观、人生观，正可以给作家以重要的帮助。自然，人们不可能要求作家把长篇小说变成历史唯物主义的讲义，只是要求作家在构思自己的人物故事和关系时，能从一定历史时期的现实生活出发，并以唯物史

---

5 中共中央马克思恩格斯列宁斯大林著作编译局：《马克思恩格斯全集》第29卷，人民出版社1872年版，第582页。

观去观照生活，穿透生活。现在有些长篇小说尽管有很好的艺术表现能力，却往往因为历史意识单薄，不重视历史真实性，不重视历史唯物史观，而使整个作品受到严重的损害。有的作品不把人性看作是历史地发展的，是被特定历史时期的特定社会关系所制约的，而把人性抽象化，乃至抽掉人的社会性，只写人的动物性，人成了没有社会意识，只有生命意识、性意识的动物，这样的作品又怎么会有深度呢？这样的作品完全淡化社会历史背景，使人物好像在镂空的舞台上表现，甚至只写人物的情爱或性关系；还有的作品完全否定历史上的阶级和阶级斗争；更有历史小说让古人也说起现代的时尚语言；等等。无疑这都会使作品削弱乃至丧失历史真实感，还会使长篇小说不再有厚重感。本届茅盾文学奖的获奖作品《张居正》《无字》《历史的天空》《英雄时代》和《东藏记》尽管题材有别，风格也不同，其可贵就在于有比较自觉的历史意识，因而也就赋予了作品思想深度和情节的生动性、丰富性。

第二，文化意识。作品的文化涵量与作家是否具有自觉的文化意识成正比。文化作为人类所创造的思维智慧和行为方式，它渗透于语言文字、科学技术、文学艺术、政治法律、道德伦理、风俗习惯、文物典章、哲学美学等社会生活的方方面面。现实生活中的每个人总具有某种文化素养和特征，并总生活于一定的文化环境里。长篇小说如果缺乏文化视角，忽略了对广泛的社会生活的文化内容的描写，那就必然要大大降低小说的文化价值，也大大降低人物和环境的历史真实性。试想，如果《红楼梦》缺乏大量的文化内容的描写，它还能被称作"封建时代的百科全书"吗？此次获奖作品《张居正》《无字》《东藏记》和入围作品《采桑子》，还有《白银谷》等都以富于文化的底韵见长，耐人咀嚼。今天我们出版的大量长篇小说，不能说它们都完全没有文化的描写，但许多小说这方面的描写是很不够的。它往往让读者难以看出特定时代文化的丰富内容和历史特色，特别是难以看出民族的文化特色。在这样的小说里，读者很难读到民族独特风情、独特风俗习惯和独特心理的描写。尤其在描写都市生活的小说里，仿佛全球化已把人们都变得无差别了。许多小说的浅薄与它缺乏丰厚的文化内涵正有直接关系。这样的小说尤缺乏对生活的哲理性思考和透视，也缺乏进步的道德伦理的意识，甚至传播某种唯心的哲学主张和反道德的倾向。诗歌界的"非非主义"曾主张反文化，鼓吹回到"前文化状态"。这种思潮也影响到小说界。有的小说里社会的人变成了自然人，只知道性交和杀戮。有人说，这样的作品也有它的文化倾向呀，回归自然和崇尚性爱、崇尚暴力，不也是一种文化倾向吗？是的，如果说这也是一种文化倾向，那应当指出这是一种倒退的文化倾向。因而，对文化意识的自觉，我们需要做必要的补充：我们不但需要文化意识，还需要先进的文化意识，包括先进的哲学意识和先进的道德意识。今天我们的国家要建设有中国特色的社会主义现代化的先进文化，在长篇小说的创作中，我们不但要重视反映社会生活的文化层面，更需要以先进的文化观去评价所描写的生活。

第三，文体意识。长篇小说本身就是一种文体。但一个成熟的小说家，还需要创造自己独特的小说文体。这不仅意味着他要有自己独特的艺术构思，有自己独特的视角和叙述方式，还要有自己独特的描写语言和语调。从内容到形式的独特性追求，正是独特的文体创造的必要条件。忽视这种独特性，是当前许多长篇小说所以显得艺术上平庸的重要原因。大家都这么写，我也这么写。这就很难有文体的独特创造。这次茅盾文学奖的入围作品中有些作者是很有文体意识的，并且也确实创造出引人注意的新的长篇小说文体。例如张洁的《无字》，它不仅采用过去与现在两种时空相交替、相交织的构思，还采用一种亦庄亦谐、以尖刻的反讽和调侃见长，愤激之情溢于言表的话语，使得全书的文体显现相当独特的风格。莫言的《檀香刑》的文体也十分独特，作家采用山东高密的"猫腔"，以带韵的语言曲调，去作为描写语言的主旋律，再以丰富的想象和夸张的描写，使整部作品呈现强烈的浪漫主义的传奇色彩，不失为富于民族风格的一种长篇小说的文体创造。潘婧的《抒情年代》以女主人公的独特视角去展开自己对于"文化大革命"这个特定时代的回忆性叙述，并使叙述语言带有浓郁的抒情性和诗意性。它似乎是夹于小说与散文之间的一种文体。朱秀海的《音乐会》虽然故事性更强，情节更有张力，于文体而言，它也属于通过主人公的眼睛和心灵的感受，特别是主人公对自然界和对音乐的敏锐感受，展开长篇大段大段的抒情式描写，而且穿插作者对主人公进行一次又一次访问的感受，这样也就使他的小说文体成为一种新创。其他如李锐的《银城的故事》、贾平凹的《怀念狼》和李洱的《花腔》在长篇小说文体上也很有自己的独创性。有些小说虽然内容很好，却因缺乏更自觉的文体意识，不免让读者感到美中不足的遗憾。

第四，语言意识。语言的本质是符号。它之得以在人群中交流，完全靠约定俗成。但文学是语言的艺术。语言的千变万化的组合，可以使能指与所指之间出现种种差异的关系，并产生种种微妙的不同艺术效果。长篇小说在语言上自然不能马虎。有人以为长篇小说既然篇幅长，语言拖沓一点、啰唆一点没有关系。这是一种要不得的看法。长篇小说唯其长，才更需要语言的简洁、鲜明和生动。最好的语言总是简洁的，而不是拖泥带水，啰里啰唆的。虽然人们也不能不重视吸收别的民族的富有表现力的语言经验。但好的小说语言还应该是富于民族特色的。这方面从古典的有生命力的语言中吸取营养或从民间的生动活泼的语言中吸取营养同样重要。贾平凹更多从两方面都吸取营养，而莫言则更多从民间吸取营养。李锐的《银城的故事》的语言是十分简洁的。有的小说语言，每句话的形容词都铺床叠屋，越形容，反而形象越不清晰、越模糊。还有的一两百字写下来一个标点也没有，简直不让读者喘气，还要读者返回来费心思索，去弄清词语之间的关系。这种文风泛滥开来，会使长篇小说让读者不忍卒读。语言的陌生化和个人风格，自然也应是长篇小说家所应追求的。陌生化是文学语言的特色，也是作品文学性的重要表现。它可以增强作品语言的个人风格。莫言的《檀香刑》或张懿翎的《把山羊和绵羊分开》都通过不同的方式达到语言的陌生化，给读者以新鲜感，从而产生强烈的张力。遗憾的是过于恣肆，如果更简洁些，更有节制些，当更好。

我国长篇小说创作的高潮仍方兴未艾，当前仍有越来越多的作者加入长篇小说创作的行列。我们热诚地期望有更多精品佳作涌现。这方面我们的口号恐怕应该是：宁愿少些，但要好些！这就需要作家们面对市场的种种诱惑，能够守住自己的文学立场和严肃使命，要戒除浮躁，精耕细作，以自己不懈的努力去攀登更高的峰峦，以具有深刻思想和精湛艺术的厚重作品，去迎接每一届茅盾文学奖的到来。

2005年4月28日于北京花家地

后记

    这本书的写作终告完稿，它的起源却颇为曲折。还在2015年，中国社会科学院让离退休的老同志申报一项科研项目，我便申报一本《新中国长篇小说论》。因为我虽也研究文学理论和文学史，却长期从事当代文学批评，其间撰写过大批新中国长篇小说评论，既有具体作家作品的微观批评，也有新中国成立以来某个时期长篇小说发展状况的宏观概评。我原想把这些论文辑集起来，加以必要的补充，作为一部反映新中国长篇小说的论文集。可是将目录发给出版社征求意见，出版社却建议我索性改写成一部《中国当代长篇小说发展史》，提供更系统的知识，比之论文集会有更多的读者需求。我想想也是。便答应下来，着手重起炉灶。由于1999年我曾编著一部上下两卷的《新中国文学史》，其中便有一部分论述长篇小说；而中国作家协会曾让我当过两届茅盾文学奖评委会副主任，在巴金老人去世后，又让我当了一届评委会主任，每届我都读过大量长篇小说新作，自以为靠自己此前的积累，写个长篇小说发展史，应该不算太难。不料，真正开展工作，才知难度不小。因为，我过去编写的《新中国文学史》只写到20世纪末。而进入21世纪后的二十年却是我国长篇创作最繁荣的时期，新涌现的作家作品，非常多。而过去熟知的老作家也不断有长篇新作出版。要从新中国七十年的整体上来考察长篇小说的发展，觉得许多作家作品都应入史，工作量非常大，不仅要新拟全书的框架和提纲，而且要补读许多新的作品，查阅大量新的资料。无奈已经跟出版社签订了合同，只好硬着头皮承担下来。这样，前前后后，于耄耋之年经历五载，经过多次修改和补充，终于写成现在这个样子，虽然入史的作家作品超过前人的有关著作，仍难称全面。特别是70年代后出生的新作家和新世纪风起云涌的大量网络文学中的长篇新作，尚待历史的沉淀，且卷帙浩繁，只读了一部分，难以下笔，只好都付阙如，因手头又插进别的工作，精力又不济，也实在不得已。只好在这里向这些作家和广大读者表示由衷的歉意了。

文学史毕竟与文学评论大有区别，评论文字可以更多书写个人的观感，又不受篇幅的限制，可长可短。而文学史著作所论述的作家作品很多，重在反映对文学发展做出贡献的创作史实，需要介绍作家的生平和主要作品，以及产生的影响，故只能按作家作品的重要性及其成就来控制论述篇幅。论述中还要顾及社会公论，更多吸纳前人的真知灼见，力求公允和言简意赅。所以，我自己原先的论文大多都难以用上。仅在全书最后附录了一篇我担任茅盾文学奖评委会主任那一届阅读大批长篇后曾撰写并刊登在《文学评论》上的概评《攀登高峰的艰难》一文。因这篇文章既反映我对新中国长篇小说发展的一些看法，也表达了我对长篇小说发展经验的理论思考。跟本书的结束语似有互补的参考价值。其他论文只好将来再做处理。当然，其中的某些观点也扼要融入文学史的撰述文字中。

我曾主编过150万字《中国当代文学史》三卷，也写到20世纪末为止。其中小说的部分，我自己撰写的外，还请著名的学者和评论家洪子诚、陈晓明、蒋守谦、蔡葵、曾镇南、朱向前、贺绍俊、董之林、吴重阳、樊发稼、吴秉杰、张志忠等都撰写过一部分书稿，当时即被我认同。所以他们的论述中的卓见，自然也为我著写本书所参考和吸纳。本书还引证了当代其他许多作家、评论家和学者的精辟之论。在此我理应一起对他们的贡献表示衷心的感谢。

凤凰出版传媒集团的江苏凤凰文艺出版社曾出版过我和邓绍基、郎樱主编的《中国文学通史》12卷本，又单独出版过我主编的《中国当代文学史》三卷本。此次又大力支持《中国当代长篇小说发展史》的出版，出版社原总编汪修荣同志和继任领导及多位编辑做了大量工作，使此书终获出版，我实在衷心感谢！此外，近年长篇新作甚多荣获茅盾文学奖，其中不乏本书没有写到的20世纪70年代以后出生的作家。我特请任美衡同志新写了介绍这些新作的论述，以弥补原稿的不足。这里也应向美衡同志表达我的谢意。

张炯

2020年11月15日于苏州吴园